管理型财会人才培养系列教材

Financial Management
财务管理

竺素娥　赵秀芳　李郁明　主编

科学出版社

北京

内 容 简 介

本书以资本市场为背景，以公司制企业为研究对象，以公司资本运动为主线，在介绍财务管理基本原理的基础上，重点阐述公司筹资、投资和收益分配等财务运作理论和方法，并对公司并购、财务危机、重整与清算、集团公司及国际财务管理等特殊领域的财务管理问题进行专题阐述。本书每章均以国内外企业真实案例开篇，引导读者了解该章的基本内容，旨在激发和提升读者的学习兴趣；在内容安排上充分借鉴现代西方财务管理理论，并结合我国企业财务管理实践，体现财务管理理论与方法的前瞻性和实用性。

本书可作为经济管理类专业本科生的教科书，也可作为研究生深入学习的参考用书，还可作为企业财务人员提高财务管理能力的参考读物。

图书在版编目（CIP）数据

财务管理/竺素娥，赵秀芳，李郁明主编. —北京：科学出版社，2011

管理型财会人才培养系列教材

ISBN 978-7-03-030711-8

Ⅰ.①财…　Ⅱ.①竺…②赵…③李…　Ⅲ.①财务管理-高等学校-教材
Ⅳ.①F275

中国版本图书馆 CIP 数据核字（2011）第 057952 号

责任编辑：彭　楠/责任校对：陈玉凤
责任印制：张克忠/封面设计：耕者设计工作室

科学出版社出版
北京东黄城根北街 16 号
邮政编码：100717
http://www.sciencep.com

北京市文林印务有限公司 印刷
科学出版社发行　各地新华书店经销

*

2011 年 5 月第　一　版　　开本：787×1092　1/16
2011 年 5 月第一次印刷　　印张：22 1/4
印数：1—3 500　　　　字数：525 000

定价：38.00 元
（如有印装质量问题，我社负责调换）

总　序

近年来，由于受经济的全球化、信息技术的突飞猛进、企业集团和跨国企业的涌现、企业间竞争的白热化、企业利益相关者的多样化等因素的影响，我国会计所处的社会经济环境发生了很大变化。传统的提供会计信息、维护财经法纪的核算监督型财会部门已经不能满足现代企业的发展需要。财会部门必须实现由核算监督型向经营管理型的角色转型，这要求企业除了要有一批能胜任日常核算和监督工作的操作应用型财会人员外，还应具备一支既能熟练从事和组织会计工作，又能充分利用会计信息参与企业经营管理的、视野开阔的高素质管理型财会人才队伍。

目前，我国高等院校会计专业教育呈现多样化的喜人局面，不同层次高等院校的会计本科专业分类培养研究型和应用型等不同类型的会计人才，其中，大多数高校会计专业将培养目标定位为面向企事业单位的应用型会计人才。我们认为，为适应现代会计环境变化和企业会计机构从核算监督型向经营管理型转型的需要，应用型会计人才还应该继续细分为操作应用型和管理应用型。办学水平较高、学科积淀深厚的高校可将会计本科专业人才培养目标定位为管理应用型财会人才。所谓管理型财会人才，是指掌握系统的会计理论和丰富的管理知识、熟悉国际惯例、具有国际视野和战略思维的复合型财会专门人才。这些人才能够在日益复杂、不断变化的经营环境中胜任财会工作，具备成为未来企业管理团队中财会专家的潜力。管理型财会人才除应具备一个高级人才应有的思想道德素质、文化素质、科学素质和身心素质外，还应该具备以下职业能力：①对宏观形势的理解能力，即理解社会主义市场经济内涵、及时把握经济发展脉搏的能力，能预见环境变化对会计工作造成的影响；②良好的职业道德，即具有强烈的社会责任感，严谨的职业态度，遵纪守法、诚实守信的精神；③会计信息加工和应用能力，即使用信息系统进行会计的确认、计量、记录、报告、分析、评价的能力；④制度设计能力，包括进行会计制度设计、内部控制制度设计、责任制度设计、预算编制、薪酬制度设计、股权结构设计的能力；⑤战略执行能力，包括预算执行与控制、资本结构设计、股息政策选择的能力；⑥价值创造能力，包括资本运作、税务筹划、资源配置与考核等能力；⑦风险规避能力，包括随时捕捉危机信号、及时采取对策的能力；⑧组织协调能力，包括财会工作的组织领导、沟通协调等能力。

高等学校会计专业管理应用型财会人才培养目标符合国际会计师联合会 2003 年发布的《成为胜任的职业会计师》和中国注册会计师协会 2007 年发布的《中国注册会计师胜任能力指南》的相关要求，即具备胜任能力的职业会计师除应掌握会计、审计、财务、税务、相关法律等传统的专业知识外，还要掌握企业运营及其环境的经济和管理知识、信息技术知识，以及相关的智力技能、技术和应用技能、个人技能、人际和沟通技能、组织和企业管理技能等五类职业技能。同时，管理型财会人才的培养目标也符合教育部高等学校工商管理类学科专业教学指导委员会最新推出的《工商管理类学科会计学专业与财务管理专业育人指南》（以下简称《育人指南》）要求。

浙江工商大学管理型财会人才培养模式创新实验区是教育部和财政部确定的首批国家级人才培养模式创新实验区，浙江工商大学、嘉兴学院的会计学专业都是国家级特色专业，绍兴文理学院的会计学专业也是省重点专业，以上三个高校会计学专业都围绕管理应用型财会人才的培养开展人才培养模式改革，并在教学内容体系改革方面进行了一些有益的实践探索。在此基础上，三个高校的会计学专业教师共同编撰了这套《管理型财会人才培养系列教材》，包括《基础会计》、《中级财务会计》、《成本会计》、《管理会计》、《高级财务会计》、《审计学》、《会计信息系统》、《财务报告分析》、《财务管理》、《会计学》和《会计综合实验》共 11 本核心课程教材。这套教材具有以下特点：

第一，突出了管理型财会人才的培养特色。教材的每位主编都具有开阔的会计教育视野，综合考虑当前我国社会主义市场经济环境，结合相关的经济学、管理学和经济法学等理论，借鉴国际惯例，站在企业整体的高度阐述会计的基本理论、基本知识和基本方法，以期达到培养管理型财会人才的目的。

第二，符合教指委《育人指南》的要求。新的《育人指南》强调会计学本科人才培养的复合型、外向型和创新型特征，管理型财会人才培养目标是《育人指南》中会计人才培养目标的具体体现之一。因此，教材内容在突出管理型财会人才培养特色的同时，也充分体现了《育人指南》的要求，这也为教材在全国同类高校中推广使用奠定了基础。

第三，方便教师教学，便于学生学习。每本教材力争建设成为立体化教材，为师生提供丰富的教学资源。除了在教材的编写上，按章节提供学习目标、案例、知识应用、进一步阅读书目及法规、思考题等外，还在光盘或课程网站中提供了课程大纲、多媒体课件、补充习题及答案、模拟试卷等，为教师组织教学、学生自主学习提供便利。

我们相信，本套教材的出版，一定会对我国会计高等教育的多样化发展产生积极的推动作用。当然，限于作者水平，教材中难免存在疏漏和不足之处，恳请广大读者批评指正。

《管理型财会人才培养系列教材》编委会

2011 年 1 月

前　言

　　财务管理是一门应用性较强的经济管理学科。财务管理环境的变化，不仅给企业财务管理实践提出了新的挑战，而且使财务管理理论研究遇到了许多新的课题。本书以资本市场为背景，以公司制企业为对象，以公司资本运动为主线，在介绍财务管理基本原理的基础上，重点阐述公司筹资、投资和收益分配等财务运作理论和方法，同时也对公司并购、财务危机、重整与清算、集团公司及国际财务管理等特殊领域进行专题阐述。

　　本书在写作方式、框架结构与内容安排上体现出以下三方面的特点：

　　(1) 从写作方式看，本书每章都以国内外企业真实案例开篇，引导读者了解本章的基本内容，旨在激发和提升读者的学习兴趣。

　　(2) 从框架结构看，本书分五篇十四章：第一篇财务管理基础，包括导论、风险与收益两章，阐述财务管理的基本原理与方法；第二篇筹资，包括筹资的基本原理、权益资本的筹集、债务资本的筹集、资本成本与资本结构四章，阐述公司资本筹集的理论与方法；第三篇投资，包括项目投资、金融投资、流动资产投资三章，阐述公司资本运用的理论与方法；第四篇收益及其分配一章，阐述资本收益分配的理论与方法；第五篇财务管理专题，包括并购、财务危机、重整与清算、集团公司财务管理、国际财务管理四章，研究与探讨财务管理特殊领域中的几个专门问题。

　　(3) 从内容安排看，本书充分借鉴现代西方财务管理理论并考虑我国企业财务管理实践环境，尽可能体现前瞻性和实用性。例如，实物期权在投资决策中的应用、企业价值评估方法在公司并购中的应用等问题，在书中得到了体现；本书把每一章的延伸知识内容以"进一步学习指南"的方式列示；为便于学习和理解，在教学内容之后附有复习思考题，设有课程网站 http://ckxy.zjgsu.edu.cn/cwgl，并将编写与本书配套的《财务管理学习指导书》。

　　本书是浙江省精品课程"财务管理"的配套教材，可作为经济管理类专业本科生的教科书，也可作为研究生深入学习的参考用书，还可作为企业财务人员提高财务管理能力的参考读物。

　　本书由浙江工商大学竺素娥教授、绍兴文理学院赵秀芳教授、嘉兴学院李郁明副教授主编。本书提纲由竺素娥拟订，参编人员集体讨论确定。参编人员及具体分工如下：竺素娥编写第一章、第二章、第十一章、第十三章；赵秀芳编写第七章、第八章、第九章、第十章；李郁明编写第三章、第四章、第五章、第六章；祝立宏编写第十二章；涂必胜编写第十四章。最后由竺素娥教授对全书进行总纂、修改和定稿。

　　对书中的不妥或错误之处，敬请读者批评指正。

编　者

2011 年 5 月

目 录

第三篇　投　　资

第 一 篇

财务管理基础

第一章

导　论

【本章学习目标】

- 财务管理的内容
- 财务管理的目标
- 财务管理环境
- 财务管理的职能
- 财务管理原则

【案例引入】

　　农业银行（以下简称农行）全额行使超额配售选择权，成为全球IPO[①]。2010年6月30日，农行在香港公开招股，以每股3.20港元向全球共发售254.12亿股H股；2010年7月6日，农行以每股2.68元发行222.35亿股A股。在农行IPO过程中，其A股和H股均设置了"绿鞋"机制[②]。农行股票分别于7月15日和16日在上海和香港两地"A＋H"上市。此前，农行A股联席主承销商于7月9日按农行IPO发行价格向A股投资者超额配售33.35亿股股票，占农行A股IPO初始发行规模的15%。之后农行A股主承销商在8月13日全额行使了A股超额配售选择权。A股超额配售后总配售规模约为255.70亿股，融资额最终达685.29亿元；农行H股主承销商在7月29日全额行使了38.12亿股H股超额配售选择权，使得农行H股的融资额最终确定为921.15亿港元。农行IPO自此成为全球有史以来规模最大的IPO。

　　农业银行为什么要发行股票？其发行股票所得的资金可能用于何处？其投资项目将给投资者带来何种报酬？其投资报酬与公司价值之间有着何种关系？带着这些问题，我们进入本章学习。

---

　　① 资料来源：农业银行首次公开发行A股上市公告书、农业银行首次公开发行A股超额配售选择权实施公告等相关公告。

　　② "绿鞋"是"超额配售选择权"的简称，即发行人给予承销商权利，可以在市场好的时候在原定发行股数基础上增加发行一定数量的股票。

第一节　财务管理概述

一、财务管理的概念

财务管理是企业管理的重要组成部分。财务管理要解决的基本问题是：如何筹措投资所需的资本，什么资产值得企业投资，怎样对收回的资本进行分配，等等。

简单地讲，财务管理是对企业资本运动所进行的管理。企业资本运动是企业资本的筹集、运用、收益及其分配活动的总称，也称为企业财务活动。在我国企业实践中，企业财务活动从内容和本质上体现为下列两个方面。

（一）企业财务活动

1. 筹资活动

筹资活动是企业取得资本的行为，它是企业生存与发展的前提。无论是新建企业还是经营中的企业，都需要筹资。企业资产负债表右方对应项目是由筹资活动形成的。筹资活动是企业财务活动的首要环节。

从整体上看，任何企业都可以从两方面筹资，并形成两种性质的资本来源：一是向所有者（股东）筹资，形成权益资本。它是企业通过吸收直接投资、发行股票、内部留存收益等方式取得的资本。二是向债权人筹资，形成债务资本。它是企业通过银行借款、发行债券、商业信用、租赁等方式取得的资本。由于不同筹资方式取得的资本具有不同的筹资成本和筹资风险，如何以最低的筹资成本和最小的筹资风险取得生产经营所需的资本，保持合理的资本结构，就成了筹资决策的核心问题。有关内容详见第二篇的第三章至第六章。

2. 投资活动

投资活动是指企业投放和使用资本的活动。企业取得资本后，应当将其投入使用，以谋求最大的资本收益。企业资产负债表左方对应项目是由投资活动形成的。投资活动是企业财务活动的中心环节。

企业投资按投资回收期限的不同分为长期投资和短期投资。长期投资是指投资回收期在1年以上的投资活动。它是企业以营利为目的的资本性支出，即企业预先投入一定数额的资本，以获得预期经济收益的财务行为。长期投资按投资对象分为项目投资和金融投资。项目投资是企业通过购买固定资产、无形资产，直接投资于企业本身生产经营活动或企业外部投资项目的一种投资行为，它是一种直接性投资；金融投资是企业通过购买股票、债券、基金、期货、期权等金融性资产，间接投资于其他企业的一种投资行为，它是一种间接性投资。短期投资是指投资回收期在1年或1年以内的投资活动，它是企业以营利为目的的日常经营性投资，在财务上表现为流动资产投资。有关内容详见第三篇的第七章至第九章。

3. 资本收益及其分配活动

资本运用的目的是取得收益，实现资本的保值和增值；企业实现的资本收益要在有关利益主体间进行分配。资本收益及其分配活动是企业资本运动前一过程的终点和后一过程的起点，是企业资本不断循环周转的重要条件。

随着收益分配的进行，资本或退出企业，或留存企业，它不仅影响企业资本运动的规模，而且影响资本结构。因此，企业应当依据国家有关法律和制度，合理确定分配规模和分配方式，正确协调企业当前利益与长远利益的矛盾，妥善处理股东、债权人、经营者、职工等不同利益主体间的利益关系，以促进企业的可持续发展。有关内容详见第四篇第十章。

筹资活动、投资活动和收益及其分配活动相互联系、相互依存，构成了企业财务活动的基本内容。随着金融市场的发展与金融工具的不断创新，现代企业经营活动及其对应的财务活动内容得以进一步拓展，主要表现在：①货币商品经营。它直接以货币经营为对象，从事货币商品的买入、持有或卖出等活动而获取收益，它以从事虚拟化的金融资产投资为主要形式。②资本经营。它直接以资本为对象，以资本的权益属性为依托，从事现代意义上的权益投资、持有或出售等一系列活动，它以从事风险投资、股权投资、并购和重组等为主要表现形式。与传统意义上的企业财务活动比较，这两种财务活动涉及特殊的市场，具有特定的投资领域、特有的风险环境和特有的收益方式。

（二）企业财务关系

财务关系是企业在组织财务活动过程中与各方面发生的经济利益关系。它是企业与其内外各相关利益主体所发生的利益关系的总和。其内容主要有以下几个方面。

1. 企业与投资者、受资者之间的财务关系

企业与投资者、受资者之间的财务关系是一种投资与分享投资收益的关系，在性质上属于所有权关系。任何企业都是投资者出资创办的企业。企业作为受资者，从投资者那里筹集资本，进行生产经营活动，并将实现的收益分配给投资者；企业作为投资者，可以以其法人财产向其他单位投资，并根据投资额的大小和比例从受资者那里分享投资收益。企业应当根据有关法律规范，正确处理这种财务关系，维护投资者和受资者的合法权益。

2. 企业与债权人、债务人之间的财务关系

企业与债权人、债务人之间的财务关系是一种债权债务关系。这类财务关系有因资金不足向商业银行借款所形成的借贷关系，有因购进材料、出售产品而与往来客户发生的货币收支结算关系，有因延期收付货款与往来客户发生的商业信用关系，等等。企业作为债务人，应当按照债务契约及时归还贷款，支付货款，以维护自身的信用；企业作为债权人，在向其客户进行信用销售时，应当制定科学合理的信用政策，以确保债务人按期支付货款。处理好这些财务关系，有利于加速资本周转，实现资本运动的良性循环。

3. 企业与国家税务机关之间的财务关系

企业与国家税务机关之间的财务关系是一种征税和纳税的关系。国家以社会管理者的身份委托税务机关向企业征收有关税金，包括所得税、流转税和其他税金。企业作为

纳税义务人，必须按照税法的规定及时足额地缴纳各种税款。

4. 企业内部各部门之间的财务关系

企业内部各部门之间的财务关系是一种内部结算与分工协作关系。一方面是以企业财务部门为中心，企业内部各部门、各单位与财务部门之间的收支结算关系，如向财务部门领款、报销以及办理收付款业务等，体现了企业内部资金集中管理的要求；另一方面是企业内部各单位之间由于提供产品或劳务而发生的计价结算关系，它是在企业内部实行经济责任制和经济核算制基础上确立的部门之间内部分工交易关系，它以内部交易价格为链条，以内部资金结算为依据，是一种以部门经济利益为基础的内部分工协作关系。

5. 企业与员工之间的财务关系

企业与员工之间的财务关系是企业向员工支付劳动报酬过程中所形成的利益分配关系。员工作为劳动者，他们以自身提供的劳动作为参加收益分配的依据，企业应当根据劳动者的劳动数量和质量，向员工支付工资、津贴和奖金，正确协调员工与企业间的经济利益关系。

因此，具体地讲，财务管理是基于企业生产经营过程中客观存在的财务活动和财务关系而产生的，是组织企业财务活动、处理企业同各方面财务关系的一项经济管理工作，是企业管理的重要组成部分。

二、财务管理的内容

财务管理的内容就是财务管理对象，即企业资本运动所表现出来的各个具体方面，其基本内容包括筹资管理、投资管理和收益分配管理等。

随着资本市场的形成和发展，企业资本运作行为日益增多，迫切需要从理论上研究企业并购中的财务管理问题；由于市场竞争的加剧，企业在经营中时刻面临着危机和失败的风险，企业财务危机、重整与清算的财务管理因此而产生；随着企业经营规模的日益扩大和经营领域的多元化，企业集团化经营日益普遍，迫切需要从理论和方法上研究集团财务管理所特有的问题，集团公司财务管理因此而产生；当企业经营规模发展到跨国经营阶段时，又需要从理论上探索跨国经营过程中的财务管理问题。本书第五篇将以财务管理专题的形式来阐述财务管理拓展的问题，包括公司并购，财务失败、重整与清算，集团公司财务管理，国际财务管理等。具体内容详见第五篇第十一章至第十四章。

三、日常财务管理组织及其职能定位：与会计职能的比较

(一) 财务管理组织机构

不同组织制度、不同企业规模，其财务管理组织机构的设置有所不同。企业日常财务管理组织机构的设置一般有以下三种模式。

1. 合一模式

合一模式，即财务管理机构与会计机构合一。在这一模式下，财务管理机构不作为

单独部门设立，而将公司财务管理职责合并到会计部门，在会计部门中设立独立财务岗位来完成其相关职责。这种模式适用于中小型企业。

2. 分离模式

分离模式，即财务管理机构与会计机构并列分设，这一模式为规模较大的公司所采用。在这种模式下，财务管理机构有相对独立的管理领域和管理职责，如现金流管理、项目投资与资本预算管理、信用政策与应收账款管理、预算管理、财务分析等。财务管理机构还可根据财务活动情况具体设置资金部、预算规划部、信用管理部、投资部等。在分离模式的组织体系中，公司均设置主管财务的副总经理（或总会计师、财务总监，在美国称为首席财务官，简称 CFO）一职，直接对董事会负责；在该职之下，一般设有财务部经理和会计部经理两职，他们各负其责，其财务管理组织机构简图如图 1-1 所示。

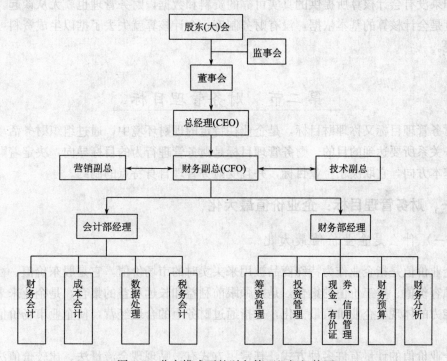

图 1-1　分离模式下的财务管理组织机构图

3. 财务公司独立化模式

财务公司作为一个独立的法人实体，隶属于集团总部并成为企业集团的重要成员。它所从事的业务有集团总部财务管理部门中的资金管理业务，独立并拓展服务于企业集团内部各成员的筹资、内部结算与资金调度等各项专门化的公司金融业务，属于非银行金融机构。这种模式适用于大型企业集团。企业集团总部为了更好地配置集团财务资源，加强集团内部的资金调度与统一管理，从集团总部财务管理机构中，将集团内部的资金结算与管理职能单独分离出来，通过设立财务公司进行独立化和专业化运作。

（二）财务管理与会计职能的差异

现代企业财务管理与会计是两种具有不同职能的管理行为。财务管理是对企业资本运动所进行的管理，会计是利用价值形式对企业资本运动全过程的反映和监督。两者的主要差异体现在：财务管理的主要职能除了筹资管理、投资管理和收益分配外，还包括财务预算、财务控制、财务分析，并参与财务决策；而会计的主要职能是负责财务会计、成本会计、会计信息系统处理、税务会计（指与税收有关的数据处理），没有直接参与财务决策。财务管理与会计职能的具体差异，主要体现在财务部经理与会计部经理的职责差异上，如图 1-1 所示。

作为价值管理的两种主要形式，财务管理与会计又密不可分。它们之间的联系主要表现在两个方面：①财务管理以会计所提供的信息为基础，会计核算是财务管理的基础。如果没有会计核算所提供的真实可靠的资料和数据，财务管理也就无从谈起。②财务制度是会计核算的基本依据，没有财务制度，会计核算就失去了据以生成资料可靠性的前提。

第二节　财务管理目标

财务管理目标又称理财目标，是企业在特定的理财环境中，通过组织财务活动、处理财务关系所要达到的目的。财务管理目标是财务管理行为的目标导向，决定着财务管理的基本方向，它取决于企业目标，并且受财务管理自身特点的制约。

一、财务管理目标：企业价值最大化

（一）什么是企业价值最大化

企业价值是指企业作为特殊商品被用来买卖时的市场价值，它是股东价值、社会价值、顾客价值、员工价值的集合，是兼顾眼前利益和长远利益的集合，是企业未来潜在获利能力的体现。企业价值最大化，是指通过财务上的合理经营，使企业市场价值达到最大。

企业价值的计量有许多种方式，其常用方式有：贴现现金流量法、比较价值法和经济利润法等，具体方法详见第十一章第二节内容。其中的贴现现金流量法是企业价值最一般的计量方式。在贴现现金流量法下，企业价值可通过下列公式来计量：

$$V = \sum_{t=1}^{n} \frac{FCF_t}{(1+r)^t}$$

式中，V 为企业价值；FCF_t 为第 t 年的企业报酬，用自由现金流量表示；r 为与风险相适应的贴现率；t 为取得报酬的具体时间；n 为取得报酬的持续时间。在持续经营假设的条件下，n 为无穷大。

上式表明，企业价值 V 与报酬的大小成正比，与贴现率成反比。在贴现率不变时，企业获得的报酬越大，则企业价值越大；在企业报酬不变时，贴现率越大，则企业价值

越小。贴现率 r 的高低，主要由企业风险的大小来决定。当风险大时，贴现率就高；当风险小时，贴现率就低。也就是说，企业价值与预期的报酬成正比，与预期的风险成反比。一般而言，报酬和风险是同增的，即报酬越大，风险越大，报酬的增加是以风险的增加为代价的，而风险的增加将会直接威胁企业的生存。企业价值只有在风险和报酬达到比较好的均衡时才能达到最大。

（二）为什么不是利润最大化

20 世纪 50 年代以前，西方财务管理理论界认为，利润最大化是财务管理的最优目标。这是因为利润在一定程度上体现了企业经济效益的高低，是企业补充资本积累、扩大经营规模的来源；利润指标具有直观、易计量的特点。但利润最大化目标存在着下列缺陷：

（1）它是一个绝对指标，未能考虑企业的投入和产出之间的关系。

（2）它是一定时期的经营成果，未能考虑货币时间价值。

（3）不能有效地考虑风险，它可能导致企业不顾风险去追求最大的利润。

（4）它可能使企业财务决策具有短期行为的倾向，即片面追求利润的增加，不考虑企业的长期发展，从长远看不利于企业的可持续发展。

（5）它是根据会计标准、按权责发生制原则计算的结果，便于管理者操纵。

（6）利润扣除了负债的资本成本，但忽略了权益资本成本。

因此，利润最大化目标逐渐被股东财富最大化目标替代，财务管理目标逐渐从会计收益转向股东财富。

（三）企业价值最大化与股东财富最大化的关系

股东财富最大化是指通过财务上的合理经营，为股东带来尽可能多的财富。在有效市场条件下，股东财富由其所拥有的股票数量和股票市场价格两方面来决定。在股票数量一定时，当股票市场价格达到最高时，则股东财富也达到最大。所以，股东财富最大化，又可表达为股票市场价格最大化。

股东财富最大化是单纯从股东角度来定位理财目标的，其立论基础是"企业是股东的企业"，股东对企业具有剩余索取权，制约着企业控制权安排。与利润最大化目标相比，股东财富最大化目标有其积极的方面，体现在

（1）它考虑了风险因素。因为风险的高低，会对股票价格产生重要影响。

（2）它在一定程度上有利于克服企业在追求利润上的短期行为。因为不仅目前的利润会影响股票价格，未来预期的利润对股票价格也会产生重要影响。

（3）在股票上市公司，股东财富最大化目标比较容易量化，便于考核和奖惩。

但股东财富最大化目标存在着下列缺陷：

（1）它只适合上市公司，对非上市公司较难适用。

（2）它只强调股东利益，未能考虑其他相关利益主体的利益。

（3）股票价格受多种因素影响，并非都是公司所能控制的；且市场并不完全理性和有效，股票价格不能真正反映股票价值。

股东财富最大化与企业价值最大化的主要区别是：股东财富最大化考虑的利益主体是股东，而未能考虑与企业利益相关的其他利益主体的利益，企业价值最大化不仅考虑了股东的利益，而且考虑了其他相关利益主体的利益。它们的联系体现在：在实现企业价值最大化目标的同时，也实现了股东财富的最大化。因此，20 世纪 90 年代以来，企业财务管理目标逐渐由追求股东财富最大化发展成为企业价值最大化。

（四）企业价值最大化目标的评价

以企业价值最大化作为财务管理的目标，具有以下优点：

（1）考虑了取得报酬的时间，并用时间价值的原理进行了计量。

（2）考虑了风险与报酬的关系。

（3）有利于克服企业在追求利润上的短期行为。因为不仅目前的利润会影响企业的价值，预期未来的利润对企业价值的影响更大。

（4）兼顾了相关利益主体间的不同利益。

因此，企业价值最大化目标被认为是现代企业财务管理的最优目标。但这个目标的缺陷主要体现在其计量的非直观性上。尽管如此，如同从利润最大化向股东财富最大化转变一样，从股东财富最大化向企业价值最大化的转变是财务管理目标理论的又一次飞跃。

二、实现财务管理目标的制度基础：利益冲突与协调

股东和债权人都为企业提供了财务资源，但是他们处在企业之外，只有经营者即管理者在企业内部直接从事财务管理工作。股东、经营者和债权人之间构成了企业最重要的财务关系。财务管理必须协调这三方面的利益关系，才能实现企业价值最大化目标。

（一）股东与经营者之间的目标差异与利益协调

1. 股东与经营者之间的目标差异

股东和经营者作为两个不同的利益主体在利益目标上存在着差异。股东追求自身的投资增值和自身财富的最大化，而经营者则追求其自身利益和个人财富最大化，期望享受舒适的办公条件、带薪休长假等。在信息不对称的条件下，经营者个人利益目标实现可能会以牺牲股东利益为代价，这种代价称为代理成本。

2. 股东与经营者之间目标差异的协调方法

经营者背离股东的利益目标，其条件是双方的信息不对称，经营者了解的信息比股东多。因此，解决这一问题的基本方法是股东获取更多的信息，对经营者进行监督。在经营者背离股东目标时，减少各种形式的报酬，甚至解雇他们。但是，由于信息不对称，全面监督事实上是行不通的，因为它将使股东付出高昂的代价。因此，股东还必须对经营者采取一定的激励机制。协调两者利益目标的具体方法如下：

（1）解聘。在公司治理中，股东可以通过股东大会有权约束和罢免有损于实现其利益目标的经营者。如果经营者的行为不符合企业价值或股东财富最大化目标，就会被解聘，经营者因害怕解聘而被迫努力去实现股东的利益目标。这是对经营者的一种行政约束。

（2）接收。如果经营者经营决策失误、经营不力，未能采取一切有效措施使企业价值提高，那么，该公司就可能被其他公司强行接收或吞并，相应地，经营者就会被解聘。因此，为了避免这种接收，经营者必须采取一切措施提高公司的市场价值。这是对经营者的一种市场约束。

（3）激励。它是把经营者的报酬与其绩效挂钩，使经营者自觉采取能满足企业价值和股东财富最大化的措施，以吸引和留住卓有成效的经营者。工资、奖金和津贴是对经营者的短期激励措施，对经营者的长期激励有两种基本方式：第一种是绩效股。它是公司运用每股收益、净资产收益率等指标来评估经营者的业绩，视其业绩大小给予经营者相应数量的股票作为报酬的方式。如果公司的经营业绩未能达到规定目标，经营者将部分甚至全部丧失原先持有的"绩效股"。这种方式使经营者不仅为了多得"绩效股"，而且为了使绩效股的潜在价值得以实现而努力提高公司经营业绩。第二种是股票期权计划。它是公司给予其经营者在一定的期限内按照某个既定的价格购买公司股票的权利。公司给予其经营者的既不是现金报酬，也不是股票本身，而是一种权利，经营者可以按约定价格购买公司股票。当股票市价高于约定的价格时，经营者会行使选择权；股票市价越高，经营者获得的财富就越多。因此，经营者为了增加自身的财富，就必然通过提高公司经营业绩来提高股票市价。

解聘和接收是股东对经营者的监督机制。股东通常同时采取监督和激励两种机制来协调与经营者的利益。尽管如此，仍不可能使经营者完全按股东的意愿行动，他们可能仍然采取一些对自己有利而不符合股东最大利益的决策，并由此给股东带来一定损失。监督成本、激励成本和偏离股东目标的损失之间此消彼长、相互制约。权衡轻重，力求三项成本之和最小，是利益协调的目标。

（二）股东与债权人之间的目标差异与利益协调

1. 股东与债权人之间的目标差异

当公司向债权人借入资本后，两者也形成一种委托代理关系。股东和债权人之间的目标差异体现在两者对现金流量要求权上。债权人通常对公司现金流量具有第一求偿权，但在公司能获得足够收入以履行其偿债义务时，债权人只能收到固定的本金和利息；而股东则拥有对公司剩余现金流量的要求权，如果公司没有足够的现金流量用以偿还债务，则股东有权选择宣告破产。因此，债权人要以比股东更消极的眼光来看待项目选择和投资决策中存在的风险。债权人事先知道让渡资本的使用权是有风险的，并可在确定利率时就考虑风险。但是，借款合同一旦成为事实，资金到了企业，债权人就失去了控制权，股东可以通过经营者为自身利益而伤害债权人的利益，其常用方式如下。

（1）不经债权人同意，投资于比债权人预期风险要高的新项目。如果高风险的计划侥幸成功，超额的利润归股东独享；如果计划不幸失败，公司无力偿债，债权人与股东将共同承担因此造成的损失。

（2）为提高财务杠杆利益，不征得现有债权人同意而发行新债，致使旧债券的价值下降，使原有债权人蒙受损失。旧债券价值下降的原因是发行新债后公司负债比率加大，公司破产的可能性增加，如果企业破产，旧债权人和新债权人要共同分配破产财产，使旧债券的违约风险增加，价值下降。

此外，股东通过股东大会决定增加股利支付，也会间接地影响到债权人的利益。

2. 股东与债权人之间目标差异的协调方法

为保护债权人权益，除了寻求立法保护，如破产时优先接管、优先于股东分配剩余财产等手段外，通常采取以下两种协调方法：

（1）限制性借债。它是通过债务合约来实现的。债务合约是指债权人在借出款项时与企业达成的限制股东机会主义行为的一系列契约和协议，其目的是以协议的方式禁止或者限制可能导致股东剥夺债权人权益的行为。债务合约的主要功能表现在以下方面：①限制公司的投资政策。在借款合同中加入限制性条款，如规定债务资本的用途。②限制额外的财务杠杆。如不允许公司在未经原债权人同意的条件下增加额外债务等。③限制股利政策。如限制公司股利发放，将股利发放与公司业绩挂钩。④严格债务担保条款。

（2）收回借款不再借款。当债权人发现公司有侵蚀其债权价值的意图时，拒绝进一步合作，不再提供新的借款或提前收回借款。

此外，还可通过让债权人取得股权的方式来协调两者的利益目标，即债权人作为债权所有人的同时，对公司持有股份，或者通过各种方式将已有债权转换为股权。取得股权是避免股东与债权人利益冲突的最后解决方式，即进行角色置换。但这种方式并不是在所有情况下都可行。有些国家规定债权人不能成为股东，如银行不得持有公司股份；有时则与债券市场的发育程度有关，如可转换债券还没有被市场完全接受等。

（三）财务管理目标与社会责任的关系及其协调

财务管理目标与社会责任的履行在许多方面是一致的。企业在实现财务管理目标过程中，自然会使社会受益。企业为了创造自身的价值，必须生产出符合顾客需要的产品，满足社会的需求；必须不断引进与开发新技术，并扩大经营规模，这样就会引起新的就业需要，解决社会的就业问题；必须提高劳动生产率，改进产品质量，改善服务，从而提高社会生产效率和公众的生活质量。

社会责任与财务管理目标之间还存在着差异。例如，企业为了获利，可能生产伪劣产品、不顾工人的健康和利益、造成环境污染、损害其他企业的利益等。社会责任要求企业讲究环保、合理雇佣工人等，但这些社会责任的履行，必然会造成股东财富或企业价值一定程度的损失。

财务管理目标与社会责任间的差异，主要通过政府干预来协调：一种是运用法律手段，如制定反暴利法、反不正当竞争法、环境保护法、合同法、消费者权益保护法和有关产品质量的法规等；另一种是通过行政和经济杠杆来调节企业行为，以保证社会责任的完全履行。·

第三节　财务管理环境

财务管理环境是指企业财务活动赖以存在和发展的各种因素的集合。这些因素的存在，一方面为财务管理提供了便利和机遇，如金融市场环境；另一方面也给财务管理提出了制约和挑战，如法律环境。

　　财务管理环境一般可分为宏观环境和微观环境。宏观环境是指影响企业财务活动的各种宏观因素，如政治因素、经济因素、法律因素、金融市场等。宏观环境是作为企业外部的、影响企业财务活动的客观条件而存在的，是企业财务决策难以改变的外部约束条件，企业财务决策更多的是适应它们的要求和变化。微观环境是指影响企业财务活动的各种微观因素，如企业组织形式、生产状况、产品销售市场状况、企业文化、管理者素质等。微观环境是作为企业内部的、影响企业财务活动的客观条件而存在的。

　　在财务管理的环境中，宏观环境决定微观环境，微观环境始终与宏观环境相适应，并随着宏观环境的变化不断得到改善。因此，宏观环境是财务管理环境中最主要的内容。财务管理的宏观环境涉及的范围很广，其中最重要的是法律环境、金融市场环境和经济环境。

一、法律环境

　　法律环境是指企业和外部发生经济关系时应遵守的各种法律、法规和规章。企业的财务活动，无论是筹资、投资还是收益分配，都要和企业外部发生经济关系。在处理这些经济关系时，应当遵守有关的法律规范。这些法律规范主要包括以下类型。

（一）企业组织法规

　　企业组织必须依法成立。组建不同的企业，要依照不同的法律规范。《中华人民共和国公司法》（以下简称《公司法》）是典型的企业组织法规。它对公司的设立、公司治理各主体的财务权限与职责、股份发行和转让、债券发行、利润分配、解散与清算等方面作出了规定。《公司法》是公司财务管理最重要的强制性规范，公司必须在《公司法》规定的范围内从事财务管理活动。

　　从财务管理来看，非公司制企业与公司制企业有很大不同，主要体现在以下三个方面：

　　（1）承担的责任不同。非公司制企业的所有者，包括独资企业的业主和合伙企业的合伙人，要承担无限责任，他们占有企业的盈利（或承担损失），一旦经营失败必须抵押其个人的财产，以满足债权人的要求。公司制企业的股东承担有限责任，经营失败时其承担的责任以出资额为限，无论股份有限公司还是有限责任公司都是如此。

　　（2）承担的税负不同。独资企业和合伙企业一般只需交纳个人所得税，而公司制企业的股东则承担企业所得税和个人所得税双重税。

　　（3）筹资的难易程度不同。公司制企业一般比非公司制企业容易筹资。

（二）税收法规

　　税法是税收法律制度的总称，是调整税收征纳关系的法律规范。国家税种的设置、税率的高低、征收范围、减免规定、优惠政策等都会直接影响企业的财务活动。税收对财务管理的影响具体表现在以下方面。

1. 影响企业筹资决策

按照国际惯例和我国所得税制度，企业借款利息不高于金融机构同类同期贷款利息的部分，可在税前利润中扣除；债券利息也可用同样的方式在税前利润中扣除。因此，银行借款和发行债券等筹资方式能够给企业带来节税利益。而其他筹资方式则无此优势，如发行股票筹集的资本，其支付的股利必须在所得税后利润中列支。

2. 影响企业投资决策

从广义上讲，企业投资不仅包括股票、债券等对外投资，也包括对固定资产、流动资产的投资，还包括企业设立、分公司和子公司设立的投资。企业投资建立不同形式、不同规模的企业，或投资于不同的行业、投资经营不同业务等，都会面临着不同的税收政策。在企业投资决策时，必须考虑税收对企业设立的地点和行业的影响、对企业分支机构设立形式的影响、对企业投资具体形式的影响等方面。

3. 影响企业现金流量

税收具有强制性、无偿性和固定性三个特征，企业作为纳税人，应按税法的规定及时以现金上缴税金。由于纳税会增加企业现金流出量，因此财务管理必须解决好三个问题：一是纳税期限临近时需筹足现金；二是采用合法的方法使纳税递延，从而减少当期现金流出量，避免现金短缺；三是编制现金预算时要尽可能准确地预测税金支付项目。

4. 影响企业利润

税收体现着国家与企业对所创造的纯收入的分配关系。税费的变动与利润的变动呈反向关系，在一定时期内企业承担的税赋增加，则利润必然减少。税基和税率的变更对利润有直接影响。例如，现实税率的上升或下降会使企业利润减少或增加，预计税率的变更会影响利润的预测值。尽管税基和税率变更不经常发生，但在我国税收体系尚未健全的情况下，对企业税负进行适当的长远预测是必要的。

5. 影响企业收益分配

股份公司的股利分配政策不仅影响股东的个人所得，而且影响公司的现金流量。股东获得的现金股利需缴纳个人所得税，如果公司将盈利留在企业作为内部留存收益，股东可不缴纳个人所得税。这时股东虽然没有现金收入，但可以从以后的股价上涨中获得资本利得。

税负是企业的一种费用，要增加企业的现金流出，对企业理财有重要影响。企业无不希望在不违反税法的前提下减少税收负担。税负的减少，只能靠筹资、投资和收益分配等财务决策时的精心安排和筹划，而不允许在纳税义务已经发生时去偷税或逃税。精通税法，对财务管理者具有重要的意义。财务管理者应当知法、守法、用法，切实做好税收筹划工作，以寻求节税利益的最大化。

（三）证券法规

股票上市公司还必须遵守相关证券法规进行证券发行与交易。例如，《证券法》规定了证券发行与交易规则，《上市公司证券发行管理办法》具体规定了证券发行的条件，

《上市公司收购管理办法》规定了上市公司收购规则和程序，《上市公司重大资产重组管理办法》规定了上市公司重大资产重组的原则和标准、重大资产重组的程序、以发行股份作为支付方式购买资产的特别规定、重大资产重组后申请发行新股或者公司债券等方面，它们都涉及许多财务方面的要求。这些法规对企业财务管理的影响主要表现在企业内部财务制度如何体现这些要求，企业如何根据这些要求来规范自身财务行为。一般来讲，这些要求可以作为企业内部财务制度的内容，以促进企业按上市公司的标准来强化内部财务管理。

（四）财务法规

企业财务法规、制度是规范企业财务活动、协调财务关系的行为准则，对企业财务管理的规范化和科学化有着重要作用。

财政部于 2006 年 12 月颁布的《企业财务通则》是在 1993 年实施的《企业财务通则》的基础上修订而成。新的《企业财务通则》（以下简称《通则》）共分 10 章、78 条，分别为：总则、企业财务管理体制、资金筹集、资产营运、成本控制、收益分配、重组清算、信息管理、财务监督和附则。它是企业制定内部财务管理制度的重要依据。

二、金融市场环境：金融市场与利率

（一）金融市场及其要素

金融市场是指资本供应者和资本需求者相互融通资本的场所，借助这一市场，实现了资本的借贷与融通，从而促进了资本的合理流动和优化配置。金融市场由以下四个要素构成。

1. 参与者

参与者是指参与金融交易活动的各个主体。按照进入市场的身份，金融市场的参与者可以分为资本供应者、资本需求者、中介人和管理者（监管机构）四类。不同参与者有不同的利益和角色定位，它们共同促进金融交易效率的提高、交易成本的降低以及市场竞争的有序化。

2. 金融工具

金融工具是金融市场的交易对象，包括货币、商业及银行票据、股票和债券等基本金融工具，以及期货、期权、远期、互换等衍生金融工具。资本供求者对借贷资本数量、期限和利率的多样化的需求，决定了金融市场上金融工具的多样化，而多样化的金融工具不仅满足了资本供求者的不同需要，而且也由此形成了金融市场的各类子市场。

3. 组织形式和管理方式

金融市场的组织形式主要有交易所交易和柜台交易两种，交易方式主要有现货交易、期货交易、期权交易、信用交易。金融市场的管理方式主要包括管理机构的日常管理、中央银行的间接管理以及国家的法律管理。

4. 内在机制

金融市场交易的机制主要是指具有一个能够根据市场资本供应而灵活调节的利率体

系。在金融市场上，利率是资本商品的"价格"。利率的高低取决于社会平均利润率和资本供求关系，但是，利率又会对资本供求和资本流向起着重要的调节和引导作用。当资本供不应求时，利率上升，既加大了资本供应又减少了资本需求；当资本供过于求时，利率下降，既减少了资本供应又扩大了资本需求。因此，利率是金融市场上调节资本供求、引导资本合理流动的主杠杆。

（二）金融市场的种类

1. 金融市场按交易的期限，分为货币市场和资本市场

货币市场是指期限不超过1年的短期证券市场，主要有银行短期信贷市场、短期融资券市场、票据贴现市场、大额定期存单市场和短期债券市场等，它为企业短期资本的筹集提供了交易条件；资本市场是指期限在1年以上的银行长期信贷市场和长期证券（如股票和长期债券）交易市场，它以筹资期限长、筹资金额大、风险与收益相对较高为主要特征。

2. 金融市场按交割的时间，分为现货市场和期货市场

现货市场是指买卖双方成交后，当场或几天之内买方付款、卖方交出证券的交易市场；期货市场是指买卖双方成交后，在双方约定的未来某一特定的时日才交割的交易市场。

3. 金融市场按交易的性质，分为发行市场和流通市场

发行市场是指从事新证券和票据等金融工具买卖的转让市场，也叫初级市场或一级市场；流通市场是指从事已上市的旧证券或票据等金融工具买卖的转让市场，也叫次级市场或二级市场。

4. 金融市场按交易的对象，分为资金市场、外汇市场和黄金市场

资金市场以货币和资本为交易对象；外汇市场以各种外汇信用工具为交易对象；黄金市场是集中进行黄金买卖和金币兑换的交易市场。其中，与财务管理直接相关的市场主要是指资金市场，包括短期资金市场（货币市场）与长期资金市场（资本市场）。

（三）金融市场中的利率

在金融市场的运作过程中，资本流动的重要内在机制就是利率。作为企业财务管理的重要参数，利率及其变动对财务管理发生重大影响。

1. 关于利率的几组概念

1）年利率、月利率和日利率

年利率是指按年计息的利率，一般按本金的百分之几表示，通常称年息几厘几毫。如年息5厘4毫表示本金为100元的年利息额为5.4元。月利率是按月计息的，一般为本金的千分之几，如月息6厘即为本金1 000元的每月利息为6元。日利率是按天计息的，一般可根据年利率或月利率折算而来。

2）名义利率与实际利率

第一种含义的名义利率是指包含对通货膨胀补偿的利率。在通货膨胀情况下，市场上各种利率都是名义利率。实际利率是指在物价不变、货币购买力不变的情况下的利率，或者是指物价有变动时，扣除通货膨胀补偿后的利率。设 i 为名义利率，r 为实际利率，h 为通货膨胀率。费雪效应[①]表明，它们之间的关系为：$(1+i)=(1+r)\times(1+h)$，即 $i=r+h+rh$。

第二种含义的名义利率是由于年内多次计息而使得年实际利率大于名义利率。设 m 为计息次数，年实际利率（r）与名义年利率（i）间的关系为：$r=(1+i/m)^m-1$；在连续复利计息时，$r=e^i-1$（e 为自然常数，约等于 2.718）。

3）基准利率与套算利率

基准利率是指在多种利率并存的条件下起决定作用的利率。它是中央银行的再贴现利率，或是中央银行对其他商业银行的再贷款利率。套算利率是指在基准利率的基础上，各商业银行根据具体贷款特点换算出来的利率，主要依据企业的资信等级确定。例如，某银行规定，贷款给信用等级为 AAA 级、AA 级和 A 级企业的利率，分别为基准利率基础上加 0.1%、0.5%和 1%，若基准利率为 10%，则 AAA 级、AA 级和 A 级企业的贷款利率分别为 10.1%、10.5%和 11%。

4）固定利率与浮动利率

固定利率是指在整个贷款期内固定不变的利率。浮动利率是指在贷款期内随市场借贷资金供求关系而在一定范围内调整的利率。

2. 利率的构成

利率是资本的价格，它主要取决于资本供求关系。作为资本价格，它对资本供应方来说属于收益，对资本需求方而言则属于成本。在金融市场中，利率构成可用下式表示：

利率＝纯利率＋通货膨胀补偿率＋风险补偿率

式中，纯利率与通货膨胀补偿率构成基础利率，风险补偿率又分为违约风险补偿率、流动性风险补偿率和到期风险补偿率三种。因此，影响利率构成的主要因素有以下几点：

1）纯利率

纯利率是指没有风险和没有通货膨胀情况下的平均利率。例如，在没有通货膨胀时，国库券的利率可以视为纯利率。纯利率的高低，受平均利润率、资金供求关系和国家调节的影响。首先，利息是利润的一部分，所以利息率依存利润率，并受平均利润率的制约。一般利息率随平均利润率的提高而提高。利息率的最高限不能超过平均利润率，否则企业无利可图，不会借入款项；利息率的最低界限大于零。其次，在平均利润率不变的情况下，金融市场上的供求关系决定市场利率水平。在经济高涨时，资金需求量上升，若供应量不变，则利率上升；在经济衰退时，则利率下降。最后，政府为防止经济过热，通过中央银行减少货币供应量，资金供应量减少，利率上升；政府为刺激经济发展，增加货币发行量，则情况相反。

2）通货膨胀补偿率

通货膨胀使货币贬值，从而使投资者或资金供应者的真实报酬率下降。因此，为弥补通货膨胀造成的购买力损失，利率确定要视通货膨胀状况而给予一定的补偿。例如，政府发行的短期无风险证券（如国库券）的利率就是由纯利率和通货膨胀补偿率这两部

---

① 名义利率与实际利率之间的关系通常称为费雪效应（Fisher effect，以经济学家欧文·费雪的名字命名）。

分组成的。

3）违约风险补偿率

违约风险是指借款人无法按时支付利息或偿还本金而给投资者或资本供应者带来的风险。违约风险越大，则投资者或资本供应者要求的利率也越高，反之则相反。

4）流动性风险补偿率

流动性是指资产在短期内出售并转换为现金的能力。资产流动性强弱的标志有两个：一是时间因素；二是变现价格。对于金融市场而言，金融资产的流动性视金融证券发行主体的财务实力而定。例如，小公司的债券流动性相对于大公司要差，作为小公司债券的购买者，就会要求提高利率作为补偿。

5）到期风险补偿率

到期风险补偿率是因到期时间长短不同而形成的利率差别。从理论上讲，持有不同时间的金融资产其利率不同，其原因在于长期金融资产的风险高于短期资产风险，从而相应体现收益率差异。

3. 利率在财务管理中的意义

（1）利率是企业筹资决策的重要依据。在筹资决策中，不管是采用借款还是股权筹资方式，利率都是判断筹资合理性的主要因素。利率水平决定了企业筹资资本成本的水平，对企业选择何种方式筹资、筹资的期限安排等，都有着重要的影响。如果预期市场利率下降，企业在选择筹资方案时，则应筹集短期资本；反之，如果预期市场利率上升，则应筹集长期资本，以降低筹资成本。

（2）利率是企业投资决策的重要依据。在企业投资决策中，市场利率水平会对企业投资战略起到决定性作用。在市场利率低时，企业会选择扩张型投资；反之，在市场利率上升时，企业会适当抑制投资。在长期投资项目决策中，计算净现值指标所使用的贴现率是以市场利率为基础来确定的。银行贷款利率的波动，以及与此相关的股票和债券价格的波动，既给企业以机会，也是对企业的挑战。如果预期市场利率下降，企业在选择投资方案时，应进行长期投资；反之，如果预期市场利率上升，则应进行短期投资以提高投资收益。

（3）利率影响分配决策。利率是企业进行利润分配时必须考虑的因素之一。一般而言，企业给予投资者的回报不应低于市场平均无风险报酬率。为了获得投资者的持续投资及未来的追加投资，企业应尽量给予投资者高于市场上风险收益水平之上的报酬率，而市场利率是市场平均收益率的量化依据。

（四）金融市场与财务管理的关系

1. 金融市场是企业筹资和投资的场所

金融市场上有许多筹资渠道和投资方式可供选择。企业需要资本时，可以到金融市场选择恰当的方式筹资；企业有了闲置的资本，也可以灵活选择投资方式，在金融市场上进行投资。

2. 企业通过金融市场调整资本结构，实现长、短期资本互相转化

企业持有的股票是长期投资，在金融市场上可随时变现，成为短期资本；远期票据

通过贴现，可变为现金；大额可转让定期存单，可以在金融市场卖出，成为短期资本。与此相反，短期资本也可以在金融市场上转变为股票、债券等长期资产。

3. 金融市场为企业理财提供有用的信息

金融市场的利率变动，反映资本的供求状况；有价证券市场的行市反映投资人对企业的经营状况和盈利水平的评价。它们是企业经营和投资的重要依据。

4. 现金在企业与金融市场之间往返流动才能增值

企业和金融市场之间的现金流动关系如图 1-2 所示。

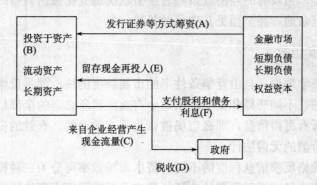

图 1-2　企业和金融市场之间的现金流动关系

从图 1-2 中可知，当支付给股东和债权人的现金（F）大于从金融市场筹集的资金（A）时，公司就创造了价值。

三、经济环境

经济环境是指企业进行财务活动的宏观经济状况。具体包括以下几个方面。

（一）经济发展状况

经济发展的速度，对企业理财有重大影响。近年来，我国经济发展速度较快。企业为了跟上这种发展并在其行业中维持自身的地位，至少要有同样的增长速度，需要相应增加厂房、机器、存货、工人、专业人员等。这种增长，需要大规模地筹集资本，需要借入巨额款项或增发股票等。

经济发展的波动，即有时繁荣、有时衰退，对企业理财也有极大影响。这种波动，最先影响的是企业销售额。销售下降会阻碍企业现金的流转。例如，成品积压不能变现，需要筹资以维持运营。尽管政府试图减少不利的经济波动，但事实上经济有时"过热"，有时需要"调整"。财务人员对这种波动要有所预期，筹措足够的资本，用以调整生产经营。

（二）通货膨胀

通货膨胀不仅对消费者不利，给企业理财也带来很大困难。企业对通货膨胀本身无能为力，只有政府才能控制。但通货膨胀对企业财务活动产生影响，企业为了实现期望的报酬率，必须调整收入和成本；同时，使用套期保值等办法减少损失，如提前购买设备和存货，买进现货卖出期货等。

（三）政府的经济政策

由于政府具有较强的调控宏观经济的职能，其制定的国民经济发展规划、产业政策、经济体制改革措施、行政法规等，对企业的财务活动都有重大影响。

国家对某些地区、某些行业、某些经济行为的优惠、鼓励和有利倾斜构成了政府经济政策的主要内容。企业在财务决策时，要认真研究政府的经济政策，按照政策导向行事，才能趋利除弊。当政府的经济政策随着经济状况的变化做出调整时，企业财务决策要为这种变化留有余地，甚至预见其变化的趋势。

（四）资本市场效率

根据微观经济学理论，自由竞争条件下的市场制度的核心就是价格能否正确反映稀缺资源在无限制的、不同选择和竞争性用途中有效配置所必需的全部信息。如果价格能及时全面地反映所有可得信息，那么市场被认为是有效率的。有效的资本市场下，股票价格能提供企业价值的无偏估计。

通常按证券价格反映信息程度的不同，资本市场效率可分为三种模式：

（1）弱式效率市场。当前股票的市场价格充分反映了历史证券价格所包含的所有信息，即所有包含在过去股价变动中的资料和信息都已完全反映在股票的现行市价中。

（2）半强式效率市场。包含弱式市场，并继续假设当前市场价格反映了过去价格运动和所有公开可得的信息。

（3）强式效率市场。证券价格充分反映了所有公开可得的，或不能公开获得的信息。

资本市场效率对制定财务政策是至关重要的。财务管理应理性分析资本市场效率，做出正确的财务决策。

（五）竞争

竞争广泛存在于市场经济之中，任何企业都不能回避。企业之间、产品之间、现有产品和新产品之间的竞争，涉及设备、技术、人才、推销、管理等各个方面。竞争能促使企业用更好的方法来生产更好的产品，对经济发展起推动作用。但对企业来说，竞争既是机会，也是威胁。为了改善竞争地位，企业往往需要大规模投资，成功之后企业盈利增加，但若投资失败则竞争地位更为不利。竞争是"商业战争"，综合体现了企业的全部实力和智慧，经济增长、通货膨胀、利率波动带来的财务问题，以及企业的对策都会在竞争中体现出来。

第四节　财务管理职能与原则

一、财务管理职能

财务管理职能，是指财务管理本身所具有的功能，它是财务预测、财务决策、财务预算、财务控制和财务分析五个环节相互联系、相互配合的有机结合体。

（一）财务预测

财务预测是根据财务活动的历史资料，考虑现实的要求和条件，对企业未来的财务活动和财务成果做出科学的预计和测算。财务预测环节的主要任务在于：测算各项生产经营方案的经济效益，为决策提供可靠的依据；预计财务收支的发展变化情况，以确定经营目标；测定各项定额和标准，为编制预算服务。财务预测环节的主要步骤包括以下几点。

(1) 明确预测对象和目的。预测的对象和目的不同，则预测资料的搜集、预测模型的建立、预测方法的选择、预测结果的表现方式等也有不同的要求。为了实现预期的效果，必须根据管理决策的需要，明确预测的具体对象和目的，如目标利润、资本需要量、现金流量等，从而确定预测的范围。

(2) 搜集和整理资料。根据预测对象和目的，广泛搜集与预测目标相关的各种资料信息，包括内部和外部资料、财务和生产技术资料、计划和统计资料等，对所搜集的资料除进行可靠性、完整性和典型性检查外，还必须进行归类、汇总、调整等加工处理，使资料符合预测的需要。

(3) 建立预测模型。根据影响预测对象的各个因素之间的相互联系，选择相应的财务预测模型。常见的财务预测模型有因果关系预测模型、回归分析预测模型、时间序列预测模型等。

(4) 实施财务预测。将经过加工整理的资料利用财务预测模型，选取适当的预测方法，进行定性、定量分析，确定预测结果。

（二）财务决策

财务决策是根据企业经营战略的要求，在理财目标的总体要求下，通过专门的方法从各种备选方案中选择最佳方案的过程。在市场经济条件下，财务管理的核心是财务决策，它是编制财务预算、进行财务控制的基础。决策关系到企业的兴衰成败。财务决策的基本程序如下：

(1) 确定决策目标。以预测数据为基础，结合企业总体经营战略，从企业实际出发，确定决策期内企业需要实现的具体理财目标。

(2) 提出备选方案。根据决策目标，运用一定的预测方法，对所搜集的资料进行进一步的加工、整理，提出实现目标的各种可供选择的方案。

(3) 评价选择最优方案。通过对各种可实施方案的分析论证和对比研究，评定出各方案的优劣，运用一定的决策方法，做出最优方案的选择。

（三）财务预算

预算是用数字编制未来某一时期的计划，即用财务数字或非财务数字来计量预期的结果。财务预算是企业在计划期内反映有关预计现金收支、经营成果和财务状况的预算。它是企业全面预算（包括经营预算、投资预算和财务预算）的重要组成部分。财务预算一般包括现金预算、利润表预算、资产负债表预算、现金流量表预算和成本费用预算等内容。它是财务预测和决策结果的具体表现，也是日常财务控制、财务分析的重要依据。有效的财务预算在财务管理中具有规划、控制、协调、评价和激励功能。企业全面预算管理的一般程序如图 1-3 所示。

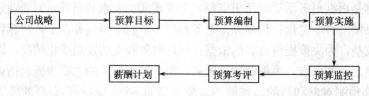

图 1-3　企业全面预算管理的一般程序

预算管理模式应与企业基本管理模式一致。预算管理的一般模式是以目标利润为导向，以销售预算为起点，以现金流量预算为中心。预算编制的基本步骤如下：

（1）根据公司总体战略目标确定年度预算目标，并确定年度目标利润。

（2）根据市场调研和分析结果编制年度销售预算。

（3）根据年度销售预算编制生产预算和成本费用预算，包括直接材料预算、直接人工预算、制造费用预算、期间费用预算。

（4）根据以上预算编制现金预算、利润表预算、资产负债表预算和现金流量表预算。

（四）财务控制

财务控制是在财务管理过程中，利用有关信息和特定手段，对企业财务活动施加影响，以实现财务预算目标的环节。企业财务控制的常用方式有两种：一种是制度控制，它是以公司章程、财务制度为依据，从合法性、合规性和合理性的角度对企业财务行为和财务活动实施的控制；另一种是预算控制，它是以财务预算的分解指标为标准，对企业财务预算指标及其主要措施的实施情况进行的控制。实行财务控制是落实预算任务、保证预算实现的有效措施。财务控制的一般步骤如下：

（1）确定控制目标。财务控制目标可按财务预算指标确定，对于一些综合性的财务控制目标应当按照责任单位或个人进行分解，使之成为能够具体掌握的可控指标。

（2）建立控制系统。按照责任制度的要求，落实财务控制目标的责任单位和个人，形成从上到下、从左到右的纵横交错的控制组织体系。

（3）信息传递与反馈。这是一个双向流动的信息系统，它不仅能够自下而上地反馈财务预算执行情况，也能够自上而下地传递调整财务预算执行偏差的信息。

（4）纠正实际偏差。根据信息反馈，及时发现实际执行情况与预算目标的差异，分析原因，采取措施加以纠正，以保证财务预算目标的实现。

（五）财务分析

财务分析是以企业财务报表为主要依据，运用专门的分析方法，对企业财务状况和经营成果进行解释和评价，以便于投资者、债权人、管理者以及其他信息使用者做出正确的决策。通过财务分析，可以掌握各项财务预算指标的完成情况，有利于改善财务预测和决策工作；通过财务分析，便于总结经验，研究和掌握企业财务活动的规律性，不断改进财务管理。由于课程内容的分工，本书不对此加以阐述，具体内容请见本系列教材之《财务报告分析》。

二、财务管理原则

财务管理原则，也称理财原则，是企业财务管理工作必须遵循的基本准则。它是从企业理财实践中概括抽象出来的并在实践中得以证明的行为规范，它反映理财活动的内在要求。财务管理的一般原则如下。

(一) 风险-报酬权衡原则

风险-报酬权衡原则是指风险和报酬之间存在着一个对等关系，投资者必须对风险和报酬做出权衡，为追求较高的报酬需承担较大的风险，或者为减少风险而接受较低的报酬。所谓"对等关系"，是指高收益的投资机会必然伴随着巨大的风险，风险小的投资机会必然只有较低的收益。

在财务活动中，当其他一切条件相同时，人们倾向于高报酬和低风险。如果两个投资机会除了报酬不同以外，其他条件（包括风险）都相同，人们会选择报酬较高的投资机会，这是自利行为原则所决定的。如果两个投资机会除了风险不同以外，其他条件（包括报酬）都相同，人们会选择风险较小的投资机会，这是风险反感决定的。所谓"风险反感"，是指人们普遍对风险有反感，认为风险是不利的事情或事物结果的不确定性。肯定的 1 元钱，其经济价值要大于不肯定的 1 元钱。

因此，贯彻风险-报酬权衡原则必须考虑企业适应环境的盈利能力、风险损失事件出现的概率分析与防范能力，以及企业承担风险的胆略和能力等因素。

(二) 价值创造原则

价值创造原则是指一切财务活动都必须以企业价值最大化为出发点和归宿点。任何财务决策，只要能够提高企业价值，就被认为是一个好的决策，而降低企业价值的决策则被认为是差的决策。财务管理的价值创造原则主要体现在以下三个方面：

(1) 筹资管理原则，是指以较低的筹资成本和筹资风险获取较多的筹资额，以满足投资的需要。不同筹资来源和筹资方式需要付出不同的代价，承担不同的筹资风险。企业筹资种类的选择应尽量与投资的资产配合，使筹措资金的资产运用所产生的现金流量能与偿还债务所需的现金流量相配比，从而实现筹资风险最小化；同时选择一个合适的筹资结构即合理安排负债和股权筹资的比例，降低筹资成本，使得项目投资必要报酬率最小化，选择使投资项目价值最大化并与资产相匹配的筹资组合。

(2) 投资管理原则，是指筹集的资金应当投资于超过最低可接受收益率的项目。所谓最低可接受收益率，是指一个项目中投入资源的可接受的最低回报率。企业只有通过投资活动才能创造更多价值。企业可利用的财务资源是有限的，投资决策问题实质上是面对资本限量如何选择其最大化投资价值的投资方案问题。为了保证有限资源能够创造更多的价值，需要事先确定投资可接受的最低收益率，即投资必要报酬率，在此基础上来优选投资方案。项目投资必要报酬率必须反映项目风险，一般情况下项目风险越大，其必要报酬率也相应越高，对项目预期报酬率的要求也越高。

（3）分配管理原则，是指基于合理的分配方式，来提高企业价值。分配决策意味着管理者需要在企业收益是留存于企业，还是分配给股东两者间进行选择。基于企业价值最大化这一目标，如果公司没有更好的投资机会并创造更大价值，最好的办法是将企业收益分配给股东，让他们自己去选择最大化其自身价值的投资项目；反之，对于成长期的企业，如果存在可产生超过最低必要报酬率的投资机会，则股东和经营者都愿意或希望将收益留存于企业，以创造更多的价值。

（三）现金流转平衡原则

现金流转平衡可以通过企业编制的预测现金流量表和实际现金流量表得以实现。现金流转动态的平衡公式可简化为

$$目前现金余额 + 预计现金收入 - 预计现金流出 = 预计现金余额$$

如果预计的现金余额低于理想的现金余额，则应积极筹措资金，以弥补现金不足；如果预计现金余额大于理想现金余额，应积极组织还款或进行投资，以保持现金流入流出的动态平衡，确保企业经营上各种现金收支平衡。

现金流转平衡原则是财务管理的一项基本原则。从某种意义上讲，财务管理的过程就是追求现金流转平衡的过程。实现现金的动态平衡是实现财务管理目标的前提。在财务管理实践中，企业筹资决策、投资决策、分配决策以及日常经营现金收支计划，都必须在这一原则指导下进行。

（四）利益协调原则

利益协调原则是指企业相关利益者间的利益分配在数量上和时间上应达到动态的协调平衡。在财务管理中，要力求企业相关利益者的利益分配均衡，也就是减少各相关利益者之间因利益冲突而使企业总价值下降。

企业的财务收益就是企业创造的可供企业相关利益者分配的利润。企业分配其收益给相关利益者，就是为相关利益者提供必要的回报，这种回报是维持企业持续经营和发展的必要手段。要保证企业顺利发展，就要求企业收益的分配不仅在分配数额上而且在时间上保持协调平衡。如果相关利益者中某一方得不到公正的待遇，会导致企业利益冲突加剧，代理成本上升，最终会导致企业破产。

【进一步学习指南】

一、首席财务官（CFO）的职责与能力要求

CFO作为公司高管团队成员，掌管着公司血液（资金）系统和神经（信息）系统。在现代企业组织中，CFO不再是一个单纯的职业管理专家，而是一个全局的管理者，其工作目标是实现公司价值最大化。其职责将定位于：①作为战略决策者，直接参与公司重大事项决策；②作为全局管理者，强调公司内部的管理控制；③作为专业管理者，全面负责公司内部各项财务交易事项及其管理。

为了达到相应的目标和完成相应的职能，要求CFO具备一定的能力。从管理实践的需求看，

CFO 必须具有优秀的个人品质与卓越的专业能力，包括：决策能力、战略规划能力、分析能力、领导能力、协作能力、控制能力与资源管理能力等。参见：上海国家会计学院，成为胜任的 CFO：《中国 CFO 能力框架》研究报告，经济科学出版社，2006 年 7 月出版。

二、投资者关系管理（IRM）

投资者关系是指上市公司（包括拟上市公司）与公司的股权、债权投资人或潜在投资者之间的关系，包括在与投资者沟通过程中，上市公司与资本市场各类中介机构之间的关系。投资者关系管理（investors relation management，IRM）是指上市公司通过各种方式的投资者关系活动，以加强与投资者之间的沟通、增进投资者对公司了解的管理行为。为了实现企业的可持续发展和企业价值最大化，企业必须适应资本市场需要，加强投资者关系管理。在我国，深圳证券交易所、上海证券交易所先后推出了投资者关系管理指引，并要求各上市公司制定和实施投资者关系管理制度，对投资者关系管理提出了指导性意见。参见：www. szse. cn（深圳证券交易所网站）。

三、《公司法》中有关财务管理权限的相关规定

《公司法》明确规定了公司内部各治理主体所行使的相关财务职权，包括股东会、董事会、经理层的财务职权。参见 2005 年 10 月 27 日修订通过的《中华人民共和国公司法》。

四、《上市公司股权激励管理办法》中关于股票期权激励制度的相关规定

为进一步完善上市公司治理结构，促进上市公司规范运作与持续发展，证监会发布了《上市公司股权激励管理办法》（试行），明确规定：股权激励计划的激励对象可以包括上市公司的董事（不包括独立董事）、监事、高级管理人员、核心技术（业务）人员等。上市公司应当建立绩效考核体系和考核办法，以绩效考核指标作为实施股权激励计划的条件。参见：2005 年 12 月 31 日证监会发布的《上市公司股权激励管理办法》（试行）。

【复习思考题】

1. 财务管理需要解决哪些基本问题？财务管理的内容有哪些？

2. 财务管理为什么以企业价值最大化为目标？财务管理通过何种途径实现这一目标？

3. 股东与经营者之间可能产生哪些目标差异，如何协调？

4. 股东与债权人之间可能产生哪些目标差异，如何协调？

5. 什么是财务管理的宏观环境，有何特点？

6. 哪些财务决策应当考虑税收因素？

7. 金融市场有哪些要素？它们如何影响企业财务管理？

8. 利率是怎样构成的？财务管理应如何运用利率杠杆？

9. 财务管理应遵循哪些原则？谈谈风险—报酬权衡原则与财务管理目标的关系。

10. 财务管理方法体系如何构成？

第二章

风险与收益

【本章学习目标】

- 风险的含义及计量方法
- 风险与收益的关系
- 风险收益率的计算
- 资本资产定价模型

【案例引入】

2008 年 10 月 15 日，中国最大玩具工厂合俊集团倒闭，成为中国企业实体受金融危机影响出现倒闭第一案。创办于 1996 年的合俊集团，是国内规模较大的 OEM 型玩具生产商，于 2006 年 9 月成功在香港联交所上市。2007 年 6 月，合俊集团认识到过分依赖加工出口的危险。2007 年 9 月，合俊集团计划进入矿业，以约 3 亿元的价格收购了福建天成矿业 48.96% 股权。2008 年年初，合俊集团付给天成矿业 2.69 亿元现金，直接引发了其资金链危机。对天成矿业的巨额投入，合俊集团不仅未能收回成本，跨行业的资本运作反而令其陷入资金崩溃的泥沼。然而，金融危机只是催化剂，而收购矿业这一无视风险、孤注一掷的"豪赌"，才是导致合俊集团的倒闭的真正原因。[①]

合俊集团从事的玩具加工出口业在全球金融危机袭来时面临何种风险？合俊集团为什么要投资矿业？对合俊集团而言，从事矿业投资又将面临何种风险，可能获得何种收益？带着这些问题，我们进入本章学习。

---

① 资料来源：http://edu.21cn.com/cpa/注册会计师《风险管理》五大失败案例（合俊集团）。

第一节 风险与收益的关系

一、风险与风险收益

(一) 风险

在日常生活中，风险常常从负面角度被定义为：危险或遭受损失的可能性。也就是说，风险首先是一种可能性，即实际结果偏离预期目标的不确定性；其次，这种不确定性对于承担者而言是不愿意看到的。在财务管理中，风险是指在一定条件下和一定时期内可能发生的各种实际结果偏离预期结果的程度。风险是事件本身的不确定性，具有客观性；但是否去冒风险以及冒多大的风险，是可以选择的，是主观决定的。

严格说来，风险和不确定性有区别。风险是指事前可以知道所有可能的结果，以及每种结果的概率。不确定性是指事前不知道所有可能结果，或者虽然知道可能结果但不知道它们出现的概率。例如，在一个新区找矿，事前知道只有找到和找不到两种结果，但不知道两种结果的可能性各占多少，属于"不确定"问题而非风险问题。在实践中对风险和不确定性不作严格区分，都视为"风险"问题对待，即把风险理解为可测定概率的不确定性。

风险可能给投资人带来超出预期的收益，也可能带来超出预期的损失。一般说来，投资人对意外损失的关切，比对意外收益的关切要强烈得多。因此人们研究风险时侧重减少损失，主要从不利的方面来考察风险，经常把风险看成是不利事件发生的可能性，从财务的角度来说，风险主要指无法达到预期收益的可能性。

从个别投资主体的角度看，风险可分为系统性风险和非系统性风险两类。系统性风险又称为"市场风险"或"不可分散风险"，是指那些影响所有公司的因素引起的风险，如战争、经济衰退、通货膨胀、高利率等。这类风险涉及所有的投资对象，不能通过多元化投资来分散。例如，一个人投资于股票，不论买哪一种股票，他都要承担市场风险：在经济衰退时，各种股票的价格都会不同程度地下跌。非系统性风险又称为"公司特有风险"或"可分散风险"，是指发生于个别公司的特有事件造成的风险，如罢工、新产品开发失败、没有争取到重要合同、诉讼失败等。这类事件是随机发生的，因而可以通过多元化投资来分散，即发生于一家公司的不利事件可以被其他公司的有利事件所抵消。例如，一个人投资于股票时，同时买几种不同的股票，比只买一种股票风险要来得小。

从公司风险的来源看，风险分为经营风险和财务风险两类。经营风险指生产经营的不确定性带来的风险，它是任何商业活动都有的，也叫商业风险；财务风险从广义的角度看存在于企业财务活动全过程，包括筹资风险、投资风险、收益分配风险、并购风险等，从狭义的角度看是指因借款而增加的风险，是筹资决策带来的风险，也叫筹资风险。由于企业向银行等金融机构举债，从而产生了定期的还本付息压力，如果企业不能按期还本付息，就面临着诉讼、破产等威胁，遭受严重损失。

（二）风险收益

一般而言，投资者都厌恶风险，人们进行风险性投资是为了得到超过一般投资收益的收益。因此，当人们承担风险时都要求取得预期收益；风险越大，要求的收益也就越高。例如，如果人们投资于国库券（无风险投资）的平均收益率为3％，则投资于公司股票（含有风险的投资）的平均收益率就会要求高于3％；若其投资于公司股票的平均收益率达到12％，则两者之差（9％）被认为是对投资者所承担风险的一种补偿，即风险收益。投资者由于承担风险进行投资而获得的超过货币时间价值（无风险收益）的额外收益，就称之为投资的风险收益，或称为风险价值、风险溢价。

风险收益有两种表示方式：用绝对数表示，即风险收益额，是指投资者因冒风险进行投资而获取的超过货币时间价值的那部分额外收益；用相对数表示，即风险收益率，是指投资者因冒风险进行投资而获取的超过货币时间价值率的那部分额外收益率，即风险收益率与投资额的比率。

如果不考虑通货膨胀等因素，企业的投资收益实际上由两部分组成：货币时间价值（无风险收益）和投资风险价值（风险收益），即企业的投资收益率为无风险收益率和风险收益率之和。

二、单项投资的风险与收益

风险具有不易计量的特征，但风险同概率相关，因此，要衡量投资风险程度，首先必须对风险程度予以量化，通常需要采用概率论的方法加以分析和计算。

（一）概率

一个事件的概率是指这一事件的某种结果可能发生的机会。对于事件可能出现的结果，数学上称之为随机变量，概率也就是随机变量可能发生的程度。

任何概率必须符合以下两条规则：

（1）$0 \leqslant P_i \leqslant 1$，即每个随机变量出现的概率在0～1，也就是说，事件的某种结果发生的可能性一定介于肯定发生（概率为1）和肯定不会发生（概率为0）之间。

（2）$\sum\limits_{i=1}^{n} P_i = 1$，即所有随机变量的概率之和必须等于1，也即事件的各种结果发生可能性的总和为1，也就是100％。式中，P_i 为随机变量出现的概率；i 为随机变量可能出现的情况；n 为可能结果的个数。

【例2-1】　某企业有A、B两个投资项目，A项目是一个高科技项目，该领域竞争激烈，如果能够尽快成长，取得较大市场占有率，盈利空间很大。否则利润很小甚至亏本。B项目是一个传统的老产品，市场平稳可预测性较强。假设未来的市场经营状况有三种可能结果：好、一般、差，三种经营状况的概率及对应可实现的投资收益率的分布如表2-1所示。

表 2-1 三种经营状况及其收益率的概率分布

经营状况	经营状况出现的概率	A 项目预期收益率	B 项目预期收益率
好	0.30	60%	30%
一般	0.40	15%	15%
差	0.30	−25%	5%
合计	1.0		

由表 2-1 可以看出，该投资项目未来的经营状况，有 30％的可能性是"好"，假如这种情况能够出现，A 项目可以获得高达 60％的预期收益率，B 项目的预期收益率只有 30％；同时也有 30％的可能性是"差"，一旦这种情况出现，A 项目就可能要损失 25％，B 项目能实现的投资收益率为 5％。

为了清晰地观察概率的离散程度，可根据概率分布表和离散型概率分布图（图 2-1）进行分析。概率分布越集中，实际可能的结果就会越接近预期收益，实际收益率低于预期收益率的可能就越小，投资的风险程度也就越小；反之，概率分布越分散，投资的风险程度也就越大。

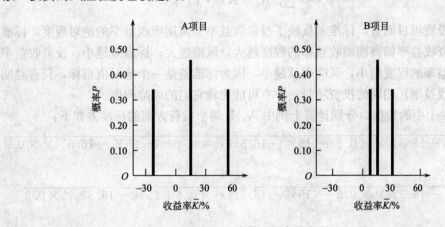

图 2-1 离散型概率分布图

（二）期望值

期望值是各随机变量以各自对应的概率为权数计算的加权平均值。期望值是反映集中趋势的一种量度，表示最有可能出现的结果值。因此，对于一个投资项目而言，未来的投资收益期望值越大，表明该项目可创造的投资收益率越高；反之，期望值越小，则投资收益率越低。

投资项目收益率的期望值，可称为期望收益率。其计算公式为

$$\overline{K} = \sum_{i=1}^{n}(K_i \cdot P_i)$$

式中，$\overline{K}$ 为期望收益率；K_i 为第 i 种可能结果的收益率；P_i 为第 i 种可能结果出现的

概率；n 为可能结果的个数。

根据表 2-1，可以分别计算 A、B 两个投资项目的期望收益率如下：

$$\overline{K}_A = 60\% \times 0.30 + 15\% \times 0.40 + (-25\%) \times 0.30 = 16.50\%$$

$$\overline{K}_B = 30\% \times 0.30 + 15\% \times 0.40 + 5\% \times 0.30 = 16.50\%$$

由计算结果可知，A、B 两个方案的期望收益率是相同的，即两个方案可能给企业带来相同的平均收益率。在期望收益率相同的情况下，投资的风险程度应结合收益率的概率分布来加以判断，如图 2-1 所示。

从概率分布图可以看出，B 方案收益率的概率分布比 A 方案要集中得多，在期望收益率相同的情况下，选择 B 方案实现预期收益率的可能性较大，即风险程度较低。

（三）标准差

标准差是方差的平方根，也叫标准离差或均方差，它反映各种随机变量值和期望值的综合偏离程度。设 δ 为标准差，则标准差的计算公式如下：

$$\delta = \sqrt{\sum_{i=1}^{n} (K_i - \overline{K})^2 \cdot P_i}$$

对某一投资项目而言，标准差反映了投资收益率偏离期望收益率的绝对程度，标准差越大，投资收益率偏离期望收益率的程度越大，风险越大；标准差越小，投资收益率偏离期望收益率的程度越小，风险也就越小。因为标准差是一个绝对值指标，只有对期望值（期望收益率）相同的投资项目，才有可能比较它们的风险程度。

根据表 2-1 中的数据，分别计算上例中 A、B 两个投资方案的标准差如下：

$$\delta_A = \sqrt{(60\% - 16.5\%)^2 \times 0.3 + (15\% - 16.5\%)^2 \times 0.4 + (-25\% - 16.5\%)^2 \times 0.3}$$
$$= 32.94\%$$

$$\delta_B = \sqrt{(30\% - 16.5\%)^2 \times 0.3 + (15\% - 16.5\%)^2 \times 0.4 + (5\% - 16.5\%)^2 \times 0.3}$$
$$= 9.76\%$$

由计算结果可知，A 方案的标准差大于 B 方案，在期望值相同的情况下，选择风险较小的 B 方案投资。

（四）标准离差率

标准离差率也叫变异系数，它是标准差和期望值的比值。标准离差率是一个相对数指标，能反映期望收益率不同的投资项目的风险程度，适用于多方案择优。对期望值不同的方案，评价和衡量其各自的风险程度只能借助于标准离差率这一相对数指标。在期望值不同的情况下，标准离差率越大，风险程度就越大；反之，标准离差率越小，则风险程度就越小。

设 V 为标准离差率，则其计算公式如下：

$$V = \frac{\delta}{\overline{K}}$$

根据公式，分别计算上例中 A、B 两个投资方案的标准离差率如下：

$$V_A = \frac{32.94\%}{16.50\%} = 199.64\%$$

$$V_B = \frac{9.76\%}{16.50\%} = 59.15\%$$

由计算结果可知，B 方案的标准离差率小于 A 方案的标准离差率，说明 B 方案的投资风险程度小于 A 方案，应选择 B 方案进行投资。

通过上述方法将决策方案的风险进行量化后，决策者便可以根据风险与收益的关系进行决策。对于单个方案，可以根据标准差（率）的大小，并与预期设定的标准差（率）最高限值对比，进行方案取舍；对于多方案择优，决策者应该选择低风险高收益的方案，即选择标准离差率最低、期望收益最高的方案。

但是，高收益总是伴随着高风险，风险较低的方案往往收益也较低。究竟选择何种方案，就要权衡风险和收益。不同的决策者对风险有不同的取向，风险厌恶者会选择期望收益较低同时风险也较低的方案，风险偏好者则会选择高风险高收益的投资方案。

（五）风险收益的计算

任何投资者宁愿要肯定的某一收益率，而不要不肯定的同一收益率，这种现象叫做风险反感。在风险反感普遍存在的情况下，诱使投资者进行投资的因素就是风险收益。为了正确判断一个投资方案在某种风险程度下取得的投资收益率是否值得，需要计算投资的风险收益。风险收益既可以用风险收益率表示，也可以直接用风险收益额表示。

1. 风险收益率的计算

风险收益的大小应该与所冒风险的大小成正比，即所冒风险越大，要求得到的风险收益越高。因此，表示风险收益的风险收益率应与反映风险程度的投资收益率的标准离差率呈正比例关系。借助一个参数——风险价值系数 b，就可以将投资收益率的标准离差率转换成风险收益率。

设用 R_R 表示风险收益率，则

$$R_R = b \cdot V$$

风险收益率、风险价值系数、标准离差率三者之间的关系如图 2-2 所示。

风险价值系数（b）的数学意义是指该项投资的风险收益率占该项投资的标准离差率的比率。实际工作中确定单项投资的风险价值系数，可以采取以下四种方法：

（1）根据同类投资项目的总投资收益率、无风险收益率、标准离差率等历史资料计算确定。

（2）根据历史数据进行统计回归

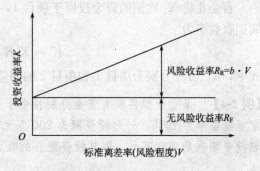

图 2-2　风险与收益关系图

推断。

（3）由企业主管投资的人员会同有关专家定性评议而获得。

（4）由专业咨询公司按不同行业定期发布，供投资者参考使用。

【例 2-2】 以【例 2-1】的数据为依据，并假设两个投资项目的风险价值系数均为 8%。计算该投资项目的风险收益率。

项目 A 的风险收益率 $R_{RA} = b \cdot V_A = 8\% \times 199.64\% = 15.97\%$

项目 B 的风险收益率 $R_{RB} = b \cdot V_B = 8\% \times 59.15\% = 4.73\%$

2. 风险收益额的计算

利用风险收益率，可以进一步计算得到风险收益额。风险收益额的计算公式如下：

$$P_R = C \cdot R_R$$

式中，P_R 为投资风险收益额；C 为投资额；R_R 为投资的风险收益率。

【例 2-3】 上例中的投资额为 100 万元，则 A、B 投资项目的风险收益额分别为

项目 A 的风险收益额 $P_{RA} = C \cdot R_{RA} = 100 \times 15.97\% = 15.97$（万元）

项目 B 的风险收益额 $P_{RB} = C \cdot R_{RB} = 100 \times 4.73\% = 4.73$（万元）

从计算结果来看，项目 A 收益额（率）高于项目 B 的收益额（率），似乎项目 A 优于项目 B。而从我们前面的分析来看，两个项目的期望收益率均为 16.5% 是相等的，但项目 A 的风险要高于项目 B，风险和收益均衡后应该选择项目 B。

三、投资组合的风险和收益

投资者将不同的投资结合在一起，即"把鸡蛋放在多个篮子里"，以减少投资的风险程度。这种将不同的投资结合在一起构成的总投资，称为投资组合。

（一）投资组合的期望收益率

投资组合的期望收益率就是组成投资组合的各投资项目的期望收益率的加权平均数，其权数为各投资项目在全部投资总额中所占的比重。其公式为

$$\overline{K} = \sum_{i=1}^{n} (\overline{K}_i \cdot X_i)$$

若企业将 X_1 比例的资金投资于项目 1，X_2 比例的资金投资于项目 2，则总投资的期望收益率为

$$\overline{K} = X_1 \overline{K}_1 + X_2 \overline{K}_2$$

式中，$\overline{K}_1$、$\overline{K}_2$ 分别为项目 1 和项目 2 的期望收益率。

【例 2-4】 某企业拟将现有资金分别投资于 A 证券和 B 证券，其中，投资于 A 证券的期望收益率为 10%，计划投资额为 200 万元；投资于 B 证券的期望收益率为 15%，计划投资额也是 200 万元，则其投资组合的收益率为

$$\overline{K} = \frac{200}{200+200} \times 10\% + \frac{200}{200+200} \times 15\% = 12.5\%$$

（二）两种资产投资组合的风险

一个投资组合的标准差并不是像期望值那样，根据两个单独标准差的简单加权平均数计算出来的，而是要考虑投资组合中各证券的相互作用，即证券组合的风险不仅取决于组合内的各证券的风险，还取决于各个证券之间的关系。

【例2-5】 假设企业投资100万元于某两种证券的组合，假设两种证券所占的比重均为50%，如果两种证券完全负相关，组合的风险被全部抵消，如表2-2所示。如果两种证券完全正相关，组合的风险既不扩大也不减少，如表2-3所示。

表2-2 完全负相关的证券组合数据

方案 年度	A证券		B证券		AB组合	
	收益	收益率	收益	收益率	收益	收益率
2002	25	50%	−10	−20%	15	15%
2003	−10	−20%	25	50%	15	15%
2004	20	40%	−5	−10%	15	15%
2005	−5	−10%	20	40%	15	15%
2006	18	36%	−3	−6%	15	15%
平均数	9.6	19.2%	5.4	10.8%	15	15%
标准差		13%		13%		0

表2-3 完全正相关的证券组合数据

方案 年度	A证券		B证券		AB组合	
	收益	收益率	收益	收益率	收益	收益率
2002	20	40%	20	40%	40	40%
2003	−10	−20%	−10	−20%	−20	−20%
2004	−5	−10%	−5	−10%	−10	−10%
2005	15	30%	15	30%	30	30%
2006	12	24%	12	24%	24	24%
平均数	6.4	12.8%	6.4	12.8%	12.8	12.8%
标准差		13%		13%		13%

实际上，各种证券之间不可能完全正相关，也很少会出现完全负相关，所以不同证券的投资组合可以降低风险，但又不能完全消除风险。一般而言，证券的种类越多，风险越小。

在投资组合的风险分析中，通常利用协方差和相关系数两个指标来测量投资组合中任意两个投资项目收益率之间的变动关系。

1. 协方差

协方差是一个用于测量投资组合中某一具体投资项目相对于另一投资项目风险的统计指标。从本质上讲，组合内各种投资组合相互变化的方式影响着投资组合的整体方差，从而影响其风险。协方差的计算公式为

$$\mathrm{Cov}(K_{\mathrm{A}}, K_{\mathrm{B}}) = \sum_{i=1}^{n} (K_{\mathrm{A}i} - \overline{K}_{\mathrm{A}})(K_{\mathrm{B}i} - \overline{K}_{\mathrm{B}}) \cdot P_i$$

式中，$\mathrm{Cov}(K_{\mathrm{A}}, K_{\mathrm{B}})$ 为投资于两种资产收益率的协方差；$K_{\mathrm{A}i}$ 为第 i 种投资结构下投资 A 种资产的投资收益率；$\overline{K}_{\mathrm{A}}$ 为投资于第 A 种资产的期望投资收益率；$K_{\mathrm{B}i}$ 为第 i 种投资结构下投资 B 种资产的投资收益率；$\overline{K}_{\mathrm{B}}$ 为投资于 B 种资产的期望投资收益率。

协方差的计算结果可能为正值也可能为负值。它们分别显示了两种投资项目之间收益率变动的方向。当协方差为正值时，表示两种资产的收益率呈同方向变化；当协方差为负值时，表示两种资产的收益率呈反方向变化。协方差的绝对值越大，表示这两种资产投资收益率的关系越密切；协方差的绝对值越小，表示这两种资产投资收益率的关系越疏远。

2. 相关系数

由于各方面的原因，协方差的意义在实际应用中很难解释清楚。为了使协方差的概念能更易于接受，可以将协方差标准化，将协方差除以两个投资项目的投资收益率的标准离差之积，得出一个与协方差具有相同性质但却没有量纲的数。我们将这个数称为这两个投资项目的相关系数，它介于 $-1 \sim 1$。相关系数的计算公式为

$$\rho_{\mathrm{AB}} = \frac{\mathrm{Cov}(K_{\mathrm{A}}, K_{\mathrm{B}})}{\delta_{\mathrm{A}} \delta_{\mathrm{B}}}$$

式中，ρ_{AB} 为 A 种投资项目收益率和 B 种投资项目收益率之间的相关系数；δ_{A} 和 δ_{B} 为分别为投资于 A 种资产和投资于 B 种资产的投资收益率的标准离差。

从上述相关系数计算公式，可以推导出协方差的另一个计算公式为

$$\mathrm{Cov}(K_{\mathrm{A}}, K_{\mathrm{B}}) = \rho_{\mathrm{AB}} \delta_{\mathrm{A}} \delta_{\mathrm{B}}$$

相关系数的正负和协方差的正负相同。因此，相关系数为正值时，表示两种投资项目的资产收益率呈同方向变化；相关系数为负值时，表示两种投资项目的资产收益率呈反方向变化。

相关系数永远满足 $-1 \leqslant \rho \leqslant 1$ 的条件。大多数变量的相关系数为 $-1 \sim 1$。

3. 两项资产构成的投资组合的总风险

投资组合的总风险是由投资组合收益率的方差和标准离差来衡量的。由概率统计知识可知，两个投资项目组合的方差为

$$\delta^2 = \sum_{i=1}^{n} \sum_{j=1}^{n} X_i X_j \mathrm{Cov}(K_i, K_j) = (X_1 \delta_1)^2 + 2 X_1 X_2 \mathrm{Cov}(K_1, K_2) + (X_2 \delta_2)^2$$

故投资项目组合的标准离差公式为

$$\delta = \sqrt{X_1^2\delta_1^2 + 2X_1X_2\text{Cov}(K_1, K_2) + X_2^2\delta_2^2}$$

式中，$\text{Cov}(K_1, K_2)$ 为项目 1 和项目 2 构成的协方差。

因为 $\text{Cov}(K_1, K_2) = \rho_{12}\delta_1\delta_2$，则

$$\delta = \sqrt{X_1^2\delta_1^2 + 2X_1X_2\rho_{12}\delta_1\delta_2 + X_2^2\delta_2^2}$$

当相关系数 $\rho_{12} = 1$ 时，两种资产的投资收益率完全正相关。

$$\delta = \sqrt{(X_1\delta_1)^2 + 2X_1X_2\delta_1\delta_2 + (X_2\delta_2)^2} = X_1\delta_1 + X_2\delta_2$$

当相关系数 $\rho_{12} = -1$ 时，两种资产的投资收益率完全负相关。

$$\delta = \sqrt{(X_1\delta_1)^2 - 2X_1X_2\delta_1\delta_2 + (X_2\delta_2)^2} = X_1\delta_1 - X_2\delta_2$$

当相关系数 $\rho_{12} = 0$ 时，两种资产的投资收益率不相关。

$$\delta = \sqrt{(X_1\delta_1)^2 + (X_2\delta_2)^2}$$

【例 2-6】 仍按［例 2-4］的资料，假定投资 1、2 两种证券期望收益率的标准离差率分别为 6% 和 8%，则当这 A、B 两种证券的相关系数分别为 +1、+0.4、+0.1、0、−0.1、−0.4 和 −1 时的投资组合收益率的协方差、方差和标准离差的计算如下：

协方差 $\text{Cov}(K_1, K_2) = \rho_{12}\delta_1\delta_2 = 0.06 \times 0.08 \times \rho_{12} = 0.004\ 8\rho_{12}$

方差 $\delta^2 = 0.5^2 \times 0.06^2 + 2 \times 0.004\ 8 \times 0.5 \times 0.5\rho_{12} + 0.5^2 \times 0.08^2$

$\quad = 0.002\ 5 + 0.002\ 4\rho_{12}$

标准离差 $\delta = \sqrt{0.002\ 5 + 0.002\ 4\rho_{12}}$

当 $\rho_{12} = +1$ 时，

$$\text{Cov}(K_1, K_2) = 0.004\ 8\rho_{12} = 0.004\ 8$$

$$\delta^2 = 0.002\ 5 + 0.002\ 4\rho_{12} = 0.004\ 9$$

$$\delta = \sqrt{0.002\ 5 + 0.002\ 4\rho_{12}} = 0.07$$

同理，可以计算出相关系数分别为 +0.4、+0.1、0、−0.1、−0.4 和 −1 时的投资组合收益率的协方差、方差和标准离差的值（计算过程略），计算结果如表 2-4 所示。

表 2-4　投资组合的相关系数与协方差、方差、标准离差的关系

相关系数	+1	+0.4	+0.1	0	−0.1	−0.4	−1
协方差	0.004 8	0.001 92	0.000 48	0	−0.000 48	−0.001 92	−0.004 8
方差	0.004 9	0.003 46	0.002 74	0.002 5	0.002 26	0.001 54	0.000 1
标准离差	0.07	0.059	0.052	0.05	0.048	0.039	0.01

不论投资组合中两项资产之间的相关系数如何，只要投资比例不变，个别资产的期望收益率不变，则该投资组合的期望收益率就保持不变。但在不同的相关系数条件下，

投资组合收益率的标准离差却随之发生变化。从表 2-4 中，可以看到：

当相关系数为 +1 时，两项资产收益率的变化方向与变化幅度完全相同，会一同上升或下降，不能抵消任何投资风险。此时的标准离差最大，为 0.07。

当相关系数为 -1 时，情况刚好相反，两项资产收益率变化方向与变动幅度完全相反，表现为此增彼减，投资风险的抵消程度最大。此时的标准离差最小，为 0.01。

当相关系数在 0~+1 变动时，表明单项资产收益率之间是正相关关系，它们之间的正相关程度越低，其投资组合可分散的投资风险的效果就越大。如当相关系数为 +0.4 时，标准离差为 0.059；当相关系数为 +0.1 时，标准离差为 0.052。

当相关系数在 -1~0 变动时，表明单项资产收益率之间是负相关关系，它们之间的负相关程度越低（绝对值越小），其投资组合可分散的投资风险的效果就越小。当相关系数为 -0.4 时，标准离差为 0.039；当相关系数为 -0.1 时，标准离差为 0.01。

当相关系数为 0 时，表明单项资产收益率之间是不相关的。此时的标准离差为 0.05，其投资组合可分散的投资风险的效果比正相关时的效果要大，但比负相关时的效果要小。

上述投资组合的期望收益率与标准离差的关系如图 2-3 所示。

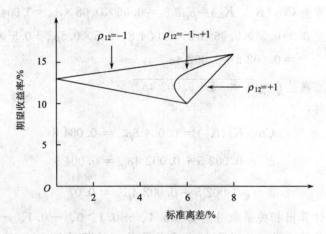

图 2-3　投资组合的期望收益率与标准离差的关系

从图 2-3 还可以看出，不论投资组合中各项资产之间的相关程度如何，投资组合的收益率都不会低于所有单个资产中的最低收益率，投资组合后的风险也不会高于所有单个资产中的最高风险。

（三）多项资产构成的投资组合的风险

对于两种以上的资产构成的投资组合，以上原理同样适用。

假定投资组合是由 n 种证券构成，其中每种证券的风险为 δ_i^2（$i=1,2,\cdots,n$），证券 K_i 和 K_j 之间的协方差为 $\mathrm{Cov}(K_i,K_j)$。如果每种证券的投资比例为 X_i（$i=1,2,\cdots,n$），那么，投资组合的风险可表示为

$$\delta^2 = \sum_{i=1}^{n} X_i^2 \delta_i^2 + \sum_{i=1}^{n} \sum_{\substack{j=1 \\ j \neq i}}^{n} X_i X_j \text{Cov}(K_i, K_j)$$

上述公式中，第一项为各单项资产的方差权重之和，反映了每一项资产各自的收益变化状况，为非系统风险；第二项为资产间的协方差之和，反映了各项资产间收益变化的相关关系和共同运动，为系统风险。假设投资者将自己的资金在所有的资产上按等比例分配，即 $X_i = \dfrac{1}{n}$，$i=1, 2, \cdots, n$。则

$$\delta^2 = \sum_{i=1}^{n} X_i^2 \delta_i^2 + \sum_{i=1}^{n} \sum_{\substack{j=1 \\ j \neq i}}^{n} X_i X_j \text{Cov}(K_i, K_j)$$

$$= \sum_{i=1}^{n} \frac{1}{n^2} \delta_i^2 + \sum_{i=1}^{n} \sum_{\substack{j=1 \\ j \neq i}}^{n} \frac{1}{n^2} \text{Cov}(K_i, K_j)$$

$$= \frac{1}{n} \sum_{i=1}^{n} \frac{1}{n} \delta_i^2 + \frac{n-1}{n} \sum_{i=1}^{n} \sum_{\substack{j=1 \\ j \neq i}}^{n} \frac{1}{n(n-1)} \text{Cov}(K_i, K_j)$$

$$= \frac{1}{n} \overline{\delta_i^2} + \left(1 - \frac{1}{n}\right) \overline{\text{Cov}(K_i, K_j)}$$

式中，$\overline{\delta_i^2}$ 为 n 项资产的方差的平均值，$\overline{\delta_i^2} = \sum_{i=1}^{n} \dfrac{1}{n} \delta_i^2$；$\overline{\text{Cov}(K_i, K_j)}$ 为协方差的平均值，

$$\overline{\text{Cov}(K_i, K_j)} = \sum_{i=1}^{n} \sum_{\substack{j=1 \\ j \neq i}}^{n} \frac{1}{n(n-1)} \text{Cov}(K_i, K_j)。$$

先考虑上述公式的第一项，即非系统风险，当 $n \rightarrow \infty$ 时，$\dfrac{1}{n} \overline{\delta_i^2} \rightarrow 0$，这表明当资产组合中的资产数目增多时，非系统风险将逐步消失。第二项为系统风险，当 $n \rightarrow \infty$ 时，$\left(1 - \dfrac{1}{n}\right) \rightarrow 1$，这表明当资产组合中的资产数目增多时，组合的系统风险将会减小，但协方差项并不趋于零，而是越趋近于资产之间协方差的平均值。这个平均值就是所有投资活动的共同运动趋势，反映了系统风险。这也说明了，系统风险是无法通过分散风险来消除的。

认识和理解系统风险与非系统风险的区别是非常重要的。对投资者来说，可以通过多样化投资和增加投资项目来分散与减少投资风险，但所能消除的只是非系统风险，并不能消除系统风险。因此，希望通过多样化投资，来彻底消除所有投资风险是不现实也是不可能的。另外，随着资产组合中资产数目的增加，对非系统风险的分散作用，开始是相当明显，然后趋于平缓。实证研究表明，当资产组合中的资产数达到 15～20 种时，风险程度已降低到接近系统风险的水平，再增加更多的资产数，风险程度的降低就变得非常缓慢了。因为，进一步增加资产数量只能加大管理的难度和增加交易的成本，而不能继续有效地降低风险。

风险程度与资产数量关系如图 2-4 所示。

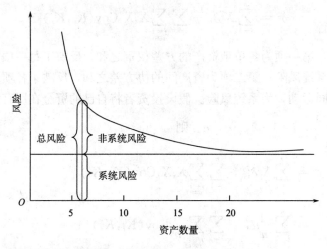

图 2-4　资产数量和资产组合风险的关系

第二节　资本资产定价模型

投资者承受风险便期望得到额外的收益，投资的风险越高，投资者期望的预期收益就越高。但是通过组合投资分析可知，投资者可以通过增加组合投资中的资产数量来降低其风险水平。因此，真正可以得到补偿的风险只是那些不能分散的市场风险。也就是说，投资者会更关心单一投资风险对于市场组合投资风险的影响。资本资产定价模型（capital asset pricing model，CAPM）就是衡量这种影响的一种工具。

1952 年，亨利·马柯维茨首先提出了资产组合理论，它把投资选择问题系统阐述为不确定性条件下投资效用最大化的问题。20 世纪 60 年代，威廉·夏普等经济学家将马柯维茨的资产组合理论进行简化，并提出了资本资产定价模型，作为第一个不确定性条件下的资产定价模型，它具有重大的历史意义，导致了西方财务理论的一场革命。

一、资本资产定价模型的基本假设与内容

（一）CAPM 的基本假设

资本资产定价模型建立在以下基本假设的基础上：

（1）所有投资者均追求单期财富的期望效用最大化，并以各备选组合的期望收益和标准差为基础进行组合选择。因此，在一个风险与收益的二维空间中，人们进行组合投资选择的基本思路为：收益一定时要求风险最低，或者在风险一定时要求期望收益最高。

（2）所有投资者均可以无风险利率无限制地借入或贷出资金，并且在任何资产上都没有卖空限制。

（3）所有投资者拥有同样期望，即对所有资产收益的均值、方差和协方差等，投资者均有完全相同的主观估计。

（4）所有资产均可被完全细分，拥有充分的流动性且没有交易成本。

（5）没有税收。

（6）所有投资者均为价格接受者，即任何一个投资者的买卖行为都不会对股票价格产生影响。

（7）所有资产的数量是给定的、固定不变的。

也就是说，资本资产定价理论假定投资者是理性的，资本市场是完全竞争和有效的。在上述假设条件下，资本资产定价模型阐述了充分多元化的组合投资中风险与要求收益率之间的均衡关系，即在市场均衡的状态下，某项风险资产的预期报酬率与预期所承担的风险之间的关系满足以下等式：

$$K_i = R_f + \beta_i (\overline{K}_m - R_f)$$

式中，K_i 为第 i 种资产或第 i 种投资组合的必要收益率；R_f 为无风险收益率；β_i 为第 i 种资产或第 i 种投资组合的 β 系数；$\overline{K}_m$ 为市场组合的平均收益率。

CAPM 表明，风险是解释某项资产收益的唯一变量。这里的风险即为某项资产收益变动之于市场组合收益变动所体现的相对程度，一般用 β 值来表示。

（二）β 系数的概念及计算

1. 单项资产的 β 系数

单项资产的 β 系数是指可以反映单项资产收益率与市场上全部资产的平均收益率之间变动关系的一个量化指标，即单项资产所含的系统风险对市场资产组合（将市场上全部资产看成是一个市场资产组合）平均风险的影响程度，也称为系统风险指数。单项资产的 β 系数可表示为

$$\beta = \frac{某项资产的风险收益率}{市场组合的风险收益率}$$

单项资产的 β 系数的计算公式为

$$\beta = \frac{\mathrm{Cov}(R_i, R_m)}{V_m}$$

式中，$\mathrm{Cov}(R_i, R_m)$ 为单项资产 i 资产与市场资产组合的协方差（表示该资产对系统风险的影响）；V_m 为全部资产作为一个市场资产组合时的方差（即该市场的系统风险）。

当 $\beta = 1$ 时，表示该单项资产的收益率与市场平均收益率呈相同比例的变化，其风险情况与市场组合的风险情况一致。假设市场投资组合的风险收益上升 10%，则该单项资产的风险收益也上升 10%。

当 $\beta > 1$ 时，表示该单项资产的收益率变化比例大于市场平均收益率的变化比例，说明该单项资产的风险大于整个市场投资组合的风险。假设 $\beta = 1.5$，如果市场投资组合的风险收益上升 10%，则该单项资产的风险收益将会上升 15%；反之，如果市场投资组合的风险收益下降 10%，则该单项资产的风险收益将会下降 15%。

当 $\beta < 1$ 时，表示该单项资产的收益率变化比例小于市场平均收益率的变化比例，说明该单项资产的风险小于整个市场投资组合的风险。假设 $\beta = 0.5$，如果市场投资组合的风险收益上升 10%，则该单项资产的风险收益将只上升 5%；反之，如果市场投资

组合的风险收益下降 10%，则该单项资产的风险收益将只下降 5%。

β 系数的实际计算过程非常复杂，并需要大量的参考数据，一般只有证券资产（如上市公司的股票）才能计算出 β 系数。在实际工作中，不需要投资者自己计算 β 系数，而由相关的咨询机构定期计算并公布，因此，β 系数通常被视为已知数据，本书也不例外。

2. 投资组合的 β 系数

对于资产投资组合来说，其系统风险程度也是可以用 β 系数来衡量的。投资组合的 β 系数是所有单项资产 β 系数的加权平均数，权数为各种资产在投资组合中所占的比重。投资组合的 β 系数计算公式为

$$\beta_p = \sum_{i=1}^{n} X_i \beta_i$$

式中，β_p 为投资组合的 β 系数；X_i 为第 i 种资产在投资组合中所占的比重；β_i 为第 i 种资产的 β 系数。

通过改变投资组合中的资产，可以改变投资组合的风险特征。如果一个具有一定权重的高 β 值（$\beta > 1$）的股票被加到一个平均风险组合中，则组合的风险将会提高；反之，低 β 值（$\beta < 1$）的股票被加到一个平均风险组合中，则组合的风险将会降低。因此，一种股票的 β 值可以度量该股票对整个组合风险的贡献，β 值可以作为这一股票风险程度的一个大致度量。

【例 2-7】 某投资组合由 A、B、C 三项资产组成，各项资产的 β 系数分别为 0.8、1.0、1.2，各项资产在投资组合中所占的比重分别为 10%、40%、50%，则该投资组合的 β 系数为

$$\beta_p = \sum_{i=1}^{n} X_i \beta_i = 0.8 \times 10\% + 1.0 \times 40\% + 1.2 \times 50\% = 1.08$$

【例 2-8】 某投资组合由 A、B、C 三种股票组成，三种股票的 β 系数分别为 0.5、1.0、1.5，已知当前的无风险收益率为 5%，股票市场的平均收益率为 10%，则 A、B、C 三种股票的必要收益率分别为

A 股票的必要收益率 $K_A = R_f + \beta_A (\overline{K}_m - R_f) = 5\% + 0.5 \times (10\% - 5\%) = 7.5\%$

B 股票的必要收益率 $K_B = R_f + \beta_B (\overline{K}_m - R_f) = 5\% + 1.0 \times (10\% - 5\%) = 10\%$

C 股票的必要收益率 $K_C = R_f + \beta_C (\overline{K}_m - R_f) = 5\% + 1.5 \times (10\% - 5\%) = 12.5\%$

计算结果表示，只有当 A 股票的收益率达到或者超过 7.5%、B 股票的收益率达到或者超过 10%、C 股票的收益率达到或者超过 12.5% 时，投资者才有兴趣投资购买。否则，投资者不会购买。

二、证券市场线

如果将资本资产定价模型用图示来表示，则称之为证券市场线（security market line，SML）。证券市场线是对任一证券组合的预期收益率和风险之间关系的一种描述，它清晰地反映了风险资产的预期收益率与其所承担的系统风险 β 系数之间呈线性关系，充分体现了高风险高收益的原则。

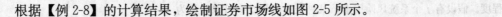

根据【例 2-8】的计算结果，绘制证券市场线如图 2-5 所示。

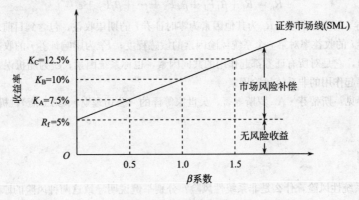

图 2-5 证券市场线

从图 2-5 中可以看出，风险的高低与收益水平高低之间的关系。当个别资产（或投资组合）的 β 系数小于 1 时，表明其系统风险较小，其风险收益率低于市场风险收益率；当个别资产（或投资组合）的 β 系数大于 1 时，表明其系统风险较大，其风险收益率高于市场风险收益率；当个别资产（或投资组合）的 β 系数等于 1 时，表明其系统风险与市场风险相同，其风险收益率等于市场风险收益率。

证券市场线能够清晰地反映个别资产（或投资组合）预期收益率与其所承担的系统风险 β 系数之间的线性关系，其斜率等于个别资产（或投资组合）的必要收益率超过无风险收益率的部分与该资产（或投资组合）的 β 系数的比值。

三、资本资产定价模型的应用

资本资产定价模型描述了市场均衡状态时的资产定价，它在财务管理领域有着广泛的应用。后续章节中所涉及的资本成本的估计、资本预算中投资项目贴现率的估算等内容中都会用到这个模型。

【进一步学习指南】

20 世纪 70 年代，美国学者斯蒂芬·A. 罗斯提出了一种新的资本市场均衡理论——套利定价理论（arbitrage pricing theory，APT）。套利定价理论建立在"套利"这一概念的基础上，它要求市场处于均衡状态，没有套利的机会。

套利定价模型就是要说明使市场达到均衡状态的这个合理价位是如何形成的。与资本资产定价模型相比较，套利定价模型没有复杂的假设条件，它只要求：①所有证券都具有有限的期望收益和方差。②投资者可以构造出风险充分分散的资产组合。③没有税收和交易成本。

按照套利定价理论，系统风险的因素应该不止一个，认为主要有四个系统风险因素可以较好地解释证券收益率：①非预期的通货膨胀率的变化；②非预期的产出（如 GDP）变化；③非预期的风险溢价的变化，反映了投资者对风险的偏好变化，表现为高收益证券和低收益证券的利差；④非预期的利率期限结构的变化，即长、短期利率关系的变化。

不同的系统风险对证券的影响程度不同，可以用 β 系数来表明证券收益对于某种系统风险的敏感

程度。假设有 j 个系统风险因素，某种证券的收益率可以表示为

$$R_i = \overline{R}_i + \beta_{i1} F_1 + \beta_{i2} F_2 + \cdots + \beta_{ij} F_j + \varepsilon_i$$

式中，R_i 为证券 i 的实际收益；$\overline{R}_i$ 为其他因素为零时证券 i 的期望收益，包含到目前为止所有可知的信息；β_{ij} 为证券 i 的收益率对第 j 个系统风险因素的敏感程度；F_j 为影响证券 i 的收益率的第 j 个系统风险因素的值，它是对所有证券都起作用的共同因素，也称系统因素；ε_i 为随机误差项，也可认为是指对个别证券起作用的非系统风险因素。

相关内容参见：斯蒂芬·A. 罗斯等著，吴世家等译的《公司理财》（第 6 版），机械工业出版社，2003 年。

【复习思考题】

1. 什么是系统性风险，什么是非系统性风险？分别举例说明导致这两种风险的原因。

2. 单项投资的风险如何计量？

3. 投资组合的风险如何计量？投资组合如何分散风险？

4. 什么是风险收益？单项资产的风险收益如何计量？

5. 投资组合的风险收益如何计量？

6. 举例说明风险与风险收益之间的关系。

7. 简述资本资产定价模型的基本原理。

8. 试解释 CAPM 中 β 系数的经济含义。

第二篇
筹　资

第三章

筹资的基本原理

【本章学习目标】

- 企业筹资的类型
- 筹资渠道和筹资方式
- 筹资目标与筹资原则
- 资本结构与筹资风险
- 筹资需要量的预测方法
- 内含增长率与可持续增长率

【案例引入】

　　万科企业股份有限公司[①]（股票代码000002，简称万科）成立于1984年5月，以房地产为核心业务，是中国内地首批公开上市的企业之一。至2009年年末，公司总资产1 376亿元，净资产374亿元。回顾万科的筹资之路，公司在1988年发行新股2 800万股，筹集资金2 800万元。1991年，公司A股在深圳证券交易所上市，同年6月，公司通过配股筹集资金1.27亿元。1993年，公司发行4 500万B股，募集资金45 135万港元。1997年和2000年，公司两次通过配股募集资金3.82亿元和6.25亿元。2002年公司发行可转债筹资15亿元。2004年，万科开始采用信托为旗下项目融资，成为房地产企业尝试信托融资渠道的代表。2004年，公司发行可转换债券，发行总额19.9亿元。2006年，公司非公开增发募集资金41.967亿元。2007年，公司增发A股募集资金近100亿元。2008年，公司发行5年期有担保品种固定利率债券30亿元、无担保品固定利率债券29亿元。2009年，公司股东大会高票通过增发A股，筹资112亿元的决议……可以看到，从1988年至今，正是由于多元化的筹资方式和筹资渠道，支撑了万科经营规模的不断壮大。

　　万科运用了哪些渠道和筹资方式？企业筹资应遵循哪些原则？筹资有无风险？如何

---

① 资料来源：根据万科企业股份有限公司的相关公告整理而成。

预测企业的筹资需要量？带着这些问题，我们进入本章学习。

第一节　筹资概述

筹资有时也叫融资，是企业根据其生产经营、对外投资和调整资本结构的需要，通过金融市场，运用筹资方式，经济有效地筹措和集中资本的财务行为。筹资是企业资本运动的起点，也是财务管理创造企业价值的必要条件。企业筹资的基本目的，是为了自身的生存与发展，企业具体的筹资活动通常受特定动机的驱使，包括因创建、发展、偿债和外部环境变化等原因而需要筹资。企业筹资需要通过一定的渠道并采用一定方式来完成。

一、筹资的类型

（一）按资本属性的不同，可以分为权益资本与债务资本

1. 权益资本

权益资本，又称股权资本、自有资本，是企业依法取得并长期拥有，可以自主调配运用的资本。在财务管理中，一般将权益资本分为两类：投入资本和留存收益。根据我国有关法规制度，投入资本包括资本金和资本公积；留存收益包括盈余公积和未分配利润。

权益资本具有下列属性：①其所有权属于企业所有者。企业所有者依法凭其所有权参与企业的经营管理和利润分配，并对企业债务承担有限或无限责任。②企业对权益资本依法享有使用权。在企业存续期间，企业有权调配使用权益资本，企业所有者除依法转让其所有权外，不得以任何方式抽回其投入的资本，因而权益资金被视为企业"永久性资本"。③企业无须还本付息，因而是一种高成本、低风险的资本来源。

企业的权益资本一般通过政府财政、其他单位、民间、企业内部积累资本等渠道，采用吸收直接投资、发行股票、留存收益等筹资方式筹得。

2. 债务资本

债务资本，又称负债、借入资本，是企业依法取得并根据合约运用、按期偿还的资本。

企业债务资本一般通过银行信贷、非银行金融机构、其他单位、民间资本等筹资渠道，采用向金融机构借款、发行债券、利用商业信用和融资租赁等筹资方式筹得。其特点有：①它是企业债务，体现了企业和债权人之间的债权债务关系；②到期必须还本付息；③它是一种低成本、高风险的资本来源，也是财务风险的主要根源。

（二）按资本来源期限的不同，可以分为长期资本与短期资本

1. 长期资本

长期资本，是指期限在 1 年以上的资本，通常包括各种权益资本和长期借款、应付长期债券、融资租赁产生的长期应付款等长期债务资本。企业长期资本一般采用吸收直接投资、发行股票、利用留存收益、发行长期债券、举借长期借款和融资租赁等筹资方

式筹得。相对于短期资本，它是一种高成本、低风险的资本来源。

2. 短期资本

短期资本，是指期限在 1 年以内的资本。企业由于在生产经营过程中资金周转调度等原因，往往需要一定数量的短期资本。企业的短期资本就是流动负债，主要包括短期借款、应付或预收账款、其他应付款、应付工资、应交税金、应付短期债券等项目，通常采用向银行等金融机构借款、利用商业信用、发行短期融资券等筹资方式筹得。相对于长期资本，它是一种低成本、高风险的资本来源。

（三）按资本来源的范围，可分为内部筹资和外部筹资

1. 内部筹资

内部筹资，是指企业在内部通过留存收益等而形成的资本来源。企业内部筹资一般不需要支付外显资本成本（即筹资费用）。

2. 外部筹资

外部筹资，是指企业在内部筹资不能满足需要时，向企业外部筹资而形成的资本来源。处于初创期的企业，内部筹资的可能性有限；而处于成长期的企业，内部筹资往往难以满足需要。于是，企业就要广泛开展外部筹资。企业外部筹资的渠道和方式很多，包括前述筹资渠道和筹资方式中除留存收益外的所有渠道和方式。外部筹资既要支付筹资费用，又要支付用资费用。

（四）按是否借助于银行等金融机构，可分为直接筹资和间接筹资

1. 直接筹资

直接筹资是指企业不通过银行等金融机构，直接向资本所有者融通资本的一种筹资活动。在直接筹资过程中，筹资企业依赖于资本市场机制，如证券交易所，直接面向资本所有者，以各种证券为媒介，采用一定的筹资方式取得资本，如吸收直接投资、发行股票、发行债券等。由于筹资程序较为繁杂，所以其筹资效率较低，筹资费用也较高。但由于可以最大限度地筹集社会资金，以及我国金融市场的快速发展，企业直接筹资渠道具有广阔的前景。

2. 间接筹资

间接筹资是指企业借助银行等金融机构而融通资本的筹资活动，是一种传统的适应企业资本周转需要的筹资类型。在间接筹资活动过程中，银行等金融机构发挥着中介作用。间接筹资的基本方式是向银行等金融机构借款，此外还有融资租赁等筹资方式。间接筹资过程简单，手续简便，筹资效率高，筹资费用低，是目前我国企业最常用的筹资方式。

（五）按所筹资本是否形成资产负债表项目，可分为表内筹资与表外筹资

1. 表内筹资

表内筹资是指所筹资本在资产负债表内予以披露的筹资行为。资产负债表右方反映的内容为企业全部表内筹资来源。

2. 表外筹资

表外筹资是指所筹资本未在资产负债表内披露的筹资行为，如经营租赁、应收票据贴现等。

二、筹资渠道与筹资方式

（一）筹资渠道

筹资渠道是指企业资本来源的方向与通道。在我国现阶段，企业筹资渠道主要有以下几种：国家财政资金；银行信贷资金；非银行金融机构资金；其他法人单位资金；民间资金；企业内部税后利润分配形成的资金；境外资金。

（二）筹资方式

企业筹资方式是指企业筹措资本时所采取的具体形式。对应各种筹资渠道，企业可采用不同的筹资方式筹集资本。企业常用的筹资方式有以下七种：①吸收直接投资；②发行股票；③内部积累；④银行借款；⑤商业信用；⑥发行债券；⑦融资租赁。其中，前三种筹资方式筹措的资本为权益资本，后四种筹资方式筹措的是债务资本。随着金融产品和金融工具的不断创新，信托、认股权证、资产证券化等筹资方式也为越来越多的企业所采用。

企业筹资渠道与筹资方式有着密切的联系。同一筹资渠道的资金往往可以采取不同的筹资方式取得，而同一筹资方式又往往可以筹集来源于不同筹资渠道的资金。因此，企业在筹资时，应当实现筹资渠道和筹资方式两者之间的合理配合。

三、筹资目标与筹资原则

（一）筹资目标

企业筹资的具体目标可表达为以下两层含义：

（1）进行适当的筹资组合，使得所筹集资本成本最低。筹资是为了投资，满足投资所需资本应当成为筹资的基本目标。由于权益资本与债务资本从不同程度上影响投资项目的最低可接受收益率和现金流量，因此确定最合适的筹资组合，降低资本成本是筹资的首要任务。

（2）选择适当的筹资种类，使资产与筹资来源间有着良好的匹配。由于不同筹资来源对公司的现金流要求不同，与投资的资产项目也存在着一定的对应关系。因此，筹资种类选择必须考虑财务弹性，使筹资活动成为公司发展的推动力。

（二）筹资原则

上述目标要求企业在筹资过程中必须遵循一定的筹资原则。以最低的资本成本，适量、适时、适度地筹集企业生产经营所需的资本，是企业筹资的总体要求。具体地讲，企业筹资必须遵循以下原则：

1. 合理性原则

合理性原则是指筹资的数量应当合理。企业无论从什么渠道、用何种方式筹资，都应首先确定一个合理的资本需要量，使资本的筹集量与需要量达到平衡，防止筹资不足影响生产经营或筹资过量而降低筹资效益。

2. 及时性原则

及时性原则是指筹资的时间应当及时。筹资要按照资本的投放使用时间来合理安排，使筹资与用资在时间上衔接，避免因筹资时间过早而造成使用前的闲置，或因筹资时间滞后而贻误有利的投资时机。

3. 效益性原则

效益性原则是指应当以尽可能低的成本筹集所需资本。企业从不同筹资渠道和用不同方式筹资的难易程度、资本成本和筹资风险有所不同，因而在筹资时应综合考虑各种筹资方式的资本成本和筹资风险，力求以最小的代价取得生产经营所需的资本。

4. 适度性原则

适度性原则是指负债在全部资本中的比重应适度，即负债经营要适度。企业的全部资本由权益资本和负债两部分构成。一定量的权益资本是企业经营安全性和稳定性的前提条件，并为企业负债提供法律上的保障。但仅靠权益资本经营不利于企业的发展和扩张。一个精明的企业家必然会利用别人的资本来发展自己的企业，因而，他们一般都需要利用债权人的资本来发展生产经营。债权人投入企业的资本称为负债或债务资本，利用负债开展经营就是负债经营。通过负债经营为股东创造财富，被认为是一种精明的举动。这是因为负债具有下列明显的优点：

（1）负债可以取得节税利益，降低资本成本。负债利息在税前利润中列支，负债利息的支付可以使企业少交所得税；债务资本的利息率一般低于权益资本的股息率。因而，负债资本成本一般低于权益资本成本。

（2）负债可以获得财务杠杆利益。由于负债利息是相对固定的，因此随着息税前利润的增加，每一元息税前利润所负担的固定利息就会减少，企业所有者所得的税后利润就会随之增加；同时，当投资报酬率（指总资产报酬率）大于债务资本利息率时，负债比例增加，权益资本的报酬率就会提高，从而给股东带来超额利润。

（3）负债有利于企业经营的灵活性。负债是企业重要的外部筹资来源。债务资本的增加，意味着企业总资本来源的增加，有更多的资本可用于生产经营，从而给企业经营带来较大的灵活性。

（4）负债是提高经营者自律并提高公司投资效益的一种有效管理机制。如果公司存在负债，就会强化经营者的经营自律，因为负债是需要还本付息的，投资收益率的下降会导致公司负债违约而被迫清算或破产。因此，负债增加了对经营者的约束，经营者与股东间目标的分离越大，负债对经营者的制约作用也越大。

此外，负债可以减少货币贬值损失。在通货膨胀比较严重的条件下，利用负债扩大经营，可以把一部分财务风险转嫁给债权人。

然而，负债也增加了企业的财务风险和破产成本。过多的负债会使企业财务风险增加甚至面临破产。当企业的总资产报酬率小于债务资本利息率时，负债经营可能产生逆向财务杠杆作用，负债比率越高，企业的亏损越大，财务风险越大。同时，负债也增加了股东与债权人间的代理成本。股东与债权人间目标的分离越大，代理成本也越高。

因此，企业应合理安排负债比率，使负债经营适度。

四、资本结构与筹资风险

（一）资本结构

1. 资本结构的含义

资本结构是指企业各种资本的构成及其比例关系。广义的资本结构是指全部资本的构成，不仅包括长期资本，而且包括短期资本；既包括纵向资本结构（指各项资本来源之间的比例），又包括横向资本结构（指资本来源与资产构成之间的对应关系）。狭义的资本结构是指长期资本结构，短期债务资本列入营运资本管理。由于我国企业的流动负债在资本来源中的比重较大，研究资本结构通常将流动负债考虑在内，因而，通俗意义上的资本结构是指债务资本占全部资本的比重，即负债所占的比例。

2. 资本结构的表示方式

资本结构是由企业采用的各种筹资方式筹集资本而形成的，各种筹资方式的不同组合类型决定着企业资本结构及其变化。企业筹资方式虽然众多，但从其总的来源和性质来看，不外乎权益资本和债务资本两类。因此，资本结构的基本问题就是债务资本的比例问题，即债务资本在企业全部资本中所占的比重。资本结构的通俗表示方式就是负债比率，也称为资产负债率，反映企业债务资本在全部资本中所占的比重。

（二）筹资风险

由于权益资本属于企业长期占用的资金，不存在还本付息的压力，也就是不存在偿债的风险，而债务资本则需要还本付息。因此，筹资风险是指企业由负债筹资而引起的到期不能偿债的可能性。

按照筹资风险的成因不同，筹资风险可以分为现金性筹资风险和收支性筹资风险。

（1）现金性筹资风险。现金性筹资风险指由于现金短缺、现金流入的期间结构与债务的期限结构不相匹配而形成的一种支付风险。现金性筹资风险产生的根源在于企业理财不当，使现金预算安排不妥或执行不力从而造成支付危机。此外，在资本结构安排不合理、债务期限结构搭配不好时也会引发企业在某一时点的偿债高峰风险。

（2）收支性筹资风险。收支性筹资风险指企业在收不抵支的情况下出现的到期无力偿还债务本息的风险。收支性筹资风险是一种整体风险，它会对企业债务的偿还产生不利影响。从这一风险产生的原因看，一旦这种风险产生就意味着企业经营的失败，或者正处于资不抵债的破产状态。因此，它不仅是一种理财不当造成的支付风险，更主要是企业经营不当造成的净资产总量减少所致。因此它又是一种终极风险，其风险的进一步延伸会导致企业破产。

第二节 筹资需要量的预测

筹资需要量的预测是企业确定筹资数量的依据。企业筹资需要量的多少，取决于企业投资规模的大小。预测筹资需要量的常用方法有因素分析法、销售百分比法和资本习性预测法等。

一、因素分析法

因素分析法是以上期实际资本需要量为基础，根据预测年度的生产经营任务和加速资本周转的要求，通过分析调整来预测资本需要量的一种方法。这种方法计算比较简单，容易掌握，但预测结果不太精确，因此它通常用于品种繁多、规格复杂、用量较小、价格较低的资本占用项目的预测，也可以用来测算企业全部资本的需要量。

采用这种方法时，首先应在上期资本平均占用额的基础上，剔除其中不合理占用的部分，然后再根据预测期生产经营的任务和加速资本周转的要求进行测算。因素分析法的基本模型是

资本需要量 ＝（上期资本实际占用额－上期不合理资本占用额）

$$\times（1\pm预测期销售增减率）\times（1\pm预测期资本周转速度变动率）$$

【例 3-1】 福达公司上年度实际资本平均占用额为 2 000 万元，其中不合理平均占用额为 200 万元，预计本年度销售增长 5%，资本周转速度加快 2%。则预测年度资本需要量为

$$（2\,000－200）\times（1＋5\%）\times（1－2\%）＝1\,852（万元）$$

二、销售百分比法

销售百分比法是根据销售额与资产负债表、利润表项目之间的比例关系，来预测未来一定销售额下筹资需求量的方法。这种方法基于两个基本假设：①预测期的销售额已经由营销部门通过一定的方法预测完成；②销售与某些项目间的比率固定不变。

销售百分比法假设企业部分资产项目、负债项目与销售收入之间存在稳定的百分比关系，根据预计销售收入的变动额和相应的百分比来预测资产、负债项目的变动额，然后利用"资产＝负债＋所有者权益"这一会计等式来确定筹资需要量。

销售百分比法的主要优点是易于应用，但如果销售百分比与实际不符，据以进行预测就会造成错误的结果。因此，在有关因素发生变动的情况下，必须相应地调整原有的销售百分比。

【例 3-2】 ABC 公司 2010 年实际销售额为 100 000 万元，销售净利率为 10%，股利支付率为 50%，ABC 公司 2010 年 12 月 31 日的简易资产负债表如表 3-1 所示。2011 年公司预计销售额将增至 120 000 万元，假定公司现在还有剩余生产能力（即增加收入不需要进行固定资产方面的投资），并假定 2011 年的销售净利率与股利支付率与 2010 年相同，要求用销售百分比法预测 2011 年需追加的外部筹资额。

表 3-1　ABC 公司资产负债表（简表）

2010 年 12 月 31 日　　　　　　　　　　　　单位：万元

资产	金额	负债及所有者权益	金额
现金	2 000	短期借款	5 000
应收账款	28 000	应付账款	13 000
存货	30 000	应付费用	12 000
固定资产净值	40 000	应付债券	20 000
		实收资本	40 000
		留存收益	10 000
资产总额	100 000	负债及所有者权益合计	100 000

第一步，预计销售增长率。

销售增长率＝(120 000－100 000)/100 000＝20%

第二步，将资产负债表中随销售额变动而变动的资产和负债项目分离出来，确定销售百分比。

由于公司现在还有剩余生产能力，增加收入不需要进行固定资产方面的投资，因此资产中除了固定资产外的其他项目都将随着销售额的增加而增加，因为较多的销售量需要占用较多的存货，发生较多的应收账款，导致现金需求增加。在负债及所有者权益项目中，应付账款、应付费用也会随销售额的增加而增加，但短期借款、应付债券、实收资本项目不会随销售额的增加而自动增加。公司的利润如果不全部分配出去，留存收益也会有适当增加。预计随销售额增加而自动增加的项目（即敏感项目）及其占销售额的百分比如表 3-2 所示。

表 3-2　ABC 公司销售百分比表

资产	占销售额百分比	负债及所有者权益	占销售额百分比
现金	2%	短期借款	不变动
应收账款	28%	应付账款	13%
存货	30%	应付费用	12%
固定资产净值	不变动	应付债券	不变动
		实收资本	不变动
		留存收益	
合计	60%	合计	25%

第三步，确定需要增加的筹资。

从表 3-2 可以看出，ABC 公司敏感资产项目（敏感性资产）与销售收入的百分比为 60%，而敏感负债项目（敏感性负债）与销售收入的百分比为 25%。因此，当销售收入每增加 100 元时，资产将增加 60 元，即资本需要量增加 60 元，而敏感负债将增加 25 元，敏感负债属于自动增加的资本来源，也就是说，销售收入每增加 100 元所需要增加的资本量为 60 元，其中由敏感负债自动解决 25 元，还剩下 35 元的资本需要企业追加筹集。本例中，销售收入从 100 000 万元增加到 120 000 万元，增加了 20 000 万元，按照 35% 的比率可预测将增加 7 000 万元的资本需求。

第四步，根据有关财务指标的约束条件，确定对外筹资需要量。

上述 7 000 万元的资本需求首先可以通过企业内部来筹集。依题意，ABC 公司 2010 年的净利润为 12 000 万元（即 120 000×10%），公司股利支付比率为 50%，则将有 50% 的利润即 6 000 万元被留存下来，从 7 000 万元中减去 6 000 万元的留存收益，则还有 1 000 万元的资本必须向外界来融通。

上述预测过程可用下列公式表示：

对外筹资需要量＝敏感性资产销售百分比×新增销售额－敏感性负债销售百分比

　　　　　　×新增销售额－预测期销售额×计划销售净利润率

　　　　　　×（1－股利支付率）

上式中的敏感性资产和敏感性负债分别指随销售额变动而变动的资产项目和负债项目，敏感性负债即为自然性负债项目。上述公式表明，外部筹资需求额取决于以下五个因素：

(1) 销售增加额。其他条件不变，销售增长越快的公司需要更多的资产增加额。

(2) 资产销售百分比，表示每一元销售额所需要的资产，称为资本密度比率。在相同的销售增长水平下，具有较高的资产销售百分比的企业需要更多的外部筹资额。

(3) 自然性负债销售百分比。如果公司能够通过自然性负债筹资产生更多的应付账款和应计项目，便能减少外部筹资需求量。

(4) 销售净利润率。销售净利润率越高，能用于支持销售增长的净利润就越高，对外部筹资需求就越小。

(5) 股利支付率。股利支付率越低，公司便能得到更多的留存收益，从而减少外部筹资需求。

依上例，2011 年外部筹资需要量＝20 000×60%－20 000×25%

　　　　　　　　　　　　　　－120 000×10%×（1－50%）

　　　　　　　　　　　　＝12 000－5 000－6 000＝1 000（万元）

运用销售百分比法预测外部筹资需要量时，也可根据预测期销售收入总额（120 000 万元）预测筹资需要量。这种方法要借助于预计资产负债表。通过编制预计资产负债表可以预测企业筹资需求总额和外部筹资额。编制预计资产负债表，要把表内项目分为三类：第一类是敏感性项目，根据预测期预计销售额和基期资产负债表中这些项目与基期销售额的比率关系计算填列；第二类是留存收益项目，根据基期资产负债表中留存收益项目金额加预测期预计留存收益，增加额计算填列；第三类是上述两类外的其他项目，一般直接根据基期数额填列。预计资产负债表中以上各资产项目预计数与各负债项目、所有者权益项目预计数之差，即为预测期企业需要追加的外部筹资数额。

承【例 3-2】，ABC 公司的预计资产负债表如表 3-3 所示。

表 3-3　ABC 公司预计资产负债表

2011 年 12 月 31 日　　　　　　　　　　　　　单位：万元

资产	金额	负债及所有者权益	金额
现金	2 400	短期借款	5 000
应收账款	33 600	应付账款	15 600
存货	36 000	应付费用	14 400
固定资产净值	40 000	应付债券	20 000
		实收资本	40 000
		留存收益	16 000
资产总额	112 000	负债及所有者权益合计	111 000

外部筹资需求额＝预计资产总额－预计负债与所有者权益总额

＝112 000－111 000＝1 000（万元）

三、资本习性预测法

资本习性预测法是根据资本习性预测未来资本需要量的方法。所谓资本习性，是指资本的变动与产销量之间的依存关系。

按照资本习性可以把资本区分为不变资本、变动资本和半变动资本。不变资本是指在一定的产销量范围内，不受产销量变动的影响而保持固定不变的那部分资本。例如，为维持营业而占用的最低数额的现金，原材料的保险储备，以及厂房、机器设备等固定资产占用的资本。变动资本是指随产销量的变动而同比例变动的那部分资本，它一般包括直接构成产品实体的原材料等占用的资本。另外，在最低储备以外的现金、存货、应收账款等也具有变动资本的性质。半变动资本是指虽然受产销量变化的影响，但不成同比例变动的资本，如一些辅助材料所占用的资本。半变动资本可采用一定的方法划分为不变资本和变动资本两部分。

设产销量为自变量 x，资本需要量为因变量 y，它们之间的关系可用下式表示：

$$y = a + bx$$

式中，a 为不变资本；b 为单位产销量所需变动资本。

利用上式，资本需要量可采用高低点法或回归直线法求得。

1. 高低点法

资本需要量预测的高低点法是指根据企业一定期间资本占用的历史资料，按照资本习性原理和 $y=a+bx$ 直线方程式，选用最高收入期和最低收入期的资本需要量之差，同这两个收入期的销售额之差进行对比，先求出 b 值，然后再代入原直线方程，求出 a 的值，从而估测资本需要量 y。即

$$b = \frac{最高收入期资本需要量 - 最低收入期资本需要量}{最高销售收入 - 最低销售收入}$$

$$a = 最高收入期资本需要量 - b \times 最高销售收入$$

或

$$a = 最低收入期资本需要量 - b \times 最低销售收入$$

然后根据 $y=a+bx$ 直线方程式，代入相应产销量 x，便可求得相应的资本需要量 y。

上述最高销售收入、最低销售收入也可以用产销量代替。

【例3-3】 某企业2006~2010年的产销量和资本需要量如表3-4所示。假定2011年预计产销量为78 000件。试预测2011年的筹资需要量。

表3-4 某企业产销量与资本需要量表

年份	产销量（x）/万件	资本需要量（y）/万元
2006	6.0	500
2007	5.5	475
2008	5.0	450
2009	6.5	520
2010	7.0	550

根据以上资料采用高低点法计算如下：

$$b = (550-450)/(7-5) = 50(万元)$$
$$a = 550-50\times7 = 200(万元) \quad 或 \quad a = 450-50\times5 = 200(万元)$$

得出 $y=200+50x$。

将2011年预计产销量78 000件代入上式，则

$$2011年的筹资需要量 = 200+50\times7.8 = 590(万元)$$

高低点法简便易行，在企业的资本需要量变动趋势比较稳定的情况下，较为适宜。

2. 回归直线法

回归直线法是根据企业若干期产销量和资本需要量的历史资料，运用最小平方法的原理计算不变资本 a 和单位产销量的变动资本 b，从而求得资本需要量 y 的一种资本习性分析方法。

仍沿用上例，2011年筹资需要量预测过程如下：

第一步，根据表3-4资料，可计算整理出表3-5中的数据。

表3-5 回归直线方程数据计算表

年份	产销量（x）/万件	资本需要量（y）/万元	xy	x^2
2006	6.0	500	3 000	36
2007	5.5	475	2 612.5	30.25
2008	5.0	450	2 250	25
2009	6.5	520	3 380	42.25
2010	7.0	550	3 850	49
$n=5$	$\sum x = 30$	$\sum y = 2\,495$	$\sum xy = 15\,092.5$	$\sum x^2 = 182.5$

第二步，将表3-5的数据代入下列方程组：

$$\sum y = na + b\sum x; \quad \sum xy = a\sum x + b\sum x^2$$

得
$$2\,495 = 5a + 30b$$
$$15\,092.5 = 30a + 182.5b$$

求得 $a = 205$；$b = 49$。

第三步，将 $a = 205$ 万元；$b = 49$ 万元，代入 $y = a + bx$，得

$$y = 205 + 49x$$

第四步，将 2011 年预计产销量 7.8 万件代入上式，测得 2011 年筹资需要量为

$$205 + 49 \times 7.8 = 587.2(万元)$$

从理论上说，回归直线法是一种计算结果最为精确的方法。但运用回归直线法必须注意以下问题：第一，筹资需要量与产销业务量之间线性关系的假定应符合实际情况；第二，确定 a、b 数值，应利用预测年度前连续若干年的历史资料，一般要有 5 年以上的资料；第三，还应考虑价格等因素的变动情况。

第三节　外部筹资额与销售额增长

一、外部筹资额与销售额增长的百分比

因为销售增长会导致筹资需求的增加，销售增长和筹资需求之间就会有函数关系。根据这种关系，就可以计算特定增长下的筹资需求。假设它们之间成正比例增长，且两者之间有稳定的百分比，则可以计算销售额每增长 1 元需要追加的外部筹资额，并称之为外部筹资销售增长比。计算公式如下：

外部筹资销售增长比＝外部筹资需求额 ÷ 销售增加额

或

外部筹资销售增长比＝敏感性资产销售百分比－敏感性负债销售百分比
　　　　　　　　　　　－计划销售净利润率×(1＋增长率)÷增长率
　　　　　　　　　　　×(1－股利支付率)

需要注意的是，公式中的增长率应为销售额的名义增长率，计算公式如下：

销售额的名义增长率＝(1＋销售增长率)×(通货膨胀率＋1)－1

【例3-4】　承【例3-2】，假设 2011 年的通货膨胀率为 0，其他因素不变，要求计算外部筹资销售增长比。

外部筹资销售增长比＝1 000÷(120 000－100 000)＝5%

或

外部筹资销售增长比＝60%－25%－10%×(1＋20%)÷20%×50%
　　　　　　　　　　＝5%

【例3-5】　承【例3-2】，假设 2011 年的通货膨胀率为 5%，其他因素不变，要求计算

外部筹资销售增长比和外部筹资需求额。

$$销售额 = 120\,000 \times (1 + 5\%) = 126\,000(万元)$$

$$销售增长率 = 126\,000 \div 100\,000 - 1 = 26\%$$

$$外部筹资销售增长比 = 60\% - 25\% - 10\% \times (1 + 26\%) \div 26\% \times 50\% = 10.77\%$$

$$外部筹资需求额 = (126\,000 - 100\,000) \times 10.77\% = 2\,800.2(万元)$$

二、内含增长率

销售额增加引起的筹资需求增长,可通过两种途径满足:一是内部留存收益的增加;二是外部筹资(包括借款和权益投资,不包括负债的自然增长)。如果企业不能或不打算从外部筹资,则只能靠内部积累,从而会限制销售的增长。此时的销售增长率,称为"内含增长率",它是外部筹资额等于零时的销售增长率。

假设外部筹资需求额等于零,则

敏感性资产销售百分比－敏感性负债销售百分比－计划销售净利润率×(1＋增长率)÷增长率×(1－股利支付率)＝0

此时的增长率即为内含增长率。

【例 3-6】　承【例 3-2】,设 2011 年预计的通货膨胀率为 0,要求计算内含增长率。

设内含增长率为 X,则

$$60\% - 25\% - 10\% \times (1 + X) \div X \times 50\% = 0$$

解得 $X = 16.67\%$。

三、可持续增长率

可持续增长率是指在不增发新股并保持目前经营效率和财务政策条件下公司销售所能增长的最大比率。

可持续增长率的假设条件如下:

(1) 公司打算继续维持目前的资本结构,即负债比率不变;

(2) 公司目前的股利支付率是一个目标支付率,并且打算继续维持下去;

(3) 不愿意或者不打算发售新股,增加债务是其唯一的外部筹资来源;

(4) 公司的销售净利润率将维持当前的水平;

(5) 按期末总资产计算的资产周转率维持在当前水平。

在上述假设条件成立时,可以得出下列结论:

因为总资产周转率不变,所以

$$销售增长率 = 资产增长率$$

由于负债比率不变,所以

$$资产增长率 = 负债增长率 = 股东权益增长率$$

因此

$$可持续增长率 = 销售增长率 = 资产增长率 = 负债增长率 = 股东权益增长率$$

所以

可持续增长率＝股东权益增长率

　　　　　　　＝股东权益本期增加额÷期初股东权益

　　　　　　　＝（本期净利润×留存收益率）÷期初股东权益

　　　　　　　＝（本期净利润÷本期销售额）×（本期销售额÷期末总资产）

　　　　　　　　×（期末总资产÷期初股东权益）×留存收益率

　　　　　　　＝销售净利润率×总资产周转率×期初权益期末总资产乘数

　　　　　　　　×留存收益率

可持续增长率还可按下式计算：

因为

$$资产增加 ＝ 股东权益增加＋负债增加$$

所以

（上期销售额×销售增长率）÷总资产周转率 ＝ 上期销售额×（1＋销售增长率）

×销售净利润率×留存收益率＋上期销售额×（1＋销售增长率）×销售净利润率

×留存收益率×产权比率

将上式变形可得到如下公式：

可持续增长率 ＝（留存收益率×销售净利润率×总资产周转率×权益乘数）

　　　　　　　÷（1－留存收益率×销售净利润率×总资产周转率×权益乘数）

或

可持续增长率 ＝（留存收益率×净资产收益率）÷（1－留存收益率×净资产收益率）

计算可持续增长率的公式很多，在计算时应根据具体情况选择最简便的公式。

【例 3-7】 承【例 3-2】，要求计算 2011 年预计的可持续增长率。

　　　　可持续增长率＝（本期净利润×留存收益率）÷期初股东权益

　　　　　　　　　　＝120 000×10％×50％÷（40 000＋10 000）＝12％

【进一步学习指南】

一、金融工具创新与企业筹资方式

随着金融工具的不断创新，企业筹资方式日趋多样化。如资产证券化，彻底改变了传统的金融中介方式，在资本市场上构筑了更为有效的筹资渠道，作为一种新的筹资方式，资产证券化是资本市场上与债券筹资、股权筹资并列的第三种主流筹资。再如，股权质押筹资是一种新兴的权利质押筹资形式，《物权法》出台后，一些城市和省份对非上市公司股权出质登记进行了规范，从登记环节对股权质押形式进行了推动，成为破解中小企业筹资难题的一种新型方式。此外，信托等金融工具筹资近年逐渐兴起，被大量应用于房地产企业筹资。

二、公司治理与筹资决策制度安排

公司治理结构的主体包括四大机构：股东（大）会、董事会、经营者和监事会。公司筹资必须遵循决策权、执行权与监督权三分离原则，由股东（大）会、董事会、经营者、财务部门等分别履行各自的职责，以保证筹资目标的实现。

三、筹资风险的管理与控制

筹资风险是财务风险的终极表现形式，也是财务风险管理的首要环节。控制筹资风险的关键环节是事先防范。企业应当通过合理设计资本结构、筹资规模，控制负债经营风险；通过合理匹配资本来源与资产占用间的对应关系，如保持资产适度的流动性，维持流动比率大于1等措施来保证资本来源与资产占用间的稳健性，以维持适度的短期偿债能力，防范短期偿债风险。

【复习思考题】

1. 什么是权益资本？什么是债务资本？试比较它们的特点。

2. 什么是直接筹资？什么是间接筹资？试比较它们的特点。

3. 企业筹资目标是什么？筹资的基本要求有哪些？

4. 企业为什么要负债？负债为什么要适度？

5. 运用销售百分比法进行筹资需要量预测基于哪些假设？资产负债表内哪些项目一般与销售额的比率固定不变？

6. 外部筹资额受哪些因素影响？这些因素如何影响外部筹资额？

7. 如何运用销售百分比法编制预计资产负债表？

8. 什么是内含增长率？什么是可持续增长率？

第四章

权益资本的筹集

【本章学习目标】

- 股票发行方式
- 股票发行定价方式
- 股票上市方式
- 权益资本市场全球化的途径
- 吸收直接投资筹资方式
- 留存收益筹资方式

【案例引入】

中国石油天然气股份有限公司（以下简称中国石油）是我国油气行业占主导地位的最大的油气生产和销售商。2007年10月26日，中国石油公开发行40亿股A股，发行价为16.70元人民币，融资规模达668亿元人民币，冻结资金量3.3万亿元人民币，创下A股市场有史以来，也是2007年全球IPO融资规模的新纪录。2007年11月5日，中国石油A股上市，成为全球市值最大上市公司。中国石油回归A股市场，刷新了数个历史纪录，在A股市场乃至全球资本市场留下了浓重的一笔。

中国石油为什么能够回归A股市场？中国石油发行A股须经怎样的程序？其股票发行价格如何确定？其A股股票以何种方式发行？股票筹资方式有何优缺点？带着这些问题，我们进入本章学习。

第一节　股票筹资

股票是股份有限公司为筹集权益资本而发行的可转让有价证券，是股东按其所持股份享有权利和承担义务的凭证，它代表对公司的所有权。发行股票是股份公司筹措资本金的基本方式。股票持有人即为公司的股东。股东按投入公司的股本份额享有所有者的资本收益、重大决策和选择管理者的权利，并以其所持股份为限对公司承担责任。

按股东享受权利和承担义务的不同，股票可分为普通股票和优先股票；按是否记入股东名册，股票可分为记名股票和无记名股票；按是否标明金额，股票可分为有面值股票和无面值股票；按发行时间的先后不同，股票可分为始发股和新股；按投资主体的不同，股票可分为国家股、法人股、个人股和外资股；按发行对象和上市地区的不同，股票可分为 A 股、B 股、H 股和 N 股等。

一、股票发行的条件、程序与方式

（一）股票发行的条件

根据《证券法》和《上市公司证券发行管理办法》的规定，公司公开发行新股，应当符合下列条件：

（1）具备健全且运行良好的组织机构；

（2）具有持续盈利能力，财务状况良好；

（3）最近三年财务会计文件无虚假记载，无其他重大违法行为；

（4）经国务院批准的国务院证券监督管理机构规定的其他条件。

公司对公开发行股票所筹集资金，必须按照招股说明书所列资金用途使用。改变招股说明书所列资金用途，必须经股东大会作出决议。

（二）股票发行的程序

1. 设立发行股票的程序

（1）提出募集股份申请；

（2）公告招股说明书，制作认股书，签订承销协议和代收股款协议；

（3）招认股份，缴纳股款；

（4）召开创立大会，选举董事会、监事会；

（5）办理设立登记，交割股票。

2. 增资发行新股的程序

（1）股东大会作出发行新股的决议；

（2）提出募集股份申请；

（3）公告新股招股说明书，与证券经营机构签订承销合同，定向募集时向新股认购人发出认购公告或通知；

（4）招认股份，缴纳股款，交割股票；

（5）改组董事会、监事会，办理变更登记并向社会公告。

（三）股票发行的方式

股票发行方式，是指公司通过何种途径发行股票。根据股票发行是否公开，分为公开间接发行和不公开直接发行两大类。

（1）公开间接发行，也叫公募（public offering）发行，是指股份有限公司通过中介机构，公开向社会公众发行股票。我国股份公司采用募集设立方式向社会公开发行新股时，须由证券经营机构承销（包括包销和代销）的做法，就属于股票的公开间接发行。这种发行方式的发行范围广、发行对象多，易于足额募集资本；股票的变现性强，流通性好；有助于提高发行公司的知名度，扩大其影响力。但是，这种发行方式存在手续繁杂、发行成本高等不足之处。

（2）不公开直接发行，也叫私募（private placement）发行，是指股份公司不公开对外发行股票，即不需中介机构承销，只向少数特定的对象直接发行股票。我国股份公司采用发起设立方式和以不向社会公开募集的方式发行新股的做法，就属于股票的不公开直接发行。这种发行方式弹性较大，发行成本低，但发行范围小，股票变现性差。

就美国的情况看，绝大多数进行私募的是一般债券或可转换债券，优先股有时也以私募方式发行。我国境内上市外资股（B股）的发行几乎全部采用私募方式进行。

二、投资银行在股票发行中的功能

投资银行是金融市场的重要参与者，它是筹资者与投资者之间的中介。它一方面帮助筹资者设计与发行证券，提供直接筹资服务；另一方面向投资者提供发行人及其证券的全面资料，供投资者选择证券，形成投资判断。

投资银行作为一个行业，其传统业务是证券承销，如高盛、摩根斯坦里、美林证券公司等。现代投资银行除了其传统业务外，还参与咨询业务、并购业务、代理理财、财务顾问与投资咨询等。投资银行在公司股票发行中的主要功能如下。

1. 帮助发行公司设计与发行股票

在股票发行中，投资银行应帮助发行人做出发行市场选择、发行方式确定和发行时机决策，并为新股定价提供建议。

2. 从事股票推介业务，承销股票

证券承销是投资银行最基础的业务活动。证券承销常用的方式有包销和代销。包销，是指发行人与承销机构签订合同，由承销机构买下全部或销售剩余部分的证券，承担全部销售风险。对发行人来说，包销不必承担证券销售不出去的风险，而且可以迅速筹集资金，因而适用于那些资金需求量大、社会知名度低而且缺乏证券发行经验的企业；代销，是指证券发行人委托承担承销业务的证券承销商代为向投资者销售证券。承销商按照规定的发行条件，在约定的期限内尽力推销，到销售截止日期，证券如果没有全部售出，那么未售出部分退还给发行人，承销商不承担任何发行风险，发行风险由发行者自己负担。

3. 作为上市公司的保荐人履行相应的责任和义务

投资银行作为发行人的保荐人在推荐符合条件的公司发行股票的同时，要对所推荐的证券发行人所披露信息的质量和所作出的承诺提供法定的持续训示、督促、指导和信用担保。保荐人推荐公开发行和上市作为一种中介服务，不仅要考虑自身的商业利益，还必须考虑公众（投资者）的权益，或者说考虑不确定多数的潜在中小投资者的权益。

我国于2004年起实施保荐人制度，其目的在于为二级市场提供可以依赖的证券产品，即由保荐人做一定信誉和质量担保的产品。保荐义务的履行主要体现在"尽责推

荐"和"尽责持续督导"两个阶段。由于保荐制度对保荐人及相关各方责任进行了明确量化，保荐人因此而必须付出"合规成本"，但优秀的保荐人，成本比较低，这样就形成了强者恒强的竞争机制。保荐人制度不是世界各国和各地区在主板市场实行的普遍制度，这种制度只是在某些国家或地区的创业板市场实行。保荐制把发行人发行上市及以后的持续诚信表现与有关中介机构执业质量的考核紧密联系起来，并且引入责任追究制度，促使投资银行及其从业人员勤勉尽责，方便投资者选择，有利于监管机构运用市场机制监管，从而发挥更好的效用。

三、股票发行定价决策

股票发行价格是股票发行时所使用的价格，即投资者认购股票时所支付的价格。股票发行价格的高低直接关系到企业筹资金额的多少。过高的发行价格会影响股票顺利发行，难以及时筹足资本；过低的发行价格会影响发行公司筹资数量。因此，必须认真测算，确定适当的发行价格。

股票发行定价决策是公司上市发行所面临的最主要财务决策之一。从规范的市场运作看，股票定价首先需要测定股票的内在投资价值及价格底线，其次才是根据供求关系来确定其发行价格。

（一）定价基础：股票内在投资价值

反映股票内在投资价值的常用方法有股利贴现法和市盈率法。

1. 股利贴现法

股东购买股票是期望获取股利，因此股票价值等于预期未来可收到的股利现值之和，用公式表示为

$$P_0 = \sum_{t=1}^{\infty} \frac{D_t}{(1+K_s)^t}$$

式中，P_0 为股票的内在投资价值；D_t 为第 t 年年底预期得到的每股股利；K_s 为投资者要求的必要报酬率，可根据资本资产定价模型来确定。

上式是股票价值最一般的计算模型。在具体应用时可能出现三种特殊情况，即股利零增长、股利固定增长和股利不固定增长，具体内容详见第八章第二节。

在公司未来收益能做出准确预测的条件下，股票的投资价值即可确定为其发行价格，按此确定的价格能反映市场均衡价格。因此，这种方法是确定股票价值最一般、最基本的方法。但这种方法的关键是要准确预测公司未来每年的股利。

2. 市盈率法

市盈率法是根据同行业的参考市盈率，结合公司的盈利预测来确定股票投资价值的方法，用公式表示为

$$股票价值 P_0 = 市盈率(P/E) \times 每股收益(EPS)$$

市盈率是一个能够较好地反映股票基本条件、市场供需状况等多种因素的指标。在公司发行股票时，即使准确地知道了股票的基本价值，但如果当时市场上的市盈率较低，公司也只能以这种较低的市盈率发行股票；反之，如果市盈率较高，公司可以当时

的市盈率发行股票，因为以较高的市盈率发行股票会筹集到更多的资金。因此，市盈率法是一种更简单、更常用的定价方法。

（二）股票发行定价方法

根据股票定价基础和世界各国的经验，常用的股票发行定价方法有议价法和竞价法两种。

1. 议价法

议价法是指由股票发行人与主承销商协商确定发行价。在核准制下，议价法是新股定价的主要方式，主承销商在发行市场中起着主导作用。发行人和主承销商在议定发行价格时，主要考虑二级市场股票价格的高低（可用平均市盈率等指标来衡量）、市场利率水平、发行公司的未来发展前景、发行公司的风险水平和市场对新股的需求状况等因素。

议价法具体分为以下两种定价方式：

（1）固定价格定价方式。这是由发行人和主承销商在新股公开发行前商定一个固定价格，然后根据这个价格进行公开发售。在大多数发达国家的股票发行中，承销商一般采用尽力而为的承销方式，新股发行价格的确定也采用固定价格方式。其基本做法是：发行人和承销商在新股发行前商定一个发行价格和最小及最大发行量。股票销售期开始，承销商尽力向投资者推荐股票。如果在规定时间和给定价格下，股票销售额低于最低发行量，股票发行将终止，已筹集的资金返还给投资者。这种方式的优点是筹资金额确定、定价过程相对简单、时间周期较短，但定价的准确性、灵活度不高。

按照国际通行的做法，新股发行价格是根据影响新股价格的因素进行加权平均而得出的，其计算公式为

$$P_0 = 40\% \times A + 20\% \times B + 20\% \times C + 20\% \times D$$

式中，P_0 为新股发行价；A 为公司最近 3 年平均每股收益与类似公司最近 3 年平均市盈率的乘积；B 为公司最近 3 年平均每股股利与类似公司最近 3 年平均股利率的商；C 为公司最近每股净资产；D 为公司当年预计每股股利与 1 年期定期存款利率的商。

（2）市场询价方式。当新股销售采用包销方式时，一般采用市场询价方式。这种方式确定新股发行价格一般包括以下两个步骤：

第一步，根据新股价值（一般采用前面介绍的股利贴现法等方法确定）、股票发行时大盘走势、流通盘大小、公司所处行业股票的市场表现等因素确定新股发行的价格区间。

第二步，主承销商协同发行人进行路演，向投资者介绍和推介该股票，并向投资者发送预订邀请文件，征集在各个价位上的需求量，通过反馈回来的投资者的预订股份单进行统计，主承销商和发行人对最初的发行价格进行修正，最后确定新股发行价格。

2. 竞价法

竞价法是指由各股票承销商或者投资者以投标方式相互竞争确定股票发行价格。在实施过程中，有网上竞价、机构投资者（法人）竞价和券商竞价等具体形式。

由于竞价法是一种"直接"的市场化定价方式，因此它更能直接地反映出投资主体对新股价格的接受程度，最终确定的价格更接近于新股未来上市后的市场价格。但在不成熟的证券市场中，却有可能造成新股发行定价过高，上市企业筹资额过大的现象。

四、股票增发

股票增发即增资发行股票，它是股票发行后的后续筹资行为。

（一）按投资者是否付出代价可分为有偿增发和无偿增发

1. 有偿增发

股票的有偿增发，是指投资者需按股票面额或溢价，用现金或实物购买股票，有间接公募、向老股东配股及向特定的第三者配股等具体发行方式。

2. 无偿增发

股票的无偿增发，是指公司不向股东收取现金或实物财产，而是无代价地将公司发行的股票交付给股东，有资本公积转增、股票股利及股票分割等具体方式，其目的是为了调整公司股东权益的内部结构，增强股东信心，提高公司的社会地位。

（二）按发行对象不同分为配股、公开增发和非公开增发

1. 配股

配股是指向现有股东按持股的一定比例配售股份的行为，它是股票增发的一种主要方式。我国法律法规对上市公司的配股条件进行了严格的限制，其中最主要的是关于公司盈利能力的要求。公司实施配股计划，主要是基于新筹资本能够满足投资需要。在确定配股价格时，除了与新股发行需要进行财务决策外，还要考虑有关法律规定。如配股价格不低于每股净资产等。另外，为了保证配股价格对原股东的吸引力，并考虑承销商的盈利空间，配股价格一般低于现行市价。

2. 公开增发

公开增发是指向不特定对象公开募集股份。根据《上市公司证券发行管理办法》的规定，上市公司公开增发股票除符合发行新股的相关规定外，还包括下列方面：①最近三个会计年度加权平均净资产收益率平均不低于6%。扣除非经常性损益后的净利润与扣除前的净利润相比，以低者作为加权平均净资产收益率的计算依据；②除金融类企业外，最近一期末不存在持有金额较大的交易性金融资产和可供出售的金融资产、借予他人款项、委托理财等财务性投资的情形；③发行价格应不低于公告招股意向书前20个交易日公司股票均价或前一个交易日的均价。

3. 非公开增发

非公开增发也称定向增发，是指上市公司采用非公开方式，向特定对象发行股票的行为。非公开发行股票的特定对象应当符合下列规定：①特定对象符合股东大会决议规定的条件；②发行对象不超过10名。发行对象为境外战略投资者的，应当经国务院相关部门事先批准。上市公司非公开发行股票，应当符合：发行价格不低于定价基准日前

20 个交易日公司股票均价的 90％；本次发行的股份自发行结束之日起，12 个月内不得转让；控股股东、实际控制人及其控制的企业认购的股份，36 个月内不得转让等规定。

五、股票上市

股票上市是指股份有限公司公开发行的股票，经批准在证券交易所挂牌交易。在证券交易所上市的股票，称为上市股票，其股份有限公司称为上市公司。

（一）股票上市的条件

根据《证券法》的规定，我国股份公司申请股票上市，应当符合下列条件：

（1）股票经国务院证券监督管理机构核准已公开发行。

（2）公司股本总额不少于人民币 3 000 万元。

（3）公开发行的股份达到公司股份总数的 25％以上；公司股本总额超过 4 亿元的，公开发行股份的比例为 10％以上。

（4）公司最近三年无重大违法行为，财务会计报告无虚假记载。

证券交易所可以规定高于前款规定的上市条件，并报国务院证券监督管理机构批准。根据上海和深圳证券交易所《股票上市规定》（2006 年 5 月修订稿）规定，股份有限公司申请股票上市，公司股本总额不少于人民币 5 000 万元，提升了总股本的要求。

（二）股票上市的方式

公司股票上市可以通过 IPO 方式，也可以通过买壳上市或借壳上市的方式。IPO 是指公司首次公开发行股票并促使股票在二级市场流通，使公司资本公众化；买壳上市，是指非上市公司通过收购一些业绩较差、筹资能力弱化的上市公司，剥离被收购公司资产，注入自己的资产，从而实现间接上市的目的；借壳上市是指上市公司的母公司（集团公司）通过将主要资产注入上市的子公司中，来实现母公司的上市。

买壳上市与借壳上市都是一种对上市公司"壳"资源进行重新配置的活动，都是为了实现间接上市，但买壳上市的企业首先需要获得对一家上市公司的控制权，而借壳上市的企业则要求已经拥有了对上市公司的控制权。买壳上市或借壳上市成败的关键在于对上市公司"壳"资源的选择和重新配置。

（三）股票上市的利弊分析

股份公司申请股票上市，其基本目的是为了增强本公司股票的吸引力，形成稳定的资本来源，能在更大范围内筹措大量资本。

1. 股票上市的利

（1）便于筹措新的资金。非上市公司在筹措新资金时，可以选择的筹资方式十分有限。股票上市可以使公司在公开市场上以更有利的条件取得资本。一般认为，上市公司具有更好的信用，成为上市公司在拓宽股权筹资渠道的同时也增加了获得信贷资金的可能性。

（2）便于确定公司的价值。股票上市后，可以通过对股票市价的观测确定公司价值。股票市价是理性的投资者对企业价值形成的综合判断的直接表现。同时，公开市场上的股票价格也为公司经营提供有用的信息。在有效市场条件下，股票价格的上涨或下跌从一个侧面反映公司经营情况，便于经营者及时发现经营中的问题，及时调整经营方针，促进企业健康、持续地发展。

（3）便于原始股东套现和分散风险。股票上市大大提高了公司股权的流动性和变现能力。股票上市后，公司的原始股东可以将其持有的部分公司股票转售给其他投资者，再将所得资金投资到其他资产上，以达到优化个人资产组合、分散投资风险的目的。

（4）提高公司知名度，扩大销售。股票上市会提高公司知名度，增强客户、雇员和供应商对公司的信心，扩大销售。

（5）便于吸引优秀人才。当公司对管理层和员工采取股权激励方式时，股票上市为其股权的变现提供了便利，使上市公司能够吸引更多的优秀人才。

2. 股票上市的弊

（1）可能稀释原有股东的控制权。股票上市使原有股东的控制权可能被稀释，在一些情况下，老股东会失去对公司的控制权。在公司上市的情况下，原来的控制者想要维持对公司的控制，可能要付出更高的成本。在 20 世纪 80 年代，美国股票收购和委托书争夺战异常激烈，使那些没有控制过半数股份但股票已经上市的股权持有者深感不安。为了应付越来越大的压力，他们经常被迫采取损害公司长期利益但却能提高公司短期利润的策略。在这种情况下，很多大公司实行经理人收购，又走上"资本私有化"的老路。

（2）维持上市地位需要支付很高的费用。成为上市公司需要支付高额的上市费用，包括资产评估费用、股票承销费用、律师费、注册会计师费用等；成为上市公司后，公司每年还需要支付大量的费用，如必须聘请会计师审计定期财务报告，并提交政府管理部门和投资者等利益相关者，需要支付审计费用和定期报告印刷费用，其报告成本相当可观。特别是对小公司而言，这种信息披露成本是一种沉重的负担。

（3）必须对外公开公司的经营状况与财务资料。上市公司各种信息"公开"的要求可能会暴露公司的商业秘密，使竞争对手有机可乘，他们可以透过公司披露的信息了解公司经营情况并制定相应对策。

（4）降低公司决策效率。成为上市公司后，公司需要遵守更多的公司治理规范，所有重要的决策都需要经董事会讨论通过，部分至关重大的决策甚至需要由全体股东投票决定。这个过程可能是很漫长的，相比私人公司的灵活决策而言，上市公司的决策效率降低了。

此外，股市的波动可能歪曲公司的实际情况，损害公司的声誉；股票上市后，投资者通常以公司盈利、分红、股价来判断经理人员的业绩，这些压力往往使得经理人员注重短期效益而忽略长期效益。鉴于此，有些公司即使已符合上市条件，也宁愿放弃上市机会。

因此，问清"为什么要上市"是每一家拟上市公司都要三思的问题。只有当股票上市的利大于弊时，即股票上市给企业带来的收益大于成本时，公司股票才应上市。

（四）股票上市交易的暂停和终止

我国《证券法》规定，上市公司不再具备上市条件时，其股票应当暂停上市交易：如公司股本总额、股权分布等发生变化不再具备上市条件；公司不按照规定公开其财务状况，或者对财务会计报告作虚假记载，可能误导投资者；公司有重大违法行为；公司最近三年连续亏损等情形。

我国《证券法》还规定，上市公司有下列情形之一的，由证券交易所决定终止其股票上市交易：公司股本总额、股权分布等发生变化不再具备上市条件，在证券交易所规定的期限内仍不能达到上市条件；公司不按照规定公开其财务状况，或者对财务会计报告作虚假记载，且拒绝纠正；公司最近三年连续亏损，在其后一个年度内未能恢复盈利；公司解散或者被宣告破产；证券交易所上市规则规定的其他情形。

六、普通股筹资的评价

（一）普通股筹资的优点

（1）没有固定到期日，不用偿还。利用普通股筹集的是永久性资本，除非公司清算时才需偿还。这对保证公司最低的资金需求、维持公司长期稳定发展极为有益。

（2）没有固定的股利负担。股利的支付与否和支付多少，视公司有无盈利和投资、经营需要而定，公司财务负担相对较小。由于普通股不用支付固定的利息，因而实际上不存在无法还本付息的风险。

（3）筹资风险小。由于普通股筹资没有固定的到期日，不存在不能偿付的风险，也不用支付固定的股利，所以筹资风险最小。

（4）能提高公司的信用价值。普通股筹集的资金可作为其他方式筹资的基础，尤其可以为债权人提供保障，能提高公司的负债能力。

（二）普通股筹资的缺点

（1）资本成本高。首先，普通股投资者所冒的投资风险大，要求的投资报酬率自然也高；其次，普通股股利从税后利润中支付，不具有抵税作用。此外，普通股的发行费用也高。

（2）容易分散公司控制权。普通股筹资会增加新股东，新股东将获得原有股东拥有的控制权，容易导致公司控制权的分散。

（3）对公司股价可能会产生不利影响。一方面，如果公司盈余没有随股数的增加而增加，增发新股会使每股税后利润降低；另一方面，在信息存在不对称时，外部投资者视增发新股为消极信号，可能引起股票价格的波动。

七、优先股

(一)优先股的特征

优先股是指在公司盈余分配或剩余财产分配等方面享有某些优先权的股票。优先股按股息是否可以累积,可分为累积优先股和非累积优先股;按能否参与剩余利润的分配,可分为参与优先股和非参与优先股;按能否调换为普通股或公司债券,可分为可调换优先股与不可调换优先股;按是否可由发行公司赎回,可分为可赎回优先股和不可赎回优先股。

与普通股比较,具有下列特征:

(1)优先分配股利的权利。优先股股东通常优先于普通股股东分配股利,且其股利一般是固定的,受公司经营状况和盈利水平的影响较少。

(2)优先分配公司剩余财产。当公司解散、破产等进行清算时,优先股股东优先于普通股股东分配剩余财产。

(3)优先股股东一般无表决权。在公司股东大会上,优先股股东一般没有表决权,通常也无权过问公司的经营管理,仅在涉及优先股股东权益时享有表决权。因此,发行优先股一般不会稀释普通股股东的控制权。

(4)优先股可由公司赎回。发行优先股的公司,按照公司章程有关规定,根据公司的需要,可以以一定的方式将所发行的优先股赎回,以调整资本结构。

(二)优先股筹资的评价

与其他筹资方式比较,优先股筹资具有下列优点:

(1)与普通股相比,优先股的发行并没有增加能够参与经营决策的股东人数,因此不会导致原有的普通股股东对公司的控制能力下降。

(2)与债券相比,优先股的发行不会增加公司的债务,只增加了公司的股权,因此不会像公司债券那样增加公司破产的压力和风险;同时,优先股的股利不会像债券利息那样,会成为公司的财务负担,优先股的股利在没有条件支付时可以拖欠,在公司资金困难时不会进一步加剧公司资金周转的困难。

(3)发行优先股不像借债那样可能需要一定的资产作为抵押,从而在间接意义上增强了企业借款的能力。

但优先股筹资也有一些不足之处:

(1)资本成本较高。通常,债券的利息支出可以作为费用从公司的税前利润中扣除,可以抵减公司的税前收入,从而减少公司的所得税支出;而优先股的股利则属于资本收益,要从公司的税后利润中开支,不能使公司得到税收屏蔽的好处,因而其成本相对较高。

(2)由于优先股在股利分配、资产清算等方面具有优先权,所以会使普通股股东在公司经营不稳定时的收益受到影响。

(3)筹资限制多。例如,公司盈利必须先分给优先股股东;公司举债额度较大时要先征求优先股股东的意见；公司连续数年积欠优先股股利，优先股股东将介入企业决策，等等。

第二节　权益资本的其他筹集方式

一、吸收直接投资

吸收直接投资是指非股份有限公司的企业根据国家法律法规的规定，以协议等形式吸收国家、法人、个人等直接投入资本，形成企业资本金的一种筹资方式。它是非股份有限公司筹集资本金的基本方式。

（一）吸收直接投资的种类

1. 吸收国家投资

国家投资是指有权代表国家投资的政府部门或者机构，以国有资产进行的投资，国家投资形成的资本称为国有资本。吸收国家投资是国有企业筹集权益资本的主要方式。吸收国家投资一般具有以下几个特点：①产权归属政府；②资本的运用和处置受政府约束较大。

2. 吸收法人投资

法人投资是指企业、事业单位等法人单位以其依法可以支配的资产投入企业，这种情况下形成的资本叫法人资本。吸收法人投资一般具有以下特点：①发生在法人单位之间；②以参与企业利润分配为目的；③出资方式灵活多样。

3. 吸收个人投资

个人投资是指社会个人或本企业内部职工以个人合法财产投入企业，这种情况下形成的资本称为个人资本。吸收个人投资一般具有以下特点：①参股投资的人员较多；②每人投资数额相对较少；③以参与企业利润分配为目的。

（二）吸收直接投资的出资方式

（1）现金。这是企业最乐于接受的出资方式。现金具有使用上的灵活性，它既可用于购置资产，也可用于支付费用。因而，一些国家规定了现金出资的最低限额。

（2）实物。这是指投资者以房屋、建筑物、设备等固定资产和材料、商品等流动资产作价投资。

（3）无形资产。这是指投资者以专利权、商标权、非专利技术、土地使用权等无形资产作价投资。

投资者以实物和无形资产投资，必须符合企业生产经营的需要，投入资产必须进行合理估价，并办理产权转移手续。无形资产投资还应符合法定比例。

（三）吸收直接投资的评价

1. 吸收直接投资的优点

（1）有利于增强企业信誉。筹集到的资本是企业自有资本，相对债务资本而言，它能提高企业的资信度，增强企业的负债能力和偿债能力。企业吸收的直接投资越多，举债能力就越强。

（2）有利于尽快形成生产经营能力。出资形式多样，既可以取得现金，也可以获得生产经营所需的先进设备和技术，与仅取得现金的筹资方式相比较，便于尽快形成生产经营能力，尽快开拓市场。

（3）有利于降低企业财务风险。

2. 吸收直接投资的缺点

（1）筹资成本较高。公司以税后利润向股东支付股利为代价。

（2）由于不以证券为媒介，不便于产权转让和交易。

二、留存收益

留存收益筹资也称为"内源筹资"或"内部筹资"，它是企业将实现利润的一部分甚至全部留下作为资本来源的一种筹资方式。它是指企业将留存收益转化为投资的过程，其实质为原股东对企业追加投资。

（一）留存收益筹资的具体形式

留存收益筹资的具体形式有：按法定要求提取盈余公积金、当期利润不分配等。

公司创造的税后收益，一部分通过股利形式分配给股东，另一部分则留在公司中继续运营，即留存收益。公司的股利政策和留存盈利是一对矛盾：股利分配得多，留存收益相对就不足，就需要增加外部筹资量；股利分配得少，留存收益相对就多，公司对外部筹资的依赖度就小一些。

（二）留存收益筹资的评价

留存收益筹资的优点主要体现在：

（1）不发生筹资费用。股东愿意将其留用于企业是以放弃某些投资为代价的。如果企业将留存收益用于再投资所获得的收益率低于股东自己进行另一项风险相似投资的收益率，就不应该保留留存收益而应将其分派给股东。因此，企业利用留存收益筹资也有资本成本，只不过它是一种机会成本。

（2）可使企业的所有者获得税收上的利益。由于资本利得税率一般低于股利收益税率，股东往往愿意将收益留存于企业而通过股票价格的上涨获得资本利得，从而避免取得现金股利应交的较高的个人所得税。

（3）留存收益筹资在性质上属于权益资本，可提高企业信用和对外负债能力。

留存收益筹资的缺点主要体现在：

（1）数额限制。企业必须经过一定时期的积累才可能拥有一定数量的留存收益，且留存收益的数额往往是有限的，从而使企业难以在短期内获得扩大再生产所需资本。同时，留存收益的数量常常会受到某些股东的限制，尤其受到依靠股利维持生活的股东的反对。

（2）留存收益过多、股利支付过少，可能会影响今后的外部筹资，同时不利于股票价格的提高，影响企业在证券市场上的形象。

三、认股权证

（一）认股权证的概念与特征

认股权证是由公司发行的授权其持有者按预定价格优先购买一定数量普通股的权证。这是一种典型意义上的选择权。这种选择权的行使对公司意味着权益资本量的增加。

认股权证所附的证券主要包括普通股与公司债券，即附认股权的普通股筹资与附认股权的债券筹资。在实际经济活动中，它常伴随着债券一同发行，旨在刺激投资者购买公司较低利率的长期债券。

认股权证可以同债券分离，也可联结在一起，可分离的认股权证可与债券分开出售，其债券持有人无须为获得认股权证价值而行使其购股权；不可分离的认股权证则不能与债券分开出售，它只有在债券持有人行使了优先认股权并购买了股票之后才可以与债券分开。

认股权证对持有人而言类似于购买期权，持有人在规定的期限内可以按执行价格购入股票，也可以放弃权利，或者直接转让。执行价格是指认股权证规定的股票购买价格。促使认股权证持有人行使权利的主要原因有：

（1）股票市场价格超过认股权证的行使价格（即股票的执行价格）；

（2）公司增长潜力大，未来有盈利且前景看好；

（3）公司提高股票的派息率。

（二）认股权证的理论价值

同其他选择权一样，认股权证也只有在股票市场价格上升的条件下才具有价值。

$$认股权证的理论价值 = N \cdot P - E$$

式中，N 为一张认股权证可以购买的普通股股数；P 为普通股票的市场价格；E 为凭一张认股权证购买 N 股普通股的价格。

【例 4-1】　某公司股票在某一时点的市场价格为 30 元，认股权证规定每股股票的认购价格为 20 元，每张认股权证可以购买 0.5 股普通股，则该时点每张认股权证的理论价值 $=0.5 \times 30 - 0.5 \times 20 = 5$（元）。

一般而言，认股权证的理论价值是出售认股权证的最低价值，即底价。如果认股权证的市场价格低于其理论价值，则套利行为就会产生，即购入认股权证，凭证购买股票，再将买来的股票抛售出去。当套利行为大量发生时，套利的最终收益等于零。

（三）认股权证筹资的评价

利用认股权证筹资的最大优点是可以降低筹资成本。对于增长速度很快的公司而言，利用债券和优先股筹资很可能被要求很高的报酬率，因为潜在投资者只有在高价位的利率水平上才能接受此类风险证券，对公司而言，其筹资成本较高；但是，如果将此类债券附上认股权证，由于收益潜在预期，公司可以降低其证券必要的报酬率。对投资者来说，如果对公司潜在收益的预期非常乐观，也将愿意接受较低的现时收益率和不很严格的市场签约条件。

然而，认股权证的价值都是建立在预期之上的。对投资者而言，由于杠杆作用的存在，使得认股权证的行使成为一种高收益的投资，但需以公司未来股价上升为基础。离开这一基础，选择权将不会被行使，其投资也会造成损失。

认股权证的行权一方面意味着权益资本的增加，另一方面也意味着普通股数量的增加可能稀释普通股收益和分散控制权。

第三节　权益资本市场的全球化

1991年10月30日，上海真空电子器件股份有限公司向境外首次发行人民币特种股票（B股），共100万股，面额总计1亿元。在沪、深两市发行的人民币特种股票（B股）拉开了我国利用股票到国际资本市场筹资的序曲。到2002年年底，两市共有114家上市公司发行了B股（其中，上海55家，深圳59家）。发行B股使企业获得了一条进入国际资本市场的便捷途径。继B股之后，更多的中国企业开始尝试以各种方式直接或间接地赴境外上市，吸收大量的海外资金。仅2009年，共有176家中国企业在境内外资本市场上市，合计融资546.50亿美元，平均每家企业融资3.11亿美元，其中77家企业在境外9个资本市场上市，融资271.39亿美元[①]。资本市场的全球化已经构成了当今权益资本市场发展的主旋律。

目前，境外上市的主要方式主要包括境外直接上市、通过控股公司境外间接上市、境外买壳上市、利用存股证（DR）间接上市等方式。

一、境外直接上市

境外直接上市，是指股份有限公司向境外投资人发行股票，并将该股票直接在境外公开的证券交易所挂牌上市，这种股票称为境外上市外资股。

目前，我国公司发行的境外上市外资股主要有H股和N股两种。1992年10月，中国证券交易委员会确定了第一批大型国有企业到香港以H股方式直接上市。这些企业包括青岛啤酒、上海石化、广船国际、北人印刷、马钢股份、昆明机床、仪征化纤等。2001年之后，以浙江玻璃为代表的民营企业开始进入香港或其他资本市场直接筹资。央行《2005年国际金融市场报告》显示，2005年中国企业直接在境外上市的规模

---

① 资料来源：清科研究中心2010年1月，2009年中国企业上市引领全球IPO。

刷新了历史纪录。根据中国证监会统计，2005 年，中国境外直接上市共筹集资金 206.47 亿美元，占从 1993 年统计以来全部筹资额的 37.17%。其中，首次发行企业 12 家，增资发行 12 家，直接上市筹资金额增长了 163.83%。上市公司和募集资金的规模明显增大，许多国内重量级企业，如上海电器集团、交通银行、远洋控股、建设银行、东风汽车等都选择境外上市。

内地注册的企业到境外直接上市筹资，是我国介入全球资本市场运作的一个重要突破。但由于企业是内地注册，因此要遵守中国内地的法律和会计制度，在信息透明度上存在诸多缺陷，在一定程度上存在着价格被低估、后续筹资难的问题。

二、通过控股公司境外间接上市

通过控股公司境外间接上市，也叫境外造壳上市，它是指预先在境外注册一家控股公司并由其实现对国内企业的控股，而后通过控股公司的公开上市募集资金，并将所募集的资金投资于国内企业，从而达到境外间接上市的目的。

境内企业境外间接上市的一般程序可概括为：境内企业股东在中国香港或维京尼、百慕大、开曼、巴哈马等避税岛先注册一个或多个"壳"公司，通过直接注册换股或者融资收购等方式，将境内的资产和权益注入"壳"公司，而后再通过"壳"公司将境内资产证券化，在境外上市募集资金或者私募，境外上市公司再以外商投资或外债形式将大部分募集资金调回境内使用。

1991 年年初，中国金融教育发展基金会（以下简称"基金会"）下属的香港华晨集团有限公司，以合资的方式与沈阳金杯汽车股份有限公司共同组建沈阳金杯客车制造有限公司（简称"金杯客车"）。次年年初，基金会在百慕大群岛注册成立华晨中国汽车控股有限公司（简称"华晨汽车"），并通过收购的方式实现对金杯客车 51% 的控股；10 月，华晨汽车在纽约证券交易所挂牌交易，并获得招股收入 7 200 万美元。根据百慕大和美国的法律，该控股公司只能将其招股收入投回到它唯一的资产所在企业——沈阳金杯。这样就实现了沈阳金杯间接上市的目的，这是境外造壳上市的成功例子。华晨汽车开创了国内企业境外上市的新模式。由于是境外注册，公司遵循的是国际会计和法律制度，有效地提高了企业信息透明度，较好地避开了国内外法律和制度差异给境外上市造成的障碍。

香港市场上，广州汽车集团通过其香港的控股公司骏威投资公司于 1993 年 2 月 10 日在香港公开招股筹资 4.02 亿港元，成为首家在香港造壳上市的国内企业。

三、境外买壳上市

境外买壳上市，是指国内企业通过收购已在境外上市公司的部分或全部股权，购入后以现成的境外上市公司作为外壳，取得上市地位，然后对其注入资产，实现公司海外间接上市的目的。

迄今已有许多国内企业利用买壳上市的方式在境外上市，其中主要集中在香港联交所和纽约证交所。1992 年 10 月，首都钢铁公司（简称首钢）与香港长江实业集团联手，斥资 2.39 亿港元收购香港联交所上市公司东荣钢铁 51% 的股权，然后由长江实业集团将部分股权转让给首钢，由首钢控制东荣钢铁公司大部分股权，然后将其更名为首长国际，成为首钢公司控制的香港上市公司，达到了买壳上市的目的。

买壳上市是最方便、最节省时间的一种境外上市方式。它的优越性主要体现在两个方面：与直接挂牌上市相比，它可以避开国内有关法规的限制和繁复的上市审批程序，手续简洁、办理方便；与其他的间接上市方式相比，买壳上市可以一步到位，缩短上市时间。但"壳"公司的资产质量以及是否存在潜在的法律风险是境外买壳上市的关键，即买壳上市的关键是找到一个"干净"的适合企业的"壳"。

四、利用存股证（DR）间接上市

存股证（depositary receipt，DR），又称存券收据或存托凭证，是指在一国证券市场流通的代表外国公司有价证券的可转让凭证，属公司融资业务范畴的金融衍生工具。

以股票为例，DR 的产生过程主要包括三个步骤：

（1）某国的上市公司为使其股票可以在外国流通，将一定数额的股票委托一中间机构（通常为银行，称为保管银行）保管；

（2）保管银行通知国外的存托银行在当地发行代表该股份的 DR；

（3）DR 开始在当地证券交易所或 OTC 市场（柜台交易市场）交易。

目前，DR 已发展成多种形式，部分 DR 具有筹资功能，如"中国华能国际"和"山东华能"采取的三级 ADR。根据发行市场不同，DR 可分为 ADR（美国存股证）、EDR（欧洲存股证）、HKDR（香港存股证）、SDR（新加坡存股证）和 GDR（全球存股证）等，其中以 ADR 出现最早，运作最规范，流通量也最大。

1993 年 7 月的青岛啤酒，随后还有上海石化、马鞍山钢铁、仪征化纤等 8 家，它们的主挂牌在中国香港，同时通过全球存股证方式（GDR）和美国存股证方式（ADR）分别在全球各地和美国纽约证券交易所上市。

【进一步学习指南】

一、解决中小企业权益资本的重要途径：引入 VC 与 PE

融资难已成为制约中小企业发展的"瓶颈"。中小企业除了自身投入与积累外，还可以通过引入风险投资（VC）和私募股权投资（PE）增加权益资本，从而扩大其资本来源渠道。

传统的风险投资对象主要是那些处于启动期或发展初期却快速成长的小型企业，并主要着眼于那些具有发展潜力的高科技产业。中小企业在引入风险投资时，首先需要了解风险投资公司的背景，弄清目标中的风险投资公司对企业所从事的行业是否了解，他们是否曾经对这一领域的公司进行过投资，除了资金还有没有其他资源：技术、市场、服务等；其次对企业目前拥有的各项资产应当进行合理估价，应当避免贱卖自家资产的行为。

私募股权投资是指通过私募形式对非上市企业进行的权益性投资，在交易实施过程中附带考虑了将来的退出机制，即通过上市、并购或管理层回购等方式，出售持股获利。

PE 与 VC 都是通过私募形式对非上市企业进行的权益性投资，然后通过上市、并购或管理层回购等方式，出售持股获利。但 VC 投资企业的前期，PE 投资后期。PE 对处于种子期、初创期、发展期、扩展期、成熟期和 Pre-IPO 各个时期企业进行投资，故广义上的 PE 包含 VC。

二、创业板 IPO 条件

根据《首次公开发行股票并在创业板上市管理暂行办法》（中国证监会 2009 年第 61 号）第十条的规定，发行人申请首次公开发行股票应当符合下列条件：①发行人是依法设立且持续经营三年以上的股份有限公司。有限责任公司按原账面净资产值折股整体变更为股份有限公司的，持续经营时间可以从有限责任公司成立之日起计算。②最近两年连续盈利，最近两年净利润累计不少于 1 000 万元，且持续增长；或者最近一年盈利，且净利润不少于 500 万元，最近一年营业收入不少于 5 000 万元，最近两年营业收入增长率均不低于 30%。净利润以扣除非经常性损益前后孰低者为计算依据。③最近一期末净资产不少于 2 000 万元，且不存在未弥补亏损。④发行后股本总额不少于 3 000 万元。此外，还规定：发行人应当主要经营一种业务，其生产经营活动符合法律、行政法规和公司章程的规定，符合国家产业政策及环境保护政策；发行人最近两年内主营业务和董事、高级管理人员均没有发生重大变化，实际控制人没有发生变更。

三、相关法律规范

1.《中华人民共和国证券法》，2005 年 10 月 27 日修订通过，2006 年 1 月 1 日起施行。

2.《上市公司证券发行管理办法》，中国证监会第 30 号，2006 年 5 月 8 日。

3.《首次公开发行股票并在创业板上市管理暂行办法》，中国证监会 2009 年第 61 号，2009 年 5 月 1 日起施行。

4.《关于首次公开发行股票试行询价制度若干问题的通知》，证监发行字〔2004〕162 号，2005 年 1 月 1 日起施行。

【复习思考题】

1. 权益资本的筹资方式有哪些？

2. 股票的发行方式有哪些？私募发行有何特点？

3. 股票发行定价的基础是什么，如何进行股票定价决策？

4. 股票发行定价方法有哪两种？如何运用市场询价方式进行股票定价？

5. 股票增发有哪些具体形式？

6. 公司为什么要发行优先股？何时发行优先股较宜？

7. 股票为什么要上市？公司应当如何进行股票上市决策？

8. 如何看待普通股筹资？试比较普通股和优先股筹资的特点。

9. 留存收益筹资的具体形式有哪些？如何评价这种筹资方式？

10. 什么叫吸收直接投资？如何评价这种筹资方式？

11. 什么叫认股权证筹资？有何特点？

12. 权益资本全球化有哪些途径？

第五章

债务资本的筹集

【本章学习目标】

- 短期借款的种类及信用条件
- 应付账款成本的计算与决策
- 长期借款合同的主要内容
- 债券的发行价格
- 可转换债券的要素
- 租赁的具体形式与租赁决策方法

【案例引入】

麦当劳①，这是一个大家耳熟能详的名字。当人们望见霓虹灯闪烁处的 "McDan-ald" 几个字，以为这家快餐公司的老板就是麦当劳。其实不然，麦当劳兄弟俩充其量不过是麦当劳公司的奠基人，而真正创建麦当劳快餐王国的却是柯洛克。

1961 年，柯洛克以 270 万美元的代价购买了麦氏兄弟关于麦当劳的所有主权，包括名号、商标、版权及配方。柯洛克当时是绝对无法靠自己的实力支付这笔费用的，但他大胆决定向约翰·布里斯财团借贷 270 万美元，一举买下麦当劳，尽管约翰·布里斯财团开出了十分苛刻的借贷条件：分期付款，期限为 6 年，到期需支付本息 1 200 万美元。在后来的几十年里，由于柯洛克经营有方，麦当劳快餐店成为发展最快的世界性企业之一。麦当劳快餐店以其温馨的店堂气氛和特许加盟（经营）制度，被世界公认为名牌快餐店之一。1972 年，柯洛克不但从所有麦当劳连锁店的总销售额中提取资金还清了全部贷款，而且 6 年中，麦当劳所赚取的利润高达 30 亿美元之巨。柯洛克成功的前提之一是有效利用了负债融资。

麦当劳公司的筹资方式是什么？柯洛克为什么能够举借债务？除了从银行借款外，企业还可运用哪些方式举借债务？各种债务筹资方式有何优缺点？带着这些问题，我们

---

① 资料来源：吴甘霖. 产权交易，中国社会科学出版社，1995 年 8 月。

进入本章学习。

第一节 银行借款

银行借款是指从银行和非银行金融机构借入的款项。银行借款按期限的不同分为短期借款与长期借款，按是否有担保分为信用借款与担保借款。

一、短期借款

短期借款是指企业向银行和其他金融机构借入的、期限在一年以内的借款。

（一）短期借款的种类

短期借款通常按有无担保分为信用借款和担保借款。

1. 信用借款

信用借款是以借款人的信用取得的借款。根据我国相关法律规定，只有那些经商业银行审查、评估，确认借款资信很好并确能偿还贷款的企业，方可取得信用借款。由于信用借款的风险比抵押借款的风险要大，因此利率通常较高，且往往附加一些苛刻的限制条件。

2. 担保借款

担保借款是以特定的担保物为担保取得的借款。企业到期不能还本付息时，银行等金融机构有权处置担保物。从理论上讲，短期借款中用作担保的资产通常是应收账款和存货等易于变现的流动资产；长期借款中用作担保的资产可以是房屋、建筑物、机器设备等实物资产，也可以是股票、债券等有价证券。但在实务中，我国《担保法》把企业凭自身的信用所得信用借款以外取得的借款统称为担保借款，并规定担保的主要方式有保证、抵押、质押、留置和定金。目前，我国企业常用的担保方式有以下三种：

（1）保证，指按担保法规定，以第三人承诺在借款人不能偿还贷款时，按约定承担一般保证责任或连带责任而取得借款的保证方式。这里的保证人是指具有债务清偿能力的法人、其他组织或公民。国家机关不得作为保证人。

（2）抵押，指按担保法规定，以借款人或借款人有权处置的财产作为抵押物取得借款的抵押方式。可作为贷款抵押物的财产通常有：抵押人所有的或依法有权处分的房屋和其他地上定着物、机器、交通运输工具和其他财产等。

（3）质押，可分为动产质押和权利质押。动产质押，是指债务人或者第三人将其动产移交债权人占有，将该动产（如应收账款、存货等）作为债权的担保；可用来质押的权利有：汇票、支票、本票、债券、存款单、仓单、提单；依法可以转让的股份、股票；依法可以转让的商标专用权，专利权、著作权中的财产权；依法可以质押的其他权利。

其中，应收账款质押贷款是指企业将其合法拥有的应收账款收款权向银行作还款保证。贷款期间，打折后的质押应收账款不得低于贷款余额（贷款本金和利息合计）。当打折后的质押应收账款在贷款期间内不足贷款余额时，企业应按银行的要求以新的符合要求的应收账款进行补充、置换。这种质押贷款仅针对实力雄厚的个别企业开办，要求应收账款的付款人为资信好、付款能力强的群体，应收账款质量高，且借款人是生产经营稳定、有发展潜力、还款能力强的本地企业。

（二）短期借款的信用条件

按照国际惯例，银行在发放短期贷款时，通常会附加一些信用条件，主要有以下几种。

1. 信用额度

信用额度，或称非承诺式信贷额度。它是银行对借款企业规定的无担保贷款的最高限额。通常企业在批准的信贷额度内，可随时按需要向银行申请借款，但银行并不承担必须提供全部信贷限额的义务。如果企业信誉恶化，即使曾同意过按信贷额度提供贷款，企业也可能得不到借款。

2. 周转信贷协议

周转信贷协议，或称承诺式信贷额度，它是银行向大企业提供的、具有法律义务的、不超过一定限额的信用贷款协议。企业享用周转信贷协议，通常要就贷款限额的未使用部分，付给银行一笔承诺费。

【例 5-1】 某企业与银行商定周转信贷额为 500 万元，承诺费率为 0.5%，借款人年度内使用了 400 万元，余额 100 万元，则借款人该年度应向银行支付承诺费的金额为

$$承诺费 = 100 \times 0.5\% = 0.5(万元)$$

3. 补偿性余额

补偿性余额，是银行要求借款人在银行中保持按实际借用额的一定比例计算的最低存款余额。补偿性余额的比例一般在 10%～20%，其目的是降低银行的贷款风险。但对借款企业而言，补偿性余额减少了企业借用款项的实际可用金额，从而提高了银行贷款的实际利率。

$$
\begin{aligned}
实际利率 &= 利息 / 可用借款额 \\
&= (借款额 \times 名义利率)/(借款额 - 借款额 \times 补偿性余额比率) \\
&= [名义利率 /(1 - 补偿性余额比率)] \times 100\%
\end{aligned}
$$

【例 5-2】 某企业按年利率 10% 向银行借入 200 万元，银行要求企业按借款额的 18% 保持补偿性余额。因此企业实际可用资金为 164 万元，该借款的实际利率为

$$实际利率 = \frac{200 \times 10\%}{164} = 12.2\%$$

4. 借款抵押

银行向风险较大的借款人或对其信誉没有把握的借款人提供贷款，有时需要有抵押品担保，以减少蒙受损失的风险。短期借款的抵押品，通常是应收账款、存货、股票和债券等。银行接受抵押品后，一般按抵押品面值的 30%～90% 发放贷款。抵押借款的成本通常高于非抵押借款的成本。

5. 偿还条件

贷款的偿还，有到期一次偿还和在贷款期内定期（每月、季）等额偿还两种。一般来说，借款人不希望采用后种偿还方式，这是因为此种还款方式会提高借款的实际利率；而银行不希望采用前种偿还方式，因为它增加了借款人的拒付风险，同时会降低贷款实际利率。

（三）短期借款利息支付方式

一般来说，借款人可以用利随本清法、贴现法等方式向银行支付利息。

（1）利随本清法，又称收款法，是在借款到期时向银行支付利息的方法。银行向工商企业发放的贷款，大都采用这种方法收息。

（2）贴现法，是指银行向借款企业发放贷款时，先从本金中扣除利息，而到期时借款企业再偿还全部本金的一种计息方法。采用此法，借款企业可利用的借款额只有本金减去利息部分后的差额，因此贷款的实际利率要高于其名义利率。

（四）短期借款筹资的评价

1. 短期借款的优点

（1）筹资速度快，容易取得。借款取得所需时间短，程序较为简单，可以快速获得现金，较快地满足经营需要。

（2）筹资成本低。短期借款的成本在各种筹资方式中为最低。

（3）借款弹性好。企业可以直接与银行接触，协商借款金额、期限和利率，可随借随还。

（4）可以取得财务杠杆利益。当企业的总资产报酬率大于借款利率时，会提高股东权益报酬率（净资产收益率）。

2. 短期借款的缺点

（1）财务风险较大。短期借款的财务风险可以说是所有筹资方式中是最高的，因为到期还本付息的时间很短，要求筹资企业在短期内以足够的资金偿还债务本息，若企业资金安排不当，就会陷入财务危机。

（2）筹资数量有限。

二、长期借款

长期借款，是指企业向银行或其他非银行金融机构借入的、使用期限超过一年的借款。长期借款主要用于购建固定资产和满足永久性流动资产的需要。

（一）长期借款的种类

目前，我国企业可取得的长期借款主要有以下三个方面：

（1）按照用途不同，可分为基本建设借款、更新改造借款、科技开发和新产品试制借款等。

（2）按照提供贷款的机构不同，可分为政策性银行借款、商业性银行借款及其他金融机构借款等。

（3）按照有无担保，分为信用借款和抵押借款。与短期借款不同的是，长期借款的抵押（质押）品通常是房屋、建筑物、机器设备及土地使用权、股票、债券等权利凭证。

（二）长期借款的程序

1. 企业提出申请

企业申请借款必须符合贷款原则和条件，填写包括借款金额、借款用途、偿还能力以及还款方式等主要内容的"借款申请书"，并提供以下资料：借款人及保证人的基本情况；财政部门或会计师事务所核准的上年度财务报告；抵押物清单及同意抵押的证明，保证人拟同意保证的有关证明文件；项目建议书和可行性报告；贷款机构认为需要的其他资料等。

2. 贷款机构审批

贷款机构接到企业的申请后，要对企业的申请进行审查，包括对借款人的信用等级进行评估；对借款的合法性、安全性和借款人的盈利性进行调查，核实抵押物、保证人情况，测定贷款风险等，以确定是否发放贷款。

3. 签订借款合同

借款合同是规定借贷各方权利和义务的契约，其内容分为基本条款和限制条款。限制条款不是借款合同的必备条款。基本条款则是借款合同必备条款，其内容一般包括：借款种类、借款用途、借款金额、借款利率、借款期限、还款资金来源及还款方式、保证条款、违约责任等。

4. 企业取得借款

借款合同生效后，企业便可取得借款。贷款人不按合同约定按期发放贷款、借款人不按合同的约定用款的，都要偿付违约金。

5. 企业偿还借款

待借款合同到期时，企业应按借款合同的规定按时足额还本付息。如果企业不能按期归还，应在借款到期之前，向贷款机构申请贷款展期。由贷款机构根据具体情况决定是否展期。

（三）长期借款合同的限制条款

由于长期借款的期限长、风险大，按照国际惯例，贷款机构通常对借款企业提出一些有助于保证贷款按时足额偿还的限制条件，这些条件写进借款合同中，形成了合同的限制条款。归纳起来，限制条款大致有如下三类。

1. 一般性限制条款

一般性限制条款应用于大多数借款合同，但根据具体情况会有不同内容。一般包括：企业需持有一定限度的现金及其他流动资产，保持其资产的流动性及支付能力；限制支付现金股利和股票回购；限制资本支出规模；限制借款企业借入其他长期债务等。

2. 例行性限制条款

例行性限制条款作为例行常规，在大多数借款合同中都会出现，主要包括：借款企业定期向银行报送财务报表；不准在正常情况下出售较多的资产，以保持企业正常的生产经营能力；不得为其他单位或个人提供担保；限制租赁固定资产规模，以防止过多的租金支付；及时清偿到期债务（特别是短期债务）；禁止应收账款的转让；等等。

3. 特殊性限制条款

特殊性限制条款是针对某些特殊情况，而出现在少数借款合同中的。例如，贷款专款专用；不准企业投资于短期内不能收回资金的项目；限制企业高级职员的薪金和奖金总额；要求企业主要领导人在合同有效期间担任领导职务；要求企业主要领导人购买人身保险等。

（四）长期借款筹资的评价

1. 长期借款的优点

（1）筹资速度快。借款的手续比发行证券筹资简单得多，得到借款所需要的时间较短，可以迅速地筹资。

（2）筹资成本较低。与股票筹资相比，其利息可在所得税前支付，故可减少企业实际负担的成本；与债券相比，无须支付大量的发行费用。

（3）借款弹性好。借款时企业与贷款机构直接交涉，容易就借款的时间、数量、还款方式、利率达成协议。用款期间，如企业情况发生变动，也可与贷款机构再协商修改部分合同条件，这比债券筹资方便得多。

（4）可以发挥财务杠杆的作用。只要投资报酬率大于借款利率，企业所有者将会因财务杠杆的作用而获得更多的收益。

2. 长期借款的缺点

（1）筹资风险较高。由于到期必须还本付息，因此在企业经营不善时，可能会产生不能偿债的风险，严重时甚至引起破产。

（2）限制条款较多。为了防范风险，贷款机构在借款合同中一般都订有一些限制性条款，这可能会影响企业今后的经营活动和筹资能力。

（3）筹资数额有限。为减少贷款的风险，银行往往不愿意向一家企业发放长期的巨额贷款。

第二节　债　券

债券是债务人为筹集债务资本而发行的、约定在一定期限内向债权人还本付息的有价证券。它是一种借款人同意在未来一定时期内将本金和利息付给债券持有人的长期契约。本节涉及的债券系指公司债券。公司债券有三个基本要素：债券面值、期限和利率。

债券按发行的保证条件不同，分为信用债券、抵押债券；按债券是否记名，分为记名债券和无记名债券；按利率不同，分为固定利率债券和浮动利率债券；按能否转换为公司普通股票，分为可转换债券和不可转换债券；按债券是否上市交易，分为上市债券和非上市债券；按债券是否可赎回，分为可赎回债券与不可赎回债券。投资机构将评级低于标准普尔 BB 级或低于穆迪 Ba 级债券标注为垃圾债券，垃圾债券的特点是高风险和高收益并存。

一、发行债券的条件

按照国际惯例，发行债券需要符合规定的条件，一般包括发行债券最高限额、发行公司净资产最低限额、公司获利能力、债券利率水平等。我国《证券法》规定，公开发行公司债券，应当符合下列条件：

(1) 股份有限公司的净资产额不低于人民币 3 000 万元，有限责任公司的净资产额不低于人民币 6 000 万元；

(2) 累计债券余额不超过公司净资产的 40%；

(3) 最近三年平均可分配利润足以支付公司债券一年的利息；

(4) 筹集的资金投向符合国家产业政策；

(5) 债券的利率不超过国务院限定的利率水平；

(6) 国务院规定的其他条件。

公开发行公司债券筹集的资金，必须用于核准的用途，不得用于弥补亏损和非生产性支出。有下列情形之一的，不得再次发行公司债券：

(1) 前一次发行的公司债券尚未募足的；

(2) 对已发行的公司债券或者其债务有违约或延迟支付本息的事实，且处于持续状态的；

(3) 违反证券法，改变公开发行公司债券所募资金的用途。

二、发行债券的程序

我国企业发行公司债券必须遵循《公司法》规定的条件和程序。公司发行债券的一般程序如下所述。

1. 作出发行债券的决议或决定

公司发行债券由董事会制订方案，股东大会决议。决议的具体内容包括公司债券发行总额、票面金额、发行价格、募集办法、债券利率、偿还日期及方式等。

2. 提出发行债券申请

公司发行债券由国务院证券管理部门批准。公司申请时应提交公司登记证明、公司章程、公司债券募集办法、资产评估报告和验资报告等文件。

3. 公告债券募集办法

发行公司债券的申请经批准后，公开向社会发行债券，应当公告债券募集办法。其主要内容包括发行债券总额和债券面额、债券利率、还本付息的期限与方式、债券发行的起止日期、公司净资产额、债券的承销机构等。若是可转换债券，还应规定具体的转换办法。

4. 募集债券资金

公司债券的发行方式有直接向社会发行（私募发行）和由证券经营机构承销发行（公募发行）两种。我国公司债券一般采用公募发行，即通过证券承销机构，向社会发售债券，投资者直接向承销机构付款购买，承销机构收缴债券并结算预付的债券款。

三、债券的发行价格

债券的发行价格是债券发行时所使用的价格，即投资者购买债券时所实际支付的价格。

（一）影响债券发行价格的因素

影响债券发行价格的因素主要有：债券面额、票面利率、市场利率、债券期限、利息支付方式等。其中主要的影响因素是票面利率与市场利率的一致程度。债券的票面利率在债券发行时已参照市场利率确定下来，并载明于债券票面，无法改变，但市场利率经常发生变动。在发售债券时，如果票面利率与市场利率不一致，为了协调债券购销双方在债券利率上的利益，就需要调整发行价格。当票面利率高于市场利率时，债券的发行价格高于其面额，以溢价发行债券；当票面利率低于市场利率时，债券的发行价格低于其面额，以折价发行债券；当票面利率与市场利率一致时，债券的发行价格等于其面额，则以平价发行债券。

（二）债券发行价格的确定方法

债券的投资价值由债券到期还本面额按市场利率折现的现值与债券各期债息的现值两部分组成。因此，债券发行价格的计算公式为

$$P = \sum_{t=1}^{n} \frac{i \times F}{(1+k)^t} + \frac{F}{(1+k)^n}$$

式中，P 为债券发行价格；i 为债券票面利率；F 为债券面值；n 为债券期限；t 为付息期数；k 为贴现率，一般取市场利率。

【例 5-3】　ABC 公司发行面值为 1 000 元，利率为 10%，期限为 10 年，每年付息一次的公司债券。金融市场上同类债券的市场利率为 15%。该债券的发行价格为

$$1\ 000 \times 10\% \times (P/A, 15\%, 10) + 1\ 000/(1+15\%)^{10}$$
$$= 100 \times 5.018\ 8 + 247.18 = 749.06（元）$$

【例 5-4】　如果 ABC 公司债券发行时的市场利率为 5% 时，则该债券的发行价格为

$$1\ 000 \times 10\% \times (P/A, 5\%, 10) + 1\ 000/(1+5\%)^{10}$$
$$= 100 \times 7.721\ 7 + 613.91 = 1\ 386.08（元）$$

【例 5-5】　如果 ABC 公司债券发行时的市场利率为 10% 时，则该债券的发行价格为

$$1\ 000 \times 10\% \times (P/A,10\%,10) + 1\ 000/(1+10\%)^{10}$$
$$=100 \times 6.144\ 6 + 385.5 = 1\ 000(元)$$

四、债券的信用评级

债券的信用等级对于投资者和发行公司都很重要。对投资者而言，购买债券需承担一定的风险，需要通过有权威的中介评级机构对发债公司的信用作出判断。对发行公司而言，债券等级越低就意味着越高的利息成本，提高债券等级可降低筹资成本，在公司自身信用较好、盈利能力较强的时候评定信用等级，可提升筹资能力和市场财务形象。

标准普尔（Standard & Poor's）和穆迪投资者服务公司（Moody's Investor Service）是两家权威性债券评级公司。国际上流行的债券等级是三等九级。AAA 为最高级，AA 为高级，A 为上中级，BBB 为中级，BB 为中下级，B 为投机级，CCC 为完全投机级，CC 为最大投机级，C 为最低级。具体如表 5-1 所示。

表 5-1　债券信用等级表

标准·普尔公司		穆迪投资服务公司	
AAA	最高级	Aaa	最高质量
AA	高级	Aa	高质量
A	上中级	A	上中质量
BBB	中级	Baa	下中质量
BB	中下级	Ba	具有投机因素
B	投机级	B	通常不值得正式投资
CCC	完全投机级	Caa	可能违约
CC	最大投机级	Ca	高投机性，经常违约
C	规定盈利付息但未能盈利付息	C	最低级

信用评级公司划分债券等级的主要依据有：公司的财务比率，如流动比率、负债比率、利息保障倍数等，评价公司的偿债能力或付现能力；债券有无担保或抵押；债券求偿权的次序；有无偿债基金；公司经营的稳定性；债券期限等。

我国《上市公司证券发行管理办法》规定，公司发行债券应当委托具有资格的资信评级机构进行信用评级和跟踪评级，资信评级机构每年至少公告一次跟踪评级报告。

五、债券筹资的评价

1. 债券筹资的优点

（1）资本成本较低。一般来说，发行债券筹资的资本成本要比发行股票筹资的资本成本低。主要原因在于：一是对投资者来说，投资于债券的风险程度比投资于股票的风险要低，因此投资者要求的投资报酬率也低些；二是债券利息可以作为费用在税前支付，具有节税效应。

（2）保证股东控制权。由于债券持有人无权参与发行公司的管理决策，故债券筹资不会稀释原有股东对企业的控制权。

（3）可以发挥财务杠杆作用。债券的利息是固定的，当企业的息税前利润率高于债券的利率时，将有更多的收益留给股东，企业每股收益会随着负债比例的增加而上升。

2. 债券筹资的缺点

（1）财务风险大。与发行股票相比，债券有固定的到期日，而且必须定期支付利息，当企业经营状况欠佳时，大量的债券还本付息，会加快企业财务状况的恶化，增加企业的财务风险，甚至会导致企业的破产。

（2）限制条件多。在长期债券合同中，往往定有各种限制性条款。这些限制性条款可能会影响企业的正常发展和以后的筹资能力。

（3）筹资额受到一定的限制。公司利用债券筹资一般要受发行金额的限制。

六、可转换债券

（一）可转换债券的特点

可转换债券简称可转债，是指由公司发行并规定债券持有人在一定期限内按约定的条件可将其转换为发行公司股票的债券。这种债券的转换并不增加公司资本总量，但改变公司的资本结构，增强公司实力。它是一种在发行当时签订的契约中明文规定附有可以转换为普通股票选择权的公司债券。该选择权的行使条件是：当该公司的股票市场价格上升到契约中事先规定的转换价格以上时，公司债券持有人可能行使其转换权，从而成为该公司的股东。

（二）可转换债券的发行条件

根据《上市公司证券发行管理办法》规定，上市公司发行可转换债券，除了满足发行债券的一般条件外，还应符合下列条件：

（1）最近三个会计年度加权平均净资产收益率平均不低于6％。扣除非经常性损益后的净利润与扣除前的净利润相比，以低者作为加权平均净资产收益率的计算依据；

（2）本次发行后累计公司债券余额不超过最近一期末净资产额的40％；

（3）最近三个会计年度实现的年均可分配利润不少于公司债券一年的利息。

此外，还明确规定可转换公司债券每张面值100元，其期限最短为一年，最长为六年；公开发行可转换公司债券，应当提供担保，但最近一期末经审计的净资产不低于人民币15亿元的公司除外。

（三）可转换债券的基本要素

可转换债券应当具备以下基本要素。

1. 标的股票

一般是发行公司自己的股票，但也有其他公司的股票，如可转换债券发行公司的上市子公司的股票。

2. 转换价格

转换价格，即可转换债券转换成普通股的每股价格，通常由发行公司在发行可转换债券时约定。

3. 转换比率

转换比率，即每张可转换债券能够转换的普通股股数。例如，某一可转换债券发行后的第 2 年至第 3 年期间每张债券可转换为 20 股普通股，第 3 年至第 4 年期间每张债券可转换为 16 股普通股，第 4 年至第 5 年期间每张债券可转换为 14 股普通股，这就是转换比率。显然，可转换债券的面值、转换价格、转换比率之间存在下列关系：

$$转换比率＝债券面值/转换价格$$

【例 5-6】　某上市公司发行的可转换债券面值为 10 000 元，转换价格为每股 50 元，则转换比率为 10 000/50＝200（股）。

4. 转换期

转换期，即可转换债券的持有人行使转换权的有效期限。可转换债券的转换期可以与债券的期限相同，也可以短于债券的期限。我国目前可转换公司债券自发行结束之日起六个月后方可转换为公司股票，转股期限由公司根据可转换公司债券的存续期限及公司财务状况确定。

5. 赎回条款

赎回条款，即发行公司有权在债券到期日之前提前赎回债券的相关规定，通常包括不可赎回期、赎回期、赎回价格、赎回条件等。

（1）不可赎回期是可转换债券从发行时开始，不能被赎回的那段期间。设立不可赎回期的目的，在于保护债券持有人的利益，防止发行企业滥用赎回权，强制债券持有人过早转换债券。

（2）赎回期。赎回期是可转换债券的发行公司可以赎回债券的期间。赎回期安排在不可赎期之后，不可赎回期结束之后，即进入可转换债券的赎回期。

（3）赎回价格。赎回价格是事前规定的发行公司赎回债券的出价。赎回价格一般高于可转换债券的面值，两者之差为赎回溢价随债券到期日的临近而减少。

（4）赎回条件。赎回条件是对可转换债券发行公司赎回债券的情况要求，即需要在什么样的情况下才能赎回债券。赎回条件分为无条件和有条件赎回。无条件赎回是在赎回期内发行公司可随时按照赎回价格赎回债券；有条件赎回是对赎回债券有一些条件限制，只有在满足了这些条件之后才能由发行公司赎回债券。

6. 回售条款

回售条款，即公司股票价格在一定时期内连续低于转换价格达到某一幅度时，债券持有人有权按照约定的价格将可转换债券卖给发行公司的有关规定。回售条款也具体包括回售时间、回售价格等内容。设置回售条款，是为了保护债券投资人的利益，使他们能够避免遭受过大的投资损失，降低投资风险。

7. 强制性转换条款

强制性转换条款，即在某些条件具备之后，债券持有人必须将可转换债券转换成股票，无权要求偿还债权本金的规定。设置强制性转换条款，在于保证可转换债券顺利地转换成股票，实现发行公司扩大权益筹资的目的。

（四）可转换债券筹资的评价

1. 可转换债券筹资的优点

从发行公司来看，发行可转换债券除了达到预期筹资目的外，还具有下列优点：

（1）筹资成本较低。其利率一般低于同一条件下不可转换债券的利率。

（2）便于筹集所需资本。可转换债券除让投资者获得固定利息外，还向其提供了债权投资或股权投资的选择权，对投资者有吸引力，有利于债券的发行。其转换价格一般高于其发行时的公司股票价格，通过转换公司可实现较高价位的股权筹资，还有利于调整资本结构。

（3）有利于稳定公司股价，增强公司股价上升的信心。可转换债券的转换期较长，即使在将来转换股票时，对公司股价的影响也较温和，有利于稳定公司股票价格；同时，可转换债券本身还是一种市场信号，它预示着公司发展潜力大，可增强股东投资信心，并最终带动股价上扬。

（4）可以减少筹资中的利益冲突。债券转股权后减轻和消除了公司到期还本付息的压力和债务风险，减少了现金流出量，不会引起其他债权人的反对。

2. 可转换债券筹资的缺点

（1）存在财务风险。如果公司股价长期低迷，债券持有者没有如期转换普通股，则会增加公司偿还债务的压力，加大公司的财务风险。特别是在订有回售条款的情况下，公司短期内集中偿还债务的压力会更明显。

（2）转股后可转换债券将失去利率较低的好处，公司综合资本成本上升。

因此，风险与收益同在，可转换债券能否实现转换是对公司经营的一种考验，一旦转换不成或部分转换，公司将要付出较高代价收兑，从而造成损失；而且公司股价长期达不到转换条件，将会对公司的资本结构造成较大的影响；如果实现转换，则债息的所得税抵免效应也将失去，同时冲淡每股净资产和每股收益额。

第三节　商业信用

商业信用是商品交易中延期付款或延期交货所形成的借贷关系，是企业之间的一种直接信用关系。

一、商业信用筹资的形式

（一）应付账款

应付账款是企业因购买货物而发生的应付未付的款项。卖方利用这种方式促销，对买方而言延期付款相当于向卖方借用资金购进商品，可以满足短期资金的需要。应付账款由赊购商品形成的，产生于商品交换之中，是一种"自发性筹资"，它是最典型、最常见的商业信用形式。

应付账款按其是否有代价可分为三种信用形式：免费信用，指买方企业在规定的折扣期限内享受折扣而获得的信用；有代价信用，指买方企业放弃折扣需要付出代价而取得的信用；展期信用，指买方企业在规定的信用期限届满以后推迟付款而强制取得的信用。

应付账款筹资量的大小取决于信用额度、信用期限、现金折扣期、现金折扣率等因素。信用额度越大、信用期限越长，筹资的数量越多；同时由于现金折扣期及现金折扣率的影响，使得企业在享有信用免费资本的同时，增加了因未享有现金折扣而产生的机会成本。因此，如何就扩大筹资数量、免费使用他人资本与享有现金折扣、减少机会成本间进行比较，是应付账款管理的重点。

（二）应付票据

应付票据是买方根据购销合同，向卖方开出或承兑的商业票据，从而延期付款的一种信用。这种票据可由购货方或销货方开出，并由购货方承兑或请求其开户银行承兑，是一种正式的凭据。其付款期限由交易双方商定。我国一般为1～6个月，最长不超过9个月。

（三）预收账款

预收账款是指销货企业按照合同或协议规定，在交付货物之前向购货企业预先收取部分或全部货物价款的信用形式。一般在销售生产周期长、成本售价高的轮船、电梯、房产等产品中采用。

二、在有现金折扣条件下利用商业信用的成本

在购买方企业利用商业信用筹资时，一般不会发生成本。但在销售方允许购买方在交易发生后一段时间内付款，若购买方提前付款时，销售方可以给予一定现金折扣的信用条件下，如果购买方放弃现金折扣的机会，利用商业信用将成为一种成本较高的短期筹资方式。其成本的计算公式为

$$现金折扣成本 = \frac{折扣率}{1-折扣率} \times \frac{360}{信用期-折扣期}$$

计算公式表明，放弃现金折扣的成本与折扣率的大小、折扣期的长短呈同方向变动，与信用期的长短呈反方向变化。

【例5-7】 ABC公司赊购材料一批，销售方提供的信用条件是"2/10，n/30"（即信用期限为30天，30天内必须付款，如果10天之内付款，将给ABC公司2%的现金折扣，即只需要支付货款的98%就行了）。假如ABC公司决定放弃这项现金折扣，准备在30天到期时再付款。那么，放弃该项现金折扣的成本为

$$\frac{2\%}{1-2\%} \times \frac{360}{30-10} = 36.73\%$$

三、利用现金折扣的决策

在附有信用条件的情况下，由于获得不同信用要付出不同的代价，买方企业便要在利用哪种信用之间作出决策，一般来说，存在以下四种情况：

(1) 如果能以低于放弃现金折扣成本的利率借入资金，企业应在现金折扣期内用借入的资金支付货款，享受现金折扣。【例5-7】中，如果同期银行短期借款年利率为12％，则买方企业应利用银行借款在折扣期内偿还应付账款；否则，企业应放弃现金折扣。

(2) 如果折扣期内，将应付账款用于短期投资的报酬率高于放弃现金折扣的成本，则企业应放弃折扣而去追求更高的投资收益。当然，为了降低放弃折扣的成本，企业应将付款日推迟至信用期内的最后一天，如【例5-7】中的第30天。

(3) 如果企业因缺乏资金而逾期付款，随着逾期时间的增加，其放弃折扣的成本会相应降低，但这种成本的降低是以失去企业信誉为代价的，会导致将来失去更多的收益。因此，企业需在降低的成本与逾期付款带来的损失之间作出选择。

(4) 如果有多家提供不同信用条件的卖方，在其他情况相同的条件下，买方企业应通过计算放弃折扣成本的大小，选择信用成本最小的一家。

四、商业信用筹资的评价

1. 商业信用筹资的优点

(1) 筹资便利。利用商业信用筹资非常方便，因为商业信用与商品买卖同时进行，是一种自然性筹资，不用作很正规的安排。

(2) 筹资成本低。如果没有现金折扣，或企业不放弃现金折扣，则利用商业信用筹资没有实际资本成本。

(3) 限制条件少。如果企业利用银行借款筹资，银行往往对贷款的使用规定一些限制条件，而利用商业信用则限制较少。

2. 商业信用筹资的缺点

商业信用筹资的时间一般较短，如果企业取得现金折扣，则时间会更短，如果放弃现金折扣，则存在较高的机会成本。

第四节 租 赁

一、租赁的种类及其特征

租赁是指出租人以收取租金为条件，将资产租借给承租人在约定的期限内占有和使用的一种经济行为。租赁行为实质上具有借贷属性。

租赁按与资产所有权相关的风险和报酬的归属，分为经营租赁和融资租赁。

（一）经营租赁

经营租赁又称营运租赁、服务租赁，主要是为满足经营上的临时需要或季节性的需要而发生的资产租赁。这种租赁形式有如下主要特征：

（1）与所有权有关的风险和报酬，实质上并未转移。租赁资产的所有权最终仍然归出租方所有，出租方保留了租赁资产的大部分风险和报酬，其租赁资产的折旧、修理费用等均由出租方承担。

（2）出租人一般需要经过出租，才能收回对租赁资产的投资。

（3）承租人只是为了经营上的需要，如由于季节性的需要进行资产租赁，因此，经营租赁期限相对较短，一般不延至租赁资产的全部耐用期限。

（4）租赁期满后，承租人将设备退还给出租人，也可以根据一方的要求，提前解除租约。经营租赁一般没有续租或优先购买选择权。

（二）融资租赁

融资租赁又称资本租赁、财务租赁，是由租赁公司按照承租企业的要求，购买设备，提供给承租企业长期使用并最后转让的信用性业务。融资租赁在实质上是转移一项资产所有权有关全部风险和报酬的一种租赁。融资租赁一般具有以下特征：

（1）出租方将租赁资产有关的全部风险和报酬实质上已经转移。承租方需要承担资产的折旧、修理以及其他费用。

（2）租约通常是不能取消的，或者只有在某些特殊情况下才能取消。

（3）租赁期限较长，大多为设备耐用年限的一半以上。

（4）融资租赁保证出租人回收其资本支出，并加收一笔投资收益。在一般情况下，融资租赁只需通过一次租赁，就可以回收资产的全部投资，并取得合理的利润。

二、融资租赁的形式

融资租赁是现代租赁的主要形式，按其租赁方式不同，主要有以下三种形式：

（1）直接租赁。出租人根据承租人的要求，向国内外厂商购进用户所需固定资产，直接租给承租人使用。西方发达国家绝大多数租赁公司都采取直接租赁的做法，是典型的融资租赁形式。

（2）售后回租。企业将自有的固定资产，卖给租赁公司，再以承租人的身份，向租赁公司租回使用。采用这种租赁方式，承租人因出售资产而获得一笔相当于市价的资金，同时将其租回而保留了资产的使用权。

（3）杠杆租赁，又称财务租赁。它涉及承租人、出租人和资金出借者三方当事人。出租人只出购买固定资产所需的部分资金作为自己的投资，另以该资产作为抵押向资金出借者借入其余资金，购进资产租给承租人使用，以收取的租金偿还借款。如果出租人不能偿还借款，资产的所有权就要转归资金的出借者。

三、融资租赁的程序

融资租赁业务，具有融资与融物的双重性质，其业务程序要比一般信贷业务复杂得多。融资租赁的一般程序如下。

1. 选择租赁公司

企业决定采取融资租赁方式筹取某项设备时，要在多家租赁公司之间进行比较，了解各公司经营的范围、业务能力、资信情况、融资条件、租赁费率等情况，择优选定。

2. 办理租赁委托

企业选定租赁公司后，便可向其提出申请，办理委托。筹资企业需填写"租赁申请书"，说明所需固定资产的具体要求，并提供企业财务状况文件，如财务报表等。

3. 签订购货协议

由承租企业与租赁公司的一方或双方合作组织选定设备制造厂商，并与其进行技术和商务谈判，签订购货协议。

4. 签订租赁合同

租赁合同由承租企业与租赁公司签订，它是租赁业务的重要法律文件。融资租赁合同的内容可分为一般条款和特殊条款两部分。

5. 办理验货和投保

（略）

6. 依约支付租金

（略）

7. 处理租赁期满的固定资产

租赁期满，承租人付清租金及有关手续费后，对租赁固定资产可以按合同规定续租、退租或留购。租赁期满的固定资产通常都以低价卖给承租企业或无偿赠送给承租企业。

四、融资租赁的租金

租金的数额和支付方式对承租企业的未来财务状况具有直接的影响，也是租赁筹资决策的重要依据。

1. 融资租赁租金的构成

（1）设备价款。这是租金的主要内容，它由设备的买价、运杂费和途中保险费构成。

（2）租息。租息又可分为租赁公司的融资成本和租赁手续费两部分。融资成本是指租赁公司为购买租赁设备所筹资金的成本，即设备租赁期间的利息；租赁手续费包括租赁公司承办租赁设备的营业费用和一定的盈利。租赁手续费的数额一般由租赁公司和承租企业协商而定。

2. 租金的支付方式

租金的支付方式也影响到租金的计算。支付租金的方式一般有以下种类：

（1）按支付时期长短，可以分为年付、半年付、季付和月付等方式。

（2）按支付时间先后，可分为先付租金（期初支付）和后付租金（期末支付）两种。

（3）按每期支付的金额，可分为等额支付和不等额支付两种。

3. 租金的计算方法

在我国融资租赁业务中，计算租金的方法大多采用平均分摊法和等额年金法。

（1）平均分摊法。平均分摊法就是先以商定的利息率和手续费率计算租赁期间的利息和手续费，然后连同设备成本按支付次数进行平均。这种方法没有充分考虑资金的时间价值因素。平均分摊法下每次应付租金的计算公式为

$$A = [(C - S) + I + F]/N$$

式中，A 为每次支付的租金；C 为租赁设备的购置成本；S 为租赁设备的预计残值；I 为租赁期间的利息；F 为租赁期间的手续费；N 为租期。

【例 5-8】 ABC 公司于 2010 年 1 月 1 日采用融资租赁方式从某租赁公司租入一设备，设备价款 400 000 元，租期 8 年，年利率 8%，租赁设备的预计残值为 10 000 元，归租赁公司。租赁手续费率为设备价值的 1%，租金每年末支付一次，该设备在租赁期间每年末支付租金的计算如下：

$$A = [(400\,000 - 10\,000) + 400\,000 \times (1 + 8\%)^8 - 400\,000 + 400\,000 \times 1\%]/8$$
$$= 91\,800(元)$$

（2）等额年金法。等额年金法是利用年金现值的计算公式经变换后计算每期支付租金的方法。

假如承租企业与租赁公司商定的租金支付方式为后付等额租金，即普通年金，则从 $P = A \times (P/A, i, n)$，可推导出后付租金方式下每年年末支付租金数额的计算公式为

$$A = P/(P/A, i, n)$$

假如承租企业与租赁公司商定的租金支付方式为先付等额租金，即即付年金，则从 $P = A \times [(P/A, i, n-1) + 1]$，可推导出先付租金方式下每年年初支付租金数额的计算公式为

$$A = P/[(P/A, i, n-1) + 1]$$

【例 5-9】 ABC 公司采用融资租赁方式于 2010 年 1 月 1 日从某租赁公司租入一设备，设备价款 40 000 元，租期为 8 年，到期后设备归承租企业所有。为了保证租赁公司完全弥补融资成本、相关手续费并有一定的盈利，双方商定采用 18% 的折现率。试计算该企业每年年末应支付的等额租金。

$$A = 40\,000/(P/A, 18\%, 8)$$
$$= 40\,000/4.077\,6 \approx 9\,809.69(元)$$

【例 5-10】 如果上例采用先付等额租金方式，则每年年初支付的等额租金计算如下：

$$A = 40\,000/[(P/A,18\%,7)+1]$$
$$= 40\,000/(3.811\,5+1) \approx 8\,313.42(元)$$

五、租还是买：租赁决策

任何可能发生的租赁都必须经过出租人和承租人的估价。承租人必须确定租赁一项资产是否比直接购买成本更低，而出租人必须确定出租该项资产是否能够获得比较合理的收益。这里只从承租人的角度分析，而出租人的资产是否该出租则属于投资决策问题。

租赁决策是对借款购买还是租赁进行决策。计算步骤如下：

（1）计算借款购买方案的税后现金流出量。对于借款人购入设备而言，借款要求还本付息构成现金流出，借款利息和设备折旧可抵减税收，减少了现金流出。设备维护成本增加现金流出，但也可抵税。如果设备有残值，其收回也构成现金流入。

（2）计算租赁方案的税后现金流出量。对于租赁设备而言，每期租金引起现金流出，租金在税前列支，抵税效应又减少了现金流出。

（3）以税后债务利率为贴现率，计算与比较借款购买和租赁成本现值，作出决策。

【例 5-11】 L 公司需用一项设备，与其购买—租赁决策有关的资料如下：L 公司计划获得一项使用期为 5 年，成本为 2 000 万元（包括装运和安装费用）的设备，无残值。L 公司有两种方式可选择：一种是使用一笔 5 年期、年利率为 10% 的贷款来购买该设备，并要求在 5 年内均衡还清；另一种是租赁该设备 5 年，每年应付租金 450 万元，年初支付，设租赁设备不留购。假设设备用直线法折旧，L 公司的所得税税率为 25%。

（1）计算借款购入设备的净现金流出量的现值。如果借款购买设备，每年需还款额为

$$2\,000/(P/A,10\%,5) = 527.56(万元)$$

列表求出借款购入设备的净现金流出量，如表 5-2 所示。

表 5-2 购买设备的净现金流出量分析 单位：万元

项目 \ 年份	1	2	3	4	5
（1）利息	200	167.24	131.21	91.58	47.77
（2）本金	327.56	360.32	396.35	435.98	479.79
（3）支出总额	527.56	527.56	527.56	527.56	527.56
（4）贷款余额	1 672.44	1 312.12	915.77	479.79	0
（5）年折旧额	400	400	400	400	400
（6）可抵税支出总额 [=（1）+（5）]	600	567.24	531.21	491.58	447.77
（7）税收抵减额 [（6）×25%]	150	141.81	132.80	122.90	111.94
（8）净现金流出量 [=（3）-（7）]	377.56	385.75	394.76	404.66	415.62

假设 L 公司采用税后债息率，即 $10\% \times (1-25\%) = 7.5\%$ 对现金流量进行贴现，则用借款购入设备成本的现值为

$$PV = 377.56 \times (P/S,7.5\%,1) + 385.75 \times (P/S,7.5\%,2)$$
$$+ 394.76 \times (P/S,7.5\%,3) + 404.66 \times (P/S,7.5\%,4)$$

$$+415.62 \times (P/S, 7.5\%, 5)$$
$$= 1595.3(万元)$$

（2）计算融资租入设备的净现金流出量及其现值，如表 5-3 所示。

表 5-3 融资租入设备的净现金流出量分析   单位：万元

年份 项目	0	1	2	3	4
（1）租金支出	450	450	450	450	450
（2）税收抵减额	112.5	112.5	112.5	112.5	112.5
（3）净现金流出量	337.5	337.5	337.5	337.5	337.5

融资租入设备的净现金流出量的现值为

$$PV = 337.5 + 337.5 \times (P/A, 7.5\%, 4) = 1467.89(万元)$$

（3）比较上述两种方案的净现金流出量的现值，由于借款购买设备需支付的现金的总现值为 1595.3 万元，通过融资租入设备需支付的现金的总现值为 1467.89 万元，故应选择成本现值较低的融资租入设备方案作为决策方案。

六、租赁筹资的评价

1. 租赁筹资的优点

融资租赁作为一种特殊的筹资方式，近年来已得到迅速的发展，这主要是由于融资租赁具有下列优点：

（1）筹资速度快。融资租赁集融资与融物于一身，通常要比筹措现金后再购置设备来得更快，可尽快形成企业的生产能力。

（2）限制条件少。利用股票、债券、长期借款等筹资方式，都受到相当多的资格条件的限制，相比之下，融资租赁筹资的限制较少。

（3）设备淘汰风险小。这主要是针对经营租赁而言的。由于经营租赁期限较短，可将设备陈旧过时的风险转嫁给出租人。

（4）财务压力小。融资租赁全部租金在整个租期内分期支付，财务支付压力较小，并且租金可在税前扣除，具有抵免所得税的作用。

2. 租赁筹资的缺点

与债券、借款等筹资方式相比较，租金费用通常要高于利息费用，即筹资成本高，这在承租企业发生财务困难时会成为其沉重的财务负担。另外，在租赁国外设备时，汇率风险较高。

【进一步学习指南】

一、短期融资券筹资

我国从 2005 年 5 月起允许企业发行一种类似于商业票据的短期融资券。它是企业依照国家规定的条件和程序在银行间债券市场发行和交易并约定在一定期限内还本付息的有价证券。目前的融资券对银行间债券市场的机构投资人发行，只在银行间债券市场交易。

企业发行融资券，均应经过在中国境内工商注册且具备债券评级能力的评级机构的信用评级，并将评级结果向银行间债券市场公示。近三年内进行过信用评级并有跟踪评级安排的上市公司可以豁免信用评级。对企业发行融资券实行余额管理。待偿还融资券余额不超过企业净资产的40%。融资券的期限最长不超过365天。融资券发行利率或发行价格由企业和承销机构协商确定。

二、信托筹资

信托是指委托人基于对信托投资公司的信任，将自己合法拥有的资金委托给信托投资公司，由信托投资公司按委托人的意愿以自己的名义，为受益人的利益或者特定目的管理、运用和处分的行为。在我国，信托筹资已在房地产企业得到运用，具体形式有：①抵押贷款型。开发商将已经拥有的土地或房产抵押给信托公司获得信托贷款，承诺信托到期时归还贷款以解冻被抵押的土地或房产。②房产回购型。开发商将已经达到预售状态的房产以低价格出让给信托公司，但约定一定期限后开发商溢价回购该房产。信托公司发行信托计划募集的资金购买该房产，如果到期后开发商不履行回购义务，则信托公司有权向第三方转让该房产。③财产受益权型。利用信托的财产所有权与受益权相分离的特点，开发商将其持有的房产信托给信托公司，形成优先受益权和劣后受益权，并委托信托投资公司代为转让其持有的优先受益权。④股权型房地产信托。信托公司以发行信托计划所募集的资金认购房地产建设项目公司的股权，使项目公司得到足够的注册资本金，以顺利缴纳土地出让金获得土地或银行贷款。实际建设开发该项目的股东承诺在信托计划到期时溢价回购部分股权。

三、国内应收账款保理

国内应收账款保理业务是由商业银行从销售商购进以单据表示的对购货商的应收账款，从而为销售商融通资金，并同时提供信用控制、销售分账户管理、债权回收和坏账担保等专业服务。按照银行是否承担买方的商业信用风险，可以将国内保理分为回购型保理或者买断型保理。回购型保理银行不承担买方的商业信用风险，买断型保理银行承担全部或部分的买方商业信用风险。

四、资产证券化

资产证券化是指将缺乏流动性的资产，转换为在金融市场上可以自由买卖的证券的行为，使其具有流动性。广义的资产证券化是指某一资产或资产组合采取证券资产这一价值形态的资产运营方式，它包括以下四类：①实体资产证券化，即实体资产向证券资产的转换，是以实物资产和无形资产为基础发行证券并上市的过程。②信贷资产证券化，是指把欠流动性但有未来现金流的信贷资产（如银行的贷款、企业的应收账款等）经过重组形成资产池，并以此为基础发行证券。③证券资产证券化。④现金资产证券化。

五、相关法律规范

1.《中华人民共和国商业银行法》，1995年5月10日通过，2003年12月27日修正。

2.《中华人民共和国担保法》，1995年6月30日通过，1995年10月1日起施行。

3.《上市公司证券发行管理办法》，中国证监会第30号，2006年5月8日。

4.《固定资产贷款管理暂行办法》，中国银监会2009年第2号，2009年7月23日。

5.《应收账款质押登记办法》，中国人民银行令［2007］第4号，2007年10月1日起施行。

6.《流动资金贷款管理暂行办法》，中国银监会2010年第1号，2010年2月12日。

【复习思考题】

1. 短期借款一般会附加哪些信用条件？

2. 短期担保借款有哪些具体形式？

3. 如何评价短期借款筹资？

4. 长期借款合同的主要内容有哪些？

5. 债券发行价格如何确定？你如何看待债券筹资？

6. 什么是可转换债券？可转换债券有哪些要素？

7. 比较可转换债券与认股权证筹资的特点。

8. 应付账款的成本如何计算？如何进行现金折扣决策？

9. 融资租赁有何特点，具体形式有哪些？你如何评价这种筹资方式？

10. 如何进行租赁与购买决策？

第六章

资本成本与资本结构

【本章学习目标】

- 资本成本的含义与影响因素
- 资本成本的计算方法
- 经营杠杆与经营杠杆系数
- 财务杠杆与财务杠杆系数
- 资本结构的影响因素
- 资本结构决策方法

【案例引入】

石家庄三鹿集团股份有限公司① （以下简称三鹿集团） 曾经是中国乳品专业生产企业，其奶粉产销量已连续 11 年居全国第一位。2008 年 9 月 11 日，"三聚氰胺" 奶粉事件暴发，次日公司全面停产。2008 年 12 月 25 日，石家庄市政府向社会通报，截至 2008 年 10 月 31 日财务审计和资产评估，三鹿集团资产总额为 15.61 亿元，负债总额为 17.62 亿元，净资产为－2.01 亿元。12 月 19 日，三鹿集团又借款 9.02 亿元，用于支付患病婴幼儿的治疗和赔偿费用。至此，三鹿集团净资产为－11.03 亿元（不包括 10 月 31 日后企业新发生的各种费用），已经严重资不抵债。12 月下旬，债权人石家庄商业银行和平西路支行向石家庄市中级人民法院提出了对债务人石家庄三鹿集团股份有限公司进行破产清算的申请；12 月 23 日，石家庄市中级人民法院宣布三鹿集团破产。

三鹿集团的资本成本如何构成？如何计算其资本成本？其财务风险如何衡量？三鹿集团资本结构受哪些因素影响？企业应当如何选择最佳资本结构？带着这些问题，我们进入本章学习。

---

① 资料来源：根据三鹿事件相关新闻报道整理而成。

第一节　资本成本

一、资本成本概述

（一）资本成本的概念

资本成本也称资金成本，它是企业为筹集和使用资本而付出的代价。这种代价包括筹资费用和用资费用两个部分。

1. 筹资费用

筹资费用是指企业在资本筹措过程中所花费的各项开支，包括发行股票、债券支付的印刷费、发行手续费、律师费、广告费等与证券发行有关的费用。筹资费用一般都属于一次性费用，它与筹资的次数有关，因而，通常是将其作为所筹资本额的减项扣除。

2. 用资费用

用资费用是指企业因占用资本支付的费用，如股票的股利、银行借款和债券的利息等。用资费用一般与所筹资本金额和使用时间长短有关，并具有经常性、定期性支付的特点，它构成了资本成本的主要内容。

企业所付出的资本成本从数量上看实际上就是资本供应者（所有者和债权人）所要求的投资报酬。因此，资本成本也是利率的表现形式之一。在财务管理中，资本成本与时间价值和风险报酬一样，往往是一个预计的概念，一般是指预计成本，而不是指实际成本。

（二）资本成本的表示方式

资本成本，可以用绝对数表示，即资本成本额；也可以用相对数表示，即资本成本率。因为绝对数不利于不同资本规模企业或项目之间的比较，所以在财务管理实践当中，一般采用相对数表示，即资本成本率。资本成本率是用资成本与实际筹得资金（即筹资数额扣除筹资费用后的差额）的比率。其通用计算公式为

$$资本成本（率）= \frac{年用资成本}{筹资数额 - 筹资费用}$$

由此可见，资本成本率的高低取决于三个因素，即年用资成本、筹资费用和筹资数额。

（三）资本成本的作用

正确计算资本成本，对企业进行筹资决策、投资决策和业绩评价工作都有重要意义。

（1）资本成本是企业筹资决策的重要依据。在筹资决策中，资本成本是选择资本来源、比较筹资方案、确定筹资规模的重要依据。例如，在比较各种筹资方式时，可使用个别资本成本，包括长期借款成本、债券成本、普通股成本、优先股成本和留存收益成

本；在进行资本结构决策时，可使用综合资本成本；在进行追加筹资决策时，可使用边际资本成本。

（2）资本成本是评价投资项目是否可行的一个重要尺度。资本成本是企业分析投资项目可行性、选择投资方案的重要标准。一般来说，资本成本被视为投资方案能否接受的最低报酬率，是投资项目可行的起码标准，又称做投资方案是否可行的"取舍率"。在利用净现值指标进行决策时，投资者常用资本成本作为折现率，净现值为正，项目才可行；在利用内含报酬率指标进行决策时，一般以资本成本作为基准收益率作为比较基础。只有当内含报酬率高于资本成本率时，项目才可行。

（3）资本成本是衡量企业经营业绩的一项重要标准。企业整个经营业绩可以用企业全部投资的报酬率来衡量，并可与企业全部资本的成本率比较，如果报酬率高于成本率，可以认为企业经营有利；反之，则可以认为企业经营业绩不佳，需要改善经营管理。所以，资本成本可以作为评价企业整个经营业绩的基准。

（四）影响资本成本高低的因素

在市场经济环境中，多方面因素的综合作用决定着企业资本成本的高低，其中主要的有以下几个方面：

（1）宏观经济环境。宏观经济环境决定了整个经济中资本的供给和需求，以及预期通货膨胀的水平。具体说，如果货币需求增加，而供给没有相应增加，投资人便会提高其投资收益率，企业的资本成本就会上升；反之，则会降低其要求的投资收益率，使资本成本下降。如果预期通货膨胀水平上升，货币购买力下降，投资者也会提出更高的收益率来补偿预期的投资损失，导致企业资本成本上升。

（2）证券市场条件。证券市场条件包括证券的市场流动难易程度和价格波动程度。如果某种证券的市场流动性不好，投资者想买进或卖出证券相对困难，变现风险加大，要求的收益率就会提高；或者虽然存在对某证券的需求，但其价格波动较大，投资的风险大，要求的收益率也会提高。

（3）企业内部经营风险和筹资风险。经营风险是企业投资决策的结果，表现在资产收益率的变动上；财务风险是企业筹资决策的结果，表现在普通股收益率的变动上。如果企业的经营风险和财务风险大，投资者便会有较高的收益率要求。

（4）筹资规模。企业的筹资规模大，资本成本较高。例如，企业发行的证券金额很大，资金筹集费和资金占用费都会上升，而且证券发行规模的增大还会降低其发行价格，由此也会增加企业的资本成本。

二、个别资本成本

个别资本成本是指各种长期资金的成本。包括长期债务成本和权益资本成本。

（一）长期债务成本

长期债务包括长期借款和长期债券。按国际惯例和各国所得税法的规定，债务的利息一般允许在企业所得税前支付，企业实际负担的债务利息应为税后成本，因此在计算债务成本时应扣除所得税。

1. 长期借款成本

长期借款具有筹资费用低的特点。其筹资费用为银行或其他金融机构在发放贷款时收取的手续费。长期借款成本有以下两种计算方法：

（1）不考虑货币时间价值。其计算公式为

$$K_1 = \frac{I_1(1-T)}{L(1-F_1)}$$

式中，K_1 为长期借款成本；I_1 为长期借款年利息；T 为企业所得税税率；L 为借款筹资总额；F_1 为长期借款筹资费用率。

【例 6-1】 某公司取得 5 年期长期借款 100 万元，年利率为 12%，每年付息一次，到期一次还本。筹资费用率为 1%，设企业所得税税率为 25%。则该项长期借款的资本为

$$K_1 = \frac{100 \times 12\% \times (1-25\%)}{100 \times (1-1\%)} = 9.09\%$$

长期借款的筹资费用一般数额很小，有时可忽略不计。这时，长期借款的成本实际上就是其借款年利率的税后成本。

（2）考虑货币时间价值。其计算公式为

$$L(1-F_1) = \sum_{t=1}^{n} \frac{I_t}{(1+K)^t} + \frac{P}{(1+K)^n}$$

$$K_1 = K(1-T)$$

式中，P 为第 n 年年末应偿还的本金；K 为所得税前的长期借款资本成本；I_t 为第 t 年长期借款利息；F_1 为借款筹资费用率；K_1 为所得税后的长期借款资本成本。

上面第一个公式中的等号左边是借款的实际现金流入；等号右边为借款引起的未来现金流出的现值总额，由各年利息支出的年金现值之和加上到期本金的复利现值而得。

这种方法实际上是将长期借款的资本成本看做是使这一借款的现金流入等于其现金流出值的贴现率。计算时，先通过第一个公式，采用内插法求得借款的税前资本成本，再通过第二个公式将借款的税前资本成本调整为税后资本成本。

【例 6-2】 沿用【例 6-1】的资料，考虑货币时间价值。该项借款的资本成本计算分两步进行。

第一步，计算借款的税前资本成本。

$$100 \times (1-1\%) = \sum_{t=1}^{n} \frac{12}{(1+K)^t} + \frac{100}{(1+K)^n}$$

当 $K=12\%$ 时，等式右边与左边之差等于 0.96 万元。

当 $K=13\%$ 时，等式右边与左边之差等于 -2.496 万元。

用内插法，求得 $K=12.28\%$。

第二步，计算借款税后资本成本。

$$K_1 = K(1-T) = 12.28\% \times (1-25\%) = 9.21\%$$

2. 债券成本

与长期借款筹资相比，债券筹资具有筹资费用较高的特点。债券的筹资费用即发行费用，包括申请发行债券的手续费、债券注册费、印刷费、推销费及上市费等。因而其筹资费用在计算成本时不能忽略。按照一次还本、分期付息的方式，债券资本成本也可采用以下两种计算方法：

（1）不考虑货币时间价值。其计算公式为

$$K_b = \frac{I_b(1-T)}{B(1-F_b)}$$

式中，K_b 为债券的资本成本；I_b 为债券年利息，按债券票面额（本金）和票面利率确定；B 为债券筹资额，按债券的发行价格确定；F_b 为债券筹资费用率。

【例 6-3】　某公司发行总面值为 1 000 万元的 10 年期公司债券，发行总价格为 1 020 万元，票面年利率为 12%，发行费用率为 5%，每年付息一次，到期还本。公司所得税税率为 25%。则该项债券的资本成本为

$$K_b = \frac{1\ 000 \times 12\% \times (1-25\%)}{1\ 020 \times (1-5\%)} = 9.29\%$$

在实际工作中，由于债券的利率水平高于长期借款利率，同时债券发行费用较高。因此，债券的资本成本一般高于长期借款的资本成本。

（2）考虑货币时间价值。其计算公式为

$$B(1-F_b) = \sum_{i=1}^{n} \frac{I_b}{(1+K)^i} + \frac{P}{(1+K)^n}$$

$$K_b = K(1-T)$$

式中，K 为所得税前的债券资本成本；P 为第 n 年年末应偿还的债券面值；K_b 为所得税后的债券资本成本。其他符号含义同上。

考虑货币时间价值因素时，债券资本成本与借款资本成本的计算步骤完全相同，所不同的只是债券筹资额可能大于或小于面值，因为债券可以按溢价、折价或面值发行，所以债券筹资额 B 的值可能大于、小于或等于面值，而借款筹资额 L 一般按借款本金计算。

（二）权益资本成本

权益资本包括优先股、普通股、留存收益。由于权益资本的成本在税后利润中支付，不会减少企业应缴的所得税，因而在计算其成本时不需要扣除所得税。

1. 优先股成本

与债券筹资相同，优先股筹资需发行较高的筹资费用，且其股利是固定的，但与债券不同的是其股利以税后利润支付。因此，其计算公式为

$$K_p = \frac{D}{P(1-F_p)} \times 100\%$$

式中，K_p 为优先股资本成本；D 为优先股年股利额，按面值和固定的股利率确定；P 为优先股筹资额，按发行价格确定；F_p 为优先股筹资费用率。

【例 6-4】　某公司发行优先股总面额为 1 000 万元，总发行价为 1 100 万元，筹资费用率为 5%，规定的年股利率为 12%。则该优先股的成本为

$$K_p = \frac{1\ 000 \times 12\%}{1\ 100 \times (1 - 5\%)} \times 100\% = 11.48\%$$

由于优先股股利在税后支付，而债券利息在税前支付，故其资本成本一般高于债券成本。

2. 普通股成本

普通股成本的常用计算方法有两种。

（1）股利贴现模型法，也叫"贴现现金流量法"。股东购买股票是期望获取股利，股东期望获得的股利也就是股票发行人需要付出的成本。根据股票内在投资价值等于预期未来可收到的股利现值之和的原理，则

$$P_0 = \sum_{t=1}^{\infty} \frac{D_t}{(1 + K_s)^t} \tag{6-1}$$

式中，P_0 为股票内在投资价值，表示股票筹资获得的现金流入量；D_t 为第 t 年年底预期得到的每股股利；K_s 为投资者要求的必要报酬率，即资本成本率。

式（6-1）中，当股票发行人采取固定股利额的股利分配政策下，即 D_t 的值为一个固定金额时，普通股成本的计算方法与优先股成本的计算方法相同。

当股利以一个固定比率 g 递增时，假设股票发行价为 P 元/股，筹资费率 F，预计第 1 年年末每股股利为 D_1，以后每年股利增长率为 g，则

$$P_0 = P(1 - F)$$

式（6-1）经数学推算，得

$$K_s = \frac{D_1}{P(1 - F)} + g$$

【例 6-5】　某公司发行面值总额为 50 000 万元普通股票，每股面值为 1 元，发行价为每股 4 元，第 1 年的股利率为 12%，以后每年增长 6%，筹资费用率为 6%。则该普通股成本为

$$K_s = \frac{50\ 000 \times 12\%}{50\ 000 \times 4 \times (1 - 6\%)} + 6\% = 9.19\%$$

（2）资本资产定价模型法。按照资本资产定价模型法，普通股成本的计算公式为

$$K_s = R_f + \beta_i \times (R_m - R_f)$$

式中，R_f 为无风险报酬率；β_i 为股票的 β 系数；R_m 为平均风险股票必要报酬率。

【例 6-6】　某期间市场无风险报酬率为 8%，平均风险股票的必要报酬率为 12%，某公司普通股的 β 值为 1.2。则该普通股的成本为

$$K_s = 8\% + 1.2 \times (12\% - 8\%) = 12.8\%$$

此外，还可以用风险溢价法确定普通股资本成本。根据风险越大，要求的报酬率越高的原理，普通股股东承担的风险一般大于债券投资者，因而可根据债券收益率加上一定的风险溢价来计算普通股资本成本。用公式表示为

$$K_s = K_b + R$$

式中，K_b 为同一公司的债券投资收益率；R 为股东要求的风险溢价。

风险溢价 R 的大小可以凭经验估计。一般认为风险溢价多处在 $3\%\sim5\%$。当市场利率达到历史性高点时，风险溢价通常较低，在 3% 左右，但市场利率处于历史性低点时，风险溢价通常较高，在 5% 左右；而在通常情况下，常常采用 4% 的平均风险溢价。

3. 留存收益成本

留存收益实质上是股东对企业的再投资。企业使用留存收益是以失去投资于外部的报酬为代价的。它要求与普通股获得等价的报酬。其成本确定方法与普通股相似，所不同的只是留存收益无须发生筹资费用。

在股利贴现模型法下，留存收益成本的计算公式可表示为

$$K_c = \frac{D_1}{P_c} + G$$

式中，K_c 为留存收益成本；P_c 为留存收益额。

对于非股份有限公司，其权益资本主要有吸收直接投资和留存收益构成。它们的成本确定方法与股份有限公司比较，具有明显的不同。它们不在证券市场上交易，无法形成公平的交易价格，且吸收直接投资要求的报酬难以预计。在这种情况下，这两项成本可参照普通股的股利贴现模型法、资本资产定价模型法来确定。

普通股属于权益资本，股利税后支付，且支付不固定，如果企业清算的话，普通股的财产求偿权又处于最后，股东投资在普通股上的风险最大，普通股的投资收益也要求最高，因此，普通股的资本成本也是各种筹资方式中最高的。留存收益的成本仿效普通股成本计算，只不过不用考虑筹资费用，因此留存收益的资本成本仅次于普通股资本成本，但比优先股资本成本应当要高。

综上所述，企业各种筹资方式中资本成本从低到高的依次排列应该是：短期债务、长期借款、长期债券、优先股、留存收益、普通股。这是因为这些筹资方式相应的投资者所冒的投资风险依次也从低到高，投资于短期债务的投资风险最小，投资者要求的投资收益最低，投资于普通股票的投资风险最大，投资者要求的投资收益自然也最高。而投资者期望能获得的投资收益就是筹资者要付出的资本成本。所以，这也符合风险与收益均衡的原则。

三、加权平均资本成本

加权平均资本成本是指企业全部长期资本的总成本。它通常以各种资本占全部资本的比重为权数，对个别资本的成本进行加权平均而确定的，也称综合资本成本。

加权平均资本成本是由个别资本成本和加权平均权数两个因素决定的。其计算公式为

$$K_w = \sum K_j \cdot W_j$$
$$(\sum W_j = 1)$$

式中，K_w 为加权平均资本成本；K_j 为第 j 种个别资本成本；W_j 为第 j 种个别资本占全部资本的比重。

由上式可知，在个别资本成本一定的条件下，加权平均资本成本的高低是由资本结构（即权数）决定的。这个权数的计算依据通常有以下三种：

1. 账面价值权数

账面价值权数是指以各项筹资来源的账面价值确定的权数。这种方法易于从资产负债表上取得资料，但若债券与股票的市场价值已脱离账面价值很多，就会误估综合资本成本，不利于筹资决策。该权数的主要优点有：①计算简便，计算结果相对稳定；②当市价受公司外部环境影响而发生较大波动时，这是唯一用来估计资本成本的方法。

2. 市场价值权数

市场价值权数是指债券、股票等以现行市场价格确定的权数。市场价值相对数可以反映公司目前实际资本成本水平，有利于筹资决策。但证券的市场价格处于经常变动之中，因而不易使用。

3. 目标价值权数

目标价值权数是指债券、股票等以未来预计的目标市场价值确定的权数。这种权数适合于公司筹措新资。它能体现期望资本结构，但难以客观确定。

【例6-7】　B公司现有长期资本总额 10 000 万元，其中长期借款 2 000 万元，长期债券 3 500 万元，优先股 1 000 万元，普通股 3 000 万元，留存收益 500 万元；上述各种长期资本的个别资本成本率分别为 4%、6%、10%、14% 和 13%。该公司目前长期资本的加权平均资本成本计算如下：

第一步，计算各种长期资本在资本总额中的比例。

$$长期借款所占比例 = 2\,000/10\,000 = 20\%$$
$$长期债券所占比例 = 3\,500/10\,000 = 35\%$$
$$优先股所占比例 = 1\,000/10\,000 = 10\%$$
$$普通股所占比例 = 3\,000/10\,000 = 30\%$$
$$留存收益所占比例 = 500/10\,000 = 5\%$$

第二步，计算加权平均资本成本。

$$K_w = 4\% \times 20\% + 6\% \times 35\% + 10\% \times 10\% + 14\% \times 30\% + 13\% \times 5\%$$
$$= 8.75\%$$

第二节　财务杠杆

财务杠杆是企业资本结构决策中的一个重要因素。资本结构决策需要在杠杆利益与相关的风险之间进行合理的权衡。分析财务杠杆需要从分析经营杠杆入手,并考虑经营杠杆与财务杠杆的综合作用即总杠杆作用。

一、经营杠杆

经营杠杆(operating leverage),又称营业杠杆或营运杠杆,是指企业在经营决策时对经营成本中固定成本的利用。

这里的经营成本,包括销售成本、价内销售税金、销售费用和管理费用等,不包括财务费用。按成本习性的不同,经营成本分为固定成本和变动成本两部分。固定成本是不随销售额变动而变动的成本,变动成本是随着销售额变动而变动的成本。

销售收入－经营成本 ＝ 经营利润(息税前利润)

运用经营杠杆,企业可以获得一定的经营杠杆利益,同时也承受相应的经营风险。

(一)经营杠杆利益

经营杠杆利益是指在扩大销售额条件下经营成本中固定成本这个杠杆所带来的增长程度更大的经营利润(指息税前利润)。因为在一定的产销规模内,由于固定成本并不随产品销量(或销售额)的增加而增加,随着销量的增长,单位产品所负担的固定成本会相对减少,从而给企业带来额外的收益。

A 公司的经营杠杆作用情况如表 6-1 所示。

表 6-1　A 公司的经营杠杆利益分析表　　　　　　　　　　单位:万元

项目	(1) 原来	(2) 增长后	(3) 变化率=[(2)−(1)]/(1)
销售收入	500	550	+10%
一变动成本	300	330	+10%
一固定成本	100	100	0
总成本	400	430	8%
息税前利润(EBIT)	100	120	20%

可见,当 A 公司的销售收入从 500 万元增加到 550 万元,增长 10％时,EBIT 增长 20％。由于固定成本总额不变,随着销售收入的增长,息税前利润以更快的速度增长。

(二)经营风险

经营风险也称营业风险,是指利用经营杠杆而导致息税前利润变动的风险。它是由于企业经营上的原因所导致的未来经营收益的不确定性。

由于经营杠杆的作用,当销售额下降时,息税前利润会下降得更快,从而给企业带来经营风险。影响经营风险的因素主要有以下几种:

(1) 产品需求。市场对企业产品需求越稳定,经营风险就越小;反之,经营风险则越大。

(2) 产品售价。产品售价变动不大,经营风险就较小;反之,经营风险就大。

（3）产品成本。产品成本变动越大，经营风险就越大；反之，经营风险就越小。

（4）调整价格的能力。当产品成本变动时，若企业具有较强的调整价格能力，经营风险就小；反之，经营风险就大。

（5）固定成本比重。在全部成本中，固定成本的比重越大，当产品销售量发生变动时，单位产品分摊的固定成本变动越大，企业未来经营收益变动就可能越大，经营风险就越大；反之，固定成本的比重越小，经营风险就越小。

（三）经营杠杆系数

经营杠杆系数也称经营杠杆程度（degree of operating leverage，DOL），是息税前利润的变动率相当于销售额（或量）变动率的倍数。

$$DOL_S = \frac{\Delta EBIT/EBIT}{\Delta S/S}$$

$$DOL_Q = \frac{\Delta EBIT/EBIT}{\Delta Q/Q}$$

式中，DOL_S 与 DOL_Q 为分别表示用销售额与销售量计算的经营杠杆系数；$\Delta EBIT$ 为息税前利润变动额；ΔS 为销售额的变动额；ΔQ 为销售量的变动额；EBIT 为变动前的息税前利润；S 为变动前的销售额；Q 为变动前的销售量。

设 VC 为变动成本总额，F 为固定成本总额，P 为单位产品售价，V 为单位产品变动成本，则

$$EBIT = S - VC - F = Q \times (P-V) - F$$

所以，经营杠杆系数可按下列两式计算：

$$DOL_S = \frac{S - VC}{S - VC - F}$$

$$DOL_Q = \frac{Q(P-V)}{Q(P-V) - F}$$

或

$$DOL = 1 + \frac{F}{EBIT}$$

经营杠杆系数反映经营杠杆的作用程度，表示不同程度的经营杠杆利益和经营风险。经营杠杆系数的值越大，经营风险就越大；反之，经营杠杆系数的值越小，经营风险就越小。

【例 6-8】 根据表 6-1 资料，计算销售额为 500 万元、300 万元、250 万元时，A 公司的经营杠杆系数如下：

（1）当销售额为 500 万元时，其经营杠杆系数为

$$DOL_1 = (500 - 500 \times 60\%) \div (500 - 500 \times 60\% - 100) = 2(倍)$$

（2）当销售额为 300 万元时，其经营杠杆系数为

$$DOL_2 = (300 - 300 \times 60\%) \div (300 - 300 \times 60\% - 100) = 6(倍)$$

（3）当销售额为 250 万元时，其经营杠杆系数为

$$DOL_3 = (250 - 250 \times 60\%) \div (250 - 250 \times 60\% - 100) \to \infty$$

以上计算结果表明：

（1）在固定成本不变的情况下，经营杠杆系数说明销售变动引起息税前利润变动的幅度。如 DOL_1 表明销售额为 500 万元时，销售额的变动会引起息税前利润 2 倍的变动，DOL_2 表明销售额为 300 万元时，销售额的变动会引起息税前利润 3 倍的变动。

（2）当息税前利润等于零时，即销售收入等于 250 万元时，DOL 值趋向于无穷大；当息税前利润小于零时，DOL 值为负数。负的经营杠杆系数意味着，随着销售增长 1%，经营亏损将数倍于 1% 的速度降低。

（3）在固定成本不变的情况下，销售额越大，经营杠杆系数越小，经营风险也就越小；反之，销售额越小，经营杠杆系数越大，经营风险也就越大。

（4）在销售额相同的条件下，固定成本所占比重越大，经营杠杆系数越大，经营风险越大，固定成本所占比重越小，经营风险就越小。某一公司的经营杠杆实质上表现为生产过程的函数，当公司采用资本密集型组织生产时，由于固定成本较高而变动成本较低，其经营杠杆系数较高；反之，劳动密集型的生产组织，其经营杠杆系数相对较低。

因此，企业一般可通过增加销售额、降低单位变动成本、降低固定成本比重等措施降低经营杠杆系数，从而降低经营风险。

二、财务杠杆

财务杠杆（financial leverage），又称融资杠杆，是指企业在制定资本结构决策时对债务筹资的利用。

运用财务杠杆，企业可以获得一定的财务杠杆利益，同时也承受相应的财务风险。

（一）财务杠杆利益

财务杠杆利益是指利用债务筹资这个杠杆而给企业带来的额外收益。在企业资本结构一定的条件下，企业从息税前利润中支付的债务利息是相对固定的。当息税前利润增加时，每一元息税前利润所负担的债务利息就会相应地降低，扣除所得税后可分配给企业所有者的利润就会增加，从而给企业所有者带来额外的收益。

续表 6-1，A 公司财务杠杆作用情况如表 6-2 所示。

表 6-2　A 公司财务杠杆利益分析表　　　　　　　　　　　单位：万元

项　目	（1）原来	（2）增长后	（3）变化率＝[（2）－（1）]/（1）
销售收入	500	550	+10%
一变动成本	300	330	+10%
一固定成本	100	100	0
总成本	400	430	8%
息税前利润 EBIT	100	120	20%

续表

项 目	(1) 原来	(2) 增长后	(3) 变化率＝[(2)－(1)]/(1)
一利息	25	25	0
税前利润	75	95	27％
一所得税（25％）	18.75	23.75	26.67％
税后利润	56.25	71.25	26.27％
优先股利	20.25	20.25	0
普通股收益	30	51	70％
每股收益 EPS（10万股）	3.0	5.1	70％

可见，当 A 公司的 EBIT 从 100 万元增加到 120 万元，增长 20％时，税后利润从 56.25 万元增加到 71.25 万元，EPS 从 3.0 元上升到 5.1 元，增长 70％。由于债务利息总额的不变，随着 EBIT 的增长，EPS 以更快的速度增长。

（二）财务风险

广义的财务风险，是指企业在组织财务活动过程中，由于客观环境的不肯定性以及主观认识上的偏差，导致企业预期收益产生多种结果的可能性，它存在于企业财务活动的全过程，包括筹资风险、投资风险和收益分配风险。狭义的财务风险是指与企业筹资相关的风险，也称融资风险或筹资风险，它是指财务杠杆作用导致企业所有者收益变动，甚至可能导致企业破产的风险，即由于债务筹资引起每股收益（EPS）或净资产收益率（ROE）的变动以及由于债务筹资而到期不能还本付息的可能性。

由于财务杠杆的作用，当息税前利润下降时，税后利润下降得更快，从而给企业带来财务风险。影响财务风险的因素主要有：资本供求的变化、利率水平的变动、获利能力的变动、资本结构的变化（即财务杠杆的利用程度）。其中，资本结构的变化对筹资风险的影响最为直接。企业负债比例越高，筹资风险就越高；反之，负债比例越低，筹资风险就越小。

企业利用债务筹资主要出于提高净资产收益率的需要，债务的使用及其财务杠杆利益，使得公司 EPS 增长大于 EBIT 增长。公司利用财务杠杆是为了提高股东收益，但股东收益的提高以相应提高其财务风险为代价。因此，必须在财务杠杆利益与财务风险之间作出合理的权衡。

公司资本结构管理的目标之一在于找到这样一种筹资组合，使得风险一定条件下的股东收益最大化。风险与收益间的对等关系可以从表 6-3 中看出。

表 6-3　B公司财务杠杆作用情况分析表　　单位：万元

负债/总资产	0	40％	80％
总资产	100	100	100
其中：负债	0	40	80
权益资本	100	60	20

(1) 当 EBIT＝20 万元时	20	20	20
利息（10％）	0	4	8
所得税（25％）	5	4	3
税后利润	15	12	9
ROE	15％	20％	45％
(2) 当 EBIT＝15 万元时	15	15	15
利息（10％）	0	4	8
所得税（25％）	3.75	2.75	1.75
税后利润	11.25	8.25	5.25
ROE	11.25％	13.75％	26.25％
(3) 当 EBIT＝8 万元时	8	8	8
利息（10％）	0	4	8
所得税（25％）	2	1	0
税后利润	6	3	0
ROE	6％	5％	0

从表 6-3 可以看到：

（1）在 EBIT 不变的情况下（如第 1 种情形），总资产报酬率保持不变（ROA＝20％），随着负债比重由 0 上升到 40％和 80％，净资产收益率（ROE）由 15％提高到 20％和 45％。总资产报酬率与净资产收益率间存在某种函数关系，共变量为负债/权益资本，这种关系可用公式表示为

$$期望净资产收益率（ROE）＝\left[期望总资产报酬率（ROA）＋\frac{负债（B）}{资本（S）}\right.$$

$$\left.\times（期望总资产报酬率（ROA）－负债利率 R）\right]$$

$$\times（1－税率 T）$$

即

$$ROE＝[ROA＋B/S(ROA－R)]\times(1－T)$$

根据表中数据，当负债/总资产＝40％时，

$$[20％＋40/60\times（20％－10％）]\times（1－25％）＝20％$$

（2）随着 EBIT 由原来的 20 万元下降到 15 万元和 8 万元（下降 25％和 60％），ROE 也随之下降，它反映出债务筹资的另一作用，即由于债务利息的固定不变，股东收益也会随着资产收益能力的波动而波动，从而导致收益变动的风险。

（三）财务杠杆系数

财务杠杆系数又称财务杠杆程度（degree of financial leverage，DFL），是普通股每

股收益（EPS）变动率相当于息税前利润（EBIT）变动率的倍数。

这里的 EPS 在非股份公司用净资产收益率（ROE）代替。

$$DFL = \frac{\Delta EPS/EPS}{\Delta EBIT/EBIT} = \frac{\Delta ROE/ROE}{\Delta EBIT/EBIT}$$

式中，DFL 为财务杠杆系数；ΔEPS 为普通股每股收益变动额；EPS 为变动前普通股每股收益。

设 I 为债务利息，T 为企业所得税税率，N 为流通在外的普通股股数，d 为优先股股利，则

$$EPS = [(EBIT - I)(1 - T) - d] \div N$$

$$\Delta EPS = \Delta EBIT(1 - T) \div N$$

所以，财务杠杆系数可用下列公式计算：

$$DFL = \frac{EBIT}{EBIT - I - d/(1 - T)}$$

如果没有优先股，则

$$DFL = \frac{EBIT}{EBIT - I}$$

财务杠杆系数用来反映财务杠杆的作用程度，财务杠杆系数越大，财务风险就越高；反之，财务杠杆系数的值越小，财务风险就越小。

【例 6-9】 根据表 6-3 资料，可以计算出 B 公司 EBIT 为 20 万元时的财务杠杆系数：

当负债/总资产＝0 时，则

$$DFL_1 = 20 \div (20 - 100 \times 0 \times 10\%) = 1(倍)$$

当负债/总资产＝40% 时，则

$$DFL_2 = 20 \div (20 - 100 \times 40\% \times 10\%) = 1.25(倍)$$

当负债/总资产＝80% 时，则

$$DFL_3 = 20 \div (20 - 100 \times 80\% \times 10\%) = 1.67(倍)$$

以上计算结果表明：

（1）财务杠杆系数说明息税前利润变动所引起的普通股每股收益变动的幅度。如当 B 公司的负债比重为 80% 时，息税前利润变动 1 倍，其普通股每股收益将变动 1.67 倍。

（2）在资本总额、息税前利润相同的条件下，负债比例越高，财务杠杆系数越大，财务风险就越大。

负债比例是可以控制的，企业可以通过合理安排资本结构，适度负债，使财务杠杆利益抵消风险增大所带来的不利影响。

三、总杠杆

从前述分析可知，经营杠杆通过扩大销售影响息税前利润，财务杠杆通过扩大息税前利润影响每股收益，两者最终都影响到每股收益。如果同时利用经营杠杆和财务杠杆，这种影响就会更大，总的风险会更高。

对于经营杠杆和财务杠杆的综合作用程度，可以用总杠杆系数（degree of total leverage，DTL）或联合杠杆系数（degree of combined leverage，DCL）表示，它是经营杠杆系数与财务杠杆系数的乘积，用公式表示为

$$DTL = DOL \times DFL$$

$$= \frac{\Delta EBIT/EBIT}{\Delta S/S} \times \frac{\Delta EPS/EPS}{\Delta EBIT/EBIT}$$

$$= \frac{\Delta EPS/EPS}{\Delta S/S}$$

由上式可知，总杠杆系数是每股收益变动率相当于销售额（量）变动率的倍数。

【例 6-10】　根据表 6-1、表 6-2 资料，当销售额为 500 万元时，则 A 公司：

　　　　　DOL = (500 − 300)/100 = 2(倍)

　　　　　DFL = 100/(100 − 25 − 20.25/75%) = 2.08(倍)

　　　　　DTL = 2 × 2.08 = 4.16(倍)

计算结果表明，当销售额变动 1 倍时，每股收益将会变动 4.16 倍。

在实际工作中，企业对经营杠杆和财务杠杆的运用，可以有不同的组合。即使有时两者组合不同，但都能产生相同的总杠杆系数，这就需企业综合考虑有关因素，作出具体的选择。

总杠杆系数的重要意义在于：

（1）能够估计出销售量（额）变动对每股收益的影响幅度；

（2）它表明经营杠杆系数与财务杠杆系数的相互关系。经营风险高的企业，可选用较低的财务风险；经营风险低的企业，可选用较高的财务风险。

第三节　资本结构

资本结构决策是企业筹资决策的核心问题。企业应当综合考虑有关因素，运用适当的方法确定最佳资本结构。

一、资本结构的影响因素

影响资本结构的因素除前述的资本成本、财务风险外，还包括以下因素：

1. 行业因素

在所有发达国家，某些行业以高的负债比率为特征（如公用事业、运输公司及成熟的资本密集型制造企业），而其他的一些公司却很少甚至没有长期负债（如服务行业、矿业公司和大多数的成长迅速或以技术为基础的制造企业）。这些模式说明了行业的最佳资本组合特征以及运营环境的多样化，共同对世界各地该行业的公司实际选用的资本结构造成了显著的影响。

2. 利率水平的变动趋势

利率水平的变动趋势也会影响到企业资本结构安排。利率水平偏高时，会增加负债

企业的固定财务费用负担，故企业只能将负债比例安排得低一些。当预期利率会上升时，企业会较多地利用长期债券筹资，以便把利率固定在较低的水平上。

3. 债权人的态度

一般而言，企业债权人都希望企业的负债比例低一些，因为过高的负债意味着企业债权人所冒的风险太大。另外，如果企业负债太多，信用评级机构可能会降低企业的信用等级，这样会影响企业的筹资能力，提高企业的资本成本。

4. 税收因素

企业利用负债可以获得节税利益，所以，所得税税率越高，负债的好处越多；如果税率很低，则采用举债方式的节税利益就不十分明显。

5. 企业财务状况

企业财务状况越好，盈利能力越高，资产的变现能力越强，就越有能力负担财务上的风险。因而，企业财务状况越好，举债筹资能力就越强。

6. 企业资产结构

企业的资产结构也就是投资结构。企业投资结构会以多种形式影响企业筹资结构的选择。例如，拥有大量长期资产的企业必然要多筹集长期负债和权益资本，拥有较多流动资产的企业必然要更多依赖流动负债来筹资，以达到合理的筹资组合。当企业拥有较多的适合于进行担保的资产时会举债较多等。

7. 投资者和经营管理者的态度

投资者和经营管理者的态度对资本结构特征的形成也有重要影响，因为他们是企业资本结构决策的决定者。投资者对企业控制权的态度，决定了企业是较多采用普通股筹资还是较多采用优先股或负债方式筹资；经营管理者对待财务风险的态度，会影响到企业是否安排较高的负债比例。

二、最佳资本结构

债务资本具有双重作用，适当利用债务资本，能够降低资本成本，带来财务杠杆利益，但当企业负债比率太高时，会带来较大的财务风险。因此，每一个企业都必须权衡资本成本和财务风险的关系，并考虑上述影响资本结构决策的其他因素，确定本企业最佳的资本结构。

现代资本结构理论认为，在筹资过程中，由于代理成本（如监督成本引起的负债利率上升等）和财务危机成本的存在，随着负债比率的提高，公司陷入财务危机甚至破产的可能性也就越大，债务利息带来的财务利益（如节税利益）将逐渐被代理成本和财务危机成本所抵消，因此，总是可以找到一个最佳资本结构点，这一点便是负债比率提高带来的财务利益与带来的代理成本和财务危机成本之间的平衡点。在这一点上，企业的加权平均资本成本最低、企业价值最大。

因此，所谓最佳的资本结构，是指企业在一定条件下，使企业加权平均资本成本最低、企业价值达到最大的资本结构。它是企业的目标资本结构。

在完善有效的资本市场条件下，当公司加权平均资本成本最低时，公司的每股收益最高，公司的股票市价达到最高，以股票市价体现的公司价值因而也达到最高。

企业应综合考虑有关影响因素，运用适当的方法确定自身的最佳资本结构，并在以后的追加筹资中继续保持。如果现有资本结构与目标资本结构存在较大差异时，企业应抓住机会采用合理的方法进行调整，使其趋于合理化。

一般来说，调整资本结构的机会主要有：①现有资本结构弹性较好时；②有增加投资或减少投资时；③企业盈利较多时；④债务重新调整时。

资本结构调整的常用方法有：①存量调整法。在不改变现有资产规模的基础上，根据目标资本结构要求，对现有资本结构进行调整，其方法主要有债转股、股转债、增发新股偿还债务、调整现有负债结构、调整权益资本结构。②增量调整法。通过追加筹资量，以增加总资产的方式来调整资本结构，其主要途径是从外部取得增量资本，如发行新债、举借新贷款、进行融资租赁、发行新股等。③减量调整法。通过减少资产总额的方式来调整资本结构，其主要途径有提前归还借款、收回发行在外的可提前收回债券、股票回购减少公司股本、进行企业分立等。

三、资本结构决策方法

企业资本结构决策就是要确定最佳（目标）资本结构。根据前述资本结构原理，确定企业最佳资本结构，可以采用比较资本成本法、每股利润无差别点法和综合分析法。

（一）比较资本成本法

比较资本成本法是一种通过计算和比较企业各种筹资方案的加权平均资本成本，选择加权平均资本成本最低的方案作为最优资本结构决策方案的方法。这种方法是从资本投入的角度对资本结构进行分析，资本成本是用这种方法进行资本结构决策的唯一依据。

【例 6-11】 X公司初创时拟筹资 10 000 万元，现有 A、B 两个筹资方案可供选择。有关资料经测算列入表 6-4 中。

表 6-4 X公司资本结构数据

筹资方式	筹资方案 A		筹资方案 B	
	筹资额/万元	资本成本/%	筹资额/万元	资本成本/%
长期借款	1 600	7.0	2 200	7.5
公司债券	2 400	8.5	800	8.0
普通股票	6 000	14.0	7 000	14.0
合计	10 000	—	10 000	—

$$K_{\mathrm{WA}} = \frac{1\,600}{10\,000} \times 7.0\% + \frac{2\,400}{10\,000} \times 8.5\% + \frac{6\,000}{10\,000} \times 14\% = 11.56\%$$

$$K_{WB} = \frac{2\,200}{10\,000} \times 7.5\% + \frac{800}{10\,000} \times 8.0\% + \frac{7\,000}{10\,000} \times 14\% = 12.09\%$$

由于 $K_{WA} < K_{WB}$，在其他因素相同的条件下，方案 A 优于方案 B，方案 A 形成的资本结构为最优资本结构。

（二）每股收益无差别点法

每股收益分析法也称筹资无差别点分析法，它是利用每股收益无差别点来进行资本结构决策的方法。所谓每股收益无差别点，是指两种资本结构下每股收益相等时的息税前利润点（或销售额点），也称息税前利润平衡点或筹资无差别点。

即通过求解当 $EPS_1 = EPS_2$ 时的息税前利润（EBIT）点或销售额（S）点，来进行资本结构决策。满足下列条件的息税前利润（EBIT）就是每股收益无差别点。

$$\frac{(EBIT - I_1)(1 - T) - d_1}{N_1} = \frac{(EBIT - I_2)(1 - T) - d_2}{N_2}$$

这种方法从资本的产出角度对资本结构进行分析，因而选择筹资方案的主要依据是筹资方案每股收益值的大小。一般而言，当筹资方案预计的息税前利润（或销售额）大于无差别点时，债务筹资有利，应选择资本结构中债务比重较高的方案作为决策方案；反之，当筹资方案预计的息税前利润小于无差别点时，债务筹资就不利，应选择资本结构中债务比重较低的方案作为决策方案。

【例 6-12】 某公司目前发行在外普通股 100 万股（每股 1 元），以平价发行利率 5% 的债券 400 万元。该公司打算为一个新的投资项目融资 500 万元，新项目投资后公司每年息税前利润增加到 200 万元。现有两个方案可供选择：方案一，按 6% 的利率平价发行债券；方案二，按每股 10 元发行新股。设公司所得税率为 25%。要求：

（1）计算两个方案的每股收益。

（2）计算两个方案每股收益无差别点的息税前利润。

（3）判断哪个方案更好（不考虑资本结构对风险的影响）。

根据已知资料，计算过程如下：

（1）两个方案的每股收益计算如表 6-5 所示。

表 6-5 两个方案每股收益计算表

项目	方案一	方案二
息税前利润	200	200
目前利息	20	20
新增利息	30	0
税前利润	150	180
所得税（25%）	37.5	45
税后利润	112.5	135
普通股数/万股	100	150
每股收益/元	1.125	0.9

（2）两个方案每股收益无差别点的息税前利润：

$$(\text{EBIT} - 20 - 30) \times (1 - 25\%)/100 = (\text{EBIT} - 20) \times (1 - 25\%)/150$$

$$\text{EBIT} = 110（万元）$$

（3）由于方案一每股收益（1.125 元）大于方案二（0.9 元），或由于息税前利润 200 万元大于每股收益无差别点息税前利润 110 万元，所以方案一更好，应该选择发行债券筹资。

（三）综合分析法

综合分析法也称公司价值分析法，是通过计算和比较各种资本结构下公司市场价值来确定最佳资本结构的方法。最佳资本结构亦即公司市场价值最大的资本结构。

这种方法的出发点是，财务管理的根本目标在于追求公司价值的最大化。只有在风险不变的情况下，每股收益的增长才会导致股价上升。但实际上，随着每股收益的增长，风险也在加大。如果每股收益的增长不足以弥补风险增加所需的报酬补偿，那么尽管每股收益增加，股价仍可能下降。所以最佳资本结构应当是使公司的总价值最高，且加权平均资本成本最低时的资本结构。

综合分析法一般按以下三个步骤：

第一步，测算公司价值。

公司价值等于其长期债务和股票的现值之和。即

公司的市场总价值 ＝ 股票市场价值 ＋ 债券市场价值

即

$$V = B + S$$

式中，V 为公司的总价值，即公司总的折现价值；B 为公司长期债务的折现价值；S 为公司股票的折现价值。

为简化测算，设长期债务（含长期借款和长期债券）的现值等于其面值（或本金）；股票的现值按公司未来净收益的折现值测算，测算公式为

$$S = \frac{(\text{EBIT} - I)(1 - T)}{K_s}$$

式中，S 为公司股票的折现价值；EBIT 为公司未来的年息税前利润；I 为公司长期债务年利息；T 为公司所得税税率；K_s 为公司股票的资本成本。

第二步，测算加权平均资本成本。

如果全部资本由长期债务和普通股组成，则加权平均资本成本可按下列公式测算：

$$K_w = K_b \times \frac{B}{V}(1 - T) + K_s \times \frac{S}{V}$$

式中，K_w 为公司加权平均资本成本；K_b 为公司长期债务税前资本成本，可按公司长期债务年利率计算；K_s 为公司普通股资本成本。

在上式中，为了考虑公司筹资风险的影响，普通股资本成本可运用资本资产定价模型（CAPM 模型）来测算，即

$$K_s = R_f + \beta(R_m - R_f)$$

式中，K_s 为公司普通股投资的必要报酬率，即公司普通股的资本成本率；R_f 为无风险报酬率；R_m 为所有股票的市场报酬率；β 为公司的贝塔系数。

第三步，确定最佳资本结构。

选择公司的总价值最高，且加权平均资本成本最低时的资本结构为最佳资本结构。

【例 6-13】　东方公司目前拥有的长期资本均为普通股资本，账面价值 20 000 万元，无长期债务资本和优先股资本。公司管理层认为这种资本结构不够合理，未能发挥财务杠杆的作用，准备举借长期债务购回部分普通股对资本结构予以调整。公司预计息税前利润为 5 000 万元，假定公司所得税税率为 25%。经测算，目前的长期债务年利率和普通股资本成本如表 6-6 所示。

表 6-6　东方公司的债务年利率和普通股资本成本率测算表

B/万元	K_b/%	β	R_f/%	R_m/%	K_s/%
0	—	1.20	10	14	14.8
2 000	10	1.25	10	14	15.0
4 000	10	1.30	10	14	15.2
6 000	12	1.40	10	14	15.6
8 000	14	1.55	10	14	16.2

在表 6-6 中，利用资本资产定价模型，当 $B = 4\,000$ 万元，$\beta = 1.3$，$R_f = 10\%$，$R_m = 14\%$ 时，有 $K_s = 10\% + 1.3 \times (14\% - 10\%) = 15.2\%$。其余的普通股资本成本同理计算。

根据表 6-6 的资料，可以测算在不同长期债务规模下的公司价值和加权平均资本成本，如表 6-7 所示。

表 6-7　东方公司的公司价值和加权平均资本成本测算表

B/万元	S/万元	V/万元	K_b/%	K_s/%	K_w/%
0	25 338	25 338	—	14.8	14.80
2 000	24 000	26 000	10	15.0	14.43
4 000	22 697	26 697	10	15.2	14.04
6 000	20 577	26 577	12	15.6	14.11
8 000	17 963	25 963	14	16.2	14.45

在表 6-7 中，当 $B = 2\,000$ 万元，$K_b = 10\%$，$K_s = 15.0\%$ 以及 EBIT $= 5\,000$ 万元时，则

$$S = (5\,000 - 2\,000 \times 10\%) \times (1 - 25\%)/15\% = 24\,000(万元)$$

$$V = 2\,000 + 24\,000 = 26\,000(万元)$$

$$K_w = 10\% \times (1 - 25\%) \times 2\,000/26\,000 + 15.0\% \times 24\,000/26\,000 = 14.43\%$$

其余不同资本结构下的公司价值和加权平均资本成本同理计算。

最佳资本结构的确定过程如下：在没有长期债务资本的情况下，东方公司的价值就是其原有普通股资本的价值，此时 $V=S=25\ 338$ 万元。当东方公司开始利用长期债务资本部分替换普通股资本时，公司的价值开始上升，同时加权平均资本成本开始下降；直到长期债务达到 4 000 万元时，公司的价值达到最大，此时 $V=26\ 697$ 万元，同时加权平均资本成本最低，$K_w=14.04\%$；而当公司的长期债务资本超过 4 000 万元后，公司的价值又开始下降，同时加权平均资本成本上升。可以确定，当东方公司的长期债务资本为 4 000 万元时的资本结构为最佳资本结构。此时，东方公司的长期资本价值总额 $V=26\ 697$ 万元，其中普通股资本价值 22 697 万元，占公司总资本价值的比例为 85%（即 22 697/26 697）；长期债务资本价值 4 000 万元，占公司总资本价值的比例为 15%（即 4 000/26 697）。

从以上分析可以得出以下两个结论：

（1）资本结构的变动影响到企业价值和资本成本水平；

（2）使企业加权平均资本成本最低时的资本结构也是使企业价值最大的资本结构，此时的资本结构是最佳资本结构。

第四节　资本结构理论

资本结构理论是关于资本结构、资本成本及公司价值之间三者关系的理论描述，它是公司财务理论的重要组成部分，也是使公司财务学融入现代微观经济学的重要基石。资本结构理论包括早期资本结构理论、现代资本结构理论及其发展。

一、早期资本结构理论

1952 年，大卫·杜兰特（David Durand）提出了早期资本结构理论。他的研究报告提出了三种资本结构的见解："净收入理论"、"净经营收入理论"和"传统理论"。

（一）净收入理论

净收入理论认为，负债可以降低企业的资本成本，负债程度越高，企业价值越大。这是因为债务利息和权益资本成本均不受财务杠杆影响，无论负债程度多高，企业的债务资本成本和权益资本成本都不会变化。因此，只要债务资本成本低于权益资本成本，那么负债越多，企业的综合资本成本最低，企业价值将达到最大值。因此，在这种理论下，企业最理想的资本结构是 100% 的负债。

（二）净经营收入理论

净经营收入理论认为，不论企业财务杠杆作用如何变化，企业综合资本成本都是固定的，因此对企业总价值没有影响，这是因为企业利用财务杠杆时，即使债务资本成本本身不变，但由于加大了权益资本的风险，也会使权益资本成本上升，综合资本成本不会因为负债比率的提高而降低，而是维持不变，企业的总价值也就固定不变。这种理论认为，在任何资本结构下，企业的总价值相等。因此，也就不存在资本结构决策问题了。

（三）传统理论

传统理论是一种介于上述两种理论之间的折中理论。这种理论认为，当企业在一定的负债限度内利用财务杠杆作用时，负债和权益资本的风险都不会有明显增长，故其资本成本基本保持不变。而此时，企业的总价值却开始上升，并且可能在此限度内达到最高点。但如果企业负债筹资的财务杠杆作用一旦超出这个限度，由于风险明显增大，使企业负债和权益资本的成本开始上升，并使综合资本成本上升。负债比例超出此限度越大，其综合资本成本上升得越快。而在负债超出此限度后，企业的总价值随着综合资本成本的上升而开始下降。可见，此理论认为，确实存在一个最佳资本结构，也就是使企业价值最大的资本结构，并可以通过适度财务杠杆的运用来获得。

二、现代资本结构理论

（一）MM 理论

在早期资本结构理论的基础上，财务学家莫迪格莱尼（Franco Modigliani）和米勒（Merton Miller）提出了现代资本结构理论（MM 理论），这是至今仍被称为最有影响的财务理论。

MM 理论包括无公司税的 MM 理论和有公司税的 MM 理论。它们都建立在以下假设的基础上：①资本市场是完善的，没有筹资时的交易成本和佣金；②负债的利率为无风险利率；③投资者可按个人意愿进行各种套利活动，不受法律制约，并无须交纳个人所得税；④投资者都能免费得到相关信息；⑤所有投资者均能按同一利率借入或贷出，或者说个人能以与公司相同的利率借入或贷出，且借贷利率相等；⑥所有投资者是理性的，且对公司盈利水平具有相同的预期。

无公司税的 MM 理论的结论是：资本结构不影响公司价值和资本成本。当公司提高其负债比时，权益资本成本将随着风险的加大而相应提高，提高了的资本成本正好抵消负债筹资低成本的好处，使得加权平均资本成本不随资本结构变化而变化。同理，由于公司市场价值表现为未来经营收益的折现值（贴现率为加权平均资本成本率），使得公司价值也不会随着资本结构改变而改变。

设 V_U 为无负债的公司价值，V_L 为有负债的公司价值。在无公司所得税的条件下，有

$$V_L = V_U$$

有公司税的 MM 理论的结论是：负债利息的减税作用会增加公司价值。负债越多，公司价值越大，权益资本所有者获得的收益也越大。

设公司 T 为公司所得税税率，B 为负债利息，则 TB 为负债的节税利益。在考虑公司所得税的条件下，有

$$V_L = V_U + TB$$

（二）权衡理论

MM 理论只考虑了负债带来的节税利益，却忽略了负债带来的风险和额外成本。

权衡理论在 MM 理论的基础上，充分考虑财务拮据成本和代理成本两个因素来研究资本结构。

财务拮据是指企业没有足够的偿债能力，不能及时偿还到期债务。许多企业都在经历财务拮据的困扰，其中一些企业可能会破产。由于企业破产而造成直接和间接成本问题，是继 MM 理论之后在企业资本结构理论中研究最多的一个问题，其代表人物主要有博克斯特、克劳斯和利兹伯格、斯科特以及戈登和马尔基尔。

当一个企业出现财务拮据时，可能会出现以下情况：①大量债务到期，为了偿还债务，企业不得不以高利率借款以便清偿到期债务，从而陷入更严重的恶性循环。②当企业出现财务拮据时，为解燃眉之急，往往会采取一些短期行为，如推迟机器大修、降价变卖资产、降低产品和服务的质量等。③当陷入财务困境时，企业的客户和供应商不来购买产品或不再提供信用。④当破产案件发生时，会发生大量的律师费、诉讼费和其他行政开支，等等。当财务拮据发生时，即使最终企业不破产，也会产生大量的直接成本和间接成本，这些便是财务拮据成本。财务拮据成本是因负债而产生的，且负债越多，固定利息越大，收益下降的概率越大。财务拮据成本越高，企业价值就越低。

代理成本是指为处理股东和经理之间、股东与债权人之间的关系而发生的成本。它实际上是一种监督成本。代理成本的发生会提高负债成本，从而降低负债利益。

权衡理论认为，有负债的公司价值等于无负债公司价值加上税赋节约，减去预期财务拮据成本的现值和代理成本的现值。最优资本结构存在于税赋节约与财务拮据成本和代理成本相互平稳的点上。

设 FPV 为预期财务拮据成本的现值；TPV 为代理成本的现值；TB 为负债的节税利益。则

$$V_\mathrm{L} = V_\mathrm{U} + TB - \mathrm{FPV} - \mathrm{TPV}$$

其基本关系如图 6-1 所示。图 6-1 表明：

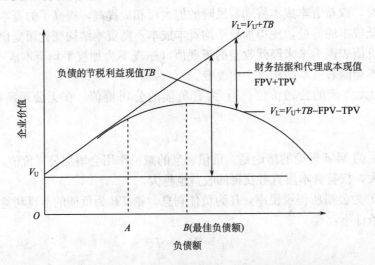

图 6-1　基于权衡理论的企业价值与资本结构

（1）负债可以为企业带来节税利益。负债量达到 A 点前，负债的节税利益起完全支配作用。

（2）负债成本随着负债比率的增大而上升。当负债超过 A 点，财务拮据成本和代理成本的作用显著增强，抵消了部分节税利益。在 B 点上，节税的边际收益完全被负债的成本所抵消。超过 B 点，财务拮据成本和代理成本将起主导作用，公司价值呈下降趋势。

因此，权衡理论认为，存在着最优资本结构点，就是图中的 B 点，当负债量达到此点时，边际节税利益等于边际财务拮据成本和代理成本，企业价值达到最大。

三、现代资本结构理论的发展

（一）代理成本理论

1976 年，詹森和麦克林提出了著名的代理成本理论。他们观察到，当一个管理者拥有企业 100％ 股份时，企业的所有权和控制权并没有分离。这就意味着管理者将为其行为承担所有的成本，从而获得全部收益。一旦企业股票的一部分 α 比例出售给外部的投资者，那么该管理者将为其行为承担（$1-\alpha$）的结果。这是对管理者的激励，但在有效率的市场上不会发生，因为出售股票给外部投资者将产生出售股票的代理成本。他们认为，运用负债可以弥补外部产权的代理成本。但负债同样存在代理成本，且随着杠杆作用率的提高而日益重要，企业不能通过"最大负债"进行筹资。

因此，在现代公司制企业中，存在着股东和经理之间、债权人和股东之间等利益冲突。当经理只持有公司较小比例的股权时，由于道德风险和逆向选择的存在，会产生代理成本。如果增加企业负债的比例，会使经理的持股比例相应增加，从而降低代理成本。而债权人和股东之间的利益冲突表现为：随着负债比例的上升，股东可能会倾向于选择风险更大的投资项目，以转嫁投资风险于债权人，但理性的债权人会合理预期这一风险，当负债比例上升时将会通过负债成本来约束股东的举债行为。

这种代理成本最终要由股东承担。企业资本结构中负债比率过高会导致股东价值降低。根据代理成本理论，负债比率适度的资本结构会增加股东的价值。因此，资本结构可以作为一种激励工具的延伸，利用资本结构的信号传递功能，通过调整企业的负债比例来影响股东或代理人的行为，协调企业的各种利益关系。

（二）信号理论

MM 理论假定了信息是对称的。事实上，信息不对称是一种客观存在，内部控制人拥有外界投资者不具备的相关信息。因此，公司筹资、投资和股利分配决策的改变在实质上都意味着一种信号，一种对投资者有用的且关于管理者评价公司预期收益、市场价值的市场信号。

罗斯最早系统地把不对称信息理论引入资本结构的研究。他的研究保留了 MM 理论的全部假设，仅仅放松了信息是对称的假设。罗斯假设企业管理者对企业未来收益和投资风险有内部信息，而投资者没有这些内部信息，因此，投资者只能通过管理者输出的信息来评价企业市场价值。而负债比率就是一种把内部信息传递给市场的信号工具。他认为负债比率提高是一个积极的信号，它表明管理者对企业未来发展有充足的信心，因此企业市场价值也随之提高。公司新证券发行意味着向市场传递了关于公司盈利前景或管理者拟将采用何种管理行动的信号。资本结构的改变及新股发行对股市产生消极影响；提高负债比率的行动将对股市产生积极作用，反之则相反。

信号理论认为，公司可以通过调整资本结构来传递有关获利能力和风险方面的信息，以及公司如何看待股票市价的信息。因此，当公司提高负债时，外界会认为经理对公司未来负债经营的前景有良好的预期；如果没有良好的未来投资收益预期，公司提高负债使财务拮据成本上升，经理的个人利益同样受到损失。在一般情况下，公司价值被低估时增加债务资本；反之，公司价值被高估时会增加权益资本。

（三）融资优序理论

融资优序理论也称为资本结构排序假设或啄食顺序理论（pecking order theory）。

在罗斯分析的基础上，梅耶斯和马基鲁夫（1984）进一步考察了非对称信息对企业筹资成本的影响。他们认为，在信息不对称的条件下，企业的资本结构是内部管理者传递项目质量信息的手段。在企业需要为新投资项目进行新筹资方式选择时，如果使用股权筹资方式，对投资者来说，则是一个坏消息，因为管理者比投资者更了解投资项目的真实价值。如果项目的净现值为正，说明项目具有较好的盈利能力。这时代表原股东利益的管理者不愿意做出发行新股、把投资收益转让给新股东的决策，而更愿意发行债券筹资。因此，由于逆向选择，企业只可能在股价高估时才愿意发行股票。这样外部投资者自然不愿意购买股票，从而引起股价下跌，直到新投资者获取的收益大于新投资项目的净现值。股票价格下跌显然会增加企业的资本成本，影响投资决策。在这种情况下，即使新投资项目的净现值为正，该项目也可能被拒绝。但此时如果企业能够发行一种不被市场严重低估的证券，如无风险债券等，这种投资不足就可以避免。因此，在企业面对良好的投资机会时，一般会按照先内部筹资、再发行债券、最后发行股票的顺序进行筹资，这就是融资优序理论。

基于以上分析，梅耶斯和马基鲁夫提出了融资优序理论，其主要观点为如下：

（1）公司偏好内部筹资。

（2）如果需要外部筹资，公司首先选择最安全的证券，即先考虑债务筹资，然后考虑混合证券筹资（如可转换债券），最后才是股权筹资。

根据融资优序理论，企业不存在最优资本结构和目标负债比率，负债比率是筹资结果的积累。融资优序理论的重要贡献是考虑到了信息不对称对企业投资决策和筹资行为的影响。融资优序理论可以解释现实中类似的企业为什么有很不同的资本结构，但是却不能解释许多公司可以用债务筹资，偏偏采用外部股权筹资。

【进一步学习指南】

一、资本结构存在着国际间的差异

在工业化国家中，美国、英国、德国、澳大利亚和加拿大的公司平均账面资产负债率要比日本、法国、意大利和其他欧洲国家低；而英国和德国的市场价值杠杆比率是最低的。在发展中国家，新加坡、马来西亚、智利和墨西哥的负债比率明显要比巴西、印度和巴基斯坦低。这些差异的确切原因还不清楚。但是一个国家依赖资本市场还是依赖银行进行筹资，历史、制度甚至文化的因素都可能起作用。具体内容参见（美）威廉·L.麦金森著，刘明辉主译：《公司财务理论》第 7 章，东北财经大学出版社，2002 年版。

二、中国 A 股上市公司的融资偏好

大量实证研究的结论表明，中国（A 股）上市公司具有强烈的股权融资偏好；融资成本并非解释公司股权融资偏好的唯一因素；净资产收益率和控股股东持股比例越高，则企业越有可能选择股权融资方式；"内部人控制"是股权融资偏好的重要原因；高级管理人员出于自身业绩评价的原因，也偏好较低的资产负债率；企业规模、盈利能力、企业成长性和担保价值对企业的资产负债有重要影响；除股票 β 系数之外，负债率、企业规模等也是决定企业股权成本的重要影响因素；不同地区上市公司的融资决策考虑因素存在一定差异。具体内容参见陆正飞等著：《中国上市公司融资行为与融资结构研究》，北京大学出版社，2005 年版；陆正飞等编著：《高级财务管理》第 2 章，北京大学出版社，2008 年版。

【复习思考题】

1. 什么是资本成本，有何作用？影响资本成本的因素有哪些？
2. 什么是个别资本成本？债务成本与权益成本各有何特点？
3. 什么是加权平均资本成本，其权数如何确定？
4. 什么是经营杠杆系数，如何计算？
5. 什么是财务杠杆系数，如何计算？
6. 影响资本结构的因素有哪些？这些因素如何影响资本结构？
7. 什么是最优资本结构？如何实现最佳资本结构？
8. 试比较三种资本结构决策方法。
9. MM 理论和权衡理论的主要观点是什么？
10. 根据融资优序理论，企业应当按照何种顺序筹资？为什么？

第三篇

投　资

第七章

项目投资

【本章学习目标】

- 企业投资战略的类型
- 项目投资的特点与种类
- 项目投资决策程序
- 项目投资决策方法
- 风险条件下的项目投资决策方法

【案例引入】

中南日用化学品公司资本预算分析①。1997年4月14日上午，中南日用化学品公司正在召开会议，讨论新产品开发及其资本支出预算等有关问题。参加会议的有公司董事长、总经理、研发部经理、财务部经理等有关人员。会上，研发部经理首先介绍了新产品的特点、作用；研究开发费用以及开发项目的现金流量等。研发部经理指出，生产长风牌液体洗涤剂的原始投资为2 500 000元，其中新产品市场调查研究费500 000元，购置专用设备、包装用品设备等需投资2 000 000元。预计设备使用年限15年，期满无残值。按15年计算新产品的现金流量，与公司一贯奉行经营方针相一致，在公司看来，15年以后的现金流量具有极大的不确定性，与其预计误差，不如不予预计。汇报完毕后，会议进行了讨论。在分析了市场状况、投资机会以及同行业发展水平的基础上，会议确定公司投资机会成本为10%。同时，公司董事长、总经理、财务部经理就严格的设备管理政策对投资项目收益的影响以及新产品市场调查研究费和追加的流动资金对项目的影响两大核心问题分别发表了意见。

如果你是财务部经理，你认为新产品市场调查研究费属于该项目的现金流量吗？关于生产新产品所追加的流动资金，应否算作项目的现金流量？投资项目现金流量中是否应该反映由于新产品上市使原来老产品的市场份额减少而丧失的收入？如果投资项目所

---

① 资料来源：根据 Petty Keown 和 Scott Martin 著：《Basic Financial Management》第6版，第215页的资料改编。

需资金是银行借入的，那么与此相关的利息支出是否应在投资项目现金流量中得以反映？你认为应该接受项目还是放弃项目？带着这些问题，我们进入本章学习。

第一节　投资战略与项目投资概述

投资是指企业以未来收回现金并取得收益为目的而发生的现金流出活动。对于创造价值而言，投资决策是三项决策中最重要的决策，其正确与否直接关系到企业的生死存亡。如何运用有限的资金来获取预期或者最大效益，是企业财务管理的中心环节。

一、企业投资战略的特点与类型

（一）企业投资战略及其特点

企业投资战略是在企业整体战略的统筹下，以价值分析为基础，对企业有限的财务资源进行合理配置，以实现企业资源配置的优化和财务能力的可持续增长。

企业投资战略包括投资方向的确定、投资机会的分析、投资重点与投资战略类型的选择等内容。它决定资金的合理分配和有效利用，并具体规定资金投入的方式和数额。作为财务战略的子战略，投资战略要求在发展方向、规模及主要对策及机会把握等方面与总体战略协调一致，同时还受企业产品、竞争、技术发展等战略的制约和影响。投资战略具有下列特点：

（1）从属性，是指企业投资战略是对企业可以支配的资源进行长远地、系统地、全局地谋划，必须服从和反映企业总体发展目标。企业投资战略目标，必须根据企业的总体战略制定。

（2）导向性，是指企业投资战略一经制定，就成为企业进行投资活动的指导原则，是企业发展的纲领，在一定时期内相对稳定，具有多重功能、多重影响。

（3）长期性，是指投资战略为谋求企业的长远发展，在科学预测的基础上，开拓未来的前景，它确定企业发展方向和趋势，也规定各项短期投资计划的基调。

（4）风险性，是指投资战略不能消除风险，也难于把风险降为最小。换言之，投资战略一旦实现，就会给整个企业带来生机和活力，使企业得以迅速发展；但投资一旦落空，将会给企业带来较大损失，甚至陷入破产、倒闭的局面。

（二）企业的投资战略的类型

1. 根据投资战略的性质，投资战略分为四种类型

（1）稳定性投资战略。稳定性投资战略是一种维持现状的投资战略，即外部环境在近期无重大变化，将现有战略继续进行下去，最有效率地利用现有的资金和条件，继续保持现有市场，降低成本和改善企业现金流量，尽可能多地获取现有产品的利润，积聚资金为将来发展作准备。

（2）扩张性投资战略，是指企业扩大产规模，增加新的产品生产和经营项目，其核心是发展和壮大，包括市场开发战略、产品开发战略和多样化成长战略。

（3）紧缩型投资战略。紧缩型投资战略是从进取竞争中退下来，从现有经营领域抽出投资，缩小经营范围，休养生息。

（4）混合型投资战略，是指企业在一个战略时期内同时采取稳定、扩张、紧缩性等几种战略，多管齐下，全面出击。其战略核心是在不同阶段或不同经营领域，采用不同的投资战略。

2. 根据投资经营对象的差异，投资战略分为三种类型

（1）专业化投资战略，是指企业在以单一产品为投资对象条件下，采取积极措施，开辟新的业务领域，增加新的花色品种，扩大市场。

（2）一体化投资战略，是指企业在供、产、销三方面投资与经营实现一体化，使得原料供应、加工制造、市场销售实行联合，扩大生产和销售的能力。

（3）多元化投资战略，又称多角化投资战略，是指企业同时经营两种以上基本经济用途不同的产品或服务的一种投资战略。其内容包括：投资产品的多元化、投资领域的多元化、投资区域的多元化和资本的多元化等。

二、项目投资的特点与种类

项目投资是企业通过购买固定资产、无形资产，直接投资于企业本身生产经营活动或企业外部投资项目的一种投资行为。它是一种直接性投资，是企业投资战略的重要内容。

（一）项目投资的特点

项目投资具有以下特点：

（1）规模大。项目投资一般需要较多的资金，其投资数额往往是企业或其投资者多年的资金积累，在企业总资产中占有相当大的比重。因此，项目投资预算需要企业审慎进行。

（2）周期长。项目投资所需要的资金巨大，其投资周期也很长，往往需要几年、十几年，甚至几十年才能收回投资。因此，项目投资对企业未来的生产经营活动和长期经济效益将产生重大影响，其决策的成败，对企业未来的命运将产生决定性作用。

（3）风险大。项目投资的周期比较长，在做出项目投资时往往是在对未来许多因素，比如市场销量、资产使用寿命等的预测的基础上进行。但是实际上，这些因素最终的出现总会和当初的预测产生或大或小的差异，影响项目投资预期结果的实现。所以项目投资的预期投资目标能否最终实现，面临着较大的风险。

（4）时效性强。项目投资是在当时的项目投资环境下进行的，一旦完成后，必须马上执行，否则时过境迁，项目投资内容也要做相应的变化调整。因此，项目投资具有较强的时效性。

（二）项目投资的种类

1. 按投资项目对企业前途的影响，分为战术性投资和战略性投资

战略性投资是指涉及企业的发展方向和整体规模的投资，即对企业的全局会产生重大影响的投资，如新建投资、转产投资、新产品开发投资等。

战术性投资是指只涉及企业某一局部经营业务的投资，如为扩大产品品种、提高产品质量、降低产品成本、改善工作环境等而进行的投资。

2. 按投资项目之间的关系，分为独立投资与互斥投资

独立投资是指各项目的决策相互独立，一个项目的接受与否不会对其他项目产生影响。

互斥投资是指多个投资项目之间是一种竞争的互相排斥的关系，当其中一个项目被选中时，其他项目就要被淘汰。

3. 按投资在生产过程中的作用，分为初创投资与后续投资

初创投资是在建立新企业时所进行的投资，其特点是投入的资金通过建设形成企业化的原始资产和资产，为企业的生产、经营创造必要的条件。

后续投资是指为巩固和发展企业再生产所进行的投资，主要包括为维持企业简单再生产所进行的更新性项目投资，为实现扩大再生产所进行的追加性项目投资，为调整生产经营方向所进行的转移性项目投资等。

4. 按投资的风险程度，分为确定性投资和风险性投资

确定性投资是指未来情况可以较为准确地加以预测的投资。未来情况指的是项目寿命期内的现金流量等情况。这类投资的期限相对较短，投资环境变化不大，未来现金流量较易预测。因而在进行此类投资决策时，不考虑风险因素。

风险性投资是指未来情况不确定，难以准确预测的投资。这类投资决策涉及的时间一般较长，投资的初始支出、每年现金流量、寿命期限、贴现率等都是估算的，都带有某种程度的不确定性和一定的风险性。

三、项目投资决策程序

由于项目投资金额较大、期限长和风险大，对企业的影响深远，所以必须遵循科学的投资决策程序。项目投资决策程序分为事前、事中、事后三个阶段。事前阶段也称投资决策阶段，主要包括投资方案的提出、评价与决策；事中阶段是实施投资方案并对其进行监督和控制；事后阶段指在投资项目结束后对投资效果进行的事后审计与评价。

（一）投资项目的决策

投资决策阶段是最重要的阶段，它决定了投资项目的性质、资金的流向及投资项目未来的风险与收益能力。

1. 投资项目的提出

企业总体战略是项目投资战略规划的依据。根据企业投资战略对各投资机会加以初步分析，从所投行业的成长性、竞争情况等进行分析。投资方向初步确定以后，在投资方案设计前应进行广泛的信息分析与收集工作，从财务决策支持网络中调出并补充收集有关总市场规模、年度增长率、主要或潜在对手的产品质量、价格、市场规模等信息，分析自己的优劣势，选择合适的投资时间、投资规模、资金投放方式，制定出可行的投资方案。

企业的股东、董事、经营者都可提出新的投资项目。一般而言，企业的最高当局提出的投资，多数是大规模的战略性投资，其方案一般由生产、市场、财务等各方面专家组成的专门小组写出；基层或中层提出的，主要是战术性投资项目，其方案由主管部门组织人员拟定。

2. 投资项目的评价

投资项目的评价要求把提出的投资项目进行分类：一是计算有关项目的预计收入和成本，预测投资项目的现金流量；二是运用各种投资评价指标，把各项投资按可行性的顺序进行排队；三是编制项目可行性报告。

项目小组要对投资项目进行可行性分析。通过对以下方面的评估确定项目的可行性：相关政策法是否对该业务已有或有潜在的限制；行业前景与行业投资回报率；企业能否获取与行业成功要素相应的关键能力；企业是否能筹集项目投资所需资源。如项目不可行，应通报相关人员并解释原因；如可行，则向董事会或项目管理委员会递交可行性分析报告。

3. 投资项目的决策

在企业的不同阶段，决策选择的依据可能不同，有时可能依据市场销量，有时依据现金流量，有时依据企业价值。但无论根据何种指标，决策结论有三种：①接受这个投资项目；②拒绝这个项目，进行投资；③退还给项目提出部门，重新调查和修改后再作处理。

项目投资决策权限应当在公司章程或财务管理制度中明确。一般而言，投资额较小的项目，由总经理层或中层经理决策；投资额较大的项目一般由董事会决策；投资额特别大的项目，要由股东大会投票表决。

（二）投资项目的实施与监控

一旦选定某个投资项目后，就要积极付诸实施并进行有效的监督和控制。在实施过程中，具体要做好以下工作：①为投资方案筹集资金；②按照拟定的投资方案有计划分步骤地实施投资项目；③对项目的实施进度、工程质量、施工成本等进行控制和监督，确保投资项目如期完成预算任务；④定期进行投资项目的后续分析，将项目实际的现金流和收益与预算进行比较，找出差异并分析原因，提出不同的处理意见，做出是延迟投资、放弃投资还是扩充或缩减投资的决策。

（三）投资项目的事后审计与评价

投资项目的事后审计主要由企业内部审计机构完成，将投资项目的实际表现与原来的预期进行比较，通过对其差异的分析进一步发现了解某些关键性问题。

在投资项目的实施过程中应依据审计结果对项目的投资绩效进行再评价，以检查项目是否按照原先的计划进行，是否取得了预期的经济效益，是否符合企业总体战略和企业投资战略规划。一旦出现新的情况应随时根据变化的情况做出新的评价，甚至退出项目，以避免更大的损失。

第二节　项目投资的决策方法：资本预算方法

资本预算方法是项目投资决策中所运用的技术方法，该方法是通过对投资项目的未来现金流量进行估算，确定贴现率，对投资方案进行分析和选择的一种方法。现金流量是投资项目引起的现金流入量和现金流出量的总称。投资项目在一定时间（通常是年）的现金流入量和现金流出量的差额称为现金净流量。在资本预算中，首先要计算投资项目初始期、经营期和终结期的现金净流量，并确定投资项目的贴现率；然后以投资项目的现金流量为基础，运用特定的指标对备选的投资方案进行可行性分析；最后根据决策标准判断投资项目是否可行。

关于现金流量的计算与贴现率的确定，《管理会计》课程已经加以讨论。本节介绍资本预算的一般方法，并重点阐述资本预算方法在项目投资决策中的应用。

一、资本预算的方法

一个投资项目是否可行既要考虑经济效益，也要考虑其他非经济因素，如与企业战略是否相符，技术上是否先进等，最后才能做出决策判断。资本预算的基本方法按是否考虑货币时间价值分为静态评价法和动态评价法两类。

（一）静态评价法

静态评价法是指不考虑货币时间价值的评价方法，又称非贴现法。这类方法主要有投资回收期法和平均报酬率法。

1. 投资回收期法

投资回收期法是最早使用的资本预算标准，它是以投资回收期的长短作为评价指标的决策分析方法。所谓投资回收期（payback period，PP），是指投资项目收回全部原始投资所需要的时间，一般以年为单位。

由于投资项目每年预计产生的营业现金净流量可能相等，也可能不相等，因此，计算投资回收期的方法有以下两种。

（1）如果每年的营业现金净流量（NCF）相等，则投资回收期可按下列公式计算：

$$投资回收期（PP） = \frac{初始投资总额}{每年现金净流量}$$

（2）如果每年现金净流量不相等，那么计算投资回收期则根据每年年末尚未收回的投资额来确定。计算公式如下：

$$\sum_{t=0}^{pp} \mathrm{NCF}t = 0$$

或

$$静态投资回收期（PP） = T - 1 + \frac{第（T-1）年的累计现金净流量的绝对值}{第\ T\ 年的现金净流量}$$

式中，T 为累计现金净流量开始出现正值的年份。

决策者在判定投资项目是否可行时，事先会设定一个企业可接受的投资回收期，称为基准回收期。当选取的项目是独立项目时，只要投资项目回收期短于基准回收期，则项目可行；反之，则不可行。若选取的项目是互斥项目时，首先应考虑其回收期短于设定的期限，然后选择回收期最短的投资项目。

回收期法计算简便，容易理解；可以用于衡量投资方案的相对风险。但是，回收期法存在一些缺陷：一是忽略了整个项目期间的现金流量，既不考虑回收期内现金流量的时间序列，又忽略了回收期后投资项目给企业带来的现金流量；二是回收期的长短不能代表投资项目的盈利能力；三是没有考虑货币时间价值，精确度不够。

2. 平均报酬率法

平均报酬率法是以平均报酬率作为评价指标的资本预算决策标准。所谓平均报酬率（average rate of return，ARR），是指投资项目寿命周期内年平均净收益与初始投资额的比率。它在计算时使用会计报表上的数据，以及普通会计收益和成本观念，也称为会计收益率。其计算公式如下：

$$平均报酬率 = \frac{经营期年均净利润总额}{初始投资额}$$

必须指出，西方学者对"平均报酬率"的计算不是以净收益为基础，而是以"现金流量"为基础。他们认为平均报酬率是指投资项目在整个寿命期内的年均现金流量与初始投资额的比率。平均报酬率越高，投资项目的投资价值可能就越大。决策者利用这一指标进行投资决策时，事先会设定一个企业要求达到的报酬率，称为基准平均报酬率。当选取的项目是独立项目时，只要投资项目的平均报酬率大于基准平均报酬率，则投资项目可行；反之，则不可行。若选取的项目是互斥项目时，首先应考虑其平均报酬率高于设定的报酬率，然后选择平均报酬率最高的投资项目。

平均报酬率法的优点是简明、易算、易懂，且考虑了投资项目在其整个寿命期内的全部现金流量，从而能够在某种程度上反映投资所产生的盈利水平，因而相对来说，它比回收期法更为全面。尽管如此，平均报酬率法也同样存在着一些缺陷：一是使用会计账目上的净收益计算平均报酬率来决定是否进行投资，抛开了客观且合理的数据；二是没有考虑货币时间价值因素。

（二）动态评价法

动态评价法是指考虑了货币时间价值的评价方法，又称贴现法。这类方法主要有净现值法、现值指数法和内含报酬率法等。

1. 净现值法

净现值法是以净现值作为评价方案优劣的指标，是资本预算中最常使用的决策标准。净现值（net present value，NPV）是指特定方案未来现金流入的现值与未来现金流出现值之间的差额。按照这种方法，所有未来现金流入和流出都要按预定贴现率折算为它们的现值，然后再计算出它们之间的差额。其计算公式为

$$NPV = \sum_{t=0}^{n} \frac{NCF_t}{(1+i)^t}$$

式中，i 为贴现率；NCF_t 为第 t 年的现金净流量。

对于独立项目，当净现值大于零时，项目是可行的；反之，则项目是不可行的。当从互斥项目中择优时，首先要满足净现值大于零在此基础上，选择净现值较高的项目。

净现值法的优点：一是考虑了货币时间价值，不仅计算了现金流量的数额，而且还考虑了现金流量的时间；二是考虑了投资风险的影响，对于风险较大的投资项目，可以选用较高的贴现率来进行计算，以反映风险对投资决策的影响；三是其数值反映了企业总价值绝对量的增加，这与企业财务管理目标是一致的，因而是一种较为科学、广泛运用的资本预算决策方法。

但是，净现值法也存在一定的局限性：一是不能揭示各个投资项目本身可能达到的实际报酬率是多少；二是在互斥项目决策时，没有考虑互斥项目的投资规模差异。

2. 现值指数法

现值指数法是以现值指数为评价指标的资本预算决策标准。所谓现值指数（present value index，PVI）是指，投资项目未来报酬的总现值与初始投资额的现值之比。其计算公式为

$$PI = \frac{未来报酬的总现值}{初始投资的现值}$$

评价独立项目时，现值指数大于 1，表明未来报酬的总现值超过初始投资的现值，项目可行，此时项目的净现值为正；反之，项目不可行。对于投资规模相同的投资项目，现值指数法得到的评价结论与净现值法是一致的。两者的内在联系为：净现值＝0，现值指数＝1；净现值＞0，现值指数＞1；净现值＜0，现值指数＜1。因此，在评价互斥项目时，同等投资规模下，现值指数越大，净现值就越大，项目对企业越有利。但当互斥项目的投资规模不同时，现值指数法与净现值法的评价结论有可能出现矛盾。

现值指数法的优点是考虑了货币时间价值，能够真实地反映投资项目的盈亏程度；由于现值指数是用相对数来表示，所以可以对投资规模不同的互斥项目进行比较。但其无法反映投资项目本身的报酬率水平，而且现值指数这一概念不便于理解。

3. 内含报酬率法

内含报酬率法是以内含报酬率为评价指标的资本预算决策标准。所谓内含报酬率（internal rate of return，IRR）是指，使投资项目的净现值等于零时的贴现率，即根据内含报酬率对投资项目的全部现金流量进行折现，使未来报酬的总现值正好等于初始投资额的现值。它是通过计算使项目投资的净现值等于零时的贴现率来评价投资项目的一种决策方法。其计算公式如下：

$$NPV = \sum_{t=0}^{n} \frac{NCF_t}{(1+IRR)^t} = 0$$

式中，IRR 为内部收益率；NCF_t 为第 t 年的现金净流量。

评价独立项目时，只要内含报酬率大于或等于企业的资本成本或必要报酬率时，投

资项目是可行的；反之，则项目不可行。对于独立的常规性投资项目，内含报酬率的评价结果始终与净现值法的结果是一致的。从中可得出两者的内在联系：内含报酬率＝资本成本，净现值＝0；内含报酬率＞资本成本，净现值＞0；内含报酬率＜资本成本，净现值＜0；评价互斥项目时，应选择内含报酬率较高的项目。但当互斥项目的投资规模不同、现金流入的时点不同时，内含报酬率法与净现值法的评价结论有可能出现矛盾。

内含报酬率是一种常用的重要的资本预算方法，它考虑了资金的时间价值，能正确反映投资项目本身实际能达到的真实报酬率。但这种方法的计算比较复杂，特别是每年 NCF 不相等的投资项目，一般要经过多次测算才能求得，但计算机的使用可解决这一问题。

二、资本预算方法的比较

1. 净现值法与财务管理目标

在项目投资决策中，究竟应该选择哪个项目呢？要回答这个问题，应看企业用于投资的资金是否有约束，并结合企业财务管理的目标。如第一章所述，企业财务管理的目标是使企业总价值达到最大，项目的净现值描述的正是企业总价值增加的绝对值，净现值越大，企业总价值增加越多，企业股票价格在市场上就能上升，股东财富就能增加，所以在资金无限制情况下，用净现值法评价投资项目符合了企业财务管理的目标。

2. 净现值法与现值指数法在最佳投资组合决策中的应用

净现值法与现值指数法在评价独立项目与同等规模下的互斥项目时，结论是一致的，而在评价规模不同的互斥项目时得到的结论有可能不同，此时，在资金无限制情况下，应以净现值为准；而在资金限制情况下，企业应按照现值指数的大小来选择净现值之和最大的投资项目组合，以保证企业获得最大的净收益。

3. 净现值法优于内含报酬率法

净现值法与内含报酬率是资本预算中最常用的两种方法。但相比之下，净现值法优于内含报酬率法，因为在使用内含报酬率法评价非常规投资项目时可能会存在无法判断投资项目的优劣、内含报酬率值不存在或多于一个、互斥项目的评价等问题。

净现值法的取舍原则充分体现了投资决策准则，据以做出的决策符合财务管理的基本目标。所以当各种决策标准发生冲突时，若为互斥方案，应选择净现值大的方案；若为独立方案，则应选择净现值之和最大的投资组合（适用于资本限制下的投资方案选择）。

【例 7-1】　XYZ 公司有两个投资项目，它们的初始投资额不等，详细情况如表 7-1 所示。

表 7-1　项目净现金流量情况表　　　　　　　　　　　　　单位：元

指标	年度	A 项目	B 项目
初始投资额	0	110 000	10 000
营业现金流量	1	50 000	5 050
	2	50 000	5 050
	3	50 000	5 050
NPV		6 100	1 726

续表

指标	年度	A 项目	B 项目
IRR		17.28%	24.03%
PI		1.06	1.17
资本成本		14%	14%

从表 7-1 可以看出，对于 A、B 两个项目，如果采用净现值法，则 A 项目要优于 B 项目；如果采用内含报酬率法，则 B 项目优于 A 项目，和前者产生矛盾。再比较净现值法和现值指数法，也有矛盾的出现。

之所以会出现矛盾的地方，其原因就在于，当我们用净现值法对投资项目进行评价时，都假定，两个项目的第一年和第二年的现金流量，在以后的投资项目期限内会产生相同的投资报酬，即资本成本 14%，并且用这个报酬率进行了项目评价；而在内含报酬率法中，假定的是 A 项目的第一年和第二年现金流量在以后的项目投资期限内产生了 17.28% 的报酬率；而 B 项目第一年和第二年的现金流量在以后的投资项目期限内产生了 24.03% 的报酬率。

所以在本例中，资本成本是 14% 的情况下，A 项目的投资额虽然较 B 项目大，但是净现值也较 B 项目高，能够给企业带来更多的财富。因此，A 项目要优于 B 项目。

当资本成本逐渐升高时会怎样呢？我们分别计算不同资本成本情况下的 A、B 项目净现值如表 7-2 所示。净现值和内含报酬率的对比如图 7-1 所示。

表 7-2　不同资本成本情况下的 A、B 项目净现值

贴现率/%	NPV-A/元	NPV-B/元
0	40 000	5 150
5	26 150	3 751
10	14 350	2 559
15	4 150	1 529
20	−4 700	635
25	−12 400	−142

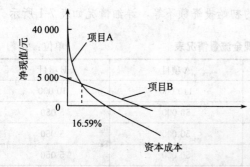

图 7-1　净现值和内含报酬率对比图

从图 7-1 中可以看出，当资本成本低于 16.59% 时，A 项目净现值大于 B 项目，A 项目优于 B 项目；当资本成本高于 16.59% 时，B 项目无论净现值还是内含报酬率均大于 A 项目，所以 B 项目优于 A 项目。

因此，在不同评价指标出现矛盾情况下，以净现值评价结论为主。

同理可知，净现值法和现值指数法

出现矛盾的原因在于初始投资额不同，前者采用减法，后者采用除法。但是基于企业追求最大财富原因，净现值大者优先。因此，也是以净现值法结论为主。

三、资本预算方法的应用

在实践中，资本预算所涉及的内容复杂多样，需要将前述的基本方法进行灵活运用。

（一）固定资产更新决策

固定资产更新是用新资产替代在经济上和技术上都不宜继续使用的旧资产。对企业来说，由于科学技术的进步，过时的旧设备往往需要过多的维修费用来维持设备保持正常的生产能力，如果不能及时进行更新换代，很可能导致企业生产成本上升、竞争力下降、市场份额萎缩。在市场竞争激烈的形式下，这显然是很危险的信号。但是对旧设备进行更新，意味着企业需要进行新的项目投资支出。那么，到底是否应该选择对旧设备进行更新呢？对此，应该选用科学方法进行判断。

1. 新旧设备未来可使用年限相同情况下的投资决策

【例 7-2】 天乐公司有一台 4 年前购入的设备，购置成本 100 000 元，估计仍然可以使用 6 年。假定该设备已提折旧 40 000 万元（直线法），账面余额 60 000 元，期末无残值。使用这台设备公司可取得年销售收入 200 000 元，每年付现成本为 150 000元。

现在该公司技术部门了解到市面上出现了一种新兴替代设备，可提高产品质量和产量，于是提议更新设备。已知新设备售价 220 000 元，估计可使用 6 年，期末残值为 40 000元，若购入新设备，旧设备可折价 30 000 元，年销售收入提高至 250 000 元，每年还可节约付现成本 10 000 元。若该公司资金成本率为 12%，所得税率为 25%，试对设备是否应该更新进行决策。

分析：在本例中需要在新设备和旧设备中作一个选择。可以分别计算两个设备的净现值进行比较，选择较大者进行决策。当然，出于简便考虑，也可以直接计算两个方案的净现金流量的差额来比较两个方案的净现值（NPV）的差额来进行决策。

现用"Δ"表示新设备和旧设备相比的净现值差量，如果 NPV＞0，则选择新设备，否则继续使用旧设备。

(1) 新设备年折旧＝（220 000−40 000)/6＝30 000(元)。

旧设备年折旧＝60 000/6＝10 000(元)。

Δ 年折旧＝30 000−10 000＝20 000(元)。

(2) Δ 初始投资＝220 000−30 000−30 000×25%＝182 500(元)。

(3) 表 7-3 表示公司由于更新设备而引起的各年营业现金流量的增量。

表 7-3　各年营业现金流量增量表　　　　　　　　　　　　单位：元

	1~6 年
△销售收入①	50 000
△付现成本②	−10 000
△折旧额③	20 000
△税前净利④=①−②−③	40 000
△所得税⑤=④×25%	10 000
△税后净利⑥=④−⑤	30 000
△营业净现金流量⑦=⑥+③=①−②−⑤	50 000

（4）表 7-4 表示更新设备和继续使用旧设备两个方案的现金流量的增量。

表 7-4　现金流量增量　　　　　　　　　　　　单位：万元

	0	1	2	3	4	5	6
△初始投资	−182 500						
△营业净现金流量		50 000	50 000	50 000	50 000	50 000	50 000
△期末现金流量							40 000
△现金流量	−182 500	50 000	50 000	50 000	50 000	50 000	90 000

（5）计算净现值。

$$\Delta NPV = -182\,500 + 50\,000 \times (P/A, 12\%, 6) + 90\,000 \times (P/S, 12\%, 6)$$
$$= -182\,500 + 50\,000 \times 4.355\,3 + 90\,000 \times 0.506\,6$$
$$= 80\,859（元）$$

可见使用新设备后，净现值可以增加 80 859 元，所以应该更新旧设备。

如果分别计算两种方案的净现值，然后比较其大小也可以得出同样的结论。

2. 新旧设备未来可使用年限不相同情况下的投资决策

在上面例子中，我们假设在固定资产更新决策时，新设备的可使用年限与旧设备的剩余使用年限相等，我们采用差量净现值法进行决策。但在实际生活中更多的情况是，两种方案下的新旧设备使用年限不同，那么在这种情况下，计算净现值显然不合理，因为新旧设备的未来的现金流入即产出并不相同。但是我们可以通过比较新旧设备的年度现金流出（成本），选择成本较小的方案。

【例 7-3】　星海公司拟用新设备取代已使用 3 年的旧设备。旧设备原价 14 950 元，当前估计尚可使用 5 年，每年操作成本 2 150 元，预计最终残值 1 750 元，目前变现价值为 8 500 元；购置新设备需花费 13 750 元，预计可使用 6 年，每年操作成本 850 元，预计最终残值 2 500 元。该公司预期报酬率 12%，所得税率 30%。税法规定该类设备应采用直线法折旧，折旧年限 6 年，残值为原价的 10%。设备更新方案对比情况如表 7-5 所示。要求：进行是否应该更换设备的分析决策，并列出计算分析过程。

表 7-5 设备更新方案对比情况表　　　　　　单位：元

	旧设备	新设备
原值	14 950	13 750
预计使用年限	8	6
已经使用年限	3	0
最终残值	1 750	2 500
变现价值	8 500	
年运行成本	2 150	850

分析：由于没有适当的现金流入，计算净现值或者内含报酬率均不可行。在这种情况下，我们认为年成本较低的方案是最好的方案。这里的年成本指的是投资方案导致的现金流出的年平均值，称之为固定资产的年平均成本。

如果不考虑货币时间价值，固定资产年平均成本是未来使用年限内现金流出总额和使用年限的比值；如果考虑货币时间价值，固定资产年平均成本是未来使用年限内现金流出总现值与年金现值系数的比值，即平均每年的现金流出。

因新、旧设备使用年限不同，应运用考虑货币时间价值的平均年成本比较二者的优劣。

(1) 继续使用旧设备的平均年成本。

每年付现操作成本的现值＝2 150×（1－30%）×（P/A，12%，5）
　　　　　　　　　＝2 150×（1－30%）×3.604 8＝5 425.22（元）

年折旧额＝（14 950－1 495）÷6＝2 242.50（元）

每年折旧抵税的现值＝2 242.50×30%×（P/A，12%，3）
　　　　　　　　　＝2 242.50×30%×2.401 8＝1 615.81（元）

残值收益的现值＝[1 750－（1 750－14 950×10%）×30%]×（P/S，12%，5）
　　　　　　　＝949.54（元）

旧设备变现收益＝8 500－[8 500－（14 950－2 242.50×3）]×30%
　　　　　　　＝8 416.75（元）

继续使用旧设备的现金流出总现值＝5 425.22＋8 416.75－1 615.81－949.54
　　　　　　　　　　＝11 276.62（元）

继续使用旧设备的平均年成本＝11 276.62÷（P/A，12%，5）
　　　　　　　　　　＝11 276.62÷3.604 8＝3 128.22（元）

(2) 更换新设备的平均年成本。

购置成本＝13 750（元）

每年付现操作成本现值＝850×（1－30%）×（P/A，12%，6）＝2 446.28（元）

年折旧额＝（13 750－1 375）/6＝2 062.50（元）

每年折旧抵税的现值＝2 062.50×30%×（P/A，12%，6）＝2 543.93（元）

残值收益的价值＝[2 500－（2 500－13 750×10%）×30%]×（P/S，12%，6）
　　　　　　　＝1 095.52（元）

更换新设备的现金流出总现值＝13 750＋2 446.28－2 543.93－1 095.52

$$=12\ 556.83（元）$$

更换新设备的平均年成本＝12 556.83÷（P/A，12％，6）＝3 054.15（元）

因为更换新设备的平均年成本（3 054.15 元）比继续使用旧设备的平均年成本（3 128.22元）小，故应更换新设备。

使用设备年平均成本法需要注意以下问题：

（1）年平均成本法就是把继续使用旧设备和购置新设备看成是两个互斥的方案，而不是一个更换设备的特定方案。

（2）平均年成本法的假设前提是将来设备更换时，可以按照原来的平均年成本找到可替代的设备。

（二）资本限量决策

资本限量决策是指在企业投资资金已定的情况下所进行的投资决策，也就是说，尽管存在很多有利可图的投资项目，但由于无法筹集到足够的资金，只能在已有资金的限制下进行决策。在资金有限量的情况下，决策的原则是使企业获得最大的利益，即将有限的资金投放于一组能使净现值最大的项目组合。这样的项目组合可以通过以下两种方法获取。

1. 净现值法

净现值法是以已获投资资金为最高限额，并以净现值总额最大为判断标准的最优化决策方法。该方法的应用步骤如下：

第一步，计算所有项目的净现值，并列出每一项目的初始投资。

第二步，接受所有净现值≥0 的项目，如果所有可接受的项目都有足够的资金，则说明资本没有限量，这一过程即可完成。

第三步，在已获投资资金不能满足所有的净现值≥0 的投资项目需求的情况下，应将所有的项目在已获投资资金限量内进行各种可能的组合，并计算出各种组合的净现值总额。

第四步，接受净现值总额最大的投资组合为最优组合。

【例 7-4】 新河公司 2007 年面临 5 个投资项目，它们的净现值如表 7-6 所示，已知该企业 2007 年的投资限额为 150 万元，2008 年的投资限额为 100 万元，2009 年的投资限额为 50 万元，基准贴现率为 10％，那么该企业应怎样安排投资才能获得最大的收益？

表 7-6 投资项目的净现值　　　　　　　　　　　　单位：万元

项目	A	B	C	D	E
投资额	50	40	100	60	30
净现值	15	10	32	18	11

分析：

第一步，由于所有项目的净现值均大于零，所以都具有可行性，全部保留。

第二步，2007 年的投资限额为 150 万元，把 5 个项目的投资额在限额内进行各种尽可能接近投资限额的组合，并计算出各种组合的净现值，如表 7-7 所示。

表 7-7 投资项目组合 单位：万元

投资组合	ABD	ABE	AC	ADE	BC	BDE	CE
总投资额	150	120	150	140	140	130	130
净现值	43	36	47	44	42	39	43

由表 7-7 可知，组合 AC 的净现值最大，为 47 万元，所以在第一个投资年度应选择项目 AC 进行投资。

第三步，2008 年的投资限额为 100 万元，按第二步的方法把剩余的可选项目进行组合，并计算出各种组合的净现值，如表 7-8 所示。

表 7-8 投资项目组合 单位：万元

投资组合	BD	BE	DE
总投资额	100	70	90
净现值	28	21	29

由表 7-8 可知，组合 DE 的净现值最大，为 29 万元，所以在第二个投资年度应选择项目 DE 进行投资。

第四步，2009 年的投资限额为 50 万元，此时仅剩余一个项目 B 未投资，投资额为 40 万元，在该年度的投资限额之内，所以该年度只对项目 B 进行投资，净现值为 10 万元。

最后计算 5 个项目净现值和为

$$净现值和 = 47 + 29 \times (P/F, 10\%, 1) + 10 \times (P/F, 10\%, 2)$$
$$= 47 + 29 \times 0.909\ 1 + 10 \times 0.826\ 4$$
$$= 81.627\ 9(万元)$$

2. 获利指数法

获利指数法是以各投资项目获利指数的大小进行项目排队，以已获投资资本为最高限额，并以加权平均获利指数为判断标准的最优化决策方法。该方法的应用步骤如下：

第一步，计算所有投资项目的获利指数，并列出每一个项目的初始投资。

第二步，接受所有获利指数≥1 的项目，并按获利指数的大小进行项目的顺序排队。如果所有可接受的项目都有足够的资本，则说明资本没有限量，这一过程即可完成。

第三步，在已获投资资本不能满足所有获利指数≥1 的项目需求的情况下，应对所有项目在资本限量内进行各种可能的组合（未使用资本假设可以保值，其获利指数为 1），然后计算出各种最大组合的加权平均获利指数。

第四步，接受加权平均获利指数最大的一组项目。

【例 7-5】 新新公司资本限量为 400 000 元，可选择投资如表 7-9 所示。

表 7-9 资本限量条件下的投资情况 单位：元

投资项目	初始投资	获利指数	净现值
A	300 000	1.5	150 000
B	100 000	1.8	80 000
C	200 000	1.55	110 000
D	150 000	1.65	97 500

分析：因为资本限量为 400 000 元，有如下组合，如表 7-10 所示。

表 7-10 资本限量条件下的投资组合情况 单位：元

项目组合	初始投资	加权平均获利指数	净现值合计
AB	400 000	1.575	230 000
BC	300 000	1.475	190 000
CD	350 000	1.515	207 500
BD	250 000	1.444	177 500

其中，

AB 的加权平均获利指数 $= \dfrac{300\ 000}{400\ 000} \times 1.5 + \dfrac{100\ 000}{400\ 000} \times 1.8$

$= 1.125 + 0.45 = 1.575$

BC 的加权平均获利指数 $= \dfrac{100\ 000}{400\ 000} \times 1.8 + \dfrac{200\ 000}{400\ 000} \times 1.55 + \dfrac{100\ 000}{400\ 000} \times 1$

$= 0.45 + 0.775 + 0.25 = 1.475$

CD 的加权平均获利指数 $= \dfrac{200\ 000}{400\ 000} \times 1.55 + \dfrac{150\ 000}{400\ 000} \times 1.65 + \dfrac{50\ 000}{400\ 000} \times 1$

$= 0.775 + 0.619 + 0.125 = 1.515$

BD 的加权平均获利指数 $= \dfrac{100\ 000}{400\ 000} \times 1.8 + \dfrac{150\ 000}{400\ 000} \times 1.65 + \dfrac{150\ 000}{400\ 000} \times 1$

$= 0.45 + 0.619 + 0.375 = 1.444$

由上述计算可知，最优方案是 AB，因为其净现值最大，加权平均获利指数最高。

（三）固定资产经济寿命的判断

通过前面固定资产年平均成本概念很容易发现，固定资产使用初期运行费比较低，以后随着设备逐渐陈旧，性能变差，维护费用、修理费用和能源消耗会逐渐增加。与此同时，固定资产价值逐渐减少，资产占用的资金应计利息也会逐渐减少。随着时间的递延，运行成本和持有成本呈反方向变化，两者之和呈马鞍形，这样必然存在一个最经济的使用年限，如图 7-2 所示。

假设：C 为固定资产原值；S_n 为 n 年后固定资产余值；C_t 为第 t 年运行成本；n 为预计使用年限；I 为投资最低报酬率；UAC 为固定资产年平均成本。则

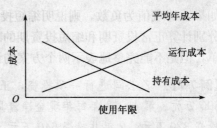

图 7-2　固定资产经济寿命

$$UAC = \left[C - \frac{S}{(1+i)^n} + \sum_{t=1}^{n} \frac{C_t}{(1+i)^t} \right]$$
$$\div (P/A, i, n)$$

【例 7-6】　甲公司某资产原值为 1 500 元，运行成本逐年增加，折余价值逐年下降。有关数据及计算分析如表 7-11 所示。

表 7-11　固定资产的经济寿命　　　　　　　　单位：万元

更新年限	1	2	3	4	5	6	7	8
原值①	1 500	1 500	1 500	1 500	1 500	1 500	1 500	1 500
余值②	1 000	760	600	460	340	240	160	100
贴现系数③（$i=8\%$）	0.926	0.857	0.794	0.735	0.681	0.630	0.583	0.541
余值现值④＝②×③	926	651	476	338	232	151	93	54
运行成本⑤	200	220	250	290	340	400	450	500
运行成本现值 ⑥＝⑤×③	185	189	199	213	232	252	262	271
更新时运行成本现值 ⑦＝∑⑥	185	374	573	786	1 018	1 270	1 532	1 803
现值总成本 ⑧＝①－④＋⑦	759	1 223	1 597	1 948	2 286	2 619	2 939	3 249
年金现值系数 ⑨（$i=8\%$）	0.926	1.783	2.577	3.312	3.399	4.623	5.206	5.749
平均年成本 ⑩＝⑧÷⑨	819.7	685.9	619.7	588.2	672.6	566.5	564.5	565.1

根据上表可知，该项资产在使用 7 年后决定更新最为宜。因为此时的年平均成本是 564.5 元，比其他时间更新的年平均成本都要低。7 年是该设备的经济寿命。

（四）投资期决策

从开始投资至投资结束投入生产所需要的时间，称为投资期。集中施工力量，交叉作业、加班加点可以缩短工期，可以是投资项目提前竣工，较早投入生产，早产生现金流入，但采取上述措施往往需要增加投资额。究竟是否应该缩短投资期，应进行认真分析，以判明得失。

在投资期决策中，也可以应用前面所讲的差量分析法，更具缩短投资期与正常投资期相比的 Δ 净现金流量来计算 Δ 净现值。如果 Δ 净现值为正，说明缩短投资期有利，

如果 △ 净现值为负数，则说明缩短投资期得不偿失。当然，也可以不采用差量分析法，分别计算正常投资期和缩短投资期的净现值，并加以比较做出决策。采用差量分析法简单，但是不能完整地表示两个方案的详细信息。

【例 7-7】 乙公司进行一项投资，正常投资期为 3 年，每年投资 200 万元，3 年共需 600 万元。第 4～13 年每年现金净流量为 210 万元。如果把投资期缩短为 2 年，每年需投资 320 万元，2 年共投资 640 万元，竣工投产后的项目寿命和每年现金净流量不变。资本成本为 20%。假设寿命终结时无残值，不用垫支营运资金。试分析判断是否应该缩短投资期。

(1) 用差量分析法分析。首先通过表 7-12 计算缩短投资期和正常投资期相比的 △ 现金流量。

表 7-12　计算缩短投资期和正常投资期相比的 △ 现金流量表

项目	0	1	2	3	4～12	13
缩短投资期的现金流量	−320	−320	0	210	210	
正常投资期的现金流量	−200	−200	−200	0	210	210
缩短投资期的 △ 现金流量	−120	−120	200	210	0	−210

其次，计算 △ 净现值。

缩短投资期的 △ 净现值 $= -120 - 120 (P/F, 20\%, 1) + 200 (P/F, 20\%, 2) + 210 (P/F, 20\%, 3) - 210 (P/F, 20\%, 13) = 20.9$（万元）。

这表示，缩短投资期可以增加净现值 20.9 万元，所以应该采纳缩短投资期的方案。

(2) 不用差量法分析。首先，计算正常投资时的净现值。

正常投资时候的净现值 $= -200 - 200 (P/A, 20\%, 2) + 210 (P/A, 20\%, 10) (P/F, 20\%, 3) = 4.1$（万元）。

其次，计算缩短投资期的净现值。

缩短投资期的净现值 $= -320 - 320 (P/F, 20\%, 1) + 210 (P/A, 20\%, 10) (P/F, 20\%, 2) = 24.38$（万元）。

可以看出，缩短投资期能增加 20.28 万元（即 24.38 − 4.1）的净现值，所以应该采用缩短投资期的方案。

第三节　风险条件下的项目投资决策方法

前面在讨论投资决策时，假定现金流量是一定的，避开了现金流量波动的情况，也就是不考虑风险。实际上投资项目充满了风险。如果决策面临的风险比较小，一般可以忽略它们的影响，把决策视为确定条件下的决策。如果决策面临的风险比较大，那么就应该对其进行计量并在决策时加以考虑。

风险条件下项目投资决策的基本方法是净现值法，常用的分析方法包括决策树法、风险调整贴现率法和肯定当量法等。

一、决策树法

决策树法是在事件发生概率的基础上，使用简单树枝图形，明确地说明投资项目各方案的情况，完整反映决策过程的一种决策方法。决策树法考虑了投资项目未来各年现金流量之间的相互依存关系，运用条件概率和联合概率计算项目的净现值。其计算公式如下：

$$\overline{\text{NPV}} = \sum_{i=1}^{n} P_i \text{NPV}_i$$

式中，NPV 为项目投资的期望净现值；NPV_i 为第 i 年净现金流量的净现值；P_i 为第 i 种净现金流量的发生概率。

运用决策树法进行互斥投资决策时，应选择期望净现值大的方案。当期望净现值大于零时，方案可以接受，否则拒绝。

【例 7-8】 丙企业有一投资项目，预计各年现金流量及条件概率分布如图 7-3 所示，假定资本成本为 6%，问：是否可以接受该投资项目？

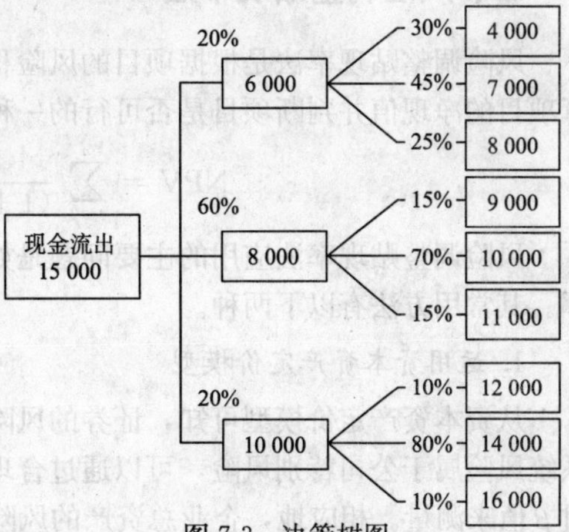

分析：各种情况下的净现值分别为

图 7-3 决策树图

$$\text{NPV}_{4\,000} = \frac{6\,000}{1+6\%} + \frac{4\,000}{(1+6\%)^2} - 15\,000$$
$$= -5\,779.64$$

$$\text{NPV}_{7\,000} = \frac{6\,000}{1+6\%} + \frac{7\,000}{(1+6\%)^2} - 15\,000 = -3\,109.65$$

$$\text{NPV}_{8\,000} = \frac{6\,000}{1+6\%} + \frac{8\,000}{(1+6\%)^2} - 15\,000 = -2\,219.65$$

$$\text{NPV}_{9\,000} = \frac{8\,000}{1+6\%} + \frac{9\,000}{(1+6\%)^2} - 15\,000 = 557.14$$

$$\text{NPV}_{10\,000} = \frac{8\,000}{1+6\%} + \frac{10\,000}{(1+6\%)^2} - 15\,000 = 1\,147.13$$

$$\text{NPV}_{11\,000} = \frac{8\,000}{1+6\%} + \frac{11\,000}{(1+6\%)^2} - 15\,000 = 2\,337.13$$

$$\text{NPV}_{12\,000} = \frac{10\,000}{1+6\%} + \frac{12\,000}{(1+6\%)^2} - 15\,000 = 5\,113.92$$

$$\text{NPV}_{14\,000} = \frac{10\,000}{1+6\%} + \frac{14\,000}{(1+6\%)^2} - 15\,000 = 6\,893.91$$

$$\text{NPV}_{16\,000} = \frac{10\,000}{1+6\%} + \frac{16\,000}{(1+6\%)^2} - 15\,000 = 8\,673.91$$

该项目的期望净现值为

$$\overline{\text{NPV}} = -5\,779.64 \times 20\% \times 30\% - 3\,109.65 \times 20\% \times 45\% - 2\,219.65 \times 20\% \times 25\%$$

+557.14×60％×15％+1 147.13×60％×70％+2 337.13×60％×15％+5 113.92×20％×10％+6 893.91×20％×80％+8 673.91×20％×10％=1 509.43（元）

由于该项目的期望净现值为1 509.43元，大于0，因此该项目投资可以接受。

决策树法考虑了投资项目未来各年现金流量之间的相互依存关系，为财务管理人员提供了投资项目未来各年所有可能的现金流量及其概率分布，全面反映了投资项目的风险特征，是较好的风险投资决策方法。但当项目经济年限较长时，未来现金流量的可能性很多，决策树图也十分复杂。

二、风险调整贴现率法

风险调整贴现率法是根据项目的风险程度调整贴现率，然后根据调整后的贴现率计算项目的净现值并判断项目是否可行的一种决策方法。计算公式为

$$NPV = \sum_{t=0}^{n} \frac{预期现金流量}{(1+风险调整贴现率)}$$

风险调整贴现率法应用的主要问题是如何根据项目的风险程度来确定风险调整贴现率。其常用方法有以下两种。

1. 运用资本资产定价模型

从资本资产定价模型可知，证券的风险可分为两部分：非系统风险和系统风险。非系统风险属于公司特别风险，可以通过合理的投资组合来消除，而系统风险的大小是通过 β 值来测量。相应地，企业总资产的风险也是由非系统风险和系统风险构成的，因此特定投资项目按风险调整贴现率可按资本资产定价模型来计算。

$$K_i = R_f + \beta_i(K_m - R_f)$$

式中，K_i 为项目 i 按风险调整的贴现率或项目的必要报酬率；R_f 为无风险报酬率；β_i 为项目 i 的系统风险的 β 系数；K_m 为所有项目平均的贴现率或必要报酬率。

2. 运用风险报酬率模型

一个投资的总报酬可分为无风险报酬率和风险报酬率两部分。因此，特定项目按风险调整的贴现率可按下式计算：

$$K_i = R_f + b_i V_i$$

式中，K_i 为项目 i 按风险调整的贴现率；R_f 为无风险报酬率；b_i 为项目 i 的风险报酬系数；V_i 为项目 i 的预期标准离差率。

【例7-9】 X公司准备上一个新的生产项目，有两个方案可供选择。两个方案各年的现金流量及其概率如表7-13所示。

表7-13　X公司两个方案各年的现金流量及其概率表

年	A方案		B方案	
	现金流入/万元	概率	现金流入/万元	概率
0	(850)	1	(950)	1

年	A方案		B方案	
	现金流入/万元	概率	现金流入/万元	概率
1	500	0.1	500	0.2
	600	0.8	650	0.6
	700	0.1	800	0.2
2	400	0.2	500	0.3
	500	0.6	550	0.4
	600	0.2	700	0.3

假设该公司投资要求的必要报酬率为10%，已知风险报酬斜率为0.1，则该公司面临的两个方案的风险调整贴现率是多少？如果用按风险调整贴现率法进行决策，则两个方案孰优孰劣？

分析：首先，计算两个方案的风险调整贴现率。

A方案：

$E_1 = 500 \times 0.1 + 600 \times 0.8 + 700 \times 0.1 = 600$（万元）

$E_2 = 400 \times 0.2 + 500 \times 0.6 + 600 \times 0.2 = 500$（万元）

$d_1 = \sqrt{(500-600)^2 \times 0.1 + (600-600)^2 \times 0.80 + (700-600)^2 \times 0.1} = 44.72$（万元）

$d_2 = \sqrt{(400-500)^2 \times 0.2 + (500-500)^2 \times 0.60 + (600-500)^2 \times 0.2} = 63.25$（万元）

$D = \sqrt{\dfrac{(44.72)^2}{1.1} + \dfrac{(63.25)^2}{1.1^2}} = 71.58$（万元）

$EPV = \dfrac{600}{1.1} + \dfrac{500}{1.1^2} = 958.68$（万元）

$Q = 71.58/958.68 = 0.07$

$K_A = 10\% + 0.1 \times 0.07 = 10.7\%$

B方案：

$E_1 = 500 \times 0.2 + 650 \times 0.6 + 800 \times 0.2 = 650$（万元）

$E_2 = 500 \times 0.3 + 550 \times 0.4 + 700 \times 0.3 = 580$（万元）

$d_1 = \sqrt{(500-650)^2 \times 0.2 + (650-650)^2 \times 0.60 + (800-650)^2 \times 0.2} = 94.87$（万元）

$d_2 = \sqrt{(500-580)^2 \times 0.3 + (550-580)^2 \times 0.40 + (700-580)^2 \times 0.3} = 81.24$（万元）

$D = \sqrt{\dfrac{(94.87)^2}{1.1} + \dfrac{(81.24)^2}{1.1^2}} = 116.78$（万元）

$EPV = \dfrac{650}{1.1} + \dfrac{580}{1.1^2} = 1\,070.25$（万元）

$Q = 116.78/1\,070.25 = 0.11$

$K_B = 10\% + 0.1 \times 0.11 = 11\%$

其次，根据风险调整贴现率计算净现值。

$NPV_{(A)} = \dfrac{600}{1.107} + \dfrac{500}{1.107^2} - 850 = 100.02$（万元）

$$\text{NPV}_{(B)} = \frac{650}{1.11} + \frac{580}{1.11^2} - 950 = 106.32(万元)$$

因为 A 方案的净现值和 B 方案的净现值都大于零，所以两个方案都是可行的，但相对来说，B 方案净现值更大，因此更优。

按风险调整贴现率以后，具体的评价方法与无风险的基本相同。风险调整贴现率的优点在于风险的程度以及相应的贴现率调整是通过主观确定的，因而比较灵活，可随企业对风险偏好的改变而变动，且方法通俗易懂，被广泛采用。但是，把时间价值与风险价值混在一起，并据此对现金流量进行贴现，意味着风险随着时间的推移而加大，有时与事实不符。

在风险调整贴现率法下，风险调整的贴现率等于无风险报酬加风险溢价。由于贴现过程是以复利形式来进行的。所以，随着时间的推移和延续，风险溢价越来越高。也就是说，这种方法夸大了远期风险，对远期的现金流量采用了较高的贴现率。因此，风险调整贴现法只适用于一些风险随时间推移和延续而增加的项目。

三、肯定当量法

为了克服风险调整贴现率的缺点，人们提出肯定当量法。这种方法的基本思路是先用一个系数（通常称为肯定当量系数）把有风险的现金流量调整为与之相当的无风险的现金流量，然后以无风险报酬率作为贴现率来计算项目的净现值并判断项目的优劣。计算公式为

$$\text{NPV} = \sum_{t=0}^{n} \frac{\alpha_t \text{ 预期现金流量}}{(1 + \text{无风险的贴现率})^t}$$

式中，α_t 为第 t 年的现金流量的肯定当量系数，它是肯定的现金流量对与之相当的、不肯定的现金流量的比值。在进行评价时，可以根据各年预期现金流量风险的大小选取不同的肯定当量系数。当预期现金流量为确定时，可取 $\alpha_t = 1.00$，当预期现金流量风险很小时，可以取 $0.80 \leqslant \alpha_t < 1.00$；当风险一般时，可取 $0.40 \leqslant \alpha_t < 0.80$；当风险很大时，可取 $0 < \alpha_t < 0.40$。

肯定当量系数的选取，一般由有经验的分析人员主观判断确定，这样有可能会因人而异，敢于冒险的分析者会选取较高的系数，而不愿意冒风险的分析者则会选取较低的系数。为了防止决策者偏好或者主观判断不同而造成的决策失误，不少企业根据标准离差率来确定肯定当量系数，因为标准离差率是衡量现金不确定性的一个有效指标。标准离差率和肯定当量系数的经验对照关系如表 7-14 所示。

表 7-14　标准离差率和肯定当量系数经验对照表

标准离差率	肯定当量系数	标准离差率	肯定当量系数
0.00～0.07	1.0	0.33～0.42	0.6
0.08～0.15	0.9	0.43～0.54	0.5
0.16～0.23	0.8	0.55～0.70	0.4
0.24～0.32	0.7	…	…

【**例 7-10**】 X 公司预期的现金流量和决策人员确定的肯定当量系数如表 7-11 所示,其他资料如上例。要求你计算两个方案各年的肯定当量系数,并按肯定当量系数法计算两个方案的净现值并判断方案优劣。

分析:首先,计算两个方案的标准离差率,并根据标准离差率确定方案各年的肯定当量系数。

A 方案:

$Q_1 = d_1/E_1 = 44.72/600 = 0.07$

$Q_2 = d_2/E_2 = 63.25/500 = 0.13$

查表得 $a_{(A1)} = 1$,$a_{(A2)} = 0.9$。

B 方案:

$Q_1 = d_1/E_1 = 94.87/650 = 0.15$

$Q_2 = d_2/E_2 = 81.24/580 = 0.14$

查表得 $a_{(A1)} = 0.9$,$a_{(A2)} = 0.9$。

其次,根据肯定当量系数计算净现值,并据以判断方案优劣。

$$\text{NPV}_{(A)} = \frac{600}{1.1} + \frac{500 \times 0.9}{1.1^2} - 850 = 67.36(\text{万元})$$

$$\text{NPV}_{(B)} = \frac{650 \times 0.9}{1.1} + \frac{580 \times 0.9}{1.1^2} - 950 = 13.72(\text{万元})$$

由于 A 方案的净现值较大,所以 A 方案更优。

肯定当量法通过调整现金流量而不是贴现率,来评估项目投资风险,可以根据各年不同风险程度,分别采用不同的肯定当量系数,对每年的现金流量直接进行调整,将时间和风险因素分开,在理论上是可行的,受到好评。这种方法克服了风险调整贴现率法人为夸大远期风险的不足,且易于计算。因此,从理论上讲,它优于风险调整贴现率法。但是,这一方法在操作上也存在一定困难,那就是如何合理确定现金流量的肯定当量系数。

【进一步学习指南】

一、项目系统风险与项目贴现率估计的其他方法

除运用资本资产定价模型与风险报酬率模型确定贴现率外,当投资项目的风险与企业当前资产的平均风险相同,公司继续采用相同的资本结构为新项目筹资时,可以用当前的资本成本作为贴现率;但在等风险假设和资本结构不变假设明显不能成立时,则应当重新估计项目的风险,并计算项目要求的必要报酬率。

作为项目资本预算风险度量的是项目的系统风险,常用类比法进行估计。类比法是寻找一个经营业务与待评估项目类似的上市公司,以该公司的 β 为值作为待评估项目的 β 值。在运用类比法时,应注意替代公司的资本结构已反映在 β 值中。如果可比公司的资本结构与本公司显著不同,那么在估计项目的 β 值时应进行调整。调整的基本步骤如下。

1. 卸载可比公司的财务杠杆

根据可比公司净资产收益率波动性估计的 β 值,是含有财务杠杆的 β 权益。如果可比公司的资本结构与本公司有差异,要将含有资本结构因素的 β 权益转换为不含负债的 β 资产。这一过程通常称为

"卸载财务杠杆"。卸载使用的公式为

$$\beta 资产＝\beta 权益÷[1＋（1－可比公司所得税税率）×可比公司产权比率]$$

β 资产是假设全部用权益资本筹资的 β 值，此时没有财务风险。

2. 加载本公司的财务杠杆

根据本公司的资本结构调整 β 值，该过程称为"加载财务杠杆"。加载使用的公式为

$$\beta 权益＝可比公司的 \beta 资产×[1＋（1－本公司所得税税率）×本公司产权比率]$$

3. 根据 β 权益计算权益资本成本即股东要求的报酬率

$$权益资本成本＝无风险报酬率＋\beta 权益×（市场平均收益率－无风险报酬率）$$

4. 计算加权平均资本成本即投资者要求的报酬率

$$加权平均资本成本＝负债资本成本×负债比重＋权益资本成本×权益比重$$

如果投资项目的筹资不是按公司的目标资本结构安排的，则应选用该投资项目的负债与权益比进行调整。

二、关于风险投资（VC）

对于工商企业而言，从事风险投资是项目投资领域的延伸。风险投资泛指一切具有高风险、高潜在收益的投资。在我国，随着产业资本与金融资本的融合，一些工商企业已开始涉足风险投资领域。这种风险投资与一般项目投资的区别在于：①风险投资的对象主要是非上市的高新技术中小企业。这是因为这类企业具有高成长性和高获利能力的特点，符合风险投资高风险、高成长和高收益的投资要求。②它是一种长期的、流动性较差的投资。一般要经过 3～7 年甚至更长的时间，才能取得投资收益。③它是一种权益性投资，投资的标的物是股权。其目的是营造出能在市场上出售的企业并尽可能地售出高价，追求的是风险资本与产业资本置换后获得的高资本收益，而不是利息或红利。④它是一种风险性很高的投资。其成功率一般约为 20%，但一个项目一旦成功则可能带来几十倍甚至上百倍的回报。⑤它是一种组合投资。为了分散风险，风险投资通常投资于一系列项目群。⑥它是一种专业投资。风险投资不仅向风险企业输出资本，而且还提供相关的知识、经验、社会关系资源等咨询服务，积极参与受投资企业战略决策、技术评估、资产重组等重要活动，协助企业建立一个强有力的管理核心，帮助企业取得成功。

【复习思考题】

1. 投资战略有哪些类型？企业在成长过程中应如何选择投资战略？

2. 项目投资有何特点？在项目投资前期，投资项目决策涉及哪些具体工作？

3. 从财务上讲，如果进行投资项目可行性分析与论证？

4. 资本预算的基本方法有哪些？各自的优缺点是什么？

5. 在互斥项目的投资决策中，若根据净现值法得出的结论和根据内含报酬率法得出的结论不符，应当按哪一种方法进行决策？为什么？

6. 在新、旧设备使用年限不同条件下，如何进行投资方案的评价与选择？

7. 在资本限量条件下，如何进行投资方案的选择？

8. 如何利用调整现金流量法和风险调整贴现率法处理风险条件下的项目投资决策问题？试比较两种方法的优缺点？

第八章

金融投资

【本章学习目标】

- 金融投资的特点与目的
- 证券的估价、投资收益与风险
- 基金的类型、投资收益和风险
- 期权的特征与价值构成
- 期权定价模型

【案例引入】

雅戈尔的金融沉浮①。2008 年，在中国 A 股连连下滑的日子里，雅戈尔曾广为人道的投资眼光遭到了前所未有的质疑：200 多亿元的金融资产一年内居然缩水 100 亿元。其中投资海通金马浮亏超 16 亿元，双鹤药业、中国铁建、大秦铁路、攀钢钢钒等股票上的投资均有折损。证券界人士曾经这样认为：金融投资风险太大，玩转金融投资不是做服装起家的雅戈尔及李如成强项，如果不调整思路和策略，风险仍将如魅相随。然而，随着 2009 年股市回暖，持有 26 只股票的雅戈尔其投资金额合计高达 51.76 亿元。2009 年年报显示，公司委托关联方上海凯石投资管理有限公司担任公司资产投资管理顾问机构，以参与定向增发和 PE 投资为重点投资战略布局。2009 年，雅戈尔在已经公布定向增发预案且较可行的 263 家公司中，最后确定其中的 98 家作为重点跟踪对象，并最终参与了 9 家上市公司的定向增发投资，截至报告期期末，全部实现浮盈。除频频参与定向增发外，雅戈尔去年还参与海南天然橡胶产业集团股份有限公司股份转让竞价，参与共同发起设立无锡领峰创业投资合作基金等。公司 2009 年年报显示，雅戈尔股权投资业务实现净利润 162 530.97 万元，较 2008 年同期增长 404.71%，占到全年净利润的半壁江山。同样是雅戈尔曾经的辉煌利器，证券投资业务在 2010 年上半年同样折翼。截至 2010 年第一季度末，雅戈尔共持有 PE 投资及其他投资项目 8 个，累计

---

① 资料来源：根据雅戈尔（股票代码：600177）相关年度年报信息以及相关披露信息收集整理。

投资 70 642.65 万元。2010 年半年报显示，雅戈尔上半年证券投资业务浮亏高达 19.78
亿元。对于雅戈尔的金融投资，可以这么说：成也萧何，败也萧何。在经历了股市沉浮
后，雅戈尔及李如成如是认为：金融投资是现代经济的核心，最挣钱，但用人最少。作
为像雅戈尔这样的企业，产业结构要提升，必须投入到经济核心中去。

根据上述案例，你认为雅戈尔进行金融投资是"不务正业"吗？金融投资有哪些特
点？它与实体投资存在哪些重要区别？对于现代企业来说，金融投资的重要意义是什
么？企业应该如何进行金融投资，如何防范金融投资风险？带着这些问题，我们进入本
章学习。

第一节　金融投资概述

金融投资是以金融市场为依托的一种投资形式。随着金融市场的不断发展以及金融
工具的不断创新，企业的投资已由原来单一的实物商品与劳务市场领域，进一步扩展到
金融市场领域。

一、金融投资的对象与特点

（一）金融投资的对象

金融投资的对象是金融资产，它是指能够代表一定价值的对财产或所得具有索取权的
无形资产，主要以凭证或契约的形式来体现。能够在金融市场进行买卖交易的标准化契约
凭证，又称为"金融工具"，包括基本金融工具与衍生金融工具，是金融投资的主要对象。

1. 债券

债券是指依照有关法律发行，赋有一定票面利息率和本息偿付日期，反映债权与债
务关系的凭证。债券发行人是债务人，债券投资者是债权人，因此，债券是一种债权性
的证券，它表示投资者可以在约定的期限向发行人索取本金和利息。由于债券本金和利
息的支付时间和金额都是事先约定的，因此债券又被称为"固定收益证券"。

2. 股票

股票是股份公司发给股东投资入股的证明，也是股东据以取得股息和红利的凭证。
与债券不同，股票投资可以转让但不能偿还本金，所获得的股息和红利也不确定，完全
取决于公司经营利润的高低。但股东是公司的所有者，股份公司创造的利润都归股东所
有，结束经营时清算所剩余的资产也归股东所有。因此，股票是一种权益性证券，收益
高，风险也大。

3. 基金

基金是一种建立在信托契约关系或权益关系上，实现集中资金专业投资，持有人共
担风险、共享收益的有价证券。基金由机构发起人发起设立，吸收社会上个人和其他主
体的资金，集中托管，委托专业的基金管理公司管理，进行债券、股票、外汇、衍生金
融工具、实业项目等投资来获取投资收益。基金持有人可按持有基金份额享有所有权、

资产收益权和剩余资产分配权。从投资者角度来看，基金具有权益证券的特点，但与股票不同的是一些基金在设立时已明确其终止时间或者本金偿还方式，投资者不能直接参与基金的管理。

4. 期货合约

期货合约简称期货，是一种由期货交易所统一制定的，规定在将来某一特定时间和地点交割一定量商品的标准化合约。期货合约对应的交割标的物可以是实物商品（如大豆、石油等），也可以是金融资产（如股票、外汇等）。

5. 期权合约

期权合约简称期权，是一种建立在期货合约基础上并附有一定选择权的金融衍生工具。与期货合约最大的不同在于期权合约的持有人到期可以放弃期权的执行，而期货合约必须执行。由于期货和期权合约的交易都必须以其他某种商品的交易作为依托，所以它们被称为衍生金融工具。

6. 外汇

外汇是指在国际结算时能被各国接受的、在国际金融市场上可以自由买卖的货币凭证。它主要包括美元、日元、欧元、英镑、港币、外汇有价证券、外币支付凭证和其他外汇资金。

7. 其他

如票据、存单、保险单、贷款合约、互换合约等也被当做金融投资的对象。

（二）金融投资的特点

与项目投资比较，金融投资具有下列特点。

1. 独立性较强

在金融投资中，投资者可以独立地依据自己的资金实力、市场行情行动和相关法规制度，自主决定投资与否、投资多少以及投资的具体对象和时间等，很少受到其他客观条件的限制。

2. 回收时间较短

金融投资投入的资金，只要卖出相关金融资产就可以收回，回收时间可以根据金融资产买卖的方便程度和投资的目的来定，有些金融投资在一两天内就能收回投资，实现投资收益。

3. 投资风险较大

金融投资是一种间接性投资，投资者本身不直接参与被投资主体的经营活动，投资者获取决策信息的渠道有限，一般不可能获得充分的投资决策信息，使投资决策隐含较大的不确定性。同时金融市场受到世界政治、经济、文化的变动影响，以及投资者本身心理预期的影响，市场价格变动很大，使人防不胜防。如果判断失误，有可能在短时间内就遭到巨大损失，甚至遭遇投资的金融资产变成废纸、血本无归的结果。因此，金融投资的风险较大。

二、金融投资的目的

金融投资可以帮助投资者灵活运用资金，获得更多的投资收益。对经营实业的非金融企业而言，进行金融投资，可以实现下列目的。

1. 存放暂时闲置的资金

在日常的现金管理中，除了保留最低现金余额外，财务管理人员可以选择将闲置的资金进行金融投资。选择流动性好、有稳定收益的证券来存放资金，既能获得投资收益，又能在企业需要现金的时候，快速地将证券卖出，换回现金以满足企业的资金需要。因此，可以利用暂时闲置的现金进行短期证券投资。其目的是将投资的证券看做现金的替代物，在投资品种的选择上更注重选择流动性好、风险低的短期债券。

2. 投机获取高额收益

投机就是投资者预期某种金融产品在短期内价格会大幅度上升，在价格较低时大量购买，在价格较高时卖出，赚取很高的价差收益。但是由于投机行为出现在信息不对称的非强势市场，投资风险很大，可能会获得巨额的投资收益，也可能带来巨大的投资损失。所以，对出于投机目的的短期金融投资应慎重。

3. 获得长期稳定的收益

当企业拥有大量闲置资金，而且在较长时间内没有大量的现金支出计划，也没有收益能力强的投资项目，就可以利用这笔资金进行长期投资。与短期投资不同，长期投资的收益主要来自于投资期内现金形式的利息、股利和证券的价值增长，因此长期证券投资更注重对证券本身投资价值的分析，慎重考虑投资的风险。

4. 获得对被投资企业的控制权

持有公司一定量的股票就可以影响甚至控制该公司的经营决策。因此，通过长期投资股票，可以达到控制被投资企业的目的。很多企业在发展过程中，需要控制与其处于同一产业或者相关产业链上的企业，往往就采用长期投资目标企业的股票来实现。

5. 利用金融衍生工具规避风险

常见的金融衍生工具有期货、期权和互换合约等。这些衍生工具以股票、债券等基本证券为基础，组合成多种新的投资工具。除了获取超额收益之外，企业也可以配合基础证券的投资，利用这些衍生工具防范风险的功能，来消除金融投资的风险。例如，利用套期保值等操作模式，实物商品的期货、期权交易也可以帮助企业规避这些商品现货交易的经营风险。

三、金融投资的原则

金融投资既要获得收益，又要控制风险。因此，根据金融资产的收益性、安全性、流动性的特点，企业从事金融投资应遵循以下三项原则。

1. 收益性原则

不同种类金融资产的收益性大小各不相同，是由各种金融资产的风险不同决定的。

风险大的金融资产其收益也大，风险小的金融资产其收益也小。投资者在进行投资时，应当权衡风险与收益，以实现风险和收益最佳组合。

2. 安全性原则

安全性是企业投资的最基本要求。如债券投资相对于其他投资工具要安全得多。在债券投资中，政府债券的安全性相对较高的，企业债券则有时面临违约的风险；对抵押债券和无抵押债券来说，有抵押品作偿债的担保，其安全性就相对要高一些。

3. 流动性原则

流动性指投资能够在短时间内变为现金的能力。企业投资购入金融资产后，可能发生风险，也可能出现其他机会。发生风险时企业希望尽快退出，以化解风险；产生机会时企业希望将金融资产尽快变现，以把握机会获取更大收益。金融资产的流动性强意味着能够以较快的速度将金融资产兑换成货币，而价值不受损失；反之，则表明金融资产的流动性差。

一般而言，一项金融投资的风险与收益成正比，风险越大、安全性就低、收益就越高；流动性与安全性成正比，流动性越高、安全性就越高；收益性与流动性成反比，流动性高的投资一般收益性较差。因此，企业在进行金融投资决策时，应寻找上述三项原则的平衡点，在尽可能保证流动性与安全性的前提下，寻求较高的投资收益。

第二节 证券投资

证券是有价证券的简称，它是根据国家有关法律规定由发行人发行，票面上载有一定金额，代表财产所有权或者债权，可以依法有偿转让的一种信用凭证。我国《证券法》规定的证券为股票、公司债券和国务院依法认定的其他证券，其他证券主要指的是投资基金凭证（简称投资基金）、非公司企业债券和政府债券。

一、债券投资

（一）债券投资的特点

对于投资者而言，债券投资可以获取固定的利息收入，也可以在市场买卖中赚取差价。随着利率的升降，投资者如果能适时地买进卖出，还能获得更大收益。目前，在我国上海证券交易所挂牌交易的债券品种主要包括国债、企业债、公司债、可转换债、可分离交易的可转债等。债券投资具有下列特点：

（1）偿还性。偿还性是指债券有规定的偿还期限，债务人必须按期向债权人支付利息和偿还本金。在历史上，债券的偿还性也有例外，曾有国家发行过无期公债或永久性公债。这种公债无固定偿还期，持券者不能要求政府清偿，只能按期取息。

（2）流动性。流动性是指债券持有人可按自己的需要和市场的实际状况，灵活地转让债券，以提前收回本金和实现投资收益。流动性首先取决于市场为转让所提供的便利程度；其次还表现为债券在迅速转变为货币时，是否在以货币计算的价值上蒙受损失。

（3）安全性。安全性一方面是指债权人对剩余财产的求偿权位于股东之前，另一方面是指债券持有人的收益相对固定，不随发行者经营收益的变动而变动，并且可按期收回本金。一般来说，具有高度流动性的债券同时也是较安全的，因为它不但可以迅速地转换为货币，而且还可以按一个较稳定的价格转换。

（4）收益性。收益性是指债券能为投资者带来一定的收入，即债权投资的报酬。在实际经济活动中，债券收益可以表现为两种形式：一种是利息收入；另一种是资本收益，即债权人到期收回的本金与买入债券或中途卖出债券与买入债券之间的价差收入。从理论上讲，如果利率水平一直不变，这一价差就是自买入债券或是自上次付息至卖出债券这段时间的利息收益表现形式。但是，由于市场利率会不断变化，债券在市场上的转让价格将随市场利率的升降而上下波动。债券持有者能否获得转让价差或转让价差的多少，要视市场情况而定。

（二）债券的估价

债券的价值有债券面值、债券市场价格和债券内在价值三种表现方式，其中债券内在价值代表其未来相关现金流量的现值，是其真实价值，是构成债券市场价格的基础。

债券投资的现金流出是其购买价格，现金流入是利息和本金的归还，或出售时得到的现金。债券的价值或债券的内在价值，是指债券未来现金流入按投资者要求的必要投资收益率进行贴现的现值，即债券各期利息收入的现值加上债券到期偿还本金的现值之和。债券的内在价值是投资者为取得未来的现金流入目前愿意投入的资金。只有债券的价值大于市场价格才值得购买，才能获取投资收益。因此，债券投资决策就是在估算债券内在价值、并比较内在价值和市场价格的基础上做出的。当内在价值大于市场价格，就进行投资，否则就放弃，相等时则意味着投资获得等同于市场利率的预期投资收益率。当市场利率变化时，债券的价值也会发生相应的变化。

1. 债券估价的一般模型：每年年末付息，到期一次还本的债券估价模型

债券的价值等于未来各期利息支付的现值与到期收回本金的现值之和。这个关系可以用下面的数学形式来表达：

$$P_b = \sum_{t=1}^{n} \frac{I_t}{(1+i)^t} + \frac{P_n}{(1+i)^n}$$

式中，P_b 为债券的价值；I_t 为第 t 期的利息支付，等于债券票面价值与票面利率的乘积；i 为贴现率，或投资者要求的必要报酬率；P_n 为到期日的本金支付额，即债券的面值；n 为投资日起至债券到期的剩余期数。

【例8-1】 某债券面值为 1 500 元，票面利率为 10％，期限为 5 年，当前的市场利率为 12％，当前债券的市场价格为 1 000 元，该债券是否值得企业购买？

解：根据公式可计算得

债券价值＝150×（P/A，12％，5）＋1 000（P/F，12％，5）

　　　　＝150×3.604 78＋1 000×0.567 43

　　　　＝1 108.15（元）＞1 000(元)

　　由于债券的价值为 1 108.15 元大于市场价格 1 000 元，因此，该债券值得企业购买。

　　2. 到期一次还本付息，且按单利计算利息的债券估价模型

$$P_b = (I \times n + P_n) \times (P/F, i, n)$$

【例 8-2】　X 企业拟购买 A 债券，该债券的面值为 100 元，期限为 5 年，票面利率 6%，不计复利，当前的市场利率为 12%。A 债券的发行价格为多少时，X 企业才能购买？

　　解：根据公式可计算得

　　　　债券价值 = （6×5+100）×（P/F，12%，5）= 73.77（元）

　　即债券价格必须低于 73.77 元时，X 企业才能购买。

　　3. 贴现发行债券的估价模型

　　贴现发行的债券，是指将债券面额按一定利率和计息期折成现值发行，到期时债券面额就等于本利之和。贴现债券的特点是只标明金额，不标明利率（是根据市场利率来确定其价值的），以低于面值的价格发行，到期时按面值偿还。其估价公式为

$$P_b = P_n \times (P/F, i, n)$$

【例 8-3】　B 债券面值为 1 500 元，期限为 3 年，以贴现方式发行，到期按面值偿还，市场利率为 8%。企业在其价格为多少时购买才值得投资？

　　解：根据公式可计算

　　　　债券价值 = 1 500×（P/F，8%，3）= 1 500×0.793 8 = 1 190.7（元）

　　该债券的价格只有在低于 1 190.7 元时，企业才能购买。

　　（三）债券投资的收益

　　债券投资的收益是投资于债券所获得的全部投资报酬，这些投资报酬来源于债券的利息收入与买卖差价收益（也称为资本利得）。

　　从理论上来说，对于每一种证券，每个投资者所要求的收益率都不相同。但我们最关心的是由当前的证券市场价格所揭示的收益率，也就是说，当前证券市场价格反映了投资者能共同接受的预期收益率。

　　用当前市场价格 P_0 替代债券估价公式中的 P_b，计算出来的贴现率，即为市场对该债券的预期收益率 i_b。这个预期收益率实际上是投资者持有该债券一直到债券到期时的收益率，又称为到期收益率。其基本计算公式如下：

$$P_0 = \sum_{t=1}^{n} \frac{I_t}{(1+i_b)^t} + \frac{P_n}{(1+i_b)^n}$$

式中，P_0 为债券的当前市场价格；i_b 为债券的预期投资收益率。

　　实际上，债券投资的收益率其实质就是该债券投资净现值为 0 时的折现率。但不同类型的债券，因计息方式不同，投资时间不同，其投资收益率的计算方法也有所差异。下面分别介绍短期债券收益率和长期债券收益率的计算方法。

1. 短期债券收益率的计算

短期债券由于投资者持有期限较短，一般不用考虑货币时间价值因素，只需考虑债券价差及利息收入，将收益额与投资额相比，即可求得债券收益率。其基本计算公式为

$$i_b = \frac{P_1 - P_0 + I}{P_0} \times 100\%$$

式中，P_1 为债券的出售价格；I 为债券持有期间的利息。

【例 8-4】 Y 公司于 2006 年 6 月 1 日以 900 元购进面值 1 000 元的债券 500 张，债券票面利率为 5%，规定每年分期付息。公司在取得第一期利息后于 2007 年 7 月 1 日以 980 元的市价出售此债券。试问：D 公司投资该债券的投资收益率为多少？

本例中，$P_1 = 980$ 元，$P_0 = 900$ 元，$I = 1\,000 \times 5\% = 50$ 元。

解：$i_b = \dfrac{980 - 900 + 1\,000 \times 5\%}{900} \times 100\% = 14.44\%$。

2. 长期债券收益率的计算

对于长期债券，由于涉及时间比较长，需要考虑资金时间价值，其投资收益率一般是指购进债券后一直持有至到期日止可获得的收益率，也称到期收益率，它是使未来现金流量等于债券购入价格的贴现率。下面按照债券付息方式不同分两种情况阐述。

(1) 每年等额付息到期还本的债券收益率。计算债券到期收益率的方法是求解含有贴现率的方程，即求出使债券至到期所得现金流入量的净现值等于零的贴现率。即

$$购进价格 = 每年利息 \times 年金现值系数 + 面值 \times 复利现值系数$$

$$P_0 = I \times (P/A, i_b, n) + P_n \times (P/F, i_b, n)$$

用逐步测试法解出上式中的 i_b 即为债券收益率。

【例 8-5】 Z 公司于 2004 年 6 月 1 日以 1 105 元价格购买一张面值为 1 000 元、5 年期的债券，其票面利率为 8%，每年计算并支付一次。该债券的到期收益率是多少？

解：$1\,105 = 1\,000 \times 8\% \times (P/A, i_b, 5) + 1\,000 \times (P/F, i_b, 5)$

采用"逐步测试法"求出到期收益率。首先，通过购买价格和债券面值，可以判断该债券的到期收益率一定低于 8%。

先用 $i_b = 6\%$ 试算，

$1\,000 \times 8\% \times (P/A, 6\%, 5) + 1\,000 \times (P/F, 6\%, 5) = 1\,084.04$(元)

其次，由于贴现结果小于 1 105 元，说明应进一步降低贴现率。

用 $i_b = 5\%$ 试算，

$1\,000 \times 8\% \times (P/A, 5\%, 5) + 1\,000 \times (P/F, 5\%, 5) = 1\,129.86$(元)

贴现结果大于 1 105 元，由此判断，收益率介于 5%～6%，用内插法计算近似值

$$i_b = 5\% + \frac{1\,105 - 1\,129.86}{1\,084.04 - 1\,129.86} \times (6\% - 5\%) = 5.54\%$$

逐步测试法相对烦琐，可采用下面的简便算式求得近似结果

$$i_b = \frac{I + (P_n - P_0)/n}{(P_n + P_0)/2} \times 100\%$$

显然，式中的分母是债券投资的平均资金占用额，分子则是每年平均收益。利用到期收益率计算的简便算法计算 D 公司债券的到期收益率，结果如下：

$$i_b = \frac{80 + (1\,000 - 1\,105)/5}{(1\,000 + 1\,105)/2} \times 100\% = 5.61\%$$

可见，利用简易算法计算的债券期收益率和用"逐步测试法"求得的结果还是比较接近的。在对结果不要求十分准确的情况下，利用简易算法计算债券到期收益率还是能够满足需要的。因此，当投资者要求的收益率高于债券票面利率时，债券的市场价值会低于债券面值；当投资者要求的收益率低于债券票面利率时，债券的市场价值会高于面值。

（2）到期一次还本付息的单利债券收益率。到期一次还本付息债券到期收益率的计算只需要求解下列方程中的 i_b。

$$P_0 = (I \times n + P_n) \times (P/F, i_b, n)$$

【例 8-6】　G 公司 2002 年 3 月 1 日平价发行面额为 1 000 元的债券，2007 年 3 月 1 日到期，其票面利率为 8%，规定按单利计息，到期一次还本付息。甲投资者于 2002 年 3 月 1 日平价买入此债券，随后银行利率大幅度下调，债券价格大幅上涨。乙投资者于 2005 年 3 月 1 日以 1 300 元的市场价格购进此债券。

要求：分别计算甲投资者和乙投资者投资该债券的到期收益率。

解：（1）甲投资者的到期收益率就是下列方程的解：

$$1\,000 = 1\,000 \times (1 + 5 \times 8\%)/(1 + i_b)^5$$

求得 $i_b = 6.97\%$。

（2）乙投资者的到期收益率就是下列方程的解：

$$1\,300 = 1\,000 \times (1 + 5 \times 8\%)/(1 + i_b)^2$$

求得 $i_b = 3.77\%$。

从上述计算结果可以看出，由于债券价格大幅度上涨，债券投资的到期收益率大幅下降。

债券价值与投资者当前要求的收益率（当前市场利率）的变动呈反向关系。市场利率或投资者要求的收益率上升，债券价值下跌；反之，债券价值上升。

（四）债券投资的风险

尽管债券的利率一般是固定的，但是债券投资和其他投资一样是有风险的。

1. 违约风险

违约风险，是指借款人无法按时支付债券利息和偿还本金的风险。财政部发行的国库券，由于有政府作担保，一般没有违约风险。除中央政府以外的地方政府和公司发行的债券则或多或少地有违约风险。因此，信用评估机构要对中央政府以外部门发行的债券进行评价，以反映其违约风险。必要时，投资人也可以对发行债券企业的偿债能力直接进行分析。避免违约风险的方法是不买质量差的债券。

2. 利率风险

对于投资者而言，债券价格的变化是一个不确定因素。若当前市场利率发生变化，则债券的价格也将随之变化。市场利率上升会导致债券价格下跌，从而使债券持有者蒙受损失。由于未来的市场利率与相应的债券价格无法确定，所以市场利率变化时，债券投资者会面临债券价格变化的风险，即利率风险。由于债券价格会随利率变动，即使没有违约风险的国库券，也会有利率风险。

【例8-7】 假定小李投资的债券的面值为50万元，票面利率为6%，剩余期限10年，每年支付利息一次。小李投资时的市场利率为6%，三个月后由于国家的宏观调控措施，导致市场利率上升为7%。那么小李投资时和三个月后的债券价值分别是多少呢？

解：小李投资时的市场利率为6%，所以在计算债券价值时，所使用的贴现率为6%，此时，债券的内在价值为

$$P_1 = \sum_{t=1}^{10} \frac{50 \times 6\%}{(1+6\%)^t} + \frac{50}{(1+6\%)^{10}} = 50(万元)$$

三个月后市场利率为7%，假定不考虑这三个月的时间价值，此时的债券内在价值为

$$P_2 = \sum_{t=1}^{10} \frac{50 \times 6\%}{(1+7\%)^t} + \frac{50}{(1+7\%)^{10}} = 46.5(万元)$$

从上述计算结果可以看出，由于市场利率的上升了1个百分点，导致债券价值从50万元下跌为46.5万元，下跌了3.5万元。

另外，债券的到期时间越长，则利率风险越大，因此长期债券的利率一般比短期债券高。减少利率风险的办法是分散债券的到期日。

3. 购买力风险

购买力风险，是指由于通货膨胀而使货币购买力下降的风险。在通货膨胀期间，购买力风险对于投资者相当重要。当通货膨胀发生，货币的实际购买能力下降，就会造成有时候即使投资者的投资收益在量上增加，而在市场上能购买的东西却相对减少。一般来说，预期报酬率会上升的资产，其购买力风险低于报酬率固定的资产。例如，房地产、普通股等投资受到的影响较小，而收益长期固定的债券受到的影响较大，前者更适合作为减少通货膨胀损失的避险工具。

4. 变现力风险

变现力风险，是指无法在短期内以合理价格卖掉资产的风险。这意味着，如果投资人遇到一个更好的投资机会想出售现有资产以便再投资，但在短期内找不到愿意出合理价格的买主，只能把价格降低或要花较多时间才能找到买主，对投资者来讲有可能丧失新的投资机会或承受降价带来的损失。例如，当购买小公司债券的投资者准备在短期内出售时，小公司债券没有活跃的市场，就只能折价出让；而如果投资者当初购买的是国库券，则可以在极短的时间里以合理的市价将其售出，因为国库券有一个活跃的市场，一定程度上可以规避变现力风险。

5. 再投资风险

企业在选择购买长、短期债券时，购买短期债券而没有购买长期债券，可能存在再投资风险。例如，当长期债券的利率为 8%，短期债券的利率为 6%，为减少利率风险投资者会选择购买了短期债券。在短期债券到期收回现金时，如果市场利率降低到 5%，那么投资者只能找到报酬率大约 5% 的投资机会，不如当初买长期债券，此时仍可获 8% 的收益。

另外，还存在企业经营风险指企业的经营收益每况愈下时，企业的资信等级也会随之下降，这就给投资者获得本息带来损失的可能；回收性风险，是指具有回收性条款的债券，它有强制收回的可能。常常是在市场利率下降、投资者按券面上的名义利率收取实际增额利息的时候，会有被收回的可能，投资者的预期收益就会遭受损失，从而产生了回收性风险等。

上述风险，利率风险、变现力风险和购买力风险统称为系统性风险，其他的都归于非系统性风险。一般来说，风险防范的原则是：对系统性风险的防范，应当做出正确的判断和预期，最大限度规避风险对债券价格的不利影响；对非系统性风险的防范，一方面要通过投资分散化来减少风险，另一方面也要尽量关注企业的发展状况，充分利用各种信息、资料，正确分析，适时购进或抛出债券，以分散非系统性风险。

（五）债券投资的评价

与股票投资相比，债券投资具有本金安全性高、投资收益稳定性、流动性较好的优点，但债券投资购买力风险大，债券持有人不能参与企业经营管理。

二、股票投资

（一）股票投资及其目的

股票投资是企业以股票作为投资对象的一种投资方式。股票投资主要分为普通股投资和优先股投资。普通股投资收益是随着企业利润变动而变动的一种股份，即投资收益（股息和分红）不是在购买时约定，而是根据股票发行公司的经营业绩来确定。公司的经营业绩好，普通股的收益就高；反之，若经营业绩差，普通股的收益就低。优先股在分配红利和剩余财产时比普通股具有优先权。优先股股息率事先固定，其股息一般不会根据公司经营情况而增减，而且一般也不能参与公司的分红，但优先股可以先于普通股获得股息。相对优先股投资而言，普通股投资具有股利收入不稳定、价格波动大、投资风险高、投资收益高的特点。

企业进行股票投资的目的主要有二：①获取收益。作为一般的证券投资，分散投资于多种股票，获取股利收入及股票买卖差价。②获得企业控制权。集中投资于一种股票。例如，通过购买某一企业的大量股票达到控制该企业的目的。

（二）股票的估价

股票价值有股票面值、账面价值（即每股净资产）、股票市场价格和股票内在价值等表现形式。股票内在价值是投资股票期间获得的相关现金流量的现值，是股票的真实价值，也是形成股票市场价格的基础。因此，估算股票内在价值对投资决策具有重要意义。

1. 股票估价的基本模型

从理论上说，如果股东不中途转让股票，股票投资没有到期日，投资于股票所得的未来现金流量是各期的股利，此时股票估价的基本模型为

$$P_s = \sum_{t=1}^{\infty} \frac{D_t}{(1+i)^t}$$

式中，P_s 为股票的内在价值；D_t 为第 t 年的现金股利；i 为投资者要求的必要报酬率。

对于优先股而言，由于其在固定的时间获得固定的股利，并且没有到期日，所以其未来的现金股利是一个永续年金，其价值为

$$P_s = \frac{D}{i}$$

2. 其他常用的股票估价模型

股票价值主要受到投资者持有期限、股利和贴现率的影响。如果投资者准备永久持有股票，未来的贴现率也是固定不变的，那么如何确定未来各期不断变化的股利就成为评价股票价值的难题。为此，就不得不假定股票未来的股利按照一定的规律变化，从而形成了几种常用的股票估价模型。

(1) 固定股利模型。

在未来每年股利稳定不变，投资者持有期间很长的情况下，投资者未来所获得的现金流入是一个永续年金，则股票的估价模型同优先股的估价模型。

【例 8-8】 某投资者持有 A 股票，每年分配每股股利为 2 元，最低报酬率为 10%，试计算股票的价值。

解：$P_s = \dfrac{D}{I} = \dfrac{2}{10\%} = 20(元)$。

这表明 A 股票每年给该投资者带来 2 元的收益，在市场利率为 10% 的条件下，价值是 20 元。但是，市场上的股票市场价格不一定就是 20 元，还要看投资人对风险的态度，可能高于或低于 20 元。例如，如果市价为 19 元，每年固定股利 2 元，则其预期报酬率为 $K = 2 \div 19 = 10.5\%$。可见，市价低于股票价值时，预期报酬率高于最低报酬率，可以购买该股票。

(2) 股利固定增长模型。

如果公司当期的股利为 D_0，未来各期的股利以固定的增长率 g 呈几何级数增长，此时，股票的估价模型为

$$P_s = \sum_{t=1}^{\infty} \frac{D_0(1+g)^t}{(1+i)^t} = \frac{D_0(1+g)}{i-g}$$

运用这一模型时，估计现金股利增长率 g 是个难题，可利用以下公式估计：

$$g = 留存收益比率 \times 净资产收益率$$

【例 8-9】　D 公司准备投资购买 A 股票，该股票上年每股股利为 3 元，预计以后每年增长率为 5%，该公司要求的报酬率为 12%，当时的股票价格为 30 元，做出是否投资该股票的决策。

解：股票的内在价值 $= \dfrac{D_0(1+g)}{i-g} = \dfrac{3 \times (1+5\%)}{12\%-5\%} = 45$（元）

（3）股利非固定增长模型。

在现实生活中，有的公司股利并不是固定的，在一段时间里高速成长，在另一段时间里正常固定成长或固定不变。例如，高科技产业或新型食品业常会经过一段超常成长时期而迈向成熟期。在这种情况下，就要分段计算，才能确定股票的价值。

【例 8-10】　E 公司发行股票，预期公司未来 5 年高速增长，年增长率为 20%。在此以后转为正常增长，年增长率为 6%。普通股的最低收益率为 12%，最近支付的股利是 2 元。试计算该公司股票的价值。

解：首先计算超常成长期间的股利现值，如表 8-1 所示。

表 8-1　超常成长期间的股利现值

年	股利 D_t/元	复利现值系数 $R=15\%$	现值/元
1	$2 \times (1+20\%)=2.4$	0.869 6	2.087
2	$2.4 \times (1+20\%)=2.88$	0.756 1	2.178
3	$2.88 \times (1+20\%)=3.456$	0.657 5	2.272
4	$3.456 \times (1+20\%)=4.147$	0.571 8	2.371
5	$4.147 \times (1+20\%)=4.977$	0.497 2	2.475
合计			11.383

其次，计算正常成长期股利在第 5 年末的现值为

$$P_s = \frac{D_0(1+g)}{i-g} = \frac{4.977 \times (1+6\%)}{12\%-6\%} = 87.927（元）$$

最后，计算股票的价值为

$$P_s = 11.383 + \frac{87.927}{(1+12\%)^5} = 61.275（元）$$

（三）股票投资的收益

与债券投资相同，股票投资的收益也由股利收益和买卖价差收益（也称资本利得）构成。

1. 股票投资的收益率

股票的收益率就是股票投资未来现金流量贴现值等于目前购买价格时的贴现率。只有当股票投资的收益率高于投资者要求的最低报酬率时，投资者才愿意购买该股票。在前面股票估价的模型中，用股票的购买价格 P_0 代替其内在价值 P_s，运用"逐步测试

法"和"内插法"就可以近似地计算股票投资的内部收益率。

【例 8-11】 F 公司目前的股票市价为 10 元，预计下一期每股股利为 0.3 元，该公司股利将以大约 7% 的速度持续增长。该股票的期望报酬率是多少？

解：$i_s = 0.3/10 + 7\% = 10\%$。

2. 市盈率决定的收益率

由于预计未来股利的困难，极大地限制了股票价值估价模型的使用。在实务中，可以利用市盈率大致地估计股票投资的收益率。

市盈率是股票目前市场价格与每股盈余的比值。它反映了投资者为取得对每股盈余的要求权而愿意支付的代价，即购买价格是每股盈余的倍数。由于股票的价格就是在股票上的投资额，每股盈余则表示在该股票上应当取得的投资收益，那么市盈率的倒数就表示在股票投资上的收益率。用 PE 表示市盈率，那么股票投资的收益率为

$$i_s = \frac{1}{PE} = \frac{EPS_0}{P_0}$$

式中，EPS_0 为股票的每股收益；P_0 为股票的市场价格。

但是在用市盈率估计股票投资收益的时候，有两个前提：第一，本期的公司盈余全部用来发放股利；第二，股利增长率为 0。

（四）股票投资的评价

股票投资被认为是一种高风险高收益的投资方式，常常激发投资者的投资热情。与债券投资相比，它的优点主要表现在：投资收益高、购买力风险较低、股东拥有表决权，可影响甚至控制企业的经营决策。股票投资最大的缺点就是投资风险大，主要就是由于股票的收益不稳定，且股东求偿权居后，无法保证投资本金的最终收回。

三、证券投资组合

证券投资组合又叫证券组合，是指在进行证券投资时，不是将所有的资金都投向单一的某种证券，而是有选择地投向一组证券。这种同时投资于多种证券的做法称为证券的投资组合。按照投资组合的理论，理想的证券投资组合可以完全消除各证券本身的非系统风险，证券组合只剩下系统性风险，即市场风险。

证券组合风险的计量已在第二章第二节阐述，这里介绍投资组合风险收益率的计算。

根据资本资产定价模型的基本表达式，可以推导出投资组合风险收益率的计算公式为

$$K_P = \beta_P (\overline{K}_m - R_f)$$

式中，K_P 为投资组合的风险收益率；β_P 为投资组合的 β 系数；$\overline{K}_m$ 为市场组合的平均收益率；R_f 为无风险收益率。

从公式中可以看出，投资组合的风险收益率也受到市场组合的平均收益率、无风险收益率和投资组合的 β 系数三个因素的影响。在其他因素不变的情况下，风险收益率与投资组合的 β 系数成正比，β 系数越大，风险收益率就越高；反之，风险收益率就越低。

【例 8-12】 某公司持有由 A、B、C 三种股票构成的证券投资组合，三种股票的 β 系数和在证券组合中所占的比重分别为 0.8、15%，1.0、25%，2.0、60%。已知当前的无风险收益率为 5%，股票市场的平均收益率为 10%。则可以计算该证券投资组合的风险收益率如下：

先计算证券组合的 β 系数为

$$\beta_P = \sum_{i=1}^{n} X_i\beta_i = 0.8 \times 15\% + 1.0 \times 25\% + 2.0 \times 60\% = 1.57$$

再计算证券组合的风险收益率为

$$K_P = \beta_P(\overline{K}_m - R_f) = 1.57 \times (10\% - 5\%) = 7.85\%$$

计算出风险收益率后，还可以根据投资额和风险收益率计算出风险收益数额。

【例 8-13】 上例中的公司为了控制投资风险，通过买卖股票，调整 A、B、C 三种股票在证券组合中所占的比重，分别由 15%∶25%∶60%，调整为 50%∶20%∶30%。其他条件不变。则可以计算改变后的证券组合风险收益率。

投资组合的 β 系数为

$$\beta_P = \sum_{i=1}^{n} X_i\beta_i = 0.8 \times 50\% + 1.0 \times 20\% + 2.0 \times 30\% = 0.90$$

证券组合的风险收益率为

$$K_P = \beta_P(\overline{K}_m - R_f) = 0.90 \times (10\% - 5\%) = 4.5\%$$

调整后的新证券组合的风险收益率为 4.5%，小于调整前的 7.85%，说明系统风险被有效降低了。因此，调整投资组合中的投资比重，可以影响投资组合的 β 系数，进而改变投资风险收益率。通过减少系统风险较大的资产比重，提高系统风险较小的资产比重，就能实现降低投资组合的整体风险。

第三节 基金投资

基金包括证券投资基金、产业投资基金和创业投资基金。由于这些基金的投资对象和投资环境完全不同，因此投资管理的方法也不同。本节介绍与金融投资关系密切的证券投资基金的相关知识。

一、证券投资基金的概念和特点

（一）证券投资基金的概念

证券投资基金的概念有两种理解：一种认为证券投资基金是一种投资工具，另一种认为它是一种投资组织。从投资者的角度来说，证券投资基金就像股票、债券一样，是一种投资工具。但从本质上，证券投资基金是一种投资组织，它是按照共同投资、共担风险、共享收益的基本原则，运用现代信托关系的机制，通过发行证券投资基金单位，将投资者分散的资金集中起来投资于有价证券以实现预期投资目的的一种投资组织。

（二）证券投资基金的特点

与个人投资者直接参与证券买卖相比，投资基金具有以下特点：

1. 集合性

投资基金将众多投资者大小不等的资金集中起来，根据投资组合原理进行专业化投资，可起到分散风险、降低成本、提高收益的效果。投资基金比众多投资者分散投资更具有规模效应。投资者可免除花费大量时间和精力去研究各种证券和市场行情，只要付少量的费用，就可以分享专业化的投资成果。

2. 专业性

投资基金由专业的基金管理人负责经营，投资者购买基金证券后，既可享受管理人的专业性服务。基金管理人是专业投资机构，它由经验丰富的投资专家组成，和金融市场联系密切，拥有先进的设备和完备的信息资料，分析手段科学合理，投资经营管理水平远高于一般投资者。

3. 组合性

为分散投资风险，投资基金多采取组合投资的策略。按照国际惯例，单个基金在一种股票上的投资额不得超过基金资产的 10%，同时拥有某家公司的股份不得超过公司总股本的 10%。所以，大多数投资基金会同时投资 30～50 家不同的股票、债券等证券，最大限度地分散风险。投资者通过投资基金证券，可以间接地达到组合投资的目的。

4. 利益共享、风险共担

证券投资基金进行投资取得的收益在扣除各种费用后，按基金投资者的出资比例进行分配，因此，投资基金的投资风险是由投资者按出资比例共同承担的。基金管理人定期收取固定比例的佣金，其不参与投资收益的分配，也不承担投资风险。

二、证券投资基金的类型

目前我国的证券投资基金均为契约型基金，它是按照信托契约原则，在签订信托契约的基础上发行收益凭证、募集资金并进行投资运作的投资基金。常见的证券投资基金有以下几种类型。

1. 根据基金单位是否可以赎回，可分为封闭式基金和开放式基金

我国《证券投资基金法》定义："采用封闭式运作方式的基金（即封闭式基金），是指经核准的基金份额总额在基金合同期限内固定不变，基金份额可以在依法设立的证券交易所交易，但基金份额持有人不得申请赎回的基金。"简而言之，封闭式基金是有一定期限的规模不变的投资基金，其交易必须在基金上市的二级市场进行，其价格随行就市，由基金的供求关系、业绩和市场行情等因素决定。封闭式基金具有股份权益和债券权益的特点，其具有期限的这一特点和债券类似，但其基金红利并不固定，投资风险大于固定收益的债券。

我国《证券投资基金法》中定义："采用开放式运作方式的基金（即开放式基金），是指基金份额总额不固定，基金份额可以在基金合同约定的时间和场所申购或者赎回的基金。"简而言之，开放式基金是没有固定期限和规模，投资者可以随时申购和赎回的投资基金，投资者买卖开放式基金一般在规定的地点进行柜台交易，其价格是根据基金净值加上一定的手续费来确定。开放式基金具有股份权益和活期存款权益的特点，但是活期存款的收益比较稳定，开放式基金投资风险较大。我国封闭式基金和开放式基金的主要区别如表 8-2 所示。

表 8-2　我国封闭式基金和开放式基金的主要区别

	封闭式基金	开放式基金
交易方式	深、沪证券交易所上市交易	在基金管理公司或代销机构（主要是商业银行、证券公司）柜台交易
基金存续期限	有固定的期限	没有固定期限
基金规模	固定额度，一般不能再增加发行	有最低的规模限制但无上限
赎回限制	在期限内不能直接赎回基金，须通过上市交易套现	开放日可以随时提出购买或赎回申请
分红方式	现金分红	现金分红、再投资分红
投资费用	交易手续费	申购费和赎回费
投资策略	封闭式基金不可赎回，无须提取准备金，能够充分运用资金，进行长期投资，取得长期经营绩效	必须保留一部分现金或流动性强的资产，以便应付投资者随时赎回，进行长期投资会受到一定限制。随时面临赎回压力，须更注重流动性等风险管理，要求基金管理人具有更高的投资管理水平
信息披露	基金单位资产净值每周至少公告一次	单位资产净值每个开放日进行公告

2. 按基金投资对象，分为股票基金、债券基金、货币市场基金、期货基金、期权基金和认股权证基金

其中，货币市场基金是指主要投资大额可转让定期存单、银行承兑汇票、商业本票等货币市场工具的证券投资基金。由于投资对象本身的风险和收益不同，所以这些基金的流动性、风险、投资成本以及收益也有差异。我国目前已经出现的债券基金和货币市场基金，相比股票基金、期货基金、期权基金和认股权证基金而言，风险较小，收益较稳定。

3. 按基金的募集方式，分为公募基金和私募基金

公募基金是以公开发行基金单位方式向社会公众投资者募集资金的证券投资基金。它向社会公开募集资金，必须按规定向社会公布信息。其投资者人数不受限制，具有公开性、可变性和高规范性等特点。

私募基金是以非公开方式向特定投资者募集资金的证券投资基金。一般来说，私募基金的人数有限，且要求投资者对风险有较高的风险承受能力，运作上较灵活，受监管少。它具有非公开性、大额投资性、封闭性以及非上市性的特点。

4. 按基金的交易性质，分为指数基金和交易所交易基金

指数基金是以追求股票市场（或债券市场）平均收益水平为基本目标，以属于编制股票指数的成分证券为主要投资对象的证券投资基金。其收益随某种价格指数上下波动，取得市场平均收益水平，适合保守型投资者。

交易所交易基金（exchange-traded funds，ETFs）指的是可以在交易所交易的基金。交易所交易基金的投资组合通常是指数化管理的一揽子股票，从这一角度来看，它实际上也属于指数基金；从法律结构上说，交易所交易基金仍然属于开放式基金，投资者可以通过基金管理人和其委托的基金代销机构进行申购和赎回，另外，一些特定的机构投资者（参与证券商）也可以以一揽子股票来创设和赎回基金份额，进行套利交易。

三、证券投资基金的收益和风险

（一）基金的收益

证券投资基金的收益主要包括两个方面：一是基金持有期间获得的分红；二是基金买卖的价差收益。基金的红利收益取决于基金的投资业绩，包括现金红利和再投资红利。再投资红利是将对应数额的现金红利折合成基金单位发放给基金持有人，直接增加投资者拥有的基金单位份额，其价值由基金单位的价值决定。基金买卖的价差收益则与基金的卖价收入、买价成本和投资费用有关。基金的买卖价格主要取决于基金的价值。

1. 基金的价值

基金的内在价值是由基金投资所等带来的现金净流量。但是，基金价值的确定依据与股票、债券有很大的不同。股票、债券的价值取决于未来现金流入量的现值，而基金则取决于目前能给基金持有人带来的现金流量。这种现金流量用基金的净资产价值来表示。

$$基金的净资产价值＝基金总资产的市场价值－基金负债总额$$

基金的负债主要包括以基金名义对外的融资借款、应付投资者的分红、应付基金管理公司的管理费、应付基金托管人的托管费等。总体来说，基金的负债比较有限而且数额固定。基金的净资产价值主要由基金总资产的市场价值确定。基金总资产包括其所有的现金、所投资的各种债券、股票等有价证券。按照有关规定，将基金投资的所有证券的当面市场价值或公允价值计算出来加上现金资产的价值就得到基金总资产的市场价值。

基金的净资产价值是在一定基金规模下计算的总价值，表示基金价值的一般方式是基金单位净值，简称 NAV，也称为单位净资产值或单位资产净值，是指某一时点每一份基金单位所具有的市场价值。这是评价基金业绩最基本和最直观的指标，也是开放式基金申购和赎回价格、封闭式基金上市交易价格确定的重要依据。

$$基金单位净值＝\frac{基金净资产价值总额}{基金单位总份额}$$

2. 基金的价格

从理论上说，基金的交易价格是以基金单位净值为基础的，基金单位价值越高，基金的价格也越高。封闭式基金在二级市场上竞价交易，其交易价格由供求关系和基金业绩决定，理论上应围绕基金单位净值上下波动，但由于流动性等因素的影响，交易价格一般低于基金单位净值，这种现象称为基金的"折价"。开放式基金实行柜台交易，其价格包括申购价格和赎回价格。开放式基金的申购价格是投资者购买开放式基金的价格，它等于基金单位净值加上申购手续费；赎回价格是投资者卖出开放式基金的价格，基金单位净值减去赎回手续费。因此，同一交易日的申购价格是高于赎回价格的。

（1）申购价格的确定。申购开放式基金时，申购份额是投资者投资直接取得的基金单位数量，是未来获取投资收益的基础，它的计算方法有两种：

一种是：申购费用＝申购金额×申购费率；申购份额＝（申购金额－申购费用）÷申购当日基金单位净值。

另一种是：申购价格＝基金单位净值×（1＋申购费率）；申购份额＝申购金额÷申购价格。

我国目前开放式基金申购时普遍用的是第一种计算方法。

【例8-14】 投资者投资10万元申购某开放式基金，相应申购费率为2%。假设申购当日基金单位净值为1.045 2元，计算其实际获得的基金份额。

解：按第一种方法计算得

申购费用＝100 000×2%＝2 000（元）

申购份额＝（100 000－2 000）÷1.045 2＝93 761.96（份）

按第二种方法计算得

申购价格＝1.045 2×（1＋2%）＝1.066 1（元）

申购份额＝100 000÷1.066 1＝93 799.83（份）

（2）赎回价格的确定。开放式基金赎回时，其赎回价格和赎回金额计算方法为

赎回价格＝基金单位净值×（1－赎回费率）

赎回金额＝赎回价格×赎回份额

【例8-15】 某投资者赎回上例中的基金2万份基金单位，赎回费率为0.5%，假设赎回当日基金的基金单位净值为1.129 8元，则其可得到的赎回金额为

赎回金额＝1.129 8×（1－0.5%）×20 000＝22 483.02（元）

3. 基金的投资收益

基金投资的总收益由买卖价差收益和投资期间获得现金红利组成。价差收益又称资本利得，不仅取决于投资时价格的差异，还取决于期间发生的投资费用。基金投资的费用包括直接费用和间接费用。直接费用是基金交易时由投资者直接承担的费用，直接减少价差收益，如封闭式基金的交易佣金和开放式基金的申购、赎回费用。间接费用则是基金运作中支付给基金管理人、基金托管人和销售商等的按一定比例计算的管理费用以及其他法律规定应支付的费用，它们直接减少基金净资产的价值，从而减少基金的投资

收益。

基金投资收益的衡量可用持有期间的基金回报率和买卖完成后的基金投资收益率来表示。

$$基金回报率=\frac{年末\ NAV\times 年末持份数-年初\ NAV\times 年初持份数+本年现金红利}{年初\ NAV\times 年初持份数}$$

式中的"持份数"是指基金单位的持有份数。基金回报率主要用于基金持有期间投资收益高低的衡量，由于没有价差收益的发生，可以不考虑交易中的直接费用。

当投资者将购买的基金份额卖出后，他可以用基金投资收益率来衡量投资收益的高低。

$$基金投资收益率=\frac{基金投资价差净额+累计现金红利}{基金投资总额}$$

式中的"基金投资价差净额"，对封闭式基金来说，就等于卖出基金所得收入减去购买基金的价款再扣除买卖的佣金费用；对开放式基金来说，就是基金赎回金额减去基金申购金额，"累计现金红利"指投资期间累计分配的所有现金红利。"基金投资总额"就是投资基金付出的全部金额。这一公式适用于单期投资的收益率计算。如果投资期很长，也可分析投资期间各期发生的相关现金流入量和流出量，利用现金流量贴现模型计算投资的内在报酬率。

（二）基金投资的风险

与其他金融工具相似，基金的投资风险也主要包括系统性风险和基金个别风险。

系统性风险就是基金市场风险，它是由于基金之外的因素，如政治、经济、政策或者法律的变动导致市场行情波动产生的投资风险。由于基金是一种间接性的投资工具，基金的系统性风险也是其他金融市场风险的间接反映。由于基金实现专业化的组合投资策略，已经适当地分散了投资风险，因而基金的系统性风险要比其他有价证券的风险小。

基金个别风险就是由于单个基金自身的因素导致基金资产价值变动的可能性。它主要是由基金投资组合的策略、投资对象的风险、基金管理公司的经营能力、基金托管公司的可靠程度、基金经理的才干和经验等因素决定的。每个基金都有自己独特的投资策略、投资对象，基金经理的才干也不相同，基金管理公司的经营能力也不同，导致基金的风险不同。

四、基金投资的评价

从非专业的投资者角度看，投资基金比其他证券更安全可靠，是比较理想的投资选择。这是因为：①证券投资基金由专家管理，通过组合分散风险。②投资基金流动性好，容易变现。③节省时间和精力。

但投资基金仍然存在着风险规避、投资领域及基金治理制度等方面的局限性。

第四节　期权投资

期权在公司财务理论中占有十分重要的地位，这不仅仅是因为财务管理可以通过期权交易来锁定风险，更重要的是许多非期权的投资项目包含着期权的性质，利用期权理论能对这些投资项目进行恰当的价值定位。

一、期权概述

（一）期权的概念

期权也称为选择权，是一种选择权合同，它赋予持有人在某给定日期或该日期之前的任何时刻以约定价格购进或售出一种资产的权利。最为人熟悉的期权是股票期权，它是购进或售出股票股份的期权。标准的股票期权是通过有组织的交易所来交易的，而更专门的期权则由交易商出售。期权场内交易的标准化合约构成内容很多，期权合约要素如下所述。

1. 交易标的物和交易方

期权交易的标的物是指执行期权权利对象，也就是合约商品。例如，股票期权的标的物是某种股票，买卖双方在未来会按约定的价格买入或卖出该种股票。

期权交易方指期权合同的买方和卖方，购期权合同的称为期权买方，出售期权合同的称为期权卖方。期权买方和卖方与期权标的物的买卖方不是同一概念，期权买方可能是在未来买入标的物买方，也可能是在未来卖出标的物的标的物卖方，期权卖方也是如此。

2. 履约价格

履约价格又称为执行价格，是双方约定的合同标的物的成交价格。例如，一份股票期权合同，约定以 15 元的价格交易，则期权合同的买方在未来有权按 15 元的价格买入或卖出该股票。合约的履约价格一经确定，在合约期限内不容改变。

3. 权利金

权利金是期权买方为取得选择权而付出的期权购买费，也称为期权价格、期权费。应当注意的是，期权履约价格并不是期权本身的价格，但期权价格是按标的物履约价格与当时市价的差别确定的。因此，期权履约价格类似于普通商品的质量等级，期权价格才相当于普通商品的标价。

（二）期权的分类

1. 根据期权购买者的权利，分为看涨期权与看跌期权

看涨期权，也称买入期权或称买权，是指期权购买者可在期权有效期内以事先确定的协定价格向期权出售者买进一定数量某种期权合约的权利。

看跌期权，也称卖出期权或称卖权，是指期权购买者可在期权有效期内以协定价格向期权出售者卖出一定数量期权合约的权利。

2. 根据期权履约的时间，分为欧式期权与美式期权

欧式期权，是指期权购买者只能在期权到期日执行的期权。

美式期权，是指期权购买者在期权有效期内任何一天都可以行使其权利，即既可在期权到期日这一天行使其权利，也可在期权到期日之前的任何一个交易日行使其权利。

3. 根据期权合约之标的资产，金融期权与实物期权

金融期权是指以金融商品或金融期货合约为标的物的期权。金融期权的标的资产可以是股票、外币、短期和长期国库券，以及外币期货合约、股票指数期货合约等。

实物期权是其标的物为实物资产的一种期权。其底层证券是既非股票又非期货的实物商品，实物商品自身（货币、债券、货物等）构成了该期权的底层实体。它是管理者对所拥有实物资产进行决策时所具有的柔性投资策略。

（三）期权的特征

期权合同表明合同双方在合同期限内，期权买方要求期权卖方按约定价格交割特定的标的物。期权是单向合同，风险收益机制是非对称性的，这是期权运作的最大特征。期权的非对称风险收益机制主要表现在以下三个方面。

1. 权利义务不对称

在支付了期权权利金以后，期权的买方有权履约合同，也有权放弃合同；而期权的卖方只有履约的义务，并无放弃的权利。

2. 风险与收益的不对称

期权买方的风险是已知的，仅限于支付的权利金，不存在追加义务，而潜在的收益在理论上是无限的。期权卖方的收益是已知的，仅限于收到的权利金，而风险损失在理论上说也是无限的。

3. 获利概率的不对称

由于期权卖方承受的风险很大，为取得平衡，设计期权时通常会使期权卖方获利的可能性远大于期权买方。不论期权买方是否履约，期权卖方都能获得权利金利益。

（四）期权交易基本策略

期权交易最基本的策略是四种：购买看涨期权，购买看跌期权，出售看涨期权，出售看跌期权。这四种基本策略的盈亏状况如图 8-1 所示。

在图 8-1 中，横轴 S 表示期权标的物（即合约商品）的市价，纵轴 W 表示期权交易的盈利。各图的 E 点表示履约价格，P 点表示期权价格，H 点表示盈亏平衡点。可以看出：随着期权标的物市价的上涨，购买看涨期权和出售看跌期权的盈利是增加的；随着期权标的物市价的下跌，购买看跌期权和出售看涨期权的盈利也是增加的。而且，购买看涨期权的盈利和出售看跌期权的损失是无穷大的，其原因在表 8-3 中可以得到进一步解释（M 表示标的物的交易数量）。

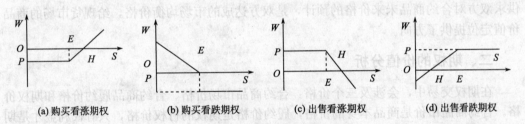

图 8-1 期权交易盈亏情况

表 8-3 期权交易风险与收益表

期权类型	交易策略	最大收益	最大损失	行使时机
看涨期权	买方购买	$(S-H) \times M$	$P \times M$	$S > (E+P)$
	卖方出售	$P \times M$	$(S-H) \times M$	$S < (E+P)$
看跌期权	买方购买	$(S-P) \times M$	$P \times M$	$S > (E-P)$
	卖方出售	$P \times M$	$(S-P) \times M$	$S < (E-P)$

在买方购买、卖方出售看涨期权的策略中：标的物市价 S 一直低于履约价格 E 时，期权买方会放弃期权，损失权利金 $P \times M$，期权卖方获得权利金收益 $P \times M$；标的物市价 S 上涨至高于履约价格 E 时，期权买方有盈利的可能性，盈亏平衡点为 $H = E + P$；标的物市价 S 继续上涨，买方的盈利数额为 $(S-H) \times M$；由于 S 在理论上是涨到无穷大的，因此买方的盈利和卖方的损失在理论上也趋向于无穷大。

在买方购买、卖方出售看跌期权的策略中：标的物市价 S 一直高于履约价格 E 时，期权买方会放弃期权，损失权利金 $P \times M$，期权卖方获得权利金收益 $P \times M$；标的物市价 S 下跌至低于履约价格 E 时，期权买方有盈利的可能性，盈亏平衡点为 $H = E - P$；标的物市价 S 继续下跌，买方的盈利数额 $(H-S) \times M$；由于 S 在理论上是跌至为 0 的，因此买方的盈利和卖方的损失在理论上就是 $H \times M$，即 $(E-P) \times M$。

（五）期权的财务功能

1. 风险转移功能

期权的风险转移，是将市场价格变化的风险通过一定的运行机制，从一部分人身上转移到另一部分人身上。期权市场的风险转移是通过套期保值来实现的，当预计商品价格会上涨时，通过购买看涨期权锁定商品的买入价格；当预计商品价格会下跌时，通过购买看跌期权锁定商品的出售价格，把商品价格涨跌的风险转移到期权卖方身上。当然，在转移风险的同时又聚集了风险，当商品价格朝预计方向反向变化时，期权买方面临着权利金的风险损失。

2. 价值定位功能

期权交易所集中了来自四面八方、社会各界的买卖交易者，带来了对期权合约标的物商品的供求信息和市场预计。不论是看涨期权还是看跌期权，合约中的履约价格就是供求双方对合约商品未来价格的预计，是双方达成的市场均衡价格，给现货市场的商品价值定位提供了方向。

二、期权的价值分析

在期权交易中，会涉及三个价格：合约商品市场价格、合约商品履约价格和期权价格。合约商品市价是商品本身的价格，履约价格是期权的行权价格，只有权利金才是期权本身的价格，也是我们重点分析的对象。

（一）期权价值的构成

期权价值（PV）由内在价值（IV）和时间价值（TV）两部分构成，其数学表达式为

$$PV = IV + TV$$

1. 期权的内在价值

期权的内在价值是指期权持有者在执行期权合约时可获得的收益，当收益小于或等于零时，其内在价值为 0。具体而言：

看涨期权的内在价值为

$$IV_c = \max(S - E, 0)$$

看跌期权的内在价值为

$$IV_p = \max(E - S, 0)$$

式中，S 为标的资产的市价；E 为期权执行价格。

2. 期权的时间价值

期权的时间价值是指期权买方在期权时间的延续和相关商品价格的变动有可能使期权增值时，愿意为购买这一期权所付出的权利金额。随着有效期的缩小，标的资产市场价格向有利于期权持有者方向变动的可能性变小，期权持有者获利的可能性变小，因此时间价值减少。

假设用 C 和 P 分别表示买入期权价格和卖出期权价格，则

看涨期权的时间价值为

$$TV_c = C - IV_c$$

看跌期权的时间价值为

$$TV_p = P - IV_p$$

显然，由时间价值和内在价值的定义，可以把期权价值表示为

$$C = IV_c + TV_c = \max(S - E, 0) + TV_c$$
$$P = IV_p + TV_p = \max(E - S, 0) + TV_p$$

（二）影响期权价值的因素

1. 执行价格和标的资产价格

在其他方面完全相同的看涨期权中，期权持有者为购买股票所支付的执行价格越

低，则看涨期权的价值就越高。看跌期权的执行价格越低，则期权的价值也就越低。给定期权的执行价格，标的股票的当前价格越高，期权以"实值"执行的可能性就越大，则看涨期权的价值也就越高。与此相反，看跌期权的价值则随着股价的下跌而上升。

2. 期权价格的套利边界

期权的价格不可能为负。对于看涨期权而言，期权的执行价格越低，期权的价值就越高。如果看涨期权的执行价格为零，则持有者将总是会执行期权，无成本地获得股票。由此可确定看涨期权的价格的上限：看涨期权的价值不会高于股票本身的价格。

对于看涨期权而言，期权的执行价格越低，期权的价值越高。如果看涨期权的执行价格为零，则持有者将总是会执行期权，无成本地获得股票。由此可确定看涨期权的价格的上限：看涨期权的价值不会高于股票本身的价格。

3. 执行日期

对于美式期权，距离期权执行日的时间越长，期权价值就越高。考虑两种期权：一种期权距到期日的时限为1年，另一种期权距到期日的时限为6个月。1年期的期权的持有者可轻易地通过提前执行期权，而将1年期期权转换为6个月的期权，从而1年期期权的价值不会低于6个月期权的价值。对于其他方面完全相同的美式期权，执行日期较迟的美式期权的价值不会低于执行日期较早的美式期权的价值。通常，延迟执行期权的权利是有价值的，执行日期较迟的期权应该有更高的价值。

4. 标的资产的波动率

考虑两种欧式看涨期权，执行价格都为20元，但标的股票不同。假如明天，波动率低的股票价格确定为20元。而波动率高的股票的市价可能为30元或10元，两种价格出现的概率相同，而两种期权的价值却显著不同。以波动率低的股票为标的资产的期权没有价值（股价和执行价格相同，都为20天）。以高波动率的股票为基础的期权的价值为正，因为有50%的机会期权价值为10元（即30−20），有50%的机会期权价值为零。所以，期权的价值一般随着股票波动率的增加而增加。波动率的增加提高了股票产生非常高的报酬率和非常低的报酬率的可能性。因此，以较高波动率的股票为标的资产的看涨或看跌期权，其价值也较高。

三、期权定价模型

（一）对冲机制

要保持无风险的状况而达到套期保值的目的，可以通过建立对冲机制来实现。持有两种相关的金融工具——基础资产（即期权标的物）和期权资产，就能建立一个无风险的对冲机制：其中一种金融工具的价格变化风险将同时被另一种金融工具价格的反向变化所抵消。以下公式提供了一种对冲机制思路：

看涨期权价值＋无风险资产现值＝看跌期权价值＋股票现行价值

公式的思路是投资购买股票并同时买卖期权。不过该思路的前提是购买看跌期权和出售看涨期权的履约价格是相等的，这在同一股票中没有多大的现实意义，因为股票价格上涨时看跌期权不起作用，股票下跌时看涨期权又不起作用。因此，下面的讨论以一种期权类型为对象，着重分析看涨期权，那么上式可以改写为

$$无风险资产现值＝股票现行价值－看涨期权价值$$

上式的含义是：如果购买了股票又同时出售看涨期权，当股票价格上涨时，手中持有的股票升值，但由于出售了看涨期权，期权购买方要求按履约价格购买你所持有的股票，结果资产价值保持不变。当股票下跌时，手中持有的股票贬值，但由于出售看涨期权取得了权利金，因此也能使资产价值保持不变。

（二）二项式定价模型（binominal option pricing model，BOPM）

1973 年，美国芝加哥大学教授费希尔·布莱克（Fischer Black）与迈伦·斯科尔斯（Myron Scholes）发表《期权定价与公司负债》一文，提出了有史以来第一个期权定价模型，在学术界和实务界引起了强烈反响。其后，其他各种期权定价模型也纷纷提出，而其中最著名的是 1979 年由考克斯（J. Cox）、罗斯（S. Ross）和鲁宾斯坦（M. Rubinstein）提出的二项式模型。

二项期权定价模型的基本假设是在每一时期股价的变动方向只有两个，即上升或下降。BOPM 的定价依据是在期权在第一次买进时，能建立起一个零风险套头交易，或者说可以使用一个证券组合来模拟期权的价值，该证券组合在没有套利机会时应等于买权的价格；反之，如果存在套利机会，投资者则可以买两种产品种价格便宜者，卖出价格较高者，从而获得无风险收益，当然这种套利机会只会在极短的时间里存在。这一证券组合的主要功能是给出了买权的定价方法。二项期权定价模型计算期权价值的基本步骤（针对看涨期权）。我们结合实例进行说明。

【例 8-16】 假设 ABC 公司的股票现在的市价为 80 元。有 1 股以该股票为标的资产的看涨期权，执行价格为 85 元，到期时间是 6 个月。6 个月以后股价有两种可能：上升 33.33%，或者降低 25%。无风险利率为每年 4%。现拟建立一个投资组合，包括购进适量的股票以及借入必要的款项，使得 6 个月后该组合的价值与看涨期权相等。

(1) 确定可能的到期日股票价格。

上行股价＝股票现价×上行乘数＝80×1.333 3＝106.664（元）

下行股价＝股票现价×下行乘数＝80×0.75＝60（元）

(2) 根据执行价格计算确定到期日期权价值。

股价上行时期权到期日价值＝上行股价－执行价格＝106.664－85＝21.664（元）

股价下行时期权到期日价值＝0

(3) 计算套期保值比率。

套期保值比率 H＝期权价值变化/股价变化＝(21.664－0)/(106.664－60)＝0.464 3

(4) 计算投资组合成本（期权价值）。

购买股票支出＝套期保值比率×股票现价＝0.464 3×80＝37.144（元）

购买股票支出＝套期保值比率×股票现价

借款＝（到期日下行股价×套期保值比率)/(1＋无风险利率）
  ＝（60×0.464 3)／(1＋2%)＝27.312(元）

期权价值＝投资组合成本＝购买股票支出－借款
  ＝37.144－27.312＝9.832(元）

(三) Black-Scholes 模型

二项式期权定价模型和 Black-Scholes 模型是两种相互补充的方法。

设 S 为股票的当前价格，T 为期权距到期日的年数，K 为期权的执行价格，$PV(K)$ 为期权执行价格的现值，σ 为股票报酬率的年波动率。在时点 t，对于不支付股利的股票的看涨期权，在到期日前的价值由下列公式给出：

$$C = S \times N(d_1) - PV(K) \times N(d_2)$$

式中，$N(d_1)$ 为累积正态分布，即正态分布变量小于 d 的累积概率，这一概率等于由正态分布密度函数（钟形函数）和经过 d 点的垂线左侧所围区域的面积，它可使用 Excel 中的 NORMSDIST(d) 函数计算得到。

$$d_1 = \frac{\ln[S/PV(K)]}{\sigma\sqrt{T}} + \frac{\sigma\sqrt{T}}{2}, d_2 = d_1 - \sigma\sqrt{T}$$

只需要五个输入参数即可对看涨期权定价：股票价格、执行价格、行权日期、无风险利率（用以计算执行价格的现值）以及股票的波动率。唯一需要预测的参数就是股票的波动率，而股票的波动率比它的期望报酬率要更容易测度。布莱克-斯科尔斯定价公式是在假设看涨期权为欧式期权的前提下得出的。不支付股利股票的美式看涨期权与和它对等的欧式看涨期权的价格相同。布莱克-斯科尔斯公式可用于对不支付股利股票的美式或欧式看涨期权的定价。

【例 8-17】 HD 股票不支付股利。该股票的美式看涨期权的执行价格为 12.50 元，将于 201×年 1 月到期。该股票每年的波动率为 25%，市场现行短期无风险年利率为 4.38%。期权距离到期日还有 45 天。HD 股票的当前市价为每股 12.585 元。期权的价格为多少？

计算各种参数如下：

执行价格的现值为 $PV(K) = 12.50/(1.043\ 8)^{45/365} = 12.434$

$$d_1 = \frac{\ln[S/PV(K)]}{\sigma\sqrt{T}} + \frac{\sigma\sqrt{T}}{2} = \frac{\ln(12.585/12.434)}{0.25\sqrt{\frac{45}{365}}} + \frac{0.25\sqrt{\frac{45}{365}}}{2} = 0.181$$

$$d_2 = d_1 - \sigma\sqrt{T} = 0.181 - 0.25\sqrt{\frac{45}{365}} = 0.094$$

将以上参数代入布莱克-斯科尔斯公式中得

$$C = S \times N(d_1) - PV(K) \times N(d_2)$$
$$= 12.585 \times 0.572 - 12.434 \times 0.537 = 0.52(元)$$

四、实物期权在投资决策中的应用

在本书的第七章里，阐述了如何利用净现值（NPV）公式评估资本预算项目。NPV 虽然应用起来比较简单，但随着社会经济运行中不确定因素的增加，投资项目面临的风险也与日俱增。传统的 NPV 法的局限性也逐渐表现出来：①在运用 NPV 法进行项目评估时，项目的风险越大，投资者要求的报酬率也越高，导致项目的 NPV 值越小。这与现代投资理论中的高风险高价值的观点相背离。②NPV 只对投资项目运行中的得到的直接收益进行定价，而对间接收益没有计量。但事实上，对某些项目而言，投资带来的间接收益是非常重要性的。③NPV 是一种风性的项目评价方法，它忽视了管理者的主观能动性，没有把管理者在外界环境和技术发生变化的情况下对投资项目所做出的调整考虑在内，忽视了管理柔性。因此，需要把实物期权概念引入投资决策中。

在投资决策中比较常用的实物期权有扩张期权、延期期权和放弃期权。扩张期权是指取得后续投资机会的权利。前期投资占领市场，就拥有了追加投资的权利，即拥有了一个买入期权。现实中若准备投资于一个项目就拥有了该项目的买入期权，是现在投资还是等待观望，这是一个延迟期权问题。放弃期权就是离开项目的选择权。某项目实施了一段时间又有可能放弃该项目，便拥有了出售该项目的权利，即拥有一个卖出期权。扩张期权、延期期权以及放弃期权通常可用 Black-Scholes 模型和二项式模型进行分析。

项目投资期权的管理思想，就是使投资项目的价值由净现值与期权价值共同构成，即

$$投资项目价值＝净现值＋期权价值$$

1. 扩大投资的期权

扩大投资的期权，就是指已经进行了前期投资，是否要再扩大投资或称再追加投资。用期权理论就可理解为企业拥有一个买进看涨期权。

例如，某企业研究开发某种新产品，已经支付试制费 10 万元，试制期 1 年。预计试制成功的概率为 50%，如果试制成功，企业在 1 年后需再追加投资 200 万元建一厂房。投产后新产品年净现金流量（假设为永续年金）为 48 万元，如果年贴现率为 15%，则投资项目净现值为 120 万元（即－200＋48/0.15）；如果试制失败，则净现值为零；项目期望净现值为 60 万元（即 0.5×120＋0.5×0）。在本例中，企业是否追加投资建厂，取决于先期的试验是否成功。也可以说，企业是否追加投资相当于一个买进看涨期权，其支付的新产品试制费是期权价格（期权费）。追加的投资是执行价格，销售新产品的未定价值是该期权的市场价格。企业是否执行该期权（追加投资）取决于试验的结果，而不承担必须履约（追加投资）的义务。如果试验失败或没有商业价值，企业会放弃期权（追加投资），其最大损失是支付的试制费（期权费）；反之，企业会行使期权（追加投资）。

【例 8-18】 假设某汽车制造公司准备投资 500 万生产一种 Y-1 型微型轿车，每年获得 180 万的现金流量。由于废气排放问题目前不能解决，Y-1 型车的寿命期只有 3 年。当基准贴现率为 10% 时，净现值为－52.34 万元。按传统决策方法，净现值小于零，放弃

该项目。

但是，决策者认为，废气排放问题在 3 年后能够通过推出 Y-2 型轿车得到解决，如果现在不投资于 Y-1 型车，那么该市场将被竞争对手占领，以后再进入该市场是不可能的。因此必须估计后续投资机会的价值。

假定 Y-2 型轿车的投资额为 900 万元，寿命期为 5 年，每年产生 210 万元的现金流量。这里由于 Y-1 型车占领了市场，取得了选择投资 Y-2 型轿车的 3 年期买入期权，履约价格为 900 万元。Y-2 型轿车 5 年现金流量在期权到期日的现值为 796.11 万元，折合到目前的现值为 597.89 万元（即期权定价模型中的目前财产价值 S_0）。假定 Y-2 型轿车未来现金流量的标准离差为 0.2，用 Black-Scholes 模型可计算出期权价值为 57.55 万元。那么

$$Y\text{-}1 型车的投资价值} = -52.34 + 57.55 = 5.21（万元）$$

计算表明，投资 Y-1 型车有一个有价值的期权，足以抵消项目本身负的净现值，是值得投资的。

2. 放弃投资的期权

如果说扩大投资期权是一种购进看涨期权，那么放弃投资期权就是一种购进看跌期权。例如，企业财产保险费投资就相当于一种购进看跌期权。期权的执行价格就是保险合同规定的赔偿额，如果财产未受损坏，放弃期权，最大损失是支付的保险费；如果发生意外灾害，财产遭受巨大损失，其财产实际价值低于保险赔偿额，就执行期权，获得赔偿额。又如，某项目实施了一定时期后又有可能放弃该项目，就可理解为购进看跌期权。

【例 8-19】　假定 A 公司准备向市场推出一种新产品，投资额 350 万元。由于没有同类产品可作参考，只有将产品试销 1 年后再做进一步决定，并预计推出后畅销和滞销的概率各为 50%。如果产品推出后畅销，第二年继续畅销的可能性有 70%；如果产品推出后滞销，第二年继续滞销的可能性有 60%。未来两年内产品所能取得的现金流量如图 8-2 所示，基准贴现率为 10%。

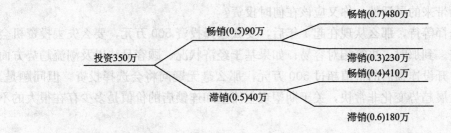

图 8-2　新产品的现金流量

产品第二年的现金流量期望值在第一年年末的现值为

$$畅销状态 = (480 \times 0.7 + 230 \times 0.3) \div (1 + 10\%) = 368.18（万元）$$

$$滞销状态 = (410 \times 0.4 + 180 \times 0.6) \div (1 + 10\%) = 247.27（万元）$$

这样，在第一年末，畅销状态下现金流量为 458.18 万元（90+368.18），滞销状态下现金流量为 287.27 万元（40+247.27）。其现值为

项目现金流量现值＝（458.18×0.5＋287.27×0.5）÷（1＋10％）＝338.84（万元）

项目现金流量现值 338.84 万元小于项目投资额 350 万元，结论是不值得投资。但是，如果经营一年后产品滞销，可以将设备转产或出售，如 1 年后转让设备可得价款 280 万元。考虑到转让设备价款 280 万元高于滞销状态的现金流量期望值 247.27 万元，1 年后如果经营滞销则会将设备装让出去而不是继续经营。那么

项目现金流量现值＝（458.18×0.5＋320×0.5）÷（1＋10％）＝353.72（万元）

该现金流量现值高于项目投资额，项目是值得投资的。实际上，该项目存在一个以 280 万元的协定价格购进看跌期权，期权期限为一年。一年后如果经营真的滞销，则该项目的市场价格为 247.27 万元，低于协定价格（280 万元），就行使期权，放弃投资，以协定价格把资产出售，仍可以获利；一年后如果经营真的畅销，则放弃期权。

总之，扩大投资的期权和放弃投资的期权的最大特点就是给投资决策者一种决策弹性，使其可以灵活利用市场各种变化的可能性，在最大控制风险的同时，又不丧失可能出现的获利机会。

3. 延迟投资的期权

在现实中，延迟投资决策往往是有成本的。例如，由于选择等待更多的信息，放弃了项目在等待期间可能产生的利润。此外，竞争对手也许会利用这段延迟的时间开发竞争性的产品。等待的决策涉及保持灵活的收益和成本之间的权衡。

考虑如下投资机会。假如你已经与某特许经销商签订了开设连锁店的合同，合同规定，你或者现在立即开设，或者等待 1 年后才开设。如果这两种选择你都不接受，你将失去开设连锁店的机会。不管你现在还是于 1 年后开设，都将耗资 500 万元。如果现在立即开设，预期在第 1 年将会 60 万元的自由现金流量。假设预期现金流量将以每年 2％的速度增长。与这项投资相适应的资本成本为 12％，项目可以永续经营。如果现在投资，估计项目的价值为 600 万元 [即 60/(12％－2％)]，这样，立即投资所实现的净现值为 100 万元，这意味着这份合同最低值为 100 万元。但是考虑到延迟 1 年后再决定是否投资所带来的灵活性，你又应该在何时投资？

如果选择等待，那么从现在起 1 年后，要么选择投资 500 万元，要么失去投资机会而一无所获。到那时，决策相对容易；如果基于经济状况、顾客品味以及潮流趋势方面的新信息，开设连锁店的价值超过 500 万元，那么毫无疑问将会选择投资。但问题是，该行业的发展趋势变化非常快，关于期望现金流量和连锁店的价值是多少存在很大的不确定性。

我们将延迟投资视为，以连锁店为标的资产、执行价格为 500 万元的 1 年期欧式看涨期权。假设无风险利率为 5％。通过公开交易的可比公司的报酬率的波动率来估计连锁店价值的波动率，假设波动率为 40％。另外，如果选择等待，你将失去若立即投资第 1 年本该获得的 60 万元自由现金流量。这一现金流量相当于支付的股利，欧式看涨期权的持有者在执行期权前不会收到股利（暂时假设这一成本是延迟投资的唯一成本）。

应用布莱克-斯科尔斯公式对上述延迟投资的欧式看涨期权估值，还必须计算不含股利的资产的当前价值，有

$$S^x = S - PV(\text{Div}) = 600 - \frac{60}{1.12} = 546$$

接下来计算 1 年后才投资的成本的现值。这一现金流量是确定的，故以无风险利率折现，有

$$PV(K) = \frac{500}{1.05} = 476(万元)$$

再来计算 d_1 和 d_2，有

$$d_1 = \frac{\ln[S/PV(K)]}{\sigma\sqrt{T}} + \frac{\sigma\sqrt{T}}{2} = \frac{\ln(546/476)}{0.40} + 0.20 = 0.543$$

$$d_2 = d_1 - \sigma\sqrt{T} = 0.543 - 0.40 = 0.143$$

将以上参数代入布莱克-斯科尔斯公式得

$$C = S^x N(d_1) - PV(K)N(d_2)$$
$$= 546 \times 0.706 - 476 \times 0.557 = 120(万元)$$

计算表明，等到下年只在有利可图时才投资的当前价值为 120 万元。这一等待的价值超过了今天立即投资将获得的 100 万元的净现值。因此，最好延迟投资。如果今天就投资的话，这意味着放弃了"离开"的期权。只有在今天投资的净现值超过等待期权的价值时，才会选择在今天投资。若未来投资的价值具有很大的不确定性，等待的期权就越有价值。等待的成本越高，延迟投资期权的吸引力也就越小。

【进一步学习指南】

一、投资组合理论

1952 年，哈里·马克维茨（Harry Markowitz）提出了投资组合理论的基本原则。"不要把鸡蛋放在一个篮子里"的思想深刻揭示了合理投资组合设计的核心。马克维茨指出，当增加投资组合中的资产数量时，投资组合的风险将不断降低，但投资组合的期望收益率是所有个别资产期望收益的加权平均值。换言之，通过组合投资而不是投资于个别资产，投资者可以在不减少收益的情况下降低投资的总风险。具体内容参见：（美）威廉·L. 麦金森著，刘明辉主译：《公司财务理论》第 7 章，东北财经大学出版社，2002 年。

二、实物期权的种类

大部分与实物期权相关的文献把实物期权分为以下七种类型：①延迟期权；②延续性投资期权；③变更经营规模期权；④放弃期权；⑤转换期权；⑥成长期权；⑦多重期权。

马莎·阿姆拉林和纳林·库拉蒂拉卡提出了另外一种分类方法，他们把实物期权分为经营期权、投资和非投资期权、合约期权三种。

具体内容参见：傅元略主编，《中级财务管理》，复旦大学出版社，2005 年 9 月。

三、相关法律规范

1.《中华人民共和国证券投资基金法》，2003 年 10 月 28 日颁布，2004 年 6 月 1 日起正式实施。

2.《证券投资基金评价业务管理暂行办法》，中国证监会 2009 年 11 月 6 日颁布，2010 年 1 月 1 日起施行。

【复习思考题】

1. 与项目投资比较，金融投资有何特点？金融投资的目的是什么？

2. 如果预期通货膨胀增加，债券市场的到期收益率会发生怎样的变化？债券的价格会发生怎样的变化？在评价到期收益率变化对证券价格的影响时，为什么距离到期日的时间是一个重要的影响因素？

3. 债券的投资收益如何构成，如何计量？

4. 如果市场利率上升，对债券的价值有何影响？又如何影响债券投资的风险？

5. 当普通股不发放现金股利时，用什么方法评估股票的价值？如何用市盈率估计股票价格和股票风险？

6. 影响股票价值的因素有哪些？各自如何影响股票的价值？对股票投资决策又有何影响？

7. 股票投资的收益如何构成，如何计量？

8. 什么是开放式基金和封闭式基金，它们有何区别？

9. 什么是基金的价值，它与基金价格有什么联系？

10. 基金投资的收益如何构成，如何衡量基金的投资收益水平？

11. 基金投资的风险有哪些，与证券投资的风险有何区别？

12. 什么是看涨期权？什么是看跌期权？

13. 期权有哪些要素构成？有何特征？

14. 影响期权价值的因素有哪些？为什么股票的变动性会影响它的期权的价值？

15. 举例说明实物期权在项目投资决策中的应用。

第九章

流动资产投资

【本章学习目标】

- 流动资产与营运资本的概念
- 流动资产的投资策略和筹资策略
- 现金管理的目标、内容和方法
- 应收账款管理的目标、内容和方法
- 存货管理的目标、内容和方法

【案例引入】

华基公司的应收账款及存货管理[①]。华基公司是一家销售小型及微处理计算机的公司，其市场目标是针对小规模的公司，公司产品销路很好，扩张迅速。2002 年年初，该公司有些问题开始呈现出来。该公司过去的成长一向利用保留盈余和长期负债融资，其长期负债利率为 10%，然而现在主要的贷款人开始不同意进一步扩大债务，公司创建人王强和李汉两人也没有增资的打算。同时，王先生和李先生也非常忧虑能否继续保持其赊销政策。该公司的销货条件为 (2/10，n/60)，约半数的顾客享受折扣，但有许多未享受折扣的顾客，延迟付款。2001 年的呆账损失计 450 万元，信用部门的成本（分析及收款费用）总计为 50 万元。该公司制造几种不同形式的计算机，但售价均为 5 000 元，销货成本约为 4 000 元。2001 年销售总计 20 000 部。销售情况在该年度相当平稳，没有显著的季节变动。从生产一种计算机形式转变为另一种形式之设置成本为 5 000 元，此项数值可视为"订货成本"；储存存货的成本估计为 30%，这么高的比率，是由于高技术产品如计算机陈旧的耗费很大。

华基公司为什么要赊销其计算机产品？赊销对其财务状况产生何种影响？公司应当如何制定合理的信用政策？如何控制存货量？如何对存货进行控制？带着这些问题，我们进入本章学习。

---

① 资料来源：根据中国总会计师教育网 http://www.china-cfo.com（2009 年 3 月 25 日）资料改编。

第一节　流动资产概述

一、流动资产的相关概念

（一）流动资产及其分类

流动资产是指在一年内或超过一年的一个营业周期内变现或者运用的资产，其主要包括现金、短期金融资产、应收及预付账款、存货等，是公司全部资产中流动性最强的资产。

与非流动资产相比，流动资产具有周转速度快、变现能力强、财务风险小等特点。

流动资产按占用的时间长短分为永久性流动资产和波动性流动资产。

（1）永久性流动资产，是指满足企业一定时期生产经营最低需要的那部分流动资产。如企业保留的最低库存、生产过程中的在产品等。这部分资产与固定资产相比，有两个方面相似：一是尽管是流动资产，但投资的金额是长期性，且相对稳定；二是对一个处于成长过程的企业来说，流动资产水平与固定资产一样会随时间而增长。但流动资产不会像固定资产一直停留在原地，其具体形态在不断地变化与转换。

（2）波动性流动资产，是指随生产的周期性或季节性需求而变化的流动资产，所以也称临时性流动资产。例如，产品销售高峰期比年内其他时期要求对应收账款和存货作更多的投资。

（二）营运资本

营运资本又称净营运资本，是指流动资产减去流动负债后的差额。

营运资本是计量财务风险的指标，主要用来衡量企业流动资产与流动负债的对应关系。如果流动资产大于流动负债，则营运资本为正数，说明流动资产除了运用全部流动负债作资金来源外，还运用了部分长期资金，财务风险较低；如果流动资产小于流动负债，则营运资本为负数，说明流动负债除了部分用到流动资产上外，还被用到了长期资产上，出现所谓的"短债长投"，财务风险较高；如果流动资产等于流动负债，则营运资本为 0，说明流动负债刚好全部用到流动资产上，形成一一对应关系，财务风险适中。

二、流动资产的投资策略

流动资产投资的目的是为了获取最大的资本收益。但是，就企业流动资产的投资而言，其重点应是资本收益与财务风险之间的权衡问题。

企业流动资产的总体规模及其内部结构安排，隐含了企业管理当局对于资本收益和财务风险的选择与搭配。较大规模的流动资产总额以及流动资产内部较大比例的现金资产，其资产的流动性较强，对债务还本付息的能力较强，偿债风险较小；但与固定资产等长期资产相比，流动资产的收益性较差，现金等流动资产越多，收益能力越小。反之，较小规模的流动资产总额以及流动资产内部较小比例的现金资产，其资产的流动性较差，对债务还本付息的能力较低，偿债的风险较大；但由于可以将节约资金用于固定资产等长期资产，其资产的收益能力较强。因此，无论是从流动资产的总体规模来看，还是就流动资产的项目构成来讲，企业都应寻求一个使风险与收益均衡的流动资产持有量。

在决定流动资产投资的持有量水平时，可以根据企业管理当局的管理风格和风险承受能力，分别采用"保守型"、"稳健型"与"进取型"三种流动资产投资策略。

为了说明这三种类型的流动资产投资策略，假定一家企业在现有固定资产投资水平不变的情况下，其年最高生产能力一定；再假定该企业在所考察期间内的生产经营能持续进行，并在考察期间内有一个特定的产出水平。对于每一个产出水平，企业都可以有许多不同的流动资产投资水平。假设该企业在流动资产投资水平上有三种不同的方案。这些方案的产出和流动

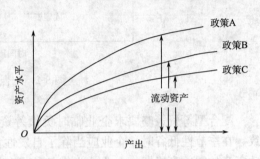

图 9-1　三种流动资产投资策略

资产投资水平的关系如图 9-1 所示。由图 9-1 可知，产量越大，为支持这一产量所需进行的流动资产投资水平也就越高。但它们之间并非是线性关系，流动资产投资水平以递减的比率随产量而增加。出现这一非线性关系的原因主要是规模经济的作用。

在图 9-1 中，方案 A 的流动资产投资水平要高于其他两个方案。在净利润一定的情况下，由于方案 A 的流动资产水平最高，风险最小。但由于其占用资产最多，因而总资产报酬率最低，这是一种保守型的流动资产投资策略；相反，方案 C 是三种方案中最激进的，其流动资产投资水平最低，风险最高。但由于其占用资产最少，因而总资产报酬率最高，这是一种进取型的流动资产投资策略；相比之下，方案 B 是一种稳健型的流动资产投资策略，其流动性、获利能力和风险性均介于方案 A 和方案 C 之间。

三、流动资产的筹资策略：营运资本政策

流动资产运用何种筹资来源，取决于营运资本政策，即流动资产与流动负债的匹配关系。当营运资本减少时，公司资产的收益性上升，但流动性下降；反之，当营运资本增加时，公司资产的收益性下降，但流动性上升。因此，制定营运资本政策，需要在公司资产的流动性和收益性之间进行权衡。

研究营运资本政策，重点应考虑流动资产与流动负债之间的匹配关系。就如何安排临时性流动资产和永久性流动资产的资金来源而言，一般可以分为配合型、激进型和稳健型策略三种。

（一）配合型筹资策略

配合型筹资策略的特点是：对于临时性流动资产，运用临时性负债筹集资金满足其资金需要；对于永久性流动资产和固定资产（统称为永久性资产，下同），运用长期负债、自发性负债和权益资本筹集资金满足其资金需要，如图 9-2 所示。

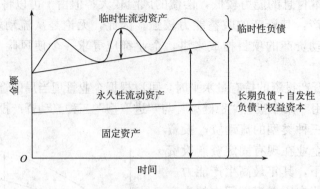

图 9-2　配合型筹资策略

配合型筹资策略要求企业临时负债筹资计划严密，实现现金流动与预期安排相一致。在季节性低谷时，企业应当除了自发性负债外没有其他流动负债；只有在临时性流动资产的需求高峰期，企业才举借各种临时性债务。

这种筹资策略的基本思想是将资产与负债的期间相配合，以降低企业不能偿还到期债务的风险和尽可能降低债务的资本成本。但是，事实上由于资产使用寿命不确定性，往往达不到资产与负债的完全配合。因此，这是一种理想的、对企业有着较高资金使用要求的营运资本政策。

（二）激进型筹资策略

激进型筹资策略的特点是：临时性负债不但融通临时性流动资产的资金需要，还解决部分永久性流动资产的资金需要，如图 9-3 所示。

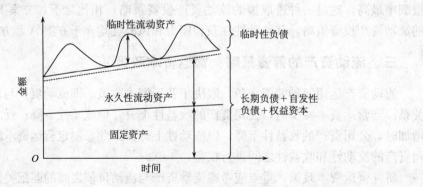

图 9-3　激进型筹资策略

由图 9-3 可知，一方面，激进型筹资策略下临时性负债在企业部资金来源中所占比重大于配合型筹资策略。由于临时性负债（如短期银行借款）的资本成本一般低于长期负债和权益资本的资本成本，而激进型筹资策略下临时性负债所占比重较大，所以这种策略下企业的资本成本较低。但是另一方面，为了满足永久性资产的长期资金需要，企业必须要在临时性负债到期后重新举债或申请债务展期，这样企业便会更为经常地举债和还债，从而加大筹资困难和风险；还可能面临由于短期负债利率的变动而增加企业资本成本的风险。所以，激进型筹资策略是一种收益性和风险性均较高的营运资本政策。

（三）稳健型筹资策略

稳健型筹资策略的特点是：临时性负债是融通部分临时性流动资产的资金需要。另一部分临时性流动资产和永久性资产，则由长期负债、自发性负债和权益资本作为资金来源，如图 9-4 所示。

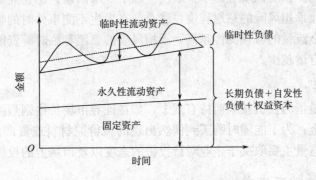

图 9-4　稳健型筹资策略

由图 9-4 可知，一方面，与配合型筹资策略相比，稳健型筹资策略下临时性负债占企业全部资金来源的比例较小。这种策略下由于临时性负债所占比重较小，所以企业无法偿还期债务的风险较低，同时蒙受短期利率变动损失的风险也较低。另一方面，却会因长期债资本成本高于临时性负债的资本成本，以及经营淡季时仍需负担长期负债利息，从而降低企业的收益。所以，稳健型筹资策略是一种风险和收益均较低的营运资本政策。

第二节　现金管理

一、现金管理的目标与内容

现金是指以货币形态存在的资金，包括库存现金、各种银行存款和其他货币资金。现金是流动性最强而盈利性最弱的资产。

（一）持有现金的动机

1. 支付性动机

支付性动机也称交易性动机，是指为满足企业日常交易需要而持有现金，如用于支付职工工资、购买原材料、缴纳税款、支付股利、偿还到期债务等。企业在日常经营活动中，每天发生的现金流入量与现金流出量在数量和时间上通常都存在一定的差异，因此，企业必须持有一定数量的现金才能满足企业日常交易活动的正常进行。一般来说，满足交易活动持有现金的数量主要取决于企业的生产经营规模，生产经营规模越大的企业，交易活动所需要的现金越多。

2. 预防性动机

预防性动机是指为应付意外事件发生而持有现金，如为了应付自然灾害、生产事故、意外发生的财务困难等。企业的现金流量受市场情况和企业自身的经营状况影响较大，一般很难被准确地预测，因此，企业必须在正常的现金持有量基础上，追加一定数量的现金以防不测。预防性现金的多少取决于以下三个因素：①企业对现金流量预测的准确程度；②企业承担风险的意愿程度；③企业在发生不测事件时的临时筹资能力。一般来说，企业现金流量的可预测性越高，承担风险的意愿和临时筹资能力越强，所需要的预防性现金持有量越少。

3. 投机性动机

投机性动机是指为投机获利而持有现金，如在证券市场价格剧烈波动时，进行证券投机所需要的现金；为了能随时购买到偶然出现的廉价原材料或资产而准备的现金等。投机性现金的持有量主要取决于企业对待投机的态度以及市场上的投机机会多少。

（二）现金的持有成本

现金的持有成本是指企业为了持有一定数量的现金而发生的费用以及现金发生短缺时所付出的代价。现金的成本主要由以下四个部分构成。

1. 机会成本

机会成本是指企业因持有现金而丧失的再投资收益。企业持有现金就会丧失其他方面的投资收益，如不能进行有价证券投资，由此所丧失的投资收益就是现金的机会成本。它与现金的持有量成正比，持有量越大，机会成本越高。通常可以用有价证券的收益率来衡量现金的机会成本。

2. 管理成本

管理成本是指企业因持有一定数量的现金而发生的管理费用，如现金保管人员的工资、保管现金发生的必要的安全措施费用等。现金的管理成本具有固定性，在一定的现金余额范围内与现金的持有量关系不大。

3. 转换成本

转换成本是企业用现金购入有价证券以及转让有价证券换取现金时付出的交易费用，即现金同有价证券之间相互转换的成本，如委托买卖佣金、委托手续费、证券过户费、实物交割手续费等。在现金需要量既定的前提下，现金持有量越少，证券变现的次数越多，相应的转换成本就越大；反之，就越小。

4. 短缺成本

短缺成本是指因现金持有量不足而又无法及时通过有价证券变现加以补充而给企业造成的损失，包括直接损失与间接损失。现金的短缺成本与现金持有量呈反方向变动关系。

（三）现金管理的目标

现金是一种非营利性资产，现金持有量过多，会降低企业的收益；但现金持有量过低，又可能出现现金短缺，不能满足企业生产经营需要。因此，现金管理的目标是在降低风险与增加收益之间寻求一个平衡点，在保证生产经营活动所需现金的同时，尽可能节约现金，减少现金的持有量，并将闲置现金用于投资以获取一定的投资收益。

（四）现金管理的内容

现金管理主要内容包括：

（1）编制现金预算；

（2）确定最佳现金余额；

（3）现金的日常管理。

二、现金预算

现金预算是企业财务预算的一个重要组成部分，是现金管理的一个重要方法。现金预算应对企业现金流量进行合理预测的基础上编制，其主要目的是利用现金预算规划现金收支活动，充分合理地利用现金，提高现金的利用效率。

现金预算可按年、月、旬或按日编制。现金预算的编制方法主要有现金收支法和调整净收益法两种。这里主要介绍现金收支法。

采用现金收支法编制现金预算的步骤是：

第一步，预测企业的现金流入量。据销售预算和自身的生产经营情况等因素，测算预测期的现金流入量。现金流入量主要包括经营活动的现金流入量和其他现金流入量。

第二步，预测企业的现金流出量。根据生产经营的目标，预测为实现既定的经营目标所需要购入的资产、支付的费用等所要发生的现金流出量。现金流出量包括经营活动的现金流出量和其他现金流出量。

第三步，确定现金余缺。根据预测的现金流入量与现金流出量，计算出现金净流量，然后在考虑期初现金余额和本期最佳现金余额后，计算出本期的现金余缺。

【例 9-1】 使用现金收支法编制乐和公司的现金收支预算表。编制该公司现金收支预算表如表 9-1 所示。

表 9-1 收支预算法下乐和公司的现金收支预算　　　　　　单位：万元

序号	现金收支项目	上月实际数	本月预算数
1	现金收入		
2	营业现金收入		
3	现销和当月应收账款的收回		700
4	以前月份应收账款的收回		400
5	营业现金收入合计		1 100

续表

序号	现金收支项目	上月实际数	本月预算数
6	其他现金收入		
7	固定资产变价收入		35
8	利息收入		5
9	租金收入		50
10	股利收入		10
11	其他现金收入合计		100
12	现金收入合计（12＝5＋11）		1 200
13	现金支出		
14	营业现金支出		
15	材料采购支出		400
16	当月支付的采购材料支出		300
17	本月付款的以前月份采购材料支出		100
18	工资支出		100
19	管理费用支出		50
20	营业费用支出		40
21	财务费用支出		10
22	营业现金支出合计		600
23	其他现金支出		
24	厂房、设备投资支出		150
25	税款支出		50
26	归还债务		60
27	股利支出		60
28	证券投资		80
29	其他现金支出合计		400
30	现金支出合计（30＝22＋29）		1 000
31	净现金流量		
32	现金收入减现金支出（32＝12－30）		200
33	现金余缺		
34	期初现金余额		200
35	净现金流量		200
36	期末现金余额（36＝34＋35）		400
37	最佳现金余额		170
38	现金多余或短缺（38＝37－36）		230

现金余缺是指计划期现金期末余额与最佳现金余额（又称理想现金余额）相比后的差额。如果期末现金余额大于最佳现金余额，说明现金有多余，应设法进行投资或偿还债务；如果期末现金余额小于最佳现金余额，则说明现金短缺，应进行筹资予以补充。期末现金余缺的计算公式为

$$现金余缺＝期末现金余额－最佳现金余额$$

$$＝期初现金余额＋（现金收入－现金支出）－最佳现金余额$$

$$＝期初现金余额＋净现金流量－最佳现金流量$$

从表 9-1 中可以看到，根据该公司的最佳现金余额，乐和公司的现金出现多余，可以考虑适当的投资计划以增加收益。

三、最佳现金余额的确定

为了实现现金管理的目标，需要根据企业对现金的需求情况，确定最佳现金余额。确定最佳现金余额的方法很多，但常用方法有以下四种。

（一）现金周转期模式

现金周转期模式是从现金周转的角度出发，根据现金的周转速度来确定最佳现金余额。利用这一模式确定最佳现金余额，分以下三个步骤：

第一步，计算现金周转期。现金周转期是指企业从购买材料支付现金到销售商品收回现金的时间。其计算公式为

$$现金周转期＝平均存货期＋平均收款期－平均付款期$$

第二步，计算现金周转率。现金周转率是指一年中现金的周转次数，其计算公式为

$$现金周转率＝360/现金周转期$$

第三步，计算最佳现金余额。其计算公式为

$$最佳现金余额＝年现金需求额/现金周转率$$

【例 9-2】 天辰公司的原材料购买和产品销售均采用信用的方式。经测算其应付账款的平均付款天数为 35 天，应收账款的平均收款天数为 70 天，平均存货期天数为 85 天，每年现金需要量预计为 360 万元，则

$$现金周转期＝85＋70－35＝120(天)$$
$$现金周转率＝360/120＝3(次)$$
$$最佳现金余额＝360/3＝120(万元)$$

（二）成本分析模式

成本分析模式是根据现金有关成本，分析其总成本最低时现金余额的一种方法。运用成本分析模式确定现金最佳余额，只考虑因持有一定量的现金而产生的机会成本及短缺成本，而不予考虑管理费用和转换成本。

$$机会成本＝平均现金持有量×有价证券利率（或报酬率）$$

短缺成本与现金持有量呈反方向变动关系。现金的持有成本同现金持有量之间的关系如图 9-5 所示。

从图 9-5 可以看出，由于各项成本同现金持有量的变动关系不同，使得总成本曲线呈抛物线形，抛物线的最低点，即为成本最低点，该点所对应的现金持有量便是最佳现金持有量，此时总成本最低。

运用成本分析模式确定最佳现金持有量的步骤是：①根据不同现金持有量测算并确定有关成本数值；②按照不同现金持有量及其有关成本资料编制最佳现金持有量测算表；③在测算表中找出总成本最低时的现金持有量，即最佳现金持有量。在这种模式下，最佳现金持有量，就是持有现金而产生的机会成本与短缺成本之和最小时的现金持有量。

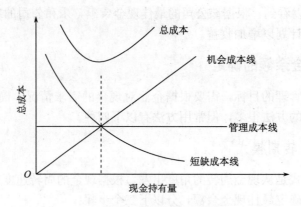

图 9-5 成本分析模式示意图

【例 9-3】 润和公司现有 A、B、C、D 四种现金持有方案，有关成本资料如表 9-2 所示。

表 9-2 现金持有量备选方案表

方案	A	B	C	D
现金持有量/元	200 000	400 000	600 000	800 000
机会成本率/%	10	10	10	10
短缺成本/元	48 000	25 000	10 000	8 000

根据表 9-2，可运用成本分析模式编制该企业最佳现金持有量测算表，如表 9-3 所示。

表 9-3 最佳现金持有量测算表

方案	A	B	C	D
机会成本/元	20 000	40 000	60 000	80 000
短缺成本/元	48 000	25 000	10 000	8 000
总成本/元	68 000	65 000	70 000	88 000

通过分析比较表 9-3 中各方案的总成本可知，B 方案的相关总成本最低，因此企业平均持有 400 000 元的现金时，各方面的总代价最低，400 000 元为现金最佳持有量。

（三）存货模式

存货模式，是将存货经济订货批量模型原理用于确定目标现金持有量，其着眼点也是现金相关成本之和最低。

运用存货模式确定最佳现金持有量时，是以下列假设为前提的：①企业所需要的现金可通过证券变现取得，且证券变现的不确定性很小；②企业预算期内现金需要总量可以预测；③现金的支出过程比较稳定、波动较小，而且每当现金余额降至零时，均通过部分证券变现得以补足；④证券的利率或报酬率以及每次固定性交易费用可以获悉。

利用存货模式计算现金最佳持有量时，对短缺成本不予考虑，只对机会成本和转换成本予以考虑。机会成本和转换成本随着现金持有量的变动而呈现出相反的变动趋向，因而能够使现金管理的机会成本与转换成本之和保持最低的现金持有量，即为最佳现金持有量。

设 T 为一个周期内现金总需求量，F 为每次转换有价证券的成本，Q 为最佳现金持有量（每次证券变现的数量），K 为有价证券利息率（机会成本），TC 为现金管理相关总成本，则

$$现金管理相关总成本＝持有机会成本＋转换成本$$

即

$$TC=(Q/2)\times K +(T/Q)\times F$$

现金管理相关总成本与持有机会成本、转换成本的关系如图 9-6 所示。

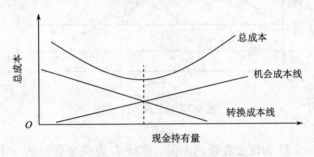

图 9-6　存货模式示意图

从图 9-6 可以看出，现金管理的相关总成本与现金持有量呈凹形曲线关系。持有现金的机会成本与证券变现的转换成本相等时，现金管理的相关总成本最低，此时的现金持有量为最佳现金持有量，即

$$Q=\sqrt{2TF/K}$$

将上式代入总成本计算公式得

$$TC=\sqrt{2TFK}$$

【例 9-4】 天亚公司现金收支状况比较稳定，预计全年需要现金 3 600 000 元，现金与有价证券的转换成本每次为 400 元，有价证券的年利率为 5%，则该企业的最佳现金持有量为

$$Q=\sqrt{2\times 3\ 600\ 000\times 400\div 5\%}=240\ 000(元)$$

$$T=\sqrt{2\times 3\ 600\ 000\times 400\times 5\%}=12\ 000(元)$$

其中，

$$持有现金成本＝(240\ 000/2)\times 5\%=6\ 000(元)$$

$$有价证券转换次数＝3\ 600\ 000/240\ 000=15(次)$$

$$转换成本＝(3\ 600\ 000/240\ 000)\times 400=6\ 000(元)$$

（四）随机模式

随机模式是在现金需求量难以预知的情况下进行现金持有量控制的方法。对企业来说，现金需求量往往波动大且难以预知，但企业可以根据历史经验和现实需要，测算出一个现金持有量的控制范围，即制定出现金持有量的上限和下限，将现金量控制在上、下限之内。当现金量达到控制上限时，用现金购入有价证券，使现金持有量下降；当现金量降低到控制下限时，则抛售有价证券换回现金，使现金持有量回升。若现金量在控制的上、下限之内，便不必进行现金与有价证券的转换，保持它们各自的现金存量。这种对现金持有量的控制，称之为随机模式，如图 9-7 所示。

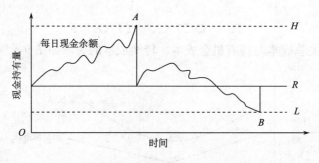

图 9-7　随机模式示意图

图 9-7 中，虚线 H 为现金存量的上限，虚线 L 为现金存量的下限，实线 R 为最优现金回归线。从图中可以看出，企业的现金存量（表现为现金每日余额）是随机波动的，当其达到 A 点时，即达到了现金控制量的上限，企业应当应用现金购买有价证券，使现金持有量回落到现金目标控制线（R 线）的水平；当现金存量降低至 B 点时，即达到了现金控制的下限，企业则应转让有价证券换回现金，使其存量回升至现金返回线水平。现金存量在上下限之间的波动属于控制范围内的变化，是合理的，不予理会。以上关系中上限 H、目标控制线 R 可按下列公式计算：

$$R = \sqrt[3]{\frac{3b\delta^2}{4i}} + L$$

$$H = 3R - 2L$$

式中，b 为每次有价证券的转换成本；i 为有价证券的日利息率；δ 为预期每日现金余额变化的标准差（可根据历史资料测算）。式中下限 L 的确定，则要受到企业每日的最低现金需要、管理人员的风险承受倾向等因素的影响。

【例 9-5】　假定乐和公司有价证券的年利率为 10%，每次有价证券的转换成本为 40 元，公司的现金最低持有量为 4 000 元，根据历史资料分析出现余额波动的标准差为 600 元，假设公司现有现金 20 000 元。现金目标控制线 R、现金控制上限 H 的计算如下：

$$R = \sqrt[3]{\frac{3b\delta^2}{4i}} + L = \sqrt[3]{\frac{3 \times 40 \times 600^2}{4 \times 10\% \div 360}} + 4\ 000 = 7\ 388(\text{元})$$

$$H = 3R - 2L = 3 \times 7\,388 - 2 \times 4\,000 = 14\,164（元）$$

这样，当公司的现金余额达到 14 164 元时，即应以 7 776 元（即 14 164 元－6 388 元）投资于有价证券，使现金持有量回落到 7 388 元；当公司的现金余额降至 4 000 元时，则应转让 3 388 元的有价证券，使现金持有量回升为 7 388 元。

四、现金的日常管理

现金日常管理[①]的目的在于提高现金使用效率。现金日常管理的主要内容有以下五个方面：

（1）力争现金流量同步。如果企业能尽量使它的现金流入与现金流出发生的时间趋于一致，就可以使其所持有的交易性现金余额降到最低水平。这就是所谓现金流量同步。

（2）使用现金浮游量。从企业开出支票，收票人收到支票并存入银行，至银行将款项划出企业账户，中间需要一段时间。现金在这段时间的占用称为现金浮游量。在这段时间里，尽管企业已开出了支票，却仍可动用在活期存款账户上的这笔资金。不过，在使用现金浮游量时，一定要控制好使用的时间，否则会发生银行存款的透支。

（3）加速收款。这主要指缩短应收账款的时间。发生应收款会增加企业资金的占用；但它又是必要的，因为它可以扩大销售规模，增加销售收入。问题在于如何既利用应收款吸引顾客，又缩短收款时间。这要在两者之间找到适当的平衡点，并需实施妥善的收账策略。

（4）推迟应付款的支付。推迟应付款的支付是指企业在不影响自己信誉的前提下，尽可能地推迟应付款的支付期，充分运用供货方所提供的信用优惠。如遇企业急需现金，甚至可以放弃供货方的折扣优惠，在信用期的最后一天支付款项。当然，这要权衡折扣优惠与急需现金之间的利弊得失而定。

（5）利用信用卡透支。当企业存款暂时不足，但又必须开支的，可以采用信用卡透支的方式，以解决由于支付延期而造成企业信誉损失。特别是目前各家银行发放的信用卡都有免息期，免息期最短有 25 天，最长有 56 天，企业可以充分利用这一优惠措施。采用信用卡支付，可以灵活调度现金与节省现金的开支。使用得当，最长可以享受 56 天的免息期。

第三节　应收账款管理

一、应收账款的功能与成本

（一）应收账款的功能

应收账款是指企业因对外赊销产品、材料、提供劳务等而应向购货或接受劳务的单

---

① 本节仅涉及单个企业现金日常管理内容，集团母子公司现金管理参见本书第十三章第三节内容。

位收取的款项。应收账款的主要功能有以下两种:

(1) 促进销售。在激烈的市场竞争中,采用赊销方式,为客户提供商业信用,可以扩大产品销售,提高产品的市场占有率。对客户企业而言,享受企业提供的商业信用实际上等于得到一笔无息贷款,这对其具有极大的吸引力。

(2) 减少存货。一般来讲,企业的应收账款所发生的相关费用与存货的仓储、保管费用相比相对较少。企业通过赊销的方式,将产品销售出去,把存货转化为应收账款,可以减少存货占用,加速存货周转。

(二) 应收账款的成本

企业持有应收账款需付出相应的代价,这种代价即为应收账款的成本。其内容包括以下几个方面。

1. 机会成本

应收账款的机会成本是指因资金投放在应收账款上而丧失的其他收入,如投资于有价证券便会有利息收入。其计算公式为

$$应收账款机会成本=应收账款占用资金×资本成本(或最低投资报酬率)$$
$$应收账款占用资金=应收账款平均余额×变动成本率$$
$$应收账款平均余额=日销售额×平均收账期$$

在计算过程中,资本成本一般可按有价证券利息率计算;平均收账期是各种产品的收账期以各种产品销售比重为权数计算的加权平均数。

在上述分析中,假设企业有剩余生产能力,此时信用销售所需的投入只是随产销量增加而增加的变动成本,固定成本总额不变。如果企业现有生产能力已经饱和,此时信用销售所需的投入就是全部成本,应收账款占用资金就等于应收账款平均余额。

2. 管理成本

应收账款的管理成本是指企业对应收账款进行日常管理而发生的开支。应收账款的管理成本主要包括:对客户的资信调查费用;应收账款账簿记录费用;催收拖欠账款发生的费用等。

3. 坏账成本

坏账成本是指因应收账款无法收回而产生的坏账损失。坏账成本与应收账款数量成正比。坏账成本在数量上等于赊销收入与坏账损失率的乘积。

二、应收账款管理的目标与内容

提供信用销售的结果,一方面可以扩大销售,另一方面又形成了应收账款,并产生了应收账款成本,从而增加了企业的经营风险。因此,应收账款管理的目标,就是要实现上述信用销售的功能与成本之间的平衡。这种平衡是通过制定并有效执行适当的信用政策来实现的。因此,应收账款管理的内容应当包括:①制定适当的信用政策;②严格执行信用政策;③应收账款的控制。

三、信用政策

信用政策又称应收账款政策,是指企业为对应收账款进行规划与控制而确立的基本原则与行为规范,是企业财务政策的一个重要组成部分。企业要管好用好应收账款,必须事先制定科学合理的信用政策。信用政策包括信用标准、信用条件和收账政策三部分内容。

(一) 信用标准

信用标准是客户获得企业商业信用所应具备的最低条件,通常以预期的坏账损失率表示。信用标准的设置,直接影响到对客户信用申请的审批,与销售部门的工作密切相关,它能帮助企业的销售部门定义企业的信用销售对象,在很大程度上决定了企业客户群的规模。信用标准的宽严也在很大程度上决定了应收账款的规模和相关成本。

如果企业信用标准过高,将使许多客户因信用品质达不到设定的标准而被拒之门外,其结果尽管有利于降低违约风险及收账费用,但也会影响企业市场竞争能力的提高和销售收入的扩大。相反,如果企业采取较低的信用标准,虽然有利于企业扩大销售,提高市场竞争力和占有率,但同时也会导致坏账损失风险加大和收账费用增加。

【例 9-6】 天地公司原来的信用标准是只对预计坏账 5%以下的客户提供商业信用。其销售产品的边际贡献率为 20%,同期有价证券的利息率为年利率 10%。公司拟修改原来的信用标准,为了扩大销售,决定降低信用标准,有关资料如表 9-4 所示。

表 9-4 两种不同的信用标准下的有关资料

项 目	原方案	新方案
信用标准(预计坏账损失率)/%	5	6.5
销售收入/元	100 000	150 000
应收账款的平均收账期/天	45	75
应收账款的管理成本/元	1 000	1 200

根据表 9-4,计算两种信用标准对利润的影响,结果如表 9-5 所示。

表 9-5 两种不同的信用标准下的利润计算 单位:元

项目	原方案	新方案	差异
边际贡献	100 000×20%=20 000	150 000×20%=30 000	10 000
应收账款的机会成本	100 000×45×80%×10%/360 =1 000	150 000×75×80%×10%/360 =2 500	1 500
应收账款的管理成本	1 000	1 200	200
坏账成本	100 000×5%=5 000	150 000×6.5%=9 750	4 750
应收账款成本总额	7 000	13 450	6 450
净收益	13 000	16 550	3 550

从表9-5可知，选择新方案可增加收益 3 550 元，因此应该选择新方案。

（二）信用条件

信用条件是指企业要求客户支付赊销款项的条件，包括信用期限、折扣期限和现金折扣。信用条件的基本表现方式如"2/10，n/40"，即 40 天为信用期限，10 天为折扣期限，2%为现金折扣率。

1. 信用期限

信用期限是指企业允许客户从购货到支付货款的时间间隔。企业产品销售量与信用期限之间存在着一定的依存关系。通常，延长信用期限，可以在一定程度上扩大销售量，从而增加毛利。但不适当地延长信用期限，会给企业带来不良后果：一是使平均收账期延长，占用在应收账款上的资金相应增加，引起机会成本增加；二是引起坏账损失和收账费用的增加。因此，企业是否给客户延长信用期限，应视延长信用期限增加的边际收入是否大于增加的边际成本而定。

【例 9-7】　大海公司现采用 30 天付款的信用政策，公司财务主管拟将信用期限放宽到 60 天，仍按发票金额付款不给予折扣，假设资本成本率为 15%，有关数据如表9-6所示。

表 9-6　有关数据

信用期 项　目	信用期 30 天	信用期 60 天
销售量/万件	200	240
销售额/万元：单价 50 元/件	10 000	12 000
销售成本		
变动成本/(40 元/件)	8 000	9 600
固定成本/万元	1 000	1 000
发生的收账费用/万元	70	95
发生的坏账损失/万元	105	190

（1）收益增加。

$$增加的收益＝增加的销售量×单位边际贡献$$
$$＝（240－200）×（50－40）＝400（万元）$$

（2）应收账款机会成本增加。

$$30 天信用期限应收账款的机会成本＝\frac{10\,000}{360}×30×\frac{40}{50}×15\%＝100（万元）$$

$$60 天信用期限应收账款的机会成本＝\frac{12\,000}{360}×60×\frac{40}{50}×15\%＝240（万元）$$

$$应收账款机会成本增加＝140（万元）$$

(3) 收账费用和坏账损失增加。

收账费用增加＝95－70＝25(万元)

坏账损失增加＝190－105＝85(万元)

(4) 改变信用期限损益。

收益增加－成本费用增加＝400－(140＋25＋85)＝150(万元)

由于收益的增加大于成本的增加，故应采用 60 天信用期。

2. 折扣期限和折扣率

许多企业为了加速资金周转，及时收回货款，减少坏账损失，往往在延长信用期限的同时，给予一定的现金折扣，即在规定的时间内提前偿付货款的客户可按销售收入的一定比率享受折扣。现金折扣实际上是产品售价的降低，但也会促使客户提前付款，从而降低本企业应收账款占用资金，减少相应的成本费用。

【例 9-8】　沿用上例，假定该公司在放宽信用期限的同时，为了吸引顾客尽早付款，提出了 (1/30，n/60) 的现金折扣条件，估计会有一半的顾客（按 60 天信用期所能实现的销售量计算）将享受现金折扣优惠。

(1) 收益增加。

增加的收益＝增加的销售量×单位边际贡献

$$=(2\,40-2\,00)\times(50-40)=400(万元)$$

(2) 应收账款机会成本增加。

$$30\text{ 天信用期限应收账款的机会成本}=\frac{10\,000}{360}\times30\times\frac{40}{50}\times15\%=100(万元)$$

提供现金折扣的应收账款的平均收款期＝30×50%＋60×50%＝45(天)

$$\text{提供现金折扣的应收账款的机会成本}=\frac{12\,000}{360}\times45\times\frac{40}{50}\times15\%=180(万元)$$

应收账款机会成本增加＝180－100＝80(万元)

(3) 收账费用和坏账损失增加

收账费用增加＝95－70＝25(万元)

坏账损失增加＝190－105＝85(万元)

(4) 估计现金折扣成本的变化

现金折扣成本增加＝新的销售水平×新的现金折扣率×享受现金折扣的顾客比例

－旧的销售水平×旧的现金折扣率×享受现金折扣的顾客比例

＝12 000×1%×50%－10 000×0×0＝60(万)

(5) 改变现金折扣后的损益

收益增加－成本费用增加＝400－(80＋25＋85＋60)＝150(万元)

由于收益的增加大于成本的增加，故应采用 60 天信用期。

(三) 收账政策

收账政策是指企业信用条件被违反时，拖欠甚至拒付账款时所采取的收账策略与措施。正常情况下，客户应该按照信用条件中的规定期限及时付款，履行其购货时承诺义务。但实际中由于种种原因，有的客户在期满后仍不能付清欠款。因此，企业将采取相应收账方式来收回账款。收账方式主要有两种：一是自行收账，二是委托商账追收。委托商账追收即委托专业收账公司追讨。企业涉外业务账款的追收，一般可以委托境外专业公司追讨。而国内业务一般是在企业自行收账不成功时，才委托专业公司收账。目前，应收账款主要靠自行收账。

一般而言，企业加强收账管理，及早收回货款，可以减少坏账损失，减少应收账款上的资金占用，但会增加收账费用。因此，制定收账政策就是要在增加收账费用与减少坏账损失、减少应收账款机会成本之间进行权衡，若前者小于后者，则说明制定的收账政策是可取的。

四、应收账款的日常控制

（一）应收账款的事前控制

事前控制是应收账款控制的首要环节，其目的是将未来可能发生的信用风险控制在事前，以防患于未然。事前控制主要通过对客户的信用调查、资信分析和信用评估三个方面进行。

1. 信用调查

对客户的信用情况进行调查，包括客户的付款历史、产品的生产状况、公司的经营状况、财务实力的估算数据、公司主要所有者及管理者的背景等。

信用调查的方法大体上可以分为两类：一类是直接调查，是指调查人员直接与被调查单位接触，通过当面采访、询问、观看、记录等方式获取信用资料的一种方法；另一类是间接调查，它是以被调查单位以及其他单位保存的有关原始记录基础，通过加工整理获得被调查单位信用资料的一种方法。这些资料主要来自以下几个方面：①客户的财务报表；②信用评估机构；③银行；④其他，如财税部门、工商管理部门、企业的上级主管部门、证券交易部门等。

2. 资信分析

对客户的资信分析是在信用调查的基础上，通过"5C"分析法进行。所谓"5C"，是指评估客户信用品质的五个主要方面，包括：

（1）品德（character），是指客户履行其偿债义务的态度。这是决定是否给予客户信用的首要因素，也是"5C"中最为主要的因素。

（2）能力（capacity），是指客户偿付能力。其高低，取决于资产特别是流动资产的数量、质量（变现能力）及其与流动负债的比率关系。

（3）资本（capital），是指顾客的权益资本或自有资本状况，代表顾客的财务实力，反映顾客对其债务的保证能力。

（4）抵押品（collateral），是指客户为取得信用而提供的担保资产。

（5）条件（conditions），是指客户所处的社会经济条件，即社会经济环境发生变化时，其经营状况和偿债能力可能受到的影响。

3. 信用评分法

在信用调查和资信分析的基础上，运用信用评分法对顾客进行信用评估。信用评分法是对一系列财务比率和信用情况指标进行评分，然后进行加权平均，得出顾客综合的信用分数，并以此进行信用评估的一种方法。进行信用评分的基本公式为

$$Y = \beta_1 X_1 + \beta_2 X_2 + \cdots + \beta_n X_n$$

式中，Y 为某企业的信用评分；β_i 代表事先拟定的对第 i 种财务比率和信用品质进行加权的权数；X_i 代表第 i 种财务比率和信用品质的评分。

企业可以根据自身所处的行业环境、经营情况等因素确定不同财务比率和信用品质的重要程度，选择需要纳入公式的财务比率和信用品质。然后根据历史经验和未来发展预计对各财务比率和信用品质赋予相应的权数。将客户企业的具体资料代入公式后，最终计算得出客户企业的信用评分。

【例 9-9】　根据黄河公司对其客户 XY 公司的调查，得到 XY 公司信用情况评分，如表 9-7 所示。

表 9-7　XY 公司的信用情况评分表

项目	财务比率和信用品质（1）	分数（X_i）0～100（2）	预计权数（β_i）（3）	加权平均数（4）＝（2）×（3）
流动比率	1.5	90	0.15	13.5
资产负债率	40	90	0.10	9
净资产报酬率	25	95	0.20	19
信用评估等级	AA	90	0.10	9
信用记录	良好	70	0.25	17.5
未来发展预计	良好	70	0.15	10.5
其他因素	好	80	0.05	4
合计	—	—	1.00	82.5

在表 9-7 中，第（1）栏资料根据搜集得到的客户企业情况分析确定；第（2）栏根据第（1）栏的资料确定；第（3）栏根据财务比率和信用品质的重要程度确定。

在采用信用评分法进行信用评估时，分数在 80 分以上者，说明企业信用状况良好；分数在 60～80 分者，说明信用状况一般；分数在 60 分以下者，说明信用状况较差。

（二）应收账款的事中控制

1. 应收账款追踪分析法

为了如期足额地收回销售货款，赊销企业有必要在收账之前，对该项应收账款的运行过程进行追踪分析。分析的重点应放在赊销商品的销售与变现环节。客户以欠账方式购入商品后，迫于获利与付款信誉的动力与压力，必然期望迅速地实现销售并收回账款。如果客户的期望能顺利实现，又具有良好的信用品质，则企业一般能如期足额地收

回客户欠款。

通过对应收账款的追踪分析，有利于赊销企业准确预期应收账款发生呆坏账的可能性，研究和制定有效收账对策，在与客户交涉中做到心中有数，有理有据，从而提高收账效率，降低坏账损失。当然，赊销企业不可能也没有必要对全部的应收账款实施跟踪分析。在通常情况下，主要应以那些金额大或信用品质较差的客户的欠款为考察的重点。同时，也可对客户的信用品质与偿还债能力进行延伸性调查与分析。

2. 应收账款账龄分析

应收账款账龄分析是指对应收账款账龄结构的分析。应收账款账龄结构是指企业在某一时点，将所发生在外各笔应收账款按照开票日期进行归类，并计算出各账龄应收账款的余额占总计余额的比重。

【例 9-10】 ABC 公司 2008 年 6 月 30 日，对企业应收账款进行追踪分析，把所有应收账款账户进行账龄分析，有关资料及分析情况如表 9-8 所示。

表 9-8 ABC 公司账龄分析表

应收账款		账户数/个	百分率/%	金额/千元	百分率/%
信用期内		100	43.29	500	50
超信用期	1 个月内	50	21.65	200	20
	2 个月内	20	8.66	60	6
	3 个月内	10	4.33	40	4
	6 个月内	15	6.49	70	7
	12 个月内	12	5.19	50	5
	18 个月内	8	3.46	20	2
	24 个月内	16	6.93	60	6
	合计	131	56.71	500	50
总计余额		231	100	1 000	100

表 9-8 分析表明，ABC 公司通过账龄分析可以看到公司所有应收账款，有多少尚在信用期：从账户数 231 个中在信用期内的账户数有 100 个，占 43.29%；从金额 100 万元中在信用期内为 50 万元，占 50%。有多少欠款超过了信用期：超信用期账户数 131 个，占 56.71%；超信用期金额 50 万元，占 50%。这可以为企业进一步对应收账款管理采取相应的措施。

（三）应收账款的事后控制

1. 制定合理的收账策略

收账策略的积极与否，直接影响到收账数量、收账期与坏账损失比率。企业采取积极的收账策略，收账费用增加，坏账成本相对减少；反之，企业采取消极的收账策略，收账费用减少，但坏账成本可能增加。收账费用与坏账成本之间存在着反比例变动的非线性关系。企业应当权衡不同收账策略下的成本和收益后确定合理的收账策略。

2. 确定合理的收账程序与讨债方法

催收账款的一般程序是：信函通知；电话催收；派员面谈；法律行动。当顾客拖欠账款时，应当分析原因，确定合理的讨债方法。一般而言，顾客拖欠账款的原因有两类：一是无力偿付，即顾客因经营管理不善出现财务困难，没有资金支付到期债务。对这种情况要进行具体分析，如果顾客所出现的无力支付是暂时的，企业应帮助其渡过难关，以便收回更多的账款；如果顾客所出现的无力支付是严重财务危机，已达破产界限，则应及时向法院起诉，以期在破产清算时得到债权的部分清偿。二是故意拖欠，即顾客具有正常的支付能力，但为了自身利益，想方设法不付款。针对这种情况，则需要确定合理的讨债方法。常见的讨债方法有讲理法、恻隐术法、疲劳战法、激将法、软硬术法等。

3. 建立有效的应收账款管理制度

(1) 建立坏账准备金制度。按规定计提坏账准备金，是企业风险自担的一种制度，也是应对应收账款坏账风险的方式。

(2) 建立应收账款绩效考核制度，把应收账款周转率、应收账款回笼率①指标落实到部门和个人，其管理业绩与奖惩挂钩。

以上三个阶段可以简单地概括为信用管理的"防、控、救"，即事前要"防"、事中要"控"、事后要"救"。其中，事前如何做好"防"是关键。

第四节　存货管理

存货是指企业在日常活动中持有以备出售的产成品或商品、处在生产过程中的在成品、在生产过程或提供劳务过程中耗用的材料和物料等。它是企业流动资产的重要组成部分，在流动资产中所占的比重较大。

一、存货的功能与成本

(一) 存货的功能

如果企业能在生产投料时随时购入所需材料，在销售时购入所需商品，就不需储备存货。但实际上，企业总有储备存货的需要并因此而占用或多或少的资金。企业储存存货主要出于以下原因：防止停工待料、适应市场变化、降低进货成本、维持均衡生产等。

(二) 存货的成本

与储存存货相关的成本主要包括以下三项。

---

① 这里，应收账款周转率＝赊销收入/平均应收账款余额；应收账款回笼率＝当期收回的应收账款额/当期发生的应收账款总额。

1. 进货成本

进货成本主要由存货的进价和进货费用构成。通常用 TC_a 来表示。其中，进价又称采购成本，是指存货本身的价值，等于采购单价与采购数量的乘积。若年需要量用 D 表示，单价用 U 表示，于是采购成本为 DU。在一定时期进货总量既定的条件下，无论企业采购次数如何变动，存货的进价通常是保持相对稳定的（假设物价不变且无采购数量折扣），因而属于决策无关成本。进货费用又称订货成本，是指企业为组织进货而开支的费用。进货费用有一部分与订货次数有关，如差旅费、邮寄费等，这类变动性进货费用属于决策的相关成本；另一部分与订货次数无关，如常设采购机构的基本开支等，这类固定性进货费用则属于决策的无关成本，用 F_1 表示。每次订货的变动成本用 K 表示；订货次数等于存货年需要量 D 与每次进货量 Q 之商。订货成本的计算公式为

$$订货成本 = \frac{D}{Q} \times K + F_1$$

$$TC_a = DU + \frac{D}{Q}K + F_1$$

2. 储存成本

储存成本，即企业为持有存货而发生的费用，包括存货占用资金的机会成本、仓储费用、保险费用、存货破损和变质损失等，通常用 TC_c 来表示。

储存成本可以按照与储存数额的关系分为变动性储存成本和固定性储存成本两类。其中，固定性储存成本与存货储存数额的多少没有直接联系，如仓库折旧费、仓库职工的固定月工资等，常用 F_2 来表示，这类成本属于决策的无关成本；而变动性储存成本则与存货储存数额成正比例变动关系，如存货资金的应计利息、存货的破损和变质损失、存货的保险费等，其单位成本通常用 K_c 表示。这类成本属于决策的相关成本。

$$TC_c = \frac{Q}{2} \cdot K_c + F_2$$

3. 缺货成本

缺货成本，是指因存货不足而给企业造成的停产损失、延误发货的信誉损失及丧失销售机会的损失等。缺货成本通常用 TC_s 表示。缺货成本能否作为决策的相关成本，应视企业是否允许出现存货短缺的不同情形而定。若允许缺货，则缺货成本便与存货数量反向相关，即属于决策相关成本；反之，若企业不允许发生缺货情形，此时缺货成本为零，也就无须加以考虑。

如果以 TC 来表示储存存货的总成本，它的计算公式为

$$TC = TC_a + TC_c + TC_s = DU + \frac{D}{Q}K + F_1 + \frac{Q}{2} \cdot K_c + F_2 + TC_s$$

二、存货管理的目标

企业持有充足的存货，不仅有利于生产过程的顺利进行，节约订货成本与生产时

间，而且能够迅速地满足客户各种订货的需要，从而为企业的生产与销售提供较大的机动性，避免因存货不足带来的机会损失。然而，存货的增加必然要占用更多的资金，将使企业付出更大的成本。因此，如何在存货的功能与成本之间进行利弊权衡，在充分发挥存货功能的同时降低成本、增加收益、实现它们的最佳组合，成为存货管理的基本目标。

三、存货的批量决策

（一）经济订货批量模型

经济进货批量是指能够使一定时期存货的相关总成本达到最低点的进货数量。

通过上述对存货成本分析可知，决定存货经济进货批量的成本因素主要包括变动性进货费用（简称进货费用）、变动性储存成本（简称储存成本）以及允许缺货时的缺货成本。不同的成本项目与进货批量呈现着不同的变动关系。减少进货批量，增加进货次数，在影响储存成本降低的同时，也会导致进货费用与缺货成本的提高；相反，增加进货批量，减少进货次数，尽管有利于降低进货费用与缺货成本，但同时会影响储存成本的提高。因此，如何协调各项成本间的关系，使其总和保持最低水平，是企业组织进货过程需解决的主要问题。

经济进货批量基本模型以以下假设为前提：①企业一定时期的进货总量可以较为准确地予以预测；②存货的耗用或者销售比较均衡；③存货的价格稳定，且不存在数量折扣，进货日期完全由企业自行决定，并且每当存货量降为零时，下批存货均能马上一次到位；④仓储条件及所需现金不受限制；⑤不允许出现缺货情形；⑥所需存货市场供应充足，不会因买不到所需存货而影响其他方面。

由于企业不允许缺货，即每当存货数量降至零时，下一批订货便会随即全部购入，故不存在缺货成本。此时与存货订购批量、批次直接相关的就只有进货费用和储存成本两项。则

$$TC = \frac{D}{Q}K + \frac{Q}{2} \cdot K_c$$

存货相关总成本与相关进货费用与相关储存成本的关系如图 9-8 所示。

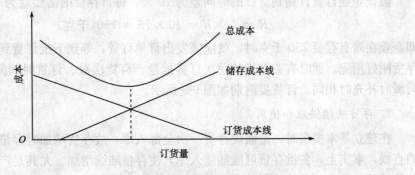

图 9-8　存货成本关系图

从图 9-8 可以看出，当相关进货费用与相关储存成本相等时，存货相关总成本最低，此时的进货批量就是经济进货批量。

$$经济进货批量 (Q) = \sqrt{2DK/K_c}$$

$$经济进货批量的存货相关总成本 (TC) = \sqrt{2DKK_c}$$

$$经济进货批量平均占用资金 (W) = PQ/2 = U\sqrt{DK/2K_c}$$

$$年度最佳进货批次 (N) = D/Q = \sqrt{DK_c/2K}$$

【例 9-11】 天虹公司每年需耗用甲材料 360 000 千克，该材料的单位采购成本 150 元，单位年储存成本 4 元，平均每次进货费用 200 元，则

$$Q = \sqrt{2 \times 360\,000 \times \frac{200}{4}} = 6\,000(千克)$$

$$TC = \sqrt{2 \times 360\,000 \times 200 \times 4} = 24\,000(元)$$

$$W = 150 \times (6\,000 \div 2) = 450\,000(元)$$

$$N = \frac{360\,000}{6\,000} = 60(次)$$

上述计算表明，当进货批量为 6 000 千克时，进货费用与储存成本总额最低。

(二) 经济订货批量模型的拓展应用

1. 存在订货提前期经济订货量模型

经济订货量的基本模型是在前述假设条件下建立的，但是实际生活中能够满足这些假设条件的情况十分罕见。为使模型更接近于实际情况，具有较高的可行性，需要逐一放宽条件，改进模型。

一般情况下，企业的存货不能做到随时补充，因为不能等存货用完再去订货，而需要在没有用完时提前订货。在提前订货的情况下，企业再次发出订单时，尚有存货的库存量，称为再订货点，用 R 表示。它的数量等于交货时间 (L) 和每日平均需要量 (d) 的乘积，即

$$R = L \times d$$

假设企业订货日到到货日的时间差为 10 天，每日存货的需要量为 75 千克，那么

$$R = L \times d = 10 \times 75 = 750(千克)$$

即企业在尚有存货 750 千克时，就应该发出订单订货，等到下批订货到达企业时，原有存货刚好用完。此时有关存货的每次订货批量、订货次数、订货时间间隔等并无变化，与瞬时补充时相同。订货提前期如图 9-9 所示。

2. 存货陆续供应和使用

在建立基本模型时，是假设存货一次全部入库，故存货增加时存量变化为一条垂直的直线，事实上，各批存货可能陆续入库，使存量陆续增加。尤其是产成品入库和在产品的转移，几乎总是陆续供应和陆续耗用的，这种情况下，需要对基本模型作一些修改。存货数量的变动如图 9-10 所示。

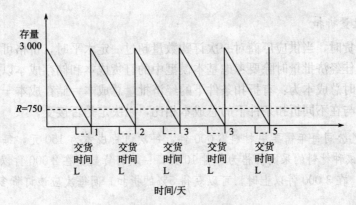

图 9-9 订货提前期

假设每批订货数为 Q，由于每日送货量为 p，故该批货全部送达所需日数则为 Q/p，称之为送货期，假定零件每日耗用量为 d，送货期内的全部耗用量为 $(Q/p)\times d$。由于存货边送边用，所以当每批送达完毕时，则

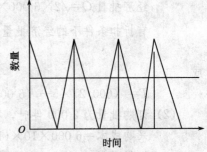

图 9-10 存货陆续供应模型

最高库存量为 $Q-(Q/p)\times d$

平均库存量为 $[Q-(Q/p)\times d]/2=Q(1-d/p)/2$

这样与批量有关的总成本为

$$T=(A/Q)\times P+\frac{1}{2}(Q-Q/p\times d)\times C$$

$$=(A/Q)\times P+\frac{Q}{2}(1-d/p)\times C$$

在订货变动成本与储存变动成本相等时，T 有最小值，故存货陆续供应和使用的经济订货量公式为

$$(A/Q)\times P=\frac{Q}{2}(1-d/p)\times C$$

$$Q=\sqrt{\frac{2AP}{C}\times\frac{p}{p-d}}$$

将这一公式代入上述 T 公式，可得出存货陆续供应和使用的经济订货量总成本公式，即

$$T=\sqrt{2APC\times(1-d/p)}$$

【例 9-12】 甲企业全年需要乙材料 43 200 千克，一次订货成本 800 元，单位年储存成本 40 元，该企业的订货陆续到货，每日到货量 200 千克。要求计算企业乙材料在陆续到货情况下的经济批量。

$d=43\,200/360=120$（千克）

$Q=\sqrt{(2\times43\,200\times800\div40)\times200\div(200-120)}=2\,078$（千克）

$T=\sqrt{2\times43\,200\times800\times40\times(200-120)\div200}=33\,255$（元）

3. 存在数量折扣

企业在订货时，当供应厂商对一次订购数量超过一定水平时，价格可以打一定的折扣时，确定最佳经济批量时除要考虑基本模型中的订货成本和储存成本以外，还要考虑采购成本，此时总成本为：有折扣条件下的经济批量总成本＝储存成本＋订货成本＋采购成本，然后与在不同折扣条件下的总成本相比，以决定是否接受。

【例 9-13】　乙公司每年需要甲材料 6 000 件，每次订货成本为 150 元，每件材料年储存成本为 5 元，该种材料的采购价格为每件 10 元，一次订货数量在 2 000 件以上时，可以获得 2% 的折扣；在 3 000 件以上时，可以获得 5% 的折扣。问每次应该订货多少数量。

分析：

(1) 在无数量折扣时，有

经济批量 $Q=\sqrt{2\times6\,000\times150\div5}=600$（件）

有折扣条件下的经济批量总成本 $T=\sqrt{2\times6\,000\times150\times5}+6\,000\times10$
$$=63\,000（元）$$

或

$$T=(600/2)\times5+(6\,000/600)\times150+6\,000\times10=63\,000（元）$$

(2) 订购批量为 2 000 件时，有

采购成本＝$6\,000\times10\times(1-2\%)=58\,800$（元）

订货成本＝$(6\,000/2\,000)\times150=450$（元）

储存成本＝$(2\,000/2)\times5=5\,000$（元）

总成本＝$58\,800+450+5\,000=64\,250$（元）

(3) 订购批量为 3 000 件时，有

采购成本＝$6\,000\times10\times(1-5\%)=57\,000$（元）

订货成本＝$6\,000/3\,000\times150=300$（元）

储存成本＝$3\,000/2\times5=7\,500$（元）

总成本＝$57\,000+300+7\,500=64\,800$（元）

比较以上计算结果，订货批量为 2 000 件时的成本最低。

4. 保险储备

前面的讨论是假定存货的供需稳定且确知，即每日需用量不变，交货时间也固定不变。实际上，每日需用量、交货时间都可能变化。按照某一订货批量（经济订货批量）和再订货点发出订单后，如果需求大增或送货延迟，就会发生缺货。为防止由此造成的损失，就需要多储备一些存货以备应急之需，这些存货称为保险储备

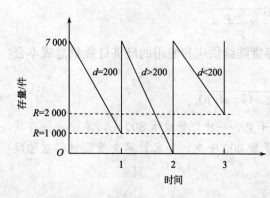

图 9-11　存在保险储备情况下存货存量与订货时间的关系

（安全存量）。这些存货在正常情况下不动用，只有当存货过量使用或送货延迟时才动用。保险储备如图 9-11 所示。

图 9-11 中，设年需用量（D）为 90 000 件，已计算出经济订货量为 6 000 件，每年订货 15 次。又知全年平均日需用量（d）为 200 件，平均每次交货时间（L）为 5 天。为防止需求变化引起缺货损失，设保险储备量（B）为 1 000 件，再订货点（R）由此而相应提高为

$$R = L \times d + B = 5 \times 200 + 1\,000 = 2\,000（件）$$

在第一个订货周期里，$d=200$，不需要动用保险储备；在第二个订货周期内，$d>200$，需求量大于供货量，需要动用保险储备；在第三个订货周期内，$d<200$，不仅不需动用保险储备，正常储备也未用完，下次存货即已送到。

建立保险储备，固然可以使企业避免缺货造成的损失，但存货平均储存量加大、储存成本上升。研究保险储备的目的，就是要找出合理的保险储备量，使缺货损失和储存成本之和最小。方法上可先计算出各种不同的保险储备量总成本，然后再对总成本进行比较，选定其中最低的。

四、存货日常控制

存货日常控制是指在日常生产经营活动中，根据存货计划和生产经营活动的实际要求，对各种存货的使用和周转状况进行组织、调节和监督，将存货数量保持在一个合理的水平上。常用的存货控制方法有以下几种。

（一）ABC 分类法

ABC 分类管理就是按照一定的标准，将企业的存货划分为 A、B、C 三类，分别实行分品种重点管理、分类别一般控制和按总额灵活掌握的存货管理方法。

ABC 分类的标准主要有两个：一是金额标准；二是品种数量标准。其中金额标准是最基本的，品种数量标准仅作为参考。A 类存货的特点是金额巨大，但品种数量较少；B 类存货金额一般，品种数量相对较多；C 类存货品种数量繁多，但价值金额却很小。一般而言，三类存货的金额比重大致为 A：B：C=0.7：0.2：0.1，而品种数量比重大致为 A：B：C=0.1：0.2：0.7。

可见，由于 A 类存货占用着企业绝大多数的资金，只要能够控制好 A 类存货，基本上也就不会出现较大的问题。同时，由于 A 类存货品种数量较少，企业完全有能力按照每一个品种进行管理。B 类存货金额相对较小，企业不必像对待 A 类存货那样花费太多的精力。同时，由于 B 类存货的品种数量远远多于 A 类存货，企业通常没有能力对每一具体品种进行控制，因此可以通过划分类别的方式进行管理。C 类存货尽管品种数量繁多，但其所占金额却很小，对此，企业只要按总额控制就可。

（二）及时生产的存货系统

及时生产系统（just-in-time system，JIT），是指通过合理规划企业的产供销过程，使从原材料采购到产成品销售每个环节都能紧密衔接，减少制造过程中不增加价值的作

业，减少库存，消除浪费，从而降低成本，提高产品质量，最终实现企业效益最大化。

及时生产的存货系统的基本原理是：只有在使用之前才从供应商处进货，从而将原材料或配件的库存数量减少到最小；只有在出现需求或接到订单时才开始生产，从而避免产成品的库存。及时生产的存货系统要求企业在生产经营的需要与材料物资的供应之间实现同步，使物资传送与作业加工速度处于同一节拍，最终将存货降低到最小限度，甚至零库存。

及时生产的存货系统的优点是：降低库存成本；减少从订货到交货的加工等待时间，提高生产效率；降低废品率、再加工和担保成本。但及时生产的存货系统要求企业内外部全面协调与配合，一旦供应链破坏，或企业不能在很短的时间内根据客户需求调整生产，企业生产经营的稳定性将会受到影响，经营风险加大。此外，为了保证能够按合同约定频繁小量配送，供应商可能要求额外加价，企业因此丧失了从其他供应商那里获得更低价格的机会收益。

【进一步学习指南】

一、短期金融资产投资

现金是收益性最差的资产。将一部分现金投资于短期证券，可以在保持较高流动性的同时获得更高的收益，因此将持有的部分现金用作短期金融资产投资是很多公司的做法。

企业最便捷的短期金融资产投资方式就是将多余的资金存入银行，获取银行利息。但是银行存款利率较低，因而企业更愿意投资于其他报酬率更高的项目如投资于大额定期存单、资产证券化与资产支持证券、货币市场基金、商业票据以及短期国库券等。

二、存货的储存期控制

存货的保本保利期控制法是对存货进行 ABC 分类的基础上，对 A 类存货按品种、B 类存货按大类、C 类存货按综合进行进一步控制方法。保本期是指商品经营利润等于零时的储存期；保利期是指商品经营实现目标利润的储存期。商品存货实施保本保利期控制的前提是：把企业存货投资所发生的费用支出按与储存期的关系分为固定费用与变动费用两类。固定费用是与储存期长短无直接联系的费用，如各项进货费用、管理费用等；变动费用是随着储存期的变动成比例变动的费用，如存货资金占用费、保管费、仓储损耗等。

根据量本利关系，有

商品经营利润＝商品销售毛利－固定费用－销售税金及附加－日变动费用×储存天数

商品保本期＝（毛利－固定费用－销售税金及附加）÷日变动费用

商品保利期＝（毛利－固定费用－销售税金及附加－目标利润）÷日变动费用

即该批存货要实现预定的目标利润，必须在保利期天内出售，超过保本期出售就要发生亏损。

三、关于零库存管理

随着零库存管理在丰田汽车的成功应用，越来越多的日本企业加入到了实行零库存管理的行列中。经过几十年的发展，零库存管理在日本已经拥有了供、产、销的集团化作业团队，形成了以零库存管理为核心的供应链体系。零库存管理包含以下两层意义：①库存货物的数量趋于零或等于零；②库存设施、设备的数量及库存劳动耗费同时趋于零或等于零。实现零库存管理的目的是为了减少资金占用量和提高物流运动的经济效益。零库存实现的方式有许多，如无库存储备、委托营业仓库存储和保管货物、协作分包方式、适时适量生产方式、订单生产、合理配送等。零库存管理既充满了诱惑也充满了风险，其目标能否真正实现还取决于包括供应商、技术、产品、客户，以及企业自身决策层的支持。

【复习思考题】

1. 如何权衡流动资产投资的风险与收益?

2. 流动资产投资策略有哪些类型,各有何特点?

3. 什么是营运资本,营运资本政策有哪些类型,各有何特点?

4. 现金持有成本包括哪些内容? 现金管理的目标是什么?

5. 什么是信用政策? 信用政策包括哪些内容?

6. 如何制定科学的信用政策? 对一个信用申请者进行分析,你将从哪些渠道获得信息? 如果你是一名财务主管,你认为应从哪些方面防范公司的信用风险?

7. 什么是经济订货量,如何确定经济订货量?

8. 经济订货量模型的前提与局限有哪些,如何克服?

9. 有效的存货管理将会如何影响公司资产的流动性和获利能力?

第 四 篇

收益及其分配

第十章

收益及其分配

【本章学习目标】

- 利润分配的原则与方法
- 影响股利政策的因素
- 股利政策的类型
- 股利支付程序与方式
- 股票股利、股票分割、股票回购

【案例引入】

用友软件的股利政策①。用友软件股份有限公司（以下简称用友软件）是我国电子计算机软件开发企业，2001 年 5 月 18 日，用友软件 A 股上市，上市开盘价达 76 元，比发行价 36.68 元高出 2 倍有余，当日最高价达 100 元，当日收盘价高达 92 元，创出当时中国股市新股上市首日最高的收盘价。2002 年 3 月 28 日，用友软件公布了 2001年年报。年报显示，在 2001 年，公司业绩出现了大幅度的增长，每股收益高达 0.70元。2002 年 4 月 28 日，用友软件股东大会审议通过 2001 年年度分配方案为 10 股派 6元（含税）。据此方案测算，其大股东王文京在此次分红中可分得现金股利 3 312 万元。用友软件的高派现方案在我国证券市场上引起了一场轩然大波，用友现象成为社会和经济学界关注的焦点。2003 年 4 月 19 日，用友软件在上市两年后再次向市场展示了其骄人业绩：2002 年年度公司每股收益高达 0.92 元，并推出"10 股派 6 元（含税）转赠 2股"的分配方案，令其再度成为市场关注的焦点。在随后的几年里，用友软件相继实施的分红方案为：2003 年年度 10 转 2 派 3.75 元；2004 年年度 10 转 2 派 3.2 元；2005 年年度 10 转 3 派 6.6 元；2006 年年度 10 派 6.8 元；2007 年年度 10 转 10 派 10 元；2008年年度 10 转 3 派 3 元；2009 年年度 10 转 3 派 6 元。

用友软件历年来为什么要实施高转增高派现方案？公司应当如何进行利润分配？上

---

① 资料来源：根据用友软件（股票代码：600588）历年财务报告整理而成。

市公司制定股利政策应当考虑哪些因素？如何选择股利政策？不同股利政策对公司的财务状况会造成怎样的影响？上市公司可用哪些具体方式支付股利？带着这些问题，我们进入本章学习。

第一节   利润与利润分配

利润是企业生存和发展的基础，追求利润是企业生产经营的根本动力。搞好利润管理，具有十分重要的意义：①利润是衡量企业生产经营水平的一项综合性指标；②利润是企业实现财务管理目标的基础；③利润是企业扩大再生产的主要资金来源。

一、利润的构成

利润是企业在一定会计期间的经营成果，包括营业利润、利润总额和净利润。

（1）营业利润等于营业收入减去营业成本、营业税金及附加、期间费用、资产减值损失，加上公允价值变动收益（减去公允价值变动损失）与投资收益（减去投资损失）。

（2）利润总额等于营业利润加上营业外收入，再减去营业外支出。

（3）净利润则等于利润总额减去所得税费用。

企业当年实现的净利润加上上一会计年度未分配的利润后的余额，构成当年可分配利润。

二、利润分配的原则

1. 依法分配原则

公司利润分配涉及股东、债权人、职工、社会等各个利益主体的切身利益，因此为维护社会秩序，充分发挥公司这一经济组织的优越性，平衡各个方面的利益冲突，各国公司法均对其分配原则和分配顺序予以了严格规定。我国企业必须按我国公司法规定的税后利润的分配顺序进行利润分配。

2. 企业价值最大化原则

企业的股利分配政策必须与企业的财务管理目标相一致，即最大限度地保证企业价值最大化。满足理财目标的要求，是制定股利分配政策的前提条件和根本出发点，无论采取何种政策、方案，决策者都要预见它对企业价值的影响。在企业资本结构合理，经营规模适当，尚无更好投资机会时，则可派发现金股利。如果未来现金流入稳定，可采取较固定的股利政策；如果未来现金流入不稳定，则可采取较低水平的股利政策；否则，一旦削减股利，传递给投资者的信息则是企业未来盈余将较日前减少，导致企业股价下跌。

3. 兼顾股东近期利益与企业长期利益

利润分配既要考虑股东的眼前利益，又要保障企业的长远发展。利润分配实际上是公司收益中股利和留存收益的分割比例问题。就企业发展而言，提高留存收益比例有利于企业当前的财务运作，减少外部融资，降低融资成本。但提高留存收益比例即意味着降低股利支付率，减少股东的现时收益，从而影响企业形象和投资者信心，增大企业未来的融资成本和融资难度。通过利润分配，平衡企业和股东面临的当前利益与未来利益、短期利益与长远利益、分配与增长的三大矛盾，有效地增强企业的发展后劲，促进企业的长远稳定发展。

4. 有利于改善资本结构

股利分配政策对企业资本结构有直接的影响。良好的股利分配政策有助于改善资本结构，使其趋于合理。如果企业的资产负债率过高，则应考虑提高留存收益的比例，以改善资本结构，增强其财务实力，降低财务风险；反之，如果资产负债率过低，则应多发放股利，提高财务杠杆利益。另外，当企业预见到良好的投资机会时，在确定投资方案所需资金的问题上，应按照最佳资本结构，相应确定股利和留存收益的分割比例。

5. 有利于股价的合理定位

股票在市场上的价格过高或过低都不利于企业的正常经营和稳定发展。股价过高会影响股票的流动性，并留下股价急剧下跌的隐患；股价过低，必将影响企业声誉，不利于今后增资扩股或负债融资，还可能引发被收购和兼并的活动；股价时高时低，波动频繁剧烈，将动摇投资者信心。所以，稳定股价对于企业的正常生产经营具有重要的意义。而股利政策对股票价格有着直接的影响，维持股票价格的合理定位就必然成为制定股利政策的一个原则。

6. 保持股利政策的连续性和稳定性

一般来说，股利政策的重大调整会在两个方面给股东带来影响：一方面是股利政策的波动或不稳定，会给投资者带来企业经营不稳定的印象，从而导致股票价格的下跌；另一方面，股利收入是一部分股东的生产和消费资金来源，股利的突然减少会给他们的生活带来较大的影响。因此，他们一般不愿意持有这种股票，最终导致需求减少，价格下跌。所以，企业应尽量避免削减股利，只有在确信未来能够维持新的股利水平时才宜提高股利。

三、利润分配的顺序

企业年度净利润，除法律、行政法规另有规定外，按照以下顺序分配：

(1) 弥补以前年度亏损。

(2) 提取 10% 法定公积金。法定公积金累计额达到注册资本 50% 以后，可以不再提取。

(3) 提取任意公积金。任意公积金提取比例由投资者决议。

(4) 向投资者分配利润。企业以前年度未分配的利润，并入本年度利润，在充分考虑现金流量状况后，向投资者分配。属于各级人民政府及其部门、机构出资的企业，应当将应付国有利润上缴财政。

国有企业可以将任意公积金与法定公积金合并提取。股份有限公司依法回购后暂未转让或者注销的股份，不得参与利润分配；以回购股份对经营者及其他职工实施股权激励的，在拟订利润分配方案时，应当预留回购股份所需利润。

企业弥补以前年度亏损和提取盈余公积后，当年没有可供分配的利润时，不得向投资者分配利润，但法律、行政法规另有规定的除外。

股份有限（责任）公司的税后利润在弥补亏损和提取法定公积金后，按照下列顺序进行分配：

（1）支付优先股股利；

（2）提取任意公积金；

（3）支付普通股股利。

利润分配的顺序可以按其中的逻辑关系总结如下：在弥补亏损和提取法定公积金之后，才能向股东分配股利；在有优先股的公司，只有在支付优先股股利后，才能提取任意公积金，也才能支付普通股股利。

第二节 股利政策的基本理论

股利政策是关于股份公司是否发放股利、发放多少股利、何时发放股利以及以何种形式发放股利等方面的方针和策略。股份公司在其理财决策中，股利政策始终占有重要地位。这是因为股利的发放既关系到公司股东当前的经济利益，又关系到公司的未来发展。

围绕股利政策对公司股价或公司价值有无影响问题的研究，形成了股利政策的基本理论。在西方学术界以及实务界，对股利政策理论的研究存在不同的观点，但主要有以下两种。

一、股利无关论

股利无关论认为，公司的股利政策不会对公司的股票价值产生任何影响。其代表人物是美国著名财务学家米勒和莫迪格莱尼，因此该理论又称股利政策 MM 理论。他们在其著名论文《股利政策增长和股票价值》一文中指出，在满足一定假设的情况下，公司的股利分配对公司股价或公司价值无任何影响。其假设前提是：①现行股票市价反映了所有已公开或未公开的信息，公司的投资者和管理当局可相同地获得关于未来投资机会的信息（即不存在信息不对称情况）；②没有股票筹资费用（即不存在股票发行和交易费用）；③不存在个人或公司所得税；④公司的投资决策与股利决策彼此独立（即投资决策不受股利分配的影响）。

在上述假设下，MM 理论认为，投资者并不关心公司股利分配的情况，公司的股价完全取决于公司投资的获利能力。公司的股利政策与其股票价格是无关的。

二、股利相关论

股利相关论认为，公司的股利政策会影响公司股票的价格。其代表性的观点主要有以下几个方面。

1. "在手之鸟"论

"在手之鸟"论认为，投资者对股利收益与资本利得收益是有偏好的，大部分投资者更偏向于股利收益，特别是正常的股利收益。因为正常的股利收益是投资者按时、按量、有把握取得的现实收益，好比在手之鸟，抓在手中是飞不掉的。而资本利得收益要靠出售股票才能得到，但股票价格起伏不定，具有很大的不确定性。一旦股价大跌，则资本利得会大幅度减少，好比林中之鸟，看上去多，却不一定能抓住。用句谚语来形容就是"一鸟在手，强于二鸟在林"，该理论因此而得名。

2. 投资者类别效应论

投资者类别效应论认为，投资者因其类别不同，对公司股利政策的偏好也是不同的。那些低收入阶层，比较偏好经常性的高额现金股利，因为较多的现金股利可以弥补其收入的不足，并可以减少不必要的交易费用。而那些高收入阶层，则比较偏好少分现金股利，多些留成，用于再投资，这样既可以避免取得股利收入而进一步增加其按较高税率计算并支付的个人所得税，又可以为将来积累财富。所以，投资者会因自己的类别不同、偏好不同，选择股利政策不同的公司，低收入阶层会选择股利支付率较高的企业，高收入阶层则会选择股利支付率较低的企业，投资者各取所需，各得其所。

3. 信息效应论

信息效应论认为，MM 理论中关于投资者和管理当局可相同地获得关于未来投资机会的信息这一假设是不存在的。这是因为，投资者一般只能通过公司的财务报告来了解公司的经营状况和盈利能力，并据此来判断股票的价格是否合理。但财务报告在一定时期内可调整、可润色，甚至还有虚假的成分。因此投资者对未来发展和收益的了解远不如公司管理人员清晰，即存在某种信息不对称。在这种信息不对称的情形下，现金股利的分配就成了一个难得的信息传播渠道。股利政策因此就有了信息效应，即股利的分配给投资者传递了关于公司盈利能力的信息（对一个盈利能力不足的公司来说，是无法定期按量支付现金股利的），而这一信息自然会引起股票价格的变化。通常，增加现金股利的支付，向投资者传递的是公司经营状况良好、盈利能力充足的信息，会导致股票价格的上升；反之，减少现金股利的支付，可能给投资者传递的是公司经营状况恶化、前途不甚乐观的信息，会导致股票价格的下跌。

4. 税收效应论

税收效应论认为，MM 理论中关于不存在个人及公司所得税这一假设也是不存在的。现实生活中，不仅存在着个人和公司所得税，而且在西方国家，资本利得收入计征的所得税与股利收入计征的所得税的课税比率也是不同的。一般而言，资本利得所得税率较低，股利收入所得税率较高。另外，投资者不出售股票就不会获得资本利得，也就不要纳税，如果投资者一直将资金保留在公司中继续增值，直到出售股票获得资本利得时才需纳税，还具有推迟纳税的效果。企业的股利政策采取多留少分，有利于投资者减少交纳的所得税，使投资者获得更多的投资收益，这就是股利政策的所得税效应。

总之，MM 理论中的假设在现实生活中是不存在的，完美无缺的资本市场也是不存在的，因而公司的股利分配与公司的价值（或股票价格）是相关的，我们可将上述四种理论统称为股利相关论。

第三节 股利政策的类型

一、影响股利政策的因素

(一)法律因素

为了保护债权人、投资者和国家的利益,有关法规对企业的股利分配有如下限制。

1. 资本保全限制

资本保全限制规定,企业不能用资本发放股利。该规定要求公司不能因支付股利而引起资本减少,目的在于保证公司有完整的资本基础,保护债权人的利益。任何导致资本减少的股利发放都是违反有关法律规定的。例如,我国《公司法》规定,股东大会和董事会违反规定,在公司弥补亏损和提取法定公积金之前向股东分配利润的,股东必须将违反规定分配的利润退还公司。这条规定从利润分配的程序上防止资本被侵蚀的可能性。

2. 资本积累限制

资本积累约束要求企业必须按照一定的比例和基数提取各种公积金,股利只能从企业的可供分配收益中支付,企业当期的净利润按照规定提取各种公积金后和过去累积的留存收益形成企业的可供分配收益。另外,在进行收益分配时,一般应当贯彻"无利不分"的原则,即当企业出现年度亏损时,一般不得给投资者分配利润。

3. 偿债能力限制

偿债能力是指企业按时足额偿还各种到期债务的能力,是企业确定收益分配政策时要考虑的一个基本因素。美国有些州的法律规定,禁止缺乏偿债能力的企业支付现金股利。无偿债能力包括两种含义:一是企业的负债总额超过了资产的公允价值总额,即资不抵债;二是企业不能向债权人偿还到期债务。由于企业清偿债务的能力取决于企业资产的流动性,而不是其资产的多少,所以第二种含义的无偿债能力限制给予了债权人更大程度上的保护。现金股利是企业现金的支出,而大量的现金支出必然影响公司的偿债能力。因此,公司在确定股利分配数量时,一定要考虑现金股利分配对公司偿债能力的影响,保证在现金股利分配后公司仍能保持较强的偿债能力,以维护公司的信誉和借贷能力,从而保证公司的正常资金周转。

4. 超额累积利润限制

由于股东接受现金股利交纳的所得税率高于其进行股票交易的资本利得税,公司通过保留利润来提高其股票价格,则可使股东避税。于是很多国家规定企业不得超额累积利润,一旦企业的留存收益超过法律许可的水平,将被加征额外税收。例如,美国《国内收入法》规定,如果国内税务局能够查实企业是故意压低股利支付率以帮助股东逃避缴纳个人所得税,就可对企业的累积盈余处以惩罚性的税率。我国法律目前对此尚未作出规定。

（二）公司因素

企业资金的灵活周转，是企业生产经营得以正常进行的必要条件。因此企业长期发展和短期经营活动对现金的需求，便成为对股利最重要的限制因素。其相关因素主要有以下几种。

1. 资产的流动性

企业现金股利的分配，应以一定资产流动性为前提。如果企业的资产流动性越好，说明其变现能力越强，股利支付能力也就越强。高速成长的盈利性企业，其资产可能缺乏流动性，因为它们的大部分资金投资在固定资产和永久性流动资产上了，这类企业当期利润虽然多但资产变现能力差，企业的股利支付能力就会削弱。

2. 投资机会

有着良好投资机会的企业需要有强大的资金支持，因而往往少发现金股利，将大部分盈余留存下来进行再投资；缺乏良好投资机会的企业，保留大量盈余的结果必然是大量资金闲置，于是倾向于支付较高的现金股利。所以，处于成长中的企业，因一般具有较多的良好投资机会而多采取低股利政策，许多处于经营收缩期的企业，则因缺少良好的投资机会而多采取高股利政策。

3. 筹资能力

如果企业规模大、经营好、利润丰厚，其筹资能力一般很强，那么在决定股利支付数额时，有较大选择余地。但对那些规模小、新创办、风险大的企业，其筹资能力有限，这类企业应尽量减少现金股利支付，而将利润更多地留存在企业，作为内部筹资。

4. 盈利的稳定性

企业的现金股利来源于税后利润。盈利相对稳定的企业，有可能支付较高股利，而盈利不稳定的企业，一般采用低股利政策。这是因为，对于盈利不稳定的企业，低股利政策可以减少因盈利下降而造成的股利无法支付、企业形象受损、股价急剧下降的风险，还可以将更多的盈利用于再投资，以提高企业的权益资本比重，减少财务风险。

5. 资本成本

留存收益是企业内部筹资的一种重要方式，它同发行新股相比，具有筹资成本较低的优点。因此，很多企业在确定收益分配政策时，往往将企业的净收益作为首选的筹资渠道，特别是在负债资金较多、资本结构欠佳的时期。

6. 股利政策的连续性

一般情况下，企业不宜经常改变其收益分配政策。企业在确定收益分配政策时，应当充分考虑股利政策调整有可能带来的负面影响。如果企业历年采取的股利政策具有一定的连续性和稳定性，那么重大的股利政策调整有可能对企业的声誉、股票价格、负债能力、信用等多方面产生影响。另外，靠股利来生活和消费的股东不愿意投资于股利波动频繁的股票。

7. 其他因素

企业收益分配政策的确定还会受其他公司因素的影响。例如，上市公司所处行业也会影响到它的股利政策。一般地，朝阳行业一般处于调整成长期，甚至能以数倍于经济发展速度的水平发展，因此就可能进行较高比例的股利支付；而夕阳产业则由于处在发展的衰退期，会随着经济的高增长而萎缩，就难以进行高比例的分红；对公用事业来说，则往往有及时、充裕的现金来源，而且可选择的投资机会有限，所以发放现金股利的可能性较大。另外，企业可能有意的多发股利使股价上升，使已发行的可转换债券尽快地实现转换，从而达到调整资本结构的目的或达到兼并、反收购的目的等。

（三）股东因素

1. 税赋

公司的股利政策会受股东对税赋因素考虑的影响。一般来讲，股利收入的税率要高于资本利得的税率，很多股东会由于对税赋因素的考虑而偏好于低股利支付水平。因此，低股利政策会使他们获得更多纳税上的好处。在我国，由于现金股利收入的税率是20%，而股票交易尚未征收资本利得税，因此，低股利支付政策可以给股东带来更多的资本利得收入，达到避税目的。

2. 控制权

收益分配政策也会受到现有股东对控制权要求的影响。以现有股东为基础组成的董事会，在长期的经营中可能形成了一定的有效控制格局，他们往往会将股利政策作为维持其控制地位的工具。当公司为有利可图的投资机会筹集所需资金，而外部又无适当的筹资渠道可以利用时，为避免由于增发新股，可能会有新的股东加入公司中来，而打破目前已经形成的控制格局，原股东就会倾向于较低的股利支付水平，以便从内部的留存收益中取得所需资金。

3. 股东的投资机会

股东的外部投资机会也是公司制定分配政策必须考虑的一个因素。如果公司将留存收益用于再投资的所得报酬低于股东个人单独将股利收入投资于其他投资机会所得的报酬，则股东倾向于公司不应多留存收益，而应多发放股利给股东，因为这样做，将对股东更为有利。

此外，股利政策还需考虑股东收入层次。有的股东依赖公司发放的现金股利维持生活，如低收入阶层以及养老基金等机构投资者，他们往往要求公司能够支付稳定的股利，反对公司留存过多的收益。

（四）其他因素

1. 债务合同约束

一般来说，股利支付水平越高，留存收益越少，公司的破产风险加大，就越有可能损害到债权人的利益。因此，为了保证自己的利益不受损害，债权人通常都会在公司借款合同、债券契约以及租赁合约中加入关于借款公司股利政策的条款，以限制公司股利的发放。

这些限制条款经常包括以下几个方面：①未来的股利只能以签订合同之后的收益来发放，即不能以过去的留存收益来发放股利；②营运资金低于某一特定金额时不得发放股利；③将利润的一部分以偿债基金的形式留存下来；④已获利息倍数低于一定水平不得发放股利。

2. 通货膨胀的影响

通货膨胀会带来货币购买力水平下降、固定资产重置资金不足。此时，企业往往不得不考虑留用一定的利润，以便弥补由于货币购买力水平下降而造成的固定资产重置资金缺口。因此，在通货膨胀时期，企业一般会采取偏紧的收益分配政策。

此外，还需考虑市场股利的平均支付水平。

二、股利政策的类型

（一）剩余股利政策

剩余股利政策是在公司有良好投资机会时，根据公司设定的最佳资本结构，测算出最佳资本结构下投资所需的权益资本，先最大限度地使用留存收益来满足投资方案所需的权益资本，然后将剩余的收益作为股利发放给股东。所以这种股利政策的基本特点是企业如果有盈余，优先考虑投资的需要，如果满足投资需要后还有剩余，就用来发放股利，否则就不发放股利。"剩余"意味着只能用收益"多余部分"来支付红利。

采用剩余股利政策时，应遵循五个步骤：①设定目标资本结构，即确定权益资本与债务资本的比率，在此资本结构下，加权平均资本成本将达到最低水平；②确定公司下一年度的资金需求量；③确定目标资本结构下投资所需的股东权益数额；④最大限度地使用保留盈余来满足投资方案所需的权益资本数额；⑤投资方案所需权益资本已经满足后若有剩余盈余，再将其作为股利发放给股东。剩余股利政策，是指公司生产经营所获得的净收益首先应满足公司的权益资金需求，如果还有剩余，则派发股利；如果没有剩余，则不派发股利。

【例 10-1】 ABC 公司上年税后利润 1 200 万元，今年年初公司讨论决定股利分配的数额。预计今年需要增加投资资本 1 600 万元。公司的目标资本结构是权益资本占 60%，债务资本占 40%，今年继续保持。公司采用剩余股利政策。筹资的优先顺序是留存收益、借款和增发股份。要求：①公司应分配多少股利？②若目标资本结构为资产负债率 60%，该年的税后利润为 120 万元，在没有增发新股的情况下，企业可以从事的最大投资支出是多少？如果企业下一年拟投资 100 万元，企业将支付股利多少？

分析：

（1）目标资本结构是权益资本占 60%，则

留存收益＝1 600×60%＝960（万元）。

股利分配＝1 200－960＝240（万元）。

　　(2) 目标资本结构为资产负债率 60%，税后利润为 60 万元，无新股发行，则

　　　　企业最大的投资支出＝120/(1－60%)＝ 300(万元)

　若企业下一年拟投资 100 万元，则

　　　　企业支付股利＝120－100×(1－60%)＝80(万元)

　　剩余股利政策的优点是：可以最大限度地满足企业对再投资的权益资金需要，保持理想的资本结构，并能使综合资本成本最低。剩余股利政策的缺点，首先是忽略了不同股东对资本利得与股利的偏好，损害那些偏好现金股利的股东利益，从而有可能影响股东对企业的信心。其次，企业采用剩余股利政策是以投资的未来收益为前提的，由于企业管理层与股东之间存在信息不对称，股东不一定了解企业投资未来收益水平，也会影响股东对企业的信心。此外，如果完全遵照执行剩余股利政策，股利发放额就会每年随投资机会和盈利水平的波动而波动。即使在盈利水平不变的情况下，股利也将与投资机会的多寡呈反方向变动：投资机会越多，股利越少；反之，投资机会越少，股利发放越多。而在投资机会维持不变的情况下，股利发放额将因公司每年盈利的波动而同方向波动。由于剩余股利政策不利于投资者安排收入与支出，也不利于公司树立良好的形象，因此，这种股利政策一般适用于公司初创阶段。

　　(二) 固定股利支付率政策

　　固定股利支付率政策，是将每年盈利的某一固定百分比作为股利分配给股东。这一百分比通常称为股利支付率，股利支付率一经确定，一般不得随意变更。固定股利支付率越高，公司留存的净收益越少。在这一股利政策下，只要公司的税后利润一经计算确定，所派发的股利也就相应确定了。

　　固定股利支付率政策的优点：①采用固定股利支付率政策，股利与公司盈余紧密地配合，体现了多盈多分、少盈少分、无盈不分的股利分配原则。②由于公司的获利能力在年度间是经常变动的，因此，每年的股利也应当随着公司收益的变动而变动，并保持分配与留存收益间的一定比例关系。采用固定股利支付率政策，公司每年按固定的比例从税后利润中支付现金股利，从企业支付能力的角度看，这是一种稳定的股利政策。

　　该股利政策的缺点：①传递的信息容易成为公司的不利因素。大多数公司每年的收益很难保持稳定不变，如果公司每年收益状况不同，固定支付率的股利政策将导致公司每年股利分配额的频繁变化。而股利通常被认为是公司未来前途的信号传递，那么波动的股利向市场传递的信息就是公司未来收益前景不明确、不可靠等，很容易给投资者带来公司经营状况不稳定、投资风险较大的不良印象。②容易使公司面临较大的财务压力。因为公司实现的盈利越多，一定支付比率下派发的股利就越多，但公司实现的盈利多，并不代表公司有充足的现金派发股利，只能表明公司盈利状况较好而已。如果公司的现金流量状况并不好，却还要按固定比率派发股利的话，就很容易给公司造成较大的财务压力。③缺乏财务弹性。股利支付率是公司股利政策的主要内容，模式的选择、政策的制定是公司的财务手段和方法。在不同阶段，根据财务状况制定不同的股利政策，会更有效地实现公司的财务目标。但在固定股利支付率政策下，公司丧失了利用股利政策的财务方法，缺乏财务弹性。④合适的固定股利支付率的确定难度大。如果固定股利

支付率确定得较低,不能满足投资者对投资收益的要求;而固定股利支付率确定得较高,没有足够的现金派发股利时会给公司带来巨大财务压力,另外当公司发展需要大量资金时,也要受其制约。

由于公司每年面临的投资机会、筹资渠道都不同,而这些都可以影响到公司的股利分派,所以,一成不变的奉行一种按固定比率发放股利政策的公司在实际中并不多见,固定股利支付率政策只是比较适用于那些处于稳定发展且财务状况也较稳定的公司。

(三)固定或稳定增长股利政策

固定或稳定增长股利政策表现为每股股利支付额相对固定或稳定增长的形式。其基本特征是:不论经济情况如何,也不论企业经营好坏,不降低股利的发放额,将企业每年的每股股利支付额,稳定在某一特定水平上保持不变,只有企业管理当局认为企业的盈利确已增加,而且未来的盈利足以支付更多的股利时,企业才会提高每股股利支付额。

这种股利政策的优点是:①稳定的股利向市场传递着公司正常发展的信息,有利于树立公司良好形象,增强投资者对公司的信心,稳定股票的价格。②稳定的股利额有利于投资者安排股利收入和支出,特别是那些对股利有着很高依赖性的股东更是如此。而股利忽高忽低的股票,则不会受这些股东的欢迎,股票价格会因此而下降。③稳定的股利政策可能会不符合剩余股利理论,但考虑到股票市场会受到多种因素的影响,其中包括股东的心理状态和其他要求,因此为了使股利维持在稳定的水平上,即使推迟某些投资方案或者暂时偏离目标资本结构,也可能要比降低股利或降低股利增长率更为有利。

该股利政策的缺点在于股利的支付与盈余相脱节。当盈余较低时仍要支付固定的股利,这可能导致资金短缺,财务状况恶化;同时不能像剩余股利政策那样保持较低的资本成本。这种股利政策一般适用于盈利稳定或处于成长期的企业,且很难被长期采用。

(四)低正常股利加额外股利政策

低正常股利加额外股利政策介于固定股利与固定股利支付率之间的一种股利政策。其特征是:企业一般每年都支付较低的固定股利,当盈利增长较多时,再根据实际情况加付额外股利。即当企业盈余较低或现金投资较多时,可维护较低的固定股利,而当企业盈利有较大幅度增加时,则加付额外股利。

这种分配政策的优点是:①吸收了稳定型股利的优点,同时又摒弃了其不足,使公司在股利发放上留有余地和保持弹性。当公司盈余较少或投资需用较多的资金时,维持设定的较低但正常的股利,股东不会有股利跌落感;而当盈余有较大幅度增加时,则可适度增发股利,把经济繁荣的部分利益分配给股东,使他们增强对公司的信心,这有利于稳定股票的价格。②可使那些依靠股利度日的股东每年至少可以得到虽然较低,但比较稳定的股利收入,从而吸引住这部分股东。

这种分配政策的主要缺点是：①公司在盈利较少或无盈利时，仍须支付正常的股利。尽管所付的正常股利数额可能不大，但毕竟股利的支付会导致增加公司资金的流出，这对于本来资金就很紧张的公司来说，无疑是"雪上加霜"。②如果公司经营状态良好，盈利较多，并持续地支付额外股利，这又很容易提高股东对股利的期望值，从而将额外股利视为"正常"股利，一旦公司盈利下降而减少额外股利时，便会招致股东极大的不满。

这种股利政策适用于盈利与现金流量波动不够稳定的企业，因而也被大多数企业所采用。

第四节　股利支付程序与方式

一、股利支付的程序

股份公司向股东支付股利，前后有一个过程。主要经历股利宣告日、股权登记日、除息（除权）日和股利发放日。

（1）股利宣布日。股份公司董事会根据定期发放股利的周期举行董事会会议，讨论并提出股利分配方案，由公司股东大会讨论通过后，正式宣布股利发放方案。宣布股利发放方案的那一天即为宣布日。

（2）股权登记日。股权登记日，即有权领取股利的股东有资格登记截止日期。只有在股权登记日前在公司股东名册上登记的股东，才有权分享股利。

（3）股利除息日。除息日又叫除权日。在除息日，股票的所有权和领取股息的权利分离，股利权利不再从属于股票，所以在这一天购入公司股票的投资者不能享有已宣布发放的股利。除息日与股权登记日间隔若干天，间隔期间一般 1～4 个交易日，在除息日之前（不含除息日）购买的股票可以得到将要发放的股利，在除息日当天及其后购买的股票则无权得到股利，又称为除息股。除息日对股票的价格有明显的影响。在除息日之前进行的股票交易，股票价格中含有将要发放的股利的价值，在除息日之后进行的股票交易，股票价格中不再包含股利收入，因此其价格应低于除息日之前的交易价格。

（4）股利发放日，即向股东发放股利的日期。在这一天，公司用各种方式按规定支付股利，并冲销股利负债。

【例 10-2】　ABC 上市公司于 2010 年 4 月 10 日公布 2009 年年度的最后分红方案，其发布的公告如下："2010 年 4 月 9 日在北京召开的股东大会，通过了 2009 年 4 月 2 日董事会关于每股分派 0.2 元的 2009 年股息分配方案。公司将于 2010 年 5 月 255 日支付给已在 2010 年 4 月 25 日登记为本公司股东的人士。"

该公司的股利支付程序如图 10-1 所示。

二、股利支付的方式

公司通常以多种形式发放股利，股利支付形式一般有现金股利、财产股利、负债股利和股票股利，其中最为常用的是现金股利和股票股利。

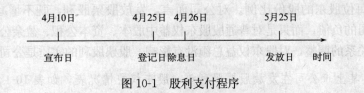

图 10-1　股利支付程序

（一）现金股利

现金股利是指公司以现金的方式向股东支付股利，也称为红利。现金股利是公司最常见的，也是最易被投资者接受的股利支付方式。公司支付现金股利，除了要有累计的未分配利润外，还要有足够的现金。因此，公司在支付现金前，必须做好财务上安排，以便有充足的现金支付股利。

（二）财产股利

财产股利是以现金以外的资产支付的股利，主要是以公司所拥有的其他企业的有价证券，如债券、股票，作为股利支付给股东。

（三）负债股利

负债股利是公司以负债形式支付的股利，通常以公司的应付票据等负债证券代替现金的发放。对股东而言，虽然推迟了收到现金的时间，但可以得到相应的利息补偿；对公司来说，则解决了暂时的现金短缺问题。但需注意的是，负债股利同时带来了负债的增加及留存收益的减少，会相应增加公司的财务风险。

财产股利和负债股利这两种股利方式目前在我国实务中很少使用，但并非法律所禁止。

（四）股票股利

股票股利是公司将应付的股利以增发股票的方式支付，这种支付方式将在本章第四节中作详细的讨论。

需要说明的是，财产股利和负债股利实际上是现金股利的替代，在我国公司实务中很少使用，也就是说，我国公司实务中多采用现金股利及股票股利。

第五节　股票股利、股票分割与股票回购

一、股票股利

（一）股票股利概念与特点

股票股利是公司以发放的股票作为股利的支付方式。发放股票股利，对股东而言，并未得到现实的股利收入，并不直接增加股东的财富，只是增加了股东持有的股数，但

它并未改变每位股东的股份比例。对公司而言，发放股票股利，既不增减公司的财产，也不增加公司的负债，而只是对普通股股东权益中股本、资本公积、盈余公积和未分配利润之间比例关系的调整，对股东权益总额没有影响。股票股利的实质是公司股利再投资。

【例 10-3】　某上市公司在发放股票股利前，股东权益情况表，如表 10-1 所示。

表 10-1　发放股票股利前股东权益情况表

项目	金额/万元
普通股股本（40 万股）	40
资本公积	40
盈余公积	40
未分配利润	160
股东权益合计	280

假定该公司的宣传股利分配方案为 10 送 2，即使原有股东每持有 10 股即可无偿取得 2 股，也就是说公司总股数将增加 8 万股。若该股票市价为 6 元，随着股票的发放，需从"未分配利润"项目中划出的资金为

$$6 \times 400\ 000 \times 20\% = 480\ 000（元）$$

由于股票面值（1 元）不变，增加 80 000 股，"普通股股本"项目只应增加 80 000 元，其余的 400 000 元应作股票溢价转入"资本公积"项目，而公司股东权益总额保持不变，发放股票股利后，公司股东权益各项目如表 10-2 所示。

表 10-2　发放股票股利后股东权益情况表

项目	金额/万元
普通股股本（20 万股）	48
资本公积	80
盈余公积	40
未分配利润	112
股东权益合计	280

可见，发放股票股利，不会对公司股东权益总额产生影响，但会发生资金在股东权益各项目间的再分配，致使每股盈余被稀释，进而影响每股市价。

（二）股票股利对股东和公司的影响

1. 股票股利对股东的影响

（1）发放股票股利，可将某些信息传达给投资者。股票股利往往同公司未来发展有关。因此，股票股利向股东暗示管理当局预期利润会继续增长，未来的收益可能会抵制因发放股票股利而稀释的每股盈余而且有剩余等。

（2）送红股以后，股票的数量增加了，同时由于除权降低了股票的价格，就降低了

购买这种股票的门槛,改变了股票的供求关系。同时,在股票供不应求阶段,送红股增加了股东的股票数量,在市场炒作下有利于股价的上涨,从而有助于提高股民的价差收入。

(3) 在股东需要现金时,还可将分得的股票出售,出售股票缴纳的资本利得税率一般低于现金股利缴纳的所得税税率,使得股东可从中获得纳税上的好处。

2. 股票股利对公司的影响

(1) 股票股利可以控制现金流出。当公司利润增加,预期未来有很多有利可图的投资机会时,公司管理当局可能不乐意增加现金股利,或者当前公司现金流入紧张时,那么,公司就可能会宣布发放股票股利。另外,公司不发放股票股利,也可能采取其他方法留存较多盈余,但是,由于股票股利的可传递信息以及对股东的心理影响,往往它容易受到部分投资者的欢迎。

(2) 股票股利可以控制股票价格。某些公司不喜欢让其股票价格高于某个标准,因为股票价格过高会失去众多小投资者的吸引力,所以,公司管理当局会利用分配股票股利的方式,将其股票价格控制在符合其需要的水平上。

(3) 发放股票股利往往会向社会传递公司将会继续发展的信息,从而提高投资者对公司的信心,在一定程度上稳定股票价格。

但在某些情况下,发放股票股利也会被认为是公司资金周转不灵的征兆,从而降低投资者对公司的信心,加剧股价的下跌。

二、股票分割

(一) 股票分割的概念

股票分割又称拆股,是指将面额较大的股票折成数股面额较小的股票的行为,也称"拆股"。虽然股票分割不属于股利支付方式,但其所产生的效果与发放股票股利近似,故而在此一并介绍。

股票分割时,发行在外的股数增加,使得每股面额降低,每股收益下降;但公司价值不变,股东权益总额、股东权益各项目的金额及其相互间的比例也不会改变。这与发放股票股利时的情况既有相同之处,又有不同之处。

【例 10-4】 Y上市公司已发行面值为 20 元/股的普通股 400 000 股,该企业按两股换一股的比例进行股票分割。若盈余没有变化,分割前后的企业股东权益结构如表 10-3 所示。

表 10-3 股票分割前后的股东权益结构

分割前	金额/元	分割后	金额/元
普通股(面值 20 元, 已发行 400 000 股)	8 000 000	普通股(面值 10 元, 已发行 800 000 股)	8 000 000
资本公积	1 000 000	资本公积	1 000 000
留存盈余	6 000 000	留存盈余	6 000 000
权益合计	15 000 000	权益合计	15 000 000

假定公司当年的盈余为 800 000 元，股票分割后盈余总额不变，则分割前后的每股盈余分别为：2 元（即 800 000÷400 000）和 1 元（即 800 000÷800 000），每股市价因此也会下降。

由上述分析可知，股票分割对公司的股东权益结构不会产生任何影响，一般只会使发行在外的股票股数增加，每股面值降低，每股盈余下降，并由此使每股市价下跌，公司总价值不变，股东权益总额不变，这与发放股票股利基本相同，但股东权益各项目的金额及相互间的比例不会改变，这与发放股票股利的情况就不同了。

（二）股票分割对公司和股东的影响

1. 股票分割对股东的影响

（1）可能会增加股东的现金股利。一般来说，股票分割后，只有极少数的公司还能维持分割之前的每股股利，不过，只要股票分割后每股现金股利的下降幅度小于股票分割幅度，股东仍能多获现金股利。

（2）股票分割会给投资人信息上的满足。分割一般都是股价不断上涨的公司所采取的行动。公司宣布股票分割，等于向社会传播了本公司的盈余还会继续大幅度增长的有利信息。这一信息将会使投资人争相购买股票，引起股价上涨，进而增加股东的财富。

2. 股票分割对公司的影响

（1）降低股票市价。如果公司管理当局认为其股票价格太高，不利于股票交易活动，而股票价格下降则有助于股票交易，此时可通过股票分割降低股价，使公司股票更为广泛地分散到投资者手中。这样，既可以将股价维持在理想的范围内，以利交易，又可以有力地防止少数小集团的股东通过委托代理权，实现对公司的企图。

（2）为新股发行做准备。股票价格太高使许多潜在投资者力不从心而不敢轻易对公司股票进行投资。在新股发行之前，利用股票分割降低股票价格，有利于提高股票的可转让性和促进市场交易活动，由此增加投资者对股票的兴趣，促进新发行股票的畅销。

（3）有助于公司兼并、合并政策的实施。当一个公司兼并或合并另一个公司时，首先将自己的股票加以分割，有助于增加被兼并方股东的吸引力。

三、股票回购

（一）股票回购的概念与方式

股票回购是指上市公司从股票市场上购回本公司一定数额发行在外股票的行为。公司在股票回购完成后可以将所回购的股票注销，但在绝大多数情况下，公司将回购的股份作为"库藏股"保留，仍属于发行在外的股份，但不参与每股收益的计算和收益分配。库藏股日后可移作他用（如雇员福利计划、发行可转换债券等），或在需要资金时将其出售。

股票回购最早产生于美国，起源于公司规避政府对现金红利的限制。1973～1974年，美国政府对公司支付现金红利施加了限制条款，许多公司转而采用股票回购方式向股东分配收益。目前，股票回购不仅成为一项重要的股利替代政策，也是完善公司治理、优化企业资本结构的重要方法。股票回购作为成熟证券市场上一项常见的公司理财行为，不仅对市场参与各方产生一定的影响，而且为上市公司本身带来显著的财务效应。在相对成熟的美国证券市场上，股票回购的方式主要有以下几种：

（1）公开市场回购。公开市场回购，即公司在股票的公开交易市场上回购股票，这种方法的缺点是在公开市场购买时会推高股价，从而增加回购成本，另外交易税和交易佣金也是不可忽视的成本。

（2）要约回购。公司以一事先确定的价格向市场要约回购股票，为吸引卖者，要约价格一般会定得略高于市价。如果愿意售回的股票多于要约数量，公司按一定的配购比例向股东配购。

（3）协议回购。当公司欲从一个或几个主要股东手中回购股票时，一般会采用这种方式。但这种交易需要制定合理的回购价格。防止大股东借此高价售回股票，损坏未售回股份的股东利益。

股票回购必须遵守国家有关法律法规。我国《公司法》规定，公司不得收购本公司股票。但是，有下列情形之一的除外：①减少公司注册资本；②与持有本公司股份的其他公司合并；③将股份奖励给本公司职工；④股东因对股东大会作出的公司合并、分立决议持异议，要求公司收购其股份的。公司因上述第1项至第3项的原因收购本公司股份的，应当经股东大会决议。公司依照上述规定收购本公司股份后，属于第1项情形的，应当自收购之日起十日内注销；属于第2项、第4项情形的，应当在六个月内转让或者注销。

（二）股票回购的作用

1. 反收购措施

股票回购在国外经常是一种重要的反收购措施，此举有助于公司管理者避开竞争对手企图收购的威胁。股票回购导致股价上升和公司流通在外的股票数量减少，从而使收购方要获得控制公司的法定股份比例变得更为困难；股票回购后，公司流通在外的股份少了，可以防止浮动股票落入进攻企业手中（不过，由于回购的股票无表决权，回购后进攻企业持股比例也会有所上升，因此公司需将回购股票再卖给稳定股东，才能起到反收购的作用）。在反收购战中，目标公司通常在股价已上升后实施股票回购，此举使得目标公司流动资金减少，财务状况恶化，减弱了公司被作为收购目标的吸引力。

2. 改善资本结构，提高财务杠杆利益

当企业管理当局认为，其权益资本在整个企业资本结构中所占的比例过大，资产负债率过小时，就有可能利用留存收益或通过对外举债来回购企业发行在外的普通股，实践证明，这是一种迅速提高资产负债率的很好方法。

无论是用现金回购还是负债回购股份，都会改变公司的资本结构，提高财务杠杆比率。在现金回购方式下，假定公司中长期负债规模不变，则伴随股票回购而来的是股权资本在公司资本结构中的比重下降，公司财务杠杆比率提高；在用增加债务回购股份的情况下，一方面是公司中长期负债增加，另一方面是股权资本比重下降，公司财务杠杆比率提高。公司资本结构中权益资本比重的下降和公司财务杠杆比率的提高，一般来说

会导致两个相互联系的结果：一是公司加权平均资本成本的变化；二是公司财务风险可能随债务比重增大到一定点之后而增大。所以，公司股票回购必须考虑优化其资本结构，合理发挥其财务杠杆效应。

3. 稳定公司股价

过低的股价，无疑将对公司经营造成严重影响，股价过低，使人们对公司的信心下降，使消费者对公司产品产生怀疑，削弱公司出售产品、开拓市场的能力。在这种情况下，公司回购本公司股票以支撑公司股价，有利于改善公司形象，股价在上升过程中，投资者又重新关注公司的运营情况，消费者对公司产品的信任增加，公司也有了进一步配股融资的可能。因此，在股价过低时回购股票，是维护公司形象的有力途径。在西方国家，股份回购也是政府稳定股市的重要手段之一。无论是美国 1987 年"黑色星期一"、1997 年亚洲金融危机，还是"9·11"事件发生后，在市场暴跌出现恐慌时，监管部门为保持市场的稳定，一般都会放松管制，允许上市公司动用资金，甚至向上市公司提供低息优惠贷款购买自己的股票，以防止股市出现崩盘。

4. 帮助股东从股票回购中获得少纳税或推迟纳税的好处

在美国现金股利要按普通收入所得税率纳税，而资本利得就可以以较低的优惠税率纳税。股东从回购股票得到的现金只有在回购价格超出股东的购买价格时才须纳税，并且是按照较低的优惠税率缴纳的。股票回购使得股东能够以较低的资本利得税取代现金股利必须缴纳的较高普通个人所得税。个人资本利得税低于股利收入税，且可延期支付，加大了公司以股票回购来代替现金股利支付的动力。

5. 分配公司超额现金

如果公司的现金超过其投资机会的需要量，但又没有较好的投资机会可以使用该笔现金时，最好是分配股利。但出于股东避税、控股等多种因素的考虑，可能通过股票回购而非现金股利的方式进行分配。这是因为，股票回购会引起每股收益和每股市价的上升。假定市盈率不变，则股东所持有的股份的总价值将会随之增加，从而起到了分配超额现金的作用。

6. 作为实行股权激励计划的股票来源

如公司实施管理层或者员工股票期权计划，直接发行新股会稀释原有股东权益，而通过回购股份再将该股份赋予员工则既满足了员工的持股需求，又不影响原有股东的权益。

（三）股票回购对公司利润的影响

当一个公司实行股票回购时，股价将发生变化，这种变化是两个方面的叠加：首先，股票回购后公司股票的每股净资产值将发生变化。在假设净资产收益率和市盈率都不变的情况下，股票的净资产值和股价存在一个不变的常数关系，也就是净资产倍数。因此，股价将随着每股净资产值的变化而发生相应的变化，而股票回购中净资产值的变化可能是向上的，也可能是向下的。其次，由于公司回购行为的影响，及投资者对此的心理预期，将促使市场看好该股而使该股股价上升，这种影响一般总是向上的。

【例 10-5】　A公司股本为 10 000 万股，全部为可流通股，每股净资产值为 2.00 元，让在下列三种情况下进行股票回购，会对公司产生什么样的影响？

（1）股票价格低于净资产值。假设股票价格为 1.50 元，在这种情况下，假设回购 30%，即 3 000 万股流通股，回购后公司净资产值为 15 500 万元，回购后总股本为 7 000 万股，则每股净资产值上升为 2.21 元，将引起股价上升。

（2）股票价格高于净资产值，但股权融资成本仍高于银行利率。在这种情况下，公司进行回购仍是有利可图的，可以降低融资成本，提高每股税后利润。假设 A 公司每年利润为 3 000 万元，全部派发为红利，银行一年期贷款利率为 10%，股价为 2.50 元。公司股权融资成本为 12%，高于银行利率 10%。若公司用银行贷款来回购 30% 的公司股票，则公司利润变为 2 250 万元（3 000−10 000×30%×2.50×10%，未考虑税收因素），公司股本变为 7 000 万股，每股利润上升为 0.321 元，较回购前的 0.3 元上升了 0.021 元。

（3）其他情况。在非上述情况下回购股票，无疑将使每股税后利润下降，损害公司股东（指回购后的剩余股东）的利益。因此，这时股票回购只能作为股市大跌时稳定股价、增强投资者信心的手段，抑或是反收购战中消耗公司剩余资金的"焦土战术"，这种措施并不是任何情况下都适用。因为短期内股价也许会上升，但从长期来看，由于每股税后利润的下降，公司股价的上升只是暂时现象，因此若非为了应付非常状况，一般无须采用股票回购。

（四）股票回购的负面效应

1. 财务风险

一般来说，在利润预期不变的情况下，股票回购因减少总股本，可以增加每股利润，从而使股价上升。但具体到某一公司，如果利用债务资金回购股票，会使资产负债率提高，企业债务负担增加，财务风险加大。尤其是当企业总资本报酬率小于借款利率时，企业净资产收益率会低于总资本报酬率。随着资产负债率的提高，企业净资产收益率将会加速降低，企业将为此承担巨大的财务风险。所以，在一般情况下，上市公司不应仅仅为了追求财务杠杆效应而进行股票回购，对于高资产负债率的企业应该特别注意。

2. 现金支付风险

由于股票回购需要大量的现金支出，因此不可避免地会对上市公司形成很大的支付压力。例如，如果用于股票回购的现金支出高于其可供分配利润和经营活动产生的现金净流量，即使公司的流动比率和速动比率较高，且具有良好的支付能力，但一次性支付巨额资金用于股票回购，仍将不可避免地会对企业的正常运营带来一定的影响，面临严峻的支付风险。

3. 容易导致内幕操纵股价

公司可能利用股票回购操纵股价，误导投资者，导致证券的管理混乱，损害社会股东的利益。

【例 10-6】 Z 公司 2008 年的有关资料如下：①息税前利润 800 万元；②所得税税率为 25%；③总负债 200 万元，平均成本率为 10%；④普通股预期报酬率为 15%；⑤发行普通股，股数为 60 万股（每股面值 1 元），账面价值 10 元。

现在该公司可以增加 400 万元债务，以便以现行市价购回股票。假设该项措施使得负债平均成本率上升至 12%，普通股预期收益率上升了 1%，则该方案是否可行？

$$税前利润＝800－200×10\%＝780（万元）$$
$$税后利润＝780×(1－25\%)＝585（万元）$$
$$每股盈余＝585÷60＝9.75（元）$$
$$股票市价＝9.75÷15\%＝65（元）$$

若实行了该股票回购方案，则

$$税前利润＝800－(200＋400)×12\%＝728（万元）$$
$$税后利润＝728×(1－25\%)＝546（万元）$$
$$剩余的股份数额＝600\ 000－(4\ 000\ 000÷65)＝538\ 462（股）$$
$$新的每股收益＝5\ 460\ 000÷538\ 462＝10.14（元）$$
$$新的股票价格＝10.14÷0.16＝63.38（元）$$

显然，企业回购股票会使股票的价格降低，即企业的总价值会降低，所以该方案是不可行的。

【进一步学习指南】

一、利润的概念

利润是一个应用十分广泛的概念，在不同的情况下，其含义和内容也不完全一致。在财务管理中，经常用到的会计利润总额概念外，还有以下几种：

(1) 毛利，是指营业收入减去营业成本后的差额，即
$$毛利＝营业收入－营业成本$$

(2) 息税前利润，是指扣除利息费用和所得税之前的利润，即
$$息税前利润＝税后利润＋所得税费用＋利息费用$$

(3) 税前利润，是指息税前利润扣除利息费用后的余额，即
$$税前利润＝息税前利润－利息费用$$

(4) 净利润，又叫税后利润，是指税前利润减去所得税费用后的余额。
$$税后利润＝税前利润－所得税费用$$

(5) 经济利润，即经济增加值 EVA，是指企业息前税后利润与全部资本成本的差额。
$$经济利润＝息前税后利润－全部资本成本$$
$$息前税后利润＝息税前利润－息税前利润所得税$$

与会计利润相比，EVA 最大的和最重要的特点就是从股东角度重新定义企业的利润，考虑了企业投入的所有资本（包括权益资本）的成本，其设计更着眼于企业的长期发展，能正确引导管理者的努力方向，促使管理者充分关注企业的资本增值和长期经济效益。

二、中国上市公司股利分配的特点

实证研究的结论表明，中国上市公司股利分配体现以下特点：①从股利分配意愿上看，各年度之间呈现不平衡；②从股利分配形式上看，以发放现金股利、股票股利及混合股利较多，但各种分配形

式在各年之间也不平衡；③从股利分配水平上看，现金股利与股票股在不同年份体现不同特点；④从股利分配的市场反应看，尚未达成一致结论。具体内容参见陆正飞等编著：《高级财务管理》第 3 章，北京大学出版社，2008 年版。

三、股票回购的动因

公司股票回购的动因的理论解释经历了一系列的变化，从最初的税差理论，到 20 世纪 80 年代初的信号理论，再到代理成本理论和公司控制权市场理论，这些主流财务理论都试图对公司股票回购的动因进行解释。具体内容参见陆正飞等编著：《高级财务管理》第 3 章，北京大学出版社，2008 年版。

四、相关法律规范

《上市公司回购社会公众股份管理办法（试行）》，证监发〔2005〕51 号，2005 年 6 月 16 日发布并实施。

【复习思考题】

1. 利润分配的原则与程序是什么？

2. 什么是股利政策？不同类型股利政策有何不同目的，其特点是什么？

3. 作为公司的财务主管，在确定公司股利政策时你将考虑哪些因素？为什么？公司所处的行业将影响你的决策吗？

4. 公司采取现金股利，或股票股利，或进行股票分割，或股票回购的动机是什么？这些支付方式对公司和股东分别有何影响？

5. 股利的支付程序是什么？支付方式有哪些？股票股利有何特点？

6. 举一个上市公司例子，分析说明股利政策的信号效应。

第五篇

财务管理专题

第十一章

并　购

【本章学习目标】

- 并购的类型与动因
- 并购的价值评估方法
- 并购的支付方式
- 并购的收益与风险
- 接管防御方法

【案例引入】

　　2006 年 7 月，国家允许外资并购国内 A 股公司。仅仅一个月之后，中国炊具龙头企业苏泊尔与法国从事炊具和小家电生产的大型跨国公司 SEB 闪电"成婚"，整个谈判只用了 1 个月的时间。2006 年 8 月 14 日，浙江苏泊尔股份有限公司（股票代码：002032，简称苏泊尔）公告，公司与法国 SEB 国际股份有限公司（简称 SEB）旗下的全资子公司签署了战略合作的框架协议：通过"协议股权转让"、"定向增发"和"部分要约"三种方式，引进 SEB 集团的战略投资；同时在市场、技术等多方面开展全面合作。SEB 将对苏泊尔进行收购，最终将持有苏泊尔 61％的股份。2006 年 9 月 1 日，苏泊尔公司召开临时股东大会，高票通过同法国 SEB 的战略合作方案。

　　SEB 并购苏泊尔的动机是什么？苏泊尔股权如何作价？SEB 选择何种支付方式？并购将会出现何种风险？并购将产生何种协同效应？带着这些问题，我们进入本章学习。

第一节　并　购　概　述

一、并购的概念与类型

（一）并购的概念

　　并购是兼并与收购的统称，它是公司资本运作的重要手段。兼并通常是指并购方以现金、证券或其他形式购买取得目标公司的产权，使目标公司丧失法人资格或改变法人实体，并取得对目标公司控制权的经济行为。兼并的方式包括吸收合并与新设合并。如果一家公司吸收其他公司，被吸收的公司法人主体资格不复存在，即为吸收合并；如果两个以上的公司合并成立一个新的公司，合并后各方解散，即为新设合并。

收购是指公司用现金、债券或股票购买目标公司的部分或全部资产或股权，以获得目标公司资产或控制权的投资行为。收购的对象一般有两种：股权和资产。收购股权是购买目标公司的股份，收购方将成为被收购方的股东，因此要承担该公司的债权和债务；而收购资产则仅仅是一般资产的买卖行为，由于在收购目标公司资产时并未收购其股份，收购方无须承担其债务。收购股权是典型意义上的收购行为。

兼并与收购有许多相似之处：①基本动因相似。它们都是增强公司实力的外部扩张途径，或是为扩大公司市场占有率；或是为扩大经营规模，实现规模经营；或是为拓宽公司经营范围，实现分散经营或综合化经营。②都是以公司产权为交易对象。

兼并与收购的区别在于：①在兼并中，被合并公司作为法人实体不复存在；而在收购中，被收购公司可仍以法人实体存在，其产权可以是部分转让。②兼并后，兼并公司成为被兼并公司新的所有者和债权债务的承担者，是资产、债权、债务的一同转换；而在收购中，收购公司是被收购公司的新股东，以收购出资的股本为限承担被收购公司的风险。③兼并多发生在被兼并公司财务状况不佳、生产经营停滞或半停滞之时，兼并后一般需调整其生产经营、重新组合其资产；而收购一般发生在公司正常生产经营状态，产权流动比较平和。

由于在实际运作中它们的联系远远超过其区别，所以兼并、合并与收购常作为同义词一起使用，统称为"并购"或"购并"，泛指在市场机制作用下公司为了获得其他公司的控制权而进行的产权交易活动。

（二）并购的类型

1. 按并购双方产品与产业的联系，可分为横向并购、纵向并购和混合并购

横向并购是并购方与被并购方处于同一行业、生产或经营同一产品，并购使资本在同一市场领域或部门集中时进行的并购，其目的主要是确立或巩固公司在行业内的优势地位，扩大公司规模。

纵向并购是对生产工艺或经营方式上有前后关联的公司进行的并购，即在生产、销售的过程中互为购买者和销售者的公司之间的并购，其主要目的是组织专业化生产和实现产销一体化。

混合并购是处于不同产业领域、产品属于不同市场、且与其产业部门之间不存在特别的生产技术联系的公司进行并购，其主要目的是通过分散投资、多样化经营降低公司风险，达到资源互补、优化组合、扩大市场活动范围。

2. 按并购的实现方式，可分为承担债务式、现金购买式和股权交易式并购

承担债务式并购是在目标公司资不抵债或资产债务相等的情况下，并购方以承担被并购方全部或部分债务为条件，取得被并购方的资产所有权和经营权。

现金购买式并购有两种情况：①并购方筹集足额的现金购买被并购方全部资产，使

被并购方除现金外没有持续经营的物质基础，成为有资本结构而无生产资源的空壳，不得不从法律意义上消失；②并购方以现金通过市场、柜台或协商购买目标公司的股票或股权，一旦拥有其大部分或全部股本，目标公司就被并购了。

股权交易式并购也有两种情况：①以股权换股权。这是由并购方向目标公司的股东发行自己的股票，以换取目标公司的大部分或全部股票，达到控制目标公司的目的。通过并购，目标公司或者成为并购方的分公司、子公司，或者解散并入并购方。②以股权换资产。并购方向目标公司发行自己的股票，以换取目标公司的资产，并购方在有选择的情况下承担目标公司的全部或部分责任。目标公司也要把拥有的并购公司的股票分配给自己的股东。

3. 按涉及被并购公司的范围，可分为整体并购和部分并购

整体并购是指资产和产权的整体转让，是产权的权益体系或资产不可分割的并购方式。其目的是通过资本迅速集中，增强公司实力，扩大生产规模，提高市场竞争能力。整体并购有利于加快资金、资源集中的速度，迅速提高规模水平与规模效益。实施整体并购也在一定程度上限制了资金紧缺者的潜在购买行为。

部分并购是指将公司的资产和产权分割为若干部分进行交易而实现公司并购的行为。这种并购的优点在于：可扩大公司并购的范围；弥补大规模整体并购的巨额资金"缺口"；有利于公司设备更新换代，使公司将不需要的厂房、设备转让给其他并购者，更容易调整存量结构。部分并购包括三种形式：①对公司部分实物资产进行并购；②将产权划分为若干等额价值进行产权交易；③将经营权分成几个部分（如营销权、商标权、专利权等）进行产权转让。

4. 按并购双方是否友好协商，可分为善意并购和敌意并购

善意并购是指并购方事先与目标公司协商，征得其同意并通过谈判达成收购条件的一致意见而完成收购活动的并购方式。善意并购有利于降低并购的风险与成本，使并购双方能够充分交流、沟通信息，目标公司主动向并购方提供必要的资料；同时，善意并购行为还可避免因目标公司抗拒所带来的额外支出。但是，善意并购使并购方不得不牺牲自身的部分利益，以换取目标公司的合作，而且漫长的协商、谈判过程也可能使并购行为丧失其部分价值。

敌意并购是指并购方在收购目标公司股权时虽然遭到目标公司的抗拒，仍然强行收购，或者并购方事先不与目标公司进行协商，突然直接向目标公司股东开出价格或收购要约的并购行为。敌意并购的优点在于并购公司完全处于主动地位，不用权衡各方利益，而且并购行动节奏快、时间短，可有效控制并购成本。但敌意并购通常无法从目标公司获取其内部实际运营、财务状况等重要资料，给目标公司的估价带来困难，同时还会招致目标公司抵抗甚至设置各种障碍。所以，敌意并购的风险较大，要求并购方制订严密的收购行动计划并严格保密，快速实施。另外，由于敌意并购易导致股市的不良波动，甚至影响公司发展的正常秩序，各国政府都对敌意并购在法律上予以一定的限制。

5. 按并购交易是否通过证券交易所，可分为要约收购与协议收购

要约收购是指并购方通过证券交易所的证券交易，持有一个上市公司（目标公司）

已发行股份的 30％时，依法向该公司所有股东发出公开收购要约，按符合法律的价格以货币付款方式购买股票，获取目标公司股权的收购方式。要约收购直接在股票市场中进行，受到市场规则的严格限制，风险较大，但自主性强，速战速决。敌意并购多采取要约收购的方式。

协议收购是指并购公司不通过证券交易所，直接与目标公司取得联系，通过谈判、协商达成共同协议，据以实现目标公司股权转移的收购方式。协议收购易取得目标公司的理解与合作，有利于降低收购的风险与成本，但谈判过程中的契约成本较高。协议收购一般都属于善意并购。

6. 按并购是否利用目标公司资产来支付，可分为杠杆收购与非杠杆收购

杠杆收购（leveraged buy-out，LBO）指收购公司利用目标公司资产的经营收入来支付或作为此种支付的担保。收购公司不必拥有巨额自有资金，只需准备少量现金（用以支付收购过程中必需的律师、会计师等费用），其大部分资金是以目标公司的资产或股权作为抵押取得的负债，并以目标公司的营运所得作为还款来源。通常分两种情况：一种是并购方公司以目标公司的资产为抵押取得贷款购买目标公司股权；另一种是由风险资本家或投资银行先行借给公司一笔“过渡性贷款”（或称“过桥贷款”）去购买目标公司的股权。取得控制权后，公司再安排目标公司发行债务或用目标公司未来的现金流量偿付借款。因而是一种高风险、高成本的融资并购方式。要使杠杆收购取得成功，目标公司必须具备以下部分或全部条件：①有较高的而稳定的盈利历史；②有可预见的未来现金流量；③有一支富有经验和果断的管理队伍；④在市场上有明确的地位，具有良好抵押价值的固定资产和流动资产；⑤不是资本高度密集型的公司；⑥目标公司近期不需要重大的资本投资或基础设施投资；⑦目标公司增长速度不能过快，以免陷入过度经营状态；⑧目标公司的利润与现金流量有明显的增长潜力，等等。

非杠杆收购是指不用目标公司自有资金而是用营运所得来支付或担保支付收购价金的收购方式。但它并不是不用举债即可负担并购价金。在实践中，几乎所有的收购都是利用举债来完成的，所不同的只是借贷数额多少、贷款抵押对象的不同而已。

二、并购的动因

公司并购一方面基于实现企业价值最大化目标，另一方面也源于市场竞争的巨大压力。这两大原始动力在现实经济生活中以不同的具体形式表现出来，即在多数情况下企业并非仅仅出于某一个目的进行并购，而是将多种因素综合平衡。这些因素主要包括以下几种。

（一）谋求管理协同效应

当并购公司存在着过剩的管理能力或者并购公司与目标公司在管理效率上存在着差异，通过并购使并购方的管理优势向目标公司扩散，可以提高目标公司的效率。当然，并购方也可能通过并购获得新的管理技巧以增加进入新增长领域或应对竞争威胁的能力。过剩的管理能力可以认为是解释横向并购的一个原因，因为并购方过剩的管理能力相对容易扩散到相同或类似的公司。

（二）谋求经营协同效应

由于经济的互补性及规模经济，两个或两个以上的企业合并后可提高其生产经营活动的效率，这就是所谓的经营协同效应。获取经营协同效应的一个重要前提是产业中的确存在规模经济，且在并购前尚未达到规模经济。规模经济效益具体表现在两个层次：①生产规模经济。通过并购可调整其资源配置使其达到最佳经济规模的要求，有效解决由专业化引起的生产流程的分离，从而获得稳定的原材料来源渠道，降低生产成本，扩大市场份额。②企业规模经济。通过并购多个工厂置于同一企业领导之下，可带来一定规模经济，表现为节省管理费用、节约营销费用、集中研究费用、扩大企业规模，增强企业抵御风险能力等。

（三）谋求财务协同效应

并购不仅可因经营效率提高而获利，而且还可在财务方面给企业带来以下收益：

（1）提高偿债能力。一般情况下，合并后企业整体的偿债能力比合并前各单个企业的偿债能力强，而且还可降低资本成本，并实现资本在并购方与目标企业之间低成本的有效再配置。

（2）节税效应。税法一般包含亏损递延条款，允许亏损企业免交当年所得税，且其亏损可向后递延以抵消以后年度盈余。同时一些国家税法对不同的资产适用不同的税率，股息收入、利息收入、营业收益和资本收益的税率也各不相同。企业可利用这些规定，通过并购行为及相应的财务处理取得节税利益。

（3）预期效应。并购使股票市场对公司股票评价发生改变而对股票价格产生影响。由于预期效应的作用，公司并购往往伴随着强烈的股价波动，形成股票投机机会。投资者对投机利益的追求反过来又会刺激公司并购的发生。

（四）开展多元化经营，实现低成本扩张

企业通过经营相关程度较低的不同行业的并购，可以分散风险、稳定收入来源、增强企业资产的安全性。多元化经营可以通过内部积累和外部并购两种途径实现，但在多数情况下，并购途径更为有利。尤其是当企业面临变化了的环境而调整战略时，并购可以使企业低成本地迅速进入目标企业所在的增长相对较快的行业，并在很大程度上保持目标企业的市场份额以及现有的各种资源，从而保证企业持续不断的盈利能力。

（五）获得特殊资产

企图获取某项特殊资产往往是并购的重要动因。特殊资产可能是一些对企业发展至关重要的专门资产。如土地是企业发展的重要资源，一些有实力、有前途的企业往往会由于狭小的空间难以扩展，而另一些经营不善、市场不景气的企业却占有较多的土地和优越的地理位置，这时优势企业就可能并购劣势企业以获取其优越的土地资源。另外，并购还可能得到目标企业所拥有的有效管理队伍、优秀研究人员或专门人才以及专有技术、商标、品牌等无形资产。

（六）降低代理成本

在公司所有权与经营权相分离的情况下，经理是决策或控制的代理人，而所有者作为委托人成为风险承担者，由此造成的代理成本包括契约成本、监督成本和剩余损失。通过企业内部组织机制安排可以在一定程度上缓解代理问题，降低代理成本。但当这些机制均不足以控制代理问题时，并购机制使得接管的威胁始终存在。通过公开收购或代理权争夺而造成的接管，将会改选现任经理和董事会成员，从而作为最后的外部控制机制解决代理问题，降低代理成本。

另外，跨国并购还可能具有其他多种特殊的动因，如企业增长、技术、产品优势与产品差异、政府政策、汇率、政治和经济稳定性、劳动力成本和生产率差异、多样化、确保原材料来源、追随顾客等。

在我国特定阶段，收购上市公司控制权也是企业买壳上市的重要途径。

三、并购的程序

并购可能给公司带来迅速而巨大的发展机遇，也可能给公司造成沉重的负担和财务危机。公司并购活动必须服从于公司的发展战略，并根据公司战略的要求，制定相应的并购战略。

公司并购活动涉及许多经济、政策和法律问题，如金融法规、证券法规、公司法、会计法、税法及反不正当竞争法等。在有些国家，还存在反垄断法对并购活动的制约。因此，公司并购是一项极其复杂的运作过程。

公司并购通常按法律规定的程序进行，其过程大致分为五个阶段：准备阶段、谈判阶段、公告阶段、交接阶段、重整阶段。从财务的角度来看，并购程序通常包括以下步骤。如图 11-1 所示。

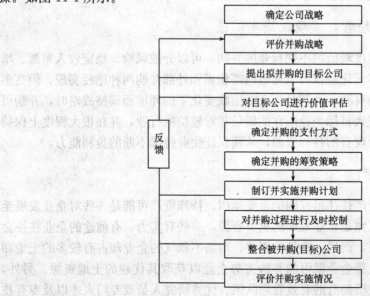

图 11-1　公司并购的财务流程

第二节　并购的价值评估

并购的价值评估是确定目标公司收购价格的重要环节，通常采用公司价值评估的一般方法，包括资产价值基础法、贴现现金流量法、比较价值法和经济利润法。

一、资产价值基础法

资产价值基础法是指通过对目标公司的资产进行估价来评估其价值的方法。确定目标公司资产的价值，关键是选择合适的资产评估价值标准。目前国际上通行的资产评估价值标准主要有以下五种。

1. 账面价值

账面价值是指会计核算中账面记载的资产价值。这种估价方法不考虑现时资产市场价格的波动，也不考虑资产的收益状况，因而是一种静态的估价标准。账面价值取数方便，但其缺点是只考虑了各种资产在入账时的价值而脱离了现实的市场价值。因此，这种估价标准只适用于该资产的市场价格变动不大或不必考虑其市场价格变动的情况。

2. 市场价值

市场价值与账面价值不同，它是把该资产视为一种商品在市场上公开竞争，在供求关系平衡状态下确定的价值。当公司的各种证券在证券市场上进行交易时，它们的交易价格就是这种证券的市场价值。它可以高于或低于账面价值。

市场价值法通常将股票市场上与公司经营业绩相似的公司最近平均实际交易价格作为估算参照物，或以公司资产和其市值之间的关系为基础对公司进行估值。其中最著名的是托宾（Tobin）的 Q 模型，即一个公司的市值与其资产重置成本的比率。

$$Q=公司市值/资产重置成本$$

目标公司价值＝目标公司资产重置成本＋增长机会价值＝Q×目标公司资产重置成本

一个公司的市场价值超过其重置成本，意味着该公司拥有某些无形资产，拥有保证公司未来增长的机会。超出的价值被认为是利用这些机会的期权价值，但是 Q 值的选择比较困难。在实践中，被广泛使用的是 Q 值的近似值——"市净率"，它等于股票市值与公司净资产值的比率。例如，若目标公司各项资产的重置成本是 2.5 亿元，其市净率是 2，那么目标公司价值为 2.5×2＝5（亿元）。

3. 清算价值

清算价值是指在公司出现财务危机而导致破产或歇业清算时，把其中的实物资产逐个分离而单独出售的资产价值。清算价值是在公司作为一个整体已丧失增值能力的情况下采用的一种资产估价方法。当公司的预期收益令人不满意，其清算价值可能超过了以收益资本化为基础估算的价值时，公司的市场价值已不依赖于它的盈利能力，这时以清算价值为基础来评估公司的价值可能更有意义。

4. 续营价值

与清算价值相反，续营价值是指公司资产作为一个整体仍然有增值能力，在保持其继续经营的条件下，以未来的收益能力为基础来评估公司资产的价值。由于收益能力是众多资产组合运用的情况下产生的，因此续营价值标准更适用于公司整体资产的估价。

5. 公允价值

公允价值反映了续营价值和市场价值的基本要求，是将公司所有的资产在未来继续经营情况下所产生的预期收益，按照设定的贴现率折算成现值，并以此来确定其价值的一种估价标准。它把市场环境和公司未来的经营状况同公司资产的当前价值联系起来，因此非常适合于在收购时评估目标公司的价值。

以上五种资产估价标准是目前国际上通行的用来估价资产价值的方法，它们各有其不同的侧重点，因而也就各有其适用范围。如果并购目标公司的目的在于其未来收益的潜能，那么公允价值就是一个重要的标准。如果并购目标公司的目的在于获得某项特殊的资产，那么以市场价值或清算价值作为标准可能是比较恰当的选择。

二、贴现现金流量法

贴现现金流量（dicounted cash flow，DCF）法，是通过贴现公司资产创造的预计现金流量来评估公司价值的方法。

$$DCF = \sum_{t=1}^{n} \frac{FCF_t}{(1+r)^t}$$

式中，DCF 为贴现现金流量；n 为资产年限；FCF_t 为第 t 年自由现金流量；r 为包含了预计现金流量风险的贴现率。

用 DCF 评估公司价值可分为四个步骤：

第一步，估算目标公司的自由现金流量。

自由现金流量是指公司全部投资人拥有的现金流量总和，包括股东和债权人。"自由"的意思是强调它们已经扣除了必需的、受约束的支出，公司可以自由支配的现金。这种自由不是随意支配，而是相对于已经扣除的受约束支出而言有了更大的自由度。

自由现金流量有以下两种衡量方法：

第一种方法，加总全部投资人的现金流量。

公司自由现金流量＝股权自由现金流量＋债权人现金流量＋优先股东现金流量

为了简化，也考虑到我国公司很少有优先股，可假设公司没有优先股。

第二种方法，以息前税后利润[①]为基础，扣除各种必要的支出后计算得出。

在正常的情况下，公司获得的现金首先必须满足公司必要的生产经营活动及其增长的需要，剩下的部分才可以提供给所有投资人。

公司自由现金流量＝经营现金流量－资本支出

＝（息前税后利润＋折旧与摊销－营运资本增加）－资本支出

---

① 企业正常经营所得利润，理论上应扣除非经营性利润部分。为简化计算，本章假设企业所得利润均为正常经营所得利润。

式中，"息前税后利润"是指扣除所得税但未扣除利息的利润。"资本支出"是指用于购置各种长期资产的支出，减去无息长期负债的差额。长期资产包括长期投资、固定资产、无形资产、其他长期资产。无息长期负债包括长期应付款、专项应付款和其他长期负债等。购置长期资产，对于持续经营和提高未来增长率是必须的。购置支出的一部分现金可以由无息长期负债提供，其余的部分必须由公司的自由现金流量提供。因此，经营现金净流量扣除了资本支出，剩余部分才可以提供给投资人。

第一种方法是从筹资角度计算的，是公司提供给投资人或从投资人处吸收的现金流量，也可以称为"筹资现金流量"。第二种方法，是从现金流量的形成角度计算的，是公司剩余或短缺的现金流量。由于公司提供的现金流量，就是投资人得到的现金流量，因此它们应当相等。

股权自由现金流量与公司自由现金流量的区别，是它需要再扣除与债务相联系的现金流量，也有两种衡量方法：

股权自由现金流量＝公司自由现金流量－债权人现金流量

股权自由现金流量＝息前税后利润＋折旧－营运资本增加－资本支出

－利息支出－偿还债务本金＋新借债务

这两种方法的结果应当相等。

第二步，估算贴现率。以加权平均资本成本（WACC）为贴现率，其中的股权资本成本根据资本资产定价模型确定。

第三步，以 WACC 为贴现率计算公司自由现金流量贴现价值。

第四步，估算公司股权自由现金流量贴现价值。

股权自由现金流量贴现价值＝公司贴现现金流量价值－负债价值

【例 11-1】 举例说明自由现金流量的计算方法。

L 医药集团股份有限公司是一个上市公司，其连续五年的利润表和资产负债表相关项目如表 11-1 和表 11-2 所示。

表 11-1 利润及利润分配有关项目表   单位：万元

科目	2005 年	2006 年	2007 年	2008 年	2009 年
一、营业收入	162 891	151 516	174 811	205 864	259 585
减：营业成本	90 623	80 602	97 362	111 632	123 199
营业税金及附加	412	381	407	446	573
销售费用	34 565	31 212	26 487	37 728	54 625
管理费用	23 824	23 086	19 461	19 777	23 673
财务费用	1 406	2 496	1 711	2 652	1 320
资产减值损失	0	0	1 620	2 130	4 899
加：公允价值变动净收益	0	0	11 346	−27 204	13 434
投资收益	1 113	8 100	22 268	5 665	−6 403

续表

科目	2005 年	2006 年	2007 年	2008 年	2009 年
二、营业利润	13 174	21 839	61 377	9 960	58 327
加：补贴收入	139	151	0	0	0
营业外收入	290	344	799	1 109	996
减：营业外支出	393	3 863	177	504	382
其中：非流动资产处置净损失	0	0	73	190	130
三、利润总额	13 210	18 471	61 999	10 565	58 941
减：所得税	1 582	3 540	9 660	3 275	7 562
四、净利润	11 628	14 931	52 339	7 290	51 379
加：年初未分配利润	6 470	11 852	15 352	81 730	71 115
五、可供分配的利润	18 098	26 783	67 691	89 020	122 494
减：应付普通股股利	6 246	11 431	−14 039	17 905	11 023
六、未分配利润	11 852	15 352	81 730	71 115	111 471

表 11-2　资产负债有关项目表　　　　　　　单位：万元

科目	2005 年 12 月 31 日	2006 年 12 月 31 日	2007 年 12 月 31 日	2008 年 12 月 31 日	2009 年 12 月 31 日
货币资金	12 950	28 385	28 266	54 018	58 853
交易金融资产	7 050	13 711	44 810	12 178	4 889
应收账款	40 335	45 318	52 990	60 180	86 482
存货	23 891	28 121	32 541	34 608	33 932
待摊费用	196	87	0	0	0
流动资产合计	84 422	115 622	158 607	160 984	184 156
长期股权投资	13 317	12 080	10 103	5 180	6 132
固定资产原值	125 585	161 513	171 062	179 343	181 999
减：累计折旧	54 882	62 889	71 845	83 606	93 155
减：固定资产减值准备	4 040	4 681	3 695	3 467	6 752
固定资产净额	66 663	93 943	95 522	92 270	82 092
其他长期资产	58 429	31 771	39 228	44 527	50 748
减：其他长期资产累计摊销	6 468	7 576	8 888	10 581	10 691
其他长期资产净额	51 961	24 195	30 340	33 946	40 057
长期资产合计	131 941	130 218	135 965	131 396	128 281
资产总计	216 363	245 840	294 572	292 381	312 438
短期借款	50 759	57 879	37 901	52 071	21 861
应付款项	30 813	29 695	45 744	44 666	55 860
预提费用	5 132	7 135	0	0	0
无息流动负债	35 945	36 830	45 744	44 666	55 860

续表

科目	2005 年 12 月 31 日	2006 年 12 月 31 日	2007 年 12 月 31 日	2008 年 12 月 31 日	2009 年 12 月 31 日
流动负债合计	90 795	94 709	83 645	96 737	77 721
长期借款	70	11 070	7 070	10 070	9 070
无息长期负债	1 655	2·208	4 765	2 122	3 101
非流动负债合计	1 725	13 278	11 835	12 192	12 171
负债合计	92 520	107 987	95 480	108 929	89 892
实收资本（或股本）	30 604	30 604	30 604	30 604	29 572
资本公积	43 265	43 323	47 865	43 731	35 095
盈余公积	31 476	33 962	34 809	35 330	40 146
未分配利润	15 352	26 781	81 730	71 115	111 471
少数股东权益	11 852	15 352	4 826	5 599	7 637
所有者权益合计	123 843	137 853	199 093	183 452	222 546
负债和股东权益合计	216 363	245 840	294 572	292 381	312 438

根据公司价值评估的要求，现金流量表需要重新编制。重新编制的现金流量表如表 11-3 所示。

表 11-3 现金流量有关项目表 单位：万元

科目	2005 年	2006 年	2007 年	2008 年	2009 年
净利润	11 628	14 931	52 339	7 291	51 379
加：财务费用	1 406	2 496	1 711	2 652	1 320
加：所得税	1 582	3 540	9 660	3 275	7 562
＝息前税后利润	14 616	20 967	63 710	13 218	60 261
减：息税前利润所得税	2 489	4 840	9 927	4 097	7 731
息前税后利润	12 127	16 127	53 783	9 120	52 530
加：固定资产折旧	6 669	8 007	8 956	11 761	9 549
加：其他长期资产摊销	1 467	1 108	1 312	1 693	110
＝营业现金流量	20 263	25 242	64 051	22 574	62 189
减：营运资本增加	−26 405	34 406	34 071	3 456	11 977
＝经营现金净流量	46 668	−9 164	29 980	19 118	50 212
减：长期资产增加	16 330	−1 723	5 747	−4 569	−3 115
减：折旧摊销	8 136	9 115	10 268	13 454	9 659
加：长期无息负债增加	−413	553	2 557	−2 643	979
＝自由现金流量	21 789	−16 003	16 522	7 590	44 647
筹资现金流量					
利息费用	1 620	3 068	2 673	3 648	1 221

续表

科目	2005 年	2006 年	2007 年	2008 年	2009 年
减：利用费用减税	194	588	416	1 131	157
减：有息债务净增加	－16 312	18 120	－23 978	17 170	－31 210
＝债权人现金流量合计	17 738	－15 640	26 235	－14 653	32 274
＝股权现金流量合计	4 051	－363	－9 713	22 243	12 373
筹资现金流量总计	21 789	－16 003	16 522	7 590	44 647

有关重编现金流量表的过程说明如下：

（1）息税前利润。息税前利润是指扣除利息和所得税之前的利润。

2009 年息税前利润＝净利润＋财务费用＋所得税＝51 379＋1 320＋7 562＝60 261（万元）

（2）息前税后利润。息前税后利润是指已经扣除所得税，但未扣除利息的利润。

$$2009 \text{ 年息前税后利润＝息税前利润－息税前利润所得税}$$

式中，"息税前利润所得税"，是指息税前利润应当负担的所得税。

计算息前税后利润有以下两种方法：

① 平均税率法。

如果公司的所有应税所得都适用同一个税率，则

$$\text{息前税后利润＝息税前利润×（1－所得税率）}$$

如果各种应税所得的实际税率相差不多，可以使用平均税率计算息税前利润应负担的所得税，则

$$\text{息前税后利润＝息税前利润×（1－平均所得税率）}$$

以 L 医药集团公司 2009 年的数据为例，有

$$\text{平均所得税税率＝所得税费用÷利润总额＝7 562÷58 942＝12.83\%}$$

$$\text{息税前利润所得税＝60 261×12.83\%＝7 731（万元）}$$

$$\text{息前税后利润＝60 261－7 731＝52 530（万元）}$$

② 所得税调整法。

所得税调整法是以公司的全部所得税为基础，扣除利息净损益所得税，得出息税前利润应当负担的所得税。

以 L 医药集团 2009 年的数据为例，有

$$\text{利息净损益所得税＝利息净损益×适用税率}$$
$$＝1 221×12.83\%$$
$$＝157（万元）$$

$$\text{息税前利润所得税＝7 562－157＝7 405（万元）}$$

$$\text{息前税后利润＝60 261－7 405＝52 856（万元）}$$

两种方法的计算结果有时会有很大差别。

（3）营业现金流量。

$$营业现金流量＝息前税后利润＋折旧与摊销$$

以 L 医药集团 2009 年的数据为例，有

$$营业现金流量＝52\,530＋9\,549＋110＝62\,189（万元）$$

（4）经营净现金流量。

$$经营净现金流量＝营业现金流量－营运资本增加$$

营运资本是指流动资产和无息流动负债的差额。有息流动负债形成现金流量的内容，不属于"生产经营活动"范围，因此要从流动负债中扣除。

L 医药集团营运资本的计算如表 11-4 所示。

表 11-4 营运资本的计算 单元：万元

科目	2004 年	2005 年	2006 年	2007 年	2008 年	2009 年
流动资产	104 578	84 422	115 622	158 607	160 985	184 156
减：无息流动负债	33 787	40 036	36 830	45 744	44 666	55 860
营运资本净额	70 791	44 386	78 792	112 863	116 319	128 296
营运资本增加		−26 405	34 406	34 071	3 456	11 977

（5）公司自由现金流量。

公司自由现金流量＝（息前税后利润＋折旧与摊销－营运资本增加）－资本支出

$$自由现金流量＝52\,530＋（9\,549＋110）－11\,977－（−3\,115＋9\,659−979）$$
$$＝44\,647（万元）$$

（6）债权人现金流量。

债权人的要求仅包括利息和本金偿还。该要求仅在股东的要求权之前。

$$债权人现金流量＝债务利润－利息所得税＋偿还债务本金－新借债务本金$$
$$＝税后利息－有息债务净增加$$

以 L 医药集团 2009 年的数据为例，有

$$债权人现金流量＝1\,221−157−（−31\,210）＝32\,274（万元）$$

（7）股权现金流量。

$$股权现金流量＝公司自由现金流量－债权人现金流量$$

以 L 医药集团 2009 年的数据为例，有

$$股权现金流量＝44\,647−32\,274＝12\,373（万元）$$

（8）现金流量的平衡关系。

公司全部自由现金流量应当等于筹资现金流量。其平衡关系如下：

$$自由现金流量＝筹资现金流量$$

L 医药集团的现金流量平衡关系如表 11-4 所示。

【例 11-2】 举例说明贴现现金流量法在评估公司价值中的应用。

第一步，估算 L 医药集团的自由现金流量。

当估算一个公司资产的贴现现金流量时，通常采用的预测期是5年。但当公司按照持续经营假设进行价值评估时，需要估算公司资产在预测期末的贴现现金流量。对后续价值的估计是以公司资产在预测期内预计可产生的现金流为基础的。假设估算时间在2010年年初，需要先对L医药集团现金流作一个2010～2015年的6年期预测，然后再估计公司在2015年年末的后续价值。

（1）估算到2015年为止的现金流。

L医药集团是一家从事医药和相关产品科研、开发、生产、销售的上市公司，根据财务报表数据，L医药集团的预计现金流列在表11-5中。在作出预测之前，重新检验一下L医药集团的历史经营状况。表11-5中1～4项列出了公司历史效率比率。2008年销售额增长率为17.76%，2009年的销售额增长率为26.10%，销售成本占销售额的百分比在2007年为55.70%，到2009年降至47.46%，2009年报中预期2010年营业收入为300 000万元，即预期销售增长率为15.57%。2007年L医药集团每100万元销售额的营运资本需求为112 863万元，两年后这一数值升至128 296万元。

现在讨论这种预测方法的内在逻辑性，尤其将着重讨论2015年的预测结果。根据第1项列出的增长率算出的各年销售额预计值列在第5项中。假设增长率将平衡下降，销售额增长率从2009年的顶点26.1%降至2010年预期15.57%，五年后的5%，即2015年后销售额将永远按5%的增长率增长。正确估计销售额增长率也是非常重要的，因为其他估计值都是在此基础上作出的。

在估算完销售增长率后，应该来估算各种费用占销售额的百分比，如表11-5所示。这些百分比都依赖于L医药集团的营运效率。因为估算的是公司价值，所以假设公司的营运效率比等于它的最新历史数据。通过计算可以得出，销售成本占销售额的47.46%，销售和管理费用占30.16%，营运资本需求占49.42%。

自由现金流量＝息税前利润×（1－所得税税率）＋折旧与摊销－营运资本需求增加额－净资本支出

为了估算2010年的息税前利润，首先用300 000万元的销售收入（第5项）减销售成本（第6项）再减销售和管理费用（第7项）、减折旧（第8项，假设与2009年持平仍为9 659万元），得出息税前利润为57 473万元（第9项）。息税前利润扣除税金后（第10项）为50 099万元，然后加9 659万元的折旧与摊销（第11项），减去营运资本需求的变化量（第13项），在2010年增长了19 975万元。营运资本需求在2010年年末的148 270.5万元是由第5项销售额乘以第4项营运资本需求占销售额的百分比计算出来的。2009年的128 296万元营运资本需求直接来自于2009年的资产负债表，最后减去2010年的净资本支出9 659万元（第14项），就得到了2010年的自由现金流30 124.50万元。

假设公司的每年净现金支出等于折旧费（比较第14项和第8项）。如果除维持公司现有资产外，公司没有其他的投资活动，资产的维持费用就等于每年的折旧费。注意，虽然假设2010年、2011年的折旧费等于2009年的折旧费9 659万元，但在2011年它

单位:万元

表11-5　L医药集团在2010年1月初的权益贴现现金流

	历史数据			至2015年的预期现金流					
	2007年	2008年	2009年	2010年	2011年	2012年	2013年	2014年	2015年
1. 销售额增长率/%	55.70	17.76	26.10	15.57	10	8	7	6	5
2. 销售成本占销售额的比例/%		54.23	47.46	47.46	47.46	47.46	47.46	47.46	47.46
3. 销售和管理费用占销售额的比例/%	26.28	27.93	30.16	30.16	30.16	30.16	30.16	30.16	30.16
4. 营运资本需求占销售额的比例/%	64.56	56.50	49.42	49.42	49.42	49.42	49.42	49.42	49.42
5. 销售额	174 811	205 864	259 585	300 000	330 000	356 400	381 348	404 228.90	424 440.30
6. 减销成本	97 362	111 632	123 199	142 380	156 617.90	169 147.40	180 987.70	191 847	201 439.30
7. 减销售和管理费用	45 948	57 505	78 298	90 488.30	99 537.10	107 500.10	115 025.10	121 926.60	128 022.90
8. 减折旧费及摊销费	10 268	13 454	9 659	9 659	9 659	9 000	8 000	8 000	8 000
9. 等于息税前利润(EBIT)	21 233	23 273	48 429	57 473	64 186	70 753	77 335	82 455	86 978
10. EBIT×(1-平均所得税率)	185 08.80	202 87.10	42 215.60	50 099.00	55 950.90	61 675.00	67 413.10	71 876.30	75 818.80
11. 加折旧费及摊销费	10 268	13 454	9 659	9 659	9 659	9 000	8 000	8 000	8 000
12. 每年的营运资本需求	112 863	116 319	128 296	148 270.50	163 097.60	176 145.40	188 475.50	199 784.10	209 773.30
13. 减营运资本增加额	3 456	3 456	11 977	19 975.50	14 827.10	13 047.80	12 330.10	11 309	9 989
14. 减净资本支出		133 229	149 932	9 659	9 659	9 000	8 000	8 000	8 000
15. 等于公司自由现金流量			−110 034.40	30 124.50	41 123.80	48 627.20	55 083	60 567.80	65 829.60
16. 等于2014年末的后续价值								1 316 592.0	

2010年年初	
17. 加权平均资本成本	10%
18. 资产价值(10%贴现率)	990 637.12
19. 减负债的账面价值	89 892
20. 等于权益价值	900 745.12

会降至 9 000 万元，2012 年会降至 8 000 万元，并且以后会保持不变。折旧费随销售额增长和资本支出增长率的下降而下降，这同前面的假设是一致的。如果公司的发展速度减慢，那么它的资本支出和折旧费也会下降。

用同样的方法可以估算公司至 2015 年止 5 年间的预计现金流，如表 11-5 中的第 15 项所示。

（2）估算 2014 年年末的后续价值。

后续价值的估算通常运用股票价值估价模型，即股利折现模型。为了估算 L 医药集团在 2014 年年末的后续价值，首先需要知道公司现金流在 2014 年的恒定增长速度。对于 L 医药集团来说，假设它的增长率与销售额增长率持平，等于 5%。其次，还需要知道公司的加权平均资本成本，根据它可以将 2014 年后的永续现金流折现成现值。然后，就可以根据贴现现金流量公式来估算资产的后续价值，则

$$2014 \text{ 年年末的后续价值} = \frac{2015 \text{ 年的预计现金流}}{\text{加权平均资本成本} - \text{增长率}}$$

因为销售额的增长率为 5%，所以 2015 年预计的现金流为 65 829.60 万元。经第二步估算，L 医药集团的 WACC 为 10%。将以上数据代入上面的公式中就可以得到 2014 年年末资产的后续价值，则

$$2014 \text{ 年年末的后续价值} = \frac{65\ 829.60}{10\% - 5\%} = 1\ 316\ 592 \text{（万元）}$$

注意公司的后续价值对预计期后的增长率变化的敏感性。如果增长率是 4%，而不是 5%，则公司的后续价值为 1 097 160 万元；如果是 6%，公司的后续价值就会升至 1 645 740 万元。这样，在估计用于估算后续价值的永续增长率时，就要格外谨慎。

第二步，估算 L 医药集团的加权平均资本成本。

假设 L 医药集团可以以 7.5% 的平均利率借债，公司平均所得税税率为 12%，则 L 医药集团的税后负债成本为 6.6%［即 7.5%×（1－12%）］。

权益成本可以用资本资产定价模型来确定。L 医药集团的 β 系数估计值为 1.14，设无报酬风险率为 6%，市场风险资产的平均报酬率为 11.34%，根据资本资产定价模型得

$$\text{权益资本成本} = 6\% + 1.14 \times (11.34\% - 6.6\%) = 11.4\%$$

L 医药集团在 2010 年 1 月初的权益市场价值为 22 亿元，2009 年年末全部负债为 9 亿元。则

$$\text{权益所占比例} = \frac{\text{权益市场价值}}{\text{权益市场价值} + \text{负债市场价值}} = \frac{22}{22 + 9} \times 100\% = 71\%$$

所以负债比例为 29%。

$$\text{L 医药集团的加权平均资本成本} = 71\% \times 11.4\% + 29\% \times 6.6\% = 10\%$$

WACC 的计算结果列在表 11-5 中的第 17 项，它是 L 医药集团资产创造的现金流要求的回报率。

第三步，估算公司资产价值。

对于 L 医药集团来说，现金流即为 2010～2014 年的预计现金流，包括 2014 年资产

的后续价值（表 11-5 中第 15 项和第 16 项）。贴现率是 L 医药集团的加权平均资本成本 10%，则

$$L 医药集团资产的价值 = \frac{30\ 124.5}{(1+0.1)} + \frac{41\ 123.8}{(1+0.1)^2} + \frac{48\ 627.2}{(1+0.1)^3} + \frac{55\ 083}{(1+0.1)^4}$$

$$+ \frac{60\ 567.20 + 1\ 316\ 592}{(1+0.1)^5}$$

$$= 27\ 385.91 + 33\ 986.63 + 36\ 534.33 + 37\ 622.43$$

$$+ 855\ 107.82$$

$$= 990\ 637.12（万元）$$

这就是表 11-5 第 18 行列出的值。

第四步，估算 L 医药集团权益的价值。

由 L 医药集团的资产负债表可知，其负债账面价值为 89 892 万元，所以 L 医药集团权益的价值 = 990 637.12 - 89 892 = 900 745.12（万元）。

三、比较价值法

比较价值法也叫相对价值法，它是利用类似公司的市场定价来确定目标公司价值的一种评估方法。它的假设前提是存在一个支配公司市场价值的主要变量（如盈利等）。市场价值与该变量（如净利润等）的比值，各公司是类似的、可以比较的。

其基本做法是：首先，寻找一个影响公司价值的关键变量（如盈利）；其次，确定一组可以比较的类似公司，计算可比公司的市价/关键变量的平均值（如平均市盈率）；最后，根据目标公司的关键变量（净利润）乘以得到的平均值（平均市盈率），计算目标公司的评估价值。

比较价值法，是将目标公司与可比公司对比，用可比公司的价值衡量目标公司的价值。如果可比公司的价值被高估了，则目标公司的价值也会被高估。实际上，所得结论是相对可比公司来说的，以可比公司价值为基准，是一种相对价值，而非目标公司的内在价值。

比较价值法最常用的模型是以股权市价为基础的模型，包括市价/净利、市价/净资产、市价/销售额等比率模型。

【例 11-3】 比较价值法在评估公司价值中的应用。仍以上例 L 医药集团为例。

首先我们必须找到与 L 医药集团类似的上市公司——Z 公司，它也是一家从事医药和相关产品科研、开发、生产、销售的上市公司，它的规模要比 L 医药集团大，但它们具有相似的资产结构和成本结构。

表 11-6 列出了两家公司的可比会计数据和金融市场数据。第 1~3 项中的数据分别来自两个公司 2009 年的利润表与资产负债表。表中的现金流之所以带引号是因为从严格意义上讲，它并不是公司的现金流，而是净利润与折旧的总和，也称之为常用现金流或现金收益。第 5~7 项在每股股票的基础上重新论述了第 1~3 项的内容。第 8 项列出了 Z 公司在 2010 年年初的股票价格。

表 11-6 L 医药集团与 Z 公司的会计数据与金融市场数据

	Z公司	L医药集团
I. 会计数据（2009 年）		
1. 净利润/万元	98 563.14	51 379
2. "现金收益"＝税后收益＋折旧＋摊销/万元	98 563.14＋12 151.62＝110 714.76	51 379＋9 549＋110＝61 038
3. 权益账面价值/万元	393 802.50	222 546
4. 股票发行量/万股	45 006	29 572
5. 每股收益 EPS/元[(1)/(4)]	2.19	1.74
6. 每股现金收益/元[(2)/(4)]	2.46	2.06
7. 每股账面价值/元[(3)/(4)]	8.75	7.53
II. 金融市场数据（2010 年 1 月）		
8. 股票价格/元	35	假设无法得到
III. 乘数		
9. 市盈率[(8)/(5)]	15.98 倍	假设无法得到
10. 股价与现金收益比[(8)/(6)]	14.23 倍	假设无法得到
11. 股价与账面价值比[(8)/(7)]	4 倍	假设无法得到

根据表 11-6 提供的第 1～8 项信息，可以得出 Z 公司的三个主要比率，即表中的第 9～11 项。

$$市盈率 = \frac{股价}{每股收益} = \frac{35}{2.19} = 15.98$$

$$股价与现金收益比 = \frac{股价}{每股现金收益} = \frac{35}{2.46} = 14.23$$

$$股价与账面价值比 = \frac{股价}{每股账面价值} = \frac{35}{8.75} = 4$$

这三个比率是根据 Z 公司的每股价格计算出来的。股票的价格由证券市场确定，所以这三个比率也称做市场乘数。市盈率也称做 Z 公司的收益乘数，它表明 Z 公司 2010 年 1 月初的股票交易价格是公司近期每股收益的 15.98 倍。同样，股价与现金收益比也称做 Z 公司的现金收益乘数，它表明 Z 公司 2010 年 1 月初的股票交易价格是公司近期每股现金收益比的 14.23 倍；股价与账面价值比也称做 Z 公司的账面价格乘数，它表明 Z 公司 2010 年 1 月初的股票交易价格是 Z 公司近期每股账面价值的 4 倍。

同理，很容易列出更多的市场乘数，包括销售乘数（股票价格除以每股销售额），营业利润乘数（股票价格除以息税前收益或每股 EBIT），营业现金收益乘数（股票价格除以 EBIT 与折旧之和）。这些乘数也称为历史乘数，它们是根据公司的历史收益、现金收益或账面价值计算出来的。如果能对下一期的收益、现金收益、账面价值加以预测，也可以求出公司的预计或未来乘数。

根据可比市场乘数来估算 L 医药集团的价值。这个方法要求可比公司必须按照相同的市场乘数进行交易（历史的或预计的）。换句话说，如果 L 医药集团与 Z 公司相似，只有 Z 公司的股票公开交易，就可以根据 Z 公司的市场乘数来估算 L 医药集团的权益价值。

L 医药集团的估计价值＝L 医药集团的税后收益×Z 公司的市盈率
　　　　　　　　　　＝51 379×15.98
　　　　　　　　　　＝821 036.42（万元）

L 医药集团的估计价值＝L 医药集团的现金收益×Z 公司的每股现金收益比
　　　　　　　　　　＝61 038×14.23
　　　　　　　　　　＝868 570.74（万元）

L 医药集团的估计价值＝L 医药集团的账面价值×Z 公司股价与每股账面价值比
　　　　　　　　　　＝222 546×4
　　　　　　　　　　＝890 184（万元）

根据 Z 公司的历史乘数，得到 L 医药集团三个权益价值估计值，其中最高值约为 89 亿元，最低值约为 82 亿元。正如前面所指出的一样，不同的评估方法会产生不同的价值估计值。但因为估价本身就不是很精确，所以只要估计值在一个合理的范围内，仍是可信的。L 医药集团权益价值的最高值（约 89 亿元）比最低值（约 82 亿元）高8.54%，并未超过合理的范围。

会不会存在一个乘数比另一个乘数更精确的情况呢？一些研究表明，某一特定的乘数用于评估某些类型的公司，如对于工业公司应使用市盈率，对于房地产公司和旅店业应使用股价与现金收益比，对于金融服务机构，如银行和保险公司，应使用股价与账面价值比。

至此，我们得到了 L 医药集团的四种不同的权益价值估计值，按由高到低排序为：90 亿元、89 亿元、86.86 亿元、82 亿元。可以看出，最高估计值比最低估计值高出9.76%，这些估计值仍在可接受的范围内。

我们可以得出结论，如果 L 医药集团公开上市交易，那么它的权益价值在 82 亿~90 亿元将是一个比较合理的估计。

四、经济利润法

经济利润是指超过投资者要求的报酬率中得来的价值，也称经济增加值。

　　经济利润＝投资资本×（投资资本报酬率－加权平均资本成本）

或

　　经济利润＝投资资本×投资资本报酬率－投资资本×加权平均资本成本
　　　　　　＝息前税后利润－资本费用

公司价值评估的经济利润模型为

　　公司价值＝投资资本＋预计经济利润的现值

该模型的基本思想是：如果每年的息前税后利润正好等于债权人和股东要求的收益，即经济利润等于零，则公司的价值没有增加，也没有减少，仍然等于投资资本。

根据现金流量折现原理可知，如果某年的投资资本报酬率正好等于加权平均资本成本，即净现值为零。此时，提供资源的所有方面都取得了应得的报酬，经济利润也必然为零，公司的价值与期初相同，既没有增加也没有减少。如果公司的投资资本报酬率小于加权平均资本成本，即公司金流量有负的净现值。同时，息前税后利润不能满足投资各方的期望报酬，也就是经济利润小于零，公司的价值将减少。因此，公司价值等于期初投资资本加上经济利润的现值。

经济利润模型与现金流量折现模型在本质上是一致的，但是经济利润具有可以计量单一年份价值增加的优点，而自由现金流量法却做不到。因为任何一年的自由现金流量都受到净投资的影响，加大投资会减少当年的现金流量，推迟投资可以增加当年的现金流量。投资不是业绩不良的表现，而找不到投资机会反而是不好的征兆。因此，某个年度的现金流量不能成为计量业绩的依据。管理层可以为了尽改善某一年的现金流量而推迟投资，而使公司的长期价值创造受到损失。

经济利润之所以受到重视，关键是它把投资决策必需的折现现金流量法与业绩考核必需的权责发生制统一起来了。它的出现结束了投资决策用现金流入量的净现值评价、业绩考核用权责发生制的利润评价，决策与业绩考核的标准分离，甚至是冲突，混乱的局面。

【例 11-4】　下面以 M 公司为例，说明经济利润估价模型的应用。有关的计算过程如表 11-7 所示。

表 11-7　M 公司的经济利润模型定价

科目	基期	2011 年	2012 年	2013 年	2014 年	2015 年
公司自由现金流量/万元		−48 556.78	−14 717.01	18 764.13	7 748.47	44 646.62
折现系数（10%）/万元		0.909 091	0.826 446	0.751 315	0.683 013	0.620 921
预测期现值/万元	−9 193.24	−44 142.53	−12 162.81	14 097.77	5 292.30	27 722.02
后续期价值现值/万元	582 162.50					937 579.02
现值合计/万元	572 969.26					
经济利润的计算						
息前税后利润/万元		12 126.92	16 127.28	53 782.83	9 120.50	52 529.79
加权平均资本成本/%		10	10	10	10	10
投资资本（年初）/万元		181 112.60	174 953.88	205 303.24	244 221.88	245 593.91
资本费用/万元		18 111.26	17 495.39	20 530.32	24 422.19	24 559.39
经济利润/万元		−5 984.34	−1 368.11	33 252.50	−15 301.69	27 970.40
另一计算方法						
投资资本回报率/%		6.70	9.22	26.20	3.73	21.39
加权平均资本成本/%		10	10	10	10	10
差额/%		−3.30	−0.78	16.20	−6.27	11.39
投资资本（年初）/万元		181 112.60	174 953.88	205 303.24	244 221.88	245 593.91

科目	基期	2011年	2012年	2013年	2014年	2015年
经济利润/万元		−5 984.34	−1 368.11	33 252.50	−15 301.69	27 970.40
公司价值计算						
折现系数		0.909 091	0.826 446	0.751 315	0.683 013	0.620 921
经济利润现值/万元	25 328.29	−5 440.31	−1 130.67	24 983.10	−10 451.25	17 367.41
期末终值						587 378.46
期末终值的现值/万元	364 715.62					
期初投资资本/万元	181 112.60					
现值合计/万元	571 156.51					

1. 经济利润的计算

经济利润的计算有以下两种方法：一种方法是，用息前税后利润扣减资本费用。以M公司2015年的数据为例：

$$经济利润＝息前税后利润－资本费用$$
$$＝52 529.79－245 593.91×10\%$$
$$＝52 529.79－24 559.39$$
$$＝27 970.40（万元）$$

另一种方法是，计算投资资本报酬率与加权平均成本的差，乘以投资额。

其中，投资资本报酬率中的"投资资本"在计算时可以有三种选择：期初资本、期末资本、期初期末平均资本。无论使用哪一种，都要求保持一贯性，否则两种计算经济利润的方法所得结果不一致。

本例选择的是期末的投资资本，即"所有者权益＋有息负债"。以M公司2015年的数据为例，则

$$投资报酬率＝息前税后利润÷期初投资资本$$
$$＝52 529.79÷245 593.91$$
$$＝21.39\%$$

$$经济利润＝（21.39\%－10\%）×245 593.91$$
$$＝11.39\%×245 593.91$$
$$＝27 970.40（万元）$$

$$预测期经济利润现值＝\sum_{n=1}^{5}\frac{年经济利润_n}{(1＋平均资本成本)^n}$$
$$＝（−5 984.34）×0.909 091＋（−1 368.11）×0.826 446$$
$$＋33 252.50×0.751 315＋（−15 301.69）×0.683 031$$
$$＋27 970.40×0.620 921$$
$$＝25 328.29（万元）$$

2. 后续期价值的计算

假设M公司在后续期进入永续增长的稳定状态，后续期增长率为5%，则

后续期第一年经济利润＝27 970.40×（1+5％）＝29 368.92（万元）

后续期经济利润终值＝29 368.92/（10％-5％）＝587 378.5（万元）

将其从 2015 年末总价值折算到评估基准时间，则

后续期经济利润现值＝587 378.5×0.620 921＝364 715.62（万元）

3. 期初资本的计算

期初资本是指评估基准时间的公司价值。可供选择的方案有三个：账面价值、重置价值、资产的可变现价值。

本例采用的是账面价值。这样做的原因不仅仅是简单，而不是真的需要重置。

可变现价值在理论上是一个值得重视的选择。不过，有两个原因妨碍了这种方法的实际应用。首先，使用市价计量投资资本，为了保持计量的一致性，必然结果是将每年的资产收益（存量资产升值）计入当年的经济利润。然而，预计未来每年存量资产的市价变动，是很难操作的。存量资产一般没有公开交易的市场，预计的可靠性难以评估。其次，事实上多数资产的变现价值低于账面价值，尤其是在账面价值已经提取过减值准备的情况下，使用账面价值不会导致重要的失真。当然，如果通货膨胀严重，资产的可变价值超过账面价值很多，并且能够可靠估计可变现价值，也可以采用变现价值。

4. 公司总价值的计算

公司的总价值为期初投资、预测期经济利润现值、后续期价值的合计。

公司总价值＝期初投资+预测期经济利润现值+后续期经济利润的现值

＝181 112.60+25 328.29+364 715.62

＝571 156.51（万元）

第三节　并购的筹资规划

公司并购需要多少资金，资金如何取得，有无足够的财力资源或资金融通能力以支持并购，应采用何种方式向目标公司支付并购价款等问题，均是并购决策面临的一些重要课题。并购的筹资规划包括预测并购资金需要量、确定并购支付方式和选择适当的筹资方式等问题。

一、预测并购资金需要量

为了对并购的资金融通计划做出合理的安排，公司应首先对相关的现金需要情况有一个较为清晰的了解。一般而言，预测并购资金需要量需要考虑以下四个因素。

1. 并购的支付对价

并购的支付对价是指并购方企业为完成收购目标企业需以现金方式支付的代价，它与目标企业权益价值在小、控股比率和支付溢价相关。可通过下列公式计算：

$$MAC=Ep（1+q）$$

式中，MAC 为并购支付的对价；E 为目标企业权益价值；p 为控制股比率；q 为支付的溢价率。

目标企业的权益价值是并购成本的核心内容，可以按照本章第二节所阐述的方法进

行估价。支付溢价率是指支付的对价高于目标企业权益价值的比率。一般来说,公开收购、竞标收购或敌意收购往往要支付较高的溢价率。

2. 目标企业的表外负债和或有负债

表外负债是指未在目标企业资产负债表上体现但实际上要承担的义务,如职工的退休费、离职费和安置费等;或有负债是指由过去的交易或事项形成的潜在义务,其存在需要通过未来不确定事项的发生或不发生予以证实。并购方应详尽了解目标企业的未决诉讼和争议、债务担保、纳税责任及产品责任等项目,对或有负债做出判断。

3. 并购交易费用

并购交易费用主要是指为并购融资注册和发行权益证券的费用,支付给会计师、律师的咨询费、评估费等,与并购支付的对价相关,可按支付对价的一定比例确定。

4. 整合成本

并购整合成本是并购后使被并购公司健康发展而需要支付的长期营运成本,包括:①整合改制成本。取得对被并购公司的控制权后,要对被并购公司进行重组或整合,小则调整人事结构,改善经营方式;大则整合经营战略和产业结构,重建销售网络,需要支付相应的管理与培训等费用。②注入资金的成本。并购方要向目标公司注入优质资产,拨入启动资金,为其打开市场投入市场调研费、广告费和网点建设费等。

二、确定并购支付方式与筹资方式

不同的支付方式对公司的财务支付能力也有着重大的影响,在签订并购协议时必须加以考虑。公司完成对目标公司并购价格的支付,可以是现金支付、股票支付和混合证券支付三种方式。

1. 现金支付

现金支付是由并购方向目标企业的股东支付一定数量的现金,以获得目标企业的股权。现金支付是企业并购中用得最多的支付方式。对目标公司的股东而言,现金支付可使它们得到确定的收益,但会形成相应的纳税义务。对并购方而言,现金支付最大的好处是现有的股权结构不会被稀释,且可以迅速完成并购事项。但对于大宗的并购交易,采用现金支付方式无疑会给并购方造成巨大的现金压力,甚至无法承受。因此,对于巨额并购的交易,现金支付的比率一般都比较低。

现金支付因其速度快的特点而多被用于敌意收购。

公司取得现金的来源,通常是增资扩股、向金融机构借款、发行债券和认股权证等,也可以通过出售部分原有资产换取现金。

2. 股票支付

股票支付是指并购方通过发行本公司的股票以一定对价换取目标企业的股票,达到并购目的的一种支付方式。采用股票对价方式,可以避免并购方公司现金的大量流出,从而使并购后能够保持良好的现金支付能力,减少财务风险。但这种方式可能会稀释并购方公司原有的股权控制结构与每股收益水平，倘若并购方公司原有资本结构比较脆弱，极易导致并购方公司控制权的稀释。而一旦无法掌握控制权，也就是无法取得并购整合后的综合效应。

股票支付常用于善意并购，当并购双方的规模、实力相当时，被采用的可能性较大。

并购方在对现金支付或股票支付方式进行抉择时，需要考虑的因素是：①并购方公司是否有足够的现金融通能力；②若必须通过的借款进行支付时，资本结构是否具有相应的承受能力；③外部借款或增资扩股的资本成本如何；④增资扩股是否会导致并购方公司原有股权控制结构稀释以致丧失；⑤增资扩股后，并购方公司原有股东的每股收益是否会被稀释，以及因为遭受损失而导致原有股东对增资扩股方式的反对；⑥目标公司的股东对并购后的每股收益有着怎样的期望；⑦目标公司股东处于怎样的税负层次；⑧目标公司的股东是否会因丧失对目标公司的控制权而产生恐慌的心理以致对并购怀敌对情绪，等等。

3. 混合证券支付

混合证券支付是指并购方的支付方式为现金、股票、认股权证和可转换债券等多种形式的组合。

对并购方而言，发行公司债券的成本较低；发行可转换债券能以比普通债券更低的利率和较宽松的契约条件出售债券，也提供了一种能以高于现行价格出售股票的可能性；发行认股权证可能为公司提供额外的股本基础。对目标企业而言，获得认股权证和可转换债券，意味着可以约定价格购买公司股票或转换公司股票的权利。

混合证券支付通过发行股票、认股权证、可转换债券等方式筹资。

此外，在目标公司获利不佳、急于脱手的情况下，还可采用卖方融资支付方式。卖方融资是指并购方公司暂不向目标公司支付全额价款，而是作为对目标公司所有者的负债，承诺在未来一定时间内分期、分批支付并购价款的方式。

第四节　并购的财务分析

并购是高风险资本经营行为，财务分析应关注并购成本与收益的同时，重视并购过程中的各种风险。

一、企业并购的成本分析

1. 并购完成成本

并购完成成本是指并购行为本身所发生的直接成本和间接成本。直接成本是指并购过程中直接支付的费用，如被并购公司的购并价格等。间接成本是指并购过程中发生的除直接成本以外的其他支出。具体包括：①债务成本。在承担债务式并购的情况下，并购之初可能并不直接支付并购费用，但是必须为按计划偿还的原有债务支付本息。②交易成本。它是并购过程中发生的收集、策划、谈判、文本制作、法律鉴定、公证等中介费用。③更名成本。并购成功后，还会发生重新注册费、工商管理费、土地转让费以及公告费等。

2. 并购整合成本

并购至少涉及两个企业，由于利益的相对独立性和并购中企业的角色定位不同，并购双方的冲突是不可避免的。因此，需要并购方或并购双方共同采取措施进行整合，包括战略整合、组织机构整合、管理制度整合、人力资源整合和文化整合。并购整合成本的内容包括整合改制成本与注入资金的成本。

3. 并购退出成本

一个公司在通过并购实施外部扩张时，还必须考虑一旦扩张不成功如何以最低价格撤退的成本问题。

4. 并购机会成本

并购活动的机会成本是指并购的实际支出相对于其他投资的未来收益损失。一项并购活动的机会成本越大，其并购活动的相对收益越小或相对损失越大。

二、换股并购的财务影响分析

（一）并购对每股收益的影响

股票交换比率通常是根据双方的股票价格确定的，但对被并购方的出价一般不等于其市价，所以股票交换比率的计算公式如下：

$$股票交换率 = 被并购方股票作价 / 并购方股票市价$$

对公司盈余的影响可以通过考察 EPS 的变化来反映。在换股并购中，主要从并购方角度考察，因为被购方的股票换为并购方股票后缺乏可比性。设股票交换率为 R，并购方的 EPS 为

$$并购前公司的 EPS = \frac{净利润}{普通股股数}$$

$$并购后公司的 EPS = \frac{合并净利润}{（原有普通股股数 + 新发行普通股股数）}$$

可见，EPS 的影响因素有两个：合并净利润和股票交换率。合并净利润取决于并购后双方的盈利能力，与 EPS 成正比。股票交换率则取决于对被并购公司股票的作价，作价越高，股票交换率越高，则发行新股越多。若股数增加幅度大于收益增加幅度，每股收益摊薄；反之，每股收益增加。

【例 11-5】 换股并购对每股收益的影响。

A 公司希望通过股票支付方式收购 B 公司。双方的财务资料如表 11-8 所示。

表 11-8 A、B 公司的财务资料

	A 公司	B 公司
目前净利润/万元	2000	500
股票数量/万股	500	200
每股收益/元	4	2.5
股票价格/元	64	30
市盈率/倍	16	12

B公司已经同意将其股票每股作价 35 元，因此股票交换比率为 0.546 875（即 35/64）。为实现对 B 公司的并购，A 公司需发行 109.375 万股股票（200 万股 × 0.546 875）。假定两个公司兼并后净利润保持不变，续存公司（兼并后的 A 公司）的每股收益如表 11-9 所示。

表 11-9　兼并后 A 公司的每股收益（一）

	兼并后的 A 公司
净利润/万元	2 500
股票数量/万股	609.375
每股收益/元	4.10

因此，通过收购提高了 A 股收益。但是 B 公司股东的每股收益却减少了，由原来的 2.5 元减为 2.24 元（0.547×4.10）。

现在假定 A 公司同意将 B 公司每股作价提高到 45 元，则股票交换比率为 0.703 125（45/64）。于是 A 公司需发行的股数为 140.625 万股（200×0.703 125），兼并后每股收益如表 11-10 所示。

表 11-10　兼并后 A 公司的每股收益（二）

	兼并后的 A 公司
净利润/万元	2 500
股票数量/万股	640.625
每股收益/元	3.90

在这种情况下，A 公司的每股收益被稀释了。而 B 公司的每股收益得到了提高，每股收益变为 2.74 元（即 3.9×0.703）。如果收购方支付给被收购方的市盈率（即收购方愿意支付的收购价格与收购时被收购方的每股收益之比）高于收购方的市盈率，那么收购方的每股收益将被稀释。因为这意味着对被收购方的股票作价高于其市价，则股票交换率提高，在收益能力不变的情况下，每股收益将摊薄。

在本例中，第一种情况下的市盈市为 14 倍（即 35/2.5），而在第二种情况下则为 18 倍（即 45/2.5），由于 A 公司的市盈率为 16 倍，所以在第一种情况下每股收益会提高，而在第二种情况下每股收益则会下降。

因此，收购公司每股收益增减幅度取决于两个因素：一是市盈率的差异（与股票交换比率直接相关），二是两个公司净利润规模的相对大小。收购方公司与被收购方公司的市盈率之比越高，被收购公司与收购公司的净利润之比越高，则收购方每股收益增幅越大。

值得注意的是，我们对所举的例子的分析没有将收购后未来收益增长考虑进去，即合并净利润只是等于并购双方收益的简单相加。如果做出并购决策仅仅基于并购时对每股收益的影响，则并购当期带来的每股收益稀释将阻止并购方并购另一家公司。然而，当考虑并购引起的预期收益增长时，就有可能做出并购的决策。由于并购产生的协同效益不会立即体现在并购当期，而是并购后的一定期间，因此，在并购的最初几年可能会出现每股收益的稀释现象，但这一现象将随着收益的增长而逐渐消除。从收购方的立场看，稀释所持续的时间越长，收购对公司的吸引力越小。因此有些公司确定了可容忍的稀释持续年数。

（二）并购对市场价值的影响

在收购谈判过程中，双方关注的焦点是每股市价交换比率。这一比率反映的是对被并购公司股票作价与其市价之间的关系。股票市价反映了公众投资者对公司内在价值的判断，作价则不仅反映了并购方对被并购方公司价值的判断，也体现了并购方的其他财务与非财务动机。公式如下：

$$股份交换比率 = \frac{对被并购公司每股作价}{被并购公司每股市价}$$

$$= 并购公司每股市价 \times \frac{股票交换率}{被并购公司每股市价}$$

股价交换比率的计算公式体现了股票交换率与股价交换比的内在关系，二者成正比关系。

【例 11-6】 换股并购的市场价值影响。

仍沿用上例，如果 A 公司对 B 公司作价为每股 30 元，即股票交换比率为 0.469（即 30/64）。那么股价交换比率为 1（即 30/30），换言之，两个公司按照市价 1∶1 的比例进行股票交换。如果并购后存续公司的股票市价在 64 元上保持稳定，从市场价值的角度看，双方公司的股东财富与收购前大致相同。这对被并购方的股东是缺乏吸引力的。因此，只有当收购方的收购价值高于被并购方时，被并购方才会接受。在【例 11-5】中的第一种情况，A 公司对 B 公司的每股作价 35 元。股价交换比率为 35/30 ＝1.17。这个比率大于 1，此时被并购方股东可以接受。同时，在对 B 公司 35 元的作价下，A 公司原有股东的每股收益也增加了。因此，两个公司股东都在并购中受益。

值得注意的是，并购方每股收益的提高是由于双方的市盈率差异。在上面的分析中已经得出：高市盈率的公司并购低市盈率的公司，将会提高并购方的每股收益。尽管并购方以高于被并购方市价的价格（股价交换比率大 1）进行交易，每股收益仍可以提高。但是这种提高不是由于根本的经济增长所引起的，而是依靠收购所产生的每股收益"自行提高"。如果市场承认这种虚假增长，那么公司就可以单纯依靠收购来增加股东财富。但是在一个相对完善的市场，如果并购不能出现预期的协同效益与管理改善，则预期的存续公司市盈率将会接近原来两个公司市盈率的加权平均值。在这种情况下，收购低市盈率的公司并不会提高股东财富。

三、并购的风险分析

众多事例表明，企业并购的风险很大。这些风险主要包括以下几种。

1. 营运风险

营运风险是指并购公司在完成并购后，可能无法使整个公司或公司集团产生管理协同效应、经营协同效应、财务协同效应以及市场份额效应，难以实现规模经济或管理知识共享。通过并购形成的新公司或公司集团因规模过于庞大而产生规模不经济的现象，甚至整个公司或公司集团的经营业绩都为被并购公司所拖累。

2. 信息风险

在公司并购中，信息是非常重要的。知己知彼，百战不殆。真实与及时的信息可以大大提高公司并购的成功率。但实际并购中因贸然行动而失败的案例很多，这是信息不对称的结果。

3. 融资风险

公司并购需要大量的资金，所以并购决策会对公司资金规模和资本结构产生重大影响。与并购相关的融资风险具体包括：资金是否可以保证需要，融资方式是否适应并购动机，现金支付是否会影响公司正常的生产经营，杠杆收购的偿债风险等。

4. 反并购风险

在通常情况下，被并购公司对并购行为往往持不欢迎或不合作态度，尤其在面临敌意并购时，它们可能不惜一切代价实施反并购策略；其反并购行动可能会对并购公司构成相当大的风险。

5. 法律风险

各国关于并购的法律法规一般都通过增加并购成本而提高并购难度。例如，我国目前的收购法规就要求：收购公司持有一家上市公司 5% 的股票后必须公告并暂停买卖，以后每递增 5% 还要重复该过程；持有 30% 股票后还必须发出全面收购要约。这套程序造成的并购成本之高，风险之大，程序之复杂，足以使并购公司气馁。

6. 体制风险

在我国，国有公司资本营运过程中相当一部分公司并购行为，都是由政府强行撮合而实现的。尽管大规模的公司并购活动离不开政府的支持和引导，但是并购行为毕竟是一种市场行为。如果政府依靠行政手段对公司并购大包大揽，不仅背离市场原则，难以达到预期效果，而且往往还会给并购公司带来风险，使公司并购偏离资产最优组合目标。

7. 定价风险

定价风险产生于尽管被收购公司运作很好，但高收购价格使买主无法获得一个满意的投资回报。出价过高是买方所犯的最糟糕和最常见的错误，目标公司的未来价值增值不足以弥补开始时的出价，这主要是由于收购公司在预计收益、利润或现金流时存在着乐观情绪。买方过快和过多地认为他们了解目标公司并有信心使其增长盈利。一次昂贵的收购，其结果不是沉重的债务负担和增加了的股权，就是一个很低的剩余现金留存。即使收购具有某些增加收入的因素，这些变化的结果还是会降低购买方的每股收益，买价过高的余波可以会持续许多年，买方的每股收益可能无法再复原。

此外，在跨国并购中还存在着政治风险、管理风险和社会环境风险等。

第五节 反并购措施

反并购措施也称接管防御,是指目标企业的管理层采取措施以阻止本公司被收购的手段。在当今并购之风盛行的情况下,敌意收购不管在数量还是金额上都不断增加且引人注目。越来越多的公司开始重视采用各种积极有效的防御性措施进行反并购,或者是提高并购者的成本和风险,或者是降低并购者的收益等。反并购措施分为预防性反并购措施与主动性反并购措施两类。

一、预防性反并购措施

公司最好的反并购措施就是保持经营的高效率,保持销售增长前景,且保持盈利。那些具有稳定现金流、负债率低的成熟公司容易成为敌意并购的目标。因此,预防性反并购措施就是提前或在敌意收购发起时改变这些特征,从而削弱并购方的并购动机。常见的预防性反并购措施包括以下几种。

(一)反接管修正

对公司章程进行反接管修正,通俗地称为"拒鲨"条款。由于像所有的章程修正一样,反接管修正都必须经股东表决并批准,因此这种修正可能导致接管防御。反接管修正一般会对通过合作、收购要约或撤换董事会成员等形式进行的公司控制经营权转移施加新的条件。这种修正共有以下四种主要类型。

1. 超级多数条款修正

超级多数条款规定公司被收购必须取得 2/3 的股东或 80% 的投票权,有的甚至要求所有涉及控制权变动的交易都必须获得 90% 已发行股份的赞成。

2. 公平价格条款

根据该项条款,收购者向非控股股东支付的价格必须至少等于事先设定的"公平价格"。通常,该最低价格是根据每股收益及市盈率确定,但有时是以设定的市价形式表示的。公平价格条款通常与超级多数条款结合使用。

3. 分类董事会

另一种主要的反接管修正允许轮回制或分类董事会在接管中推迟控制权的实际转移。例如,一个由 9 人组成的董事会可能会分成 3 组,每年只有 3 名成员当选,任期 3 年。这样一来新的大股东就要至少等两届年会才能取得董事会的控制权。

4. 授权发行优先股

董事会有权发行一种有特别表决权的新型证券。这种证券一般是优先股,在发生控制权争夺时发行给善意的一方。因而,这是一种防御敌意接管要约的措施。

（二）降落伞

1. 金降落伞

金降落伞是指按照控制权变动条款而失去工作的管理人员进行补偿的雇佣合同中的单独条款。有些目标公司在接管发生时，提供给最高级别管理人员一些补偿。这种补偿可被视作使管理层考虑接管投标时较少关心其自身待遇，较多关心股东利益而支付的费用，或者视为管理层以损害股东利益为代价敛富的一种企图。

2. 银降落伞和锡降落伞

银降落伞是向公司主管提供补偿，但比金降落伞提供的要少。锡降落伞则将支付报酬范围进一步扩大，包括了公司的中层管理者，且有些时候包括了所有的员工。

金降落伞、银降落伞和锡降落伞要求收购方在收购时要对目标公司的工作人员进行补偿，因此提高了收购成本。但是保护伞的成本通常很有限（一般不足 10%），因此，它不是一个很强的接管防御措施。

（三）毒丸计划

以增加公司价值为目的的公司重组与实现接管防御的目的是密切相关的。在增加公司价值的同时也增加了公司的防御能力，如资产重组。资产重组可分为收购与资产出售或剥离。资产收购可以扩展公司的生产能力，也可以用来防御公司被接管，因为规模的扩大增加了收购成本。资产剥离或出售既可被用来使资源向更高的使用价值流动，也可以为了阻止被收购，而处理掉一部分收购者感兴趣的业务，这种方法称为"皇冠宝石"对策。此外，重新调整杠杆比率增加公司负债和（或）使用收入支付大量的现金分红，以及增强内部人士的所有权地位，都增加了收购者的风险与成本。这种策略被称为"焦土策略"，是一种两败俱伤的做法，因为它同时提高了目标公司的经营与财务风险。目标公司为避免被外来公司收购不惜采取严重伤害自己的行动，犹如一剂"毒丸"。常见的"毒丸计划"有以下两种：

（1）"负债毒丸计划"。"负债毒丸计划"是指目标公司在收购威胁下大量增加自身负债，降低公司被收购的吸引力。例如，发行债券并约定在公司股权发生大规模转移时，债券持有人可要求立刻兑付，从而使收购公司在收购后立即面临巨额现金支出，降低其收购兴趣。利用并购者感兴趣的现金资源或大量举债购买一些无利可图的资产，或者故意做一些需要很长时间才能见效的投资，使公司负债累累，在短期内降低公司价值，使并购方望而生畏。

（2）"人员毒丸计划"。"人员毒丸计划"的基本方法则是公司的绝大部分高级管理人员共同签订协议，在公司被以不公平的价格收购，并且这些人中有 1 人在收购后被降职或革职时，则全部管理人员将集体辞职。这一策略不仅保护了目标公司股东的利益，而且会使收购方慎重考虑收购后更换管理层给公司带来的巨大影响。企业的管理层阵容越强大、越精干，实施这一策略的效果将越明显。当管理层的价值对收购方无足轻重时，"人员毒丸计划"也就收效甚微了。

二、主动性反并购措施

如果并购方在充分考虑了目标公司的各种反预防性反并购措施后，仍然决定向目标公司发起并购，目标公司就应当采取主动性反并购措施进行反击。常见的主动性反并购措施有以下几种。

（一）"绿色邮件"

"绿色邮件"就是受到并购威胁的目标公司向潜在的购买方支付一笔款项使其放弃并购要约的方法。因美元钞票的颜色是绿色面而得名。它实际上是目标公司通过私下协商从特定股东手里溢价购回其大量股份。溢价回购的目的是消除大股东或绿色邮递者的敌意接管威胁。对"绿色邮件"在接管防御中的角色，存在着不同的观点。一些人反对"绿色邮件"或定向回购，他们认为绿色邮递者给股东带来很大的损失。持有大宗股份的投资者是公司的"袭击者"，他们剥夺公司的资产，有损其他股东。袭击的形式是利用袭击者的公司表决权给予其自身过分的奖励和津贴，通过绿色邮件使其股份获得显著高于市价的溢价，或以某些非特定方式"抢掠"公司财富。而另外一种看法是，参与绿色邮件的大宗投资者有利于管理层发生变动，可以是公司人事方面的变动，也可以是公司政策的变动，或有较高技能评估潜在收购对象。"绿色邮件"尽管可以作为反接管的手段，但由于定向溢价回购股票损害了一般股东的利益，因而其使受到限制。

（二）"白衣骑士"

"白衣骑士"是指目标公司为免遭敌意收购而自己寻找善意收购者。"白衣骑士"防御涉及目标公司挑选了一个愿意与之合并的公司，这个"白衣骑士"通常是与其关系密切的实力公司，能以更优惠的价格达成善意收购。一般而言，如果收购者出价较低，目标公司"白衣骑士"拯救的希望就大；若收购方提出了很高的收购价格，则由于"白衣骑士"的成本提高，被"白衣骑士"拯救的机会就减少了。

（三）股票交易

具体来说，有以下两种方式。

1. 股票回购

在允许公司回购自己股票的情况下，目标公司在收购公司的收购要约公开以后，迅速在股市上回购本公司的股票，而且以比收购要约价还要高的出价来回购，迫使收购方提高收购价格，增加其收购难度。但是对假装收购、实际进行股票套利的进攻者来讲，目标公司的溢价回购股票，正好实现了它赚取炒作股票的资本利得。因此，在这种情况下，也有人称收购方的收购为"绿色勒索"。

2. 管理层收购（MBO）

当收购方为目标公司管理层时的杠杆收购就是管理层收购。当目标公司得知收购信息后，其管理层利用杠杆手段，以公司的资产作担保向银行贷款，然后再买下公司股权，以免董事会低价卖掉公司。管理层为了筹集收购资金，往往会成立一家新公司专门从事收购，并使目标公司大量举债；管理层也可能自己出资收购，从而使目标公司成为合伙企业。

股票回购一方面提高了公司股票的价格，同时也减少了公司股票数量，大大增加了被收购的难度，它也是反对公开收购要约最有力的反击手段之一；MBO 使管理层掌握了公司主要控制权，在抵御敌意收购中可以发挥很大作用。

【进一步学习指南】

一、并购理论

1. 并购协同效应理论。该理论认为企业通过并购，可以获得 1+1>2 的规模效应和协同效应。包括管理协同效应理论、经营协同效应和财务协同效应理论。

2. 企业低成本扩张、低风险扩张理论。企业扩张有两条基本途径：一是通过自身投资来扩张；二是通过并购同类型企业来实现扩张。并购往往是效率较高、成本较低，同时风险又较低的扩张办法，其原因有：①并购可以有效地降低进入新行业的障碍；②并购可以大幅度降低企业发展的风险和成本；③并购不仅可以充分利用原企业的资产、销售渠道等优势，而且可以获得原企业的经验，这使企业拥有了成本上的竞争优势。

3. 市场势力理论。市场势力是指企业对市场的控制能力。该理论认为，公司并购的主要动因是凭借并购达到减少竞争对手，增强企业对经营环境的控制能力，提高市场占有率，并增加长期的获利机会。公司并购对提高增强企业市场势力的影响表现在两个方面：一是提高行业集中程度，改善行业结构；二是提高对销售渠道的控制能力。

4. 信息与信号理论，可分为信息理论和信号理论。信息理论认为新的信息是作为要约收购的结果而产生的，且重新估价是永久性的，该信息假说可以区分两种形式：一种认为，收购活动会散布关于目标企业股票被低估的信息并且促使市场对这些股票进行重新估价，目标企业和其他各方不用采取特别的行动来促进价值的重估，即所谓的"坐在金矿上"的解释；另一种认为，要约会将信息传递给目标企业的管理者，从而激励其依靠自身的力量贯彻更有效的战略，即所谓的"背后鞭策"的解释，收购要约之外不需要任何外部动力来促进价值的重新高估。信号理论说明特别的行动会传达其他形式的重要信息，信号的发布可以以多种方式包含在并购活动中。

5. 经营多样化理论。认为分散经营本身之所以有价值是基于许多原因，其中包括管理者和其他雇员分散风险的需要、组织资本和声誉资本的保护等。

6. 价值低估理论。认为当目标企业股票的市场价格因为某种原因而没能反映其真实价值或潜在价值，或者没有反映出其在其他管理者手中的价值时，并购活动就会发生，价值低估理论有若干方面，每一方面的性质和内涵都有些不同。

二、相关法律规范

1.《外国投资者对上市公司战略投资管理办法》，商务部、中国证监会、国家税务总局、国家工商行政管理总局、国家外汇管理局令，2005 年第 28 号。

2.《上市公司重大资产重组管理办法》，中国证监会第 53 号，2008 年 3 月 24 日审议通过，2008 年 5 月 18 日起施行。

3.《上市公司收购管理办法》，中国证监会第 56 号，2008 年 8 月 27 日修订。

4.《上市公司证券发行管理办法》，中国证监会第 30 号，2006 年 5 月 8 日。

5.《商业银行并购贷款风险管理指引》，银监发〔2008〕84 号，2008 年 12 月 6 日。

【复习思考题】

1. 公司并购有哪些种类？各有何特点？
2. 什么叫杠杆收购？有何特点？杠杆收购成功需要什么条件？
3. 公司并购基于哪些动因？
4. 并购可能产生哪些协同效益？如何理解财务协同效益？
5. 什么是自由现金流量？如何运用贴现现金流量法评估公司价值？
6. 什么是相对价值法？如何运用相对价值法评估公司价值？
7. 公司并购的支付方式有哪些？试比较各种支付方式的适用性。
8. 公司并购成本包括哪些内容？如何进行并购的财务分析？
9. 公司并购的风险有哪些？如何防范这些风险？
10. 反并购可以采用哪些预防性措施，哪些主动性措施？

第十二章

财务危机、重整与清算

【案例引入】

浙江海纳科技股份有限公司①（简称浙江海纳）由浙江大学企业集团控股有限公司为主发起设立，1999 年 6 月 7 日注册，注册资本 9 000 万元，同年 6 月 11 日在深圳证券交易所挂牌上市，股票代码：000925。2005 年 4 月，因巨额担保、关联方占款等违规事项浮出水面，财务危机爆发。浙江海纳实际控制人邱忠保和受其控制的原"飞天系"公司高管违规挪用浙江海纳资金 2.53 亿元，为关联方提供借款担保 3.95 亿元。因涉嫌虚假信息披露，2005 年 4 月 14 日，浙江海纳被中国证监会立案调查。2006 年 2 月起，邱忠保和"飞天系"高管、财会等人员相继被捕。2006 年 5 月 8 日，因两年连续亏损，浙江海纳股票被实行退市风险警示。在此背景下公司面临破产重整或者破产清算的选择。经过权衡，2007 年 9 月 13 日，公司申请破产重整，10 月 24 日公司第一次债权人会议通过了《重整计划草案》；11 月 20 日，法院裁定批准债权人会议通过的《重整计划》，终止重整程序。

导致浙江海纳财务危机的原因究竟是什么？公司财务危机是否可以预警，如何预警？浙江海纳的出路在哪里？公司破产重整须经哪些程序？用何种方式实施破产重整？带着这些问题，我们进入本章学习。

---

① 资料来源：根据浙江海纳的相关公告整理。注：浙江海纳科技股份有限公司于 2009 年 7 月 16 日更名为"浙江众合机电股份有限公司"，公司中文名称缩写由"浙江海纳"变更为"众合机电"。

第一节　财 务 危 机

每个企业都希望自己能够持续经营，前面各章的内容也均以持续经营为前提。但是，任何一家企业都不可能保证长命百岁，每次经济衰退都会有大批企业陷入财务危机，甚至不得不申请破产。因此，非常有必要讨论如何进行财务预警，以及一旦企业陷入财务危机，应该如何自救或做好善后处理工作。

一、财务危机的含义

学术界对财务危机的定义虽然存在一定认识差异，但对其起因和表现却有共识，认为财务危机与经营失败关系密切。经营失败分为经济失败和财务失败。经济失败是指企业发生经营亏损或盈利低于预期水平的情况；财务失败是指企业无法偿还到期债务的情况。当企业的现金流量状况发生恶化，不能偿还到期债务，即使企业盈利却同样会出现财务危机。因此，财务危机指的是财务失败而不是经济失败，常常表现为股利减少、股价下跌、拖延还债、裁员、破产等。

国外的文献中，对与财务危机相关的企业失败、财务失败、企业破产、财务困境等概念并不作严格区分，而是在同一文件中经常交替使用。Beaver 于 1966 年将财务危机定义为破产、拖延支付优先股股息、银行透支和债券违约。Altman 在 1968 年定义财务危机为：企业失败，包括法律意义的破产、被接管和财务重整等。Carmicheal 在 1972 年定义财务危机为：企业履行义务时受阻，表现为权益不足、流动性不足、拖延债务等情况。而 Ross 在 2000 年从四个方面诠释财务危机的定义：第一，企业失败，企业清算后仍无法偿还债务；第二，法定破产，企业持续出现无法履行到期还债义务，由企业或债权人申请经法院判定破产；第三，技术破产，企业无法按期履行债务合约还本付息；第四，会计破产，即企业的账面净资产出现负数，出现资不抵债的情况。

国内学者的观点主要集中在企业是否具有持续经营能力，认为财务危机是企业经营管理不善，不能适应外部环境变化而导致生产经营活动陷入危及企业生存和发展的严重困境，表现为长期亏损且扭亏无望及资不抵债面临破产倒闭的境地。

综合以上观点可见，财务危机可以称为财务困境或财务失败，是指企业由于经营不善、流动性不足、无力偿还到期债务，即将引起破产或容易引发破产的状况。企业的财务危机实质是一种渐进式的积累过程，只是程度上的轻重而已，企业的违约、无力偿债、亏损等都可以看做前期表现，破产倒闭是最为终极的结果。

实际工作中，许多企业在不同生命周期阶段都会面临或潜伏着财务危机，管理层是否有效控制财务风险，进行财务危机预警，将关乎企业的生存与发展。

二、财务危机的原因

导致企业财务失败的原因有很多。有企业无法左右的政治、经济、自然等外部原因，也有企业管理层缺乏管理经验和管理无能等内部原因。来自邓白氏 1980 年和 1992～1993 年对破产倒闭企业的两次调查（靳新、王化成等）结果显示：1980 年的调查中，缺乏管理经验和管理无能的原因造成企业倒闭的比例高达 94％；在 1992～1993 年的调查中使用与 1980 年不同的分类方法，归咎于经济因素和财务原因的合计为 83％。从倒闭企业的年龄看，新设企业比老企业倒闭的概率更高，原因可能是因为新企业比老企业规模小，抗风险能力弱，而且新企业更缺乏管理经验。例如，在 2008 年全球性的金融危机下，许多企业陷入财务危机，但具有较高的管理水平、较强创新能力、对市场反应灵敏、财务状况稳健的企业比较容易存活下来，甚至还扩大了市场占有率。

可见，企业要减少或避免财务危机的发生，就需要深入研究其形成原因及形成过程。在有关学者研究的基础上，约翰·阿根提（John Argenti）通过案例分析和理论研究，总结了财务危机的八大成因，具体如下：

（1）企业高级管理层存在结构缺陷。这种缺陷会导致企业重大决策出现失误，造成严重损失。管理层的结构缺陷主要表现为：首席执行官独裁，一人权利独大，其他董事不作为；高管团队知识结构不平衡；财务职能弱化，缺乏管理深度。

（2）经营过度。一是由于经营规模发展过快导致筹资在额度上或时间上无法满足需要；二是盲目扩大销售致使销售利润率下降或收现率降低，都可能导致企业失败。

（3）开发大项目。包括兼并、多元化经营、开发新产品、引进新服务、项目的研究与扩张等大项目，如果对项目收入、成本估计过于乐观，就可能导致项目失败，大项目的失败往往会引发财务的失败。

（4）高财务杠杆经营。高财务杠杆如同双任剑，在经济环境不景气、企业经营业绩和经济效益较差时往往会加剧企业失败。

（5）应变能力不强，应对措施不得力。由于市场竞争、经济、政治、社会和技术等外部环境因素经常处于不断地变化中，企业能否在外部这些不可控的环境因素发生变化时及时作出反应、采取恰当的应对措施，这将决定企业的生存和发展。实践证明，往往失败的企业在环境变化时反应迟钝，不能采取有效地应对策略，最终失败。

（6）会计信息不足或存在缺陷。会计信息是决策的支持系统，健全、可靠的信息有助于管理层及时发现问题，为正确决策提供依据。虚假的、不完整的信息往往掩盖了问题的存在，不断积累加剧财务危机的爆发。具体表现为：预算控制系统缺失或者不健全；缺乏对现金流量的预测；没有成本核算系统；对资产的估价不当，等等。

（7）制约企业对环境变化作出反应的因素。面对经营环境的变化有些企业会及时地做出反应，但由于存在政府或社会的制约因素，可能会降低企业反应的自由度，导致一些应对措施无法实施。例如，政府要求企业承担过多的社会责任，导致企业的大量资源被占用，致使企业经营效率低下，一些措施无法实施。

（8）常见的经营风险。企业在经营中经常会面临一些经营风险，对大企业来说比较容易渡过难关。而一些实力较弱、管理比较差的中小企业就有可能导致财务失败。

财务危机是一个渐进和积累的过程，从企业财务危机发展和演进的过程看，通常经历以下四个阶段：

第一阶段，财务危机的潜伏期。在这个阶段主要的特征表现为：盲目扩张、市场营销无效、疏于风险管理、缺乏有效的管理制度、资源分配不当、面对环境变化缺乏有效的应对策略。

第二阶段，财务危机的发作期。在这个阶段主要的特征表现为：自有资金不足、过度依赖外部资金、利息负担过重、债务拖延偿付、缺乏财务的预警作用。

第三阶段，财务危机的恶化期。在这个阶段主要的特征表现为：债务到期不能支付，管理者无心经营业务，以及专心财务周转、资金出现周转困难。

第四阶段，财务危机的实现期。在这个阶段主要的特征表现为：资不抵债、净资产为负数、丧失偿债能力，最终宣布破产倒闭。

通过对不同类型财务危机产生过程分析，会发现财务危机的形成是一个时间过程。起点是企业出现盲目扩张、无效营销、缺乏有效管理制度等问题；如果企业不能及时采取有效措施改正上述问题，就会出现自有资本不足、过度依赖外部资金、债务到期不能支付；最终丧失偿债能力，到达终点，宣布破产。

三、财务危机的征兆

通过对财务危机形成过程的各阶段分析可知，财务危机形成的过程基于三个基本要素，即原因、征兆和特征。如果企业存在陷于财务危机的原因，首先应该表现为出现财务危机的征兆，而财务危机的征兆往往表现在财务指标、财务报表以及经营状况等方面。

（一）经营状况的征兆

财务危机在经营状况方面的征兆主要表现为以下几点：

（1）盲目扩大企业规模。如果某一时期企业固定资产大幅增加，而生产能力和营销能力未能相应的大幅增加，就容易造成资金沉淀，流动资金紧张甚至严重不足，给财务危机的形成留下隐患。作为高风险的并购行为是外部扩张的捷径，如果企业大举收购其他企业，多元化经营，就可能造成企业负担过重，出现资金紧张，为财务危机留下隐患。

（2）企业信誉不断下降。信誉是企业融资的风向标，信誉好的企业能够顺利的获取贷款，也能从客户方取得信用结算。一旦信誉受损，企业的融资就会遇到阻力，关联方的经济往来、信用结算将无法开展。进一步导致资金状况恶化，表现为拖欠银行贷款、推迟支付货款、经常拖欠员工工资等。

（3）关联企业出现财务危机。由于商业信用的存在，企业间形成了紧密的债权债务关系，一个企业财务危机往往危及甚至拖垮其他的关联企业。一旦发现关联企业经营情况和财务状况发生异常变化，出现财务危机的征兆时，就需要及时采取应对策略，以防止被拖入财务危机困境。

（4）产品市场竞争力不断减弱。市场竞争力主要表现在产品的市场份额和盈利能力上，如果企业产品出现滞销、市场占有率明显下降，或产品市场份额未变，但盈利空间明显缩小，说明市场竞争力减弱，为财务危机埋下伏笔。

（二）财务指标的征兆

财务人员在日常活动中，通过留意现金流量、存货、销售量、利润、应收账款、偿债能力等指标的变化，也可以发现财务危机的征兆。

（1）现金流量。如果企业的现金流量不断减少，收不抵支，并且该趋势在短期内并无好转迹象，管理层就应该随时关注其发展，研究应对策略，避免现金流量状况进一步恶化以及更大的财务危机。

（2）存货出现异常变动。对于正常经营的企业来说，存货的供应和结存量应该保持稳定，以利于均衡生产和促进销售。如果企业在某一时期出现存货大幅度增加或减少的异常情况，就应该警惕，这可能是财务危机的早期信号。

（3）销售量的非预期下降。销售量的非预期下降会带来严重的财务问题，如果销售量的下降伴随着赊销的增加，可能会产生现金流量进一步恶化的严重问题。这就不仅仅是一个营销问题了，有可能演变成财务危机的前期信号，因此企业的管理层应该高度重视。

（4）利润严重减少。利润是反映盈利能力的综合性指标，如果销售减少，成本却在不断增加，就会导致利润减少，甚至亏损。几乎所有发生财务危机的企业都要经历3～5年的亏损，随着亏损的不断增加，以前的积累被不断蚕食，而长期亏损的企业又很难从外部获得资金支持，长期下去必然陷入财务危机。

（5）收账期延长。收账期反映了应收账款的周转速度。收账期延长意味着企业的销售款被占用。当企业的现金余额由于收账期延长而逐渐减少时，就会带来财务危机的隐患。

（6）偿债能力指标恶化。反映企业偿债能力的指标主要有资产负债率、已获利息倍数、流动比率、速动比率等，如果这些指标连续多个时期出现偿债能力下降，甚至严重不足时，财务危机的明显征兆出现，管理层应该高度重视。

（三）财务报表的征兆

财务报表能够综合反映企业特定日期的财务状况和一定时期的经营成果和现金流量状况。观察若干期的财务报表数据和平衡关系，可以了解企业是否存在财务危机。

（1）观察利润表。根据企业的经营收益、经常收益和当期收益情况，可以将企业的财务状况分为六种类型。不同类型财务状况的安全状态如表 12-1 所示。

表 12-1　不同类型财务状况的安全状态

类型 项目	A	B	C	D	E	F
经营收益	亏损	亏损	盈利	盈利	盈利	盈利
经常收益	亏损	亏损	亏损	亏损	盈利	盈利
当期收益	亏损	盈利	亏损	盈利	亏损	盈利
状态说明	接近破产状态		若此状态继续， 将会导致破产		根据亏损情 况而定	正常状态

说明：经营收益＝主营业务利润＋其他企业利润－销售费用－管理费用＋投资收益；

　　　经常收益＝经营收益－财务费用；

　　　当期收益＝经常收益＋补贴收入＋营业外收入－营业外支出。

（2）观察资产负债表。根据资产负债表平衡关系和分类排列顺序，可以将企业财务状况分为 X 型、Y 型和 Z 型三种。X 型表示正常的财务状况；Y 型表示企业亏蚀了一部分资本，处于轻度的财务危机状况；Z 型表示企业亏蚀了全部资本和部分负债，企业净资产为负数，处于严重的财务危机状态，濒临破产。三种类型的财务状况如图 12-1 所示。

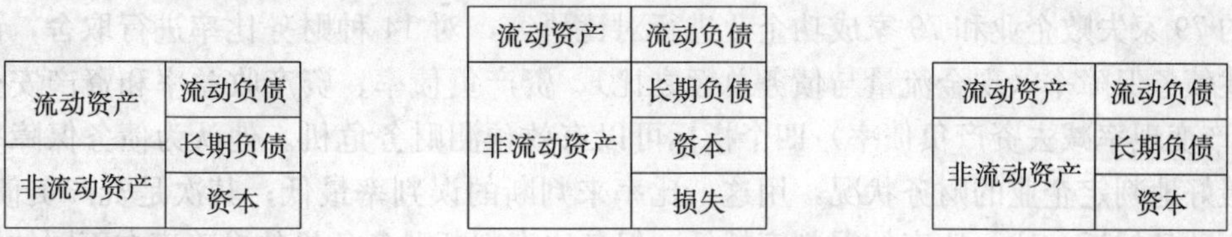

流动资产	流动负债
	长期负债
非流动资产	资本

(1) X 型

流动资产	流动负债
	长期负债
非流动资产	资本
	损失

(2) Y 型

流动资产	流动负债
	长期负债
非流动资产	资本

(3) Z 型

图 12-1　三种类型的财务状况

除以上三类主要征兆外，还存在其他方面的征兆。例如，一段时间内，管理层的重要成员、财务人员及其他高管突然离职或连续变更，甚至集体辞职，通常是公司存在重大危机的明显标志。另外，企业的信用等级降低，资本注销，高管出现反常行为，注册会计师出具不发表意见的审计报告等，也是财务危机发生的信号。

四、财务危机的预警

财务危机预警，又称财务预警，它是根据企业经营状况和财务指标等因素的变化，对企业经营活动中存在的财务风险进行监测、诊断和报警的方法。

企业财务危机预警作为一种成本低廉的诊断工具，其灵敏度越高就越能尽早发现问题并告知企业经营者，就越能有效防范与解决问题，避免发生财务失败。因此，一个有效的财务危机预警系统应具有以下三个方面的功能：①预知财务危机的征兆；②预防财务危机发生或控制其进一步扩大；③避免类似的财务危机再次发生。

企业财务危机预警系统包括大量的预警方法和预警模型。以下是几种主要的企业财务危机预警方法和模型。

（一）定性分析法

定性分析法是通过对企业的经济环境、经营状况和财务状况的判断与分析，预测企业发生财务危机的可能性。具体内容如表 12-2 所示。

表 12-2　企业财务危机定性分析法

经济环境	经营状况	财务状况
（1）经济增长下降或经济衰退	（1）盲目扩张，过度经营	（1）财务杠杆过大
（2）失业率上升	（2）营销失败，销售下滑	（2）经营亏损
（3）通货膨胀	（3）缺乏预算控制系统	（3）现金流量恶化
（4）金融市场动荡	（4）管理水平低下	（4）收账期延长
（5）产业政策的不利变化	（5）人才流失	（5）存货周转率下降
（6）市场竞争加剧	（6）不能应对环境变化	（6）债务违约
（7）技术变化	（7）销售合同违约	（7）成本核算系统不健全
（8）政府管制	（8）缩减研发费用	（8）粉饰财务报表
（9）税制变化、税负加重		

(二) 单变量模型

单变量模型是指运用单一的财务变量对企业财务危机风险进行预测的模型。主要是威廉姆·比弗 (William Beaver，1966) 提出的单变量预警模型，他通过对 1954～1964 年的 79 家失败企业和 79 家成功企业进行对比研究，对 14 种财务比率进行取舍，认为下述债务保障率 (现金流量与债务总额之比)、资产负债率、资产收益率和资产安全率 (资产变现率减去资产负债率) 四个指标可以有效预测财务危机。他认为债务保障率能够最好地判定企业的财务状况，用这一比率来判断的误判率最低；其次是资产负债率，离失败日越近，这一比率的误判率越低。但各比率判断财务危机的准确率在不同的情况下会有所差异，所以在实际应用中通常使用一组财务比率，而不是一个比率，这样才能取得良好的预测效果。

比弗解释研究结果的理由是：现金流量、净收益和债务状况不能改变，并且表现为企业长期的状况。由于财务危机对所有关联者来说代价高昂，因此决定一个企业是否要宣告破产或拖欠偿还债务，主要是长期因素，而不是短期因素。

比弗通过比较失败企业发生财务危机前各年 13 个财务报表项目平均值，最终得出如下结论：

(1) 失败企业有较少的现金而有较多的应收账款。

(2) 如果速动资产和流动资产同时包括现金和应收账款，失败企业和成功企业之间的差别就被掩盖住了，因为现金和应收账款具有完全不同的性质，它们起反向作用。

(3) 失败企业的存货一般较少。

结果表明，在预测企业财务危机时，应特别关注现金、应收账款、存货等流动资产项目。

(三) 多变量模型

多变量模型是指运用多个变量组成的鉴别函数来预测企业财务危机的模型。美国经济学家爱德华·奥特曼 (Edward I. Altman) 于 1968 年发表了《财务比率、离差分析和企业破产》一文，将多元判别分析方法应用于企业财务预警分析。他选取了 1946～1965 年的 33 家破产的企业和正常经营的公司，使用了 22 个财务比率来分析公司潜在的失败危机。对这 22 个财务比率，运用多元判别分析方法，最终确定了 5 个典型的财务比率，建立了 Z 计分模型 (Z-score 模型) 作为企业财务预警的模型。

$$Z = 1.2X_1 + 1.4X_2 + 3.3X_3 + 0.6X_4 + 0.999X_5$$

式中，X_1 为营运资金÷总资产；X_2 为留存收益÷总资产；X_3 为息税前利润÷总资产；X_4 为股票市价÷负债账面价值；X_5 为营业收入÷总资产。

这一模型实际上是通过上述 5 个财务比率，将反映企业偿债能力的指标、获利能力指标和营运能力指标有机地联系在一起，综合分析、预测企业财务失败或破产的可能性。奥特曼依据这一模型，运用经验数据提出了判断企业破产的临界值为 2.675。就是说，当 $Z = 2.675$ 时，企业破产与不破产的概率各为 50%。如果 $Z \geqslant 2.99$，则企业破产的概率很低；如果 $Z \leqslant 1.81$，则企业破产的概率较高。Z 值为 1.81～2.99，则属于未知区域，较难估计企业破产的可能性。一般情况下，Z 值越高，企业破产的概率越低；Z 值越低，企业破产的可能性就越大。因此，企业可以通过 Z 值的计算来判断自己处于何种状态，一旦发现处于警戒状态，就应当及时采取措施，调整经营战略和财务策略，以降低可能出现的破产可能。

在此基础上，奥特曼又先后于 1983 年和 1995 年对 Z 计分模型进行了两次优化，使得多元判别分析技术具有较好的解释性和简明性，在财务预警领域获得了广泛的应用。但一方面由于其严格的前提条件（数据服从多元正态分布和协方差矩阵相等），另一方面由于建立 Z 计分模型时没有充分考虑到现金流量变动等方面的情况，因而该方法在实际运用中存在一定的局限性。

【例 12-1】　2009 年年末，M 公司的有关财务数据如下：

资产总额/万元	10 000
负债总额/万元	6 000
营运资金/万元	2 500
营业收入/万元	15 000
息税前利润/万元	2 000
留存收益/万元	500
股票市值/万元	12 000

要求：用 Z 分数模型计算分析 M 公司的财务状况。

解：
$$X_1 = 2\,500 \div 10\,000 = 0.25$$
$$X_2 = 500 \div 10\,000 = 0.05$$
$$X_3 = 2\,000 \div 1\,000 = 0.20$$
$$X_4 = 12\,000 \div 6\,000 = 2.00$$
$$X_5 = 15\,000 \div 10\,000 = 1.50$$

$$Z = 1.2 \times 0.25 + 1.4 \times 0.05 + 3.3 \times 0.2 + 0.6 \times 2 + 0.999 \times 1.5 = 3.7285$$

$Z \geqslant 2.99$，则说明 M 公司财务状况良好，破产的概率很低。

除 Z 计分模型外，静态的统计模型还有日本开发银行的多变量预测模型，台湾陈肇荣的多元预测模型，以及中国学者周首华、杨济华的 F 分数模型等。但这几种模型在实际中的应用并不广泛。目前，在静态模型中，Z 计分模型在实际应用中仍然占据着主导地位。

而动态财务预警模型主要是把人工智能中的归纳式学习方法应用于财务危机预测。目前，这种方法中最常用的是神经网络预测模型。在神经网络模型中，当输入一些资料后，网络会以目前的权重计算出相应的预测值以及误差，再将误差值反馈到网络中调整权重，经过不断地重复调整，从而使预测值渐渐地逼近真实值。这种方法能有效地解决非正态分布、非线性数据的预测评估问题，在财务预警领域越来越得到重视。

第二节　财务重整

财务重整，也称为企业重整或企业重组，是指对陷入财务危机但仍有转机和存在重建价值的企业按照一定的程序进行重新整顿，使企业得以维持和复兴的一系列行为。财务重整实际上就是对已经达到破产界限的企业所实施的抢救措施。通过财务重整，可能会使部分濒临破产的企业摆脱破产厄运，重获新生走上继续发展之路。

财务重整包括和解和整顿两层含义。和解是指债权人和债务人就债务展期、债务豁免和企业整顿计划等问题达成协议；整顿是指债权人和债务人在和解协议生效后，债务人或在其上级主管部门主持下就企业的经营方针、经营策略、产品结构、组织管理、人员调配等方面进行的调整和重组。

一、财务重整的基本目的

一个陷入财务危机的企业能否继续存在，主要取决于企业的持续经营价值是否大于其清算价值。如果企业在可预见的未来具有较好的发展前景，且其持续经营价值大于清算价值，则债权人就认为该企业值得重整，使其通过重整而继续生存下去；否则，企业将被迫转入破产清算。

财务重整的基本目的在于：

(1) 改变企业原有的资本结构，以利于降低必须支付的固定利息费用；

(2) 保证增加企业的营运资本；

(3) 发现导致企业财务危机的根本原因并及时进行修正。

二、财务重整的一般程序

财务重整的一般程序包括以下几个步骤。

(一) 重整申请

《破产法》规定，债务人不能清偿到期债务，并且资产不足以清偿全部债务或明显出现偿债能力严重不足时，债务人或债权人可以直接向法院申请对债务人进行重整；债权人申请债务人破产的，在法院受理破产申请后、宣告债务人破产前，债务人或出资占债务人注册资本 1/10 以上的出资人，也可以向法院申请重整。法院审查认为符合法律规定的应当裁定债务人重整，并予以公告。

自法院裁定债务人重整之日起至重整程序终止之日为重整期间。设立重整期间的目的是使管理人或债务人能够在该保护期间提出重整计划和草案，供债权人分组表决通过、法院认可，重整期间为债务人提供了充分的保护。在重整期间债权人不能向债务人主张个别清偿，债务人合法占有他人财产，财产权利人要求收回的，应该符合约定条件；债务人的出资人不能请求收益分配；债务人的董事、监事和高管人员未经法院同意不得向第三人转让其持有的债务人股份等，为债务人重整成功提供了良好的外部环境。

(二) 重整计划的制订和批准

债务人或管理人应该自法院裁定债务人重整之日起 6 个月内，同时向法院和债权人会议提交重整计划草案。债务人或管理人未按期提出重整计划草案的，法院应当裁定终止重整程序，并宣告债务人破产。为了增加重整成功的可能性，《破产法》规定，重整期间，经债务人申请和法院批准，债务人可以在管理人的监督下自行管理财产和经营事务。债务人自行管理财产和经营事务的，由债务人制作重整计划草案。管理人负责管理财产和经营事务的，由管理人制作重整计划草案。

重整计划草案的内容通常应该包括以下七个方面：①债务人的经营方案；②债权分类；③债权调整方案；④债权受偿方案；⑤重整计划的执行期限；⑥重整计划执行的监督期限；⑦有利于债务人重整的其他方案。

（三）重整计划的执行

由法院裁定批准的重整计划对债务人和债权人均有约束力，并由债务人负责执行。已接管财产和经营事务的管理人应当向债务人移交财产与经营事务。重整计划规定的监督期内，管理人应监督重整计划的执行，债务人应当向管理人报告重整计划执行情况和债务人财务状况。监督期满，管理人应向法院提交监督报告。

（四）重整程序的终止

重整程序的终止分为正常终止和失败终止。正常终止是指重整计划经债权人同意，并经法院批准后，债务人成功地执行了重整计划，债务问题得以解决，重整程序正常终止。而重整失败是指在重整期间，出现下列情形之一，经过管理人或者利害关系人请求，法院裁决终止重整程序，并宣告破产清算：

(1) 债务人的经营和财务状况继续恶化，无法挽救；

(2) 债务人存在欺诈、恶意减少债务人财产或者有明显不利于债权人利益的行为；

(3) 债务人的行为导致管理人无法执行职务；

(4) 债务人或者管理人未按期提出重整计划草案；

(5) 重整计划草案未获得债权人会议通过，或者未获得法院批准；

(6) 债务人不能执行或者不执行重整计划的。

三、财务重整方式

财务重整的方式很多，债务人应该结合资产和负债的状况，选择合适的重整方式。通常按是否通过法律程序，将财务重整分为非正式财务重整和正式财务重整。

（一）非正式财务重整

非正式财务重整又称为自愿协议，是当企业面临技术性无力清偿时，债权人愿意与债务人达成自愿协议，以帮助企业恢复和重建财务基础。

与债权人谈判是财务重整最常用的方式。当企业只是面临暂时性的财务危机时，债权人通常更愿意直接同企业联系，帮助企业恢复和重新建立较坚实的财务基础，以避免因进入正式法律程序而发生庞大的费用和冗长的诉讼时间。其具体方式主要有债务和解、债务展期和准改组等。

1. 债务和解

债务和解是指债权人自愿减少对债务企业的索偿权。债务和解要通过债权人与债务人之间，或债权人之间达成债务和解协议来进行。债务和解协议通常要规定减少债务数额和支付债务的最后期限。这种方式的实质是偿还部分债务以解决全部债务。但最重要的是应当公平地对待每一位债权人。

债务和解的主要优点表现在：与诉讼相比，可使债权人获得更多的利益，而且债务人在此期间还可维持生产经营活动。但导致企业财务危机的原因不会因债务和解而消除，如果债务人经营手段不加以改善，其财务状况有可能进一步恶化。

2. 债务展期

债务展期是指债权人同意延长债务的偿还期限，以使陷入财务危机的企业有机会生存下去，并偿还全部债务。债务展期要得到所有债权人的同意，并通过有关各方签署展期协议来进行。

签署展期协议的一般前提是：

（1）债务企业具有良好的信誉，企业管理者具有优秀的个人品质；

（2）债务人具有复原的能力，从资金、技术、生产能力、市场、管理经验与才干等各个方面都具备东山再起的条件；

（3）企业的经营环境朝着利于企业复原的方向发展。

签署债务展期协议后，债务人一般不得再发放股利。如果企业的财务危机仅是暂时无力偿付，债务展期就可能使企业渡过难关，起死复生。

3. 准改组

准改组是指不必经过法院宣告解散而正式进行改组，仅由企业内部自我调整资产与资本的会计基础，对外的权利义务关系不受影响的重整方式，其目的是弥补企业的经营亏损。准改组不产生新非法律主体，也不受法院干预。当企业长期发生亏损，留存收益出现巨额赤字，且有些资产的价值严重不符合实际时，从会计角度，就应该尽快地准改组。实际上，准改组只是一种会计上的改组，即对某些资产、法定资本及留存收益账户"重新开始"记载，所以准改组又称为假改组。

例如，企业通过出售多余的固定资产，对一些固定资产或其他长期资产进行重新估价，并以较低的公允价值反映，以减少计入未来将来会计期间的折旧费和摊销反映。准改组后的企业利润必须抵消为零，如果尚有亏损，可以用资本公积弥补，资本公积不足弥补的再采用减少股本的办法。准改组的结果是企业的资产、负债和所有者权益有了新的计价基础。

非正式财务重整方式，由于不需要通过法律程序来实施，这为债务人和债权人双方都带来一定的便利：①这种做法避免了履行正式手续所需发生的大量费用，所需要的律师、会计师的工作量也比履行正式手续要少得多，降低重整费用；②可以减少重整所需的时间，使企业在较短的时间内重新进入正常经营的状态，避免了因冗长的正式重整程序而造成的资产闲置和资金回收推迟等浪费现象；③使谈判有更大的灵活性，有时更容易达成协议。

但是，非正式财务重整也存在着一些弊端：①当债权人人数很多时，可能难以达成一致；②没有法院的正式参与，协议的执行缺乏法律保障。

（二）正式财务重整

对于陷入财务危机的企业，当非正式重整的自愿协议无法达成时，债权人可能申请破产清理，按照法定程序进行重整。

正式财务重整是在法院受理债权人申请破产案件的一定时期内，经债务人及其委托人申请，与债权人会议达成和解协议，对企业进行整顿、重组的一种制度。在正式重整中，法院起着重要的作用，特别是要对协议中的企业重整计划的公正性和可行性作出判断。

另外，按财务重整的具体形式分类，财务重整包括以下7种方式：

（1）出售主要资产或非核心企业；

（2）与其他公司合并；

（3）减少资本支出及研发支出；

（4）发售新股；

（5）与债权人（包括银行和其他债权人）谈判；

（6）以债权转成股权；

（7）申请破产。

上述7种方式中，第1、2、3种方式与资产重整有关，第4、5、6、7种方式涉及资产负债表的右方，是财务重整的典型方式。

【例 12-2】　浙江海纳的重整方案

2007年9月14日，杭州市中级人民法院依法受理了债权人申请浙江海纳破产重整一案；10月19日，十五家债权人向浙江海纳管理人申报了债权；10月24日，浙江海纳第一次债权人会议召开，并通过了《海纳破产重整计划（草案）》（以下简称《草案》）；11月21日浙江省杭州市中级人民法院裁定，批准浙江海纳重整计划，终止重整程序。浙江海纳成为2007年6月《破产法》颁布实施后按破产重整程序成功实施重整的第一家公司。

《草案》提出浙江海纳的大股东深圳市大地投资发展有限公司（下称"大地投资"）以浙江海纳持续经营条件下的资产价值 11 072.87 万元为基数，提供等值现金，用于完成浙江海纳重整计划。其中 1 227.26 万元现金用于购买截至重整受理日的全部对外应收款，以提高浙江海纳的资产质量，转让价格为资产的账面价值，公司收到转让款后，优先支付重整期间发生的重整费用和共益债权 799 万元，剩余 428.26 万元全部用于清偿债权人；另外 9 845.61 万元现金由大地投资代浙江海纳直接用于清偿债权人，大地投资代偿后，形成对浙江海纳 9 845.61 万元新的债权。因此，可用于清偿债权的现金合计达 10 273.87 万元。普通债权人在重整计划执行期内获得上述现金一次性清偿后，免除浙江海纳剩余本金债权和全部利息债权及其他债权，免除债务近3个亿。

经专业评估机构的评估，浙江海纳债权总金额为 5.42 亿元，债权本金总额为 4.05 亿元，而其资产价值仅为 1.107 亿元。如果浙江海纳破产清算，其重整申请受理日的资产清算价值为 99 640 667.51 元，而在持续经营假设条件下，其重整申请受理日的资产价值为 110 728 700.00 元；破产清算条件下，浙江海纳债权人可获得的本金清偿率为

19.84%，而在破产重整条件下，可获得 25.35% 的清偿；若浙江海纳破产清算，所有非流通股股东和所有中小流通股股东的投资权益为零，且其资产将大幅贬值，浙江海纳的员工也将失业，造成社会不稳定因素，而破产重整可避免此类不良结果产生。

浙江海纳在债务重组以后，公司生产经营基本恢复正常，相应的对外违规担保、主要经营性资产的冻结及查封也得到解除，公司于 2008 年 4 月 3 日公布了股改说明书，正式启动股改，成为浙江省最后一家股改的公司。浙江海纳的股改方案采用了资本公积金定向转增、非流通股送股、债务豁免和定向发行股份购买资产相结合的方式：

（1）资本公积金定向转增和非流通股送股。浙江海纳以现有流通股股本 3 000 万股为基数，用资本公积金向股改方案实施股权登记日登记在册的全体流通股股东每 10 股定向转增 1.6 股。非流通股股东向股改方案实施股权登记日登记在册的全体流通股股东送出 180 万股。公司流通股股东每 10 股实际共获得 1.61 股对价安排。

（2）债务豁免。根据杭州市中级人民法院（2007）杭民二初字第 184-3 号《民事裁定书》及（2007）杭民二初字第 184-4 号《民事裁定书》，大地投资通过代浙江海纳偿还对外债务方式取得和享有对浙江海纳 9 844.29 万元债权。大地投资将其中的 2 650 万元债权转让给网新教育，且大地投资和网新教育承诺豁免对浙江海纳的 9 500 万元债务。

（3）股权重组。为提升浙江海纳的持续盈利能力，浙江海纳拟以 12.21 元/股向浙大网新科技股份有限公司（以下简称"浙大网新"）发行 44 724 054 股收购浙大网新所持有的网新机电 100% 的股权（经评估机构评估价值为 546 080 700.00 元），认购完成后，浙大网新持有浙江海纳 32.05% 的股份，成为其第一大股东。并且浙大网新集团有限公司承诺，在 2009 年 6 月 30 日前将轨道交通类资产以合规、合理的方式注入浙江海纳，优化资产，提高盈利能力。

四、重整计划及实施

债务企业进入重整阶段后，按照规定的程序确定受托人，在法院任命的债权人委员会的参与下，制订企业重整计划并予以实施。重整计划是对公司现有债权、股权的清理和变更作出安排，重整公司资本结构，提出未来的经营方案与实施办法。一般情况下，重整计划应包括以下内容。

（一）估算重整企业的价值

确定重整企业的总价值是最困难、也是最重要的工作。通常采用的方法是收益现值法，收益现值法的难度在于估算未来收益、现金流量和适宜的贴现率。具体分为以下四个步骤：

（1）估算公司未来的销售额；

（2）分析公司未来的经营环境，以便预测公司未来的收益与现金流量；

（3）确定用于未来现金流量贴现的贴现率；

（4）用确定的贴现率对未来公司的现金流入量进行贴现，以估算出公司的价值。

【例 12-3】　某企业准备进行财务重整。重整前企业资本结构为：银行借款 500 万元，长期债券 360 万元，普通股 800 万元，留存收益－400 万元。重整后未来 10 年的现金流量为 100 万元，同行业平均资本报酬率为 7％，以此作为贴现率。则该企业的总价值为

$$100 \times (P/A, 7\%, 10) = 100 \times 7.0236 = 702.36（万元）$$

（二）构建重整企业的目标资本结构

第二步应该是构建重整企业的最优资本结构，削减企业的债务负担和利息支出，从而使企业有较充裕的安全边际。为减少企业的利息支出，企业现有的债务通常会被置换为收益债券或者优先股、普通股，由此可以减少企业的固定性利息支出或改善企业的负债总额。

为改善企业的负债结构，企业也可以跟债权人协商，改变企业的负债条款，如延长债务的到期日，以减少年度偿债金额。债权人和债务人都很关心与重整企业未来收益相关的负债与股东权益之间的合理平衡。如果重整企业未来需要筹资，则必须保持一个更为稳健的负债股东权益比率，以便更好体现适度负债的效用。

（三）证券以旧换新的估价和转换

重整企业新的目标资本结构确定后，用新证券替换旧证券，实现公司资本结构的转换。要做好这一点，需将公司债权人和权益所有者按照求偿权的优先级别分类统计，同一级别的债权人或权益所有者在进行资本结构调整时享有相同的待遇。一般情况下，当优先级别在前的债权人或权益所有者得到妥善安排后，优先级别在后的债权人或权益所有者才能得到安置。

【例 12-4】　某重整企业的原有资本结构如表 12-3 所示。

表 12-3　重整前的资本结构

项目	金额/万元
抵押公司债	800
信用公司债	500
优先股	500
普通股	1 200
合　计	3 000

如果重整企业的总价值为 2 400 万元，那么受托人可能在重整的第二步确定如表 12-4 所示的新的资本结构。

表 12-4　重整后的资本结构

项目	金　额/万元
抵押公司债	500
信用公司债	600
优先股	300
普通股	1 000
合　计	2 400

为重整企业确定了目标资本结构，受托人就要对新的证券作出分配。例如，受托人可能会提出：原抵押公司债权人用其手中的 800 万元债权换取 500 万元抵押公司债和 200 万元信用公司债；原信用公司债权人用 500 万元公司债换取 400 万元的公司债和 100 万元的优先股；原优先股持有人得到重整企业 200 万元的优先股和 200 万元普通股；原普通股持有人只能得到剩余的 800 万元普通股。

除了上述内容外，重整计划还包括以下措施：第一，对原有的不称职管理人员进行调整，选择有能力的管理人员对企业进行管理，聘用新的经理和董事增加新生力量；第二，利用合理的方法对企业的存货和其他资产的价值进行调整，以确定公司资产的当前价值；第三，改进公司的生产、营销、广告等各项工作，改善经营管理方法，提高企业各个环节、各个职能部门之间的有效运转和协调配合，提高公司的工作效率；第四，制订新产品开发计划和设备更新计划，以提高生产能力。

财务危机企业的原债权人与股东之间、债权人之间、重整后新投资者和现有投资者之间往往存在权利争议，重整计划的有效实施需要建立一个更牢固、更负责的公司治理体系，也需要法律制度的创新与完善。因此需要相关各方能够目标一致，为公司治理和融资合约创新奠定法律基础，为重整计划实施创造有利的条件。

第三节　破产清算

破产清算是指陷入财务危机的企业重整无望准备终止时，为保护债权人、所有者等利益相关者的合法权益，依法对公司财产、债权债务进行全面清查，处理未了事宜，收回债权，变卖财产，偿还债务，分配剩余财产，终止其经营活动等一系列工作的总称。

一、破产清算界限

破产清算界限是指法院据以宣告债务人破产的法律标准，国外也称之为破产原因。在破产立法上，对破产界限有两种规定方式：一是列举主义，即在法律中列举若干表明债务人丧失偿债能力的破产行为，凡存在者，便认为达到破产边界；二是概括主义，即对破产界限作抽象概括，它着眼于破产的一般原因而不是具体行为。我国法律采用的是概括主义，《破产法》第三条规定：企业因经营管理不善造成严重亏损，不能清偿到期债务的，依照本法规定宣告破产。

应该注意，不能清偿与资不抵债是两个不同的概念，应严格加以区分。不能清偿是指债务人对请求偿还的到期债务，因丧失清偿能力而无法偿还的客观经济状况。不能清偿在法律上的着眼点是债务关系能否正常维持，其要点是以下三个方面：

（1）债务人明显丧失清偿能力，即不能以财产、信用等任何方式清偿债务，即除不能用现金清偿外，还包括不能以足够的财产作担保，或以良好的信誉等筹措新资偿还；

（2）债务人不能清偿的是清偿期已经届满、债权人提出清偿要求的、无争议或已有确定名义（指已生效判决、裁决确认）的债务；

（3）债务人对全部或主要债务在可预见的相当长时期内持续不能清偿，而不是因资金周转困难等暂时延期支付。

我国《破产法》规定的不能清偿到期债务，只针对因经营管理不善造成严重亏损的企业，因其他原因导致不能清偿债务时，则不能采用破产方式解决。而其他国家一般都规定，企业只要不能清偿到期债务便可依法宣告其破产，不论不能清偿的原因是否因经营管理不善造成的亏损所致。

资不抵债也是各国确认破产界限的一个通行标准。例如，美国于 1979 年 10 月 1 日开始生效的《破产改革法案》中指出，企业不能用现金支付到期的债务，或者企业的债务超过了资产时，应当破产。但是我国《破产法》中却未采用资不抵债的破产标准，这也是我国《破产法》备受争议的原因之一。

宣告债务企业破产必须符合法律规定的破产界限。但并非所有达到破产界限的企业均应该宣告破产，各国对一些特殊情况均有不宣告破产的例外。我国《破产法》规定，对有下列情形之一者，不予宣告破产：①公用企业和与国计民生关系密切的企业，政府有关部门给予资助或者采取其他措施帮助清偿债务的；②取得担保，自破产申请 6 个月内清偿债务的；③由债权人申请破产，上级主管部门申请整顿并且经企业与债权人会议达成和解协议的，终止破产程序。

二、破产清算的一般程序

根据我国《破产法》的相关规定，破产清算的基本程序可以分为三个阶段：一是破产申请阶段；二是和解整顿阶段；三是破产清算阶段。在破产清算阶段，按照《破产法》的规定，其主要程序包括以下几个步骤。

（一）破产宣告

破产宣告是法院对具备破产原因的债务人作出宣告破产的司法行为。法院一旦作出破产宣告的裁定，破产程序就进入实质性阶段，债务人正式成为破产人，债权人则依清算、分配程序受偿。

（二）成立破产清算组

破产清算组又称为破产管理人，是指负责破产财产的管理、清算、估价、变卖和分配的专门机构。按照《破产法》规定，人民法院应当自宣告之日起 15 日内成立清算组，接管破产公司。其成员由法院从财政部门、审计部门、人民银行、工商管理部门及其他有关部门中选定。

清算组成立后，一般在法院的指导下设立若干个小组，负责企业职工的思想工作、财产保管工作、债权债务清理工作、破产财产处置工作以及职工安置工作等。清算组向法院报告工作成果，对法院负责并接受法院监督。

（三）编制破产财产分配方案

清算组清理、处置破产财产并验证破产债权后，应在确定公司破产财产基础上拟订破产财产的分配方案，经债权人会议通过，并报请人民法院裁定后，按一定的债务清偿顺序进行分配。

破产财产，指依法宣告破产后，可以按照破产程序进行清算和分配的破产企业的全部财产。破产财产的构成条件包括：第一，必须是破产企业可以独立支配的财产；第二，必须是在破产程序终结前属于破产企业的财产；第三，必须是依照破产程序可以强制清偿的债务人的财产。

根据我国《破产法》规定，破产财产由下列财产构成：

(1) 宣告破产时企业经营管理的全部资产；

(2) 破产企业在宣告破产后至破产程序终结前所取得的财产；

(3) 由破产企业行使的其他权利，如专利权、著作权等；

(4) 担保物的价款，超过其所担保债务的部分；

(5) 在法院受理破产前 6 个月至破产宣告之日的期间内，破产企业隐匿、私分、无偿转让、非法出售的财产，经追回后属于破产财产；

(6) 破产企业与其他单位联营时投入的财产和应得收益，属于破产财产。

（四）提请终结破产程序

破产财产清算完毕后，清算组应提请法院终结破产程序。法院在收到清算组的报告和终结破产清算申请后，认为符合破产程序终结规定的，应该在 7 日内裁定终结破产程序。

（五）注销破产公司

清算组在接到法院终结破产程序的裁定后，应及时办理破产公司的注销登记手续。破产企业的账册等材料由清算组移交破产企业的上级主管机关保存；无上级主管机关的，由破产企业的开办人或者股东保存，至此破产清算工作宣告结束。

三、破产清算的具体实施

破产清算工作程序需要由法律规范，但破产清算资产的清查、估价、变现、债权的收回、债务的清偿和剩余财产的分配等，也关乎整个清算工作的合法、合理和公平性，因此应该重视具体实施工作。具体实施工作包括以下四个方面。

（一）破产财产的界定与估价

清算工作结束后，应对清算财产估价，以确定财产的价值。清算财产的估价一般以账面净值为依据，也可以重估价值或者变现收入等为依据。具体来说，当清算财产的账面价值与实际价值背离不大的，可直接以账面净值为依据来定价；当清算财产的账面价值与实际价值背离较大的，应以重估价值为依据来计价。如果企业合同或章程规定或投资各方协商决定，企业解散时应对财产物质、债权债务进行重估价值的，清算机构应以重估价值计价。重估增值与重估减值抵消后差额，作为清算损益。

不同类型的财产估价具有不同特点，其估价方法也应有所不同，如表 12-5 所示。

表 12-5　估价方法表

财产类别	估价方法
担保财产	现行市价法、协商估价法
取回财产	账面价值估价法
抵消财产	账面价值估价法
其他物质	现行市价法、协商估价法、按质论价估价法、招标估价法
其他应收款	调查分析估价法
无形资产	协商估价法

表中的各种方法适用范围并不绝对，在实际估价中应考虑综合因素，交叉使用各种估价方法。

对清算财产物质进行出售和处理时，一般按成交价格（即变现收入）作为财产的计税依据。在变现时，应遵循下列原则：一是提高资产的变现价值，保护财产的整体使用价值，能整体变现的不分散变现；二是增强财产变现的公正性和时效性，能拍卖的不零售。

【例 12-5】　北京市工艺美术厂破产财产变现方案。

北京市工艺美术厂以下简称"工美厂"曾经是北京的知名企业和创汇大户，但在20 世纪 90 年代中后期却出现了财务危机，于 2001 年 7 月终因无法偿还到期债务而向法院申请破产。该厂在财产变现阶段，由于变现财产的数量多，流动性差，加之清算组没有经验，使财产变现遇到了困难。清算事务所介入后，通过对企业状况的了解、调查、分析，制订了该厂的财产变现方案。主要的思路：一从利于整个破产进程考虑，采取整体变现方式；二在合理合法的前提下完全市场化操作，公平、公正、公开；三充分考虑该厂财产的特点，存量价值高、再利用价值低、市场认可价值与评估值可能有较大差距。清算组与清算事务所经友好协商，最后正式委托清算事务所具体运作。

清算事务所首先选择在"产权交易信息网"上发表破产财产拍卖信息，于 2002 年7 月 24 日在北京信息报上发布拍卖公告。北京世纪捷成经贸有限公司等两家竞买方缴纳了 50 万元拍卖定金。具备了拍卖条件后清算事务所和中矿拍卖有限公司于 2002 年 8 月 13 日进行了破产财产的整体拍卖会。拍卖的标的物是工美厂的全部库存商品，破产财产评估值为 578 万元，拍卖采取减价与加价相结合的方式，起拍价 578 万元，拍卖底价 375 万元。由于 375 万元的底价与市场认可价差距较大，致使第一次拍卖流拍。拍卖依然采取减价与加价相结合的方式，最终以 180.2 万元成交，顺利完成拍卖工作。

清算组从推进破产清算进程、降低破产成本、能够促进资产变现的角度，在原拍卖底价的基础上大幅降价，将新的底价设定在 170 万元。2002 年 8 月 20 日，清算事务所和拍卖公司接受委托后，再次举行工美厂破产财产整体拍卖会。拍卖工作得到了法院、清算组的信任和认可，检验了清算事务所的工作成效，同时为后续工作打下了良好的基础。

（二）破产债权的界定与确认

破产财产可分为优先破产债权和普通破产债权。优先破产债权，是指对破产人的特定财产享有担保权的权利人，对该特定财产享有优先受偿的权利。普通破产债权，是指在破产宣告前成立的，对破产人发生的，依法在规定的申报期内申报确认，并且只能通过破产程序从破产财产中得到公平清偿的债权。

在界定和确认普通破产债权时，应参照以下标准：

（1）破产宣告前存在的无财产担保的债权，以及放弃优先受偿权的有担保的债权；

（2）破产宣告前未到期的债权减去未到期利息，视为已到期债权；

（3）破产宣告前存在的有担保的债权，其数额超过担保品价值的，未受偿的部分；

（4）债权人对破产企业负有债务的，其债权可在破产清算之前抵消，抵消部分不能作为破产债权；

（5）破产企业未履行合同的对方当事人，因管理人解除合同受到损害的，以损害赔偿额作为普通破产债权；

（6）为破产企业债务提供保证者，因代替破产企业清偿债务所形成的担保债权；

（7）债务人是委托合同的委托人，受托人不知债务人被法院裁定破产的事实，继续处理委托事务的，受托人由此产生的债权；

（8）债务人是票据的出票人，在债务人被法院裁定破产后，该票据的付款人继续付款或者承兑的，付款人由此产生的债权等都属于普通破产债权。

需要注意的是，破产企业所欠职工的工资和医疗、伤残补助、抚恤费用，所欠的应当划入职工个人账户的基本养老保险、基本医疗保险费用，以及法律、行政法规规定应当支付给职工的补偿金，欠缴国家的税金等债权，由于可以按法律规定优先得到清偿，一般不列入普通破产债权。破产宣告以后产生的利息、债权人为其利益参加破产程序的费用，如债权人申报债权的费用、参加债权人会议的差旅费等均不构成破产债权，不能从破产债权中清偿。

在法院确定的债权申报期内，未及时申报的，可以在破产财产最后分配前补充申报；但是，此前已进行的分配，不再对其补充分配。为审查和确认补充申报债权的费用，由补充申报人承担。

（三）破产费用和共益债务

破产费用，是指在破产案件中为破产债权人的共同利益而支出的费用。法院受理破产申请后发生的以下费用为破产费用：①破产案件的诉讼费用；②管理变卖和分配债务人财产的费用；③管理人执行职务的费用、报酬和聘用工作人员的费用。

共益债务，是指在破产程序中为全体债权人共同利益所承担的各种债务的总称。法院受理破产申请后发生的下列债务为共益债务：①因管理人或者债务人请求对方当事人履行双方均未履行完毕的合同所产生的债务；②债务人财产致人损害所产生的债务；③因债务人不当得利所产生的债务；④债务人继续营业而应支付的劳动报酬和社会保险费用以及由此产生的其他债务；⑤管理人或者相关人员执行职务致人损害所产生的债务等。

破产费用和共益债务由债务人财产随时清偿。债务人财产不足清偿所有破产费用和共益债务的，先行清偿破产费用。债务人财产不足以清偿所有破产费用或者共益债务的，按照比例清偿。债务人财产不足以清偿破产费用的，管理人应当提请法院终结破产程序。法院应当自收到请求之日起 15 日内裁定终结破产程序，并予以公告。

（四）破产财产的分配

企业破产清算应当遵循《破产法》规定的程序。破产清算一般应先向法院呈交申请书，呈交的可能是企业提出的自愿申请书，也可能是债权人提出的非自愿申请书，再由法院成立清算组接管破产企业的资产。

清算财产在扣除清算费用后，按清算顺序在各有关利益主体之间进行分配。

清算财产扣除清算费用后的财产一般要按以下顺序进行清偿：

（1）支付应付未付的职工工资、劳动保险等；

（2）缴纳应缴未缴国家的税金；

（3）支付尚未偿付的债务。

如果尚有剩余财产，则先支付给优先股股东，再支付给普通股股东。同一顺序不足清偿的，按比例清偿。

【例 12-6】 2009 年甲公司因经营管理不善无力偿还到期债务，依法被宣告破产清算，破产清算前经审计的资产负债表（简表）如表 12-6 所示。

表 12-6 甲公司破产清算前简化的资产负债表   单位：万元

资产	余额	负债与所有者权益	余额
流动资产	800	应付账款	500
固定资产（房产）	1 500	应付职工薪酬（工资）	100
固定资产（设备）	900	未交税金	400
无形资产	500	银行贷款	700
		抵押债券	1 000
		所有者权益	1 000
合 计	3 700	合 计	3 700

其中，银行贷款属于信用贷款，抵押债券则是以公司房产作为抵押。

公司进入破产清算程序后，资产变卖收入如下：流动资产为 450 万元，房产为 1 200 万元，设备为 500 万元，无形资产变现价值 50 万元，合计资产变现 2 200 万元。清算期间发生清算费用 200 万元。则

扣除清算费用后清算财产结余＝2 200－200＝2 000（万元）
扣除应付工资、未交税金的财产结余＝2 000－100－400＝1 500（万元）
可供公司清偿破产债权实际金额＝1 500－1 000＝500（万元）
一般债权的求偿总额＝500＋700＋（1 000－1 000）＝1 200（万元）

破产清算资产不足以清偿全部债权,应按同一比例向各债权人清偿。

债权清偿比例=500÷1 200×100%=41.67%

银行应分配的财产结余金额=700×41.67%=291.69(万元)

【例 12-7】 广东风华集团破产重整案

广东风华集团是在 1996 年 12 月 28 日经肇庆市工商行政管理局依法核准成立的国有独资有限公司。风华集团是上市公司广东风华高新科技股份有限公司的最大股东,主要从事投资业务,收益是通过对下属企业参股、控股来获取分红。风华集团是肇庆市举足轻重的企业,生产规模庞大,拥有 9000 多名员工,每年税收超过亿元。

受电子元器件行业不景气、产品盈利能力下降的影响,风华集团的投资分红已无法承载巨额债务及沉重的利息支出,长期亏损造成企业严重资不抵债,缺乏足够的偿债能力,已无法清偿到期债务。至 2007 年 6 月 30 日,风华集团的债务总额为 26.62 亿元,净资产为—18.63 亿元,濒临破产清算。如果破产清算,无疑对当地经济发展产生较大的负面影响。因此,风华集团在 2007 年 7 月 6 日提出重整申请及重整预案,肇庆市中级人民法院经全面审查和慎重考虑,于 2007 年 7 月 11 日裁定准许风华集团重整,发布公告准许风华集团进入重整程序。

根据风华集团 2007 年 6 月 30 日的清算评估价值,普通债权人只能部分得到清偿,而且时间延续较长。在此期间各种不确定因素也可能对其子公司,特别是上市子公司的持续健康发展带来严重影响。在各方的协调和努力下,风华集团计划筹集资金 8.77 亿元,全部用于清偿债务,实现四个 100%:

一是自法院批准重整计划草案之日起半年内,对自有财产担保的债权,按质押物的评估价值,获得 100%一次性现金清偿;

二是对所欠职工债权,获得 100%一次性现金清偿;

三是对所欠税款,获得 100%一次性现金清偿,不实行减债;

四是 9 000 多名员工 100%不用下岗。

另外,对普通债权,也保证可以获得 21.95%的一次性现金清偿,其余 78.05%的债务予以免除。

【进一步学习指南】

一、财务危机预警的其他方法

1. F 分数模型

1996 年,周首华、杨济华、王平在《会计研究》上发表了题为"论财务危机的预警分析——F 分数模式"一文,提出了 F 分数模式。F 分数模式最重要的特点加入了现金流量这一预测自变量。F 分数模式列式如下:

$$F=-0.1774+1.1091X_1+0.1074X_2+1.9271X_3+0.0302X_4+0.4961X_5$$

式中,X_1 为期末营运资本/期末总资产;X_2 为期末留存收益/期末总资产;X_3 为(税后收益+折旧)/平均总负债;X_4 为期末股东权益市场价值/期末总负债;X_5 为(税后收益+利息+折旧)/平均总资产。

F 分数模式方程以 0.0274 为临界点:若某一特定公司的 F 分数低于 0.0274,则被预测为破产公司；反之，若 F 分数高于 0.0274，则公司将被预测为可以继续生存的公司。

2. 综合指数判定法

综合指数判定法是先确定各财务比率的权重，再将各财务比率的实际值与标准值比较，计算企业的综合判定指数，据以对企业财务状况进行判定的方法。

综合指数判定法的分析模型为

$$K = \sum (k_i / k_0) \times W_i$$

式中，K 为综合判定指数；k_i 为单项财务指标的实际值；k_0 为单项财务指标的标准值；W_i 为指标的权重系数，且全部指标的 W_i 应满足 $\sum W_i = 1$。

3. 雷达图分析法

雷达图分析法（radar chart）也称为综合财务比率分析图法，又可称为戴布拉图、螂蛛网图、蜘蛛图，是日本企业界的综合实力进行评估而采用的一种财务状况综合评价方法。

雷达图分析法是从企业的生产性、安全性、收益性、成长性和流动性五个方面，对企业财务状态和经营现状进行直观、形象的综合分析与评价的图形。因其形状如雷达的放射波（图 12-2），而且具有指引经营"航向"的作用，故而得名。

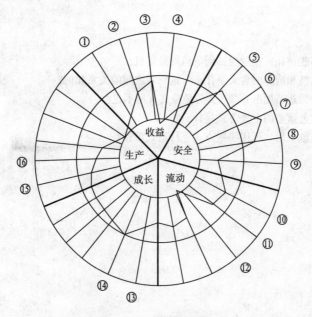

图 12-2　雷达图分析法

注：收益性：①资产报酬率；②所有者权益报酬率；③销售利税率；④成本费用率。安全性：⑤流动比率；⑥速动比率；⑦资产负债率；⑧所有者权益比率；⑨利息保障倍数。流动性：⑩总资产周转率；⑪应收账款周转率；⑫存货周转率。成长性：⑬销售收入增长率；⑭产值增长率。生产性：⑮人均工资；⑯人均销售收入

采用雷达图分析法，绘制雷达图时，首先应画出三个同心圆，并将其等分成五个扇形区，分别表示生产性、安全性、收益性、流动性和成长性。通常，最小圆圈代表同行业平均水平的 1/2 或最低水平；中间圆圈代表同行业平均水平；又称标准线；最大圆圈代表同行业先进水平或平均水平的 1.5 倍。在五个扇形区中，从圆心开始，分别以放射线形式画出 5～6 条主要经营指标线，并标明指标名

次及标度。然后，将企业同期的相应指标值标在图上，以线段依次连结相邻点，形成折线闭环，因此构成雷达图。

就各经营指标来看，当指标值处于标准线以内时，说明该指标低于同行业平均水平，需要加以改进；若接近最小圆圈或处于其内，说明该指标处于极差状态，是企业经营的危险标志，应重点加以分析改进；若处于标准线外侧，说明该指标处于理想状态，是企业的优势，应采取措施，加以巩固和发扬。

二、关于《破产法》

破产法是规定在债务人丧失清偿能力时，法院强制对其全部财产进行清算分配，公平清偿给债权人，或通过债务人与债权人会议达成的和解协议清偿债务，或进行企业重整，避免债务人破产的法律规范的总称。破产法有广义和狭义之分。狭义的破产法特指破产法典，如我国于 2006 年 8 月 27 日通过、自 2007 年 6 月 1 日起施行的《中华人民共和国企业破产法》；广义的破产法则还包括其他有关破产的法律、法规、行政规章、司法解释，及散见于其他立法中的调整破产关系的法律规范，如《商业银行法》、《保险法》、《公司法》、《合伙企业法》等立法中有关破产的规定。现代意义上的破产法均由破产清算制度与挽救债务人的和解、重整制度两方面的法律构成。有的国家的立法将这些法律规定在同一部法典之中，如我国；有的国家则对之分别立法，如日本。

【复习思考题】

1. 财务危机有哪些预兆？企业应如何防范财务危机？
2. 企业破产、重整和清算的含义是什么？这三者之间的关系如何？
3. 如何运用 Z 分数进行财务预警？Z 分数模式有何不足？
4. 企业非正式财务重整的主要方式是什么？
5. 企业发生财务危机后，可用哪些方式进行正式重整？

第十三章

集团公司财务管理

【本章学习目标】

- 集团公司基本组织结构模式与财务管理特征
- 集团公司财务管理体制的制约因素
- 集团公司财务管理模式
- 集团母子公司资金控制模式
- 集团母子公司财务控制系统

【案例引入】

华润（集团）有限公司（以下简称华润）是一家在香港注册和运营的中央企业，迄今已有 70 多年的历史。华润通过一系列实业化投资，逐步发展成为以实业为核心的多元化控股企业集团。华润集团旗下共有 15 家一级利润中心，在香港拥有 6 家上市公司。截至 2009 年年底，华润集团总资产 4 169 亿港元，营业额达 1 607 亿港元，员工达 30 万人。华润的经营涉及电力、地产、消费品、医药、金融、水泥和燃气等多个领域。华润 90％以上的盈利来自内地市场的贡献。截至 2009 年 9 月，华润在内地累计投资近 4 000 亿元人民币，涉及 13 个领域，遍及除青海以外全国各省市自治区。从 2001 年开始，在成功地实现两个战略期的发展目标之后，华润已建立了雄厚的产业基础，产业地位和发展能力大幅提升。目前，集团正在推动企业发展由实业型转向产融结合型。在股权结构日益多元化乃至公众化的控股企业组织结构下，华润集团一方面按照公司治理原则避免控股权侵犯经营权和管理权，让子公司有更大的空间和更多的自主，以最大限度地发挥其利润中心的功能；另一方面在股权约束趋于弱化的背景下，为了让子公司不损害控股企业整体利益，以维护母公司权益，采取措施防止经营权和管理权架空控股权与排斥监督权的倾向，以实现集团整体利益最大化。

在华润的发展和壮大过程中，财务管理如何做到"集"而又"团"？集团财务管理应当选择何种模式？集团母公司财务应当如何定位？哪些财务权限应当集中在集团母公司，哪些财务权限应当下放给子公司？集团母公司如何对子公司进行财务管控？带着这些问题，我们进入本章学习。

第一节　集团公司财务管理概述

一、集团公司的组织与体制特征

（一）集团公司的组织特征

集团公司的本质特征是一种以母子关系为基础的垂直型组织体制。集团公司组织具有下列特征。

1. 集团公司本身具有独立的法人地位

集团公司采取法人产权制度形式，原始出资人的所有权与公司法人产权相分离。公司具有独立、有限的民事责任能力。

2. 集团公司由一个母公司与若干个子公司组成

从法律上看，母公司即集团公司本身，它又包括若干子公司及关联企业。其中子公司是指母公司掌握绝对控制性股权的下属企业，而关联企业则是指母公司只有非控制性持股关系的参股企业，以及有各种固定性合作关系的关联企业。在一个企业集团里，母公司只有一个，而子公司或关联企业可以有若干个甚至较多数量。

3. 集团公司与子公司之间主要以股权、产权为纽带

从内部组织关系看，一方面，母公司、子公司或关联企业均具备自身独立的法人地位；另一方面，母公司以产权为纽带垂直控制下属企业，包括拥有全部产权关系的全资子公司、拥有绝对控制权的控股性子公司，以及持有一定比例的参股关联企业。

（二）集团公司的体制特征

集团公司的体制特征主要取决于母公司的角色定位，以及由此决定的母公司与子公司的关系和组织结构模式。所谓母公司的角色定位，就是指母公司（或称集团总部）应当做什么。相关研究表明，母公司一般有三种角色定位：战略规划者、战略投资者和战略控制者。

母公司如果定位于战略规划者，其主要的职能就是为集团发展制定总规划，并为每个子公司分配详细的任务和责任。因此，子公司被视为是执行集团计划的分支机构。这种模式的主要优点是母公司可以对集团战略的实施进行有效的协调，但是，由于决策制定过程缺少子公司管理人员的参与，母公司的战略规划可能难以为子公司管理人员所接受，影响集团战略的实施效果。

母公司如果定位于战略投资者，即母公司将自己视为子公司的股东或债权人，子公司可以自主地制定发展战略，而母公司的主要任务则是制定集团财务目标和评估子公司的经营与财务业绩。这种模式的主要优点是子公司灵活性强，能够更迅速地顺应市场变化而调整战略决策。但在这种模式下，母公司对子公司的控制能力较弱。

母公司如果定位于战略控制者，则其关注的重点是集团的整体战略。在这种模式下，母公司不仅是自上而下地制定战略规划，而且要对各子公司的业务计划进行积极有效地协调，以确保集团整体战略的实现。从总体上看，这是一种更能体现集团利益一体化要求的模式，但该模式的运行成本相对也较高。

二、集团公司的组织结构模式

集团公司采用的组织结构模式，主要有以下三种形式。

（一）直线职能制

直线职能制也称直线参谋制，它将领导层直接指挥和职能人员的业务指导相结合，兼具直线制和职能制的优点，是现代企业常用的一种组织结构形式。直线职能制的基本特征是：公司内部划分为若干个职能部门，公司总部对这些部门进行策划和运筹，直接指挥各部门的运行，各部门和下属单位均由公司最高领导直接进行管理。直线职能制实质上是一种按专业管理职能划分部门的、高度集权的管理体制。随着经营规模的不断扩大，企业职能的增多，集团总部规模日益庞大，协调成本上升，一方面最高管理者面对大量而又复杂的协调、评价、政策分析等问题时，往往不能有效兼顾企业长期发展战略和日常经营事务；另一方面各职能部门缺乏自主性与积极性，往往不能主动配合。在这种组织结构模式下，母子公司虽在民事法律地位上是平等的，但在生产经营和财务管理等方面，母公司与子公司之间则是控制与被控制的关系。直线职能制比较适合于业务和产品比较简单、规模较小的集团公司。

（二）事业部制

事业部制把市场机制引入企业内部，按产品、部门、地区和顾客划分为若干事业部，实行集中领导下的分权经营的一种管理组织模式。事业部制的基本特征是：每个事业部都是实现集团总体目标的基本经营单位，实行独立核算、自负盈亏和统一管理；在产销分立的公司里，事业部只负责组织和指挥生产，不负责经营销售；事业部的规模一般介于总公司与生产工厂之间，相当于分公司，可以下设职能部门。同时，公司总部设立专门的统筹机构，负责对各事业部进行授权，监测各事业部的经营活动和绩效，在事业部之间配置经营资源，并从事战略性计划工作，对各事业部的经营方针、销售利润和资金调度进行统一决策；各事业部部长直属于公司执行总裁或执行委员会，受公司总部长期计划预算的监督，负有完成利润计划的责任。

关于事业部的定位，理论上有三种情形：利润中心、投资中心和战略事业单位。采取事业部制组织结构形式，一方面公司领导可以从繁琐的日常事务中解脱出来，着力策划公司长期发展战略；另一方面事业部与市场紧密联系，便于掌握市场动态和适应市场变化。这种组织结构将首创精神和资源配置结合起来，将规模和效益结合起来，被称之为"创造企业家的公司"，它对于经理阶层的职业化，以及随之出现的管理权与所有权的分离具有重要的推动作用。但事业部制的缺陷也比较明显：①由于各事业部利益的独立性，容易产生本位主义，忽视公司长远发展和整体利益，影响各部门的协调。②在公司上层与事业部内部都要设置职能机构，管理组织成本上升。③对事业部授权时，在权限上难以把握，可能出现过于集权或过于松散的状况。

（三）控股制

控股制组织结构，是在公司总部下设若干个子公司，公司总部作为母公司对子公司进行控股，承担有限责任。母公司对子公司既可通过控制性股权进行直接管理，又可通过子公司董事会以及出售公司股份资产来进行控制。从理论上讲，根据控股公司所从事的活动内容，可分为以下两种形式。

1. 纯粹控股公司

纯粹控股公司设立的目的只是为了掌握子公司的股份，然后利用控股权影响股东大会和董事会，支配被控制公司重大决策和生产经营活动，实现其控制意图，它本身不从事直接的生产经营活动。

2. 混合控股公司

混合控股公司既从事股权控制，又从事某种实际业务经营的公司。一方面，它掌握着被控制公司的控股权，支配其生产经营活动，使被控制公司的业务活动有利于控股公司自身营业活动的发展；另一方面，它又直接从事某些实际的生产经营活动。在西方国家，母公司一般都是指这类混合控股公司，或称经营控股公司。相应地，被控股的子公司也有多种形式，主要有以下几种：

（1）全资控股子公司，简称全资子公司，即母公司持有该公司100％的股份。

（2）优势控股子公司，简称控股子公司，即母公司持有该公司大于50％且小于100％的股份。

（3）质量参股子公司。质量参股是从原联邦德国的经验中引申出来的，股东大会对某些重大事务表决时，至少需要3/4的表决权（质量多数），但只需要1/4的股权就可以阻止公司决定重大事务。例如，处于顶点的母公司A公司持有B公司25％～50％的股份，就称B公司为A公司的质量参股子公司。同时，B公司也可持有A公司的股份，但不能相应拥有母公司股东大会的表决权。B公司是A公司能有效影响和制约的子公司。如果B公司股份很分散，则A公司可成为B公司的控股公司。

（4）任意参股子公司，指母公司持股比例低于25％的子公司。这类公司生产经营范围与母公司相关。当其股份很分散而母公司占最大股份比例时，母公司实际上拥有该子公司的控制权。

对于前两类控股子公司，母公司均拥有绝对的控制权，子公司禁止持有母公司的股票，并且其经营范围不能超出母公司的经营范围。对这两类控股公司，通常称其为"子公司"，而把后两类子公司称为关联企业。

三、集团公司财务的特征

与一般企业相同的是：集团公司财务涉及的主要内容包括筹资、投资、收益分配与并购等问题。但与一般企业不同的是，集团公司财务具有下列特征：

1. 财务主体多元化

集团公司的一个重要特点是母公司与被控股的子公司之间以资本关系为基础产生控制与被控制关系，但它们又都是独立的法人主体。集团公司中的各子公司作为独立的法人，都是利润管理中心或投资管理中心，具有独立的经营管理机构并独自承担财务上的法律责任，形成"公司内的公司"。所以，集团公司本身就意味着多个财务主体并存。

2. 产权关系复杂化

集团公司通常采用产权经营组织。它不同于一般直接从事商品生产的企业，主要是通过控股形式，以产权关系为纽带的企业集团，且不同类型的集团公司可采取不同的持股方式，既有垂直持股方式，也有环状的相互持股方式，还有环状持股与垂直持股的混合方式。由此致使集团公司内部产权关系复杂化。

3. 财务决策多层次化

在集团公司中，母公司作为核心企业，与其属下各级子公司分别处于不同的管理层次，各自的财务决策权利也不相同，导致集团公司内部财务决策的多层次化。因此，集团公司在确立母公司主导地位的基础上，必须充分考虑不同产业、地区、管理层次的企业的不同情况，合理处理集权与分权的关系，最大限度地减少内部矛盾，真正调动集团各层次成员企业的积极性和创造性，保证集团发展规划和经营战略的顺利实施。

4. 投资领域多元化

集团公司凭借其财力雄厚的条件，普遍采用多元化投资经营战略，注重产品的系列化和产业的多元化，通过进入市场经济的多种领域，在增强其竞争发展能力的同时，提高了抵御不同市场风险的能力，从而可以加速整个集团的资本扩张与资产增值速度。

5. 母公司职能双重化

母公司作为整个集团发展目标的制定与实施的组织者、指挥者，其职能不再仅仅局限于其自身单一的经营，更为重要的职能在于通过控股等多种方式，以股权关系为基础从事资本经营和管理，推动其下属各成员公司的经营管理，使整个公司能够作为一个有机整体有效地协调运营并迅速扩张。

6. 关联交易经常化

关联交易是指在关联企业之间发生的转移资源和义务的事项。集团公司内部母子公司之间、由母公司控制的子公司、合营企业、联营企业之间等都会或多或少地发生关联交易。如果这些关联交易能够以市价作为交易的定价原则，则不会对交易双方产生异常的影响。但事实上大量关联交易采取的是协议定价原则，交易价格的高低在一定程度上取决于集团公司的需要，使利润得以在各公司之间转移。

集团公司组织结构模式及其财务特征，决定了其财务管理的重点在于财务管理体制与财务控制模式的选择上。

第二节 集团公司财务管理体制

建立集团公司财务管理体制的根本目的，是为了使其内部纵向各层次之间的财务关系得到妥善处理，协调纵向各层次的财务行为。因此，财务管理体制的焦点问题是处理好财务控制权的集中与分散问题，即集权与分权问题。

一、财务管理体制的焦点：集权与分权的权衡

对财务控制集权与分权程度的把握，是集团公司财务管理问题的一个难点。如果采用集权管理，则其成员公司的决策权集中于集团最高管理层。在集团内部需要一个能及时、准确地传递信息的系统，同时还要考虑传递过程中的控制问题，保证信息传递的及时性和真实性，但集权过度会使子公司缺乏主动性、积极性、丧失活力。分权管理就是把决策权适当地下放到比较接近信息源的各成员公司，避免了信息传递和传递过程中的控制问题，但分权过度又会使集团财力分散和管理失控，削弱集团的整体实力。

就信息的决策价值而言，集团高层经理与下属子公司管理人员之间的信息越不对称，即相对于集团公司，子公司掌握的信息越精确，将有关的决策权从集团下放到子公司的分权管理模式也就越能体现出充分利用信息的价值。但是分权管理利用决策的信息是建立在子公司以集团整体利益为决策目标的基础上，而子公司在决策时往往首先考虑的是自己的局部利益，因而不惜牺牲集团的整体利益，出现"逆向选择"。这就是集团公司分权管理所付出的主要成本。

从委托—代理理论分析，集团公司在分权后与成员公司间形成了委托代理关系：集团公司作为子公司的所有者成为委托人，子公司则成为代理人。集团公司付出的成本为代理成本。因此，分权管理所带来的利益和代理成本都将随着权力下放程度的增加而增加。从理论上讲，当其成本的增加小于利益的增加时，采用分权管理是有效的；反之，当其成本的增加大于利益的增加时，分权管理带来的优势会被过高的代理成本所抵消。这时采用分权管理被视为无效。

二、财务管理体制的制约因素

（一）集团公司的发展战略

集团公司在某一阶段采取的具体战略差异要求不同的管理模式来支撑。在公司实施扩张战略阶段，应积极鼓励子公司开拓外部市场，形成集团内多个新的经济和利润增长点，这时分权程度就应该大一些；在稳定型战略下，投资融资权力必须从严把握，而对资金营运方面的权力可以适当分离；在紧缩战略下，必须强调高度集权；在混合战略下，应对不同子公司实行不同的管理模式：如果发展战略需要集中大量资金，以扩大母公司的生产规模，母公司就要集中资金管理和投资决策权限；如果发展战略采取集约经营的方针，逐渐改善品种、提高质量，同时鼓励子公司开拓外部市场，建立多个新的经济增长点，分权程度就应该大一些。

（二）集团公司总部的控制素质

集团公司总部的控制素质包括以下两个方面的因素。

1. 公司总部的决策机制

对于一个现代化的规模较大的公司来说，CEO 的作用正在下降，一个配合默契、互相制衡且由各种知识结构人士组成的高级管理层的重要性正在上升。公司规模的扩大，意味着信息量的增加，知识面的拓宽，这会使任何个人感到力所不及。在这种情况下做出的个人决策可能会失误。因此，建立决策层、管理层和经营层分立的集体决策机制，互相补充、互相独立又互相制衡，用集体的智慧弥补个人素质的不足，是公司扩大规模后的正确选择。

2. 公司总部的管理能力

公司规模的扩大，意味着管理层次的增加。一般情况下，一位管理者所能直接管理的下级人员不超过 5～8 人。组织规模较大的集团公司必须建立专业化的管理组织，实行多层次授权管理，因而需要建立一系列监督管理制度，正确处理好控制与授权管理之间的关系，用完善的制度规范人的行为，把管理手段从人治转向制度化管理。

（三）成员企业对母公司财务战略影响的重要程度

为维护和增强集团的核心竞争能力，对不同重要程度的成员企业应采取不同的模式。

（1）对于那些具有重要影响的成员企业，集团总部必须保持高度集中的控制权与管理权，即使是部分分权也必须限于集权的结构框架之内。

（2）对于那些与集团发展战略、核心能力、核心业务以及可预见的未来发展关系一般、影响不大的成员企业，即使是控股的子公司，从提高管理效率、发挥各自的积极性以及增强市场竞争的应变能力角度，采用分权型的管理体制较合适。

（3）对于那些与集团的发展战略、核心能力、核心业务以及可预见的未来发展没有关系的成员企业，集团总部通常没有必要实行集权管理，应当允许它们在集团公司整体政策框架下，在不损害集团整体形象的前提下，实行高度的自治。

（四）企业集团的不同发展阶段

追踪一些企业集团管理体制的演变过程可以发现，初创阶段的企业集团倾向于集权管理，而成熟且成功的企业集团大多具有一种集团总部统一政策目标与领导控制下的不同程度的分权管理特征。

在企业集团发展的初始阶段，集团公司总部不管从自身能力，还是从市场地位等角度，都比较适合采用集权管理模式；随着集团规模的不断扩大与逐渐成熟，由于总部管理层能力的限制而无力集权等因素，管理的分权制便成为需要。

（五）管理文化结构的差异

管理文化的不同对企业集团的管理模式也产生一定的影响。先个人价值而后社会价值的西方文化结构及"自由民主"的社会意识，使西方企业集团更易采用分权制管理模式。在西方文化看来，无论是子孙公司还是其他成员企业，与母公司一样，在法律上有着平等的法人权利及独立社会人格特征。因此，采用分权制管理体制，既是对子孙公司或其他成员企业经营管理者行为能力的尊重，也是对其积极性的保护与人格价值的社会认同。相反，在先社会价值而后个人价值的东方文化结构以及"集中统一"的社会意识背景下，东方企业集团在管理上更易于采用集权制。

三、财务管理体制模式的选择

集团公司财务管理体制模式的选择，主要涉及母子公司之间重大财务决策权限的划分，包括对外筹资权、投资决策权、收益分配权、营运资金控制权、资产处置权等。常见的模式有以下三种。

（一）集权模式

在集权模式下，企业集团的各种财务决策权均集中于集团母公司，集团母公司集中控制和管理集团内部的经营与财务，并作出相应的财务决策，所有子公司必须严格执行集团母公司的决策，各子公司只负责短期财务规划和日常经营管理。

在这种模式下，母公司财务部门成为集团公司财务的总管，不但参与决策和执行决策，在特定情况下还直接参与子公司决策的执行过程，子公司在财务上被设定为母公司的二级法人。母公司对子公司所拥有的财务权限主要有以下两个方面。

1. 所有重大财务决策事项的决策权

所有重大财务决策事项的决策权包括：① 子公司的资本增减变动决策权；②子公司的重大对外投资决策权；③子公司的重大对外筹资权；④子公司的重大资产处置权；⑤子公司现金及其他重要资产的调配权；⑥子公司的财务制度设计权；⑦子公司的内部审计权；⑧对子公司管理业绩的评价权；⑨子公司的收益分配权；⑩子公司的资本运营权，如合并、分立、转让等其他重要事项决策权。

2. 对子公司所有财务机构设置与财务经理任免权

子公司的财务部门或财务经理人员成为母公司管理总部的派出机构，母公司对其财务经理人员的聘用、提升、解聘等有最终决策权。子公司的财务部门受双重领导，即既在经营上受制于子公司经理人员的管理，又在业务上完全受母公司的领导。

集权模式的主要优点有三个：①财务管理效率较高，能够全方位地控制子公司的财务行为。②便于实现资源共享，集团公司较易调动内部财务资源，促进财务资源的合理配置。③通过集团产品结构和组织结构的整体优化，有利于降低成本，取得规模效益。

但这种模式基于对子公司经理层不信任的假设上，其最大缺陷在于无法调动子公司经理层的积极性，具体体现在：①因决策信息不灵带来的低效率。最高决策层（母公司）远离经营现场，信息掌握不完整易造成决策效率低甚至失误。②制约了子公司理财的积极性和创造性，部分剥夺了子公司的理财自主权，甚至侵犯了其独立法人的地位。③难以应付复杂多变的环境。由于决策集中、效率降低，应付市场变化的能力大大降低。

因此，这种模式主要适用于下列三种情况：①企业集团的规模不大，且处于组建初期，需要通过集权来规范子公司的财务行为。②子公司在集团整体的重要性使得母公司不能对其进行分权，如子公司是母公司的原料供应或采购单位，或是母公司产品的销售对象。③子公司的管理效能较差，需要母公司加大管理力度。

（二）分权模式

在分权模式下，母公司只保留对子公司重大财务事项的决策权或审批权，而将日常财务事项的决策权与管理权下放到子公司，子公司只需将决策结果提交母公司备案即可。在这种模式下，子公司相对独立，母公司不直接干预子公司的生产经营与财务活动。分权模式主要涉及以下三个方面内容。

1. 分权管理的重心在于强化对结果的评价

在分权制下，母公司或管理总部对子公司的管理主要通过对结果的评价来进行。基于母子公司之间的委托代理关系，作为委托方的母公司，一方面需要有明确的目标与管理要求（如净资产收益率、经济增加值等），另一方面要对子公司的经营者完全赋予责任与权利；而作为受托方的子公司及其管理者，一方面要对子公司的经营情况全面负责，另一方面要向母公司报告实施或落实其责任的全部计划，由母公司对其计划执行情况进行监控，并对其结果进行严格的评价。

2. 母公司对子公司拥有重大财务事项决策权

分权制并不等于对子公司的所有权利都下放。母公司为了提高企业集团的核心竞争力，从战略角度出发，必须对子公司拥有重大财务事项决策权，包括子公司资本增减变动权，重大投融资项目的最终审批权，股利分配决策权等。

3. 子公司财务机构具有相对独立性

在分权制下，母公司财务部门负责集团整体的财务战略与预算管理，负责对各子公司的业绩评价与考核。子公司设立独立财务机构，接受母公司财务的业务指导。子公司财务机构不是母公司的派出机构，不受母公司直接领导，只对所在公司的经营业绩进行定期报告。

显然，分权模式的主要优点有：①有利于调动各子公司的积极性和创造性。各子公司拥有一定的理财自主权，其理财积极性和创造性较高。②财务决策周期短，应付市场变化能力较强。子公司拥有一定的财务决策权，决策程序减少，效率提高。

但分权模式也有其明显的缺陷：①各子公司间资源调动受到一定限制，不利于整个集团资源的优化配置。②影响规模经济效益的发挥，导致内部资源配置上的浪费，使集团整体实力和市场竞争能力下降。

因此，分权模式主要适用于资本经营型企业集团和某些对集团没有重要影响的子公司。

（三）集权与分权相结合的模式

集权与分权相结合的模式是一种上述两种模式兼容的混合模式。这种模式强调结果的重要性，但同时对可能出现的财务控制点倾注于力度，实行关键点控制。这些关键的财务控制点包括财务人员控制、资产变卖控制以及重大的资金调度控制等。这种模式不同于集权模式，它不是过程控制，而是点控制；同时它又强调结果控制，汲取了分权模式的优点。

必须指出的是，无论采用何种模式，必须以加强财务制度控制为前提，并需对财务管理权限进行适当的分配。集权和分权是相对的，没有绝对的集权，也没有绝对的分权，集权和分权没有一个绝对的定量指标来衡量。在不同的企业集团之间，由于各自生产经营和组织机构的特点，财务运行模式和环境的差异，其财务控制模式也缺乏横向可比性。因而，集团企业可根据外部环境和竞争的需要，结合集团内部组织结构，合理分布集团内部上下左右的财务权限，创造适合自身特点的财务控制模式。

第三节　集团母子公司资金控制模式

资金是集团公司财务控制的主要财务资源，也是财务控制的直接对象。而保持现金适度的流动性，提高现金使用效率，又是资金控制的重点。因此，掌握和控制现金的流入与流出，是集团公司资金控制的关键环节。

理论与实践都表明，以控制现金流为重点的财务集中管理是唯一理性的制度安排，不同的是战略导向、组织架构、市场环境对财务集中要求和制度风险要求不同，资金集中控制模式的选择也不同。集团母子公司资金控制模式有许多种，不同公司可根据自己的需要选择适当的模式。资金集中控制的常用模式有收支两条线、财务结算中心、现金池与财务公司。

一、收支两条线

收支两条线或零余额管理模式下，资金头寸集中于集团公司账户，实现资金的统一管理；子公司账户受集团公司控制，子公司对账户无支付权；分子公司、办事处货款回笼和费用支出账户相分离。这种完全集中的资金管控模式需要"超级总部"，对制度和人的要求都非常高。

二、财务结算中心

财务结算中心也称资金结算中心或结算中心，是集团公司借用商业银行的结算、信贷和利率等杠杆，在集团内部设立的，办理集团内部各成员现金收付和往来结算业务的内部资金管理机构。财务结算中心的主要职能有以下几点：

（1）财务结算中心是内部结算中心。每个子公司都在财务结算中心开设账户，其生产经营活动中一切实物的转让、劳务交易均视同商品交易，通过财务结算中心办理结算。各子公司发生的对内对外业务都遵循财务结算中心制定的结算制度。财务结算中心统一规范结算方式、结算时间和结算行为。同时对结算业务中的资金流向的合理性和合法性进行监督，及时发现不合理的资金流向，把可能发生的偏差控制在事前。

（2）财务结算中心是内部信贷中心。在集权管理模式下，母公司和各子公司的对外筹资，由财务结算中心统一对外筹措，各子公司无权对外筹资；在分权管理模式下，子公司可在授权范围内对外筹资，但必须把筹集的资金统一存入财务结算中心。与此同时，财务结算中心根据集团公司为各子公司核定的资金额度，结合实际需要，对其发放贷款，并对各单位定额内使用资金和超定额使用资金实行差别利率计算利息。

（3）财务结算中心是内部资金调剂中心。集团公司及其子公司间的资金余缺统一由财务结算中心进行有偿调剂和调度，以避免同时出现有的子公司资金紧缺，而有的子公司资金闲置，将整个集团的闲置现金余额降到最低限度，最大限度地提高资金的使用效能。

（4）财务结算中心是信息反馈中心。财务结算中心定期或不定期地将资金流通状况以报表的形式反馈给各子公司，报送母公司，以及时掌握资金使用情况。

必须明确的是，集团公司及其子公司不论以何种方式取得外部资金，都一律存入财务结算中心，由财务结算中心统一调度使用，使集团母公司清楚掌握其子公司资金的来龙去脉。

集团公司财务结算中心的具体存在形式可以是多种多样的。从财务结算中心与集团公司财务部门的关系看，有单轨制和双轨制两种做法。所谓单轨制，是指集团内部结算中心不单独设立，将集团结算中心完全纳入公司财务管理体系，财务结算中心作为现行财务部门的一个办事机构存在。所谓双轨制，是指财务结算中心单独设置，与现行财务部门并列。不同集团公司，可根据具体情况选择设置符合自身需要的财务结算中心。

三、现金池

现金池（cash pooling）也称现金总库。最早是由跨国公司的财务公司与国际银行联手开发的资金管理模式，以统一调拨集团的全球资金，最大限度地降低集团持有的净头寸。现金池业务主要包括的事项有成员单位账户余额上划、成员企业日间透支、主动拨付与收款、成员企业之间委托借贷以及成员企业向集团总部的上存、下借分别计息等。不同的银行对现金池有具体不同的表述。

花旗银行对现金池的定义是：现金池结构是用于企业间资金管理的自动调拨工具，其主要功能是实现资金的集中控制。现金池结构包含一个主账户和一个或几个子账户。现金池资金的自动调拨通常在日终发生，调拨的金额取决于各子账户的日终金额和目标金额，即日终时各子账户余额为所设定的"目标余额"，而所有的剩余资金将全部集中在主账户。

汇丰银行对现金池的定义是：现金池也称利息合计，将多个账户余额进行抵消，并计算净余额的利息。这是将多个账户余额通过转账机制，使资金在账户间进行实质性转移和集中安排。资金集合类别包括零余额账户（ZBA）、目标余额账户（TBA）及自动投资账户。

目前，我国不少商业银行如招商银行推出的现金池管理，就是以没有贸易背景资金转移调度、利息需要对冲、账户余额仍然可以分开、账户余额集中的形式来实现资金的集中运作，这是将委托贷款最大限度地灵活应用。在集团与银行双方合作中，银行是放款人，集团公司和其子公司是委托借款人与借款人，然后通过电子银行来实现一揽子委托贷款协议，使得原来需要逐笔单笔办理的业务，变成集约化的业务和流程，实现了集团资金的统一营运和集中管理。

在现金池框架内，集团公司和其子公司是委托借款人与借款人。子公司在池里透支是贷款，要付息；相反，在池里存款是放款要收取利息。所以，现金池使集团与商业银行形成了紧密的战略联盟关系，具有独特的管理功效。现金池的主要作用如下：

（1）减少利息成本。自动化资金集中结构降低了集团公司对贷款的需求。公司内部的融资成本可以设置为低于人民银行贷款利率。不过，为避免转移定价问题，利率必须按照"正常交易关系"来设定。

（2）改进流动性管理。在现金池结构中，各子账户将保持最少的资金余额，以便充分提高整个集团的资金利用率和流动性。在日终，任何子账户余额的盈余或赤字都将被集中汇划到主账户。这样，过剩的流动资金可以得到更好的管理和控制——盈余资金可以从一些参加现金池的子公司账户中划转，用来资助其他现金短缺的实体。

（3）节约管理成本。维持较少的银行贷款，可以减少公司对资金账户管理的成本。此外，报告服务能提供详细的信息报告以简化现金池的监控流程。

引入现金池至少有两大好处：一是更加充分享受银行提供的资金结算。账户报告、电子银行和投融资服务等日益丰富的专业化服务；二是通过委托贷款，尤其实行"一对多"、"多对一"和"多对多"委托贷款形式，能够较为顺利地规避集团所属企业（子公司）是独立于集团母公司的法人。即使通过结算中心或财务公司来进行资金管理的集团，也应该再导入现金池模式，使集团资金管理制度和流程更具效率。

"现金池"模式下集团资金管理主要是以依托商业银行，或者说银行已经成为集团实现各成员单位资金集中运作和集团内部资金的共享管理主体之一，而不仅是资金管控的"配角"。在现金池管理模式中，银行是独立于集团母公司的法人，能够较为顺利地规避和集团所属财务公司发生关联交易、集团总部对子公司的资金不能"收支两条线"等所谓法律上的障碍。因此，现金池模式依托现代发达的信息技术和高端商业银行服务，为公司提供了防范资金集中的制度与法律风险的最佳选择。

【例 13-1】 GE 公司现金池落地中国

2005 年 8 月，国家外汇管理局批复了通用电气（GE）通过招标确定招商银行实施在华的美元现金池业务。GE 此时在全球各地已有 82 个现金池，此次招标是 GE 第一次在中国内地运用现金池对美元资金进行管理。

GE 在中国的投资是从 1979 年开始的，迄今为止已经投资设立了 40 多个经营实体，投资规模逾 15 亿美元，投资业务包括高新材料、消费及工业品、设备服务、商务融资、保险、能源、基础设施、交通运输、医疗、NBC（全国广播公司）环球业务和消费者金融十多项产业或部门，GE 在中国的销售额从 2001 年的 10 亿美元左右增长到 2005 年的近 50 亿美元。随着业务的扩张，各成员公司的现金的集中管理问题由于跨地区、跨行业的原因显露出来。在 GE 现金池投入使用之前，GE 的 40 家子公司在外汇资金的使用上都是单兵作战，有些公司在银行存款，有些则向银行贷款，从而影响资金的使用效率。只有其人民币业务在 2002 年才实现了集中控制，人民币的集中管理也是通过现金池业务的形式由建行实施的。GE 在中国的销售收入中绝大部分是美元资产，而 2004 年以前我国外汇资金管理规定：两个企业不管是否存在股权关系，都不能以外币进行转账。这其实意味着对于在华的跨国公司来说，即使子公司账上有钱，母公司也不能拿，如此一来，GE 在中国的美元业务的集中管理就不能得以实现。直到 2004 年 10 月，外汇管理局下发《关于跨国公司外汇资金内部运营管理有关问题的通知》，提出"跨国公司成员之间的拆放外汇资金，可通过委托贷款方式进行"。在这种情况下，GE 公司与招行合作，规避政策壁垒实现了跨国公司集团总部对下属公司的资金控制。另外，以前 GE 的 40 个子公司的国际业务都是各自分别与各家银行谈，一旦 GE 总部将外汇资金上收之后，各子公司的开证、贴现等国际业务将会统一到招行。

GE 公司在中国设立一个母公司账户，这就是所谓的现金池。每个子公司在母公司账户底下设立子账户，并虚拟了各子公司有一个统一的透支额，在每天的下午 4 点钟，银行系统自动对子公司账户进行扫描，并将子公司账户清零，即当子公司有透支时，从集团现金池里划拨归还，记作向集团的借款，并支付利息；如果有结余，则全部划到集团账户上，记作向集团的贷款，向集团收取利息。例如，A 公司在银行享有 100 万美元的透支额度，到了下午 4 点钟，系统计算机开始自动扫描，发现账上透支 80 万美元，于是便从集团公司的现金池里划 80 万美元归还，将账户清零。倘若此前 A 公司未向集团公司现金池存钱，则记作向集团借款 80 万美元，而 B 公司如果账户有 100 万美元的资金盈余，则划到现金池，记为向集团公司贷款，所有资金集中到集团公司后，显示的总金额为 20 万美元，这样一来，通过子公司之间的内部计价，对各子公司而言，免去了与银行打交道的麻烦；对企业集团而言，节省了子公司各自存贷款产生的利差负担。

四、财务公司

企业集团财务公司是以加强企业集团资金集中管理和提高企业集团资金使用效率为目的，为集团成员单位提供财务管理服务的非银行金融机构，是我国金融体系的重要组成部分。集团财务公司通过整合企业内部成员单位的金融业务，对集团资金实行专门化管理和专业化运作，降低了企业的运营风险和财务成本，提高了企业集团的财务管理水平和理财能力。

（一）企业集团设立财务公司的相关规定

根据《企业集团财务公司管理办法》[①]，申请设立财务公司的企业集团应当具备下列条件：

（1）符合国家的产业政策；

（2）申请前一年，母公司的注册资本金不低于 8 亿元人民币；

（3）申请前一年，按规定并表核算的成员单位资产总额不低于 50 亿元人民币，净

---

① 2004 年 7 月 27 日中国银行业监督管理委员会令 2004 年第 5 号发布，2006 年 12 月 28 日修订。

资产率不低于 30%；

（4）申请前连续两年，按规定并表核算的成员单位营业收入总额每年不低于 40 亿元人民币，税前利润总额每年不低于 2 亿元人民币；

（5）现金流量稳定并具有较大规模；

（6）母公司成立 2 年以上并且具有企业集团内部财务管理和资金管理经验；

（7）母公司具有健全的公司法人治理结构，未发生违法违规行为，近 3 年无不良诚信记录；

（8）母公司拥有核心主业；

（9）母公司无不当关联交易。

（二）财务公司的运作要点

1. 资金集中管理是财务公司的核心功能

作为集团内部的专业金融机构，财务公司通过将银行的结算功能嫁接到企业集团内部，充当支付中介，提高了集团资金的使用效率，是集团总部实现资金集中管理的最佳平台。

财务公司的内部结算系统降低了集团整体的资金支付成本，实现了集团分散资金的有效聚集，便于集团总部从总体上把握内部资金分布和利用情况，进行统一调度和优化配置，避免了各成员单位"各自为政"可能带来的资源配置失衡和资源浪费。财务公司资金集中统一结算的管理模式可以分为以下三类：

（1）市场化模式。成员单位根据自己的实际需要选择资金存放和结算机构。在这种模式下，财务公司的资金集中是被动的，资金集中度取决于成员单位的自主意愿，很难实现资金在集团范围内的高度集中。

（2）收支两条线模式。成员单位在银行开立收入户和支出户。成员单位与财务公司和银行签订三方协议，规定收入户只收不支，银行自动将收入归集到成员单位在财务公司的账户；支出户主要用于成员单位的日常费用支出，大额支出必须通过财务公司进行。此种模式下成员单位的资金支付建立在现金流量预算的基础上，财务公司行使了集团预算执行与监督的职能。

（3）高度集中模式。成员单位只能在财务公司开设结算账户，所有的资金结算业务通过财务公司办理，成员单位与集团外企业的资金往来，由财务公司代理完成。在这种模式下，财务公司起到集团内部资金中心、清算中心的作用，是真正意义上的集团内部银行。

2. 资金来源多元化是财务公司稳健发展的重要保证

企业集团内部成员单位的存款是财务公司主要的资金来源。根据中国人民银行《财务公司进入全国银行间同业拆借市场和债券市场管理规定》和银监会《企业集团财务公司风险监管指标考核暂行办法》的规定，财务公司拆入资金最长期限为 7 天，财务公司拆入、拆出资金余额均不得超过实收资本金的 100%。财务公司的外部融资受到严格限制。由于财务公司资金来源比较单一，客户和期限分布不尽合理，所以财务公司很容易受到企业集团产业周期的影响，日常流动性管理和投资决策面临很大压力。

财务公司作为非银行金融机构，可以充分利用其在资金筹集和资金运用方面的政策优势，促进资金来源多元化。2007 年银监会发布了《关于企业集团财务公司发行金融债券有关问题的通知》，允许财务公司发行公司金融债用于支持集团主业的发展和配置中长期资产，解决财务公司资产负债期限不匹配问题，拓宽了财务公司的筹资渠道。

2008 年年底，外汇局发布了《关于企业集团财务公司开展即期结售汇业务有关管理问题的通知》，明确规定了集团财务公司开展自身及对集团成员公司的即期结售汇业务的政策，标志着财务公司开展结售汇业务的法律环境逐渐成熟。通知规定凡是取得相关金融业务资格和外汇业务经营资格，注册资本满足一定数额，且有完善的管理条件的集团财务公司，都可以向外汇管理部门提出结售汇业务申请，进入即期外汇市场；在实现外汇资金集中管理或集中收付汇的前提下，集团财务公司可以满足不同成员单位的进出口结购汇的需求，在内部议定的汇价下为其办理结售汇业务，并可以在外汇市场上取得交易资格以实现外汇头寸平盘。外汇资金集中管理和即期结售汇业务既降低了集团的结售汇成本与外汇汇率风险，又丰富了财务公司的业务品种和收入来源，是财务公司未来重要的利润增长点。

因此，财务公司一方面可借助资本市场和货币市场，发展直接融资，参与银行间市场交易，增强自身独立性，缓解对内部资金的过度依赖；另一方面须密切关注集团的发展战略，紧紧围绕集团主现金流和核心产业链开展金融业务，积极开拓服务新领域，满足集团各成员单位日益多样的金融服务需求，实现资金来源的多元化。

3. 资金风险控制是财务公司的生命线

当各成员单位集中优势，发展主业时，伴随资金向财务公司的集中，财务公司也成为集团资金风险的聚集之处。财务公司资金风险控制的关键在于合理配置资产，在保证资金安全性的前提下满足流动性和收益性的要求。

财务公司在进行资产配置时还应考虑对集团整体财务状况的影响。企业集团必须保持适度比例的流动资产，这样可以积累资金，用于市场开发、新产品研发和固定资产更新改造，保证在保持现有产能的同时满足市场变化的需要，建立新的产能，获得可持续发展；另外，国际大型企业集团往往通过大规模兼并联合，确保资源的上、中、下游协同，从而达到降低生产成本，分散经营风险，实现全球范围内资源和市场优化配置的目的。因此，当企业集团将主要现金资产集中于财务公司时，应避免出现财务公司局部现金富余而集团公司整体现金不足的情况。

第四节　集团母子公司财务控制系统

集团母公司对子公司除了实施资金集中控制外，其财务控制系统还包括下列内容。

一、财务制度控制系统

以财务权力和责任为核心的内部财务制度，是集团公司开展财务活动的行为准则，也是集团母子公司财务控制的基础。

集团公司内部组织结构出资人的多层性决定了其内部财务制度的多层次性。集团公司内部财务制度设计主要涉及两个层次：第一层是从集团公司出资人利益目标出发制定的集团母公司的财务制度；第二层是集团公司作为出资人，要求其子公司制定与母公司相对应的内部财务制度，以达到统一财务政策和统一重大财务行为的目的。

集团公司金字塔式的组织结构决定了其内部财务制度具有金字塔式的层层控制体系。但无论是哪一层次的内部财务制度，其主要内容是相同的。它们应当包括：①公司财务管理机构；②财务管理基础工作；③筹资管理制度；④投资管理制度；⑤成本费用管理制度；⑥收益分配管理制度；⑦全面预算制度；⑧财务分析和业绩评价制度。此外，还应包括经济合同管理制度、对外担保制度、财务网络管理制度、财务结算制度等在内的单项财务制度。

必须强调的是，在集团公司内部财务制度设计中，应重点突出公司治理结构中有关治理主体（包括股东会、董事会、经理层）与财务管理部门的财务权限和责任。具体包括：

（1）明确公司权力机构——股东会的财务权限和责任。公司重大的财务决策权，包括增资减资事项、并购事项、重大筹资决策权、投资决策权、收益分配方案的审议批准权等归属股东会。财务制度应明确规定多少金额以上的筹资事项和投资事项属于重大财务事项。

（2）明确公司决策机构——董事会的财务权限和责任。董事会具有公司重大财务决策方案的制订权，包括重大筹资方案、投资方案和收益分配方案的制订权、财务机构的设置权、财务负责人的聘任或解聘权及股东会授权范围内的财务决策权。权限金额和授权范围都应作出明确规定。

（3）明确公司执行机构——总经理层的财务权限和责任。规定总经理层在财务审批、签订经济合同、提供对外担保等日常经营管理活动的具体财务权限和为履行出资人受托责任所应承担的财务责任。例如，总经理层可以在授权范围内签订经济合同，在授权范围内调度日常资金运转，但同时也有相应的责任促使资金良性运行，实现出资人投入资本最大限度的增值等。

应当注意的是：在财务制度控制过程中，集团公司下属各成员企业应区别对待，以切实贯彻集团公司内部财务制度。各成员企业虽是独立法人，具有独立的理财自主权，但它们在产权关系上与集团公司存在着被投资与投资的关系。集团公司作为其下属成员企业的出资者，有权通过一定的程序要求它们贯彻集团公司内部财务制度。具体地讲，对于全资子公司，可要求其完全参照集团公司内部财务制度执行；对于控股公司，要求其制定出与集团公司相一致的内部财务制度；对于参股公司，集团公司只能以出资者的身份，要求其制定出在重大财务政策上与集团公司相一致的内部财务制度，以实现集团公司上下各层次重大财务政策的一致性。

二、财务人员控制系统

财务人员控制是通过建立有效的财务人员管理体制来实现的，它主要解决集团内部母公司对子公司财务人员的配备与管理问题。通过对财务人员的控制来实现对子公司财务活动的控制，是实现集团母公司对子公司事前财务控制的有效手段。集团母公司可以向其子公司委派财务总监，财务总监委派制是实施财务人员控制的具体形式。

财务总监委派制是一种为西方企业实践证明行之有效的财务人员控制制度。它是集团母公司为了维护集团整体利益，强化对子公司经营管理活动的财务控制与监督，由母公司直接对子公司委派财务总监，并将其纳入母公司财务部门的人员编制，实行统一管理与考核奖惩制度。财务总监委派制在实际操作中可分为以下两种具体形式。

（一）财务监事委派制

财务监事委派制是指母公司作为子公司的所有者或主要出资人，向子公司派出财务监事，专门履行母公司对子公司财务活动进行监察与控制职能的一种财务人员控制制度。

作为母公司派出的监督控制者，财务监事的基本职责是：①检查、监督子公司的经营管理政策，特别是财务政策是否符合母公司的总体政策与目标，财务管理制度是否健全有效。②检查子公司所做出的涉及母公司所有权利益以及母公司总体政策、目标或章程的重大财务决策是否通过母公司领导行使批准或否决权。③对子公司存在重大缺陷的决策项目，有权要求子公司重新论证并进行复议。④对董事或经营者违反法律、法规、母公司政策、目标或章程的行为进行监督，一旦发现子公司董事或经营者的行为损害子公司以及母公司利益时，应责令其立即纠正。⑤行使对子公司重大的例外事件的决策处置权。⑥母公司赋予的其他决策监督权。

财务监事委派制的实施，在较大程度上弥补了在权力下放情况下公司监督机制乏力的缺陷，这对于约束与规范子公司经营者的行为，使之在追求自身局部利益的过程中，为维护母公司整体利益最大化目标方面发挥了重要的作用。

（二）财务主管委派制

财务主管委派制是指母公司作为子公司的所有者或主要出资人，向子公司派出财务主管，由子公司董事会聘任。这种形式的财务总监在纳入母公司财务部门人员编制进行统一管理与考核奖惩的同时，主管子公司的财务管理事项，直接介入子公司的管理决策层。

与以监督机制为特征的财务监事委派制相比，财务主管委派制所体现的是一种财务决策机制。财务主管相当于子公司主管财务的副总经理或总会计师、财务总监，其职责权限除了涵盖单一法人企业主管财务的副总经理或总会计师、财务总监的内容外，还有一种特殊的身份——母公司经营者的代表，即财务主管拥有子公司经营者助手与母公司经营者代表的双重身份。作为前一种身份，财务主管需要接受子公司经营者的直接领导，在主管子公司日常财务管理工作、建立健全财务控制体系的同时，还要协助经营者做好各项重大的财务决策；作为后一种身份，财务主管需要从母公司总体的管理政策、目标与章程出发，对子公司经营者的行为实施控制。如果子公司的决策项目、决策行为存在重大缺陷，偏离、违背以致损害母公司的总体目标与利益，财务主管有权要求子公司经营者对决策项目重新论证并进行复议。

上述两种制度的特征虽有不同，但它们的目的是基本相同的：母公司通过对财务人员的控制促使子公司财务决策符合集团整体利益最大化的要求。

必须指出的是,上述两种财务人员控制制度本身也存在着一定的缺陷。就财务监事委派制而言,其存在的主要问题有:①子公司是独立的法人主体,有独立的利益目标,财务总监的工作与子公司管理层工作产生冲突难以避免。② 财务总监不属于子公司管理层,对子公司财务决策后果不承担直接的行为责任,因此母公司很难考核其业绩。就财务主管委派制而言,其存在的主要问题是:①财务主管的双重身份在逻辑上存在着矛盾,使其很难同时扮演好这两个角色。②财务主管的双重身份也导致了对其工作业绩评价的难度。如果不将其报酬与子公司业绩挂钩,难以激发其工作积极性;如果将其报酬与子公司业绩直接挂钩,则会诱导其帮助子公司片面追求子公司业绩优化,而不考虑对母公司带来的消极影响。

但无论采用哪一种形式,实施财务总监委派制有一个必备条件:要求被委任的财务总监或财务主管有着优秀的个人品格、良好的知识水平和职业能力。财务总监能否真正履行其财务监督职能,从根本上取决于其自身的知识结构、素质和职业品格。因为这不仅决定着财务监事能否消除与子公司经营者的矛盾,建立起监督、决策各司职责又彼此协作沟通的工作关系,而且对于能否及时、高效地获取子公司高质量的财务信息,为母公司或子公司的管理决策提供信息支持有着重要影响。

三、筹资控制系统

集团公司权益资本的筹集,无论采用发行股票筹资,还是通过吸收直接投资筹资,或是通过留存收益内部筹资;亦无论是公司设立时的初始筹资,还是增资筹资,都属于公司重大财务事项,一般由最高权力机构——股东会决议解决。集团公司的筹资控制主要是对外负债(主要是借款)筹资控制和资本结构控制。

(一)借款筹资控制

在财务集权控制模式下,母公司和子公司的外部借款,由财务结算中心或财务公司统一筹借,各子公司无权对外借款;在财务分权控制模式下,子公司可在授权范围内对外筹资,但必须把筹集的资金统一存放到财务结算中心或财务公司。集团公司与其成员公司之间的资本血缘关系在很大程度上决定了子公司的筹资风险最终会影响母公司的财务风险。具体体现在以下两个方面。

1. 子公司的借款以其自身的资产向银行抵押取得

从法律上看,子公司的筹资风险(即到期不能还本付息的风险)则由其自身承担。在这种情况下,其风险损失不会直接影响母公司利益,但它从以下两个方面影响母公司的财务实力或资本扩张能力:

(1)子公司的债务最终通过清算资产来解决。由"资产=负债+所有者权益"的平衡关系可知,子公司的债务可能会导致母公司在子公司的投资(在子公司的账面上表现为实收资本或股本)不但不能增值,反而减值或最终承担有限责任,因此会对母公司的财务实力产生不良影响。

(2)子公司由于借款产生的实际筹资风险,在一定程度上会通过市场而影响母公司的形象，从而间接提高母公司再筹资的难度和再筹资成本，不利于增强母公司资本扩张实力。

2. 子公司的借款以母公司的资信或财物作担保或抵押

在这种情形下，子公司的债务危机将直接危及母公司的财务状况，严重时甚至危及母公司的生存。

可见，集团母公司在规范自身的借款行为外，还必须对子公司的借款行为进行控制。主要包括以下几点：

（1）凡是子公司以母公司作担保，或以母公司资产作抵押的借款，不论数额大小，均由母公司管理部门审批，禁止任何以母公司名义或未经母公司审批的贷款行为。母公司应当从制度上防范因子公司债务危机而危及母公司生存事项的发生。

（2）母公司应保留对子公司的负债额度或比例控制。限额以内的贷款由子公司自行决策，超过限额的则由母公司审批。这里的限额是指子公司对外负债的总额度，比例则是指母公司核定的负债比率。

（3）为区分母子公司的财产责任，有必要规范母公司自身的财务行为。就负债筹资而言，母公司不得将自身过度的债务转移到子公司身上，不得为"粉饰"母公司财务报表而转移其债务。如果母公司的借款以子公司的财物作担保，母公司的债务危机也同样危及子公司的生存。

在这一问题上，我国目前有许多上市公司与其母公司间都或多或少地存在着母公司损害子公司利益的行为，甚至因此而出现了一批被实际上掏空了的上市公司。

（二）资本结构控制

集团公司资本结构将影响其风险和总体筹资能力。不同的筹资组合会直接影响筹资成本的高低，进而影响集团的生产经营成本乃至竞争能力。

集团公司资本结构控制的总体原则是：应充分考虑集团公司抵御风险的能力，适度利用负债，提高自有资本的使用效率。

一般而言，一个公司的负债能力取决于其自有资本、资产的流动性和提供的担保品等因素。但与单一企业法人有所不同的是，集团公司在负债能力上具有杠杆效应。这种杠杆效应产生于控股使公司规模日益庞大，形成一个金字塔式的控制体系。这种层层连锁控制导致多次运用同样的永久资本、同样的不动产，取得不同的借款，从而导致负债的可能增加，对其控制的资产和收益发挥很大的杠杆作用。

随着下属公司层次的增多，处于顶层的母公司的负债率一般较高，其综合负债率将远远高于单个公司。因而，集团公司资本结构控制的主要任务是有效利用这种资金杠杆作用，并对由此出现的风险进行防范。

四、收益控制系统

集团公司收益是指集团公司整体的会计利润，它是母公司和各合并报表范围内的子公司收入与成本费用配比的结果。集团母子公司的收益控制，主要是通过制定统一的会计政策和实施适度的盈余管理策略来实现的。

（一）统一会计政策

当报表数据符合会计原则的情况下，收益质量（即收益数量对信息使用者的放心程度）是不同的。会计政策的选择是影响收益质量的首要因素。

根据会计准则，一些会计事项（如存货计价、固定资产折旧、长期资产摊销等）可用多种会计标准来处理。在其他因素不变的情况下，运用不同会计标准来处理同一会计事项会得出不同结果的会计利润。管理者可根据公司自身的经营特点与财务状况发展趋势，自行选择其中的某一种标准。但一般来说，用稳健的会计政策所确定的收益比冒进的会计政策所确定收益质量要高。会计政策越冒进，收益质量越低；会计政策越稳健，收益质量越高。只有当会计政策能稳健、真实地反映经济活动，报告收益反映公司真实获利能力时，才会有较高的收益质量。

保证收益质量，集团公司不仅要选用恰当的会计政策，而且要求母公司与各层次子公司所选用的会计政策达到一致。例如，存货计价统一采用加权平均法，固定资产折旧统一采用直线法、短年限折旧等，使集团母子公司间的财务信息具有可比性，也便于合并财务报表。

（二）适度的盈余管理策略

盈余管理是选择使会计收益达到某种结果的会计政策。盈余管理有别于利润操纵，它是集团公司为实现自身整体利益最大化而采取的管理策略。

集团公司内部的多层委托代理关系为盈余管理创造了内在的动机，而信息不对称则为盈余管理创造了现实条件。因此，采取盈余管理的主体必然是集团子公司经营者和当前股东（作为出资人的集团公司）。由于各利益主体利益的不一致性，使得经营者对股东、当前股东对未来股东都有可能产生盈余管理行为。

但必须明确的是，盈余管理是在法律制度允许范围内的行为。集团公司盈余管理策略是集团公司目前股东和经营者对财务报告收益在一定程度上的控制行为。其主要手段是选用适当的会计政策，通过对公司内部生产经营的调控，更多地通过关联交易和内部转移价格的方式，旨在通过盈余管理获取最佳节税利益，以实现集团整体利益的最大化。但盈余管理必须控制在适度的范围内，一旦超过了这个度就成为蓄意的利润操纵行为。

五、财务信息控制系统

企业集团是庞大的企业群体，内部财务信息复杂多样。如何有效地控制和利用这些财务信息已成为影响集团公司理财效果的重要因素。真实可靠的财务信息，将有利于信息使用者作出正确的决策，有利于集团母公司对子公司的经营业绩作出客观的评价。集团母子公司财务信息控制的主要内容包括以下几点。

（一）财务信息报告制度

集团母公司应制定财务信息报告制度，包括事前报告制度和事后报告制度。各子公司在进行重大经营决策前，必须事先向母公司报告。例如，有关子公司的重大投资事项、新的投资计划、年度财务预算和决算等，必须事前报告；各子公司必须定期向母公司上报下列信息：年度、半年度、季度和月度财务报表，子公司借款和债务担保情况、董事会决议内容等，这些属事后报告。

（二）集团内部审计制度

集团母公司应设立内部审计部门加强对子公司的财务审计、年度审计、专项审计，以及子公司经营者的离任审计。一旦发现问题及时报告，及时纠正，并对责任人加以处罚，以形成自上而下的监督制约机制。

（三）财务信息网络化

随着计算机网络技术的迅猛发展，尤其是国际互联网技术的出现，促使信息交换更为快捷和方便，也为财务信息网络化提供了现实条件。实现财务管理网络化，便于克服单用户系统的弊端，使集团公司财务管理水平上一个新台阶。其主要优点体现在两个方面：一是财务信息的录入可以分布在各工作站上同时进行，提高了财务信息的及时性；二是便于集团公司财务管理部门对其成员公司财务状况的实时监控，提高财务控制的工作效率。

此外，集团公司应建立全面预算管理制度，为实现有效的财务控制提供标准和尺度；建立业绩评价制度，包括财务评价、价值评价（EVA）与综合评价（平衡记分卡），为实现企业集团整体价值最大化目标确定量化指标。

【进一步学习指南】

一、集团公司内部转移价格

内部转移价格是指集团各成员企业之间转让中间产品和提供劳务时所采用的价格。制定内部转移价格的主要目的：一是划清各成员企业的经济责任，使业绩评价和利益分配建立在客观可比的基础上；二是促使集团内部资金的合理调度，实现集团的战略目标；三是合理避税。内部转移价格的制定应优先考虑企业集团的整体利益，兼顾成员企业的利益，尽量做到公平、合理。内部转移价格一般有以下四种：

（1）市场价格，是指以转让中间产品的外部市场价格作为内部转移价格。市场价格较为客观，便于在集团内部引入市场机制，形成竞争气氛。它是制定内部转移价格最好的依据，但外部市场需有与中间产品一样或相似的产品。

（2）协商价格，是指集团成员企业通过共同协商确定的价格，其上限是市场价格，下限是产品单位变动成本。协商价格要在买卖双方拥有讨价还价的权利时才能实施。对于在集团内部流通量大、涉及面广的中间产品，一般由母公司牵头，组织成员企业协商确定转移价格。

（3）双重价格，是针对买卖双方分别采用不同的价格作为内部转移价格，有两种形式：一是当产品在市场上有多种价格时，供应方采用最高市价，需求方采用最低市价；二是供应方以市场价格或协商价格作为计价基础，而需求方以成本作为计价基础。这种价格适用于企业集团内部核心层企业，计价的目的是为了对成员企业进行业绩考核和计量。

（4）成本转移价格，是以转移产品的成本为基础制定的内部转移价格，有三种形式：一是以产品的标准成本作为内部转移价格；二是以产品标准成本加上合理的利润作为内部转移价格；三是以产品的标准变动成本作为内部转移价格。计价的目的也是为了对成员企业进行业绩考核和计量。

二、相关法律规范与阅读资料

1.《企业集团财务公司管理办法》，2004 年 7 月 27 日中国银行业监督管理委员会令 2004 年第 5 号发布，2006 年 12 月 28 日修订。

2.《企业集团财务公司风险监管指标考核暂行办法》，2006 年 12 月 29 日发布，银监发〔2006〕96 号。

3. 西门子的财务公司，中国资金管理网转引自《企业司序》第九期．http://www. treasurer. org. cn/2009/0710/15273. html。

【复习思考题】

1. 集团公司财务的特征主要体现在哪些方面？
2. 集团公司财务管理体制应考虑哪些因素？
3. 在集权模式下，母公司一般拥有哪些财务决策权？
4. 在分权模式下，子公司拥有哪些财务决策权？
5. 应当如何兼顾集团母、子公司之间财权的平衡？
6. 现金池的核心内容是什么？与财务结算中心比较有何优点？
7. 财务公司的主要功能有哪些？
8. 如何设计集团公司内部财务制度？

第十四章

国际财务管理

【本章学习目标】

- 外汇风险管理
- 国际筹资管理
- 国际投资管理
- 国际营运资本管理

【案例引入】

西门子的财务公司①。西门子成立于1847年，总部设在德国柏林和慕尼黑，经过160多年的发展，业务已经遍及世界190多个国家，是世界上最大的电气工程和电子公司之一。西门子财务公司（Siemens Financial Services Ltd.，SFS）最早是1997年从西门子集团财务部分离出来，全职负责西门子集团具体金融业务运作的一个职能部门。2000年，该职能部门进一步发展成为集团100％控股的独立法人即SFS，为其工业、能源和医疗三大业务提供跨部门金融服务。自成立之日起，西门子集团就赋予了SFS明确的定位：作为集团的金融服务中心、金融营运中心和利润中心，负责集团金融政策的执行和金融业务运作。SFS最具特色和最为成功的业务在于其司库业务，即内部银行业务。SFS的司库业务主要由现金管理和支付部、资本市场部、金融市场部、风险管理和融资部等部门负责，其中的金融市场部与风险管理和融资部负责西门子集团全球财务风险的统一运作与管理，包括货币风险管理、利率风险管理和流动性风险管理。过去五年，SFS为西门子集团贡献了大量资产和稳定的高盈利。2008年运作的资产达113.3亿欧元，占西门子集团总资产的12％；税前收益保持在近3亿欧元，占西门子集团全部税前收益的10％；净资产收益率平均达到29.4％，2008年净资产收益率达31.4％。

国际企业经营中面临哪些财务管理问题？西门子为什么要成立财务公司？西门子财

---

① 资料来源：根据中国财务公司协会编《财务公司的国际案例》（中国金融出版社，2005年版）、西门子财务公司的资金管理等资料改编。

务公司为什么要设置金融市场部、风险管理和融资部？西门子财务公司履行了哪些财务管理职能？带着这些问题，我们进入本章学习。

第一节　国际财务管理概述

企业的国际化经营是当今世界经济发展及经济一体化的必然趋势，越来越多的国内企业已经意识到，跨出国界，进行国际化经营，是参与国际竞争、谋求企业长期发展的重要战略之一。企业国际化经营对财务管理人员提出了新的挑战，要求他们做出及时、准确的财务决策，有效地进行资本运作和调控，提高企业国际竞争力。因此，学习国际财务管理对国际经营企业的成功越来越重要。

一、国际财务管理的概念

国际财务管理是现代财务管理的一个新领域，是现代财务管理在国际财务环境下的延伸和发展。作为一门新兴学科，国内外学者关于国际财务管理概念的理解存在不同的观点。综合理论界对国际财务管理的不同观点，比照我们对国内财务管理定义的思路，我们认为，国际财务管理是国际企业在一种以上的文化和商业环境里，以财务管理原理与技术方法为基础，以汇率风险、利率风险、政治风险等为重点，灵活运用金融工具，充分利用国际经营机遇，积极应对国际经营风险，组织国际企业财务活动，处理财务关系，为实现企业价值最大化的一项经济管理活动。

国际财务管理的主体是国际企业。国际企业是相对于国内企业而言，它泛指一切超越国境从事生产经营活动的企业，包括跨国公司、外贸公司、各类涉外企业等从事国际化经营的企业。其中跨国公司是国际企业中国际化程度较高的一种组织形式，是国际企业发展的高级阶段。因此，国际企业财务管理研究的重点是跨国公司的财务管理，当然，其中大多数的原理与方法对国际企业的其他形式也适用。

二、国际财务管理特点

由于国际企业的经营业务涉及许多国家，财务管理环境复杂，且国际企业自身的组织形式及管理体制也与国内企业不同，因此国际财务管理与国内企业财务管理有着不同的特点。

1. 国际财务管理环境的复杂性

国际企业的生产经营活动涉及多个国家，不同国家的政治、经济、金融、税收、法律、文化等环境都存在着差异，从而给国际财务管理带来了复杂性。在国际财务管理环境中，尤其要关注东道国政治上的稳定程度、汇率的稳定程度、资本流动的限制程度、通货膨胀和利率的变化程度、税负的轻重以及金融市场的完善程度等，因为这些是国际企业分析资本结构和资本成本、投资项目评估及利润分配时必须考虑的重要因素。如此复杂的财务管理环境也对国际财务管理人员提出了更高的要求。

2. 国际财务管理方法与工具的灵活性

国际企业比国内企业不仅面临更复杂的财务管理环境，在管理方法与工具上还具有灵活性和多样性。一是资本来源的多样化。国际企业既可以利用母公司所在国的资本，也可以利用子公司东道国的资本，还可以向国际金融机构和国际金融市场筹资。国际企业可以从中选择最有利于自身特点的资本来源，以降低企业的资本成本，增加经营企业的灵活性。二是投资方向的多元化。国际企业可以在全球范围内投资，通过全球范围内对外直接投资，使其原材料的供应、主要产品的生产及销售呈现多元化的分布，这样既可以利用东道国的资源优势，又可以利用各国在税收、进出口贸易管制等方面的差异来选择投资组合，从而更好地减少利润的波动。三是金融工具的多样化。国际企业在其日常经营中通常涉及多种国家的货币，而外汇风险是客观存在的，为了减少汇率变动给国际间正常交往带来的不利影响，各种金融工具，如即期外汇、外汇期货、外汇期权等应运而生，为国际企业的套利及套期保值提供了更多的选择余地和获利机会。

3. 国际财务管理的风险性

由于国际财务管理环境的复杂性及管理的多样性，导致国际企业的财务管理具有更大的风险性。这些风险主要体现在三个方面：一类是企业无法控制的风险，如政府变动、政策变动、法律变动、战争等；另一类风险虽然企业无法控制，但可通过有效经营来加以避免和分散，如汇率变动、利率变动、通货膨胀等；还有一类是企业自身经营的风险，如诉讼失败、新产品开发失败、产品滞销、高层人事变动等，这类风险只能通过加强内部经营管理来降低。

4. 国际财务管理的整体性

国际财务管理需要从全球范围内整体考虑，系统考虑境内与境外业务在财务政策、战略实施、资源配置等方面的整体性，充分发挥境内与境外业务的互补效应、协同效应与相机决策效应，切不可只关注境外业务。此外，国际财务管理必须强调国际业绩评价，完善国际财务治理，加强全球运营控制，以保证财务系统的资源控制能力与调动能力，有效保障企业战略目标的实现。

三、国际财务管理的内容体系

国际财务管理各具体内容之间存在着有机的联系，正是这种联系，使它们成为具有严密逻辑体系的整体，从而成为一门独立的学科。

1. 以价值管理为纵线的国际财务管理内容

国际企业为了实现其价值最大化的目标，其基本的财务活动与国内财务管理类似，即包括筹资管理、投资管理、营运资本管理以及企业并购等方面的内容，不同点主要在于这些管理行为的国际性，在管理中必须全面考虑汇率、利率、税率、国家风险等诸多方面的差异。以价值管理为纵线的国际财务管理的内容应该包括以下内容：

（1）国际筹资管理。国际企业的资本来源广泛，包括内部资金、母国、东道国及国际金融市场和国际金融机构。筹资的方式也有发行股票和债券、银行借款、租赁等。由于国际企业资本需要量大，可供选择的资本来源和方式比较多，且存在货币币种的选择问题，因此，国际企业的筹资管理与国内企业筹资管理存在着不同的特点。

（2）国际投资管理。国际企业从事的国际化经营活动，与国内企业相比，其投资风险更大，投资环境更复杂。虽然国际投资的决策原理与国内投资基本相同，但需要考虑的因素却复杂得多。

（3）国际营运资本管理。国际企业营运资本管理有着自己的特殊性，特别是在流动资产的管理上，比国内企业要复杂得多，也灵活得多。

以上三项是国际企业财务活动过程中的基本业务活动。除此之外，国际财务管理活动还包括特殊情况下的特殊业务活动，如国际并购、国际控制权竞争等。

2. 以风险管理、行为管理为横线的国际财务管理内容

在上述国际财务管理的所有活动中，都必然涉及国际结算、外汇风险管理、国际税收管理以及转移定价、国际绩效评价、国际财务治理等方面的问题，而这些问题正好是国际财务管理的特色。以风险管理、行为管理为横线的国际财务管理内容应该包括以下内容：

（1）外汇风险管理。外汇风险管理是国际财务管理的最基本内容之一，也是国际财务管理区别于国内财务管理的重要方面，国际财务管理的其他内容几乎都是在此基础上进行的。外汇汇率大幅度变动可能给企业带来收益，也可能造成重大损失。因此，国际企业的财务人员必须熟知外汇风险管理的程序和基本方法，以便为企业增加收益，减少损失。

（2）国际税收管理。国际企业的经营活动涉及多个国家，不同国家的税制相差甚远。掌握子公司所在国的税法，制定合理的转移价格以达到减轻税负的目的，是国际企业财务人员必须研究的重要内容之一。

（3）国际经营绩效评价。国际企业要达成既定目标，就必须实施全方位的控制。绩效评价系统是一种结果控制系统，同时也能起到事前控制和过程控制的作用，这显然是贯穿国际财务管理全过程的要素。

（4）国际财务治理与全球运营控制。国际企业要高质量、高效率地完成各项具体的业务活动过程，必然要求采取有效的国际财务治理与全球运营控制。国际企业所采取的财务治理与全球运营控制，也是贯穿国际财务管理全过程的要素。

由于篇幅的关系，本章只阐述外汇风险管理、国际筹资管理、国际投资管理和国际营运资本管理。

四、国际财务管理的环境

与国内财务管理相比，国际财务管理是在一个更为复杂的环境中进行的。国际企业的财务管理者应从业务所涉及国的角度关注经济、政治、法律和社会人文等方面因素。

1. 经济环境

国际财务管理的经济环境是指影响国际企业财务管理的各种经济因素。首先，国际企业不仅受到本国宏观经济波动的影响，更受到国际经济波动的影响。国际经济波动主要包括东道国国内的经济波动、一国经济波动对其他国经济的影响、国际金融危机或经济危机给国际企业经营带来的致命伤害等方面。其次，国际市场规模必然影响到国际企业的业务规模和盈利能力。国际市场规模主要包括市场广度和深度、贸易自由化与区域

经济一体化程度等方面。再次，国际金融环境影响到国际企业的筹资、投资等财务活动，税收环境则影响着国际企业的经营成本以及利润分配等财务活动。最后，各国政府对经济的干预程度是不同的，不同程度的干预必然影响到国际企业财务管理的进行。

2. 政治环境

东道国国内的政治环境会影响国际企业财务管理的顺利实施，其影响一般是以政府行为的形式出现的，带有较大的强制性。每个主权国家都拥有允许或禁止外国企业在其政治边界内开展业务的政治权力，各国政府也往往按照自己的意愿，对国际业务采取鼓励、支持或抑制、禁止等各种措施，这必然对国际财务管理产生影响。另外，国际组织作为一种独特的政治力量，无疑也影响着国际企业的财务管理。

3. 法律环境

国际财务管理的法律环境是指与国际企业财务管理活动有关的所有法律因素的总称。国际企业不仅需要熟悉不同国家的法律制度的类型及有关内容，还需要熟悉国际法规及其内容，以便在有关国家得到法律的认可和保护，使国际企业的财务管理能够顺利进行。就效力而言，国际法优于国内法。

4. 社会人文环境

国际企业的业务涉及不同国家，不可避免地要身处不同国家和地区的社会人文环境，它包括教育、科学、文学艺术、新闻出版、理想、信念、道德习俗以及同社会制度相适应的权利义务观念、道德观念、组织纪律观念、价值观念、劳动态度等相当广泛的内容。一个国家和地区的文化水平、文明程度、文化传统和风俗习惯等将会影响到员工的工作作风，并会制约企业的经营行为，从而最终影响到企业的财务活动及其效果。

第二节　外汇风险管理

一、外汇、汇率与外汇交易

（一）外汇

1. 外汇的概念

外汇是"国外汇兑"的简称，它有动态和静态两种含义。其动态含义是指人们将一个国家的货币兑换成另一个国家的货币，清偿国际间债权、债务关系的行为。而静态含义又有广义和狭义之分。广义的静态外汇是指一切用外币表示的资产，它包括外国货币、外币支付凭证、外币有价证券、特别提款权、欧洲货币单位等；狭义的静态外汇是指以外币表示的可用于国际间结算的支付手段。从这个意义上讲，只有存放在银行的外币资金，以及将对银行存款的索取权具体化了的外币票据才构成外汇，主要包括银行汇票、支票、银行存款等，这就是通常意义上的外汇概念。本章采用的外汇指狭义的静态外汇。

2. 外汇的种类

按照可否自由兑换，通常将外汇分成自由外汇和记账外汇。自由外汇是指可以在国际金融市场上自由兑换成任何一种外国货币或用于对第三国支付的外汇，如美元（USD）、英镑（GBP）、港元（HKD）等。记账外汇是指两国间为了双方都节省自由外汇，通过签订支付协定，将所有进出口货款都由双方指定银行各自开立专户记载，年终根据账户记录的外汇金额办理结算。

此外，外汇按照来源可分为贸易外汇和非贸易外汇，外汇按照交割期限分为即期外汇和远期外汇。

（二）汇率

汇率是指一个国家的货币折算成另一个国家货币的比率，也称汇价。汇率常用的标价方法是直接标价法和间接标价法两种。

1. 直接标价法

直接标价法是以一定单位（1 个外币单位或 100 个外币单位）的外国货币作为标准，折算成若干本国货币来表示其汇率的标价方法。例如，USD 100＝RMB 683，对人民币来说就是直接标价，它表示 100 美元等于 683 元人民币。在直接标价法下，外国货币数额固定不变，汇率涨跌都以相对的本国货币数额变化来反映。一定单位外币折算的本国货币增多，说明外币汇率上涨或本币汇率下跌，即外币升值或本币贬值，反之则相反。

2. 间接标价法

间接标价法是指以一定单位（1 个单位或 100 个单位）的本国货币为标准，折算成若干数额的外国货币来表示其汇率的标价方法。如 RMB 100＝USD 0.146，对于人民币来说就是间接标价，它表示 100 元人民币等于 0.146 美元。在间接标价法下，本国货币数额固定不变，汇率涨跌都以相对的外国货币数额变化来反映。一定单位本币折算的外国货币增多，说明本币汇率上涨或外币汇率下跌，即本币升值或外币贬值，反之则相反。

（三）外汇交易

外汇交易就是一国货币与另一国货币进行兑换的过程。体现在具体操作上就是：个人与银行、银行与银行、个人与交易经纪商、银行与经纪商、经纪商与经纪商之间进行的各国货币之间的规范或半规范的交易过程。

外汇交易是世界上交易量最大，交易笔数最频繁的资金流动形式，每天成交金额约逾 14 000 亿美元。与其他金融市场不同的是，外汇交易市场没有具体地点，也没有集中的交易所，所有交易都是通过银行、交易经纪商以及个人间的电子网络、电话、传统柜台等形式进行的。正因为没有具体的交易所，交易的参与者遍布全球，因此外汇市场能 24 小时运作。

外汇交易主要有即期外汇交易、远期外汇交易、套汇交易、外汇期货交易、外汇期权交易等。其中，即期外汇交易和远期外汇交易是外汇市场的基本交易活动。

即期外汇交易也称现汇交易，是指外汇买卖双方以当天的外汇市场价格成交，于当日或两个营业日内办理收付的外汇业务。进行即期外汇交易的市场就是即期外汇市场（又称现汇市场），是外汇市场最重要的组成部分，其基本功能是进行货币兑换，在最短时间内实现购买力的国际转移。

远期外汇交易是指外汇买卖双方事先签订外汇买卖合同，规定双方买卖货币的种类、数量、使用的汇率以及交割的时间，到了合同规定的交割日，双方按合同规定的内容进行外汇交割的外汇业务。远期外汇合同中规定的汇率就是远期汇率，远期外汇交易合约的期限通常有 30 天、60 天、180 天。进行远期外汇交易的市场就是远期外汇市场（又称期汇市场），是外汇市场另一重要组成部分，其基本功能是避免汇率变动的风险，固定进出口贸易和国际借贷的成本。

二、外汇风险的概念及类型

外汇风险是指因汇率变动而引起的资产、负债或收入、费用等以本国货币计的实际价值的变动程度。外汇风险可分为三类：经济风险、交易风险、折算风险。

（一）经济风险

经济风险是指由于汇率变动引起企业未来经营收益和未来经营现金流量变动，从而使企业以本国货币计的实际价值的变动程度。经济风险是由于经营过程中的汇率变动对企业的产销量、价格、成本等产生影响而引起的，经济风险比交易风险和折算风险都复杂，它涉及企业的财务、销售、供应、生产等诸多部门，经济风险对企业影响是长期的。例如，当一国货币贬值时，出口商一方面因出口货物的外币价格下降，有可能刺激出口，使其收益增加；另一方面，如果出口商在生产中所使用的主要原材料是进口品，因本国货币贬值会提高本币表示的进口品的价格，出口品的生产成本会增加，结果该出口商在将来的净利润可能增加，也可能减少，就是经济风险。

（二）交易风险

交易风险是指企业以某种外币计量的交易，从成交到收付款结算过程中，由于汇率变动而引起的资产和负债以本国货币计的实际价值的变动程度。交易风险是由于交易发生日的汇率与结算日的汇率不一致而产生的。交易风险通常包括：①以即期或延期付款为支付条件的商品或劳务的进出口，在货物装运和劳务提供后但货款或劳务费用尚未结清前，汇率变化所发生的风险。②以外币计价的国际信贷活动，在债权、债务未清偿前存在的汇率风险。③在向外筹资的过程中，借入一种外币而需要换成另一种外币使用，则将承受借入货币与使用货币之间汇率变动的风险。④尚未履行的远期外汇合同和外汇期货合约，由于约定汇率和到期即期汇率发生变动而产生的风险。

【例 14-1】 我国某外贸公司向美国销售一批价值 1 000 万美元的商品，当日的汇率为 USD 1＝RMB 6.865，但实际收到货款时的汇率为 USD 1＝RMB 6.832。则由于交易日与结算日的汇率不同，从而使该外贸公司损失了 6 865－6 832＝33 万元人民币。

（三）折算风险

折算风险也称会计风险，是指企业以某种外币计量的资产和负债，从成交到折算过程中，由于汇率变动而引起的以本国货币计的实际价值的变动程度。折算风险是由于交易发生日的汇率与折算日的汇率不一致而产生的。国际企业的外币资产和负债项目，在最初发生时，都是按发生日的汇率折算成本币记账的，但在月末编制财务报表时，要对其中的外币资产和负债项目按编制日的汇率折算成本币入账的。当交易发生日的汇率与折算日的汇率不一致时，经过折算后，就会给企业的资产和负债以本币反映的实际价值带来会计账面上的损益，从而影响到企业向股东和公众公布财务报表的数值，但这种损益不影响企业当期的现金流量。

【例 14-2】　我国某外贸公司向美国销售一批价值 1 000 万美元的商品，收到货款时的汇率为 USD 1＝RMB 6.865，但该月末编制财务报表时的汇率为 USD 1＝RMB 6.852。则由于收到货款时与编制财务报表时的汇率不同，从而使该外贸公司损失了 6 865－6 852＝13 万元人民币。

三、外汇风险的管理

（一）外汇风险管理的意义

国际金融的空前发展，固定汇率制度的废除，国际间资本的流动，即使是一个完全为国内市场服务的企业，也难免受到汇率变动的冲击。加强外汇风险管理，可以避免或减少外汇风险损失、增加外汇风险收益，为企业创造稳定的经营环境。因此，外汇风险管理不仅是国际企业财务管理的首要内容，也成为现代所有企业财务管理的重要内容。

（二）防范外汇风险的方法

不同类型的外汇风险，其防范措施是不同的。企业常面对的外汇风险有经济风险、交易风险、折算风险。每种外汇风险有其特定的防范方法。

1. 经济风险的防范方法

对经济风险防范的目的是在未预料的汇率发生变化而影响未来经营收益和经营现金流量时能预先做出处理。要达到这个目的，要求企业管理者能够充分了解和判断经营环境中的外汇市场条件，并采取正确的风险防范措施。只有这样，才能对经济风险管理做出正确决策。

对外汇经济风险管理是一项具有战略意义的决策工作。由于它在空间和时间上跨度大，涉及的业务面广，所以要防范外汇经济风险绝非易事。总的来说，实行跨国家、跨地区、跨行业的业务经营多元化和财务多元化是防范外汇经济风险的有效手段。具体的做法有以下几点：

（1）采购上的多元化。在原材料、零部件的采购方面，应尽可能从多个国家和地区进行采购，一旦发生未预料到的汇率变动，就应将原来向硬货币国家购买的原材料与零部件，转向软货币国家购买。另外，应尽量使用多种结算。

（2）生产上的多元化。在生产安排上，产品式样、种类应尽量做到多样化，以满足不同国家、不同消费者的需要。另外，生产地点也应分散，从而实现产品生产地点的最优配置，以更好地利用国际企业在多处子公司生产系统。

（3）销售上的多元化。在销售上，应尽可能使产品销往多个国家，并尽量采用多种外币结算。另外，对于产品的定价、促销、销售渠道等方面也应有权变方案。

（4）筹资上的多元化。在筹资渠道上，应尽量从多种渠道筹集资本，采用多种外币形式，一旦发生未预料到的汇率变动，升值货币与贬值货币可相互抵消。

（5）投资上的多元化。在投资方向上，应选择多个国家进行投资，取得多种外币收入，从而避免单一投资方向所带来的经济风险。

2. 交易风险的防范方法

交易风险对国际企业利润的影响最直接。因此，外汇风险管理的重点是交易风险的防范。防范交易风险的措施主要有两类，即利用外汇市场上的金融工具和利用企业内部的经营策略。

（1）利用外汇市场上的金融工具。利用外汇市场上的金融工具来防范外汇交易风险，就是利用外汇市场上金融工具的交易，将汇率固定在一个较小的变化幅度内。常用来防范外汇交易风险的金融工具主要有：外汇即期交易、外汇远期交易、外汇掉期交易、外汇期货交易和外汇期权交易。

① 外汇即期交易。它是采用外汇市场上的即期汇率将外汇转换成本币，由于这种交易一般是在交易日结束后立即交付外汇，因此，汇率以后再发生变化便不会影响到企业。例如，某企业目前持有大量美元，不久后需要支付日元货款。经预测得知，日元与美元的汇率将发生较大变动，如果是美元对日元将要贬值的话，企业现在应该在外汇市场上立即将美元兑换成日元，以备将来支付日元货款。这样，即使将来美元对日元真的大幅贬值对企业不再会产生影响，从而消除了外汇风险。

② 外汇远期交易。它是以远期外汇合约为依据进行的外汇交易，远期外汇合约是与银行达成的一种协议，要求按约定汇率在将来某个时间买卖成交约定数量的外汇。当企业在未来有外汇头寸出现时，可以通过在远期外汇市场上签订远期外汇合约，买进或卖出与头寸金额相等的外币，以此锁定汇率，防范风险。

例如，中国某企业在英国开办分公司，其产品出口美国。假设美国进口商6个月后支付给分公司货款100万美元，分公司的记账本位币为英镑。这样，分公司6个月后收到货款的多少就取决于美元与英镑的汇率。如果目前的汇率是 GBP 1＝USD 2，则分公司的销售收入为50万英镑。分公司若不采取任何避险措施，就存在外汇风险：6个月后，如果汇率变为 GBP 1＝USD 2.5，则分公司的销售收入为40万英镑。此时，分公司可以利用远期外汇合约来规避外汇风险。当分公司发出货物时，马上卖出100万美元的外汇合约，如果远期汇率为 GBP 1＝USD 1.95，则不论6个月后汇率如何变化，分公司都能收到51.28万英镑的销售收入，这样就避免了外汇风险。

③ 外汇掉期交易。它是指同一种类、同一数额的外汇在不同的到期日之间进行调换或在不同利率之间进行调换的一种交易。在避免外汇风险时，掉期交易往往与即期交易或远期交易结合使用。

例如，中国在美国的 A 分公司 1 月 1 日与英国一家公司达成一笔交易，预计年底将有 100 万英镑的收入，若当时美元与英镑的汇率为 GBP 1＝USD 1.5，则这笔收入面临外汇风险。这时，该企业可以利用掉期交易避免外汇风险。

首先，该企业在 1 月 1 日达成交易时，按约定汇率 GBP 1＝USD 1.7 卖出 100 万英镑的远期外汇合约，期限为 1 年。

然后，如果在 3 月 31 日，美元与英镑的即期汇率为 GBP 1＝USD 1.6，9 个月远期外汇合约的约定汇率为 GBP 1＝USD 1.71，同时，货币市场上英镑的贷款利率为 1%（月单利率），美元的存款利率为 2%（月单利率）。在上述条件下，该企业可以将年底的交易调换至当前，操作如下：在货币市场上借入期限为 9 个月的英镑短期借款，数额为 91.743 万英镑［即 100÷（1＋9×1%）］，将借得的英镑按即期汇率折合成 146.789 万美元（即 1.6×91.743）存入银行，同时，按 GBP 1＝USD 1.71 的约定汇率买入 9 个月的远期外汇合约 100 万英镑。

这样操作结果是：到年底企业收到的 100 万英镑正好用于偿还银行贷款，而年初卖出的 100 万英镑与 3 月底买入的 100 万英镑正好平仓，该企业 3 月底就已经收到美元，此时便不存在外汇风险。同时，该企业还可得到收益 172.21 万美元［即银行存款本利和一年底外汇合约平仓损失＝146.789×（1＋9×2%）－（171－170）］，比掉期前的 170 万美元多出 2.21 万美元。

④ 外汇期货交易。外汇期货交易是利用外汇期货合约进行的交易。贸易商通过签订外汇期货合约，在现汇市场上买进一种货币的同时，在期货市场上卖出等额的同种货币的期货。当汇率波动使企业在现汇市场上发生了亏损时，期货市场将会盈利；反之，期货市场上发生了亏损时，现汇市场将会盈利。两个市场上的亏损和盈利相互套利，可以减少外汇风险。

⑤ 外汇期权交易。外汇期权交易是利用外汇期权合约进行的交易。对于贸易商来说，通过签订外汇期权合约，在支付了一定的期权费后，便购买了履行合约和放弃合约的权利。当合约到期时，即期市场价格与合约价格哪一个对自己有利就选择哪种方式交易，以此来降低外汇风险。

外汇市场上的许多金融工具可以用来规避外汇风险，但每种金融工具也有其自身的缺陷，因此，在使用时要结合当时的具体情况，综合分析以决定最佳避险方案。

【例 14-3】　中国某公司向美国一公司出口一批价值 100 万美元商品，货款三个月后收回。中国公司的综合资本成本为 12%。公司担心三个月到期时因美元贬值而遭受外汇损失，于是，向各方市场询价，得到以下信息：即期汇率为 USD 1＝RMB 6.90；3 个月远期汇率为 USD 1＝RMB 6.82；中国贷款年单利率为 8%；中国存款年单利率为 6%；美国贷款年单利率为 6%；美国存款年单利率为 4%。中国银行 3 个月期美元看跌期权协定汇率为 USD 1＝RMB 6.80，期权费为 1.5%。该公司对 3 个月后的即期汇率预计为 USD 1＝RMB 6.92。试分析以下四种方案哪种最优：不采取任何措施；利用远期外汇市场；利用货币市场；利用期权市场。

解析：

第一，不采取任何措施。如果该企业不采取任何措施，根据其预测结果，3 个月后

收到货款为

$$100 \text{ 万美元} \times (\text{USD } 1 = \text{RMB } 6.92) = 692 \text{ 万元人民币}$$

如果该公司预测失误，美元大幅度贬值，公司的损失将是巨大的。

第二，利用远期外汇市场。公司在商品贸易成交后，签订 3 个月美元卖出协议，汇率为 USD 1＝RMB 6.82。到期按照协议价格卖出美元，收回人民币为

$$100 \text{ 万美元} \times (\text{USD } 1 = \text{RMB } 6.82) = 682 \text{ 万元人民币}$$

当公司签订了远期外汇合约后，便将汇率锁定在 USD 1＝RMB 6.82，成本是预知的，避免了因美元大幅度贬值造成的不可知风险。

第三，利用货币市场。公司在商品贸易成交后，立即在货币现货市场借入美元，则

$$\text{美元借款额} = 100 \text{ 万美元} \div (1 + 6\% \times 3 \div 12) = 98.522\ 2 \text{ 万美元}$$

将 98.5222 万美元在即期市场按照 USD 1＝RMB 6.90 的汇率兑换成人民币，则

$$98.522\ 2 \text{ 万美元} \times (\text{USD } 1 = \text{RMB } 6.90) = 679.803\ 0 \text{ 万元人民币}$$

若该公司资金紧张，可将 679.8030 万元人民币投放于本企业，3 个月后收益为

$$679.803\ 0 \text{ 万元人民币} \times (1 + 12\% \times 3 \div 12) = 700.197\ 1 \text{ 万元人民币}$$

若该公司资金不紧张，可将 679.8030 万元人民币存于银行，3 个月后收益为

$$679.803\ 0 \text{ 万元人民币} \times (1 + 6\% \times 3 \div 12) = 690.000\ 0 \text{ 万元人民币}$$

利用货币市场做套期，如果该公司资金紧张，将人民币投放于本企业，获得比前面两个方案都高的收益；如果该公司资金不紧张，将人民币存于银行，获得的收益高于远期外汇市场。

第四，利用期权市场。买进 3 个月期的美元看跌期权合约，总金额 100 万美元，协定汇率为 USD 1＝RMB 6.80，因期权费一般是在购买期权合约时支付，故总成本为

$$100 \text{ 万美元} \times 1.5\% \times (\text{USD } 1 = \text{RMB } 6.90) \times (1 + 12\% \times 3 \div 12) = 10.660\ 5 \text{ 万元人民币}$$

当 3 个月后即期汇率超过 USD 1＝RMB 6.80 时，公司会放弃期权而按即期汇率兑换成人民币；相反，当即期汇率低于 USD 1＝RMB 6.80 时，公司会行使期权按 USD 1＝RMB 6.80 汇率兑换成人民币，那时公司至少可以收到人民币为

$$100 \text{ 万美元} \times (\text{USD } 1 = \text{RMB } 6.80) - 10.660\ 5 \text{ 万元人民币} = 669.339\ 5 \text{ 万元人民币}$$

从上面例子可以看出，利用金融工具来规避外汇风险虽然有时是有成本的，但其规避风险的能力很强，因此科学认识与合理使用金融工具是国际财务管理人员必须掌握的技能。

（2）利用企业内部的经营决策。使用外汇市场中的金融工具来防范外汇风险需要付出一定的手续费，实际上，有些外汇风险在企业做出经营决策时就可以避免，不用花费任何代价。利用企业内部的经营决策防范外汇风险常用的方法有以下几种：

① 选择计价货币。选择计价货币是企业防范外汇风险最基本而又最简单的方法，它也是国际企业从对外经济活动源头来防范外汇风险的有效方法。如果有条件的话，国际企业的对外经济活动最好采用本币计价，这样，在经济活动中不涉及外币兑换，就不存在外汇风险。除了采用本币计价之外，还有选择可自由兑换货币计价，出口以硬货币计价、进口以软货币计价，"一揽子"货币计价，进出口采用相同币种对外报价等做法。

② 运用货币保值条款。在对外经济活动中，贸易双方经协商，可以在合同中加列分摊未来汇率风险的货币收付条件，以分担外汇风险。常用的保值条款有货币风险分担条款和"一揽子"货币保值条款。货币风险分担条款是指在贸易合同中附加一个交易双方商定的价格修正条款，该条款规定，随着外汇汇率的波动，如果外汇突破了基准汇率区间（中立带），则需要调整商品或劳务的价格来分担风险。"一揽子"货币保值条款就是在合同中规定可根据汇率变动幅度对结算货币金额做出相应调整，常用的"一揽子"货币有特别提款权。

③ 调整价格法。当出口不得不用软货币计价，进口不得不用硬货币计价时，就要考虑调整价格法，一般包括出口加价保值和进口压价保值两种常用方法。出口加价保值是指出口商在接受软货币计价成交时，将汇率损失计入出口商品价格中。进口压价保值是指进口商在接受硬货币计价成交时，将汇率损失从进口商品价格中剔除，以转嫁汇率风险。

④ 采用提前或延迟支付手段。将外汇计价的款项的结算日期提前或延迟，以避免外汇风险损失或得到外汇风险收益。例如，对于出口商来说，假设计价货币将要贬值，他们将尽快收回以外币计价的货款，如果计价货币将要升值，就尽可能延迟结算日期。对于进口商来说，假设计价货币将要升值，他们将尽快支付以外币计价的货款，如果计价货币将要贬值，就尽可能延迟结算日期。

3. 折算风险的防范方法

折算风险是在编制财务报表或企业对下属分支机构进行评价时出现的，折算风险不像经济风险、交易风险那样随时存在，折算风险的受险金额大小与使用的折算方法有关。

折算风险虽然在现实中存在，但是它所造成的损失或收益并没有真正实现。因此，很多企业对这种风险的管理采取消极策略，只有当折算风险对企业产生不利影响时，才考虑对折算风险进行管理。

第三节　国际筹资管理

筹资管理是国际企业财务管理的重要内容。就筹资管理的基本原理与方法来说，国际企业与国内企业是相同的，这里就不再赘述。本节只介绍国际筹资管理中的一些特殊问题。

一、国际筹资的特点

国际筹资活动跨国、跨地区，必然要受到不同国家、不同地区的汇率、利率以及税率等因素的影响；同时，所在国或地区的政治、经济、文化的差异也会对其造成深远的影响。与国内筹资相比，国际企业筹资的特点主要表现在以下五个方面：

1. 降低资本成本的空间大

国际企业在不同的国家或地区进行筹资，可以达到分散风险的目的；可以充分利用不同东道国的金融市场，比较并选择低成本的筹资渠道；可以利用国际贸易筹资、国际租赁筹资和国际项目筹资等高度发展且结构完善的专门筹资方式，降低资本成本；由于其经营规模和多样化，国际企业很容易接近并利用日益兴起、更趋向全球一体化的国际资本市场；国际企业可以利用内部转移定价机制把资本从一个子公司转移到另一个子公司，从而规避金融市场分割对企业的不利影响，获得成本较低的资本。

2. 筹资规模效应显著

国际企业可以通过以下方式来增强自己的市场流动性：在欧洲金融市场上筹集债务资本；在各国资本市场上发行股票、欧洲股权；通过国外子公司在东道国进行筹资等。增强了的市场流动性导致资本边际成本在一个更大的资本预算范围内保持不变，这样使得国际企业能与原先同样低的边际资本成本筹集到更多的资本，实现显著的筹资规模效应。

3. 综合资本成本是筹资决策的关键

国际企业应从综合的视角出发，选择一个能使资本成本最小化的资本结构。每个子公司的财务结构只能在一定程度上影响综合资本成本，各子公司没有独立的资本成本。因此，综合资本成本是国际企业进行筹资决策的关键因素，各子公司需要在企业整体筹资战略的安排下进行筹资。

4. 筹资风险大

国际企业在筹资过程中不但面临着不同国家、不同地区的汇率、利率以及税率等因素的多重影响；而且还深受各国政治气候、法律环境、经济发展程度以及文化背景等更为复杂的影响，因此其筹资的不确定性较大。

5. 筹资管制与信息披露要求严格

在国际金融市场上筹资，一般都有严格的管制与信息披露要求。同时，成熟的投资者也要求国际企业在筹资时有充分准确的信息披露。如果信息披露违规，往往会受到比较严厉的惩罚。

二、国际筹资渠道

国际企业在世界范围内从事生产经营活动，不仅所需资本规模较大，而且涉及不同国家的不同币种，其筹资渠道相应地也多种多样。归纳起来，国际企业筹资渠道大致有以下四个方面。

1. 国际企业内部的资本来源

国际企业由于经营规模大、业务多，常常形成国际性的资本融通体系。一些世界著名的跨国公司都有几十个子公司，有的甚至可达到上百个分支机构。这样，国际企业内部的各经营实体在日常经营活动中都可能产生或获得大量的资本，从而构成了内部资本的广泛来源。国际企业内部的资本主要有两个渠道：一个是母公司或子公司本身的留存收益；另一个是公司集团内部互相提供的资本。

2. 母公司本土国的资本来源

国际企业的母公司可以利用它与本土国经济发展的密切联系，从母公司本土国的金融机构、有关政府组织或社会民间组织中获取资本。

3. 子公司东道国的资本来源

国际企业也可以从子公司的东道国来筹集资本。一般来说，多数子公司都在当地借款，在很多国家，金融机构对当地企业贷款的方式同样适用于外资企业。通过在子公司东道国当地借款来融通资本，既可以弥补投资不足的缺口，又是预防和减少公司投资风险的有力措施。

4. 国际间的资本来源

除集团内部、总公司本土国、子公司东道国以外，国际企业从任何第三国或第三方筹集的资本，都可称之为国际间的资本来源。国际间的资本来源主要包括以下三个方面：

（1）向第三国银行借款或在第三国资本市场上出售证券所获资本。向第三国银行借款，往往仅限于跨国公司的子公司。获得资本的形式是当从第三国购买商品时，设法获取出口信贷。大多数发达国家都设有这种专门为出口产品提供融资的机构，如美国进出口银行。一些发展中国家，现在也为它们的产品出口提供融资服务。向第三国资本市场筹集资金，主要采取出售债券的办法，但采用这种方法的企业，需承担外汇风险。目前世界最大的国际性债券市场是美国纽约美元市场、日本东京日元市场、德国马克市场及瑞士法郎市场。

（2）在国际金融市场上出售证券。国际资本市场主要是跨国银行。跨国企业向国际资本市场借款是通过跨国银行发行债券来完成。这些债券有固定利率的、也有浮动利率的。在债券市场中，亚洲债券市场正日益显示其重要性。

（3）从国际金融机构获取贷款。国际金融机构是跨国企业资本来源的另一种形式，它由 124 个国家政府组成，是世界银行组织的一个成员。其宗旨是向其成员国、经济落后国家或地区重点建设项目进行投资，提供无须政府担保的贷款，以促进国际和私人资本流向发展中国家，其贷款期限一般为 7～15 年，利率略高于世界银行贷款。

三、国际筹资的一般方式

国际筹资的一般方式主要指传统的筹资方式，包括发行股票、发行债券和向银行借款，也是国际筹资的常用方式。但是，由于各国情况不同，一般筹资方式在使用上也有所不同。

（一）发行国际股票

国际股票是指一国企业在国际金融市场上发行的股票。比如，我国的股份有限公司在美国纽约证券市场上发行的股票，便属于国际性股票。随着世界经济的国际化，股票的发行也已超过了国界的限制，出现了国际化趋势，许多大企业特别是大型跨国公司都到国际金融市场上去发行股票。

企业利用发行股票筹集资金，能迅速筹集外汇资金，提高企业信誉，有利于企业以更快的速度向国际化发展。但到国外去发行股票，必须遵守国际惯例，遵守有关国家的金融法规，因此，发行程序比较复杂，发行费用也比较高。

（二）发行国际债券

一国政府、金融机构、工商企业为筹措资本而在国外市场发行的以外国货币为面值的债券，即为国际债券。国际债券可分为外国债券和欧洲债券两类。外国债券是指国际借款人在某一外国债券市场上发行的，以发行所在国的货币为面值的债券。例如，我国企业在日本发行的日元债券、英国企业在美国发行的美元债券都属于外国债券。欧洲债券是指国际借款人在其本国以外的债券市场上发行的不是以发行所在国的货币为面值的债券。例如，英国企业在日本市场上发行美元债券，就属于欧洲债券。欧洲债券的特点是：发行人为一个国家，发行在另一个国家，债券面值是用第三国的货币单位来计量的。外国债券市场和欧洲债券市场既有联系又是分割的。相对来说，到外国债券市场上发行债券受到的管制多一些，而在欧洲债券市场上发行债券则比较宽松，因为欧洲债券不受当地法律的干预，受到的管制也较少，信息披露的标准比较宽松，税收上比较优惠，而且欧洲债券通常不记名，容易转让。目前发达国家的公司进入国际债券市场的很多，而发展中国家的公司相对较少。在债券市场的选择上，选择欧洲债券市场的较多，许多新的金融创新就是在欧洲债券市场上产生的。

（三）利用国际银行贷款

国际银行信贷是一国借款人向外国银行借入资金的信贷行为。国际银行信贷按其借款期限可分为短期借款和中长期借款两类。短期借款的借款期限一般不超过一年。中长期信贷期限一般在 1 年以上，10 年以内。中长期借款金额大，时间长，银行风险较大。因此，借贷双方要签订贷款协议，对贷款的有关事项加以详细规定。另外，借入中长期贷款一般要提供担保财产。国际银行信贷按其贷款方式有独家银行信贷和银团信贷两种。独家银行信贷又称双边中期贷款，它是一国银行对另一国的银行、政府及企业提供的贷款。贷款期限一般为 3～5 年，贷款金额最多为 1 亿美元。银团贷款又称辛迪加贷款，它是由一家贷款银行牵头，由该国的或几国的国家贷款银行参加，联合起来组成贷款银行集团，按照同一条件共同对另一国的政府、银行及企业提供长期巨额贷款。银团贷款期限一般为 5～10 年，贷款金额为 1～5 亿美元，有的甚至高达 10 亿美元。目前，国际的中长期巨额贷款一般都采用银团贷款方式，以便分散风险、共享利润。

四、国际筹资的其他方式

（一）国际贸易信贷

国际贸易信贷是指由供应商、金融机构或其他官方机构为国际贸易提供资金的一种信用行为。当前，国际上巨额的对外贸易合同的签订，大型成套设备的出口，几乎没有不与国际贸易信贷结合在一起的。因此，国际贸易信贷是国际企业筹集资金的一种重要方式。国际贸易信贷方式主要有以下几种。

1. 银行对出口商的短期信贷

银行对出口商的短期信贷可以从货物发运前和发运后两个不同阶段划分，前者包括打包放款和预支信用证，后者包括出口押汇、远期汇票贴现和包理账款等。

（1）打包放款是出口地银行以出口商提供的正本信用证作为抵押，向出口方提供的短期贷款。该出口地银行必须是今后的议付行，如果信用证是"限制议付"的信用证，则非指定议付行不能提供打包放款。

（2）预支信用证又称打包信用证，它根据开证申请人的要求在信用证中加注了一条特别条款，即开证行授权议付行或保兑行向收益人凭光票（不附单据的汇票）预付部分或全部贷款。它允许出口方在发送货物之前同议付行或保兑行预支一部分贷款，待交单议付时扣还原预支额及相应的利息。它与打包放款的区别在于：①预支信用证是信用证本身规定的付款方法，而打包放款除了用信用证的正本作为抵押外，还要另行逐笔向银行填写申请书办理贷款手续。②预支信用证的风险则由贷出行（即议付行）承担。

（3）出口押汇有两种，上述信用证的议付是出口押汇的一种，此外还有托收出口押汇。托收出口押汇是托收银行根据出口商的要求，买入出口商向进口商开出的跟单汇票，按照票面金额扣减从付款日到计收票款日的利息及银行手续费后，将净款付给出口商。此后，托收银行作为跟单汇票的持票人，将汇票及单据寄至代收行向进口商提示。票款收妥后，归还托收行的垫款。

（4）远期汇票贴现即是在远期信用证下的远期汇票，经银行承兑后向出口方所在地银行贴现，以取得所需的资金。

（5）包理账款是指账款包理行以无追索权的方式买受出口方对进口方的应收账款。

2. 银行对进口商的短期信贷

银行对进口商的短期信贷方式主要有进口押汇、信托收据借贷和银行担保提货等。

（1）进口押汇。进口押汇即银行对进口商在信用证项下的垫款。如前所述，进口商在申请开证时只需付小部分的保证金，而当单证到达开证行时，开证行必须支付全部金额。此时如果进口商无钱赎单，就意味着占用了开证行的资金，形成了银行垫款。由于此时银行掌握着货单或已将货物提回存入银行仓库，这笔垫款是以货物的物权作为抵押的，进口押汇因此得名。

（2）信托收据借贷。信托收据是指由进口商出具的，承认货物所有权属于开证行，由开证行信托进口商代为销售，待销出去后将所得货款交还开证行的货物价款收据。信托收据借贷发生在上述信用证项下的进口押汇场合。此时，进口商已开始承担贷款的利息，但由于货物作为抵押品掌握在开证行手中，进口商仍不能提出使用。为此，开证银行可以允许进口商出具信托收据，必要时还需提供其他担保，提前借出全套单据，然后提货作相应的使用，等到货物销售完毕，由进口方付款赎回信托收据。信托收据的期限一般有 30 天、60 天和 90 天三种。

（3）银行担保提货。银行担保提货是指在信用证结算方式下，当单证未到而货物先到时，进口方向银行申请双方会签后向船务公司提货。事实上，此时银行处于保证人地位，进口商则要向银行保证等单证寄到时，不以单证不符的理由而拒付。

（二）国际信贷

1. 现汇贷款

现汇贷款也称自由外汇贷款，是银行对企业、单位直接发放外汇的贷款。这种贷款是银行根据借款单位进口物资所需的外汇，确定贷款额度，用现汇对外支付贷款，借款单位最后用外汇归还贷款。现汇贷款的资金是从国际金融市场借入的，利率受国际资金供求状况的影响。因此，现汇贷款的利率实行浮动利率，高于国内人民币贷款利率，而且利率需要不定期调整。现汇贷款的期限一般为 1~3 年。

2. 买方信贷

买方信贷是出口信贷的一种形式，指出口国政府或银行向卖方的企业或银行提供贷款，用于支付贷款。其目的是鼓励本国商品、技术和劳务出口，是得到出口国政府支持的。目前，中国银行办理的买方信贷有两种：进口买方信贷和出口买方信贷。

（1）进口买方信贷是由出口方委托出口国银行向进口国银行提供贷款额度，再由进口国银行向进口商提供的信贷。

（2）出口买方信贷是由本国的出口单位申请本国银行向国外的进口商，或者指定的银行发放的贷款。其目的是鼓励国外进口商向本国进口方购买商品、技术和劳务。

3. 福费廷

福费廷是指出口地银行或金融机构对出口商的远期承兑汇票进行无追索权的贴现，使出口商得以提前支取现款的一种出口信贷融资方式，一般用于延期付款的大型设备。福费廷是一种票据贴现，但又不同于一般的贴现：①一般的票据贴现，如票据到期遭到拒付，银行对出票人可行使追索权；而福费廷业务的贴现，不能对出票人行使追索权，票据遭拒付与出口商无关。②一般票据贴现往往要具备三个人的背书，但无须银行担保；而福费廷的票据，须有一流的银行作担保。③办理一般票据贴现手续较简单中，贴现费用一般按市场利率收取贴息；而福费廷业务的费用负担较重，要加收管理费、承担费等。

4. 政府混合贷款

政府混合贷款是政府贷款和出口信贷相结合的一种贷款。政府贷款是一国政府向另一国政府提供的援助性贷款，一般有规定的用途、期限长而利率低。出口信贷是一国政府对贷款银行或信贷机构实行利息补贴并提供保险的信贷手段，主要用于提高本国出口商的竞争能力。政府混合贷款是在出口信贷基础上形成的贷款形式，往往可以提供全部商务合同额的贷款额度，其综合利率比出口信贷利率偏低。

（三）国际租赁

国际租赁是指一国从事经济活动的某单位，以支付租金为条件，在一定时间内向外国某单位租借物品使用的经济行为。国际租赁是一种新兴的融资方式。通过国际租赁，国际企业可以直接获得国外资产，较快地形成生产力。国际租赁的租赁费往往较高，所以国际企业应该权衡租赁和贷款，以决定选择何种方式。

（四）国际补偿贸易

国际补偿贸易是指企业从国外引进设备作为贷款，待项目投产后，以该项目的产品或双方商定的其他办法予以偿还。国际补偿贸易的形式主要有直接产品补偿和间接产品补偿两种。前者是指进口方用进口的机器设备或技术所生产的产品来分期偿还设备和技术的价款，这是补偿贸易的基本形式；后者是指经双方协商后，进口方可以分期供应一种或几种其他产品作为补偿。通过补偿贸易，不仅可以筹集资本，引进先进的设备或技术，还有利于扩大商品的出口，但成本往往较高，对补偿产品的要求也较严。

（五）国际项目融资

项目融资也称为有限追索权贷款融资，它是按照合同协定进行融资安排，借款者的还款义务和贷款者所能获得的收益被清楚地限定在借款者特定资产上的筹资方式。项目融资不同于具有无限追索权的普通贷款，它本质上是银行承担了项目的部分风险，正因为如此，银行要求的贷款利息也相应地高些。早在 20 世纪二三十年代，美国就出现了有限追索权贷款，当时是银行向石油开发商提供生产贷款，后来这一贷款方式得以推广发展，现已涉及所有大的项目建设，如管道铺设、矿产开发、发电厂建设等，应用范围也遍及全球。发展中国家应用项目融资大多是与 BOT 结合在一起。BOT 是 built（建设）、operate（经营）、transfer（转让）三个英文单词第一个字母的缩写，代表着一个完整的项目融资过程，它是近 20 年来国际上出现的一种比较新颖的基础设施项目筹资方式，是指政府机构将某些可由外商经营的基础设施项目，如电力、隧道、高速公路等，在一定时期内的经营权交给外商，由外商组建项目公司，负责项目的筹资、建设、经营。项目公司在特许经营期内对项目有经营权，并负责偿还项目的债务，获得投资回报，特许期满，将项目经营权无偿地交给政府机构。

第四节　国际投资管理

随着经济的发展，企业尤其是国际企业的对外投资活动日益增加，特别是近年来国际证券市场的不断发展，使国际企业可利用股票、债券以及许多衍生金融工具等更加灵活的形式对外投资。由于国际企业跨国经营的特点，使其面临的投资可选择范围更大更广，受投资环境的影响更为严重，因此，投资管理必然成为国际财务管理的重要内容。

一、国际投资特点

国际投资是指国际货币资本及国际产业资本跨国流动的一种形式，是资本从一个国家或地区投向另一个国家或地区的经济活动，是国际财务管理的一个重要组成部分。与国内投资相比国际投资表现出如下特点：

1. 国际投资已成为生产要素国际交流的重要形式

直接投资方式在第二次世界大战后的国际投资中已日趋占据重要的地位，其目的不仅是为了谋取利润，而且更重要的是实现生产要素的交流、市场的扩大、技术水平的提高、国际金融的渗透，以适应在生产国际化形势下国际竞争的需要。

2. 投资目的多样性

国际投资的目的多种多样，有的在于促进资本保值增值，有的在于改善投资国与东道国的双边经济关系，有的则带有明显的政治目的等。

3. 国际投资的资本来源多渠道和多样化

资本来源既包括其自有股本、折旧基金、国外利润、应付款项、暂时闲置的库存现金等，也包含其遍布世界各地子公司所吸收的东道国政府和当地私人企业的投资和信贷资金，以及向当地市场和国际金融市场筹集的资本等。

4. 投资活动中货币单位的差异性

各国所使用的货币不同，货币本位的差别决定了资本的国际间相对价格的差别，这种差别影响着国际投资的规模和形式。

5. 国际资本流动出现脱离商品劳务流转的趋势

当代国际资本流动和国际外汇市场交易活动在很大程度上脱离了国际商品劳务流转。国际资本流动和国际货币运动已日益成为谋取高额利润的手段，从而形成一种带有独立性的纯金融交易。

6. 国际投资具有更大的复杂性和风险性

国际投资的经营活动遍及多个国家，因而受到各国不同的政治、经济、金融体制和环境的制约。这给企业选择资本投放方向（即投资决策）带来了更多的不确定性。汇率变动、利率变动、通货膨胀以及政治风险等因素，都是企业进行国际投资时必须考虑的。

7. 国际投资具有更多的灵活性和套利机会

跨国公司可以通过全球范围的对外直接投资，使其产品的销售市场、主要原材料的供应来源及主要产品的生产地点多元化，可使公司不易受到那些影响个别市场需求的随机因素和当地政府干预的损害，能够有效地减少其盈利的波动性。此外，通过对外直接投资，可以充分利用有关东道国的自然禀赋优势（如人力资源、廉价的劳动力、节约运输成本等），还可以绕过关税壁垒和贸易限制，或者从国际市场中猎取信息和获取经验。

二、国际投资的方式

国际投资按其方式的不同，可分成国际直接投资和国际间接投资。

（一）国际直接投资

国际直接投资，是指投资者在国外创办并经营企业，以获取一定收益而进行的投资。国际直接投资不仅仅是指货币资金在国际间的流动，而且也通过实物性资产在另一国设厂，从而使资金由投资母国转移到东道国。直接投资的具体形式有以下三种。

1. 国际独资投资

国际独资投资是指通过在国外设立独资企业的形式所进行的投资。这里的独资企业是指根据东道国的法律，经过东道国政府批准，在其境内兴办的全部为外国资本的企业。进行国际独资投资，由于经营权独立，因而受到的干涉较少。另外，还可以利用各国税率的不同，通过内部转移价格的形式，进行合理避税。由于对东道国的投资环境及市场情况的了解比较困难，因而国际独资投资风险较大，获准设立也不易。

2. 国际合资投资

国际合资投资是指某国投资者与另外一国投资者通过组建合资经营企业的形式所进行的投资。这里的合资经营企业又称股权式合营企业，通常是国外投资者与东道国投资者按照共同出资、共同经营、共负盈亏、共担风险的原则所建立的企业。国际合资投资是国际投资的一种主要方式，它不仅可以凭借东道国企业对该国政策、法律、市场等方面情况的了解，减少投资风险，而且还有利于学习东道国企业的先进技术和管理经验，同时还可以享受一些优惠政策。但寻找国际合资伙伴比较困难，而且由于各国对合资企业外方控股权都有比例的规定，即不能超过 50%，从而使国外投资者不能对合资企业进行完全控制。

3. 国际合作投资

国际合作投资是指通过组建合作经营企业的形式所进行的投资。这里的合作经营企业又称契约式合营企业，是指国外投资者与东道国投资者通过签订合同、协议等形式来规定各方的责任、权利、义务而组建的企业。举办国际合作投资企业所需时间较短，形式也较灵活，但由于合作条件、管理形式、收益分配以及各方的责、权、利都是双方协商确定的，因而规范性较差，容易引起纠纷。

（二）国际间接投资

国际间接投资又称国际证券投资，是指投资者在国际金融市场上购买外国的公债、公司债券或公司股票等所进行的投资。国际间接投资对资金的运用比较灵活，可以随时变现和转移，它不需要像直接投资那样要经过谈判、协商和复杂的审批程序，只要有合适的证券，可马上进行投资，而一旦国际形势或对方政局发生变化，可马上抽回投资。但国际间接投资不能使投资者学习到国外的先进技术和管理经验，也无助于投资企业的产品进入国际市场。国际间接投资的管理可参照本书国内企业的证券投资管理，这里我们主要讨论国际直接投资的管理。

三、国际投资应考虑的因素

1. 东道国的投资环境

投资环境是指在国外投资时所面临的特定生产经营条件。在进行对外投资时，必须认真调查分析东道国的投资环境，如东道国的政治稳定性、对外资的政策、劳动力、原材料、资金等生产要素的价格及供应情况、市场规模大小、外汇管制、地理位置、文化差异、税收制度、资金流动等。这些因素直接影响对外投资的效益及可行性。

2. 本企业的竞争优势

到国外投资比在国内投资面临更大的风险，因此国际企业应认真分析本企业所具有的竞争优势。例如，本企业所拥有的人才、技术、资金、品牌、营销渠道等方面的数量和质量，在同行业中所处的地位、管理者的素质及经营文化等。通过将本企业与东道国的企业进行对比，以确定本企业到东道国投资有哪些方面的竞争优势，这是关系国际企业是否对外投资的关键一步。

3. 国际投资的经济效益

通过对东道国的投资环境及本企业竞争优势的分析，使企业国际投资有了初步的信心与动力，在此基础上，选择适合本企业需要的投资方式，并用子公司东道国的货币及按一定汇率折算成母公司所在国的货币，从子公司和母公司角度对投资项目的经济效益进行评价。经济效益的高低是国际投资应考虑的重要因素。

四、国际投资项目的经济评价

国际投资项目经济上的可行性分析可采用本书固定资产投资项目的经济评价方法，如净现值、获利指数、内含报酬率等。这里我们主要研究国际投资项目经济评价中的一些特殊问题。

（一）评价角度

跨国公司出于共同利益的考虑，往往利用转移定价，即经过人为安排的背离正常市场价格的各种内部产品、劳务交易价格和收费标准来达到减少公司税赋的目的。利用转移定价除了避税外，还可以用来逃避东道国的外汇管制，即当东道国政府对汇出利润和股利有限制时，通过转移定价可将一部分利润作为生产费用转移出来。但跨国公司内部产品和服务交易中的转移定价可能扭曲某个项目的真实获利能力，并影响其他子公司的真实盈利情况，进而改变公司总体的现金流量。另外，母公司对项目收取的管理费和特许权使用费，对项目本身来讲是一种开支，但对母公司而言是笔收入。由此引出的一个问题是，从项目本身角度出发估算的现金流量与从公司整体角度出发估算的结果可能存在很大的差异。子公司作为项目的直接管理者，往往比较注重项目本身的经济效益，而较少考虑项目对公司整体利益的影响；但公司总部关心的是公司整体价值的最大化，因此往往比较注重项目对全公司能够带来的经济效益。为了解决从两种不同角度得出不同评价结果的矛盾，可从以下三个方面对项目进行评价：

（1）将项目作为一个独立的实体进行有关的现金流量估计，即从项目或从子公司角度进行评价。

（2）从公司总部的角度出发，分析项目向母公司所转移的现金流量的数额、时间、形式及转移过程中由于税收、外汇管制等原因可能产生的成本。

（3）分析项目对公司其他子公司所带来的间接收益和成本。

综合三个方面的评价结果，最后得出总的结论。

（二）影响国际投资项目现金流量的主要因素

对项目现金流量分析是投资项目经济评价的重要一步，国际投资项目现金流量的估计比国内投资项目现金流量的估计难度更大，不确定的因素更多。影响的主要因素如下。

1. 项目预期的总投资额

项目预期的总投资额是指项目投资所需的用于购建厂房、设备等固定资产上的投资以及用于现金、应收账款、存货等流动资产上的投资，这是项目的初始现金流量。

2. 市场需求量及产品售价

国际投资项目产品的市场需求量及售价是计算项目各期营业现金流入量的基础。市场需求量的预测主要是对项目产品市场占有率的预测；产品售价的预测是以市场上的最具竞争力产品的售价并考虑通货膨胀影响为依据的。

3. 生产成本

生产成本包括项目产品的固定成本和变动成本，它是计算国际投资项目各期营业现金流出量的基础。固定成本的预测相对简单些，但变动成本预测与市场需求量有关，两者都需考虑通货膨胀的影响。

4. 项目使用寿命及其残值

项目使用寿命对投资项目的经济评价影响很大。由于国际投资项目有可能出现资产被征收的情况，因此就会造成项目实际使用寿命与评估现金流量时的使用寿命不一致。评估时可考虑不同使用寿命对项目经济评价的影响。项目的使用寿命与其残值有关，使用寿命越长，残值越低。

5. 资金转移的限制

有些国家对在该国投资的外国公司汇出资金有一定限制，这势必会增加子公司将资金转移到母公司的成本，从而影响母公司从项目投资中实际获得的净现金流量，在估计时必须考虑这一因素。

6. 税负

东道国和母国的税负对投资项目税后现金流量影响极大，因而直接影响评估结果，这一因素必须予以考虑。

7. 汇率及东道国的通货膨胀率

国际投资项目的现金流量与项目使用寿命期内的汇率及通货膨胀率变动直接相关。由于汇率与通货膨胀率之间存在一定的联系，因而对项目现金流量的影响有部分抵消的作用。汇率及通货膨胀率的变动都很难预测，尽管可以采取一些套期保值的方法，但套期保值的数量难以准确估计，因而也给项目评估带来了不确定性。

8. 项目的资本成本

项目的资本成本也就是项目的折现率，它不仅取决于投资项目的资本来源，还与资本结构有关。从前面所讲的投资项目经济评价方法中可知，项目的资本成本对评价结果影响重大，资本成本越高，项目的净现值、获利指数将越小。

五、国际投资的风险

（一）国际投资的风险种类

国际投资除了遇到像国内投资的经营风险、财务风险外，还会遇到许多国内投资不曾有的风险，如外汇风险、政治风险等。外汇风险我们在本章第二节已作过详细介绍，这里主要分析政治风险。它包括以下几点：

（1）被没收或征收的风险，指东道国政府没收或征用外国投资企业的股权、债权、营业收入及不动产等产生的风险。

（2）转移风险，指东道国政府实行外汇管制，而导致国外子公司的利润无法从该国正常汇出而带来的风险。

（3）歧视风险，指东道国政府对外国投资企业采取与国内企业不同的政策而使外国投资企业处于不利竞争地位所带来的风险。如支付较高的税率、较高的水电费率、较高的工资等。

（4）战争风险，指由于东道国发生战争、内乱、暴动，使外国投资者的利益受到直接或间接损失的风险。

（二）国际投资的风险管理

对于国际投资的风险管理，通常采用的措施如下：

（1）投资前的统筹规划。它是指投资前所应采取的一些措施。如与东道国政府协商谈判，在双方的权利和责任等方面达成必要的协议，对国外投资的资产进行保险等。

（2）项目运营过程中的风险管理。在项目营运过程中，如面临政治风险，可采取一些措施来减少政治风险可能造成的损失。例如，在一定时期内逐渐将投资项目的股权全部或大部分转售给当地投资者；尽可能快地从投资项目中抽取尽可能多的现金流量；有意识地采取一些措施以减少东道国政府征收资产所得到的净收益；寻找当地合伙人，通过当地持股人向东道国政府施加压力来阻止公司资产被收购。

（3）资产被征收后的对策措施。东道国政府决定征收国外子公司的资产时，首先可与东道国政府进行谈判，说明该项目对东道国带来的有利之处及被征收所带来的不利之处。如果谈判无效，可采取停止关键零部件供应、关闭产品出口市场、终止技术和管理支持等报复措施。如果再不奏效，也可考虑向国际法庭提出申诉。在所有努力均无效果时，国际企业只有接受事实，在与东道国政府关系没有完全破裂的基础上，可采取一些补救性措施，如受托代理出口、提供技术和管理方法、出售关键零部件等。

第五节　国际营运资本管理

国内企业营运资本管理的原理同样适用于国际企业，但由于国际企业所处的环境与国内企业不同，因而对营运资本的具体管理也就不同。在这里，我们主要介绍与国内企业差别较大的流动资产管理。

一、国际企业的现金管理

国际企业现金流动的渠道多，涉及的币种也多，现金的跨国界流动要受到一些限制，汇率的变动以及税收政策的差异等都给国际企业的现金管理带来了一定的难度，同时也带来一些机遇。如何做到既能保证国际企业对现金的需要，又能使闲置现金降至最低，这是国际企业现金管理的目标所在。国际企业应利用其跨国经营的有利条件，实现现金管理的最优策略。这些策略包括以下几点。

（一）现金的集中管理

根据跨国企业现金管理的特点，一般均采用现金的集中管理策略，即设立全球性或区域性的现金管理中心，负责统一协调、组织企业各子公司现金供需。

（二）现金的组合管理

现金的组合管理是指国际企业的现金如何分配于各种可能性之间。现金余额可分配于以下三种可能性：

（1）现金存在的形式。现金可以以纸币及硬币、活期存款、定期存款、有价证券等形式持有。

（2）现金持有的币种。一般来说，国际企业各海外子公司的现金余额通常是以所在地国家的币种持有，但出于当地通货膨胀或货币贬值，因而持有当地货币将蒙受损失。因此，国际企业往往要求各海外子公司将超出日常经营所需的最低现金余额的部分汇往现金管理中心，由中心安排现金的存在形式及币种。

（3）现金持有的时间。现金持有的时间可能长达数月，也可能只有几天或一天。一般来说，定期存款和有价证券的持有时间相对长一些。

（三）多边净额结算管理

多边净额结算管理是指国际企业各子公司之间或总公司与子公司之间的往来项目，经应收应付相抵后，用其净额来进行实际结算的一种方法。

国际企业内部之间因正常经济业务往来而发生大量资金结算时，为了避免跨国界的内部资金流动所产生的大量成本，如兑换外币成本及交易费用、资金转移所需时间而产生的机会成本等，可由现金管理中心建立多边净额结算系统来解决。现金管理中心负责收集和记录系统内各成员有关内部收支账目的详细信息，然后将这些信息进行处理，并将各种货币统一折算成同一货币，以反映各成员在一定结算日应付总额和应收总额，从而确定其净支付额或净收入额。

（四）现金跟踪管理

现金跟踪管理是指建立一个现金流动报告系统，以随时反映各子公司现金头寸及预计的流动方向和数额的一种方法。

通过建立现金流动报告系统，可以反映该报告系统内各成员单位的现金余额、最低现金需求，汇总后就可得到该系统总的现金结余或短缺数额，然后再考虑利率、汇率及子公司现金需求的可能变化等因素，来确定相应的筹资政策和短期投资政策。

二、国际企业的应收账款管理

国际企业的应收账款有两种情况：一是国际企业向其外部客户赊销所形成的外部应收账款；二是国际企业内部各子公司之间或母公司与子公司之间内部赊销所形成的内部应收账款。这两种应收账款的性质不同，因而具体的管理方法也就不同。

对于外部应收账款的管理，目标在于在保证企业产品市场竞争力的前提下尽可能降低应收账款投资的成本。这与国内企业应收账款管理的原理基本相同，如制定信用标准、信用条件、收账政策等。但国际企业在应收账款管理时应特别注意以下几个问题。

1. 支付币种的选择

在对外销售中，支付货币的币种有三种选择：一是出口商所在国货币；二是进口商所在国货币；三是第三国货币。支付货币的选择，直接影响应收账款的实际价值，特别是在未采取套期保值时，显得更加重要。一般来说，采取硬币支付对出口商有利，采取软币支付对进口商有利。但是双方为了各自的利益，都会在其他条件上提出要求，如出口商要求以硬币支付，则可能在价格或信用期限上做出适当让步；而进口商要求以软币支付，则应适当提高价格或缩短信用期限。

2. 信用期限的选择

信用期限是企业准许客户延期付款的时间，信用期限越长，汇率变动的风险就越大。在确定信用期限时，应考虑支付货币的强弱，如果支付货币是硬币，信用期限可适当延长；如果支付货币是软币，则信用期限应尽可能短。

3. 利用政府代理

为了避免无法收回的应收账款而带来的坏账损失，国际企业可利用政府代理的方法。政府代理是国家对出口信贷实行的一种担保制度。一个国家为了扩大本国出口，对于出口企业赊销商品时，由国家设立的代理机构出面担保，当进口商拒绝付款时，代理机构要按担保的数额给予补偿，这样出口商就可避免坏账损失。

三、国际企业的存货管理

国际企业存货管理与国内企业存货管理的原理是一样的。但由于国际企业的原材料采购常常要跨国界进行，它涉及一些国际贸易上的问题，如货物运输、关税壁垒、东道国政府的进口限制等，另外还由于东道国的通货膨胀率和汇率的可能变动，都将直接影响存货成本，因而使国际企业的存货管理比国内企业的存货管理要复杂得多。国际企业的存货管理应特别注意以下问题：

1. 存货价格变动趋势

如果预计存货价格将要上涨，应提前进货，增加库存量；反之，如果预计存货价格将要下降，则应推迟采购时间，减少库存量。

2. 汇率变动趋势

如果存货供应来自国外，在预计本国货币将发生贬值时，应提前进货，增加进口原材料的库存量；反之，在预计本国货币将发生升值时，应推迟进货，减少进口原材料的库存量。

3. 存货成本差异

不同国家的通货膨胀率、利率是不同的，因此各国存货的采购成本、储存成本、订货成本都有一定的差异，如何保证存货成本最低是存货管理的目的。国际企业可利用各国存货相关成本的差异，选择不同的进货时间及进货批量。

【进一步学习指南】

一、国际财务管理的其他内容

由于篇幅的关系，本章重点阐述了外汇风险管理、国际筹资管理、国际投资管理和国际营运资本管理，除此之外，国际财务管理活动还包括特殊情况下的特殊业务活动，如国际并购、国际控制权竞争以及国际税收管理、国际经营绩效评价、国际财务治理与全球运营控制，这是需要进一步学习的内容。

二、相关法律规范

为了更好地学习国际财务管理以及在实践中更好地做好国际财务管理，还要对世界主要国家关于外汇、筹资、投资、税收、结算等方面的法律法规比较熟悉。具体包括：

1.《中华人民共和国外汇管理条例》，2008 年 8 月 1 日国务院第 20 次常务会议修订。

2.《中华人民共和国海关法》，2000 年 7 月 8 日第九届全国人民代表大会常务委员会第十六次会议通过。

3.《境外投资管理办法》，商务部令 2009 年第 5 号，2009 年 3 月 16 日发布。

【复习思考题】

1. 什么是国际财务管理？它有哪些特点，包括哪些主要内容？
2. 什么是汇率？汇率的直接标价法与间接标价法有什么不同？
3. 什么是外汇经济风险？防范外汇经济风险的方法主要有哪些？
4. 什么是外汇交易风险？防范外汇交易风险的方法主要有哪些？
5. 国际筹资与国内筹资相比有哪些特点？
6. 国际筹资一般有哪些筹资渠道和筹资方式？
7. 国际投资与国内投资相比有哪些特点？国际投资有哪些方式？
8. 国际投资项目经济评价与国内投资项目经济评价相比有哪些不同？
9. 如何加强对国际投资的风险管理？
10. 如何加强国际企业的现金管理、应收账款管理和企业存货管理？

参 考 文 献

财政部会计资格评价中心. 2009. 财务管理. 北京：中国财政经济出版社

财政部注册会计师考试委员会办公室. 2010. 财务成本管理. 北京：经济科学出版社

陈玉青，薛跃. 2007. 国际财务管理. 北京：立信会计出版社

崔学刚. 2009. 国际财务管理. 北京：机械工业出版社

傅元略. 2005. 中级财务管理. 上海：复旦大学出版社

胡旭微，张惠忠. 2007. 财务管理. 杭州：浙江大学出版社

荆新，王化成，刘俊彦. 2009. 财务管理学. 北京：中国人民大学出版社

刘爱东. 2006. 公司理财. 上海：复旦大学出版社

刘胜军，徐怡红. 2007. 国际财务管理. 北京：科学出版社

陆正飞，朱凯，童盼. 2008. 高级财务管理. 北京：北京大学出版社

陆正飞. 2005. 财务管理. 大连：东北财经大学出版社

苗润生. 2006. 国际企业财务管理. 北京：中国人民大学出版社

裘益政，竺素娥. 2009. 高级财务管理. 北京：立信会计出版社

隋静. 2009. 财务管理实务教程. 北京：清华大学出版社

王斌. 2007. 财务管理. 北京：高等教育出版社

王建英. 2007. 国际财务管理. 北京：中国人民大学出版社

吴立扬. 2009. 财务管理. 武汉：武汉理工大学出版社

杨淑娥. 2004. 公司财务管理. 北京：中国财政经济出版社

赵德武. 2000. 财务管理. 北京：高等教育出版社

竺素娥. 2007. 财务管理. 杭州：浙江人民出版社

Besley S, Brigham E F. 2003. 财务管理精要. 12 版. 刘爱娟，张燕译. 北京：机械工业出版社

Brigham E F, Ehrhardt M C. 2005. 财务管理理论与实践. 10 版. 狄瑞鹏，胡谨颖，侯宇译. 北京：清华大学出版社

Edwardes W. 2005. 核心金融工具. 夏濛焱、葛晓鹏译. 成都：西南财经大学出版社

Hawawini G, Viallet C. 2003. 高级经理财务管理（创造价值的过程）. 2 版. 王全喜等译. 北京：机械工业出版社

Ross S A, Westerfield R W, Jaffe J F. 2003. 公司理财. 6 版. 吴世农，沈艺峰，王志强等译. 北京：机械工业出版社

Scott D F, Martin J D, William P J, et al. 2004. 现代财务管理基础. 金马译. 北京：清华大学出版社